CIEN AÑOS DE SOLEDAD

Selecciones Austral

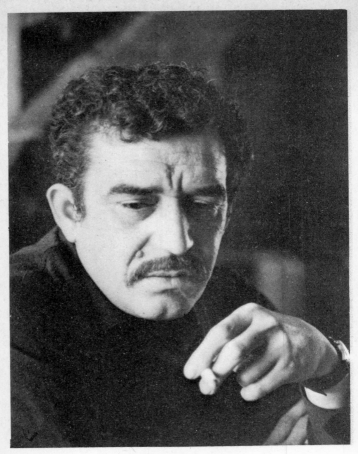

Gabriel García Márquez

GABRIEL GARCÍA MÁRQUEZ

CIEN AÑOS DE SOLEDAD

ESTUDIO INTRODUCTORIO:
Gabriel García Márquez
y sus
Cien años de soledad
por
JOAQUÍN MARCO

CUARTA EDICION

ESPASA-CALPE, S. A.
MADRID
1983

Ediciones especialmente autorizadas para

SELECCIONES AUSTRAL

Primera edición: 10 - V - 1982
Segunda edición: 27 - X - 1982
Tercera edición: 2 - XII - 1982
Cuarta edición: 4 - II - 1983

© Gabriel García Márquez, 1967

© del Estudio introductorio, Joaquín Marco, 1982

Espasa-Calpe, S. A.

—

Diseño de cubierta Alberto Corazón

Depósito legal: M. 3.093—1983

ISBN 84—239—2100—X

Impreso en España
Printed in Spain

Acabado de imprimir el día 4 de febrero de 1983

Talleres gráficos de la Editorial Espasa-Calpe, S. A.
Carretera de Irún, km. 12,200. Madrid-34

ÍNDICE

GABRIEL GARCÍA MÁRQUEZ
Y SUS
«CIEN AÑOS DE SOLEDAD»

La primera edición de la novela CIEN AÑOS DE SOLEDAD [1], del escritor colombiano Gabriel García Márquez (nacido en Aracataca en 1928), publicada sin alardes publicitarios en 1967, se ha convertido ya en un clásico de la lengua, ha sido traducida a la mayor parte de los idiomas literarios y, al propio tiempo, ha conseguido la unanimidad de la crítica. Una obra maestra se ha impuesto por sus valores propios y Gabriel García Márquez ha pasado a ser el mago de la nueva literatura latinoamericana. La bibliografía sobre su obra es hoy muy considerable y, recientemente, han empezado también a reunirse los textos periodísticos que configuran la protohistoria de su novela CIEN AÑOS DE SOLEDAD, sus colaboraciones dispersas, reunidas pacientemente por Jacques Gilard con el título de *Textos costeños* [2], primero de una serie de tres tomos que permitirán aden-

[1] Esta edición de *Cien años de soledad* se corresponde con la primera, publicada por la Editorial Sudamericana, Buenos Aires, 1967.

[2] Gabriel García Márquez, *Obra periodística. Vol. 1. Textos costeños*, recopilación y prólogo de Jacques Gilard, Bruguera, Barcelona, 1981.

trarse en algunas de las zonas menos frecuentadas de su obra y que ofrecen muchas claves significativas de sus posteriores creaciones. La redacción propiamente dicha de CIEN AÑOS DE SOLEDAD se inició en 1965 y duró dieciocho meses. Su autor desechó alrededor de cinco mil cuartillas. Se dedicó entonces exclusivamente a la novela, aunque cuanto había escrito con anterioridad y cuanto había vivido culminó en este proceso. Todos sus textos y libros anteriores conducen a CIEN AÑOS DE SOLEDAD, pero con esta novela no termina, afortunadamente, la obra de García Márquez. Es autor de una novela que se ha convertido en el ejemplo narrativo más original y audaz de nuestro siglo; pero otras obras han venido a confirmar que su capacidad para crear mundos novelescos no finalizó en el Macondo de 1967.

Gracias a los exegetas de su obra hoy sabemos multitud de detalles sobre sus comienzos. Cursó estudios secundarios en San José a partir de 1940 y finalizó su bachillerato en el Colegio Liceo de Zipaquirá, el 12 de diciembre de 1946. Se matriculó en la Facultad de Derecho de la Universidad Nacional de Cartagena el 25 de febrero de 1947, aunque sin mostrar un excesivo interés por los estudios. Su amistad con el médico y escritor Manuel Zapata Olivella le permitió acceder al periodismo. Sabemos incluso la fecha de este contacto en Cartagena, el 18 ó 19 de mayo de 1948, poco después del «bogotazo» (el asesinato del dirigente liberal Jorge Eliécer Gaitán en Bogotá, las posteriores manifestaciones y la brutal represión de las mismas). Inmediatamente comenzaron sus colaboraciones en el periódico liberal *El Universal,* que había sido fundado en el mes de marzo del mismo año por Domingo López Escauriaza. Posteriormente, en una estancia en Sucre, por motivos de salud, entró en contacto con el grupo de intelectuales de Barranquilla, entre los que se hallaba Ramón Vinyes (fallecido en 1952), ex propietario de una librería que tuvo notable incidencia en la vida intelectual en los años 1910-1920, a quien se le conocía con el apodo de *El Catalán* y que aparecerá en las últimas páginas de CIEN AÑOS DE SOLEDAD como «un sabio catalán» (págs. 397, 401 y 417).

Sus «cuadernos» allí citados existen en realidad, según atestigua Gilard [3]. Los contertulios del Café Colombia eran, además de Vinyes, Germán Vargas, Álvaro Cepeda y Alfonso Fuenmayor. Ellos le prestaron algunos libros de novelistas contemporáneos destacados: Dos Passos, Faulkner, Virginia Woolf, Steinbeck, Hemingway, Caldwell y Huxley. En 1949 se instaló en Barranquilla y comenzó a colaborar en el periódico *El Heraldo* (5 de enero de 1950). Su columna casi diaria se titulaba «La Jirafa». Participó también en la efímera revista *Crónica* (abril de 1950), dirigida por Alfonso Fuenmayor, siendo García Márquez jefe de redacción. En febrero de 1951 regresó a Cartagena, donde realizó un breve experimento periodístico, la revista *Comprimido,* de la que fue director y posiblemente redactó por entero. En febrero de 1952 se instala de nuevo en Barranquilla, donde reanuda la publicación de sus «jirafas». Su manuscrito de *La Hojarasca* fue rechazado por la Editorial Losada. En *El Heraldo* publicó la primera versión de *Monólogo de Isabel viendo llover en Macondo* con el título de *El invierno.* García Márquez fue a continuación por algún tiempo viajante de libros, lo que le permitió recorrer en toda su extensión la costa atlántica. En 1952, el general Gustavo Rojas Pinilla dio un golpe de estado en Colombia, aunque la represión política fue menos sentida en Cartagena que en otras zonas del país. A partir de septiembre de 1953, reemprendió su colaboración en el periódico de Barranquilla *El Nacional.* Sus colaboraciones periodísticas muestran una considerable preocupación expresiva y una vocación de estilo y sugieren, como ya señaló el propio autor, la influencia de las *greguerías* de Ramón Gómez de la Serna.

No cabe duda de que la ingente tarea periodística de Gabriel García Márquez le suministró no sólo una capacidad de conformar un sistema expresivo personal, sino que le acercó a los temas cotidianos, muchos de los cuales

---

[3] Los datos fundamentales de su etapa formativa proceden del prólogo de J. Gilard anteriormente citado. Pueden ampliarse hasta 1970 en Mario Vargas Llosa, *Historia de un deicidio,* Barral, Barcelona, 1971, págs. 13-106.

no resultaban menos desmesurados que los que el narrador
inventaría o utilizaría más adelante como material de base
de sus relatos y novelas. En la parte recopilada de sus colaboraciones descubrimos la otra cara de la moneda del
escritor, atraído por el relato, que emprende paralelamente
y publica en *El Espectador* a partir de 1946. *La Hojarasca,*
una novela breve, fue editada en 1955, aunque según su
autor había sido terminada en febrero de 1951 y según
Gilard [4] su redacción, iniciada en junio o julio de 1950,
alcanzó hasta junio de 1951. Su acción transcurre entre
1903 y 1928 (fecha del nacimiento de Gabriel García Márquez) en Macondo. Tres personajes que constituyen tres
generaciones elaboran, cada uno, un monólogo interior,
centrados en la muerte de un médico que acaba de suici-
darse. En el relato aparece la figura de un viejo coronel, y
la hojarasca es el signo de la compañía bananera [5].
Para estas fechas parece que García Márquez tenía ya
en la mente la idea de una novela que abarcara la historia
familiar y algunos de los temas que había ya madurado en
los relatos. La novela toma en principio el nombre vago de
La casa. La base del material narrativo estaría integrado
por historias derivadas del mundo de su infancia en Aracataca, donde vivió con sus abuelos. Su abuelo falleció
cuando García Márquez contaba escasamente ocho años.
Aracataca había sido una zona próspera durante el apogeo
del cultivo del banano entre 1915 y 1918 [6]. Posteriormente
vivirá en el recuerdo de un pasado sin esperanzas de
retorno. Mario Vargas Llosa ha detectado no pocos elementos del entorno familiar que pasaron posteriormente a

---

[4]   J. Gilard, *García Márquez en 1950 et 51: quelques données sur la
genèse d'une oeuvre. Caravelle,* 26, Toulouse, junio 1956, págs. 123-146.
[5]   «De pronto, como si un remolino hubiera echado raíces en el centro
del pueblo llegó la compañía bananera perseguida por la hojarasca. Era
una hojarasca revuelta, alborotada, formada por los desperdicios
humanos y materiales de los otros pueblos; rastrojos de una guerra civil
que cada vez parecía más remota e inverosímil», en Gabriel García Márquez, *La Hojarasca,* EDHASA, Barcelona, 1969, pág. 9.
[6]   Véase Emmanuel Carballo, *Gabriel García Márquez, un gran novelista latinoamericano,* en *9 asedios a García Márquez,* Editorial Universi-
taria, Santiago de Chile, 1972, 3.ª edic., págs. 22 y sigs.

CIEN AÑOS DE SOLEDAD, al inicial proyecto de *La casa* o que se encuentran diseminados por diversos relatos: «El niño inmovilizado ante el cadáver de *La Hojarasca* reproduce una situación vivida por García Márquez en su infancia; Amaranta Úrsula tejiendo su mortaja recuerda a una tía que hizo lo mismo en Aracataca. Ésta es la fuente de la ascensión al cielo de Remedios, la bella: «La explicación de esto es mucho más simple, mucho más banal de lo que parece. Había una chica que corresponde exactamente a la descripción que hago de Remedios la bella en CIEN AÑOS DE SOLEDAD. Efectivamente se fugó de su casa con un hombre y la familia no quiso afrontar la vergüenza y dijo, con la misma cara de palo, que la habían visto doblando unas sábanas en el jardín y que después había subido al cielo... En el momento de escribir, prefiero la versión de la familia... a la real, que se fugó con un hombre, que es algo que ocurre todos los días y que no tendría ninguna gracia» «... la descripción de la Isabel de *La Hojarasca* (pág. 12) corresponde a la imagen de Luisa Santiaga que García Márquez vio por primera vez, cuando tenía cuatro o cinco años; Mercedes parece en CIEN AÑOS DE SOLEDAD con su trabajo de Barranquilla, boticaria (pág. 406), y en la misma novela Amaranta Úrsula sueña con tener dos hijos que se llamen Rodrigo y Gonzalo (pág. 414), como los hijos de García Márquez; los nombres de los jóvenes conspiradores de *El coronel no tiene quien le escriba* y de los amigos de Aureliano Buendía en los años finales de Macondo son los de los tres compañeros de Barranquilla: Álvaro (Cepeda), Alfonso (Fuenmayor) y Germán (Vargas); el apellido de *La Elefanta,* la devoradora de comida, es la del padre Sagastume, un sacerdote vasco que fue profesor de García Márquez; la larguísima vejez de Úrsula Iguarán, ciega y medio loca, exagera la de doña Tranquilina... En cuanto al fantasmagórico guerrero disfrazado de tigre que se presenta en el campamento del coronel Buendía...» [7] y nos recuerda la historia relatada por el propio García Márquez sobre el Mambrú, el duque de Malborough, que su

---

[7]   Mario Vargas Llosa, *ob. cit.*, págs. 109-110.

abuela le dice que combatió junto a su abuelo. El coronel de *La Hojarasca* tiene un defecto físico. Don Nicolás, el abuelo de García Márquez, era tuerto y decía haber sido intendente en el ejército de Uribe durante la guerra de los mil días. Asistió, como el protagonista de *El coronel no tiene quien le escriba,* a la paz de Neerlandia. En CIEN AÑOS DE SOLEDAD y en la estirpe de los Buendía se acumulan los datos familiares. Según narra Mario Vargas Llosa, García Márquez consideraba que «el impulso inicial de la novela fue una idea fija: el recuerdo de don Nicolás, llevándolo de la mano por la calle a ver el circo, que se convierte en la imagen de Aureliano Buendía, niño, yendo de la mano de su padre a conocer el hielo. Los Buendía proceden de Riohacha, donde habían nacido don Nicolás y doña Tranquilina. Éstos eran primos hermanos, como Úrsula Iguarán y José Arcadio Buendía (el apellido Iguarán es común en la ficción y en la realidad), y como los padres del primer Buendía con cola de cerdo. La razón por la que José Arcadio Buendía abandona la sierra para instalarse en Macondo es el asesinato de Prudencio Aguilar: el hombre al que dio muerte don Nicolás —razón por la cual se marchó de Aracataca— tenía el mismo apellido. Don Nicolás tuvo la manía del Diccionario, la fascinación por el significado de las palabras: toda una rama de los Buendía pasará su vida tratando de descifrar un diccionario secreto (los manuscritos de Melquíades)» [8]. Pero conviene retener también que muchos de los temas familiares son comunes a otros muchachos. La utilización de este material para una novela de carácter evocativo no hubiera significado un cambio de signo tan original en la novela latinoamericana, salvo por el hecho de que García Márquez supo trascender adecuadamente tales vivencias y cargarlas de significado.

Disponemos ahora de un texto sobre *La casa* que no había sido publicado por García Márquez anteriormente en libro. Su título es *La casa de los Buendía (Apuntes para una novela)* que parece fecharse entre mayo-junio de 1950 y

---

[8]   Mario Vargas Llosa, *ob. cit.,* pág. 111.

noviembre de este mismo año [9]. Aquí la descripción de la casa coincide con el regreso del coronel Aureliano Buendía. Encuentra su antigua mansión destruida e inicia la nueva «cuando dejó de llover». García Márquez disponía ya del espacio donde situar sus historias, pero carecía de la capacidad de conjurarlo con un tiempo y tono adecuados. Un precedente de esta nueva concepción del tiempo puede descubrirse en su «jirafa» *El chaleco de la fantasía* (1950), donde se enlazaban ya el tiempo y el mito, pero el autor no disponía posiblemente de la madurez necesaria para realizar una construcción tan ambiciosa.

En 1954, García Márquez viajó a Roma como corresponsal de *El espectador* ante lo que se temía que fuera la muerte del papa Pío XII. Regresaría a Colombia en 1957, donde se casó, tras recorrer algunos países europeos, las dos Alemanias, Checoslovaquia y la Unión Soviética, y pasó de allí a Venezuela [10], donde colaboró en *Momento, Élite* y *Venezuela Gráfica.* En 1955 había conseguido publicar *La Hojarasca* [11], coincidiendo con la publicación de *Pedro Páramo,* de Juan Rulfo; en 1961 alcanzaría el Premio Esso por *La mala hora,* publicada al año siguiente; aunque el autor considera como su auténtica primera edición la de 1966, en la que restituyó el texto original plagado de inútiles correcciones en su primera versión española. Una vez más García Márquez utilizaba la novela corta para observar una situación dramática en Macondo. La población aparece llena de libelos infamatorios en tanto la lluvia cae torrencialmente. En 1961 apareció *El coronel no tiene quien le escriba,* relato que había terminado posiblemente en 1957. Aparecen aquí, entre otros, los temas de la lluvia

---

[9]   Jacques Gilard, prólogo a Gabriel García Márquez, *Obra periodística, 1,* pág. 53.
[10]   Algunos de sus excelentes artículos de este período venezolano fueron reunidos en su libro *Cuando era feliz e indocumentado,* Plaza-Janés, Barcelona, 1974.
[11]   Sobre *La Hojarasca,* véase Pedro Lastra, *La tragedia como fundamento estructural de «La Hojarasca»,* en *9 asedios a García Márquez,* págs. 38-51.

incesante [12], del coronel abandonado a su soledad, compartida con su mujer, un gallo y el recuerdo del hijo muerto, la añoranza de las batallas; todo ello ubicado en Macondo. También en 1962 reúne algunos de sus cuentos en *Los funerales de Mama Grande*, que contiene ocho relatos: *La siesta del martes, Un día de éstos, En este pueblo no hay ladrones, La prodigiosa tarde de Baltazar, La viuda de Montiel, Un día después del sábado, Risas artificiales* y el relato que da título a la colección.

La crítica ha observado —y el autor lo confirma en varias de sus declaraciones— que la obra anterior a CIEN AÑOS DE SOLEDAD era el acercamiento a un proyecto global y más ambicioso que constituiría «la novela». En efecto, muchos de los elementos de sus relatos tomaron una nueva dimensión al ser trasladados a CIEN AÑOS DE SOLEDAD, pero no toda su obra anterior constituye un mero esbozo. Se trata de obras maduras y autónomas, valiosas independientemente de la evolución de su autor, menos ambiciosas, aunque no menos perfectas. Y varios de sus elementos no reaparecieron posteriormente. Al tratar de plantear nuestro sistema personal de lectura de CIEN AÑOS DE SOLEDAD hemos procurado limitar las interrelaciones entre la novela y los relatos, considerando a ésta como a una unidad autónoma como creemos que es. Del mismo modo y por parecidas razones hubiéramos podido acercarnos a otras posibles coincidencias no menos fecundas entre CIEN AÑOS DE SOLEDAD y las obras posteriores del autor. Los paralelismos no hubieran sido menos fructíferos. Nuestro interés es ofrecer al lector una reflexión sobre una lectura.

Teoría de la novela.

Mientras que Julio Cortázar expone en *Rayuela* una verdadera teoría de la novela a través de su personaje Morelli,

---

[12]   El tema de la lluvia se puede observar también en los reportajes en un marco real: «En Bogotá, donde llueve 360 días al año...», *Cuando era feliz e indocumentado*, pág. 97.

en CIEN AÑOS DE SOLEDAD apenas si hay referencias a la teoría de la composición. Sin embargo, la novela misma supone una teoría implícita. Como cualquier texto que signifique una ruptura —y no cabe duda de que CIEN AÑOS DE SOLEDAD lo supuso— se distingue de un pasado inmediato y propone una nueva manera de entender el fenómeno literario. Cortázar exponía en la teoría del *roman comique* la posibilidad de alcanzar un texto «que no agarre al lector pero que lo vuelva obligadamente cómplice al murmurarle, por debajo del desarrollo convencional, otros rumbos más esotéricos» [13]. Esta capacidad de mensaje que Cortázar atribuye a una teoría de la novela en la que el lector participa del hallazgo y de los signos que subrepticiamente el autor ha ido situando a lo largo de la narración es el origen de la senda que parece finalizar en CIEN AÑOS DE SOLEDAD. Pasados algunos años, aquel *boom,* la novela latinoamericana ha cobrado otras dimensiones. Los narradores que coincidieron en él por diversas razones ni formaron escuela —desde el punto de vista crítico— ni constituyeron una «mafia» como pretendían sus detractores. Deberemos admitir, sin embargo, que sus integrantes —algunos de los cuales aparecen cariñosamente aludidos en la novela de Gabriel García Márquez— pretendían renovar el lenguaje narrativo. Y sus pretensiones, sabemos también, fueron anteriores al planteamiento del *boom,* un episodio que tuvo más valor como lanzamiento editorial que como definición de un movimiento renovador en cuyo impulso sus integrantes se hallan todavía y a cuya sombra han surgido algunos —no muchos tampoco— nombres nuevos.

Las revelaciones literarias en la novela de García Márquez son muy escasas. Ya hacia el final de la novela, Aureliano se reúne con un grupo de contertulios, a los que ya hemos identificado. Fueron «los primeros y últimos amigos que tuvo en la vida. Para un hombre como él, encastillado en la realidad escrita, aquellas sesiones tormentosas que empezaban en la librería a las seis de la tarde y terminaban en

[13]   Julio Cortázar, *Rayuela,* Editorial Sudamericana, 8.ª edic., 1968, pág. 452.

los burdeles al amanecer, fueron una revelación. No se le había ocurrido pensar hasta entonces que la literatura fuera el mejor juguete que se había inventado para burlarse de la gente, como lo demostró Álvaro en una noche de parranda» (pág. 421). Esta concepción entre lúdica y pragmática del fenómeno literario se pone en relación con las palabras del «sabio catalán». ¿Se trataría, pues, de contemplar CIEN AÑOS DE SOLEDAD como una burla, una sátira del mundo que García Márquez nos transmite? ¿Sería, según eso un *roman comique,* una novela de clave, una sátira literaria como lo fuera El Quijote respecto a las novelas de caballerías? Los personajes que pueblan Macondo lo abandonan. Queda solo Gabriel «contestando los cuestionarios del concurso de una revista francesa, cuyo premio mayor era un viaje a París» (pág. 435). El «sabio catalán» había sido un intelectual. Había leído a los clásicos. «Su fervor por la palabra escrita era una urdimbre de respeto solemne e irreverencia comadrera. Ni sus propios manuscritos estaban a salvo de esa dualidad» (pág. 432). El destino de la literatura es perderse en un burdel. Éste parece ser también el destino del hombre, inseparable de su testimonio escrito: «El mundo habrá acabado de joderse —dijo entonces— el día en que los hombres viajen en primera clase y la literatura en el vagón de carga», confirma cuando, vendida ya la librería, abandona Macondo. El respeto hacia este hombre de libros es indudable. Alfonso aprende catalán para traducir sus manuscritos, que hacían pensar a Aureliano en los pergaminos de Melquíades. La literatura aparece así vinculada a una concepción mágica de la cultura, en la que Séneca y Ovidio comparten su gloria con Arnau de Vilanova, considerado aquí como un nigromante.

El destino de «la literatura» no es menos noble que el del hombre. Rescata del olvido. La capacidad renovadora de esta concepción de la novela no se atiene a ninguna teoría, es una *praxis.* García Márquez demuestra y va más allá de lo que Cortázar imaginara en el *roman comique.* Se trata de que el lector rechace de antemano algunos convencionalismos que eran habituales en la narración. La filosofía de la composición de CIEN AÑOS DE SOLEDAD se encierra en las dos últimas y magníficas páginas. Se trata de romper con el «tiempo convencional», de adentrarse en un territorio imaginario y de aceptar sin aspavientos que lo inverosímil y mágico no es menos real que lo cotidiano y lógico [14].

El espacio y el tiempo.

El espacio en el que discurre CIEN AÑOS DE SOLEDAD se inscribe en Macondo, lugar imaginario, cuyo nombre parece corresponder a una finca de bananos, próxima a Aracataca, que García Márquez conoció en su infancia. Pero como bien señaló en su día Ricardo Gullón, Macondo «no equivale a Hispanoamérica». No se trata, pues, de un espacio simbólico, pese a que su forma esté urdida por símbolos de muy diversa entidad. Los personajes encerrados en Macondo conocen su paisaje y su espacio. Úrsula es quien verdaderamente funda Macondo «porque aquí hemos tenido un hijo» (pág. 71).

Los hombres que acompañan a José Arcadio Buendía en la aventura de la fundación atraviesan paisajes de índole diversa, generalmente definidos con elementos de flora tro-

------

[14] Julio Ortega formula la estructura de *Cien años de soledad* en «cuatro secuencias de mundo y tiempo: 1) el mundo y el tiempo mítico de los fundadores; 2) el mundo y el tiempo histórico que introduce el coronel Aureliano Buendía y sus guerras; 3) el tiempo cíclico de la madurez y muerte de los primeros personajes y su mundo transmutado por la inserción de Macondo en una realidad más vasta, y 4) el deterioro de Macondo, *axis mundi,* en el agotamiento de los canjes de su realidad por el mundo y tiempo exteriores, que equivale también al agotamiento del linaje, eje de Macondo». En Julio Ortega, *Gabriel García Márquez/Cien años de soledad,* en *9 asedios a García Márquez,* págs. 74-75. Mario Vargas Llosa señala que «narra un mundo en sus dos dimensiones: la vertical (el tiempo de su historia) y la horizontal (los planos de la realidad). En términos estrictamente numéricos, esta empresa total era utópica: el genio del narrador está en haber encontrado un eje o núcleo, de dimensiones apresables por una estructura narrativa, en el cual se refleja, como en un espejo, lo individual y lo colectivo, las personas concretas y la sociedad entera, esa abstracción», en *García Márquez, historia de un deicidio,* pág. 496.

pical. Se habla de «un paraíso de humedad y silencio» (página 68). Como un «descubridor» José Arcadio Buendía avanza en busca del mar. Sin embargo, el único signo marino es el descubrimiento de un galeón español (pág. 69). De cómo llegó a tierra firme nada se nos dice, pero permite, al menos, suponer la proximidad del mar e impregna de misterio la narración. Años más tarde José Arcadio Buendía descubrirá el mar «a 12 kilómetros de distancia del galeón español» que servirá en adelante como punto de referencia. No otorgará al descubrimiento mayor importancia. Macondo se funda en un paraje, junto a un río, en un ámbito rodeado de pantanos (sus fundadores andan varios meses perdidos en ellos, pág. 80). Existen también indígenas pobladores. Amaranta y Arcadio olvidarán la lengua de los indios para aprender el castellano (pág. 287). Pero la decisión de permanecer en Macondo se toma después de un sueño en el que José Arcadio Buendía augura un futuro helado en aquel lugar agobiado por el calor. Los indígenas parecen convivir con los fundadores (págs. 97-98), pero apenas si cobran una presencia real. Constituyen una mera referencia. La lluvia torrencial aparece también como protagonista de una parte de la historia de Macondo (pág. 211). Pero la voluntad de los hombres transforma el paisaje. Prolongan el río hasta permitir la llegada de un barco (página 240), aunque será el primero y el último. Se trae también el ferrocarril (págs. 265-66) y el cine y los gramófonos (páginas 267-68) y hasta el teléfono (pág. 268). Todo ello supone la incorporación del progreso en la región; pero al mismo tiempo acarrea la destrucción del lugar. La decadencia de Macondo comienza con los primeros disturbios sociales. «Los acontecimientos que habían de darle el golpe mortal a Macondo empezaban a vislumbrarse cuando llevaron a la casa al hijo de Meme Buendía. La situación pública era entonces tan incierta, que nadie tenía el espíritu dispuesto para ocuparse de escándalos privados...» (pág. 331). Nos hallamos ante una huelga bananera que tiene unos antecedentes reales. El pueblo de Macondo es la elaboración literaria de un pueblo real. El propio autor lo ha declarado en numerosas ocasiones: «Los hechos, tanto los más triviales como los más arbitrarios, estaban a mi disposición desde los primeros años de mi vida, pues eran material cotidiano en la región donde nací y en la casa donde me criaron mis abuelos. El pueblo era como cualquier otro del Caribe, la casa era una de tantas y mis abuelos no eran ni más ni menos supersticiosos y crédulos que sus vecinos, pero para mí todo eso tuvo un destino mágico: de la noche a la mañana, por razones que nadie ha sabido explicar bien, los abuelos estaban muertos, las termitas habían derrumbado la casa y el pueblo estaba en la miseria. Fue como si por allí hubiera pasado un viento de destrucción» [15]. En buena parte, la destrucción del Macondo autónomo y del de ficción parece explicarse por razones externas (el colonialismo mercantilista yanqui, las incomprensiones de la lucha social), pero también por motivos intrínsecos a la familia Buendía. Aureliano Segundo consigue ser rico (página 238), pero carece de una visión de progreso. La población foránea que se aprovecha de la riqueza de Macondo aparece descrita desde los ojos poco interesados de Meme. Viene introducida por fórmulas negativas: «No vio las umbrosas e interminables plantaciones de banano a ambos lados de las líneas. No vio las casas blancas de los gringos, ni sus jardines aridecidos por el polvo y el calor, ni las mujeres con pantalones cortos y camisas de rayas azules que jugaban barajas en los pórticos. No vio las carretas de bueyes cargadas de racimos en los caminos polvorientos. No vio las doncellas que saltaban como sábalos en los ríos transparentes para dejarles a los pasajeros del tren la amargura de sus senos espléndidos, ni las barracas abigarradas y miserables de los trabajadores donde revoloteaban las mariposas amarillas de Mauricio Babilonia, y en cuyos portales había niños verdes y escuálidos sentados en sus bacinillas, y mujeres embarazadas que gritaban improperios al paso del tren» (pág. 332). El espacio no es sólo el paisaje. Pero Kenneth Clark observa que para el hombre medieval «los campos no representaban más que trabajo

---

[15]   Miguel Fernández Braso, *La soledad de Gabriel García Márquez*, Planeta, Barcelona, 1972, pág. 119.

duro... y más allá de estas partes más o menos productivas de la superficie de la tierra, se extendía una zona interminable de selvas y pantanos» [16]. Y añade que la desconfianza hacia la naturaleza convivía con su capacidad para el símbolo. «A nosotros, herederos de tres siglos de ciencia, nos cuesta concebir un estado mental en que todos los objetos materiales eran considerados símbolos de verdades espirituales o episodios de Historia Sagrada» [17]. El paralelismo con el paisaje que percibimos en Macondo es evidente. El autor ha elevado a categorías simbólicas buena parte de sus referencias paisajísticas. Pero la humanidad lo puebla. Y García Márquez no evita aquí la acusación social, que aparece como contraste. Oblicuamente, el testimonio se inscribe en un Macondo que es mucho más que una simple quimera fantástica. Después de las plantaciones bananeras, en «una llanura de amapolas» surgen los restos del galeón español y más allá, la ciénaga.

El espacio, además de los seres que lo habitan y del paisaje, está configurado por cosas. Fernanda descubre que parecen tener vida propia. Están determinadas a confundirla. Cree adivinar en ello la presencia de los duendes (pág. 395), porque toda casa antigua que se precie los tiene. Sabemos que la idea inicial de García Márquez era descubrir la vida que transcurrió en aquella casa de su infancia. Una referencia autobiográfica en boca del propio autor podrá tal vez aclararnos la magia de los duendes de la casona: «Mi abuela era impresionante. Siempre la vi vestida de luto. Era una mujer poblada de historias fantasiosas. Ella despertó mi imaginación» [18]. La creación del espacio novelesco es la transformación del caos en orden, según apunta el propio Gullón en un análisis de la novela. Pero el orden aquí alcanzado es un orden mágico. «Cuando el coronel Aureliano Bundía traza alre-

[16]   Kenneth Clark, *El arte del paisaje,* Seix-Barral, Barcelona, 1971, pág. 15.
[17]   *Ob. cit.,* págs. 15-16.
[18]   Miguel Fernández Braso, *ob. cit.,* pág. 125.

dedor suyo un círculo que le separa de los demás...
refuerza su soledad en el silencio y en el aislamiento y,
además, se incorpora a la tradición del espacio formado
por el círculo mágico en el que el hombre se sabe protegido
y desde el cual comunica con las potencias sobrenaturales» [19]. Pero la magia puebla por entero Macondo, un territorio encantado. Una ordenación del tiempo excesivamente
simple y, en consecuencia, una elemental concepción de la
trama, nos llevaría a considerar que la magia se trunca con
el progreso y que éste en definitiva es el acelerador de la
destrucción de Macondo. Pero ello no es sino una mera
explicación mecanicista que rompe con la riqueza significativa de la novela, porque aquí no se da nunca el simple
planteamiento mixtificador de causa y efecto. Lo que
parece evidente es que el estudio del espacio en CIEN AÑOS
DE SOLEDAD es un tema complejo, puesto que la acción
de la novela se desarrolla en varios planos imaginati-
vos en los que el tiempo actúa además como factor distor-
sionador.

La idea de la novela como acción desarrollada en el
tiempo ha entrado recientemente en crisis. En gran medida
se debe a obras como CIEN AÑOS DE SOLEDAD que poseen un
tiempo propio, puesto que es el tiempo ahistórico el que
priva en el relato. El título mismo de la novela contiene una
significación temporal: los cien años [20]. Pero en la novela
adivinamos el devenir de mucho más tiempo. Porque aparece también en ella la consideración del tiempo psicológico. Aureliano Buendía tiene la sensación de un tiempo
acelerado: «asombrado de la forma en que había enveje-

---

[19]   Ricardo Gullón, *García Márquez o el olvidado arte de contar*,
Taurus, Madrid, 1970, pág. 27. Con posterioridad el autor elaboró una
teoría sobre el «espacio» narrativo en *Espacio y novela*, Antoni Bosch, Barcelona, 1980.
[20]   Graciela Maturo en sus muy complicadas y esotéricas interpretaciones advierte que «es evidente su doble referencia a la totalidad de un
ciclo en el tiempo, y a la integración de una mónada espiritual... García
Márquez lo utiliza con plena conciencia de sus valores tanto en relación al
plano escatológico como en función del sentido místico de la obra»,
ob. cit., pág. 156. Estimo que resulta innecesario advertir elementos mís-
ticos conscientes en la obra del novelista colombiano.

cido el pueblo en un año» y poco después en un diálogo con Úrsula: «¿Qué esperabas? —suspiró Úrsula—. El tiempo pasa. / —Así es —admitió Aureliano—, pero no tanto.» (página 175). Aureliano Segundo se refiere en alguna ocasión al período de «cien años». Cuando hace el pregón de sus rifas —un tema popular y folklórico— «Aquí está la Divina Providencia —pregonaba—. No la dejen ir, que sólo llega una vez cada cien años» (pág. 385), y en otro momento la referencia viene dada en un contexto político que anticipa *El otoño del patriarca:* «Que el gobierno conservador, decía, con el apoyo de los liberales, estaba reformando el calendario para que cada presidente estuviera cien años en el poder» (pág. 244). Desde el punto de vista humano personal, cien años constituye un período dilatado superior a la media de la vida. Cien años es una medida de tiempo casi inconmensurable, forma parte del sistema cuantificador de CIEN AÑOS DE SOLEDAD. Responde sólo en parte a la dinastía de los Buendía. Gullón habló de una estructura «circular y dinámica de una *rueda giratoria*» porque la fórmula temporal se acelera y detiene a voluntad del autor.

La aparente arbitrariedad con que se manejan los factores temporales se inscribe en la idea general del relato. La omnisciencia del narrador, las profecías y los saltos adelante y atrás en el tiempo pueden relacionarse, como advertimos posteriormente, con elementos de ficción oral y folklórica. Algunos críticos han querido ver influencias faulknerianas en el tratamiento del tiempo, además de la concepción de un espacio novelesco cerrado y personal propia también del maestro norteamericano. García Márquez ha señalado que cuando concibió CIEN AÑOS DE SOLEDAD no conocía la obra de Faulkner. Pero, al margen de hechos circunstanciales, la riqueza del tratamiento temporal en García Márquez, su empleo barroco y mítico, poco tiene que ver con cualquier otro escritor contemporáneo. Las primeras líneas de CIEN AÑOS DE SOLEDAD: «*Muchos años después, frente al pelotón de fusilamiento,* el coronel Aureliano Buendía *había de recordar* aquella *tarde remota* en que su padre *lo llevó a conocer* el hielo» (pág. 59), que el autor confiesa haber escrito mucho antes de concebir la novela como tal, implican ya diversos sentidos del tiempo. El presente (frente al pelotón de fusilamiento) encierra un tiempo futuro (muchos años después) y un pasado (aquella tarde remota) en el que se precisa un recuerdo familiar. El trascurso del tiempo se acumula. En este comienzo, en el que según confiesa se debatió el autor durante años, aparece ya resuelta la concepción general de la novela. En ella se ha observado «la torturante paradoja de la plenitud existencial aprisionada en un instante es por sí sola suficiente para dar al traste con la cronometría habitual y producir esa sensación de mareo metafísico que ha de llevarnos, como en alas de grifo, a la última Tule de la edad mítica» [21]. Pasa desde la fundación a la llegada de Melquíades y los cambios operados poco después (pág. 67). El tiempo se convierte en historia interna y recuerdo. La pérdida de la memoria de los habitantes de Macondo produce la ignorancia del nombre de las cosas. José Arcadio Buendía se inventa artilugios que parecen extraídos de los relatos de Borges, el diccionario giratorio o la máquina de la memoria (pág. 103). La pérdida de la memoria, consecuencia de una epidema de insomnio, conduce a una «idiotez sin pasado». García Márquez construirá un mundo evocado rompiendo con el esquema proustiano. Se trata de ir también a la busca «de un tiempo perdido», aunque con la audacia de un vitalista.

El tiempo puede servir para desvirtuar el pasado. En Macondo se niega la represión contra los manifestantes de la huelga bananera. Los historiadores habían falsificado la historia, pero el recuerdo personal de José Arcadio Segundo priva sobre el olvido. El que pasa por loco es el efectivamente cuerdo. Y los gemelos —siempre coincidentes— «descubrieron al mismo tiempo que allí siempre era marzo y siempre era lunes» (pág. 384), tiempo, pues, de primavera y de trabajo. Los pergaminos mágicos contarán la verdadera historia y sólo al final de la novela descubriremos que CIEN AÑOS DE SOLEDAD es fundamentalmente su

[21] Ernesto Volkening, *Anotado al margen de Cien años de soledad,* en *Nueva novela latinoamericana, 1,* Paidos, Buenos Aires, 1969, pág. 162.

transcripción. Pero el tiempo de Macondo es aparentemente circular, falsamente circular. Porque el hijo de Amaranta Úrsula, Aureliano; hijo, a su vez, de Aureliano,
parece destinado a repetir la historia de sus antepasados:
«Se llamará Aureliano Buendía y ganará treinta y dos guerras civiles» (pág. 443). En este caso, sin embargo, la historia se hubiera repetido en sentido inverso (una imagen en
el espejo). Pero la dinastía de los Buendía [22], como la de
otros linajes bíblicos, poseía también su profecía fatídica:
«El primero de la estirpe está amarrado en un árbol y al
último se lo están comiendo las hormigas» (pág. 446),
situada en un presente ahistórico. Como todas las dinastías
humanas tuvo su principio y su fin. Los novelistas del realismo de las *sagas* describen su nacimiento y decadencia
(Romains, Mann, etc.). Aquí el ciclo histórico se cierra en
el caos inicial y en el final.

El sentido cíclico de CIEN AÑOS DE SOLEDAD procede fundamentalmente por una reiteración de nombres nunca
arbitraria. Las diferentes cualidades de los personajes se
transmite por herencia. «Los hijos heredan las locuras de
sus padres» (pág. 95), señala Úrsula a Aureliano. Y esta ley
de la herencia está materialmente expresada por el temor
del incesto que es capaz de producir en la estirpe seres con
cola de cerdo. Pero los incestos no llegan a producirse salvo
en el último descendiente. En todo caso se desean. Y el
narrador, como el folletinista del siglo XIX, juega con ambi-
valencias. El terror hacia el incesto llega a consideraciones
tan exagerados, potenciados, como las de que «el matrimonio entre primos engendra iguanas» (pág. 77). También
el tiempo, en el ámbito de la mítica, es capaz de detenerse.
Incluso García Márquez aprovecha el habitual fenómeno
psicológico en el individuo que imagina una situación ade-
lantando el tiempo: «De este modo, la visita tanto tiempo
esperada, para la que ambos habían preparado las preguntas e inclusive previsto las respuestas, fue otra vez la
conversación cotidiana de siempre» (pág. 175). Úrsula y
Aureliano viven una situación extraordinaria como habi-

---

[22]   Véase *ob. cit.*, pág. 11.

tual al haber sido ésta imaginada y prevista con anterioridad. Desde esta perspectiva podíamos señalar el carácter *determinista-naturalista* de la novela. Sus personajes no pueden escapar del *fatum* trágico que unas leyes superiores a su propia conducta les imponen. Pese al distanciamiento que implica el carácter goliardesco y el tono poético, la novela esconde en su último significante la incapacidad del hombre de superar el destino que se traza o que le han trazado.

Lo mágico y lo maravilloso.

Entre las múltiples sorpresas que encierra CIEN AÑOS DE SOLEDAD una de las más evidentes es el tratamiento de lo mágico y lo maravilloso. El Renacimiento europeo quiso hacer frente con la fuerza de la razón al mundo medieval donde habían privado. Ya Cervantes en *Don Quijote* (I, 47) señala que «hanse de casar las fábulas mentirosas con el entendimiento de los que las leyeren, escribiéndose de suerte que facilitando los imposibles... admiren, suspendan, alborocen y entretengan». El mundo mágico pervive en numerosos elementos folklóricos que sobreviven prácticamente hasta nuestros días, principalmente en el mundo rural. Los embrujos, las hechicerías, los sortilegios forman parte de una cultura popular que tiene sus raíces en el medievo y que es fuertemente combatida, con éxito escaso, por la Inquisición, la Ilustración dieciochesca y finalmente el positivismo científico. Pero la atención hacia el oscuro mundo de la magia aparece aquí y allí, en la tradición literaria hispánica y en la que, entroncada con los mitos indígenas, apareció en la cultura mestiza americana. La nueva novela utiliza un sistema de referencias en las que no se halla ausente el mundo mágico. Alejo Carpentier, Miguel Ángel Asturias, el propio Jorge Luis Borges, entre otros, lo extraen de sus tradiciones o lecturas. Cortázar muestra también una atención preferente hacia lo mágico situado en el mundo urbano. Pero García Márquez lo explicita y logra nuevos significados. Desde las primeras páginas alude a «los sabios alquimistas de Macedonia» (pág. 59), a la alquimia (pág. 65) y a sus mitos. A través de ella, por ejemplo, Melquíades recobra la juventud. Esta fáustica operación tiene mucho de burla. Melquíades aparece con una dentadura postiza que se extrae y muestra a sus sorprendidos espectadores. La magia, en ocasiones, no es sino engaño. En este contexto no puede extrañarnos la mención de Nostradamus (págs. 63 y 108). Úrsula, figura capital del relato, mujer que manifiesta su vinculación a la realidad, ante las pretendidas y fracasadas invenciones de su marido, parece advertir la oposición entre las actividades alquimistas y la verdadera ciencia que es el soporte del progreso: «Aquí nos hemos de pudrir en vida sin recibir los beneficios de la ciencia» (pág. 70) advierte desde el principio. Los muertos aparecen como seres vivos (pág. 79), así, Prudencio Aguilar, que murió de una lanzada de José Arcadio Buendía. No son sus espectros (los efectos románticos de la escena son indudables, sin embargo), sino figuras con las que puede dialogarse y que deambulan durante la noche y a plena luz. El matrimonio descubre a Prudencio hasta en su propio cuarto y ello les obliga a marcharse del pueblo (hemos aludido ya a los hechos biográficos y familiares en los que se inspira la escena). Aureliano posee una «rara intuición alquímica» (pág. 81). Por ello no parece extraño que los muertos convivan con los vivos y hasta reaparezcan de nuevo, como Melquíades (págs. 127 y 231). Cuando los personajes deliran acusan también en el reino del inconsciente los efectos mágicos del ambiente. José Arcadio Buendía (pág. 136) habla en latín, con un don de lenguas que sitúa lo maravilloso en un contexto religioso (los apóstoles) y el padre Nicanor muestra su capacidad de levitación. Pero la realidad no es menos mágica. Aureliano Triste descubre que el fantasma que parecía morar en «una casa de nadie» era Rebeca (pág. 263), olvidada ya de todos. El Judío Errante aparece en forma de monstruo y los pergaminos son también mágicos (pág. 404). Es la novela que el lector tiene en sus manos.

García Márquez demuestra en CIEN AÑOS DE SOLEDAD que lo maravilloso convive con lo cotidiano y, a través de un lenguaje evocador y preciso, es posible hacer vivir lo inverosímil y convertirlo en verídico y poético. Porque la posibilidad de hacer compatibles lo cotidiano y lo poético es función de la poesía, cuando ésta brota como creación a través del lenguaje.

Elementos orales y folklóricos.

La lectura de CIEN AÑOS DE SOLEDAD plantea al lector un variado cúmulo de impresiones presididas por la sensación de hallarse ante una novela «diferente». Tal diferencia procede no sólo de una sensación de totalidad sino también de una entonación que viene a distinguirla de aquella literatura que ha empleado exclusivamente los recursos de la letra escrita. Algunas fórmulas de CIEN AÑOS DE SOLEDAD derivan del relato oral (aunque intelectualizadas y perfectamente trabadas al material escrito). Puede observarse, por ejemplo, la capacidad imaginativa derivada de una recurrencia de personajes o motivos que se abandonan aparentemente, aunque cobren más tarde todo su valor indicativo. García Márquez utiliza un punto de vista que hace del narrador un dios que conoce el principio y fin del mundo que narra, del que nos ofrece siempre partes, reservándose para sí o para más adelante la posibilidad de volver a reemprender el hilo para completarlos. Dicha técnica puede emparentarse con la de la novela policiaca. En *Crónica de una muerte anunciada* García Márquez lo sintetizará magistralmente. El narrador popular que cuenta historias de carácter tradicional o que inventa en parte un material nuevo detenta la «memoria colectiva». Los recitadores de una cultura literaria basada en lo tradicional (en forma de cuentos orales, romances o canciones) eran capaces de salvar del olvido un pasado histórico y heroico. Buena parte de la literatura oral africana plantea todavía hoy tal problemática. La desaparición de estos narradores en las culturas «avanzadas» ha venido a suplirse por medios escritos (prensa, historia, literatura, novela). Una de las mayores tragedias de Macondo reside precisamente en la desaparición de la memoria: «en aquel Macondo *olvidado* hasta por los pájaros, donde el polvo y el calor se habían hecho tan tenaces que costaba trabajo respirar...» (pág. 436) o «en un pueblo que se hundía sin remedio en el tremedal del olvido» (pág. 104). La aparición de Melquíades significa poder vencer el olvido mediante el recuerdo. Éste había conocido ya la muerte (el olvido y la soledad) y decide precisamente buscar refugio en Macondo porque allí no se había descubierto todavía la muerte (pág. 104).

Se lucha también contra la muerte, a través de la imaginación, en una conocida muestra de literatura tradicional y popular, *Las mil y una noches*. Ante la posibilidad de su ejecución, Shahrazad hila un cuento cada noche. La narración supone, pues, continuidad y vida. Ciertos elementos narrativos de CIEN AÑOS DE SOLEDAD parecen derivar de los cuentos orientales (que fueron originariamente orales) de *Las mil y una noches:* el clima mágico, por ejemplo, de los «gitanos nuevos» y, concretamente, «el cofre mágico» (pág. 74). Macondo, el espacio novelesco, es una auténtica región encantada. En ella se producen hechos extraordinarios, que van más allá de las fuerzas de la naturaleza, auténticos «milagros», aunque despojados de sus connotaciones religiosas. Los recursos utilizados por el narrador derivan de elementos cultos y populares. Entre los últimos se incluyen relatos marcadamente tradicionales: «se reunían a conversar sin tregua, a repetirse durante horas y horas los mismos chistes, a complicar hasta los límites de la exasperación el cuento del gallo capón, que era un juego infinito en que el narrador preguntaba si querían que les contara el cuento del gallo capón, y cuando contestaban que sí, el narrador decía que no había pedido que dijeran que sí, sino que si querían que les contara el cuento del gallo capón, y cuando se quedaban callados el narradoror decía que no les había pedido que se quedaran callados, sino que si querían que les contara el cuento del gallo capón, y así sucesivamente, en un círculo vicioso que se prolongaba por noches enteras» (pág. 101). La estructura circular del relato —sin principio ni fin— puede compararse al «cuento de la buena pipa», utilizado también en la narrativa española actual por Camilo José Cela. La presencia de la literatura popular aparece también concretamente en la figura de Francisco el Hombre, quien «cantaba las noticias con su vieja voz descordada, acompañándose con el mismo acordeón arcaico que le regaló sir Walter Raleigh en la Guayana...» (pág. 106). La escena recuerda la figura del ciego cantor peninsular [23] o la del transmisor de la literatura de cordel, tan divulgada también en América desde los corridos mexicanos a las canciones gauchescas argentinas.

La exageración misma, constante recurso de CIEN AÑOS DE SOLEDAD, aparece con frecuencia en la literatura goliardesca, en las canciones de disparates, en los poemas carnavalescos. La exageración será también un recurso culto, propio de la literatura y del arte expresionista, pero viene a caracterizar no pocas muestras de arte primitivo. La denominación de algunos personajes, como *Gerineldo* Márquez, parece tener presente determinados héroes del Romancero hispánico, tan difundido en América. El tema del personaje que contempla o espera su propio entierro (utilizado por Espronceda en *El estudiante de Salamanca*) tiene también una raigambre popular y tradicional [24]. El nombre de Fernanda del Carpio parece derivar del ciclo del Romancero dedicado a Bernardo del Carpio, héroe vinculado a la tradición carolingia. La fórmula de la *exageración* es un indicio de riqueza cuando Aureliano Segundo decide empapelar su casa con billetes (pág. 238) o de fecundidad, cuando se trata de los diecisiete hijos del coronel Aureliano Buendía. Puede convertirse también en un recurso con el que se prolonga el relato. José Arcadio Buendía aumenta de peso hasta el punto de que se requieren «siete hombres» para arrastrarlo hasta la cama (pág. 188) desde el tronco del castaño en el que se ha instalado. El dato se amplifica con algunas metamorfosis: «un tufo de hongos tiernos, de flor de palo, de antigua y reconcentrada intemperie impregnó el aire del dormitorio cuando empezó a respirarlo el viejo

---

[23] Véase Joaquín Marco, *Literatura popular en España en los siglos XVIII y XIX*, Taurus, Madrid, I, págs. 48 y sigs.
[24] *Ob. cit.*, pág. 260.

colosal macerado por el sol y la lluvia» (pág. 188). La piel
de Melquíades «se le cubrió de un musgo tierno» (pág. 125).
La violencia absurda aparece en la *exageración* del beli-
cista Aureliano Buendía, quien había tenido que promover
«32 guerras» (pág. 217). Incluso la belleza femenina puede
exagerarse hasta el punto de que Remedios la bella «no era
un ser de este mundo» (pág. 242). La utilización aquí del
epíteto definidor responde a la tradición de la épica (desde
la *Ilíada* hasta el ciclo carolingio). También la lluvia tro-
pical aparece exagerada, puesto que dura cuatro años,
once meses y dos días (pág. 351). El autor utiliza un sistema de precisión numérica bien conocido ya por los
surrealistas. El amor entre Amaranta Úrsula y Aureliano
culmina en un estado enfebrecido durante el cual destruyen cuanto les rodea (págs. 436-37).

CIEN AÑOS DE SOLEDAD reúne multitud de historias. El
narrador parece perderse por los laberintos de una tan
compleja familia, de un territorio mágico, en el cual prácticamente todo es posible. Pero para ser un buen narrador,
para poder ofrecernos el conjunto de todas ellas se requiere
un peculiar sentido de la memoria. García Márquez
domina desde su peculiar sentido del tiempo la totalidad de
Macondo. Sabe de su principio y de su fin y conoce, también, las complejas circunstancias por las que han transcurrido las vidas de sus personajes. Su dominio del tiempo y
de sus recursos es también el dominio de la memoria colectiva. La *acumulación* de elementos narrativos produce una
deliberada sensación de desorden. Al autor parece perdér-
sele de vez en cuando un personaje, abandonado en una
determinada actitud. Pero más adelante lo recobrará y
recargará de nuevos sentidos. Pocos de ellos lograrán
superar el territorio conocido de Macondo. Salir del
espacio acotado previamente resulta peligroso, como el
mensajero que envía José Arcadio Buendía con dibujos de
sus descubrimientos estratégicos. El mensajero: «atravesó
la sierra, se extravió en pantanos desmesurados, remontó
ríos tormentosos y estuvo a punto de perecer bajo el azote
de las fieras, la desesperación y la peste, antes de conseguir una ruta de enlace con las rutas del correo» (pág. 61).

Durante años esperará la respuesta de unas autoridades inexcrutables.

El conocimiento directo del folklore colombiano le servirá al autor para adentrarse en las esencias. Sabemos de su primitivo interés de la mano del novelista y folklorista Manuel Zapata Olivella, quien lo utilizó en alguna de sus novelas como *En Chimá nace un santo* (1967). En un artículo de mayo de 1948 Gabriel García Márquez considerará que la esencia de la música costeña es de origen medieval. Gilard supone que el periodismo le sirvió para superar su atención al folklore, aunque sus huellas permanecen bien patentes en su madura obra narrativa. De otra parte, también la cultura tradicional le permite establecer el oportuno nexo entre la tradición hispánica (el mito del oro, de Eldorado, del galeón español) y su conciencia americana.

Elementos religiosos y literarios.

Buena parte de los temas utilizados en la novela proceden de textos literarios. La *Biblia* es la fuente primera. Hallamos no sólo la presencia del Génesis (pág. 59) y del Éxodo (pág. 67), sino que el origen de Macondo tiene que ver con el mito del Paraíso Terrenal, donde la muerte era también desconocida. José Arcadio Buendía «nombra» las cosas en una constante lucha contra el olvido. Es a la vez un demiurgo y un patriarca bíblico. El pueblo de Macondo puede sugerirnos el papel de «pueblo elegido». Dispone de una historia diferenciada que comienza con los orígenes mismos de su naturaleza, orígenes que aparecen también en las crónicas históricas y fabulosas medievales. Algunos fenómenos, como la levitación del padre Nicanor, utilizada en el contexto para demostrar el «infinito poder de Dios» (pág. 136), pueden rastrearse en los textos bíblicos. El padre Antonio Isabel, al borde del delirio, enseña, a la vez, «cómo se le ocurrió a Dios en el segundo día de la creación que los pollos se formaran dentro del huevo» (pág. 232) y que «el diablo había ganado la rebelión contra Dios» (pág. 232). Aparecen abundantes elementos religiosos propios de la

liturgia católica, como la ceremonia del Miércoles de
Ceniza, mediante la cual se reconocerá a los hijos del
coronel Buendía. Pero las influencias bíblicas podrán apre-
ciarse también en temas como el del supuesto origen del
hijo de Meme, aparecido en una canastilla, como Moisés.
Las abundantes profecías, premoniciones de muerte u otros
signos, surgen también con frecuencia en los textos bíblicos.
Desprovista de una trascendencia religiosa, la novela se
inscribe, sin embargo, en una religiosidad popular que asimila lo maravilloso y trascendentaliza las acciones
humanas. La elevación de Remedios la bella (pág. 279)
parece fácilmente relacionable con la Asunción de la
Virgen. Úrsula, una figura capital en el relato, muere el día
de Jueves Santo. La ceremonia de la misa del padre
Nicanor (pág. 136) responde a una comprensión mágica de
los fenómenos religiosos, así como el respeto familiar por la
vocación sacerdotal de José Arcadio (pág. 293) o la visión
popular de los conventos de clausura, donde Fernanda
recluye a Meme, en una ciudad «lúgubre en cuyos vericuetos de piedra resonaban los bronces funerarios de
treinta y dos iglesias» (pág. 334). ¿No adivinamos, en la
forzada entrada en el convento de clausura de Meme, tras
la que se cierran los rastrillos de hierro, de quien se pierde
el rastro hasta «la remota madrugada de otoño en que
muriera de vejez, con sus nombres cambiados y sin haber
dicho nunca una palabra, en un tenebroso hospital de Cracovia» (pág. 334), los rasgos de las canciones o romances
tradicionales de las «malmonjadas»?

Se ha aludido con frecuencia a la influencia del *Amadís*
en CIEN AÑOS DE SOLEDAD [25] y de *Tirant lo Blanc* destacado
por Mario Vargas Llosa [26]. En el *Amadís* se da con mayor
profusión la mezcla de lo real con lo maravilloso. Esta es la
tesis fundamental de Mario Vargas Llosa, quien señala que

---

[25]   Mario Vargas Llosa, *El Amadís en América*, en *Recopilación de
textos sobre Gabriel García Márquez*, Casa de las Américas, La Habana,
1969, págs. 113-118.
[26]   Mario Vargas Llosa, *Carta de batalla por «Tirant lo Blanc»*, prólogo
a *Tirant lo Blanc*, Alianza Editorial, 1969, I, págs. 9-41.

«la historia de los Buendía, como la de Amadís o Tirant lo Blanc, transcurre simultáneamente en varios órdenes de la realidad: el individual y el colectivo, el legendario y el histórico, el social y el psicológico, el cotidiano y el mítico, el objetivo y el subjetivo... CIEN AÑOS DE SOLEDAD significó, entre otras cosas, un desdeñoso desaire a siglos de pudor narrativo y la resurrección inesperada, en un novelista de la lengua, del ambicioso designio de los suplantadores de Dios medievales: competir con *toda* la realidad, incorporar a la ficción cuanto existe en la vida y en la fantasía del hombre [27]. Sin embargo, la técnica narrativa del *Amadís* poco tiene que ver con CIEN AÑOS DE SOLEDAD. Gabriel García Márquez posee una capacidad goliárdica desconocida para los creadores de la novela de caballerías, presente ocasionalmente en Joanot Martorell. Los frecuentes recursos paródicos de CIEN AÑOS DE SOLEDAD parecen más próximos a Rabelais que a Cervantes. Cuando Gabriel resulta ser el único superviviente de Macondo (la referencia al nombre de García Márquez) es más que evidente «se fue a París con dos mudas de ropa, un par de zapatos y las obras completas de Rabelais» (pág. 435). Importa poco que el propio García Márquez declare que en realidad el libro que Gabriel se llevó a París «fue el *Diario del año de la peste*, de Daniel Defoe» [28] y que la sustitución fue una trampa para los críticos. Estimo más bien que la mención de Rabelais es más apropiada y que García Márquez hubiera cometido un error al mencionar aquí a Defoe. El mundo de Rabelais corresponde mejor a la inspiración de CIEN AÑOS DE SOLEDAD como trataré de mostrar. Considerado por los surrealistas como uno de sus precursores, Rabelais es un autor difícil. Como ya señaló Mijail Bajtin «su obra, descifrada convenientemente, permite iluminar la cultura cómica popular de varios milenios» [29]. Rabelais,

---

[27]   Mario Vargas Llosa, *García Márquez, historia de un deicidio*, pág. 177.
[28]   Miguel Fernández Braso, *ob. cit.*, pág. 114.
[29]   Mijail Bajtin, *La cultura popular en la Edad Media y en el Renacimiento. El contexto de François Rabelais*, Barral, Barcelona, 1974, pág. 9.

como García Márquez, alcanza pronto un éxito popular que
supera las rígidas clases sociales. «Los contemporáneos de
Rabelais lo acogieron dentro del marco de una tradición
todavía viva y potente, sorprendidos por la fuerza y la bri-
llantez de Rabelais, pero no por el carácter de sus imágenes
y estilo. Sus contemporáneos captaron la unidad del universo rabelaisiano y comprendieron el parentesco profundo
y las relaciones recíprocas entre sus elementos constitu-
tivos, que ya en el siglo XVII comienzan a parecer heterogé-
neos y, para el siglo XVIII, enteramente incompatibles: dis-
cusiones sobre problemas importantes, comicidad verbal
de baja estofa, elementos de sabiduría y farsa» [30]. Hasta
cierto punto la obra de García Márquez muestra el
entronque con una tradición carnavalesca de la realidad.
El descubrimiento de lo verídico debe realizarse tras una
tarea de desciframiento sólo comparable a la tarea de
Aureliano en descubrir la historia que precisamente se
narra en CIEN AÑOS DE SOLEDAD (pág. 448). Es éste, además,
un recurso tradicional (el del manuscrito encontrado) que
hallamos incluso en El Quijote. El autor, sin embargo, ha
roto la barrera que separaba lo verosímil de lo inverosímil
a través del poder creativo de la imaginación. Ello sólo
podía ser posible tras la modificación en la estética y el
gusto moderno que supuso el surrealismo. Habíamos
pasado por la aventura de la libertad creadora. Desde
M. Á. Asturias a Julio Cortázar se habían incorporado en la
novela latinoamericana elementos derivados de la evolución estética surrealista. Los ejercicios espirituales que
comportó la quiebra del realismo burgués permitieron la
libertad juglaresca de una nueva clase de novela. En
García Márquez, al tiempo que entraba en crisis una vez
más el realismo entendido como fiel retrato de lo cotidiano,
hacía su aparición el «arte del cuerpo», presente en la tradición rabelaisiana. En contraste con los «idealismos» de todo
signo, CIEN AÑOS DE SOLEDAD exagera las presencias corpo-
rales, desde la escatología al erotismo. El amor se materializa y hasta el filial necesita caracterizarse con el grotesco

---

[30]   Ob. cit., pág. 61.

efecto del «cloc cloc de los huesos de sus padres» (pág. 164).

La fiesta popular del Carnaval se halla presente en la novela «El carnaval había alcanzado su más alto nivel de locura, Aureliano Segundo había satisfecho por fin su sueño de disfrazarse de tigre y andaba feliz entre la muchedumbre desaforada, ronco de tanto roncar, cuando apareció por el camino de la ciénaga una comparsa multitudinaria llevando en andas doradas a la mujer más fascinante que hubiera podido concebir la imaginación» (pág. 245). La fiesta acaba en tragedia, pero la enumeración del resultado de la refriega posee las características del estilo carnavalesco: «quedaron tendidos en la plaza, entre muertos y heridos, nueve payasos, cuatro colombinas, diecisiete reyes de baraja, un diablo, tres músicos, dos Pares de Francia, y tres emperatrices japonesas» (pág. 246). Las fórmulas del disfraz aparecen incluso en algunos detalles del juego erótico: «ella jugaba a las muñecas con la portentosa criatura de Aureliano, y le pintaba los ojos de payaso con carmín de labios y bigotes de turco con carboncillo de las cejas, y le ponía corbatines de organza y sombreritos de papel plateado» (pág. 437). Bajtin señala un desconocido juego carnavalesco, el del «buey violado», al que se le adorna también de cintas multicolores [31], aunque la escena puede resultar también la parodia de un conocido pasaje de la novela de D. H. Lawrence *El amante de Lady Chatterley*, donde figura una escena semejante. Carnavalescos son asimismo los episodios en los que se relatan las competiciones gastronómicas de Aureliano Segundo (pág. 296), las fiestas de la boda de Aureliano Buendía y Remedios Moscote (pág. 133), donde se parodia no sólo la ceremonia, sino los anteriores ritos de iniciación.

Algunos elementos míticos proceden de fuentes literarias, como el de las sirenas (pág. 68) o la mortaja de Amaranta (pág. 319) que teje durante cuatro años a la espera de la muerte, ambos procedentes de la *Odisea*. José Arcadio Buendía pierde la cabeza sumergido en el estudio de sus

---

[31] *Ob. cit.*, pág. 182.

«novelerías» (pág. 71), pero aparecen otros muchos personajes que permanecen ajenos a la realidad que les cir-
cunda, trabajando en alquimias o extraños manuscritos.
No resulta ajeno a esta situación el mito quijotesco. La consideración de la infancia como «insuficiencia mental»
(pág. 72) coincide con el libro primero del *Émile,* de Rous-
seau, y con *Las noches lúgubres,* de Cadalso, quien alude a
los comienzos de la vida humana «sus primeros años...
enfermedad, flaqueza, estupidez, molestia, asco...». Descubrimos también en CIEN AÑOS DE SOLEDAD abundantes rastros borgeanos. Así los orígenes de la familia (Úrsula
Iguarán y José Arcadio Buendía) guardan cierta semejanza
con el relato de Borges, *El atroz redentor Lazarus Morell,*
de su *Historia Universal de la infamia* (1935). El resumen
del ciclo vital de Aureliano Buendía (pág. 155) funciona con
los esquemas de algunos relatos de Borges especialmente
en la exposición temporal y en las consecuencias de una
serie de fracasos vitales que traen como resultado la fama
póstuma e irónica de «una calle con su nombre». Algunas
fórmulas simétricas de la estructura narrativa pueden
emparentarse con las de relatos de Borges, como el juego
de los espejos (realidad convertida en imagen) bien conocida por su profusa utilización en el maestro argentino o la
laberíntica imagen de los aposentos iguales (pág. 189).

La referencia a Alejo Carpentier es precisa. Uno de sus
personajes, Victor Hugues, es el personaje real y héroe de
El Siglo de las Luces (1962). La represión policiaca, el
terror y la arbitrariedad se testimonian en el episodio en el
que un niño de siete años derrama por accidente su
refresco sobre el uniforme de un cabo de la policía. Éste lo
hace «picadillo a machetazos» y decapita al abuelo. La
escena, signo de la arbitrariedad y del terror, puede enla-
zarse con aquella en la que un viejo secretario derrama
accidentalmente un tintero sobre el presidente de la república y éste lo hace apalear hasta morir, procedente de *El
señor presidente,* de Miguel Ángel Asturias. La aparición de
los norteamericanos (pág. 314) desencadenará el crecimiento y a la vez el desastre de Macondo. Su función indicativa
puede relacionarse con el personaje de Míster Danger,

en la novela *Doña Bárbara,* de Rómulo Gallegos. El coronel Lorenzo Gavilán (págs. 337 y 342) es un personaje de la novela de Carlos Fuentes *La muerte de Artemio Cruz* y Rocamadour (pág. 438) de la novela de Julio Cortázar *Rayuela.*

La casa inundada en la que es necesario «excavar canales para desaguar la casa, y desembarazarla de sapos y caracoles...» (pág. 352), tiene su antecedente en la novela del uruguayo Felisberto Hernández, *La casa inundada* (1960). Las relaciones incestuosas entre José Arcadio y Rebeca (pág. 145) poseen también un antecedente destacable: el romance de Federico García Lorca *Ammar y Tammón,* basado en un episodio bíblico, aunque aparezca también en un romance tradicional en el *Romancero* español. Conocemos la opinión que le merecía la obra lorquiana a García Márquez ya en época muy temprana. En marzo de 1951, en un artículo publicado en *La Jirafa* [32] señala que «en cualquier pueblo de la costa atlántica pueden encontrarse, arracimadas, estas mujeres patéticas que García Lorca puso a vivir y a morir en su última pieza teatral. Pero de todos modos, a pesar de los indudables aciertos del dramaturgo local en su empeño por lograr un auténtico clima folklórico, la casa de doña Amaranta tiene mucho más de la de Bernarda Alba que la de la coronela Montero» [33]. La actitud de Petra Cotes que ayuda a Fernanda recuerda a *Fortunata y Jacinta,* de Pérez Galdós. El parecido entre el coronel Aureliano Buendía y el personaje Sartoris, de William Faulkner, ha sido ya evidenciado. Significativa es la presencia de algunos elementos del *Orlando,* de Virginia Woolf [34] (pág. 235). Sobre la relación entre *El gran Burundún Burundá ha muerto* (1952) [35], del colombiano Jorge Zalamea, y la obra de García Márquez, especialmente *Los funerales de Mamá Grande* se ha dicho ya lo más significativo (pág. 237).

---

[32] Gabriel García Márquez, *Obra periodística, 1,* pág. 692.

[33] Mario Vargas Llosa, *García Márquez, historia de un deicidio,* pág. 149.

[34] Mario Vargas Llosa, *ob. cit.,* pág. 165.

[35] Véase Alfredo Iriarte, prólogo a Jorge Zalamea, *El gran Burundú ha muerto* y *La metamorfosis de su excelencia,* Bogotá, 1966, págs. 24-28.

La figura de *El Judío Errante* adquiere la forma de un mito. Fue un tema ampliamente divulgado en el siglo XIX no sólo por la novelización de Eugenio Sue, sino porque fue difundido en verso y prosa en la literatura de cordel [36]. Pero El Judío Errante cuando pasa por Macondo «provocó un calor tan intenso que los pájaros rompían las alambreras de las ventanas para morir en los dormitorios» (pág. 183). En otra ocasión (pág. 379) toma la figura de un monstruo y el pueblo acaba con él. En ambos casos las imágenes pueden relacionarse con el *Apocalipsis* bíblico. Aparecen también breves alusiones literarias poco significativas. El «vuelva mañana» (pág. 285), recuerdo de Larra, fórmula utilizada en un adecuado contexto; cuando Aureliano Buendía pugna con la administración por las pensiones vitalicias de los militares combatientes. Se menciona, asimismo, *El puñal del Zorro* (en vez del *godo*), de José Zorrilla, una prueba más de la popularidad que alcanzara la obra del romántico español.

Los elementos literarios de la obra de García Márquez no responden a influencias. El autor los asimila e inscribe en el conjunto de la novela cuanto lo estima conveniente, aunque su técnica dista mucho del *collage*. Su capacidad transformadora, deicida, según Vargas Llosa, escapa a cualquier atracción de modos o fórmulas ajenas. En CIEN AÑOS DE SOLEDAD se inscribe, pues, lo real y lo literario (culto o popular), ya que la forma narrativa empleada es un mecanismo que actúa como pozo sin fondo. Aquí hemos expuesto sólo un repertorio que podría ampliarse considerablemente.

El amor y la muerte.

El moverse entre las constantes sorpresas que nos depara el texto de García Márquez no impide que pueda observarse que aparecen en él dos temas recurrentes, tra-

---

[36]   Véase Joaquín Marco, *La literatura popular en España en los siglos XVIII y XIX,* I, pág. 308.

dicionales en el quehacer literario, porque constituyen los
ejes de la vida humana: el amor y la muerte. Son temas que,
desde los románticos, se transmiten a los decadentistas [37].
En CIEN AÑOS DE SOLEDAD podemos descubrir algunas de las
páginas más bellas que sobre el amor y sus diversas manifestaciones se han escrito en lengua castellana. Los «síntomas del amor» que ya analizara Ovidio, aparecen en las
relaciones entre Meme y Mauricio Babilonia. «Se volvió
loca por él. Perdió el sueño y el apetito, y se hundió tan
profundamente en la soledad, que hasta su padre se le convirtió en un estorbo» (pág. 327). Pilar Ternera actúa en
mágica tercería celestinesca. También en *La Celestina* se
manifiestan los elementos mágicos. Y el amor entre los
jóvenes tiene como signo mágico la aparición de las mariposas amarillas. Sin la persona amada los seres se debaten
en la soledad. Mauricio Babilonia morirá «de viejo en la
soledad», separado de su amante. Pero el episodio más
declaradamente romántico de la narración es el suicidio
por amor de Pietro Crespi. Amaranta se muestra dura y
manifiesta su desprecio por su enamorado. «El día dos de
noviembre, día de todos los muertos, su hermano abrió el
almacén y encontró todas las lámparas encendidas y todas
las cajas de música destapadas y todos los relojes trabados
en una hora interminable, y en medio de aquel concierto
disparatado encontró a Pietro Crespi en el escritorio de la
trastienda, con las muñecas cortadas a navaja y las dos
manos metidas en una palangana de benjuí» (pág. 161).
Úrsula le considerará como un santo y se enfrentará al
padre Nicanor que se niega a darle sepultura en tierra
sagrada. El disparatado romanticismo es fruto de una sensibilidad exacerbada, porque se traducía en un «noviazgo
crepuscular» (pág. 158). El signo de la fatalidad serán «las
lluvias aciagas de octubre» (pág. 160). Y, en una manifestación clara de romanticismo, la Naturaleza acompañará la
desgracia del corazón.

---

[37]   Véase el repertorio del romanticismo decadente en Mario Praz, *La
carne, la muerte y el diablo (en la literatura romántica)*, Monte Ávila,
Caracas, 1969.

El repertorio amoroso se inicia con la novela misma, cuando Úrsula mantiene un año después de su matrimonio su virginidad. El temor al incesto, que se manifiesta materialmente con la aparición de una cola de cerdo (pág. 77), se supera con signos de violencia: «—Si has de parir iguanas, criaremos iguanas» (pág. 78), afirma José Arcadio Buendía y consuman el amor: «era una buena noche de junio, fresca y con luna, y estuvieron despiertos y retozando en la cama hasta el amanecer». José Arcadio y Pilar Ternera descubren conjuntamente el erotismo. Cuando su hermano Aureliano le pregunta por la naturaleza del amor, éste le responde: «Es como un temblor de tierra» (pág. 86), definición que no queda muy lejos del título del conocido libro de poemas de Vicente Aleixandre «la destrucción o el amor». La pasión se desata entre José Arcadio y una gitana: «se besaron con una ansiedad desperada mientras se iban quitando la ropa» (pág. 89) hasta el punto de que éste abandona a su familia y acompaña, siguiendo una clara tradición manifiesta ya en la novela romántica folletinesca, a la farándula y abandona Macondo. La frustración amorosa se manifiesta cuando Aureliano se acuesta con una mulata adolescente, a la que habían visitado sesenta y tres hombres aquella noche. Pese a sus esfuerzos «él se sintió cada vez más indiferente y terriblemente solo» (págs. 107-108). La ausencia del amor conduce inevitablemente a la soledad. De ahí que los personajes de CIEN AÑOS DE SOLEDAD busquen el complemento femenino que puede situarlos en otra realidad. Cuando Aureliano, más tarde, descubrirá a Remedios no sólo sentirá los efectos del amor, sino que de éste se derivarán manifestaciones literarias: «La casa se llenó de amor. Aureliano lo expresó en versos que no tenían principio ni fin. Los escribía en los ásperos pergaminos que le regalaba Melquíades, en las paredes del baño, en la piel de sus brazos, y en todos ellos aparecía Remedios transfigurada: Remedios en el aire soporífero de las dos de la tarde, Remedios en la callada respiración de las rosas, Remedios en el vapor del pan al amanecer, Remedios en todas partes y Remedios para siempre» (pág. 119). He aquí una manifestación del desbordamiento lírico de la novela tan próxima al poema. Pero cuando el amor no es posible los seres de García Márquez, insatisfechos, aman a otra persona en la que imaginan al amante imposible. Aureliano recurre a Pilar Ternera y en ella transfiere su pasión «Remedios convertida en un pantano sin horizontes, olorosa a animal crudo y a ropa recién planchada» (pág. 121).

El límite del incesto se produce en el amor entre José Arcadio y Rebeca, quienes se creen hermanos. Pero su pasión es más fuerte que los tabúes: «Ella tuvo que hacer un esfuerzo sobrenatural para no morirse cuando una potencia ciclónica asombrosamente regulada la levantó por la cintura y la despojó de su intimidad con tres zarpazos, y la descuartizó como un pajarito. Alcanzó a dar gracias a Dios por haber nacido, antes de perder la conciencia en el placer inconcebible de aquel dolor insoportable, chapaleando en el pantano humeante de la hamaca que absorbió como un papel secante la explosión de su sangre» (página 145). Obsérvense las expresiones de la violencia que impregnan la escena amorosa y la reiterada manifestación de virginidad que acostumbra a figurar en las escenas amorosas, donde la conciencia del placer, del dolor y de la muerte se unen. El amor entre Aureliano José y su tía Amaranta nace en los dominios de un erotismo cómplice (pág. 192), pero cuando más adelante éste regresa después de desertar de los federalistas de Nicaragua se manifiesta como «un animal de campamento» (pág. 198). Estos amores incestuosos plantean el problema del matrimonio entre tía y sobrino. Los liberales, según estima un soldado, están haciendo la guerra «contra los curas para que uno se pueda casar con su propia madre» (pág. 198).

El coronel Aureliano Buendía es el más claro ejemplo de la incapacidad amorosa. Sólo sintió complicidad por su hermano José Arcadio y «las incontables mujeres que conoció en el desierto del amor, y que dispersaron su simiente en todo el litoral, no habían dejado rastro alguno

---

[38] Véase Suzanne Jill Levine, *La maldición del incesto en «Cien años de soledad»*, en *Revista Iberoamericana*, 76-77, julio-diciembre de 1971, págs. 711-724.

en sus sentimientos» (pág. 220). La guerra es, pues, mala acompañante del amor. Y ni siquiera los héroes pueden amar. La sátira de la pudibundez sexual en el matrimonio se describe en el personaje de Fernanda, educada para ser reina, la cual tiene que competir con Petra Cotes, amante de Aureliano Segundo. «Fernanda llevaba un precioso calendario con llavecitas doradas en el que su director espiritual había marcado con tinta morada las fechas de abstinencia venérea. Descontando la Semana Santa, los domingos, las fiestas de guardar, los primeros viernes, los retiros, los sacrificios y los impedimentos cíclicos, su anuario útil quedaba reducido a 42 días desperdigados en una araña de cruces moradas» (pág. 253). Este personaje se creerá más adelante entroncado con la casa ducal de Alba (pág. 359). Ya en la vejez, vestida con los atuendos de reina, acaba humanizándose en la soledad (pág. 398).

El amor entre Aureliano y Nigromanta responde al esquema de las relaciones mágicas. En el amor aparecen también las combinaciones extrañas que tienen mucho de imaginario. Pero en esta extraña figura los signos de la prostitución se mezclan con los de la ternura. Y Aureliano no consigue ni siquiera en el placer inventado y profesionalizado apagar su pasión por Amaranta Úrsula. Cuando el amor se materializa «una conmoción descomunal la inmovilizó en su centro de gravedad, la sembró en su sitio, y su voluntad defensiva fue demolida por la ansiedad irresistible de descubrir los silbos anaranjados y los globos invisibles que la esperaban al otro lado de la muerte» (pág. 430). En esta fiebre apasionada, los amantes consuman el amor, se consumen en él y se aproximan a la muerte.

Al tiempo que los seres de CIEN AÑOS DE SOLEDAD se relacionan por el amor, intentan alejar la sombra de la muerte. Melquíades envejece más rápidamente que José Arcadio Buendía. Ha realizado ya varios viajes alrededor del mundo, como El Judío Errante. Y su capacidad de cambiar de espacio, arrastra consigo la imagen de la muerte, ésta: «lo seguía a todas partes, husmeándole los pantalones, pero sin decidirse a darle el zarpazo final» (pág. 63). El narrador no sólo conoce de forma omnisciente lo que piensan los

vivos, sino también lo que sienten los muertos. Prudencio
Aguilar es un espectro real y atormentado con «la inmensa
desolación... la honda nostalgia con que añoraba los vivos,
la ansiedad...» (pág. 79), características todas ellas de ser
vivo. Para aplacarle José Arcadio Buendía recurre al sacrificio de los gallos, hacia quienes ambos habían sentido una
gran afición. La fórmula mítica del sacrificio aparece en las
religiones primitivas y llega al cristianismo. Responde a la
inquietud de creer que los muertos siguen viviendo en un
mundo real, de seres vivos. La soledad de los muertos es la
absoluta soledad que Bécquer había definido en una de sus
Rimas. Macondo no conoce inicialmente la muerte y es un
pueblo tan poco pacífico que no ha descubierto todavía «la
muerte natural» (pág. 111). La muerte de Melquíades aparece rodeada de signos sobrenaturales. El propio personaje
afirma haber alcanzado la inmortalidad (pág. 126). Pero el
cadáver se comporta como el de cualquier ser humano. Y
es finalmente enterrado. Poco después se habla de su
«deambular sigiloso» (pág. 127). La conciencia de la muerte
supone un retorno a la infancia. José Arcadio cuando va a
ser fusilado en una escena que repite otra en el comienzo
de la novela en la que el fusilado es su hermano Aureliano
(en un magistral juego de espejos) «vio a su padre en una
tarde espléndida conduciéndolo al interior de la carpa, y
vio el hielo» (pág. 179). Esta escena, cuyo desencadenante
es la proximidad de la muerte, constituye uno de los
núcleos fundamentales del relato. Corresponde, según
declaraciones del propio García Márquez, a la inspiración
inicial de CIEN AÑOS DE SOLEDAD, puesto que coincide con un
recuerdo infantil en el que su abuelo le llevó a ver una
representación de circo. La muerte se convierte en un
simple trámite expeditivo cuando es resultado de la represión. La muerte del general Moncada aparece como un acto
de venganza gratuita (págs. 207-08).

La belleza puede ser también un signo de muerte. Remedios la bella posee el poder de destruir a los hombres con
sólo mirarles. Aparece como una mujer fatal, como *Doña
Bárbara*, de Rómulo Gallegos, aunque aquélla tiene que
usar de sortilegios para alcanzar sus deseos. Remedios la

bella manifiesta su frigidez y su belleza, es también presagio de muerte (pág. 277), del mismo modo que la ceniza será el signo que identificará a los diecisiete hijos del coronel Buendía. Ni siquiera el último logra escapar a un destino fijado previamente, un destino de muerte violenta. Figuran numerosas premoniciones de muerte, pero el coronel Aureliano Buendía sabe que «uno no se muere cuando debe, sino cuando puede» (pág. 284). El culto a los muertos constituye un ritual que practica Amaranta con el cadáver de su padre (pág. 316), ante el estupor de Fernanda que refleja la actitud católica ortodoxa. Amaranta teje también la mortaja de Rebeca (pág. 317) y le es permitido contemplar su personificación: «era una mujer vestida de azul con el cabello largo, de aspecto un poco anticuado, y con un cierto parecido a Pilar Ternera en la época en que las ayudaba en los oficios de la cocina» (pág. 318). Aparece como una figura capaz de alternar con los mortales en un atuendo y forma parecidos a las representaciones románticas y simbolistas. La muerte le pide a Amaranta que le enhebre una aguja y le ordena tejer su propia mortaja. Conocedora de que llega la hora de su muerte después de tejer y bordar su mortaja se convierte en una mensajera, una mediadora para los muertos del pueblo [39]. Sólo Fernanda se muestra aferrada a su intransigencia religiosa. La muerte es para Amaranta un destino aceptado. Los que mueren se comunican con los ya difuntos. Así Úrsula le

---

[39]   Graciela Maturo analiza el papel mediador de la mujer que identifica con la Virgen: «sólo así se hace plenamente inteligible la inserción de los numerosos detalles que se refieren a la Virgen, o a Remedios (y por extensión a Amaranta y a Meme, o a Amaranta Úrsula o Mercedes). Esas señales, gestos, situaciones, no pueden ser interpretados diacrónicamente sino en forma figurada, como referencias a María-mediadora dentro del esquema neoplatónico y cátaro que ha prevalecido en la poesía occidental, y que García Márquez completa y enriquece con la contraposición de la Madre telúrica y fecunda que es Úrsula, cuidadora de la casa, y de Amaranta-Úrsula, la amante total, en que ambas se funden (como en la Virgen-Madre)», en *Claves simbólicas de Gabriel García Márquez*, págs. 144-145. Pese a su exageración, no caben dudas sobre el papel que el tema de la Virgen, en el pensamiento católico, ejerce sobre el planteamiento de las figuras femeninas de *Cien años de soledad*.

pide al cadáver del coronel Gerineldo Márquez cuando pasa camino del cementerio en un ataúd durante la lluvia: «Salúdame a mi gente y dile que nos vemos cuando escampe» (pág. 356). Los personajes pueden, de este modo, conocer con anticipación su propia muerte y comunicarse con aquellos que les precedieron.

Las muertes se producen también en fechas señaladas. Úrsula muere un día de Jueves Santo (pág. 378). Una vez más, signos naturales de muerte acompañan la desaparición de Úrsula, una de las claves del mundo de Macondo, cuando se despuebla. Los pájaros que mueren asfixiados por el calor, sin embargo, son interpretados por el padre Antonio Isabel como un indicio de la presencia del Judío Errante en forma de monstruo apocalíptico. La ambigüedad del signo parece relacionarse con la presencia de la muerte y la decadencia de las figuras más representativas de la historia de Macondo. Porque a continuación se insiste en la muerte de Rebeca. Aureliano Segundo antes de morir, después de lograr enviar a su hija a Bruselas, instruye a José Arcadio Segundo acerca del pasado de Macondo. Prepara así su muerte que coincidirá con la del hermano gemelo. Pese a todas las precauciones los hombres confundieron sus cuerpos en el entierro. Ni siquiera la muerte fue capaz de romper el espejo encantado de su nacimiento. José Arcadio, sin embargo, muere asesinado por los niños que actúan como en «un asalto de militares» y le ahogan para robarle el tesoro. La muerte del «sabio catalán» se produce ya fuera de Macondo, tras su regreso a una Barcelona real (pág. 433), y la de Pilar Ternera, «vigilando la entrada de su paraíso» pág. 431), parece representar el final de una historia que culminará en la muerte de Amaranta Úrsula de un parto que «le afiló el perfil, y los verdugones de su cara se le desvanecieron en una aurora de alabastro, y volvió a sonreír» (pág. 444). Aureliano inscrito ya en los parámetros de la soledad se iniciará en la lectura de la historia del manuscrito que es, a la vez, la novela misma. Y adivina que «no saldría jamás de este cuarto» (pág. 448), porque estaba ya prevista también su muerte, presente desde el comienzo en el proyecto del inventor de la historia.

La violencia, las luchas políticas y sociales.

Los elementos sociopolíticos que conforman el mundo de
Macondo transcriben la realidad colombiana, especialmente la que se produce tras el «bogotazo» en 1948. El país
vive en un clima de violencia; es decir, ésta se hace
habitual [40]. Ángel Rama apunta que «tiende a canalizarse
de un solo modo en el plano de lo concreto: será a través de
las manifestaciones políticas» [41]. La fundación de Macondo
se inicia con un acto de violencia individual. El sentido del
«honor» —y de un honor con connotaciones claramente
sexuales— implica una violencia que tiene sus raíces literarias en la España tradicional. El galeón abandonado no
sólo significa un indicio de aquellos descubridores que
dieron origen al Continente, sino que con ellos llegan también las formas hispánicas de comportamiento. Y el tema
del «honor» será la clave del teatro del Siglo de Oro español,
se manifestará hasta el mundo lorquiano y tendrá en

---

[40]   Gabriel García Márquez escribe a raíz de las nuevas elecciones de
1958 sobre «La Violencia» que había soportado Colombia: «después de
ocho años, nueve meses y once días sin elecciones, el pueblo colombiano
volvió a las urnas para reintegrar un Congreso que fue disuelto el 12 de
noviembre de 1949, por orden de Mariano Ospina Pérez, un presidente
conservador que antes había sido un discreto multimillonario. Ese acto de
fuerza inició, a las 3,35 de un sábado, un período de tres dictaduras suce-
sivas que aún están costando al país 200.000 muertos y el más grave
desajuste económico y social de toda la historia. La implacable persecución armada contra los liberales desfiguró la realidad electoral. El absolu-
tismo de Rojas Pinilla acabó con las elecciones», en *Cuando era feliz e
indocumentado*, pág. 96. Sobre esta base histórica, con innegables referencias a una dolorosa realidad, se elabora el testimonio inscrito en *Cien
años de soledad*. Constituiría un craso error entender la novela como un
relato marginal a la conciencia histórica. Su formulación narrativa escapa
a la novela histórica tradicional, cuya historia en Colombia puede apre-
ciarse en Donald McRady, *La novela histórica en Colombia (1844-1959)*,
The University of Texas, Austin, Editorial Kelly, Bogotá (s. a. p.). La conciencia histórica del escritor no necesariamente debe manifestarse a
través de la novela enmarcada en un tiempo histórico.
[41]   Ángel Rama, *Un novelista de la violencia americana*, en *9 asedios a
García Márquez*, pág. 111.

García Márquez una prolongación más allá de CIEN AÑOS DE SOLEDAD, puesto que su última novela *Crónica de una muerte anunciada* responderá al código de comportamiento basado en el «machismo» y en el «honor» [42]. Pero la violencia se entroniza en la lucha política. El coronel Aureliano Buendía promovió 32 levantamientos armados (pág. 155). La lucha política se centra en la oposición (una clave histórica fácilmente reconocible) entre liberales y conservadores. «Como Aureliano tenía en esta época nociones muy confusas sobre las diferencias entre conservadores y liberales, su suegro le daba lecciones esquemáticas. Los liberales, le decía, eran masones; gente de mala índole, partidarios de ahorcar a los curas, de implantar el matrimonio civil y el divorcio, de reconocer iguales derechos a los hijos naturales que a los legítimos, y de despedazar al país en un sistema federal que despojara de poderes a la autoridad suprema. Los conservadores, en cambio, que habían recibido el poder directamente de Dios, propugnaban por la estabilidad del orden público y la moral familiar; eran los defensores de la fe de Cristo, del principio de la autoridad, y no estaban dispuestos a permitir que el país fuera descuartizado por entidades autónomas» (pág. 148). Aureliano contempla la falsificación de las votaciones por parte de los conservadores (pág. 149). Su reacción responde a una ética rigurosa. Pero la descripción del doctor Alirio Noguera calificado como «farsante» y «terrorista», sus ideas sobre el empleo de la violencia como «lo único eficaz» (pág. 150), su idea de «liquidar a los funcionarios del régimen con sus respectivas familias, sobre todo a los niños (otro elemento bíblico), para exterminar el conservatismo en la semilla» (pág. 151), supone una alternativa invalidada. La ley marcial, la guerra que ya imperaba en el país se desborda con detalles de violencia: el fusilamiento del doctor Noguera, los culatazos al padre Nicanor cuando muestra sus poderes de levitación.

---

[42]   Joaquín Marco, «*Crónica de una muerte anunciada*», *la extraordinaria novela de Gabriel García Márquez*, en *La Vanguardia*, 14-V-1981, pág. 41.

Arcadio, gobernador de Macondo, utiliza el poder liberal con la misma violencia con la que la habían usado los conservadores. Dicta bandos, prohíbe, fusila «hasta convertirse en el más cruel de los gobernantes que hubo nunca en Macondo» (pág. 157). Sus vejaciones alcanzan al patriarca conservador Apolinar Moscote. Será Úrsula quien restablecerá el orden de gobierno. La victoria conservadora trae consigo la orden de fusilar a Aureliano Buendía, pero el capitán que manda el pelotón se fuga con el héroe liberal y emprenden una nueva guerra. El coronel cuenta ya con cinco mil hombres a sus órdenes, pero desconfía de los políticos: «Estaremos perdiendo el tiempo mientras los cabrones del partido estén mendigando un asiento en el congreso» (pág. 184). Pese a la firma de la paz, Aureliano Buendía sigue combatiendo y la violencia prosigue (pág. 194). Su conciencia revolucionaria se incrementa y entiende el problema político como un problema del Continente. Una breve referencia a la revolución cubana parece explícita cuando se indica que «la primera noticia directa que Úrsula recibió de él, varios años después de haberse ido, fue una carta arrugada y borrosa que le llegó de mano en mano desde Santiago de Cuba» (pág. 195). Las simpatías de García Márquez hacia la revolución castrista nunca se han disimulado [43].

El general Moncada, pese a ser conservador, resulta un excelente *corregidor* de Macondo, pero su marcado antimilitarismo no impide que Aureliano Buendía le fusile: «Recuerda, compadre —le dijo—, que no te fusilo yo. Te fusila la revolución... / —Vete a la mierda, compadre, replicó» (pág. 207). Los excesos de la violencia y la embriaguez del poder (pág. 214) alcanzan al antes moderado

---

[43]   En enero de 1959 asiste al juicio de Sosa Blanco como parte de «la operación verdad» de Fidel Castro. Allí señala nuevamente su intención de escribir una novela sobre la dictadura, lo que realizará más tarde con *El otoño del patriarca,* novela en la que se mezclan elementos históricos de la época de Rojas Pinilla, en Colombia; de Fulgencio Batista, en Cuba; de Francisco Franco, en España, entre otras dictaduras que García Márquez ha conocido directamente. Vivió en Cuba en 1960. Ha viajado posteriormente a la isla en numerosas ocasiones.

liberal. En su programa revolucionario figura como única acción positiva «revisar los títulos de propiedad de la tierra, hasta cien años atrás» (pág. 206). Con ello, no hace García Márquez sino aprovechar algunos de los ingredientes más destacados de la narrativa de la revolución mexicana, que integra y condensa en unas pocas páginas. Ya Azuela había señalado su pesimismo ante la transformación moral de la revolución agrarista. Úrsula, la fundadora de la dinastía, sigue representando la lucidez, en tanto que «envejecido y desencantado» (pág. 244), el coronel Aureliano Buendía se limita a escuchar las noticias que le llegan del acuerdo entre liberales y conservadores. Los conservadores reforman incluso el calendario «para que cada presidente estuviera cien años en el poder» (pág. 244).

Pero CIEN AÑOS DE SOLEDAD no podía resultar ajena a la preocupación por el colonialismo norteamericano manifiesta en la literatura latinoamericana desde el Modernismo. La atracción por el comercio del banano lleva consigo la aparición de los yanquis, de su tecnología y de las transformaciones: «dotados de recursos que en otra época estuvieron reservados a la Divina Providencia, modificaron el régimen de lluvias, apresuraron el ciclo de las cosechas, y quitaron el río de donde estuvo siempre...» (pág. 270). La tradición de no mezclarse con la población indígena se destaca indirectamente cuando se alude a sus mujeres: «los gringos, que después llevaron sus mujeres lánguidas con trajes de muselina y grandes sombreros de gasa, hicieron un pueblo aparte al otro lado de la línea del tren, con calles bordeadas de palmeras, casas con ventanas de redes metálicas...» (pág. 270). La transformación de la región operada por una cierta industrialización convierte a Macondo en un centro de agitación social e implica su definitivo hundimiento. José Arcadio Segundo incita a la huelga bananera (pág. 335).

La agitación social se traduce en la presencia de fuerzas policiales y militares. Existe una tensión en la población (pág. 335), y Fernanda, cuya concepción conservadora del mundo que la rodea se manifiesta continuamente, considera a José Arcadio Segundo como «un anarquista en la familia». Se detiene a los dirigentes sindicales, entre los que se halla José Arcadio Segundo y se pone de relieve un sistema de complicidades en el que intervienen diversos grupos sociales, en tanto que «los obreros de la compañía estaban hacinados en tambos miserables» (pág. 338). Médicos y abogados apoyan el sistema de opresión. El ejército intervendrá en forma represiva a favor de la clase dominante (págs. 339-340) y los trabajadores optan por la lucha armada y empezaron a «sabotear el sabotaje» (página 340). La concentración frente a la estación constituye uno de los núcleos significativos de la novela. La descripción de la represión contra los obreros surge como una muestra significativa de la apropiación, en el más claro sentido totalizador, de los recursos del relato social. Diversos puntos de vista sirven para mostrar cómo la multitud es ametrallada y «un tren interminable y silencioso» (pág. 344) —el tren de los heridos de Miguel Hernández— conducirá aquí los cadáveres hacia el mar. José Arcadio Segundo es un testigo de los tres mil muertos y es también un testimonio válido de la tergiversación de la historia, porque los habitantes de Macondo van a negarse a admitir que tal represión haya existido. Una muestra excelente y un efecto narrativo de la presencia del «miedo» (pág. 349) en la sociedad de Macondo. La lluvia torrencial que asolará la región fue convocada por el señor Brown, uno de los dirigentes norteamericanos. Pero llovió «cuatro años, once meses y dos días» (pág. 351) y ello supuso el principio del fin. A consecuencia de la lluvia, la compañía bananera desmantela las instalaciones (pág. 366) y de la ciudad de los extranjeros poco después «sólo quedaban los escombros» (pág. 366).

Elementos míticos.

La conexión íntima del mundo expresado en CIEN AÑOS DE SOLEDAD con la *realidad profunda* se realiza a través del lenguaje mítico [44]. Los mitos conscientes e inconscientes

---

[44] Un planteamiento estructuralista de la teoría mítica y de su aplicación en García Márquez, en Graciela Maturo, *Claves simbólicas de Gabriel García Márquez,* págs. 17 y sigs.

forman parte de la estructura significativa. Emparentados con el mundo religioso en su más amplia manifestación, hemos ya dado cuenta de las fórmulas bíblicas y religiosas. El lenguaje de García Márquez en este libro que alcanza la tragedia colectiva es suficientemente indicativo para que no resulte críptico. Pueden descubrirse, sin embargo, los elementos míticos que lo integran. «Los tiempos que así evoca, mejor dicho, invoca el narrador se distinguen del nuestro, no de la manera como una época ya remota, si bien accesible a la verificación histórica se distingue del presente, sino primero que todo, por el hecho de representar una era similar a la edad de oro de Hesiodo o al *illu tempus* del cual habla Mircea Eliade en sus magistrales interpretaciones de la mentalidad arcaica», señala muy acertadamente Ernesto Volkening [45]. Como indica Graciela Maturo, «la historia de los Buendía funciona, sí, a nivel de la narración, como expresión esquematizada del desarrollo de la humanidad a lo largo del tiempo, y más restrictamente, como historia del Pueblo Elegido desde su Alianza fundacional hasta el Final profetizado. No obstante tal interpretación, hemos insistido en superponerle otra que no la excluye pero ofrece una visión completamente distinta. Para esta distinta interpretación, el clan Buendía, que algunos críticos han reconstruido trabajosamente indagando sus derivaciones, variantes y repeticiones, será objeto de una consideración no-cronológica y por lo tanto no-genealógica» [46]. La estructura se organiza así en un *presente absoluto* en el que los personajes se organizan en relaciones binarias o ternarias. Pero, además de la organización mítica de las relaciones personales, surgen en CIEN AÑOS DE SOLEDAD algunas de las fórmulas míticas tradicionales: la iniciación, la redención, el incesto, la fecundidad, la mediación, el viaje, la fundación, el sacrificio, el progreso, la virginidad. En gran medida muchos de los valores simbólicos y míticos se refieren a la mujer.

---

[45] Ernesto Volkening, *ob. cit.*, pág. 149.
[46] *Ob. cit.*, págs. 167-168.

Otras formas míticas responden a inspiraciones literarias ya analizadas o personajes que constituyen otros mitos
actualizados. Los que configuran los elementos básicos de
la forma familiar, del valor, de la guerra permanecen perfectamente integrados en la concepción de una sociedad
rural y tradicional. García Márquez posee una capacidad
poética que reside no sólo en la plasmación del lenguaje,
sino en la utilización y reducción de lo particular a lo colectivo. El paso a lo universal le permite construir desde una
realidad perfectamente asimilada —la Colombia de su
infancia y juventud— valores que trascienden lo particular
y nacional. Como han demostrado los hechos sociológicos,
su novela se ha convertido ya en un clásico de nuestros
días, más allá de su lengua y de las fronteras. Porque los
mitos —poesía de lo colectivo e inconsciente— responden a
las coordenadas de una naturaleza humana común. La
soledad contra la que se debaten los miembros de una
dinastía colombiana es también nuestra propia soledad y
su tiempo es nuestro tiempo. CIEN AÑOS DE SOLEDAD es la
hermosa creación de una común nostalgia.

JOAQUÍN MARCO.

Barcelona, febrero de 1982.

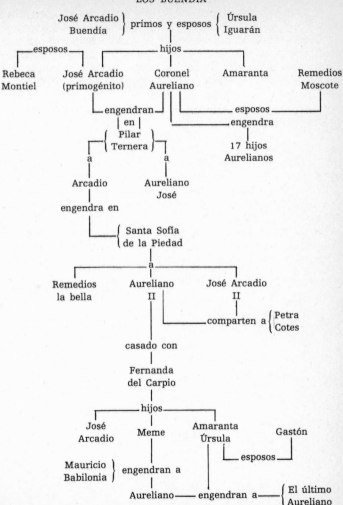

LOS BUENDÍA

La dinastía de *Los Buendía,* según José Miguel Oviedo

CIEN AÑOS DE SOLEDAD

*Para Jomi García Ascot
y María Luisa Elío.*

Muchos años después, frente al pelotón de fusilamiento, el coronel Aureliano Buendía había de recordar aquella tarde remota en que su padre lo llevó a conocer el hielo. Macondo era entonces una aldea de veinte casas de barro y cañabrava construidas a la orilla de un río de aguas diáfanas que se precipitaban por un lecho de piedras pulidas, blancas y enormes como huevos prehistóricos. El mundo era tan reciente, que muchas cosas carecían de nombre, y para mencionarlas había que señalarlas con el dedo. Todos los años, por el mes de marzo, una familia de gitanos desarrapados plantaba su carpa cerca de la aldea, y con un grande alboroto de pitos y timbales daban a conocer los nuevos inventos. Primero llevaron el imán. Un gitano corpulento, de barba montaraz y manos de gorrión, que se presentó con el nombre de Melquíades, hizo una truculenta demostración pública de lo que él mismo llamaba la octava maravilla de los sabios alquimistas de Macedonia. Fue de casa en casa arrastrando dos lingotes metálicos, y todo el mundo se espantó al ver que los calderos, las pailas, las tenazas y los anafes se caían de su sitio, y las maderas crujían por la desesperación de los clavos y los tornillos tratando de desenclavarse, y aun los objetos perdidos desde hacía mucho tiempo aparecían por donde más se les había buscado, y se arrastraban en desbandada turbulenta detrás de los fierros mágicos de Melquíades. «Las cosas tienen vida propia —pregonaba el gitano con áspero acento—, todo es cuestión de despertarles el ánima.» José

Arcadio Buendía, cuya desaforada imaginación iba siempre más lejos que el ingenio de la naturaleza, y aun más allá del milagro y la magia, pensó que era posible servirse de aquella invención inútil para desentrañar el oro de la tierra. Melquíades, que era un hombre honrado, le previno: «Para eso no sirve.» Pero José Arcadio Buendía no creía en aquel tiempo en la honradez de los gitanos, así que cambió su mulo y una partida de chivos por los dos lingotes imantados. Úrsula Iguarán, su mujer, que contaba con aquellos animales para ensanchar el desmedrado patrimonio doméstico, no consiguió disuadirlo. «Muy pronto ha de sobrarnos oro para empedrar la casa», replicó su marido. Durante varios meses se empeñó en demostrar el acierto de sus conjeturas. Exploró palmo a palmo la región, inclusive el fondo del río, arrastrando los dos lingotes de hierro y recitando en voz alta el conjuro de Melquíades. Lo único que logró desenterrar fue una armadura del siglo XV con todas sus partes soldadas por un cascote de óxido, cuyo interior tenía la resonancia hueca de un enorme calabazo lleno de piedras. Cuando José Arcadio Buendía y los cuatro hombres de su expedición lograron desarticular la armadura, encontraron dentro un esqueleto calcificado que llevaba colgado en el cuello un relicario de cobre con un rizo de mujer.

En marzo volvieron los gitanos. Esta vez llevaban un catalejo y una lupa del tamaño de un tambor, que exhibieron como el último descubrimiento de los judíos de Amsterdam. Sentaron una gitana en un extremo de la aldea e instalaron el catalejo a la entrada de la carpa. Mediante el pago de cinco reales, la gente se asomaba al catalejo y veía a la gitana al alcance de su mano. «La ciencia ha eliminado las distancias», pregonaba Melquíades. «Dentro de poco, el hombre podrá ver lo que ocurre en cualquier lugar de la tierra, sin moverse de su casa.» Un mediodía ardiente hicieron una asombrosa demostración con la lupa gigantesca: pusieron un montón de hierba seca en mitad de la calle y le prendieron fuego mediante la concentración de los rayos solares. José Arcadio Buendía, que aún no acababa de consolarse por el fracaso de sus imanes, concibió la idea de utilizar aquel invento como un arma de guerra. Melquíades, otra vez, trató de disuadirlo. Pero terminó por aceptar los dos lingotes imantados y tres piezas de dinero colonial a cambio de la lupa. Úrsula lloró de consternación. Aquel dinero formaba parte de un cofre de monedas de oro que su padre había acumulado en toda una vida de privaciones, y que ella había enterrado debajo de la cama en espera de una buena ocasión para invertirlas. José Arcadio Buendía no trató siquiera de consolarla, entregado por entero a sus experimentos tácticos con la abnegación de un científico y aun a riesgo de su propia vida. Tratando de demostrar los efectos de la lupa en la tropa enemiga, se expuso él mismo a la concentración de los rayos solares y sufrió quemaduras que se convirtieron en úlceras y tardaron mucho tiempo en sanar. Ante las protestas de su mujer, alarmada por tan peligrosa inventiva, estuvo a punto de incendiar la casa. Pasaba largas horas en su cuarto, haciendo cálculos sobre las posibilidades estratégicas de su arma novedosa, hasta que logró componer un manual de una asombrosa claridad didáctica y un poder de convicción irresistible. Lo envió a las autoridades acompañado de numerosos testimonios sobre sus experiencias y de varios pliegos de dibujos explicativos, al cuidado de un mensajero que atravesó la sierra, se extravió en pantanos desmesurados, remontó ríos tormentosos y estuvo a punto de perecer bajo el azote de las fieras, la desesperación y la peste, antes de conseguir una ruta de enlace con las mulas del correo. A pesar de que el viaje a la capital era en aquel tiempo poco menos que imposible, José Arcadio Buendía prometía intentarlo tan pronto como se lo ordenara el gobierno, con el fin de hacer demostraciones prácticas de su invento ante los poderes militares, y adiestrarlos personalmente en las complicadas artes de la guerra solar. Durante varios años esperó la respuesta. Por último, cansado de esperar, se lamentó ante Melquíades del fracaso de su iniciativa, y el gitano dio entonces una prueba convincente de honradez: le devolvió los doblones a cambio de la lupa, y le dejó además unos mapas portugueses y varios instrumentos de navegación. De su puño y letra escribió una apretada síntesis de los estudios del monje Hermann, que dejó a su disposición para que pudiera servirse del astrolabio, la brújula y el sextante. José Arcadio Buendía pasó los largos meses de lluvia encerrado en un cuartito que construyó en el fondo de la casa para que nadie perturbara sus experimentos. Habiendo abandonado por completo las obligaciones domésticas, permaneció noches enteras en el patio vigilando el curso de los astros, y estuvo a punto de contraer una insolación por tratar de establecer un método exacto para encontrar el mediodía. Cuando se hizo experto en el uso y manejo de sus instrumentos, tuvo una noción del espacio que le permitió navegar por mares incógnitos, visitar territorios deshabitados y trabar relación con seres espléndidos, sin necesidad de abandonar su gabinete. Fue ésa la época en que adquirió el hábito de hablar a solas, paseándose por la casa sin hacer caso de nadie, mientras Úrsula y los niños se partían el espinazo en la huerta cuidando el plátano y la malanga, la yuca y el ñame, la ahuyama y la berenjena. De pronto, sin ningún anuncio, su actividad febril se interrumpió y fue sustituida por una especie de fascinación. Estuvo varios días como hechizado, repitiéndose a sí mismo en voz baja un sartal de asombrosas conjeturas, sin dar crédito a su propio entendimiento. Por fin, un martes de diciembre, a la hora del almuerzo, soltó de un golpe toda la carga de su tormento. Los niños habían de recordar por el resto de su vida la augusta solemnidad con que su padre se sentó a la cabecera de la mesa, temblando de fiebre, devastado por la prolongada vigilia y por el encono de su imaginación, y les reveló su descubrimiento.

—La tierra es redonda como una naranja.

Úrsula perdió la paciencia. «Si has de volverte loco, vuélvete tú solo —gritó—. Pero no trates de inculcar a los niños tus ideas de gitano.» José Arcadio Buendía, impasible, no se dejó amedrentar por la desesperación de su mujer, que en un rapto de cólera le destrozó el astrolabio contra el suelo. Construyó otro, reunió en el cuartito a los hombres del pueblo y les demostró, con teorías que para todos resultaban incomprensibles, la posibilidad de regresar al punto

de partida navegando siempre hacia el Oriente. Toda la
aldea estaba convencida de que José Arcadio Buendía
había perdido el juicio, cuando llegó Melquíades a poner
las cosas en su punto. Exaltó en público la inteligencia de
aquel hombre que por pura especulación astronómica
había construido una teoría ya comprobada en la práctica,
aunque desconocida hasta entonces en Macondo, y como
una prueba de su admiración le hizo un regalo que había
de ejercer una influencia terminante en el futuro de la
aldea: un laboratorio de alquimia.

Para esa época, Melquíades había envejecido con una
rapidez asombrosa. En sus primeros viajes parecía tener la
misma edad de José Arcadio Buendía. Pero mientras éste
conservaba su fuerza descomunal, que le permitía derribar
un caballo agarrándolo por las orejas, el gitano parecía
estragado por una dolencia tenaz. Era, en realidad, el
resultado de múltiples y raras enfermedades contraídas en
sus incontables viajes alrededor del mundo. Según él
mismo le contó a José Arcadio Buendía mientras lo ayudaba a montar el laboratorio, la muerte lo seguía a todas
partes, husmeándole los pantalones, pero sin decidirse a
darle el zarpazo final. Era un fugitivo de cuantas plagas y
catástrofes habían flagelado al género humano. Sobrevivió
a la pelagra en Persia, al escorbuto en el archipiélago de
Malasia, a la lepra en Alejandría, al beriberi en el Japón, a
la peste bubónica en Madagascar, al terremoto de Sicilia y
a un naufragio multitudinario en el estrecho de Maga-
llanes. Aquel ser prodigioso que decía poseer las claves de
Nostradamus, era un hombre lúgubre, envuelto en un aura
triste, con una mirada asiática que parecía conocer el otro
lado de las cosas. Usaba un sombrero grande y negro, como
las alas extendidas de un cuervo, y un chaleco de terciopelo patinado por el verdín de los siglos. Pero a pesar de su
inmensa sabiduría y de su ámbito misterioso, tenía un peso
humano, una condición terrestre que lo mantenía enredado
en los minúsculos problemas de la vida cotidiana. Se quejaba de dolencias de viejo, sufría por los más insignificantes percances económicos y había dejado de reír desde
hacía mucho tiempo, porque el escorbuto le había arran-

cado los dientes. El sofocante mediodía en que reveló sus secretos, José Arcadio Buendía tuvo la certidumbre de que aquél era el principio de una grande amistad. Los niños se asombraron con sus relatos fantásticos. Aureliano, que no tenía entonces más de cinco años, había de recordarlo por el resto de su vida como lo vio aquella tarde, sentado contra la claridad metálica y reverberante de la ventana, alumbrando con su profunda voz de órgano los territorios más oscuros de la imaginación, mientras chorreaba por sus sienes la grasa derretida por el calor. José Arcadio, su hermano mayor, había de transmitir aquella imagen maravillosa, como un recuerdo hereditario, a toda su descendencia. Úrsula, en cambio, conservó un mal recuerdo de aquella visita, porque entró al cuarto en el momento en que Melquíades rompió por distracción un frasco de bicloruro de mercurio.

—Es el olor del demonio —dijo ella.

—En absoluto —corrigió Melquíades—. Está comprobado que el demonio tiene propiedades sulfúricas, y esto no es más que un poco de solimán.

Siempre didáctico, hizo una sabia exposición sobre las virtudes diabólicas del cinabrio, pero Úrsula no le hizo caso, sino que se llevó los niños a rezar. Aquel olor mordiente quedaría para siempre en su memoria, vinculado al recuerdo de Melquíades.

El rudimentario laboratorio —sin contar una profusión de cazuelas, embudos, retortas, filtros y coladores— estaba compuesto por un atanor primitivo; una probeta de cristal de cuello largo y angosto, imitación del *huevo filosófico*, y un destilador construido por los propios gitanos según las descripciones modernas del alambique de tres brazos de María la judía. Además de estas cosas, Melquíades dejó muestras de los siete metales correspondientes a los siete planetas, las fórmulas de Moisés y Zósimo para el doblado del oro, y una serie de apuntes y dibujos sobre los procesos del *Gran Magisterio,* que permitían a quien supiera interpretarlos intentar la fabricación de la piedra filosofal. Seducido por la simplicidad de las fórmulas para doblar el oro, José Arcadio Buendía cortejó a Úrsula durante varias semanas, para que le permitiera desenterrar sus monedas coloniales y aumentarlas tantas veces como era posible subdividir el azogue. Úrsula cedió, como ocurría siempre, ante la inquebrantable obstinación de su marido. Entonces José Arcadio Buendía echó treinta doblones en una cazuela, y los fundió con raspadura de cobre, oropimente, azufre y plomo. Puso a hervir todo a fuego vivo en un caldero de aceite de ricino hasta obtener un jarabe espeso y pestilente más parecido al caramelo vulgar que al oro magnífico. En azarosos y desesperados procesos de destilación, fundida con los siete metales planetarios, trabajada con el mercurio hermético y el vitriolo de Chipre, y vuelta a cocer en manteca de cerdo a falta de aceite de rábano, la preciosa herencia de Úrsula quedó reducida a un chicharrón carbonizado que no pudo ser desprendido del fondo del caldero.

Cuando volvieron los gitanos, Úrsula había predispuesto contra ellos a toda la población. Pero la curiosidad pudo más que el temor, porque aquella vez los gitanos recorrieron la aldea haciendo un ruido ensordecedor con toda clase de instrumentos músicos, mientras el pregonero anunciaba la exhibición del más fabuloso hallazgo de los nasciancenos. De modo que todo el mundo se fue a la carpa, y mediante el pago de un centavo vieron un Melquíades juvenil, repuesto, desarrugado, con una dentadura nueva y radiante. Quienes recordaban sus encías destruidas por el escorbuto, sus mejillas fláccidas y sus labios marchitos, se estremecieron de pavor ante aquella prueba terminante de los poderes sobrenaturales del gitano. El pavor se convirtió en pánico cuando Melquíades se sacó los dientes, intactos, engastados en las encías, y se los mostró al público por un instante —un instante fugaz en que volvió a ser el mismo hombre decrépito de los años anteriores— y se los puso otra vez y sonrió de nuevo con un dominio pleno de su juventud restaurada. Hasta el propio José Arcadio Buendía consideró que los conocimientos de Melquíades habían llegado a extremos intolerables, pero experimentó un saludable alborozo cuando el gitano le explicó a solas el mecanismo de su dentadura postiza. Aquello le pareció a la vez tan sencillo y prodigioso, que de la noche a la mañana perdió todo interés en las investigaciones de alquimia; sufrió una nueva crisis de mal humor, no volvió a comer en forma regular y se pasaba el día dando vueltas por la casa. «En el mundo están ocurriendo cosas increíbles —le decía a Úrsula—. Ahí mismo, al otro lado del río, hay toda clase de aparatos mágicos, mientras nosostros seguimos viviendo como los burros.» Quienes lo conocían desde los tiempos de la fundación de Macondo, se asombraban de cuánto había cambiado bajo la influencia de Melquíades.

Al principio, José Arcadio Buendía era una especie de patriarca juvenil, que daba instrucciones para la siembra y consejos para la crianza de niños y animales, y colaboraba con todos, aun en el trabajo físico, para la buena marcha de la comunidad. Puesto que su casa fue desde el primer momento la mejor de la aldea, las otras fueron arregladas a su imagen y semejanza. Tenía una salita amplia y bien iluminada, un comedor en forma de terraza con flores de colores alegres, dos dormitorios, un patio con un castaño gigantesco, un huerto bien plantado y un corral donde vivían en comunidad pacífica los chivos, los cerdos y las gallinas. Los únicos animales prohibidos no sólo en la casa, sino en todo el poblado, eran los gallos de pelea.

La laboriosidad de Úrsula andaba a la par con la de su marido. Activa, menuda, severa, aquella mujer de nervios inquebrantables, a quien en ningún momento de su vida se la oyó cantar, parecía estar en todas partes desde el amanecer hasta muy entrada la noche, siempre perseguida por el suave susurro de sus pollerines de olán. Gracias a ella, los pisos de tierra golpeada, los muros de barro sin encalar, los rústicos muebles de madera construidos por ellos mismos estaban siempre limpios, y los viejos arcones donde se guardaba la ropa exhalaban un tibio olor de albahaca.

José Arcadio Buendía, que era el hombre más emprendedor que se vería jamás en la aldea, había dispuesto de tal modo la posición de las casas, que desde todas podía llegarse al río y abastecerse de agua con igual esfuerzo, y trazó las calles con tan buen sentido que ninguna casa recibía más sol que otra a la hora del calor. En pocos años,

Macondo fue una aldea más ordenada y laboriosa que cualquiera de las conocidas hasta entonces por sus 300 habitantes. Era en verdad una aldea feliz, donde nadie era mayor de treinta años y donde nadie había muerto.

Desde los tiempos de la fundación, José Arcadio Buendía construyó trampas y jaulas. En poco tiempo llenó de turpiales, canarios, azulejos y petirrojos no sólo la propia casa, sino todas las de la aldea. El concierto de tantos pájaros distintos llegó a ser tan aturdidor, que Úrsula se tapó los oídos con cera de abejas para no perder el sentido de la realidad. La primera vez que llegó la tribu de Melquíades vendiendo bolas de vidrio para el dolor de cabeza, todo el mundo se sorprendió de que hubieran podido encontrar aquella aldea perdida en el sopor de la ciénaga, y los gitanos confesaron que se habían orientado por el canto de los pájaros.

Aquel espíritu de iniciativa social desapareció en poco tiempo, arrastrado por la fiebre de los imanes, los cálculos astronómicos, los sueños de trasmutación y las ansias de conocer las maravillas del mundo. De emprendedor y limpio, José Arcadio Buendía se convirtió en un hombre de aspecto holgazán, descuidado en el vestir, con una barba salvaje que Úrsula lograba cuadrar a duras penas con un cuchillo de cocina. No faltó quien lo considerara víctima de algún extraño sortilegio. Pero hasta los más convencidos de su locura abandonaron trabajo y familias para seguirlo, cuando se echó al hombro sus herramientas de desmontar, y pidió el concurso de todos para abrir una trocha que pusiera a Macondo en contacto con los grandes inventos.

José Arcadio Buendía ignoraba por completo la geografía de la región. Sabía que hacia el Oriente estaba la sierra impenetrable, y al otro lado de la sierra la antigua ciudad de Riohacha, donde en épocas pasadas —según le había contado el primer Aureliano Buendía, su abuelo— sir Francis Drake se daba al deporte de cazar caimanes a cañonazos, que luego hacía remendar y rellenar de paja para llevárselos a la reina Isabel. En su juventud, él y sus hombres, con mujeres y niños y animales y toda clase de enseres domésticos, atravesaron la sierra buscando una salida al mar, y al cabo de ventiséis meses desistieron de la empresa y fundaron a Macondo para no tener que emprender el camino de regreso. Era, pues, una ruta que no le interesaba, porque sólo podía conducirlo al pasado. Al sur estaban los pantanos, cubiertos de una eterna nata vegetal, y el vasto universo de la ciénaga grande, que según testimonio de los gitanos carecía de límites. La ciénaga grande se confundía al Occidente con una extensión acuática sin horizontes, donde había cetáceos de piel delicada con cabeza y torso de mujer, que perdían a los navegantes con el hechizo de sus tetas descomunales. Los gitanos navegaban seis meses por esa ruta antes de alcanzar el cinturón de tierra firme por donde pasaban las mulas del correo. De acuerdo con los cálculos de José Arcadio Buendía, la única posibilidad de contacto con la civilización era la ruta del Norte. De modo que dotó de herramientas de desmonte y armas de cacería a los mismos hombres que lo acompañaron en la fundación de Macondo; echó en una mochila sus instrumentos de orientación y sus mapas, y emprendió la temeraria aventura.

Los primeros días no encontraron un obstáculo apreciable. Descendieron por la pedregosa ribera del río hasta el lugar en que años antes habían encontrado la armadura del guerrero, y allí penetraron al bosque por un sendero de naranjos silvestres. Al término de la primera semana, mataron y asaron un venado, pero se conformaron con comer la mitad y salar el resto para los próximos días. Trataban de aplazar con esa precaución la necesidad de seguir comiendo guacamayas, cuya carne azul tenía un áspero sabor de almizcle. Luego, durante más de diez días, no volvieron a ver el sol. El suelo se volvió blando y húmedo, como ceniza volcánica, y la vegetación fue cada vez más insidiosa y se hicieron cada vez más lejanos los gritos de los pájaros y la bullaranga de los monos, y el mundo se volvió triste para siempre. Los hombres de la expedición se sintieron abrumados por sus recuerdos más antiguos en aquel paraíso de humedad y silencio, anterior al pecado original, donde las botas se hundían en pozos de aceites humeantes y los machetes destrozaban lirios sangrientos y salamandras doradas. Durante una semana, casi sin hablar, avanzaron como sonámbulos por un universo de pesadumbre, alumbrados apenas por una tenue reverberación de insectos luminosos y con los pulmones agobiados por un sofocante olor de sangre. No podían regresar, porque la trocha que iban abriendo a su paso se volvía a cerrar en poco tiempo, con una vegetación nueva que casi veían crecer ante sus ojos. «No importa —decía José Arcadio Buendía—. Lo esencial es no perder la orientación.» Siempre pendiente de la brújula, siguió guiando a sus hombres hacia el norte invisible, hasta que lograron salir de la región encantada. Era una noche densa, sin estrellas, pero la oscuridad estaba impregnada por un aire nuevo y limpio. Agotados por la prolongada travesía, colgaron las hamacas y durmieron a fondo por primera vez en dos semanas. Cuando despertaron, ya con el sol alto, se quedaron pasmados de fascinación. Frente a ellos, rodeado de helechos y palmeras, blanco y polvoriento en la silenciosa luz de la mañana, estaba un enorme galeón español. Ligeramente volteado a estribor, de su arboladura intacta colgaban las piltrafas escuálidas del velamen, entre jarcias adornadas de orquídeas. El casco, cubierto con una tersa coraza de rémora petrificada y musgo tierno, estaba firmemente enclavado en un suelo de piedras. Toda la estructura parecía ocupar un ámbito propio, un espacio de soledad y de olvido, vedado a los vicios del tiempo y a las costumbres de los pájaros. En el interior, que los expedicionarios exploraron con un fervor sigiloso, no había nada más que un apretado bosque de flores.

El hallazgo del galeón, indicio de la proximidad del mar, quebrantó el ímpetu de José Arcadio Buendía. Consideraba como una burla de su travieso destino haber buscado el mar sin encontrarlo, al precio de sacrificios y penalidades sin cuento, y haberlo encontrado entonces sin buscarlo, atravesado en su camino como un obstáculo insalvable. Muchos años después, el coronel Aureliano Buendía volvió a travesar la región, cuando era ya una ruta regular del correo, y lo único que encontró de la nave fue el costillar carbonizado en medio de un campo de amapolas. Sólo

entonces convencido de que aquella historia no había sido
un engendro de la imaginación de su padre, se preguntó
cómo había podido el galeón adentrarse hasta ese punto en
tierra firme. Pero José Arcadio Buendía no se planteó esa
inquietud cuando encontró el mar, al cabo de otros cuatro
días de viaje, a doce kilómetros de distancia del galeón. Sus
sueños terminaban frente a ese mar color de ceniza, espumoso y sucio, que no merecía los riesgos y sacrificios de su
aventura.

—¡Carajo! —gritó—. Macondo está rodeado de agua por
todas partes.

La idea de un Macondo peninsular prevaleció durante
mucho tiempo, inspirada en el mapa arbitrario que dibujó
José Arcadio Buendía al regreso de su expedición. Lo trazó
con rabia, exagerando de mala fe las dificultades de comunicación, como para castigarse a sí mismo por la absoluta
falta de sentido con que eligió el lugar. «Nunca llegaremos
a ninguna parte —se lamentaba ante Úrsula—. Aquí nos
hemos de pudrir en vida sin recibir los beneficios de la
ciencia.» Esa certidumbre, rumiada varios meses en el
cuartito del laboratorio, lo llevó a concebir el proyecto de
trasladar a Macondo a un lugar más propicio. Pero esta
vez, Úrsula se anticipó a sus designios febriles. En una
secreta e implacable labor de hormiguita predispuso a las
mujeres de la aldea contra la veleidad de sus hombres, que
ya empezaban a prepararse para la mudanza. José Arcadio
Buendía no supo en qué momento, ni en virtud de qué
fuerzas adversas, sus planes se fueron enredando en una
maraña de pretextos, contratiempos y evasivas, hasta convertirse en pura y simple ilusión. Úrsula lo observó con una
atención inocente, y hasta sintió por él un poco de piedad,
la mañana en que lo encontró en el cuartito del fondo
comentando entre dientes sus sueños de mudanza, mientras colocaba en sus cajas originales las piezas del laboratorio. Lo dejó terminar. Lo dejó clavar las cajas y poner sus
iniciales encima con un hisopo entintado, sin hacerle
ningún reproche, pero sabiendo ya que él sabía (porque se
lo oyó decir en sus sordos monólogos) que los hombres del
pueblo no lo secundarían en su empresa. Sólo cuando

empezó a desmontar la puerta del cuartito, Úrsula se atrevió a preguntarle por qué lo hacía, y él le contestó con una cierta amargura: «Puesto que nadie quiere irse, nos iremos solos.» Úrsula no se alteró.

—No nos iremos —dijo—. Aquí nos quedamos, porque aquí hemos tenido un hijo.

—Todavía no tenemos un muerto —dijo él—. Uno no es de ninguna parte mientras no tenga un muerto bajo la tierra.

Úrsula replicó, con una sueva firmeza:

—Si es necesario que yo me muera para que se queden aquí, me muero.

José Arcadio Buendía no creyó que fuera tan rígida la voluntad de su mujer. Trató de seducirla con el hechizo de su fantasía, con la promesa de un mundo prodigioso donde bastaba con echar unos líquidos mágicos en la tierra para que las plantas dieran frutos a voluntad del hombre, y donde se vendían a precio de baratillo toda clase de aparatos para el dolor. Pero Úrsula fue insensible a su clarividencia.

—En vez de andar pensando en tus alocadas novelerías, debes ocuparte de tus hijos —replicó—. Míralos cómo están, abandonados a la buena de Dios, igual que los burros.

José Arcadio Buendía tomó al pie de la letra las palabras de su mujer. Miró a través de la ventana y vio a los dos niños descalzos en la huerta soleada, y tuvo la impresión de que sólo en aquel instante habían empezado a existir, concebidos por el conjuro de Úrsula. Algo ocurrió entonces en su interior; algo misterioso y definitivo que lo desarraigó de su tiempo actual y lo llevó a la deriva por una región inexplorada de los recuerdos. Mientras Úrsula seguía barriendo la casa que ahora estaba segura de no abandonar en el resto de su vida, él permaneció contemplando a los niños con mirada absorta, hasta que los ojos se le humedecieron y se los secó con el dorso de la mano, y exhaló un hondo suspiro de resignación.

—Bueno —dijo—. Diles que vengan a ayudarme a sacar las cosas de los cajones.

José Arcadio, el mayor de los niños, había cumplido catorce años. Tenía la cabeza cuadrada, el pelo hirsuto y el carácter voluntarioso de su padre. Aunque llevaba el mismo impulso de crecimiento y fortaleza física, ya desde entonces era evidente que carecía de imaginación. Fue concebido y dado a luz durante la penosa travesía de la sierra, antes de la fundación de Macondo, y sus padres dieron gracias al cielo al comprobar que no tenía ningún órgano de animal. Aureliano, el primer ser humano que nació en Macondo, iba a cumplir seis años en marzo. Era silencioso y retraído. Había llorado en el vientre de su madre y nació con los ojos abiertos. Mientras le cortaban el ombligo movía la cabeza de un lado a otro reconociendo las cosas del cuarto, y examinaba el rostro de la gente con una curiosidad sin asombro. Luego, indiferente a quienes se acercaban a conocerlo, mantuvo la atención concentrada en el techo de palma, que parecía a punto de derrumbarse bajo la tremenda presión de la lluvia. Úrsula no volvió a acordarse de la intensidad de esa mirada hasta un día en que el pequeño Aureliano, a la edad de tres años, entró a la cocina en el momento en que ella retiraba del fogón y ponía en la mesa una olla de caldo hirviendo. El niño, perplejo en la puerta, dijo: «Se va a caer.» La olla estaba bien puesta en el centro de la mesa, pero tan pronto como el niño hizo el anuncio, inició un movimiento irrevocable hacia el borde, como impulsada por un dinamismo interior, y se despedazó en el suelo. Úrsula, alarmada, le contó el episodio a su marido, pero éste lo interpretó como un fenómeno natural. Así fue siempre, ajeno a la existencia de sus hijos, en parte porque consideraba la infancia como un período de insuficiencia mental, y en parte porque siempre estaba demasiado absorto en sus propias especulaciones quiméricas.

Pero desde la tarde en que llamó a los niños para que lo ayudaran a desempacar las cosas del laboratorio, les dedicó sus horas mejores. En el cuartito apartado, cuyas paredes se fueron llenando poco a poco de mapas inverosímiles y gráficos fabulosos, les enseñó a leer y escribir y a sacar cuentas, y les habló de las maravillas del mundo no sólo hasta donde le alcanzaban sus conocimientos, sino forzando a extremos increíbles los límites de su imaginación. Fue así como los niños terminaron por aprender que en el extremo meridional del África había hombres tan inteligentes y pacíficos que su único entretenimiento era sentarse a pensar, y que era posible atravesar a pie el mar Egeo saltando de isla en isla hasta el puerto de Salónica. Aquellas alucinantes sesiones quedaron de tal modo impresas en la memoria de los niños, que muchos años más tarde, un segundo antes de que el oficial de los ejércitos regulares diera la orden de fuego al pelotón de fusilamiento, el coronel Aureliano Buendía volvió a vivir la tibia tarde de marzo en que su padre interrumpió la lección de física, y se quedó fascinado, con la mano en el aire y los ojos inmóviles, oyendo a la distancia los pífanos y tambores y sonajas de los gitanos que una vez más llegaban a la aldea, pregonando el último y asombroso descubrimiento de los sabios de Memphis.

Eran gitanos nuevos. Hombres y mujeres jóvenes que sólo conocían su propia lengua, ejemplares hermosos de piel aceitada y manos inteligentes, cuyos bailes y músicas sembraron en las calles un pánico de alborotada alegría, con sus loros pintados de todos los colores que recitaban romanzas italianas, y la gallina que ponía un centenar de huevos de oro al son de la pandereta, y el mono amaestrado que adivinaba el pensamiento, y la máquina múltiple que servía al mismo tiempo para pegar botones y bajar la fiebre, y el aparato para olvidar los malos recuerdos, y el emplasto para perder el tiempo, y un millar de invenciones más, tan ingeniosas e insólitas, que José Arcadio Buendía hubiera querido inventar la máquina de la memoria para poder acordarse de todas. En un instante transformaron la aldea. Los habitantes de Macondo se encontraron de pronto perdidos en sus propias calles, aturdidos por la feria multitudinaria.

Llevando un niño de cada mano para no perderlos en el tumulto, tropezando con saltimbanquis de dientes acorazados de oro y malabaristas de seis brazos, sofocado por el confuso aliento de estiércol y sándalo que exhalaba la muchedumbre, José Arcadio Buendía andaba como un loco buscando a Melquíades por todas partes, para que le revelara los infinitos secretos de aquella pesadilla fabulosa. Se dirigió a varios gitanos que no entendieron su lengua. Por último llegó hasta el lugar donde Melquíades solía plantar su tienda, y encontró un armenio taciturno que anunciaba en castellano un jarabe para hacerse invisible. Se había tomado de un golpe una copa de la sustancia ambarina, cuando José Arcadio Buendía se abrió paso a empujones por entre el grupo absorto que presenciaba el espectáculo, y alcanzó a hacer la pregunta. El gitano le envolvió en el clima atónito de su mirada, antes de convertirse en un charco de alquitrán pestilente y humeante sobre el cual quedó flotando la resonancia de su respuesta: «Melquíades murió.» Aturdido por la noticia, José Arcadio Buendía permaneció inmóvil, tratando de sobreponerse a la aflicción, hasta que el grupo se dispersó reclamado por otros artificios y el charco del armenio taciturno se evaporó por completo. Más tarde, otros gitanos le confirmaron que en efecto Melquíades había sucumbido a las fiebres en los médanos de Singapur, y su cuerpo había sido arrojado en el lugar más profundo del mar de Java. A los niños no les interesó la noticia. Estaban obstinados en que su padre los llevara a conocer la portentosa novedad de los sabios de Memphis, anunciada a la entrada de una tienda que, según decían, perteneció al rey Salomón. Tanto insistieron, que José Arcadio Buendía pagó los treinta reales y los condujo hasta el centro de la carpa, donde había un gigante de torso peludo y cabeza rapada, con un anillo de cobre en la nariz y una pesada cadena de hierro en el tobillo, custodiando un cofre de pirata. Al ser destapado por el gigante, el cofre dejó escapar un aliento glacial. Dentro sólo había un enorme bloque transparente, con infinitas agujas internas en las cuales se despedazaba en estrellas de colores la claridad del crepúsculo. Desconcertado, sabiendo que los niños esperaban una explicación inmediata, José Arcadio Buendía se atrevió a murmurar:

—Es el diamante más grande del mundo.

—No —corrigió el gitano—. Es hielo.

José Arcadio Buendía, sin entender, extendió la mano hacia el témpano, pero el gigante se la apartó. «Cinco reales más para tocarlo», dijo. José Arcadio Buendía los pagó, y

entonces puso la mano sobre el hielo, y la mantuvo puesta
por varios minutos, mientras el corazón se le hinchaba de
temor y de júbilo al contacto del misterio. Sin saber qué
decir, pagó otros diez reales para que sus hijos vivieran la
prodigiosa experiencia. El pequeño José Arcadio se negó a
tocarlo. Aureliano, en cambio, dio un paso hacia adelante,
puso la mano y la retiró en el acto. «Está hirviendo»,
exclamó asustado. Pero su padre no le prestó atención.
Embriagado por la evidencia del prodigio, en aquel
momento se olvidó de la frustración de sus empresas delirantes y del cuerpo de Melquíades abandonado al apetito
de los calamares. Pagó otros cinco reales, y con la mano
puesta en el témpano, como expresando un testimonio
sobre el texto sagrado, exclamó:

—Éste es el gran invento de nuestro tiempo.

Cuando el pirata Francis Drake asaltó a Riohacha, en el siglo XVI, la bisabuela de Úrsula Iguarán se asustó tanto con el toque de rebato y el estampido de los cañones, que perdió el control de los nervios y se sentó en un fogón encendido. Las quemaduras la dejaron convertida en una esposa inútil para toda la vida. No podía sentarse sino de medio lado, acomodada en cojines, y algo extraño debió quedarle en el modo de andar, porque nunca volvió a caminar en público. Renunció a toda clase de hábitos sociales obsesionada por la idea de que su cuerpo despedía un olor a chamusquina. El alba la sorprendía en el patio sin atreverse a dormir, porque soñaba que los ingleses con sus feroces perros de asalto se metían por la ventana del dormitorio y la sometían a vergonzosos tormentos con hierros al rojo vivo. Su marido, un comerciante aragonés con quien tenía dos hijos, se gastó media tienda en medicinas y entretenimientos buscando la manera de aliviar sus terrores. Por último liquidó el negocio y llevó la familia a vivir lejos del mar, en una ranchería de indios pacíficos situada en las estribaciones de la sierra, donde le construyó a su mujer un dormitorio sin ventanas para que no tuvieran por donde entrar los piratas de sus pesadillas.

En la escondida ranchería vivía de mucho tiempo atrás un criollo cultivador de tabaco, don José Arcadio Buendía, con quien el bisabuelo de Úrsula estableció una sociedad tan productiva que en pocos años hicieron una fortuna. Varios siglos más tarde, el tataranieto del criollo se casó con la tataranieta del aragonés. Por eso, cada vez que Úrsula se salía de casillas con las locuras de su marido, saltaba por encima de trescientos años de casualidades, y maldecía la hora en que Francis Drake asaltó a Riohacha. Era un simple recurso de desahogo, porque en verdad estaban ligados hasta la muerte por un vínculo más sólido que el amor: un común remordimiento de conciencia. Eran primos entre sí. Habían crecido juntos en la antigua ranchería que los antepasados de ambos transformaron con su trabajo y sus buenas costumbres en uno de los mejores pueblos de la provincia. Aunque su matrimonio era previsible desde que vinieron al mundo, cuando ellos expresaron la voluntad de casarse sus propios parientes trataron de impedirlo. Tenían el temor de que aquellos saludables cabos de dos razas secularmente entrecruzadas pasaran por la vergüenza de engendrar iguanas. Ya existía un precedente tremendo. Una tía de Úrsula, casada con un tío de José Arcadio Buendía, tuvo un hijo que pasó toda la vida con unos pantalones englobados y flojos, y que murió desangrado después de haber vivido cuarenta y dos años en el más puro estado de virginidad, porque nació y creció con una cola cartilaginosa en forma de tirabuzón y con una escobilla de pelos en la punta. Una cola de cerdo que no se dejó ver nunca de ninguna mujer, y que le costó la vida cuando un carnicero amigo le hizo el favor de cortársela con una hachuela de destazar. José Arcadio Buendía, con la ligereza de sus diecinueve años, resolvió el problema con una sola frase: «No me importa tener cochinitos, siempre que puedan hablar.» Así que se casaron con una fiesta de banda y cohetes que duró tres días. Hubieran sido felices desde entonces si la madre de Úrsula no la hubiera aterrorizado con toda clase de pronósticos siniestros sobre su descendencia, hasta el extremo de conseguir que rehusara consumar el matrimonio. Temiendo que el corpulento y voluntarioso marido la violara dormida, Úrsula se ponía antes de acostarse un pantalón rudimentario que su madre le fabricó con lona de velero y reforzado con un sistema de correas entrecruzadas, que se cerraba por delante con una gruesa hebilla de hierro. Así estuvieron varios meses.

Durante el día, él pastoreaba sus gallos de pelea y ella bordaba en bastidor con su madre. Durante la noche, forcejeaban varias horas con una ansiosa violencia que ya parecía un sustituto del acto de amor, hasta que la intuición popular olfateó que algo irregular estaba ocurriendo, y soltó el rumor de que Úrsula seguía virgen un año después de casada, porque su marido era impotente. José Arcadio Buendía fue el último que conoció el rumor.

—Ya ves, Úrsula, lo que anda diciendo la gente —le dijo a su mujer con mucha calma.

—Déjalos que hablen —dijo ella—. Nosotros sabemos que no es cierto.

De modo que la situación siguió igual por otros seis meses, hasta el domingo trágico en que José Arcadio Buendía le ganó una pelea de gallos a Prudencio Aguilar. Furioso, exaltado por la sangre de su animal, el perdedor se apartó de José Arcadio Buendía para que toda la gallera pudiera oír lo que iba a decirle.

—Te felicito —gritó—. A ver si por fin ese gallo le hace el favor a tu mujer.

José Arcadio Buendía, sereno, recogió su gallo. «Vuelvo en seguida», dijo a todos. Y luego, a Prudencio Aguilar:

—Y tú, anda a tu casa y ármate, porque te voy a matar.

Diez minutos después volvió con la lanza cebada de su abuelo. En la puerta de la gallera, donde se había concentrado medio pueblo, Prudencio Aguilar lo esperaba. No tuvo tiempo de defenderse. La lanza de José Arcadio Buendía, arrojada con la fuerza de un toro y con la misma dirección certera con que el primer Aureliano Buendía exterminó a los tigres de la región, le atravesó la garganta. Esa noche, mientras se velaba el cadáver en la gallera, José Arcadio Buendía entró en el dormitorio cuando su mujer se estaba poniendo el pantalón de castidad. Blandiendo la lanza frente a ella, le ordenó: «Quítate eso.» Úrsula no puso en duda la decisión de su marido. «Tú serás responsable de lo que pase», murmuró. José Arcadio Buendía clavó la lanza en el piso de tierra.

—Si has de parir iguanas, criaremos iguanas —dijo—. Pero no habrá más muertos en este pueblo por culpa tuya.

Era una buena noche de junio, fresca y con luna, y estuvieron despiertos y retozando en la cama hasta el amanecer, indiferentes al viento que pasaba por el dormitorio, cargado con el llanto de los parientes de Prudencio Aguilar.

El asunto fue clasificado como un duelo de honor, pero a ambos les quedó un malestar en la conciencia. Una noche en que no podía dormir, Úrsula salió a tomar agua en el patio y vio a Prudencio Aguilar junto a la tinaja. Estaba lívido, con una expresión muy triste, tratando de cegar con un tapón de esparto el hueco de su garganta. No le produjo miedo, sino lástima. Volvió al cuarto a contarle a su esposo lo que había visto, pero él no le hizo caso. «Los muertos no salen —dijo—. Lo que pasa es que no podemos con el peso de la conciencia.» Dos noches después, Úrsula volvió a ver a Prudencio Aguilar en el baño, lavándose con el tapón de esparto la sangre cristalizada del cuello. Otra noche lo vio paseándose bajo la lluvia. José Arcadio Buendía, fastidiado por las alucinaciones de su mujer, salió al patio armado con la lanza. Allí estaba muerto con su expresión triste.

—Vete al carajo —le gritó José Arcadio Buendía—. Cuantas veces regreses volveré a matarte.

Prudencio Aguilar no se fue, ni José Arcadio Buendía se atrevió a arrojar la lanza. Desde entonces no pudo dormir bien. Lo atormentaba la inmensa desolación con que el muerto lo había mirado desde la lluvia, la honda nostalgia con que añoraba a los vivos, la ansiedad con que registraba la casa buscando el agua para mojar su tapón de esparto. «Debe estar sufriendo mucho —le decía a Úrsula—. Se ve que está muy solo.» Ella estaba tan conmovida que la próxima vez que vio al muerto destapando las ollas de la hornilla comprendió lo que buscaba, y desde entonces le puso tazones de agua por toda la casa. Una noche en que lo encontró lavándose las heridas en su propio cuarto, José Arcadio Buendía no pudo resistir más.

—Está bien, Prudencio —le dijo—. Nos iremos de este pueblo, lo más lejos que podamos, y no regresaremos jamás. Ahora vete tranquilo.

Fue así como emprendieron la travesía de la sierra. Varios amigos de José Arcadio Buendía, jóvenes como él, embullados con la aventura, desmantelaron sus casas y cargaron con sus mujeres y sus hijos hacia la tierra que nadie les había prometido. Antes de partir, José Arcadio Buendía enterró la lanza en el patio y degolló uno tras otro sus magníficos gallos de pelea, confiando en que en esa forma le daba un poco de paz a Prudencio Aguilar. Lo único que se llevó Úrsula fue un baúl con sus ropas de recién casada, unos pocos útiles domésticos y el cofrecito con las piezas de oro que heredó de su padre. No se trazaron un itinerario definido. Solamente procuraban viajar en sentido contrario al camino de Riohacha para no dejar ningún rastro ni encontrar gente conocida. Fue un viaje absurdo. A los catorce meses, con el estómago estragado por la carne de mico y el caldo de culebras. Úrsula dio a luz un hijo con todas sus partes humanas. Había hecho la mitad del camino en una hamaca colgada de un palo que dos hombres llevaban en hombros, porque la hinchazón le desfiguró las piernas, y las varices se le reventaban como burbujas. Aunque daba lástima verlos con los vientres templados y los ojos lánguidos, los niños resistieron el viaje mejor que sus padres, y la mayor parte del tiempo les resultó divertido. Una mañana, después de casi dos años de travesía, fueron los primeros mortales que vieron la vertiente occidental de la sierra. Desde la cumbre nublada contemplaron la inmensa llanura acuática de la ciénaga grande, explayada hasta el otro lado del mundo. Pero nunca encontraron el mar. Una noche, después de varios meses de andar perdidos por entre los pantanos, lejos ya de los últimos indígenas que encontraron en el camino, acamparon a la orilla de un río pedregoso cuyas aguas parecían un torrente de vidrio helado. Años después, durante la segunda guerra civil, el coronel Aureliano Buendía trató de hacer aquella misma ruta para tomarse a Riohacha por sorpresa, y a los seis días de viaje comprendió que era una locura. Sin embargo, la noche en que acamparon junto al río, las huestes de su padre tenían un aspecto de náufragos sin escapatoria, pero su número había aumentado durante la travesía y todos estaban dispuestos (y lo consiguieron) a morirse de viejos. José Arcadio Buendía soñó esa noche que en aquel lugar se levantaba una ciudad ruidosa con casas de paredes de espejo. Preguntó qué ciudad era aquella, y le contestaron con un nombre que nunca había oído, que no tenía significado alguno, pero que tuvo en el sueño una resonancia sobrenatural: Macondo. Al día siguiente convenció a sus hombres de que nunca encontrarían el mar. Les ordenó derribar los árboles para hacer un claro junto al río, en el lugar más fresco de la orilla, y allí fundaron la aldea.

José Arcadio Buendía no logró descifrar el sueño de las casas con paredes de espejos hasta el día en que conoció el hielo. Entonces creyó entender su profundo significado. Pensó que en un futuro próximo podrían fabricarse bloques de hielo en gran escala, a partir de un material tan cotidiano como el agua, y construir con ellos las nuevas casas de la aldea. Macondo dejaría de ser un lugar ardiente, cuyas bisagras y aldabas se torcían de calor, para convertirse en una ciudad invernal. Si no perseveró en sus tentativas de construir una fábrica de hielo, fue porque entonces estaba positivamente entusiasmado con la educación de sus hijos, en especial la de Aureliano, que había revelado desde el primer momento una rara intuición alquímica. El laboratorio había sido desempolvado. Revisando las notas de Melquíades, ahora serenamente, sin la exaltación de la novedad, en prolongadas y pacientes sesiones trataron de separar el oro de Úrsula del cascote adherido al fondo del caldero. El joven José Arcadio participó apenas en el proceso. Mientras su padre sólo tenía cuerpo y alma para el atanor, el voluntarioso primogénito, que siempre fue demasiado grande para su edad, se convirtió en un adolescente monumental. Cambió de voz. El bozo se le pobló de un vello incipiente. Una noche Úrsula entró en el cuarto cuando él se quitaba la ropa para dormir, y experimentó un confuso sentimiento de vergüenza y piedad: era el primer hombre que veía desnudo, después de su esposo, y estaba tan bien equipado para la vida, que le pareció anormal. Úrsula, encinta por tercera vez, vivió de nuevo sus terrores de recién casada.

Por aquel tiempo iba a la casa una mujer alegre, deslenguada, provocativa, que ayudaba en los oficios domésticos y sabía leer el porvenir en la baraja. Úrsula le habló de su hijo. Pensaba que su desproporción era algo tan desnaturalizado como la cola de cerdo del primo. La mujer soltó una risa expansiva que repercutió en toda la casa como un reguero de vidrio. «Al contrario —dijo—. Será feliz». Para confirmar su pronóstico llevó los naipes a la casa pocos días después, y se encerró con José Arcadio en un depósito de granos contiguo a la cocina. Colocó las barajas con mucha calma en un viejo mesón de carpintería, hablando de cualquier cosa, mientras el muchacho esperaba cerca de ella más aburrido que intrigado. De pronto extendió la mano y lo tocó. «Qué bárbaro», dijo, sinceramente asustada, y fue todo lo que pudo decir. José Arcadio sintió que los huesos se le llenaban de espuma, que tenía un miedo lánguido y unos terribles deseos de llorar. La mujer no le hizo ninguna insinuación. Pero José Arcadio la siguió buscando toda la noche en el olor de humo que ella tenía en las axilas y que se le quedó metido debajo del pellejo. Quería estar con ella en todo momento, quería que ella fuera su madre, que nunca salieran del granero y que le dijera qué bárbaro, y que lo volviera a tocar y a decirle qué bárbaro. Un día no pudo soportar más y fue a buscarla a su casa. Hizo una visita formal, incomprensible, sentado en la sala sin pronunciar una palabra. En ese momento no la deseó. La encontraba distinta, enteramente ajena a la imagen que inspiraba su olor, como si fuera otra. Tomó el café y abandonó la casa deprimido. Esa noche, en el espanto de la vigilia, la volvió a desear con una ansiedad brutal, pero entonces no la quería como era en el granero, sino como había sido aquella tarde.

Días después, de un modo intempestivo, la mujer lo llamó a su casa, donde estaba sola con su madre, y lo hizo entrar en el dormitorio con el pretexto de enseñarle un truco de barajas. Entonces lo tocó con tanta libertad que él sufrió una desilusión después del estremecimiento inicial, y experimentó más miedo que placer. Ella le pidió que esa noche fuera a buscarla. Él estuvo de acuerdo, por salir del paso, sabiendo que no sería capaz de ir. Pero esa noche, en la cama ardiente, comprendió que tenía que ir a buscarla aunque no fuera capaz. Se vistió a tientas, oyendo en la oscuridad la reposada respiración de su hermano, la tos seca de su padre en el cuarto vecino, el asma de las gallinas en el patio, el zumbido de los mosquitos, el bombo de su corazón y el desmesurado bullicio del mundo que no había advertido hasta entonces, y salió a la calle dormido. Deseaba de todo corazón que la puerta estuviera atrancada, y no simplemente ajustada, como ella le había prometido. Pero estaba abierta. La empujó con la punta de los dedos y los goznes soltaron un quejido lúgubre y articulado que tuvo una resonancia helada en sus entrañas. Desde el instante en que entró, de medio lado y tratando de no hacer ruido, sintió el olor. Todavía estaba en la salita donde los tres hermanos de la mujer colgaban las hamacas en posiciones que él ignoraba y que no podía determinar en las tinieblas, así que le faltaba atravesarla a tientas, empujar la puerta del dormitorio y orientarse allí de tal modo que no fuera a equivocarse de cama. Lo consiguió. Tropezó con los hicos de las hamacas, que estaban más bajas de lo que él había supuesto, y un hombre que roncaba hasta entonces se revolvió en el sueño y dijo con una especie de desilusión: «Era miércoles.» Cuando empujó la puerta del dormitorio, no pudo impedir que raspara el desnivel del piso. De pronto, en la oscuridad absoluta, comprendió con una irremediable nostalgia que estaba completamente desorientado. En la estrecha habitación dormían la madre, otra hija con el marido y dos niños, y la mujer que tal vez no lo esperaba. Habría podido guiarse por el olor si el olor no hubiera estado en toda la casa, tan engañoso y al mismo tiempo tan definido como había estado siempre en su pellejo. Permaneció inmóvil un largo rato, preguntándose asombrado cómo había hecho para llegar a ese abismo de desamparo, cuando una mano con todos los dedos extendidos, que tanteaba en las tinieblas, le tropezó la cara. No se sorprendió, porque sin saberlo lo había estado esperando. Entonces se confió a aquella mano, y en un terrible estado de agotamiento se dejó llevar hasta un lugar sin formas donde le quitaron la ropa y lo zarandearon como un costal de papas y lo voltearon al derecho y al revés, en una oscuridad insondable en la que le sobraban los brazos, donde ya no olía más a mujer, sino a amoníaco, y donde trataba de acordarse del rostro de ella y se encontraba con el rostro de Úrsula, confusamente consciente de que estaba haciendo algo que desde hacía mucho tiempo deseaba que se pudiera hacer, pero que nunca se había imaginado que en realidad se pudiera hacer, sin saber cómo lo estaba haciendo porque no sabía dónde estaban los pies y dónde la cabeza, ni los pies de quién ni la cabeza de quién, y sintiendo que no podía resistir más el rumor glacial de sus riñones y el aire de sus tripas, y el miedo, y el ansia atolondrada de huir y al mismo tiempo de quedarse para siempre en aquel silencio exasperado y aquella soledad espantosa.

Se llamaba Pilar Ternera. Había formado parte del éxodo que culminó con la fundación de Macondo, arrastrada por su familia para separarla del hombre que la violó a los catorce años y siguió amándola hasta los veintidós, pero que nunca se decidió a hacer pública la situación porque era un hombre ajeno. Le prometió seguirla hasta el fin del mundo, pero más tarde, cuando arreglara sus asuntos, y ella se había cansado de esperarlo identificándolo siempre con los hombres altos y bajos, rubios y morenos, que las barajas le prometían por los caminos de la tierra y los caminos del mar, para dentro de tres días, tres meses o tres años. Había perdido en la espera la fuerza de los muslos, la dureza de los senos, el hábito de la ternura, pero conservaba intacta la locura del corazón. Trastornado por aquel juguete prodigioso, José Arcadio buscó su rastro todas las noches a través del laberinto del cuarto. En cierta ocasión encontró la puerta atrancada, y tocó varias veces, sabiendo que si había tenido el arresto de tocar la primera vez tenía que tocar hasta la última, y al cabo de una espera interminable ella le abrió la puerta. Durante el día, derrumbándose de sueño, gozaba en secreto con los recuerdos de la noche anterior. Pero cuando ella entraba en la casa, alegre, indiferente, dicharachera, él no tenía que hacer ningún esfuerzo para disimular su tensión, porque aquella mujer cuya risa explosiva espantaba a las palomas, no tenía nada que ver con el poder invisible que lo enseñaba a respirar hacia dentro y a controlar los golpes del corazón, y le había permitido entender por qué los hombres le tienen miedo a la muerte. Estaba tan ensimismado que ni siquiera comprendió la alegría de todos cuando su padre y su hermano alborotaron la casa con la noticia de que habían logrado vulnerar el cascote metálico y separar el oro de Úrsula.

En efecto, tras complicadas y perseverantes jornadas, lo habían conseguido. Úrsula estaba feliz, y hasta dio gracias a Dios por la invención de la alquimia, mientras la gente de la aldea se apretujaba en el laboratorio, y les servían dulce de guayaba con galletitas para celebrar el prodigio, y José Arcadio Buendía les dejaba ver el crisol con el oro rescatado, como si acabara de inventarlo. De tanto mostrarlo, terminó frente a su hijo mayor, que en los últimos tiempos apenas se asomaba por el laboratorio. Puso frente a sus ojos el mazacote seco y amarillento, y le preguntó: «¿Qué te parece?» José Arcadio, sinceramente, contestó:

—Mierda de perro.

Su padre le dio con el revés de la mano un violento golpe en la boca que le hizo saltar la sangre y las lágrimas. Esa noche Pilar Ternera le puso compresas de árnica en la hinchazón, adivinando el frasco y los algodones en la oscuridad, y le hizo todo lo que quiso sin que él se molestara, para amarlo sin lastimarlo. Lograron tal estado de intimidad que un momento después, sin darse cuenta, estaban hablando en murmullos.

—Quiero estar solo contigo —decía él—. Un día de estos le cuento todo a todo el mundo y se acaban los escondrijos.

Ella no trató de apaciguarlo.

—Sería muy bueno —dijo—. Si estamos solos, dejamos la lámpara encendida para vernos bien, y yo puedo gritar todo lo que quiera sin que nadie tenga que meterse y tú me dices en la oreja todas las porquerías que se te ocurran.

Esta conversación, el rencor mordiente que sentía contra su padre, y la inminente posibilidad del amor desaforado, le inspiraron una serena valentía. De un modo espontáneo, sin ninguna preparación, le contó todo a su hermano.

Al principio el pequeño Aureliano sólo comprendía el riesgo, la inmensa posibilidad de peligro que implicaban las aventuras de su hermano, pero no lograba concebir la fascinación del objetivo. Poco a poco se fue contaminando de ansiedad. Se hacía contar las minuciosas peripecias, se identificaba con el sufrimiento y el gozo del hermano, se sentía asustado y feliz. Lo esperaba despierto hasta el amanecer, en la cama solitaria que parecía tener una estera de brasas, y seguían hablando sin sueño hasta la hora de levantarse, de modo que muy pronto padecieron ambos la misma somnolencia, sintieron el mismo desprecio por la alquimia y la sabiduría de su padre, y se refugiaron en la soledad. «Estos niños andan como zurumbáticos —decía Úrsula—. Deben tener lombrices.» Les preparó una repugnante pócima de paico machacado, que ambos bebieron con imprevisto estoicismo, y se sentaron al mismo tiempo en sus bacinillas once veces en un solo día, y expulsaron unos parásitos rosados que mostraron a todos con gran júbilo, porque les permitieron desorientar a Úrsula en cuanto al origen de sus distraimientos y languideces. Aureliano no sólo podía entonces entender, sino que podía vivir como cosa propia las experiencias de su hermano, porque en una ocasión en que éste explicaba con muchos pormenores el mecanismo del amor, lo interrumpió para preguntarle: «¿Qué se siente?» José Arcadio le dio una respuesta inmediata:

—Es como un temblor de tierra.

Un jueves de enero, a las dos de la madrugada, nació Amaranta. Antes de que nadie entrara en el cuarto, Úrsula la examinó minuciosamente. Era liviana y acuosa como una lagartija, pero todas sus partes eran humanas. Aureliano no se dio cuenta de la novedad sino cuando sintió la casa llena de gente. Protegido por la confusión salió en busca de su hermano, que no estaba en la cama desde las once, y fue una decisión tan impulsiva que ni siquiera tuvo tiempo de preguntarse cómo haría para sacarlo del dormitorio de Pilar Ternera. Estuvo rondando la casa varias horas, silbando claves privadas, hasta que la proximidad del alba lo obligó a regresar. En el cuarto de su madre, jugando con la hermanita recién nacida y con una cara que se le caía de inocencia, encontró a José Arcadio.

Úrsula había cumplido apenas su reposo de cuarenta días, cuando volvieron los gitanos. Eran los mismos saltimbanquis y malabaristas que llevaron el hielo. A diferencia de la tribu de Melquíades, habían demostrado en poco tiempo que no eran heraldos del progreso, sino mercachifles de diversiones. Inclusive cuando llevaron el hielo, no lo anunciaron en función de su utilidad en la vida de los hombres, sino como una simple curiosidad de circo. Esta vez, entre muchos otros juegos de artificio, llevaban una estera voladora. Pero no la ofrecieron como un aporte fundamental al desarrollo del transporte, sino como un objeto de recreo. La gente, desde luego, desenterró sus últimos pedacitos de oro para disfrutar de un vuelo fugaz sobre las casas de la aldea. Amparados por la deliciosa impunidad del desorden colectivo, José Arcadio y Pilar vivieron horas de desahogo. Fueron dos novios dichosos entre la muchedumbre, y hasta llegaron a sospechar que el amor podía ser un sentimiento más reposado y profundo que la felicidad desaforada pero momentánea de sus noches secretas. Pilar, sin embargo, rompió el encanto. Estimulada por el entusiasmo con que José Arcadio disfrutaba de su compañía, equivocó la forma y la ocasión, y de un solo golpe le echó el mundo encima. «Ahora sí eres un hombre», le dijo. Y como él no entendió lo que ella quería decirle, se lo explicó letra por letra:

—Vas a tener un hijo.

José Arcadio no se atrevió a salir de su casa en varios días. Le bastaba con escuchar la risotada trepidante de Pilar en la cocina para correr a refugiarse en el laboratorio, donde los artefactos de alquimia habían revivido con la bendición de Úrsula. José Arcadio Buendía recibió con alborozo al hijo extraviado y lo inició en la búsqueda de la piedra filosofal, que había por fin emprendido. Una tarde se entusiasmaron los muchachos con la estera voladora que pasó veloz al nivel de la ventana del laboratorio llevando al gitano conductor y a varios niños de la aldea que hacían alegres saludos con la mano, y José Arcadio

Buendía ni siquiera la miró. «Déjenlos que sueñen —dijo—. Nosotros volaremos mejor que ellos con recursos más científicos que ese miserable sobrecamas.» A pesar de su fingido interés, José Arcadio no entendió nunca los poderes del *huevo filosófico*, que simplemente le parecía un frasco mal hecho. No lograba escapar de su preocupación. Perdió el apetito y el sueño, sucumbió al mal humor, igual que su padre ante el fracaso de alguna de sus empresas, y fue tal su tarstorno que el propio José Arcadio Buendía lo relevó de los deberes en el laboratorio creyendo que había tomado la alquimia demasiado a pecho. Aureliano, por supuesto, comprendió que la aflicción del hermano no tenía origen en la búsqueda de la piedra filosofal, pero no consiguió arrancarle una confidencia. Había perdido su antigua espontaneidad. De cómplice y comunicativo se hizo hermético y hostil. Ansioso de soledad, mordido por un virulento rencor contra el mundo, una noche abandonó la cama como de costumbre, pero no fue a casa de Pilar Ternera, sino a confundirse con el tumulto de la feria. Después de deambular por entre toda suerte de máquinas de artificio, sin interesarse por ninguna, se fijó en algo que no estaba en juego; una gitana muy joven, casi una niña, agobiada de abalorios, la mujer más bella que José Arcadio había visto en su vida. Estaba entre la multitud que presenciaba el triste espectáculo del hombre que se convirtió en víbora por desobedecer a sus padres.

José Arcadio no puso atención. Mientras se desarrollaba el triste interrogatorio del hombre-víbora, se había abierto paso por entre la multitud hasta la primera fila en que se encontraba la gitana, y se había detenido detrás de ella. Se apretó contra sus espaldas. La muchacha trató de separarse, pero José Arcadio se apretó con más fuerza contra sus espaldas. Entonces ella lo sintió. Se quedó inmóvil contra él, temblando de sorpresa y pavor, sin poder creer en la evidencia, y por último volvió la cabeza y lo miró con una sonrisa trémula. En ese instante dos gitanos metieron al hombre-víbora en su jaula y la llevaron al interior de la tienda. El gitano que dirigía el espectáculo anunció:

—Y ahora, señoras y señores, vamos a mostrar la prueba

terrible de la mujer que tendrá que ser decapitada todas las noches a esta hora durante ciento cincuenta años, como castigo por haber visto lo que no debía.

José Arcadio y la muchacha no presenciaron la decapitación. Fueron a la carpa de ella, donde se besaron con una ansiedad desesperada mientras se iban quitando la ropa. La gitana se deshizo de sus corpiños superpuestos, de sus numerosos pollerines de encaje almidonado, de su inútil corsé alambrado, de su carga de abalorios, y quedó prácticamente convertida en nada. Era una ranita lánguida, de senos incipientes y piernas tan delgadas que no le ganaban en diámetro a los brazos de José Arcadio, pero tenía una decisión y un calor que compensaban su fragilidad. Sin embargo, José Arcadio no podía responderle porque estaban en una especie de carpa pública, por donde los gitanos pasaban con sus cosas de circo y arreglaban sus asuntos, y hasta se demoraban junto a la cama a echar una partida de dados. La lámpara colgada en la vara central iluminaba todo el ámbito. En una pausa de las caricias, José Arcadio se estiró desnudo en la cama, sin saber qué hacer, mientras la muchacha trataba de alentarlo. Una gitana de carnes espléndidas entró poco después acompañada de un hombre que no hacía parte de la farándula, pero que tampoco era de la aldea, y ambos empezaron a desvestirse frente a la cama. Sin proponérselo, la mujer miró a José Arcadio y examinó con una especie de fervor patético su magnífico animal en reposo.

—Muchacho —exclamó—, que Dios te la conserve.

La compañera de José Arcadio les pidió que los dejaran tranquilos, y la pareja se acostó en el suelo, muy cerca de la cama. La pasión de los otros despertó la fiebre de José Arcadio. Al primer contacto, los huesos de la muchacha parecieron desarticularse con un crujido desordenado como el de un fichero de dominó, y su piel se deshizo en un sudor pálido y sus ojos se llenaron de lágrimas y todo su cuerpo exhaló un lamento lúgubre y un vago olor de lodo. Pero soportó el impacto con una firmeza de carácter y una valentía admirables. José Arcadio se sintió entonces levantado en vilo hacia un estado de inspiración seráfica, donde su corazón se desbarató en un manantial de obscenidades tiernas que le entraban a la muchacha por los oídos y le salían por la boca traducidas a su idioma. Era jueves. La noche del sábado José Arcadio se amarró un trapo rojo en la cabeza y se fue con los gitanos.

Cuando Úrsula descubrió su ausencia, lo buscó por toda la aldea. En el desmantelado campamento de los gitanos no había más que un reguero de desperdicios entre las cenizas todavía humeantes de los fogones apagados. Alguien que andaba por ahí buscando abalorios entre la basura le dijo a Úrsula que la noche anterior había visto a su hijo en el tumulto de la farándula, empujando una carretilla con la jaula del hombre-víbora. «¡Se metió de gitano!», le gritó ella a su marido, quien no había dado la menor señal de alarma ante la desaparición.

—Ojalá fuera cierto —dijo José Arcadio Buendía, machacando en el mortero la materia mil veces machacada y recalentada y vuelta a machacar—. Así aprenderá a ser hombre.

Úrsula preguntó por dónde se habían ido los gitanos. Siguió preguntando en el camino que le indicaron, y creyendo que todavía tenía tiempo de alcanzarlos, siguió alejándose de la aldea, hasta que tuvo conciencia de estar tan lejos que ya no pensó en regresar. José Arcadio Buendía no descubrió la falta de su mujer sino a las ocho de la noche, cuando dejó la materia recalentándose en una cama de estiércol, y fue a ver qué le pasaba a la pequeña Amaranta que estaba ronca de llorar. En pocas horas reunió un grupo de hombres bien equipados, puso a Amaranta en manos de una mujer que se ofreció para amamantarla, y se perdió por senderos invisibles en pos de Úrsula. Aureliano los acompañó. Unos pescadores indígenas, cuya lengua desconocían, les indicaron por señas al amanecer que no habían visto pasar a nadie. Al cabo de tres días de búsqueda inútil, regresaron a la aldea.

Durante varias semanas, José Arcadio Buendía se dejó vencer por la consternación. Se ocupaba como una madre de la pequeña Amaranta. La bañaba y cambiaba de ropa, la llevaba a ser amamantada cuatro veces al día y hasta le cantaba en la noche las canciones que Úrsula nunca supo cantar. En cierta ocasión, Pilar Ternera se ofreció para hacer los oficios de la casa mientras regresaba Úrsula. Aureliano, cuya misteriosa intuición se había sensibilizado en la desdicha, experimentó un fulgor de clarividencia al verla entrar. Entonces supo que de algún modo inexplicable ella tenía la culpa de la fuga de su hermano y la consiguiente desaparición de su madre, y la acosó de tal modo, con una callada e implacable hostilidad, que la mujer no volvió a la casa.

El tiempo puso las cosas en su puesto. José Arcadio Buendía y su hijo no supieron en qué momento estaban otra vez en el laboratorio, sacudiendo el polvo, prendiendo fuego al atanor, entregados una vez más a la paciente manipulación de la materia dormida desde hacía varios meses en su cama de estiércol. Hasta Amaranta, acostada en una canastilla de mimbre, observaba con curiosidad la absorbente labor de su padre y su hermano en el cuartito enrarecido por los vapores del mercurio. En cierta ocasión, meses después de la partida de Úrsula, empezaron a suceder cosas extrañas. Un frasco vacío que durante mucho tiempo estuvo olvidado en un armario se hizo tan pesado que fue imposible moverlo. Una cazuela de agua colocada en la mesa de trabajo hirvió sin fuego durante media hora hasta evaporarse por completo. José Arcadio Buendía y su hijo observaban aquellos fenómenos con asustado alborozo, sin lograr explicárselos, pero interpretándolos como anuncios de la materia. Un día la canastilla de Amaranta empezó a moverse con un impulso propio y dio una vuelta completa en el cuarto, ante la consternación de Aureliano, que se apresuró a detenerla. Pero su padre no se alteró. Puso la canastilla en su puesto y la amarró a la pata de una mesa, convencido de que el acontecimiento esperado era inminente. Fue en esa ocasión cuando Aureliano le oyó decir:

—Si no temes a Dios, témele a los metales.

De pronto, casi cinco meses después de su desaparición, volvió Úrsula. Llegó exaltada, rejuvenecida, con ropas nuevas de un estilo desconocido en la aldea. José Arcadio

Buendía apenas si pudo resistir el impacto. «¡Era esto —gritaba—. Yo sabía que iba a ocurrir.» Y lo creía de veras, porque en sus prolongados encierros, mientras manipulaba la materia, rogaba en el fondo de su corazón que el prodigio esperado no fuera el hallazgo de la piedra filosofal, ni la liberación del soplo que hace vivir los metales, ni la facultad de convertir en oro las bisagras y cerraduras de la casa, sino lo que ahora había ocurrido: el regreso de Úrsula. Pero ella no compartía su alborozo. Le dio un beso convencional, como si no hubiera estado ausente más de una hora, y le dijo:

—Asómate a la puerta.

José Arcadio Buendía tardó mucho tiempo para restablecerse de la perplejidad cuando salió a la calle y vio la muchedumbre. No eran gitanos. Eran hombres y mujeres como ellos, de cabellos lacios y piel parda, que hablaban su misma lengua y se lamentaban de los mismos dolores. Traían mulas cargadas de cosas de comer, carretas de bueyes con muebles y utensilios domésticos, puros y simples accesorios terrestres puestos en venta sin aspavientos por los mercachifles de la realidad cotidiana. Venían del otro lado de la ciénaga, a sólo dos días de viaje, donde había pueblos que recibían el correo todos los meses y conocían las máquinas del bienestar. Úrsula no había alcanzado a los gitanos, pero encontró la ruta que su marido no pudo descubrir en su frustrada búsqueda de los grandes inventos.

El hijo de Pilar Ternera fue llevado a casa de sus abuelos a las dos semanas de nacido. Úrsula lo admitió de mala gana, vencida una vez más por la terquedad de su marido que no pudo tolerar la idea de que un retoño de su sangre quedara navegando a la deriva, pero impuso la condición de que se ocultara al niño su verdadera identidad. Aunque recibió el nombre de José Arcadio, terminaron por llamarlo simplemente Arcadio para evitar confusiones. Había por aquella época tanta actividad en el pueblo y tantos trajines en la casa, que el cuidado de los niños quedó relegado a un nivel secundario. Se los encomendaron a Visitación, una india guajira que llegó al pueblo con un hermano, huyendo de una peste de insomnio que flagelaba a su tribu desde hacía varios años. Ambos eran tan dóciles y serviciales que Úrsula se hizo cargo de ellos para que la ayudaran en los oficios domésticos. Fue así como Arcadio y Amaranta hablaron la lengua guajira antes que el castellano, y aprendieron a tomar caldo de lagartijas y a comer huevos de arañas sin que Úrsula se diera cuenta, porque andaba demasiado ocupaea en un prometedor negocio de animalitos de caramelo. Macondo estaba transformado. Las gentes que llegaron con Úrsula divulgaron la buena calidad de su suelo y su posición privilegiada con respecto a la ciénaga, de modo que la escueta aldea de otro tiempo se convirtió muy pronto en un pueblo activo, con tiendas y talleres de artesanía, y una ruta de comercio permanente por donde llegaron los primeros árabes de pantuflas y argollas en las orejas, cambiando collares de vidrio por guacamayas. José Arcadio Buendía no tuvo un instante de reposo. Fascinado por una realidad inmediata que entonces le resultó más fantástica que el vasto universo de su imaginación, perdió todo interés por el laboratorio de alquimia, puso a descansar la materia extenuada por largos meses de manipulación, y volvió a ser el hombre emprendedor de los primeros tiempos que decidía el trazado de las calles y la posición de las nuevas casas, de manera que nadie disfrutara de privilegios que no tuvieran todos. Adquirió tanta autoridad entre los recién llegados que no se echaron cimiento ni se pararon cercas sin consultárselo, y se determinó que fuera él quien dirigiera la repartición de la tierra. Cuando volvieron los gitanos saltimbanquis, ahora con su feria ambulante transformada en un gigantesco establecimiento de juegos de suerte y azar, fueron recibidos con alborozo porque se pensó que José Arcadio regresaba con ellos. Pero José Arcadio no volvió, ni llevaron al hombre-víbora que según pensaba Úrsula era el único que podría darles razón de su hijo, así que no se les permitió a los gitanos instalarse en el pueblo ni volver a pisarlo en el futuro, porque se los consideró como mensajeros de la concupiscencia y la perversión. José Arcadio Buendía, sin embargo, fue explícito en el sentido de que la antigua tribu de Melquíades, que tanto contribuyó al engrandecimiento de la aldea con su milenaria sabiduría y sus fabulosos inventos, encontraría siempre las puertas abiertas. Pero la tribu de Melquíades, según contaron los trotamundos, había sido borrada de la faz de la tierra por haber sobrepasado los límites del conocimiento humano.

Emancipado al menos por el momento de las torturas de la fantasía, José Arcadio Buendía impuso en poco tiempo un estado de orden y trabajo, dentro del cual sólo se permitió una licencia: la liberación de los pájaros que desde la época de la fundación alegraban el tiempo con sus flautas, y la instalación en su lugar de relojes musicales en todas las casas. Eran unos preciosos relojes de madera labrada que los árabes cambiaban por guacamayas, y que José Arcadio Buendía sincronizó con tanta precisión, que cada media hora el pueblo se alegraba con los acordes progresivos de una misma pieza, hasta alcanzar la culminación de un mediodía exacto y unánime con el valse completo. Fue también José Arcadio Buendía quien decidió por esos años que en las calles del pueblo se sembraran almendros en vez de acacias, y quien descubrió sin revelarlos nunca los métodos para hacerlos eternos. Muchos años después, cuando Macondo fue un campamento de casas de madera y techos de cinc, todavía perduraban en las calles más antiguas los almendros rotos y polvorientos, aunque nadie sabía entonces quién los había sembrado. Mientras su padre ponía en orden el pueblo y su madre consolidaba el patrimonio doméstico con su maravillosa industria de gallitos y peces azucarados que dos veces al día salían de la casa ensartados en palos de balso. Aureliano vivía horas interminables en el laboratorio abandonado, aprendiendo por pura investigación el arte de la platería. Se había estirado tanto, que en poco tiempo dejó de servirle la ropa abandonada por su hermano y empezó a usar la de su padre, pero fue necesario que Visitación les cosiera alforzas a las camisas y sisas a los pantalones, porque Aureliano no había sacado la corpulencia de los otros. La adolescencia le había quitado la dulzura de la voz y lo había vuelto silencioso y definitivamente solitario, pero en cambio le había restituido la expresión intensa que tuvo en los ojos al nacer. Estaba tan concentrado en sus experimentos de platería que apenas si abandonaba el laboratorio para comer. Preocupado por su ensimismamiento, José Arcadio Buendía le dio llaves de la casa y un poco de dinero, pensando que tal vez le hiciera falta una mujer. Pero Aureliano gastó el dinero en ácido muriático para preparar agua regia y embelleció las llaves con un baño de oro. Sus exageraciones eran apenas comparables a las de Arcadio y Amaranta, que ya habían empezado a mudar los dientes y todavía andaban agarrados todo el día a las mantas de los indios, tercos en su decisión de no hablar el castellano, sino la lengua guajira. «No tienes de qué quejarte —le decía Úrsula a su marido—. Los hijos heredan las locuras de sus padres.» Y mientras se lamentaba de su mala suerte, convencida de que las extravagancias de sus hijos eran algo tan espantoso como una cola de cerdo, Aureliano fijó en ella una mirada que la envolvió en un ámbito de incertidumbre.

—Alguien va a venir —le dijo.

Úrsula, como siempre que él expresaba un pronóstico, trató de desalentarlo con su lógica casera. Era normal que alguien llegara. Decenas de forasteros pasaban a diario por Macondo sin suscitar inquietudes ni anticipar anuncios secretos. Sin embargo, por encima de toda lógica, Aureliano estaba seguro de su presagio.

—No sé quién será —insistió—, pero el que sea ya viene en camino.

El domingo, en efecto, llegó Rebeca. No tenía más de once años. Había hecho el penoso viaje desde Manaure con unos traficantes de pieles que recibieron el encargo de entregarla junto con una carta en la casa de José Arcadio Buendía, pero que no pudieron explicar con precisión quién era la persona que les había pedido el favor. Todo su equipaje estaba compuesto por el baulito de la ropa, un pequeño mecedor de madera con florecitas de colores pintadas a mano y un talego de lona que hacía un permanente ruido de cloc cloc cloc, donde llevaba los huesos de sus padres. La carta dirigida a José Arcadio Buendía estaba escrita en términos muy cariñosos por alguien que lo seguía queriendo mucho a pesar del tiempo y la distancia y que se sentía obligado por un elemental sentido humanitario a hacer la caridad de mandarle esa pobre huerfanita desamparada, que era prima de Úrsula en segundo grado y por consiguiente parienta también de José Arcadio Buendía, aunque en grado más lejano, porque era hija de ese inolvidable amigo que fue Nicanor Ulloa y su muy digna esposa Rebeca Montiel, a quienes Dios tuviera en su santo reino, cuyos restos adjuntaba la presente para que les dieran cristiana sepultura. Tanto los nombres mencionados cono la firma de la carta eran perfectamente legibles, pero ni José Arcadio Buendía ni Úrsula recordaban haber tenido parientes con esos nombres ni conocían a nadie que se llamara como el remitente y mucho menos en la remota población de Manaure. A través de la niña fue imposible obtener ninguna información complementaria. Desde el momento en que llegó se sentó a chuparse el dedo en el mecedor y a observar a todos con sus grandes ojos espantados, sin que diera señal alguna de entender lo que le preguntaban. Llevaba un traje de diagonal teñido de negro, gastado por el uso, y unos desconchados botines de charol. Tenía el cabello sostenido detrás de las orejas con moños de cintas negras. Usaba un escapulario con las imágenes borradas por el sudor y en la muñeca derecha un colmillo de animal carnívoro montado en un soporte de cobre como amuleto contra el mal de ojo. Su piel verde, su vientre redondo y tenso como un tambor, revelaban una mala salud y un hambre más viejas que ella misma, pero cuando le dieron de comer se quedó con el plato en las piernas sin probarlo. Se llegó inclusive a creer que era sordomuda, hasta que los indios le preguntaron en su lengua si quería un poco de agua y ella movió los ojos como si los hubiera reconocido y dijo que sí con la cabeza.

Se quedaron con ella porque no había más remedio. Decidieron llamarla Rebeca, que de acuerdo con la carta era el nombre de su madre, porque Aureliano tuvo la paciencia de leer frente a ella todo el santoral y no logró que reaccionara con ningún nombre. Como en aquel tiempo no había cementerio en Macondo, pues hasta entonces no había muerto nadie, conservaron el talego con los huesos en espera de que hubiera un lugar digno para sepultarlos, y durante mucho tiempo estorbaron por todas partes y se les encontraba donde menos se suponía, siempre con su cloqueante cacareo de gallina clueca. Pasó mucho tiempo antes de que Rebeca se incorpora a la vida familiar. Se sentaba en el mecedorcito a chuparse el dedo en el rincón más apartado de la casa. Nada le llamaba la atención, salvo la música de los relojes, que cada media hora buscaba con ojos asustados, como si esperara encontrarla en algún lugar del aire. No lograron que comiera en varios días. Nadie entendía cómo no se había muerto de hambre, hasta que los indígenas, que se daban cuenta de todo porque recorrían la casa sin cesar con sus pies sigilosos, descubrieron que a Rebeca sólo le gustaba comer la tierra húmeda del patio y las tortas de cal que arrancaba de las paredes con las uñas. Era evidente que sus padres, o quienquiera que la hubiese criado, la habían reprendido por ese hábito, pues lo practicaba a escondidas y con conciencia de culpa, procurando trasponer las raciones para comerlas cuando nadie la viera. Desde entonces la sometieron a una vigilancia implacable. Echaban hiel de vaca en el patio y untaban ají picante en las paredes, creyendo derrotar con esos métodos su vicio pernicioso, pero ella dio tales muestras de astucia e ingenio para procurarse la tierra, que Úrsula se vio forzada a emplear recursos más drásticos. Ponía jugo de naranja con ruibarbo en una cazuela que dejaba al sereno toda la noche, y le daba la pócima al día siguiente en ayunas. Aunque nadie le había dicho que aquél era el remedio específico para el vicio de comer tierra, pensaba que cualquier sustancia amarga en el estómago vacío tenía que hacer reaccionar al hígado. Rebeca era tan rebelde y tan fuerte a pesar de su raquitismo, que tenían que barbearla como a un becerro para que tragara la medicina, y apenas si podían reprimir sus pataletas y soportar los enrevesados jeroglíficos que ella alternaba con mordiscos y escupitajos, y que según decían los escandalizados indígenas eran las obscenidades más gruesas que se podían concebir en su idioma. Cuando Úrsula lo supo, complementó el tratamiento con correazos. No se estableció nunca si lo que surtió efecto fue el ruibarbo o las tollinas, o las dos cosas combinadas, pero la verdad es que en pocas semanas Rebeca empezó a dar muestras de restablecimiento. Participó en los juegos de Arcadio y Amaranta, que la recibieron como una hermana mayor, y comió con apetito sirviéndose bien de los cubiertos. Pronto se reveló que hablaba el castellano con tanta fluidez como la lengua de los indios, que tenía una habilidad notable para los oficios manuales y que cantaba el valse de los relojes con una letra muy graciosa que ella misma había inventado. No tardaron en considerarla como un miembro más de la familia. Era con Úrsula más afectuosa que nunca lo fueron sus propios hijos, y llamaba hermanitos a Amaranta y a Arcadio, y tío a Aureliano y abuelito a José Arcadio Buendía. De modo que terminó por merecer tanto como los otros el nombre de Rebeca Buendía, el único que tuvo siempre y que llevó con dignidad hasta la muerte.

Una noche, por la época en que Rebeca se curó del vicio de comer tierra y fue llevada a dormir en el cuarto de los otros niños, la india que dormía con ellos despertó por casualidad y oyó un extraño ruido intermitente en el rincón. Se incorporó alarmada, creyendo que había entrado un animal en el cuarto, y entonces vio a Rebeca en el mecedor, chupándose el dedo y con los ojos alumbrados como los de un gato en la oscuridad. Pasmada de terror, atribulada por la fatalidad de su destino, Visitación reconoció en esos ojos los síntomas de la enfermedad cuya amenaza los había obligado, a ella y a su hermano, a desterrarse para siempre de un reino milenario en el cual eran príncipes. Era la peste del insomnio.

Cataure, el indio, no amaneció en la casa. Su hermana se quedó, porque su corazón fatalista le indicaba que la dolencia letal había de perseguirla de todos modos hasta el último rincón de la tierra. Nadie entendió la alarma de Visitación. Si no volvemos a dormir, mejor —decía José Arcadio Buendía, de buen humor—. «Así nos rendirá más la vida.» Pero la india les explicó que lo más temible de la enfermedad del insomnio no era la imposibilidad de dormir, pues el cuerpo no sentía cansancio alguno, sino su inexorable evolución hacia una manifestación más crítica: el olvido. Quería decir que cuando el enfermo se acostumbraba a su estado de vigilia, empezaban a borrarse de su memoria los recuerdos de la infancia, luego el nombre y la noción de las cosas, y por último la identidad de las personas y aun la conciencia del propio ser, hasta hundirse en una especie de idiotez sin pasado. José Arcadio Buendía, muerto de risa, consideró que se trataba de una de tantas dolencias inventadas por la superstición de los indígenas. Pero Úrsula, por si acaso, tomó la precaución de separar a Rebeca de los otros niños.

Al cabo de varias semanas, cuando el terror de Visitación parecía aplacado, José Arcadio Buendía se encontró una noche dando vueltas en la cama sin poder dormir. Úrsula, que también había despertado, le preguntó qué le pasaba, y él le contestó: «Estoy pensando otra vez en Prudencio Aguilar.» No durmieron un minuto, pero al día siguiente se sentían tan descansados que se olvidaron de la mala noche. Aureliano comentó asombrado a la hora del almuerzo que se sentía muy bien a pesar de que había pasado toda la noche en el laboratorio dorando un prendedor que pensaba regalarle a Úrsula el día de su cumpleaños. No se alarmaron hasta el tercer día, cuando a la hora de acostarse se sintieron sin sueño, y cayeron en la cuenta de que llevaban más de cincuenta horas sin dormir.

—Los niños también están despiertos —dijo la india con su convicción fatalista—. Una vez que entra en la casa, nadie escapa a la peste.

Habían contraído, en efecto, la enfermedad del insomnio. Úrsula, que había aprendido de su madre el valor medicinal de las plantas, preparó e hizo beber a todos un brebaje de acónito, pero no consiguieron dormir, sino que estuvieron todo el día soñando despiertos. En ese estado de alucinada lucidez no sólo veían las imágenes de sus propios sueños, sino que los unos veían las imágenes soñadas por los otros. Era como si la casa se hubiera llenado de visitantes. Sentada en su mecedor en un rincón de la cocina, Rebeca soñó que un hombre muy parecido a ella, vestido de lino blanco y con el cuello de la camisa cerrado por un botón de oro, le llevaba un ramo de rosas. Lo acompañaba una mujer de manos delicadas que separó una rosa y se la puso a la niña en el pelo. Úrsula comprendió que el hombre y la mujer eran los padres de Rebeca, pero aunque hizo un grande esfuerzo por reconocerlos, confirmó su certidumbre de que nunca los había visto. Mientras tanto, por un descuido que José Arcadio Buendía no se perdonó jamás, los animalitos de caramelo fabricados en la casa seguían siendo vendidos en el pueblo. Niños y adultos chupaban encantados los deliciosos gallitos verdes del insomnio, los exquisitos peces rosados del insomnio y los tiernos caballitos amarillos del insomnio, de modo que el alba del lunes sorprendió despierto a todo el pueblo. Al principio nadie se alarmó. Al contrario, se alegraron de no dormir, porque entonces había tanto que hacer en Macondo que el tiempo apenas alcanzaba. Trabajaron tanto, que pronto no tuvieron nada más que hacer, y se encontraron a las tres de la madrugada con los brazos cruzados, contando el número de notas que tenía el valse de los relojes. Los que querían dormir, no por cansancio , sino por nostalgia de los sueños, recurrieron a toda clase de métodos agotadores. Se reunían a conversar sin tregua, a repetirse durante horas y horas los mismos chistes, a complicar hasta los límites de la exasperación el cuento del gallo capón, que era un juego infinito en que el narrador preguntaba si querían que les contara el cuento del gallo capón, y cuando contestaban que sí, el narrador decía que no había pedido que dijeran que sí, sino que si querían que les contara el cuento del gallo capón, y cuando contestaban que no, el narrador decía que no les había pedido que dijeran que no, sino que si querían que les contara el cuento del gallo capón, y cuando se quedaban callados el narrador decía que no les había pedido que se quedaran callados, sino que si querían que les contara el cuento del gallo capón, y nadie podía irse, porque el narrador decía que no les había pedido que se fueran, sino que si querían que les contara el cuento del gallo capón, y así sucesivamente, en un círculo vicioso que se prolongaba por noches enteras.

Cuando José Arcadio Buendía se dio cuenta de que la peste había invadido el pueblo, reunió a los jefes de familia para explicarles lo que sabía sobre la enfermedad del insomnio, y se acordaron medidas para impedir que el flagelo se propagara a otras poblaciones de la ciénaga. Fue así como se quitaron a los chivos las campanitas que los árabes cambiaban por guacamayas, y se pusieron a la entrada del pueblo a disposición de quienes desatendían los consejos y súplicas de los centinelas e insistían en visitar la población. Todos los forasteros que por aquel tiempo recorrían las calles de Macondo tenían que hacer sonar su campanita para que los enfermos supieran que estaba sano. No se les permitía comer ni beber nada durante su estancia,

pues no había duda de que la enfermedad sólo se transmitía por la boca, y todas las cosas de comer y de beber
estaban contaminadas de insomnio. En esa forma se mantuvo la peste circunscrita al perímetro de la población. Tan
eficaz fue la cuarentena, que llegó el día en que la situación
de emergencia se tuvo por cosa natural, y se organizó la
vida de tal modo que el trabajo recobró su ritmo y nadie
volvió a preocuparse por la inútil costumbre de dormir.

Fue Aureliano quien concibió la fórmula que había de
defenderlos durante varios meses de las evasiones de la
memoria. La descubrió por casualidad. Insomne experto,
por haber sido uno de los primeros, había aprendido a la
perfección el arte de la platería. Un día estaba buscando el
pequeño yunque que utilizaba para laminar los metales, y
no recordó su nombre. Su padre se lo dijo: «tas». Aureliano
escribió el nombre en un papel que pegó con goma en la
base del yunquecito: tas. Así estuvo seguro de no olvidarlo
en el futuro. No se le ocurrió que fuera aquella la primera
manifestación del olvido, porque el objeto tenía un nombre
difícil de recordar. Pero pocos días después descubrió que
tenía dificultades para recordar casi todas las cosas del
laboratorio. Entonces las marcó con el nombre respectivo,
de modo que le bastaba con leer la inscripción para identi-
ficarlas. Cuando su padre le comunicó su alarma por haber
olvidado hasta los hechos más impresionantes de su niñez,
Aureliano le explicó su método, y José Arcadio Buendía lo
puso en práctica en toda la casa y más tarde lo impuso a
todo el pueblo. Con un hisopo entintado marcó cada cosa
con su nombre: *mesa, silla, reloj, puerta, pared, cama,
cacerola.* Fue al corral y marcó los animales y las plantas:
vaca, chivo, puerco, gallina, yuca, malanga, guineo. Poco a
poco, estudiando las infinitas posibilidades del olvido, se
dio cuenta de que podía llegar un día en que se recono-
cieran las cosas por sus inscripciones, pero no se recordara
su utilidad. Entonces fue más explícito. El letrero que colgó
en la cerviz de la vaca era una muestra ejemplar de la
forma en que los habitantes de Macondo estaban dispuestos a luchar contra el olvido: *Ésta es la vaca, hay que
ordeñarla todas las mañanas para que produzca leche y a*

la leche hay que hervirla para mezclarla con el café y hacer café con leche. Así continuaron viviendo en una realidad escurridiza, momentáneamente capturada por las palabras, pero que había de fugarse sin remedio cuando olvidaran los valores de la letra escrita.

En la entrada del camino de la ciénaga se había puesto un anuncio que decía *Macondo* y otro más grande en la calle central que decía *Dios existe.* En todas las casas se habían escrito claves para memorizar los objetos y los sentimientos. Pero el sistema exigía tanta vigilancia y tanta fortaleza moral, que muchos sucumbieron al hechizo de una realidad imaginaria, inventada por ellos mismos, que les resultaba menos práctica pero más reconfortante. Pilar Ternera fue quien más contribuyó a popularizar esa mistificación, cuando concibió el artificio de leer el pasado en las barajas como antes había leído el futuro. Mediante ese recurso, los insomnes empezaron a vivir en un mundo construido por las alternativas inciertas de los naipes, donde el padre se recordaba apenas como el hombre moreno que había llegado a principios de abril y la madre se recordaba apenas como la mujer trigueña que usaba un anillo de oro en la mano izquierda, y donde una fecha de nacimiento quedaba reducida al último martes en que cantó la alondra en el laurel. Derrotado por aquellas prácticas de consolación, José Arcadio Buendía decidió entonces construir la máquina de la memoria que una vez había deseado para acordarse de los maravillosos inventos de los gitanos. El artefacto se fundaba en la posibilidad de repasar todas la mañanas, y desde el principio hasta el fin, la totalidad de los conocimientos adquiridos en la vida. Lo imaginaba como un diccionario giratorio que un individuo situado en el eje pudiera operar mediante una manivela, de modo que en pocas horas pasaran frente a sus ojos las nociones más necesarias para vivir. Había logrado escribir cerca de catorce mil fichas, cuando apareció por el camino de la ciénaga un anciano estrafalario con la campanita triste de los durmientes, cargando una maleta ventruda amarrada con cuerdas y un carrito cubierto de trapos negros. Fue directamente a la casa de José Arcadio Buendía.

Visitación no lo conoció al abrirle la puerta, y pensó que llevaba el propósito de vender algo, ignorante de que nada podía venderse en un pueblo que se hundía sin remedio en el tremedal del olvido. Era un hombre decrépito. Aunque su voz estaba también cuarteada por la incertidumbre y sus manos parecían dudar de la existencia de las cosas, era evidente que venía del mundo donde todavía los hombres podían dormir y recordar. José Arcadio Buendía lo encontró sentado en la sala, abanicándose con un remendado sombrero negro, mientras leía con atención compasiva los letreros pegados en las paredes. Lo saludó con amplias muestras de afecto, temiendo haberlo conocido en otro tiempo y ahora no recordarlo. Pero el visitante advirtió su falsedad. Se sintió olvidado, no con el olvido remediable del corazón, sino con otro olvido más cruel e irrevocable que él conocía muy bien, porque era el olvido de la muerte. Entonces comprendió. Abrió la maleta atiborrada de objetos indescifrables, y de entre ellos sacó un maletín con muchos frascos. Le dio a beber a José Arcadio Buendía una sustancia de color apacible, y la luz se hizo en su memoria. Los ojos se le humedecieron de llanto, antes de verse a sí mismo en una sala absurda donde los objetos estaban marcados, y antes de avergonzarse de las solemnes tonterías escritas en las paredes, y aun antes de reconocer al recién llegado en un deslumbrante resplandor de alegría. Era Melquíades.

Mientras Macondo celebraba la reconquista de los recuerdos, José Arcadio Buendía y Melquíades le sacudieron el polvo a su vieja amistad. El gitano iba dispuesto a quedarse en el pueblo. Había estado en la muerte, en efecto, pero había regresado porque no pudo soportar la soledad. Repudiado por su tribu, desprovisto de toda facultad sobrenatural como castigo por su fidelidad a la vida, decidió refugiarse en aquel rincón del mundo todavía no descubierto por la muerte, dedicado a la explotación de un laboratorio de daguerrotipia. José Arcadio Buendía no había oído hablar nunca de ese invento. Pero cuando se vio a sí mismo y a toda su familia plasmados en una edad eterna sobre una lámina de metal tornasol, se quedó mudo de estupor. De esa época databa el oxidado daguerrotipo en el que apareció José Arcadio Buendía con el pelo erizado y ceniciento, el acartonado cuello de la camisa prendido con un botón de cobre, y una expresión de solemnidad asombrada, y que Úrsula describía muerta de risa como «un general asustado». En verdad, José Arcadio Buendía estaba asustado la diáfana mañana de diciembre en que le hicieron el daguerrotipo, porque pensaba que la gente se iba gastando poco a poco a medida que su imagen pasaba a las placas metálicas. Por una curiosa inversión de la costumbre, fue Úrsula quien le sacó aquella idea de la cabeza, como fue también ella quien olvidó sus antiguos resquemores y decidió que Melquíades se quedara viviendo en la casa, aunque nunca permitió que le hicieran un daguerrotipo porque (según sus propias palabra textuales) no quería quedar para burla de sus nietos. Aquella mañana vistió a los niños con sus ropas mejores, les empolvó la cara y les dio una cucharada de jarabe de tuétano a cada uno para que pudieran permanecer absolutamente inmóviles durante casi dos minutos frente a la aparatosa cámara de Melquíades. En el daguerrotipo familiar, el único que existió jamás, Aureliano apareció vestido de terciopelo negro, entre Amaranta y Rebeca. Tenía la misma languidez y la misma mirada clarividente que había de tener años más tarde frente al pelotón de fusilamiento. Pero aún no había sentido la premonición de su destino. Era un orfebre experto, estimado en toda la ciénaga por el preciosismo de su trabajo. En el taller que compartía con el disparatado laboratorio de Melquíades, apenas si se le oía respirar. Parecía refugiado en otro tiempo, mientras su padre y el gitano interpretaban a gritos las predicciones de Nostradamus, entre un estrépito de frascos y cubetas, y el desastre de los ácidos derramados y el bromuro de plata perdido por los codazos y traspiés que daban a cada instante. Aquella consagración al trabajo, el buen juicio con que administraba sus intereses, le habían permitido a Aureliano ganar en poco tiempo más dinero que Úrsula con su deliciosa fauna de caramelo, pero todo el mundo se extrañaba de que fuera ya un hombre hecho y derecho y no se le hubiera conocido mujer. En realidad no la había tenido.

Meses después volvió Francisco el Hombre, un anciano trotamundos de casi doscientos años que pasaba con frecuencia por Macondo divulgando las canciones compuestas por él mismo. En ellas, Francisco el Hombre relataba con detalles minuciosos las noticias ocurridas en los pueblos de su itinerario, desde Manaure hasta los confines de la ciénaga, de modo que si alguien tenía un recado que mandar o un acontecimiento que divulgar, le pagaba dos centavos para que lo incluyera en su repertorio. Fue así como se enteró Úrsula de la muerte de su madre, por pura casualidad, una noche que escuchaba las canciones con la esperanza de que dijeran algo de su hijo José Arcadio. Francisco el Hombre, así llamado porque derrotó al diablo en un duelo de improvisación de cantos, y cuyo verdadero nombre no conoció nadie, desapareció de Macondo durante la peste del insomnio y una noche reapareció sin ningún anuncio en la tienda de Catarino. Todo el pueblo fue a escucharlo para saber qué había pasado en el mundo. En esa ocasión llegaron con él una mujer tan gorda que cuatro indios tenían que llevarla cargada en un mecedor, y una mulata adolescente de aspecto desamparado que la protegía del sol con un paraguas. Aureliano fue esa noche a la tienda de Catarino. Encontró a Francisco el Hombre, como un camaleón monolítico, sentado en medio de un círculo de curiosos. Cantaba las noticias con su vieja voz descordada, acompañándose con el mismo acordeón arcaico que le regaló Sir Walter Raleigh en la Guayana, mientras llevaba el compás con sus grandes pies caminadores agrietados por el salitre. Frente a una puerta del fondo por donde entraban y salían algunos hombres, estaba sentada y se abanicaba en silencio la matrona del mecedor. Catarino, con una rosa de fieltro en la oreja, vendía a la concurrencia tazones de guarapo fermentado, y aprovechaba la ocasión para acercarse a los hombres y ponerles la mano donde no debía. Hacia la media noche el calor era insoportable. Aureliano escuchó las noticias hasta el final sin encontrar ninguna que le interesara a su familia. Se disponía a regresar a casa cuando la matrona le hizo una señal con la mano.

—Entra tú también —le dijo—. Sólo cuesta veinte centavos.

Aureliano echó una moneda en la alcancía que la matrona tenía en las piernas y entró en el cuarto sin saber para qué. La mulata adolescente, con sus teticas de perra, estaba desnuda en la cama. Antes de Aureliano, esa noche, sesenta y tres hombres habían pasado por el cuarto. De tanto ser usado, y amasado en sudores y suspiros, el aire de la habitación empezaba a convertirse en lodo. La muchacha quitó la sábana empapada y le pidió a Aureliano que la tuviera de un lado. Pesaba como un lienzo. La exprimieron, torciéndola por los extremos, hasta que recobró su peso natural. Voltearon la estera, y el sudor salía del otro lado. Aureliano ansiaba que aquella operación no terminara nunca. Conocía la mecánica teórica del amor, pero no podía tenerse en pie a causa del desaliento de sus rodillas, y aunque tenía la piel erizada y ardiente no podía resistir a la urgencia de expulsar el peso de las tripas. Cuando la muchacha acabó de arreglar la cama y le ordenó que se desvistiera, él le hizo una explicación atolondrada: «Me hicieron entrar. Me dijeron que echara veinte centavos en la alcancía y que no me demorara.» La muchacha comprendió su ofuscación. «Si echas otros veinte centavos a la salida, puedes demorarte un poco más», dijo suavemente. Aureliano se desvistió, atormentado por el pudor, sin poder quitarse la idea de que su desnudez no resistía la comparación con su hermano. A pesar de los esfuerzos de la muchacha, él se sintió cada vez más indiferente, y terriblemente solo. «Echaré otros veinte centavos», dijo con voz desolada. La muchacha se lo agradeció en silencio. Tenía la espalda en carne viva. Tenía el pellejo pegado a las costillas y la respiración alterada por un agotamiento insondable. Dos años antes, muy lejos de allí, se había quedado dormida sin apagar la vela y había despertado cercada por el fuego. La casa donde vivía con la abuela que la había criado quedó reducida a cenizas. Desde entonces la abuela la llevaba de pueblo en pueblo, acostándola por veinte centavos, para pagarse el valor de la casa incendiada. Según los cálculos de la muchacha, todavía la faltaban unos diez años de setenta hombres por noche, porque tenía que pagar además los gastos de viaje y alimentación de ambas y el sueldo de los indios que cargaban el mecedor. Cuando la matrona tocó la puerta por segunda vez, Aureliano salió del cuarto sin haber hecho nada, aturdido por el deseo de llorar. Esa noche no pudo dormir pensando en la muchacha, con una mezcla de deseo y conmiseración. Sentía una necesidad irresistible de amarla y protegerla. Al amanecer, extenuado por el insomnio y la fiebre, tomó la serena decisión de casarse con ella para liberarla del despotismo de la abuela y disfrutar todas las noches de la satisfacción que ella le daba a setenta hombres. Pero a las diez de la mañana, cuando llegó a la tienda de Catarino, la muchacha se había ido del pueblo.

El tiempo aplacó su propósito atolondrado, pero agravó su sentimiento de frustración. Se refugió en el trabajo. Se resignó a ser un hombre sin mujer toda la vida para ocultar la vergüenza de su inutilidad. Mientras tanto, Melquíades terminó de plasmar en sus placas todo lo que era plasmable en Macondo, y abandonó el laboratorio de daguerrotipia a los delirios de José Arcadio Buendía, quien había resuelto utilizarlo para obtener la prueba científica de la existencia de Dios. Mediante un complicado proceso de exposiciones superpuestas tomadas en distintos lugares de la casa, estaba seguro de hacer tarde o temprano el daguerrotipo de Dios, si existía, o poner término de una vez por todas a la suposición de su existencia. Melquíades profundizó en las interpretaciones de Nostradamus. Estaba hasta muy tarde, asfixiándose dentro de su descolorido chaleco de terciopelo, garrapateando papeles con sus minúsculas mano de gorrión, cuyas sortijas habían perdido la lumbre de otra época. Una noche creyó encontrar una predicción sobre el futuro de Macondo. Sería una ciudad luminosa, con grandes casas de vidrio, donde no quedaba ningún rastro de la estirpe de los Buendía. «Es una equivocación —tronó José Arcadio Buendía—. No serán casas de vidrio sino de hielo, como yo lo soñé, y siempre habrá un Buendía, por los siglos de los siglos.» En aquella casa extravagante, Úrsula pugnaba por preservar el sentido común, habiendo ensanchado el negocio de animalitos de caramelo con un horno que producía toda la noche canastos y canastos de pan y una prodigiosa variedad de pudines, merengues y bizcochuelos, que se esfumaban en pocas horas por los vericuetos de la ciénaga. Había llegado a una edad en que tenía derecho a descansar, pero era, sin embargo, cada vez más activa. Tan ocupada estaba en sus prósperas empresas, que una tarde miró por distracción hacia el patio, mientras la india la ayudaba a endulzar la masa, y vio dos adolescentes desconocidas y hermosas bordando en bastidor a la luz del crepúsculo. Eran Rebeca y Amaranta. Apenas se habían quitado el luto de la abuela, que guardaron con inflexible rigor durante tres años, y la ropa de color parecía haberles dado un nuevo lugar en el mundo. Rebeca, al contrario de lo que pudo esperarse, era la más bella. Tenía un cutis diáfano, unos ojos grandes y reposados, y unas manos mágicas que parecían elaborar con hilos invisibles la trama del bordado. Amaranta, la menor, era un poco sin gracia, pero tenía la distinción natural, el estiramiento interior de la abuela muerta. Junto a ellas, aunque ya revelaba el impulso físico de su padre, Arcadio parecía un niño. Se había dedicado a aprender el arte de la platería con Aureliano, quien además lo había enseñado a leer y escribir. Úrsula se dio cuenta de pronto que la casa se había llenado de gente, que sus hijos estaban a punto de casarse y tener hijos, y que se verían obligados a dispensarse por falta de espacio. Entonces sacó el dinero acumulado en largos años de dura labor, adquirió compromisos con sus clientes, y emprendió la ampliación de la casa. Dispuso que se construyera una sala formal para las visitas, otra más cómoda y fresca para el uso diario, un comedor para una mesa de doce puestos donde se sentara la familia con todos sus invitados; nueve dormitorios con ventanas hacia el patio y un largo corredor protegido del resplandor del mediodía por un jardín de rosas, con un pasamanos para poner macetas de helechos y tiestos de begonias. Dispuso ensanchar la cocina para construir dos hornos, destruir el viejo granero donde Pilar Ternera le leyó el porvenir a José Arcadio, y construir otro dos veces más grande para que nunca faltaran los alimentos en la casa. Dispuso construir en el patio, a la sombra del castaño, un baño para las mujeres y otro para los hombres, y al fondo una caballeriza grande, un gallinero alambrado, un establo de ordeña y una pajarera abierta a los cuatro vientos para que se instalaran a su gusto los pájaros sin rumbo. Seguida por docenas de albañiles y carpinteros, como si hubiera contraído la fiebre alucinante de su esposo, Úrsula ordenaba la posición de la luz y la conducta del calor, y repartía el espacio sin el menor sentido de sus límites. La primitiva construcción de los fundadores se llenó de herramientas y materiales, de obreros agobiados por el sudor, que le pedían a todo el mundo el favor de no estorbar, sin pensar que eran ellos quienes estorbaban, exasperados por el talego de huesos humanos que los perseguía por todas partes con su sordo cascabeleo. En aquella incomodidad, respirando cal viva y meleza de alquitrán, nadie entendió muy bien cómo fue surgiendo de las entrañas de la tierra no sólo la casa más grande que habría nunca en el pueblo, sino la más hospitalaria y fresca que hubo jamás en el ámbito de la ciénaga. José Arcadio Buendía, tratando de sorprender a la Divina Providencia en medio del cataclismo, fue quien menos lo entendió. La nueva casa estaba casi terminada cuando Úrsula lo sacó de su mundo quimérico para informarle que había orden de pintar la fachada de azul, y no de blanco como ellos querían. Le mostró la disposición oficial escrita en un papel. José Arcadio Buendía, sin comprender lo que decía su esposa, descifró la firma.

—¿Quién es este tipo? —preguntó.

—El corregidor —dijo Úrsula desconsolada—. Dicen que es una autoridad que mandó el gobierno.

Don Apolinar Moscote, el corregidor, había llegado a Macondo sin hacer ruido. Se bajó en el Hotel de Jacob —instalado por uno de los primeros árabes que llegaron haciendo cambalache de chucherías por guacamayas— y al día siguiente alquiló un cuartito con puerta hacia la calle, a dos cuadras de la casa de los Buendía. Puso una mesa y una silla que les compró a Jacob, clavó en la pared un escudo de la república que había traído consigo, y pintó en la puerta el letrero: *Corregidor*. Su primera disposición fue ordenar que todas las casas se pintaran de azul para celebrar el aniversario de la independencia nacional. José Arcadio Buendía, con la copia de la orden en la mano, lo encontró durmiendo la siesta en una hamaca que había colgada en el escueto despacho. «¿Usted escribió este papel?», le preguntó. Don Apolinar Moscote, un hombre maduro, tímido, de complexión sanguínea, contestó que sí. «¿Con qué derecho?», volvió a preguntar José Arcadio Buendía. Don Apolinar Moscote buscó un papel en la gaveta de la mesa y se lo mostró: «He sido nombrado corregidor de este pueblo.» José Arcadio Buendía ni siquiera miró el nombramiento.

—En este pueblo no mandamos con papeles —dijo sin perder la calma—. Y para que lo sepa de una vez, no necesitamos ningún corregidor porque aquí no hay nada que corregir.

Ante la impavidez de don Apolinar Moscote, siempre sin levantar la voz, hizo un pormenorizado recuento de cómo habían fundado la aldea, de cómo se habían repartido la tierra, abierto los caminos e introducido las mejoras que les había ido exigiendo la necesidad, sin haber molestado a gobierno alguno y sin que nadie los molestara. «Somos tan pacíficos que ni siquiera nos hemos muerto de muerte natural -dijo—. Ya ve que todavía no tenemos cementerio.» No se dolió de que el gobierno no los hubiera ayudado. Al contrario, se alegraba de que hasta entonces los hubiera dejado crecer en paz, y esperaba que así los siguiera dejando, porque ellos no habían fundado un pueblo para que el primer advenedizo les fuera a decir lo que debían hacer. Don Apolinar Moscote se había puesto un saco de dril, blanco como sus pantalones, sin perder en ningún momento la pureza de sus ademanes.

—De modo que si usted se quiere quedar aquí, como otro ciudadano común y corriente, sea muy bienvenido —concluyó José Arcadio Buendía—. Pero si vienen a implantar el desorden obligando a la gente que pinte su casa de azul,

puede agarrar sus corotos y largarse por donde vino.
Porque mi casa ha de ser blanca como una paloma.

Don Apolinar Moscote se puso pálido. Dio un paso atrás
y apretó las mandíbulas para decir con una cierta aflicción:

—Quiero advertirle que estoy armado.

José Arcadio Buendía no supo en qué momento se le
subió a las manos la fuerza juvenil con que derribaba un
caballo. Agarró a don Apolinar Moscote por la solapa y lo
levantó a la altura de sus ojos.

—Esto lo hago —le dijo— porque prefiero cargarlo vivo y
no tener que seguir cargándolo muerto por el resto de mi
vida.

Así lo llevó por la mitad de la calle, suspendido por las
solapas, hasta que lo puso sobre sus dos pies en el camino
de la ciénaga. Una semana después estaba de regreso con
seis soldados descalzos y harapientos, armados con escopetas, y una carreta de bueyes donde viajaban su mujer y
sus siete hijas. Más tarde llegaron otras dos carretas con
los muebles, los baúles y los utensilios domésticos. Instaló
la familia en el Hotel de Jacob, mientras conseguía una
casa, y volvió a abrir el despacho protegido por los soldados. Los fundadores de Macondo, resueltos a expulsar a
los invasores, fueron con sus hijos mayores a ponerse a disposición de José Arcadio Buendía. Pero él se opuso, según
explicó, porque don Apolinar Moscote había vuelto con su
mujer y sus hijas, y no era cosa de hombres abochornar a
otros delante de su familia. Así que decidió arreglar la
situación por las buenas.

Aureliano lo acompañó. Ya para entonces había empezado a cultivar el bigote negro de puntas engomadas, y
tenía la voz un poco estentórea que había de caracterizarlo
en la guerra. Desarmados, sin hacer caso de la guardia,
entraron al despacho del corregidor. Don Apolinar Moscote
no perdió la serenidad. Les presentó a dos de sus hijas que
se encontraban allí por casualidad: Amparo, de dieciséis
años, morena como su madre, y Remedios, de apenas
nueve años, una preciosa niña con piel de lirio y ojos
verdes. Eran graciosas y bien educadas. Tan pronto como

ellos entraron, antes de ser presentadas, les acercaron sillas para que se sentaran. Pero ambos permanecieron de pie.

—Muy bien, amigo —dijo José Arcadio Buendía—, usted se queda aquí, pero no porque tenga en la puerta esos bandoleros de trabuco, sino por consideración a su señora esposa y a sus hijas.

Don Apolinar Moscote se desconcertó, pero José Arcadio Buendía no le dio tiempo de replicar. «Sólo le ponemos dos condiciones —agregó—. La primera: que cada quien pinta su casa del color que le dé la gana. La segunda: que los soldados se van en seguida. Nosotros le garantizamos el orden.» El corregidor levantó la mano derecha con todos los dedos extendidos.

—¿Palabra de honor?

—Palabra de enemigo —dijo José Arcadio Buendía. Y añadió en un tono amargo—: Porque una cosa le quiero decir: usted y yo seguimos siendo enemigos.

Esa misma tarde se fueron los soldados. Pocos días después José Arcadio Buendía le consiguió una casa a la familia del corregidor. Todo el mundo quedó en paz, menos Aureliano. La imagen de Remedios, la hija menor del corregidor, que por su edad hubiera podido ser hija suya, le quedó doliendo en alguna parte del cuerpo. Era una sensación física que casi le molestaba para caminar, como una piedrecita en el zapato.

La casa nueva, blanca como una paloma, fue estrenada con un baile. Úrsula había concebido aquella idea desde la tarde en que vio a Rebeca y Amaranta convertidas en adolescentes, y casi puede decirse que el principal motivo de la construcción fue el deseo de procurar a las muchachas un lugar digno donde recibir las visitas. Para que nada restara esplendor a ese propósito, trabajó como un galeote mientras se ejecutaban las reformas, de modo que antes de que estuvieran terminadas había encargado costosos menesteres para la decoración y el servicio, y el invento maravilloso que había de suscitar el asombro del pueblo y el júbilo de la juventud: la pianola. La llevaron a pedazos, empacada en varios cajones que fueron descargados junto con los muebles vieneses, la cristalería de Bohemia, la vajilla de la Compañía de las Indias, los manteles de Holanda y una rica variedad de lámparas y palmatorias, y floreros, paramentos y tapices. La casa importadora envió por su cuenta un experto italiano, Pietro Crespi, para que armara y afinara la pianola, instruyera a los compradores en su manejo y los enseñara a bailar la música de moda impresa en seis rollos de papel.

Pietro Crespi era joven y rubio, el hombre más hermoso y mejor educado que se se había visto en Macondo, tan escrupuloso en el vestir que a pesar del calor sofocante trabajaba con la almilla brocada y el grueso saco de paño oscuro. Empapado en sudor, guardando una distancia reverente con los dueños de la casa, estuvo varias semanas

encerrado en la sala, con una consagración similar a la de
Aureliano en su taller de orfebre. Una mañana, sin abrir la
puerta, sin convocar a ningún testigo del milagro, colocó el
primer rollo en la pianola, y el martilleo atormentador y el
estrépito constante de los listones de madera cesaron en un
silencio de asombro, ante el orden y la limpieza de la
música. Todos se precipitaron a la sala. José Arcadio
Buendía pareció fulminado no por la belleza de la melodía,
sino por el tecleo autónomo de la pianola, e instaló en la
sala la cámara de Melquíades con la esperanza de obtener
el daguerrotipo del ejecutante invisible. Ese día el italiano
almorzó con ellos. Rebeca y Amaranta, sirviendo la mesa,
se intimidaron con la fluidez con que manejaba los
cubiertos aquel hombre angélico de manos pálidas y sin
anillos. En la sala de estar, contigua a la sala de visita,
Pietro Crespi las enseñó a bailar. Les indicaba los pasos sin
tocarlas, marcando el compás con un metrónomo, bajo la
amable vigilancia de Úrsula, que no abandonó la sala un
solo instante mientras sus hijas recibían las lecciones.
Pietro Crespi llevaba en esos días unos pantalones especiales, muy flexibles y ajustados, y unas zapatillas de baile.
«No tienes por qué preocuparte tanto —le decía José
Arcadio Buendía a su mujer—. Este hombre es marica.»
Pero ella no desistió de la vigilancia mientras no terminó el
aprendizaje y el italiano se marchó de Macondo. Entonces
empezó la organización de la fiesta. Úrsula hizo una lista
severa de los invitados, en la cual los únicos escogidos
fueron los descendientes de los fundadores, salvo la familia
de Pilar Ternera, que ya había tenido otros dos hijos de
padres desconocidos. Era en realidad una selección de
clase, sólo que determinada por sentimientos de amistad,
pues los favorecidos no sólo eran los más antiguos alle-
gados a la casa de José Arcadio Buendía desde antes de
emprender el éxodo que culminó con la fundación de
Macondo, sino que sus hijos y nietos eran los compañeros
habituales de Aureliano y Arcadio desde la infancia, y sus
hijas eran las únicas que visitaban la casa para bordar con
Rebeca y Amaranta. Don Apolinar Moscote, el gobernante
benévolo cuya actuación se reducía a sostener con sus

escasos recursos a dos policías armados con bolillos de
palo, era una autoridad ornamental. Para sobrellevar los
gastos domésticos, sus hijas abrieron un taller de costura,
donde lo mismo hacían flores de fieltro que bocadillos de
guayaba y esquelas de amor por encargo. Pero a pesar de
ser recatadas y serviciales, las más bellas del pueblo y las
más diestras en los bailes nuevos, no consiguieron que se
les tomara en cuenta para la fiesta.

Mientras Úrsula y las muchachas desempacaban muebles, pulían las vajillas y colgaban cuadros de doncellas en
barcas cargadas de rosas, infundiendo un soplo de vida
nueva a los espacios pelados que construyeron los albañiles, José Arcadio Buendía renunció a la persecución de la
imagen de Dios, convencido de su inexistencia, y destripó
la pianola para descifrar su magia secreta. Dos días antes
de la fiesta, empantanado en un reguero de clavijas y martinetes sobrantes, chapuceando entre un enredijo de
cuerdas que desenrollaba por un extremo y se volvían a
enrollar por el otro, consiguió malcomponer el instrumento.
Nunca hubo tantos sobresaltos y correndillas como en
aquellos días, pero las nuevas lámparas de alquitrán se
encendieron en la fecha y a la hora previstas. La casa se
abrió, todavía olorosa a resinas y a cal húmeda, y los hijos
y nietos de los fundadores conocieron el corredor de los
helechos y las begonias, los aposentos silenciosos, el jardín
saturado por la fragancia de las rosas, y se reunieron en la
sala de visita frente al invento desconocido que había sido
cubierto con una sábana blanca. Quienes conocían el pia-
noforte, popular en otras poblaciones de la ciénaga, se sintieron un poco descorazonados, pero más amarga fue la
desilusión de Úrsula cuando colocó el primer rollo para que
Amaranta y Rebeca abrieran el baile, y el mecanismo no
funcionó. Melquíades, ya casi ciego, desmigajándose de
decrepitud, recurrió a las artes de su antiquísima sabiduría
para tratar de componerlo. Al fin José Arcadio Buendía
logró mover por equivocación un dispositivo atascado, y la
música salió primero a borbotones, y luego en un manantial de notas enrevesadas. Golpeando contra las cuerdas
puestas sin orden ni concierto y templadas con temeridad,

los martinetes se desquiciaron. Pero los porfiados descendientes de los veintiún intrépidos que desentrañaron la sierra buscando el mar por el Occidente, eludieron los escollos del trastrueque melódico, y el baile se prolongó hasta el amanecer.

Pietro Crespi volvió a componer la pianola. Rebeca y Amaranta lo ayudaron a ordenar las cuerdas y lo secundaron en sus risas por lo enrevesado de los valses. Era en extremo afectuoso, y de índole tan honrada, que Úrsula renunció a la vigilancia. La víspera de su viaje se improvisó con la pianola restaurada un baile para despedirlo, y él hizo con Rebeca una demostración virtuosa de las danzas modernas. Arcadio y Amaranta los igualaron en gracia y destreza. Pero la exhibición fue interrumpida porque Pilar Ternera, que estaba en la puerta con los curiosos, se peleó a mordiscos y tirones de pelo con una mujer que se atrevió a comentar que el joven Arcadio tenía nalgas de mujer. Hacia la medianoche, Pietro Crespi se despidió con un discursito sentimental y prometió volver muy pronto. Rebeca lo acompañó hasta la puerta, y luego de haber cerrado la casa y apagado las lámparas, se fue a su cuarto a llorar. Fue un llanto inconsolable que se prolongó por varios días, y cuya causa no conoció ni siquiera Amaranta. No era extraño su hermetismo. Aunque parecía expansiva y cordial, tenía un carácter solitario y un corazón impenetrable. Era una adolescente espléndida, de huesos largos y firmes, pero se empecinaba en seguir usando el mecedorcito de madera con que llegó a la casa, muchas veces reforzado y ya desprovisto de brazos. Nadie había descubierto que aún a esa edad, conservaba el hábito de chuparse el dedo. Por eso no perdía ocasión de encerrarse en el baño, y había adquirido la costumbre de dormir con la cara vuelta contra la pared. En las tardes de lluvia, bordando con un grupo de amigas en el corredor de las begonias, perdía el hilo de la conversación y una lágrima de nostalgia le salaba el paladar cuando veía las vetas de tierra húmeda y los montículos de barro construidos por las lombrices en el jardín. Esos gustos secretos, derrotados en otro tiempo por las naranjas con ruibarbo, estallaron en un anhelo irreprimible

cuando empezó a llorar. Volvió a comer tierra. La primera
vez lo hizo casi por curiosidad, segura de que el mal sabor
sería el mejor remedio contra la tentación. Y en efecto no
pudo soportar la tierra en la boca. Pero insistió, vencida
por el ansia creciente, y poco a poco fue rescatando el apetito ancestral, el gusto de los minerales primarios, la satisfacción sin resquicios del alimento original. Se echaba
puñados de tierra en los bolsillos, y los comía a granitos sin
ser vista, con un confuso sentimiento de dicha y de rabia,
mientras adiestraba a sus amigas en las puntadas más difíciles y conversaba de otros hombres que no merecían el
sacrificio de que se comiera por ellos la cal de las paredes.
Los puñados de tierra hacían menos remoto y más cierto al
único hombre que merecía aquella degradación, como si el
suelo que él pisaba con sus finas botas de charol en otro
lugar del mundo, le transmitiera a ella el peso y la temperatura de su sangre en un sabor mineral que dejaba un rescoldo áspero en la boca y un sedimento de paz en el
corazón. Una tarde, sin ningún motivo, Amparo Moscote
pidió permiso para conocer la casa. Amaranta y Rebeca,
desconcertadas por la visita imprevista, la atendieron con
un formalismo duro. Le mostraron la mansión reformada,
le hicieron oír los rollos de la pianola y le ofrecieron naran-
jada con galletitas. Amparo dio una lección de dignidad, de
encanto personal, de buenas maneras, que impresionó a
Úrsula en los breves instantes en que asistió a la visita. Al
cabo de dos horas, cuando la conversación empezaba a
languidecer, Amparo aprovechó un descuido de Amaranta
y le entregó una carta a Rebeca. Ella alcanzó a ver el
nombre de la muy distinguida señorita doña Rebeca
Buendía, escrito con la misma letra metódica, la misma
tinta verde y la misma disposición preciosista de las palabras con que estaban escritas las instrucciones de manejo
de la pianola, y dobló la carta con la punta de los dedos y
se la escondió en el corpiño mirando a Amparo Moscote
con una expresión de gratitud sin término ni condiciones y
una callada promesa de complicidad hasta la muerte.

La repentina amistad de Amparo Moscote y Rebeca
Buendía despertó las esperanzas de Aureliano. El recuerdo

de la pequeña Remedios no había dejado de torturarlo, pero no encontraba la ocasión de verla. Cuando paseaba por el pueblo con sus amigos más próximos, Magnífico Visbal y Gerineldo Márquez —hijos de los fundadores de iguales nombres—, la buscaba con mirada ansiosa en el taller de costura y sólo veía a las hermanas mayores. La presencia de Amparo Moscote en la casa fue como una premonición. «Tiene que venir con ella —se decía Aureliano en voz baja—. Tiene que venir.» Tantas veces se lo repitió, y con tanta convicción, que una tarde en que armaba en el taller un pescadito de oro, tuvo la certidumbre de que ella había respondido a su llamado. Poco después, en efecto, oyó la vocecita infantil, y al levantar la visita con el corazón helado de pavor, vio a la niña en la puerta con vestido de organdí rosado y botitas blancas.

—Ahí no entres, Remedios —dijo Amparo Moscote en el corredor—. Están trabajando.

Pero Aureliano no le dio tiempo de atender. Levantó el pescadito dorado prendido de una cadenita que le salía por la boca, y le dijo:

—Entra.

Remedios se aproximó e hizo sobre el pescadito algunas preguntas, que Aureliano no pudo contestar porque se lo impedía un asma repentina. Quería quedarse para siempre, junto a ese cutis de lirio, junto a esos ojos de esmeralda, muy cerca de esa voz que a cada pregunta le decía señor con el mismo respeto con que se lo decía a su padre. Melquíades estaba en el rincón, sentado al escritorio, garabateando signos indescifrables. Aureliano lo odió. No pudo hacer nada, salvo decirle a Remedios que le iba a regalar el pescadito, y la niña se asustó tanto con el ofrecimiento que abandonó a toda prisa el taller. Aquella tarde perdió Aureliano la recóndita paciencia con que había esperado la ocasión de verla. Descuidó el trabajo. La llamó muchas veces, en desesperados esfuerzos de concentración, pero Remedios no respondió. La buscó en el taller de sus hermanas, en los visillos de su casa, en la oficina de su padre, pero solamente la encontró en la imagen que saturaba su propia y terrible soledad. Pasaba horas enteras con Rebeca en la sala de visita escuchando los valses de la pianola. Ella los escuchaba porque era la música con que Pietro Crespi la había enseñado a bailar. Aureliano los escuchaba simplemente porque todo, hasta la música, le recordaba a Remedios.

La casa se llenó de amor. Aureliano lo expresó en versos que no tenían principio ni fin. Los escribía en los ásperos pergaminos que le ragalaban Melquíades, en las paredes del baño, en la piel de sus brazos, y en todos aparecía Remedios transfigurada: Remedios en el aire soporífero de las dos de la tarde, Remedios en la callada respiración de las rosas, Remedios en la clepsidra secreta de las polillas, Remedios en el vapor del pan al amanecer, Remedios en todas partes y Remedios para siempre. Rebeca esperaba el amor a las cuatro de la tarde bordando junto a la ventana. Sabía que la mula del correo no llegaba sino cada quince días, pero ella la esperaba siempre, convencida de que iba a llegar un día cualquiera por equivocación. Sucedió todo lo contrario: una vez la mula no llegó en la fecha prevista. Loca de desesperación, Rebeca se levantó a media noche y comió puñados de tierra en el jardín, con una avidez suicida, llorando de dolor y de furia, masticando lombrices tiernas y astillándose las muelas con huesos de caracoles. Vomitó hasta el amanecer. Se hundió en un estado de postración febril, perdió la conciencia, y su corazón se abrió en un delirio sin pudor. Úrsula, escandalizada, forzó la cerradura del baúl, y encontró en el fondo, atadas con cintas color de rosa, las dieciséis cartas perfumadas y los esqueletos de hojas y pétalos conservados en libros antiguos y la mariposas disecadas que al tocarlas se convirtieron en polvo.

Aureliano fue el único capaz de comprender tanta desolación. Esa tarde, mientras Úrsula trataba de rescatar a Rebeca del manglar del delirio, él fue con Magnífico Visbal y Gerineldo Márquez a la tienda de Catarino. El establecimiento había sido ensanchado con una galería de cuartos de madera donde vivían mujeres solas olorosas a flores muertas. Un conjunto de acordeón y tambores ejecutaba las canciones de Francisco el Hombre, que desde hacía varios años había desaparecido de Macondo. Los tres amigos bebieron guarapo fermentado. Magnífico y Gerineldo, contemporáneos de Aureliano, pero más diestros en las cosas del mundo, bebían metódicamente con las mujeres sentadas en las piernas. Una de ellas, marchita y con la dentadura orificada, le hizo a Aureliano una caricia estremecedora. Él la rechazó. Había descubierto que mientras más bebía más se acordaba de Remedios, pero soportaba mejor la tortura de su recuerdo. No supo en qué momento empezó a flotar. Vio a sus amigos y a las mujeres navegando en una reverberación radiante, sin peso ni volumen, diciendo palabras que no salían de sus labios y haciendo señales misteriosas que no correspondían a sus gestos. Catarino le puso una mano en la espalda y le dijo: «Van a ser las once.» Aureliano volvió la cabeza, vio el enorme rostro desfigurado con una flor de fieltro en la oreja, y entonces perdió la memoria, como en los tiempos del olvido, y la volvió a recobrar en una madrugada ajena y en un cuarto que le era completamente extraño, donde estaba Pilar Ternera en combinación, descalza, desgreñada, alumbrándolo con una lámpara y pasmada de incredulidad.

—¡Aureliano!

Aureliano se afirmó en los pies y levantó la cabeza. Ignoraba cómo había llegado hasta allí, pero sabía cuál era el propósito, porque lo llevaba escondido desde la infancia en un estanco inviolable del corazón.

—Vengo a dormir con usted —dijo.

Tenía la ropa embadurnada de fango y de vómito. Pilar Ternera, que entonces vivía solamente con sus dos hijos menores, no le hizo ninguna pregunta. Lo llevó a la cama. Le limpió la cara con un estropajo húmedo, le quitó la ropa, y luego se desnudó por completo y bajó el mosquitero para que no la vieran sus hijos si despertaban. Se había cansado de esperar al hombre que se quedó, a los hombres que se fueron, a los incontables hombres que erraron el camino de su casa confundidos por la incertidumbre de las barajas. En la espera se le había agrietado la piel, se le habían vaciado los senos, se le había apagado el rescoldo del corazón. Buscó a Aureliano en la oscuridad, le puso la mano en el vientre y lo besó en el cuello con una ternura maternal. «Mi pobre niñito», murmuró. Aureliano se estremeció. Con una destreza reposada, sin el menor tropiezo, dejó atrás los acantilados del dolor y encontró a Remedios convertida en un pantano sin horizontes, olorosa a animal crudo y a ropa recién planchada. Cuando salió a flote estaba llorando. Primero fueron unos sollozos involuntarios y entrecortados. Después se vació en un manantial desatado, sintiendo que algo tumefacto y doloroso se había reventado en su interior. Ella esperó, rascándole la cabeza con la yema de los dedos, hasta que su cuerpo se desocupó de la materia oscura que no lo dejaba vivir. Entonces Pilar Ternera le preguntó: «¿Quién es?» Y Aureliano se lo dijo. Ella soltó la risa que en otro tiempo espantaba a las palomas y que ahora ni siquiera despertaba a los niños. «Tendrás que acabar de criarla», se burló. Pero debajo de la burla encontró Aureliano un remanso de comprensión. Cuando abandonó el cuarto, dejando allí no sólo la incertidumbre de su virilidad sino también el peso amargo que durante tantos meses soportó en el corazón, Pilar Ternera le había hecho una promesa espontánea.

—Voy a hablar con la niña —le dijo—, y vas a ver que te la sirvo en bandeja.

Cumplió. Pero en un mal momento, porque la casa había perdido la paz de otros días. Al descubrir la pasión de Rebeca, que no fue posible mantener en secreto a causa de sus gritos, Amaranta sufrió un acceso de calenturas. También ella padecía la espina de un amor solitario. Encerrada en el baño se desahogaba del tormento de una pasión sin esperanzas escribiendo cartas febriles que se conformaba con esconder en el fondo del baúl. Úrsula apenas si se dio abasto para atender a las dos enfermas. No consiguió en prolongados e insidiosos interrogatorios averiguar las causas de la postración de Amaranta. Por último, en otro instante de inspiración, forzó la cerradura del baúl y encontró las cartas atadas con cintas de color de rosa, hinchadas de azucenas frescas y todavía húmedas de lágrimas, dirigidas y nunca enviadas a Pietro Crespi. Llorando de furia maldijo la hora en que se le ocurrió comprar la pianola, prohibió las clases de bordado y decretó una especie de luto sin muerto que había de prolongarse hasta que las hijas desistieron de sus esperanzas. Fue inútil la intervención de José Arcadio Buendía, que había rectificado su primera impresión sobre Pietro Crespi, y admiraba su habilidad para el manejo de las máquinas musicales. De modo que cuando Pilar Ternera le dijo a Aureliano que Remedios estaba decidida a casarse, él comprendió que la noticia acabaría de atribular a sus padres. Pero le hizo frente a la situación. Convocados a la sala de visita para una entrevista formal, José Arcadio Buendía y Úrsula escucharon impávidos la declaración de su hijo. Al conocer el nombre de la novia, sin embargo, José Arcadio Buendía enrojeció de indignación. «El amor es una peste —tronó—. Habiendo tantas muchachas bonitas y decentes, lo único que se te ocurre es casarte con la hija del enemigo.» Pero Úrsula estuvo de acuerdo con la elección. Confesó su afecto hacia las siete hermanas Moscote, por su hermosura, su laboriosidad, su recato y su buena educación, y celebró el acierto de su hijo. Vencido por el entusiasmo de su mujer, José Arcadio Buendía puso entonces una condición: Rebeca, que era la correspondida, se casaría con Pietro Crespi. Úrsula llevaría a Amaranta en un viaje a la capital de la provincia, cuando tuviera tiempo, para que el contacto con gente distinta la aliviara de su desilusión. Rebeca recobró la salud tan pronto como se enteró del acuerdo, y escribió a su novio una carta jubilosa que sometió a la aprobación de sus padres y puso al correo sin servirse de intermediarios. Amaranta fingió aceptar la decisión y poco a poco se restableció de las calenturas, pero se prometió a sí misma que Rebeca se casaría solamente pasando por encima de su cadáver.

El sábado siguiente, José Arcadio Buendía se puso el traje de paño oscuro, el cuello de celuloide y las botas de gamuza que había estrenado la noche de la fiesta, y fue a pedir la mano de Remedios Moscote. El corregidor y su esposa lo recibieron al mismo tiempo complacidos y conturbados, porque ignoraban el propósito de la visita impre-

vista, y luego creyeron que él había confundido el nombre
de la pretendida. Para disipar el error, la madre despertó a
Remedios y la llevó en brazos a la sala, todavía atarantada
de sueño. Le preguntaron si en verdad estaba decidida a
casarse, y ella contestó lloriqueando que solamente quería
que la dejaran dormir. José Arcadio Buendía, comprendiendo el desconcierto de los Moscote, fue a aclarar las
cosas con Aureliano. Cuando regresó, los esposos Moscote
se habían vestido con ropa formal, habían cambiado la
posición de los muebles y puesto flores nuevas en los floreros, y lo esperaban en compañía de sus hijas mayores.
Agobiado por la ingratitud de la ocasión y por la molestia
del cuello duro, José Arcadio Buendía confirmó que, en
efecto, Remedios era la elegida. «Esto no tiene sentido —dijo
consternado don Apolinar Moscote—. Tenemos seis hijas
más, todas solteras y en edad de merecer, que estarían
encantadas de ser esposas dignísimas de caballeros serios y
trabajadores como su hijo, y Aurelito pone sus ojos precisamente en la única que todavía se orina en la cama.» Su
esposa, una mujer bien conservada, de párpados y ademanes afligidos, le reprochó su incorrección. Cuando terminaron de tomar el batido de frutas, habían aceptado
complacidos la decisión de Aureliano. Sólo que la señora de
Moscote suplicaba el favor de hablar a solas con Úrsula.
Intrigada, protestando de que la enredaran en asuntos de
hombres, pero en realidad intimidada por la emoción,
Úrsula fue a visitarla al día siguiente. Media hora después
regresó con la noticia de que Remedios era impúber. Aureliano no lo consideró como un tropiezo grave. Había esperado tanto, que podía esperar cuanto fuera necesario,
hasta que la novia estuviera en edad de concebir.

La armonía recobrada sólo fue interrumpida por la
muerte de Melquíades. Aunque era un acontecimiento previsible, no lo fueron las circunstancias. Pocos meses después de su regreso se había operado en él un proceso de
envejecimiento tan apresurado y crítico, que pronto se le
tuvo por uno de esos bisabuelos inútiles que deambulan
como sombras por los dormitorios, arrastrando los pies,
recordando mejores tiempos en voz alta, y de quienes nadie

se ocupa ni se acuerda en realidad hasta el día en que ama-
necen muertos en la cama. Al principio, José Arcadio
Buendía lo secundaba en sus tareas, entusiasmado con la
novedad de la daguerrotipia y las predicciones de Nostradamus. Pero poco a poco lo fue abandonando a su soledad,
porque cada vez se les hacía más difícil la comunicación.
Estaba perdiendo la vista y el oído, parecía confundir a los
interlocutores con personas que conoció en épocas remotas
de la humanidad, y contestaba a las preguntas con un
intrincado batiburrillo de idiomas. Caminaba tanteando el
aire, aunque se movía por entre las cosas con una fluidez
inexplicable, como si estuviera dotado de un instinto de
orientación fundado en presentimientos inmediatos. Un día
olvidó ponerse la dentadura postiza, que dejaba de noche
en un vaso de agua junto a la cama, y no se la volvió a
poner. Cuando Úrsula dispuso la ampliación de la casa, le
hizo construir un cuarto especial contiguo al taller de Aureliano, lejos de los ruidos y el trajín domésticos, con una
ventana inundada de luz y un estante donde ella misma
ordenó los libros casi deshechos por el polvo y las polillas,
los quebradizos papeles apretados de signos indescifrables
y el vaso con la dentadura postiza donde habían prendido
unas plantitas acuáticas de minúsculas flores amarillas. El
nuevo lugar pareció agradar a Melquíades, porque no
volvió a vérsele ni siquiera en el comedor. Sólo iba al taller
de Aureliano, donde pasaba horas y horas garabateando su
literatura enigmática en los pergaminos que llevó consigo y
que parecían fabricados en una materia árida que se res-
quebrajaba como hojaldres. Allí tomaba los alimentos que
Visitación le llevaba dos veces al día, aunque en los últimos
tiempos perdió el apetito y sólo se alimentaba de legumbres. Pronto adquirió el aspecto de desamparo propio de los
vegetarianos. La piel se le cubrió de un musgo tierno, semejante al que prosperaba en el chaleco anacrónico que no se
quitó jamás, y su respiración exhaló un tufo de animal dormido. Aureliano terminó por olvidarse de él, absorto en la
redacción de sus versos, pero en cierta ocasión creyó
entender algo de lo que decía en sus bordoneantes monólogos, y le prestó atención. En realidad, lo único que pudo

aislar en las parrafadas pedregosas, fue el insistente martilleo de la palabra equinoccio equinoccio equinoccio, y el
nombre de Alexander Von Humboldt. Arcadio se aproximó
un poco más a él cuando empezó a ayudar a Aureliano en
la platería. Melquíades correspondió a aquel esfuerzo de
comunicación soltando a veces frases en castellano que
tenían muy poco que ver con la realidad. Una tarde, sin
embargo, pareció iluminado por una emoción repentina.
Años después, frente al pelotón de fusilamiento, Arcadio
había de acordarse del temblor con que Melquíades le hizo
escuchar varias páginas de su escritura impenetrable, que
por supuesto no entendió, pero que al ser leídas en voz alta
parecían encíclicas cantadas. Luego sonrió por primera vez
en mucho tiempo y dijo en castellano: «Cuando me muera,
quemen mercurio durante tres días en mi cuarto.» Arcadio
se lo contó a José Arcadio Buendía, y éste trató de obtener
una información más explícita, pero sólo consiguió una respuesta: «He alcanzado la inmortalidad.» Cuando la respiración de Melquíades empezó a oler, Arcadio lo llevó a
bañarse al río los jueves en la mañana. Pareció mejorar. Se
desnudaba y se metía en el agua junto con los muchachos,
y su misterioso sentido de orientación le permitía eludir los
sitios profundos y peligrosos. «Somos del agua», dijo en
cierta ocasión. Así pasó mucho tiempo sin que nadie lo
viera en la casa, salvo la noche en que hizo un conmovedor
esfuerzo por componer la pianola, y cuando iba al río con
Arcadio llevando bajo el brazo la totuma y la bola de jabón
de corozo envueltas en una toalla. Un jueves, antes de que
lo llamaran para ir al río, Aureliano lo oyó decir: «He
muerto de fiebre en los médanos de Singapur.» Ese día se
metió en el agua por un mal camino y no lo encontraron
hasta la mañana siguiente, varios kilómetros más abajo,
varado en un recodo luminoso y con un gallinazo solitario
parado en el vientre. Contra las escandalizadas protestas
de Úrsula, que lo lloró con más dolor que a su propio padre,
José Arcadio Buendía se opuso a que lo enterraran. «Es
inmortal —dijo— y él mismo reveló la fórmula de la resurrección.» Revivió el olvidado atanor y puso a hervir un
caldero de mercurio junto al cadáver que poco a poco se

iba llenado de burbujas azules. Don Apolinar Moscote se atrevió a recordarle que un ahogado insepulto era un peligro para la salud pública. «Nada de eso, puesto que está vivo», fue la réplica de José Arcadio Buendía, que completó las setenta y dos horas de sahumerios mercuriales cuando ya el cadáver empezaba a reventarse en una floración lívida, cuyos silbidos tenues impregnaron la casa de un vapor pestilente. Sólo entonces permitió que lo enterraran, pero no de cualquier modo, sino con los honores reservados al más grande benefactor de Macondo. Fue el primer entierro y el más concurrido que se vio en el pueblo, superado apenas un siglo después por el carnaval funerario de la Mamá Grande. Lo sepultaron en una tumba erigida en el centro del terreno que destinaron para el cementerio, con una lápida donde quedó escrito lo único que se supo de él: MELQUÍADES. Le hicieron sus nueve noches de velorio. En el tumulto que se reunía en el patio a tomar café, contar chistes y jugar barajas, Amaranta encontró una ocasión de confesarle su amor a Pietro Crespi, que pocas semanas antes había formalizado su compromiso con Rebeca y estaba instalando un almacén de instrumentos músicos y juguetes de cuerda, en el mismo sector donde vegetaban los árabes que en otro tiempo cambiaban baratijas por guacamayas, y que la gente conocía como la calle de los Turcos. El italiano, cuya cabeza cubierta de rizos charolados suscitaba en las mujeres una irreprimible necesidad de suspirar, trató a Amaranta como una chiquilla caprichosa a quien no valía la pena tomar demasiado en cuenta.

—Tengo un hermano menor —le dijo—. Va a venir a ayudarme en la tienda.

Amaranta se sintió humillada y le dijo a Pietro Crespi con un rencor virulento, que estaba dispuesta a impedir la boda de su hermana aunque tuviera que atravesar en la puerta su propio cadáver. Se impresionó tanto el italiano con el dramatismo de la amenaza, que no resistió la tentación de comentarla con Rebeca. Fue así como el viaje de Amaranta, siempre aplazado por las ocupaciones de Úrsula, se arregló en menos de una semana. Amaranta no opuso resistencia, pero cuando le dio a Rebeca el beso de despedida, le susurró al oído:

—No te hagas ilusiones. Aunque me lleven al fin del mundo encontraré la manera de impedir que te cases, así tenga que matarte.

Con la ausencia de Úrsula, con la presencia invisible de Melquíades que continuaba su deambular sigiloso por los cuartos, la casa pareció enorme y vacía. Rebeca había quedado a cargo del orden doméstico, mientras la india se ocupaba de la panadería. Al anochecer, cuando llegaba Pietro Crespi precedido de un fresco hálito de espliego y llevando siempre un juguete de regalo, su novia le recibía la visita en la sala principal con puertas y ventanas abiertas para estar a salvo de toda suspicacia. Era una precaución innecesaria, porque el italiano había demostrado ser tan respetuoso que ni siquiera tocaba la mano de la mujer que sería su esposa antes de un año. Aquellas visitas fueron llenando la casa de juguetes prodigiosos. Las bailarinas de cuerda, las cajas de música, los monos acróbatas, los caballos trotadores, los payasos tamborileros, la rica y asombrosa fauna mecánica que llevaba Pietro Crespi, disiparon la aflicción de José Arcadio Buendía por la muerte de Melquíades, y lo transportaron de nuevo a sus antiguos tiempos de alquimista. Vivía entonces en un paraíso de animales destripados, de mecanismos deshechos, tratando de perfeccionarlos con un sistema de movimiento continuo fundado en los principios del péndulo. Aureliano, por su parte, había descuidado el taller para enseñar a leer y escribir a la pequeña Remedios. Al principio, la niña prefería sus muñecas al hombre que llegaba todas las tardes, y que era el culpable de que la separaran de sus juegos para bañarla y vestirla y sentarla en la sala a recibir la visita. Pero la paciencia y la devoción de Aureliano terminaron por seducirla, hasta el punto de que pasaba muchas horas con él estudiando el sentido de las letras y dibujando en un cuaderno con lápices de colores casitas con vacas en los corrales y soles redondos con rayos amarillos que se ocultaban detrás de las lomas.

Sólo Rebeca era infeliz con la amenaza de Amaranta.

Conocía el carácter de su hermana, la altivez de su espíritu, y la asustaba la virulencia de su rencor. Pasaba horas enteras chupándose el dedo en el baño, aferrándose a un agotador esfuerzo de voluntad para no comer tierra. En busca de un alivio a la zozobra llamó a Pilar Ternera para que le leyera el porvenir. Después de un sartal de imprecisiones convencionales, Pilar Ternera pronosticó:

—No serás feliz mientras tus padres permanezcan insepultos.

Rebeca se estremeció. Como en el recuerdo de un sueño se vio a sí misma entrando a la casa, muy niña, con el baúl y el mecedorcito de madera y un talego cuyo contenido no conoció jamás. Se acordó de un caballero calvo, vestido de lino y con el cuello de la camisa cerrado con un botón de oro, que nada tenía que ver con el rey de copas. Se acordó de una mujer muy joven y muy bella, de manos tibias y perfumadas, que nada tenían en común con las manos reumáticas de la sota de oros, y que le ponía flores en el cabello para sacarla a pasear en la tarde por un pueblo de calles verdes.

—No entiendo —dijo.

Pilar Ternera pareció desconcertada:

—Yo tampoco, pero eso es lo que dicen las cartas.

Rebeca quedó tan preocupada con el enigma, que se lo contó a José Arcadio Buendía y éste la reprendió por dar crédito a pronósticos de barajas, pero se dio a la silenciosa tarea de registrar armarios y baúles, remover muebles y voltear camas y entablados, buscando el talego de huesos. Recordaba no haberlo visto desde los tiempos de la reconstrucción. Llamó en secreto a los albañiles y uno de ellos reveló que había emparedado el talego en algún dormitorio porque le estorbaba para trabajar. Después de varios días de auscultaciones, con la oreja pegada a las paredes, percibieron el cloc cloc profundo. Perforaron el muro y allí estaban los huesos en el talego intacto. Ese mismo día lo sepultaron en una tumba sin lápida, improvisada junto a la de Melquíades, y José Arcadio Buendía regresó a la casa liberado de una carga que por un momento pesó tanto en su conciencia como el recuerdo de Prudencio Aguilar.

Al pasar por la cocina le dio un beso en la frente a Rebeca.

—Quítate las malas ideas de la cabeza —le dijo—. Serás feliz.

La amistad de Rebeca abrió a Pilar Ternera las puertas de la casa, cerradas por Úrsula desde el nacimiento de Arcadio. Llegaba a cualquier hora del día, como un tropel de cabras, y descargaba su energía febril en los oficios más pesados. A veces entraba al taller y ayudaba a Arcadio a sensibilizar las láminas del daguerrotipo con una eficacia y una ternura que terminaron por confundirlo. Lo aturdía esa mujer. La resolana de su piel, su olor a humo, el desorden de su risa en el cuarto oscuro, perturbaban su atención y lo hacían tropezar con las cosas.

En cierta ocasión Aureliano estaba allí, trabajando en orfebrería, y Pilar Ternera se apoyó en la mesa para admirar su paciente laboriosidad. De pronto ocurrió. Aureliano comprobó que Arcadio estaba en el cuarto oscuro, antes de levantar la vista y encontrarse con los ojos de Pilar Ternera, cuyo pensamiento era perfectamente visible, como expuesto a la luz del mediodía.

—Bueno —dijo Aureliano—. Dígame qué es.

Pilar Ternera se mordió los labios con una sonrisa triste.

—Que eres bueno para la guerra —dijo—. Donde pones el ojo pones el plomo.

Aureliano descansó con la comprobación del presagio. Volvió a concentrarse en su trabajo, como si nada hubiera pasado, y su voz adquirió una reposada firmeza.

—Lo reconozco —dijo—. Llevará mi nombre.

José Arcadio Buendía consiguió por fin lo que buscaba: conectó a una bailarina de cuerda el mecanismo del reloj, y el juguete bailó sin interrupción al compás de su propia música durante tres días. Aquel hallazgo lo excitó mucho más que cualquiera de sus empresas descabelladas. No volvió a comer. No volvió a dormir. Sin la vigilancia y los cuidados de Úrsula se dejó arrastrar por su imaginación hacia un estado de delirio perpetuo del cual no se volvería a recuperar. Pasaba las noches dando vueltas en el cuarto, pensando en voz alta, buscando la manera de aplicar los principios del péndulo a las carretas de bueyes, a las rejas del arado, a todo lo que fuera útil puesto en movimiento. Lo fatigó tanto la fiebre del insomnio, que una madrugada no pudo reconocer al anciano de cabeza blanca y ademanes inciertos que entró en su dormitorio. Era Prudencio Aguilar. Cuando por fin lo identificó, asombrado de que también envejecieran los muertos, José Arcadio Buendía se sintió sacudido por la nostalgia. «Prudencio —exclamó—, ¡cómo has venido a parar tan lejos!» Después de muchos años de muerte, era tan intensa la añoranza de los vivos, tan apremiante la necesidad de compañía, tan aterradora la proximidad de la otra muerte que existía dentro de la muerte, que Prudencio Aguilar había terminado por querer al peor de sus enemigos. Tenía mucho tiempo de estar buscándolo. Les preguntaba por él a los muertos de Riohacha, a los muertos que llegaban del Valle de Upar, a los que llegaban de la ciénaga, y nadie le daba razón, porque Macondo fue un pueblo desconocido para los muertos hasta que llegó Melquíades y lo señaló con un puntito negro en los abigarrados mapas de la muerte. José Arcadio Buendía conversó con Prudencio Aguilar hasta el amanecer. Pocas horas después, estragado por la vigilia, entró al taller de Aureliano y le preguntó: «¿Qué día es hoy?» Aureliano le contestó que era martes. «Eso mismo pensaba yo —dijo José Arcadio Buendía—. Pero de pronto me he dado cuenta de que sigue siendo lunes, como ayer. Mira el cielo, mira las paredes, mira las begonias. También hoy es lunes.» Acostumbrado a sus manías, Aureliano no le hizo caso. Al día siguiente, miércoles, José Arcadio Buendía volvió al taller. «Esto es un desastre —dijo—. Mira el aire, oye el zumbido del sol, igual que ayer y antier. También hoy es lunes.» Esa noche, Pietro Crespi lo encontró en el corredor, llorando con el llantito sin gracia de los viejos, llorando por Prudencio Aguilar, por Melquíades, por los padres de Rebeca, por su papá y su mamá, por todos los que podía recordar y que entonces estaban solos en la muerte. Le regaló un oso de cuerda que caminaba en dos patas por un alambre, pero no consiguió distraerlo de su obsesión. Le preguntó qué había pasado con el proyecto que le expuso días antes, sobre la posibilidad de construir una máquina de péndulo que le sirviera al hombre para volar, y él contestó que era imposible porque el péndulo podía levantar cualquier cosa en el aire pero no podía levantarse a sí mismo. El jueves volvió a aparecer en el taller con un doloroso aspecto de tierra arrasada. «¡La máquina del tiempo se ha descompuesto —casi sollozó— y Úrsula y Amaranta tan lejos!» Aureliano lo reprendió como a un niño y él adoptó un aire sumiso. Pasó seis horas examinando las cosas, tratando de encontrar una diferencia con el aspecto que tuvieron el día anterior, pendiente de descubrir en ellas algún cambio que revelara el transcurso del tiempo. Estuvo toda la noche en la cama con los ojos abiertos, llamando a Prudencio Aguilar, a Melquíades, a todos los muertos, para que fueran a compartir su desazón. Pero nadie acudió. El viernes, antes de que se levantara nadie, volvió a vigilar la apariencia de la naturaleza, hasta que no tuvo la menor duda de que seguía siendo lunes. Entonces agarró la tranca de una puerta y con la violencia salvaje de su fuerza descomunal destrozó hasta convertirlos en polvo los aparatos de alquimia, el gabinete de daguerrotipia, el taller de orfebrería, gritando como un endemoniado en un idioma altisonante y fluido pero completamente incomprensible. Se disponía a terminar con el resto de la casa cuando Aureliano pidió ayuda a los vecinos. Se necesitaron diez hombres para tumbarlo, catorce para amarrarlo, veinte para arrastrarlo hasta el castaño del patio, donde lo dejaron atado, ladrando en lengua extraña y echando espumarajos verdes por la boca. Cuando llegaron Úrsula y Amaranta todavía estaba atado de pies y manos al tronco del castaño, empapado de lluvia y en un estado de inocencia total. Le hablaron, y él las miró sin reconocerlas y les dijo algo incomprensible. Úrsula le soltó las muñecas y los tobillos, ulcerados por la presión de las sogas, y lo dejó amarrado solamente por la cintura. Más tarde le construyeron un cobertizo de palma para protegerlo del sol y la lluvia.

Aureliano Buendía y Remedios Moscote se casaron un domingo de marzo ante el altar que el padre Nicanor Reyna hizo construir en la sala de visitas. Fue la culminación de cuatro semanas de sobresaltos en casa de los Moscote, pues la pequeña Remedios llegó a la pubertad antes de superar los hábitos de la infancia. A pesar de que la madre la había aleccionado sobre los cambios de la adolescencia, una tarde de febrero irrumpió dando gritos de alarma en la sala donde sus hermanas conversaban con Aureliano, y les mostró el calzón embadurnado de una pasta achocolatada. Se fijó un mes para la boda. Apenas si hubo tiempo de enseñarla a lavarse, a vestirse sola, a comprender los asuntos elementales de un hogar. La pusieron a orinar en ladrillos calientes para corregirle el hábito de mojar la cama. Costó trabajo convencerla de la inviolabilidad del secreto conyugal, porque Remedios estaba tan aturdida y al mismo tiempo tan maravillada con la revelación, que quería comentar con todo el mundo los pormenores de la noche de bodas. Fue un esfuerzo agotador, pero en la fecha prevista para la ceremonia la niña era tan diestra en las cosas del mundo como cualquiera de sus hermanas. Don Apolinar Moscote la llevó del brazo por la calle adornada con flores y guirnaldas, entre el estampido de los cohetes y la música de varias bandas, y ella saludaba con la mano y daba las gracias con una sonrisa a quienes le deseaban buena suerte desde las ventanas. Aureliano, vestido de paño negro, con los mismos botines de charol con

ganchos metálicos que había de llevar pocos años después
frente al pelotón de fusilamiento, tenía una palidez intensa
y una bola dura en la garganta cuando recibió a su novia
en la puerta de la casa y la llevó al altar. Ella se comportó
con tanta naturalidad, con tanta discreción, que no perdió
la compostura ni siquiera cuando Aureliano dejó caer el
anillo al tratar de ponérselo. En medio del murmullo y el
principio de confusión de los convidados, ella mantuvo en
alto el brazo con el mitón de encaje y permaneció con el
anular dispuesto, hasta que su novio logró parar el anillo
con el botín para que no siguiera rodando hasta la puerta,
y regresó ruborizado al altar. Su madre y sus hermanas
sufrieron tanto con el temor de que la niña hiciera una
incorrección durante la ceremonia, que al final fueron ellas
quienes cometieron la impertinencia de cargarla para darle
un beso. Desde aquel día se reveló el sentido de responsabilidad, la gracia natural, el reposado dominio que siempre
había de tener Remedios ante las circunstancias adversas.
Fue ella quien de su propia iniciativa puso aparte la mejor
porción que cortó del pastel de bodas y se la llevó en un
plato con un tenedor a José Arcadio Buendía. Amarrado al
tronco del castaño, encogido en un banquito de madera
bajo el cobertizo de palmas, el enorme anciano descolorido
por el sol y la lluvia hizo una vaga sonrisa de gratitud y se
comió el pastel con los dedos masticando un salmo ininteli-
gible. La única persona infeliz en aquella celebración estre-
pitosa que se prolongó hasta el amanecer del lunes, fue
Rebeca Buendía. Era su fiesta frustrada. Por acuerdo de
Úrsula, su matrimonio debía celebrarse en la misma fecha,
pero Pietro Crespi recibió el viernes una carta con el
anuncio de la muerte inminente de su madre. La boda se
aplazó. Pietro Crespi se fue para la capital de la provincia
una hora después de recibir la carta, y en el camino se
cruzó con su madre que llegó puntual la noche del sábado y
cantó en la boda de Aureliano el aria triste que había preparado para la boda de su hijo. Pietro Crespi regresó a la
media noche del domingo a barrer las cenizas de la fiesta,
después de haber reventado cinco caballos en el camino
tratando de estar en tiempo para su boda. Nunca se ave-

riguó quién escribió la carta. Atormentada por Úrsula, Amaranta lloró de indignación y juró su inocencia frente al altar que los carpinteros no habían acabado de desarmar.

El padre Nicanor Reyna —a quien don Apolinar Moscote había llevado de la ciénaga para que oficiara la boda— era un anciano endurecido por la ingratitud de su ministerio. Tenía la piel triste, casi en los puros huesos, y el vientre pronunciado y redondo y una expresión de ángel viejo que era más de inocencia que de bondad. Llevaba el propósito de regresar a su parroquia después de la boda, pero se espantó con la aridez de los habitantes de Macondo, que prosperaban en el escándalo, sujetos a la ley natural, sin bautizar a los hijos ni santificar las fiestas. Pensando que a ninguna tierra le hacía tanta falta la simiente de Dios, decidió quedarse una semana más para cristianizar a circuncisos y gentiles, legalizar concubinarios y sacramentar moribundos. Pero nadie le prestó atención. Le contestaban que durante muchos años habían estado sin cura, arreglando los negocios del alma directamente con Dios, y habían perdido la malicia del pecado mortal. Cansado de predicar en el desierto, el padre Nicanor se dispuso a emprender la construcción de un templo, el más grande del mundo con santos de tamaño natural y vidrios de colores en las paredes, para que fuera gente desde Roma a honrar a Dios en el centro de la impiedad. Andaba por todas partes pidiendo limosnas con un platillo de cobre. Le daban mucho, pero él quería más, porque el templo debía tener una campana cuyo clamor sacara a flote a los ahogados. Suplicó tanto, que perdió la voz. Sus huesos empezaron a llenarse de ruidos. Un sábado, no habiendo recogido ni siquiera el valor de las puertas, se dejó confundir por la desesperación. Improvisó un altar en la plaza y el domingo recorrió el pueblo con una campanita, como en los tiempos del insomnio, convocando a la misa campal. Muchos fueron por curiosidad. Otros por nostalgia. Otros para que Dios no fuera a tomar como agravio personal el desprecio a su intermediario. Así que a las ocho de la mañana estaba medio pueblo en la plaza, donde el padre Nicanor cantó los evangelios con voz lacerada por la súplica. Al final, cuando los asistentes empezaron a desbandarse, levantó los brazos en señal de atención.

—Un momento —dijo—. Ahora vamos a presenciar una prueba irrebatible del infinito poder de Dios.

El muchacho que había ayudado a misa le llevó una taza de chocolate espeso y humeante que él se tomó sin respirar. Luego se limpió los labios con un pañuelo que sacó de la manga, extendió los brazos y cerró los ojos. Entonces el padre Nicanor se elevó doce centímetros sobre el nivel del suelo. Fue un recurso convincente. Anduvo varios días por entre las casas, repitiendo la prueba de la levitación mediante el estímulo del chocolate, mientras el monaguillo recogía tanto dinero en un talego, que en menos de un mes emprendió la construcción del templo. Nadie puso en duda el origen divino de la demostración, salvo José Arcadio Buendía, que observó sin inmutarse el tropel de gente que una mañana se reunió en torno al castaño para asistir una vez más a la revelación. Apenas se estiró un poco en el banquillo y se encogió de hombros cuando el padre Nicanor empezó a levantarse del suelo junto con la silla en que estaba sentado.

—*Hoc est simplicisimun* —dijo José Arcadio Buendía—: *homo iste statum quartum materiae invenit.*

El padre Nicanor levantó la mano y las cuatro patas de la silla se posaron en tierra al mismo tiempo.

—*Nego* —dijo—. *Factum hoc existentiam Dei probat sine dubio.*

Fue así como se supo que era latín la endiablada jerga de José Arcadio Buendía. El padre Nicanor aprovechó la circunstancia de ser la única persona que había podido comunicarse con él, para tratar de infundir la fe en su cerebro trastornado. Todas las tardes se sentaba junto al castaño, predicando en latín, pero José Arcadio Buendía se empecinó en no admitir vericuetos retóricos ni transmutaciones de chocolate, y exigió como única prueba el daguerrotipo de Dios. El padre Nicanor le llevó entonces medallas y estampitas y hasta una reproducción del paño de la Verónica, pero José Arcadio Buendía los rechazó por ser objetos artesanales sin fundamento científico. Era tan terco, que el padre Nicanor renunció a sus propósitos de evangelización y siguió visitándolo por sentimientos humanitarios. Pero entonces fue José Arcadio Buendía quien tomó la iniciativa y trató de quebrantar la fe del cura con martingalas racionalistas. En cierta ocasión en que el padre Nicanor llevó al castaño un tablero y una caja de fichas para invitarlo a jugar a las damas, José Arcadio Buendía no aceptó, según dijo, porque nunca pudo entender el sentido de una contienda entre dos adversarios que estaban de acuerdo en los principios. El padre Nicanor, que jamás había visto de ese modo el juego de damas, no pudo volverlo a jugar. Cada vez más asombrado de la lucidez de José Arcadio Buendía, le preguntó cómo era posible que lo tuvieran amarrado de un árbol.

—*Hoc est simplicisimun* —contestó él—: porque estoy loco.

Desde entonces, preocupado por su propia fe, el cura no volvió a visitarlo, y se dedicó por completo a apresurar la construcción del templo. Rebeca sintió renacer la esperanza. Su porvenir estaba condicionado a la terminación de la obra, desde un domingo en que el padre Nicanor almorzaba en la casa y toda la familia sentada a la mesa habló de la solemnidad y el esplendor que tendrían los actos religiosos cuando se construyera el templo. «La más afortunada será Rebeca», dijo Amaranta. Y como Rebeca no entendió lo que ella quería decirle, se lo explicó con una sonrisa inocente:

—Te va a tocar inaugurar la iglesia con tu boda.

Rebeca trató de anticiparse a cualquier comentario. Al paso que llevaba la construcción, el templo no estaría terminado antes de diez años. El padre Nicanor no estuvo de acuerdo: la creciente generosidad de los fieles permitía hacer cálculos más optimistas. Ante la sorda indignación de Rebeca, que no pudo terminar el almuerzo, Úrsula celebró la idea de Amaranta y contribuyó con un aporte considerable para que se apresuraran los trabajos. El padre Nicanor consideró que con otro auxilio como ese el templo estaría listo en tres años. A partir de entonces Rebeca no volvió a dirigirle la palabra a Amaranta, convencida de que su iniciativa no había tenido la inocencia que ella supo aparentar. «Era lo menos grave que podía hacer —le replicó Amaranta en la virulenta discusión que tuvieron aquella noche—. Así no tendré que matarte en los próximos tres años.» Rebeca aceptó el reto.

Cuando Pietro Crespi se enteró del nuevo aplazamiento, sufrió una crisis de desilusión, pero Rebeca le dio una prueba definitiva de lealtad. «Nos fugaremos cuando tú lo dispongas», le dijo. Pietro Crespi, sin embargo, no era hombre de aventuras. Carecía del carácter impulsivo de su novia, y consideraba el respeto a la palabra empeñada como un capital que no se podía dilapidar. Entonces Rebeca recurrió a métodos más audaces. Un viento misterioso apagaba las lámparas de la sala de visita y Úrsula sorprendía a los novios besándose en la oscuridad. Pietro Crespi le daba explicaciones atolondradas sobre la mala calidad de las modernas lámparas de alquitrán y hasta ayudaba a instalar en la sala sistemas de iluminación más seguros. Pero otra vez fallaba el combustible o se atascaban las mechas, y Úrsula encontraba a Rebeca sentada en las rodillas del novio. Terminó por no aceptar ninguna explicación. Depositó en la india la responsabilidad de la panadería y se sentó en un mecedor a vigilar la visita de los novios, dispuesta a no dejarse derrotar por maniobras que ya eran viejas en su juventud. «Pobre mamá —decía Rebeca con burlona indignación, viendo bostezar a Úrsula en el sopor de las visitas—. Cuando se muera saldrá penando en ese mecedor.» Al cabo de tres meses de amores vigilados, aburrido con la lentitud de la construcción que pasaba a inspeccionar todos los días, Pietro Crespi resolvió darle al padre Nicanor el dinero que le hacía falta para terminar el templo. Amaranta no se impacientó. Mientras conversaba con las amigas que todas las tardes iban a bordar o tejer en el corredor, trataba de concebir nuevas triquiñuelas. Un error de cálculo echó a perder la que consideró más eficaz: quitar las bolitas de naftalina que Rebeca había puesto a su vestido de novia antes de guardarlo en la cómoda del dormitorio. Lo hizo cuando faltaban menos de dos meses para la terminación del templo. Pero Rebeca estaba tan impaciente ante la proximidad de la boda, que quiso preparar el vestido con más anticipación de lo que había previsto Amaranta. Al abrir la cómoda y desenvolver primero los papeles y luego el lienzo protector, encontró el raso del vestido y el punto del velo y hasta la corona de azahares pulverizados por las polillas. Aunque estaba segura de haber puesto en el envoltorio dos puñados de bolitas de naftalina, el desastre parecía tan accidental que no se atrevió a culpar a Amaranta. Faltaba menos de un mes para la boda, pero Amparo Moscote se comprometió a coser un nuevo vestido en una semana. Amaranta se sintió desfallecer el mediodía lluvioso en que Amparo entró a la casa envuelta en una espumarada de punto para hacerle a Rebeca la última prueba del vestido. Perdió la voz y un hilo de sudor helado descendió por el cauce de su espina dorsal. Durante largos meses había temblado de pavor esperando aquella hora, porque si no concebía el obstáculo definitivo para la boda de Rebeca, estaba segura de que en el último instante, cuando hubieran fallado todos los recursos de su imaginación, tendría valor para envenenarla. Esa tarde, mientras Rebeca se ahogaba de calor dentro de la coraza de raso que Amparo Moscote iba armando en su cuerpo con un millar de alfileres y una paciencia infinita, Amaranta equivocó varias veces los puntos del crochet y se pinchó el dedo con la aguja, pero decidió con espantosa frialdad que la fecha sería el último viernes antes de la boda, y el modo sería un chorro de láudano en el café.

Un obstáculo mayor, tan insalvable como imprevisto, obligó a un nuevo e indefinido aplazamiento. Una semana antes de la fecha fijada para la boda, la pequeña Remedios despertó a media noche empapada en un caldo caliente que explotó en sus entrañas con una especie de eructo desgarrador, y murió tres días después envenenada por su propia sangre con un par de gemelos atravesados en el vientre. Amaranta sufrió una crisis de conciencia. Había suplicado a Dios con tanto fervor que algo pavoroso ocurriera para no tener que envenenar a Rebeca, que se sintió culpable por la muerte de Remedios. No era ese el obstáculo por el que tanto había suplicado. Remedios había lle-

vado a la casa un soplo de alegría. Se había instalado con
su esposo en una alcoba cercana al taller, que decoró con
las muñecas y juguetes de su infancia reciente, y su alegre
vitalidad desbordaba las cuatro paredes de la alcoba y
pasaba como un ventarrón de buena salud por el corredor
de las begonias. Cantaba desde el amanecer. Fue ella la
única persona que se atrevió a mediar en las disputas de
Rebeca y Amaranta. Se echó encima la dispendiosa tarea de
atender a José Arcadio Buendía. Le llevaba los alimentos,
lo asistía en sus necesidades cotidianas, lo lavaba con
jabón y estropajo, le mantenía limpio de piojos y liendres
los cabellos y la barba, conservaba en buen estado el cobertizo de palma y lo reforzaba con lonas impermeables en
tiempos de tormenta. En sus últimos meses había logrado
comunicarse con él en frases de latín rudimentario. Cuando
nació el hijo de Aureliano y Pilar Ternera y fue llevado a la
casa y bautizado en ceremonia íntima con el nombre de
Aureliano José, Remedios decidió que fuera considerado
como su hijo mayor. Su instinto maternal sorprendió a
Úrsula. Aureliano, por su parte, encontró en ella la justifi-
cación que le hacía falta para vivir. Trabajaba todo el día
en el taller y Remedios le llevaba a media mañana un tazón
de café sin azúcar. Ambos visitaban todas las noches a los
Moscote. Aureliano jugaba con el suegro interminables partidos de dominó, mientras Remedios conversaba con sus
hermanas o trataba con su madre asuntos de gente mayor.
El vínculo con los Buendía consolidó en el pueblo la autoridad de don Apolinar Mascote. En frecuentes viajes a la
capital de la provincia consiguió que el gobierno construyera una escuela para que la atendiera Arcadio, que
había heredado el entusiasmo didáctico del abuelo. Logró
por medio de la persuasión que la mayoría de las casas
fueran pintadas de azul para la fiesta de la independencia
nacional. A instancias del padre Nicanor dispuso el tras-
lado de la tienda de Catarino a una calle apartada, y clausuró varios lugares de escándalo que prosperaban en el
centro de la población. Una vez regresó con seis policías
armados de fusiles a quienes encomendó el mantenimiento
del orden, sin que nadie se acordara del compromiso ori-

ginal de no tener gente armada en el pueblo. Aureliano se
complacía de la eficacia de su suegro. «Te vas a poner tan
gordo como él», le decían sus amigos. Pero el sedentarismo
que acentuó sus pómulos y concentró el fulgor de sus ojos,
no aumentó su peso ni alteró la parsimonia de su carácter,
y por el contrario endureció en sus labios la línea recta de
la meditación solitaria y la decisión implacable. Tan hondo
era el cariño que él y su esposa habían logrado despertar
en la familia de ambos, que cuando Remedios anunció que
iba a tener un hijo, hasta Rebeca y Amaranta hicieron una
tregua para tejer en lana azul, por si nacía varón, y en lana
rosada, por si nacía mujer. Fue ella la última persona en
que pensó Arcadio, pocos años después, frente al pelotón de
fusilamiento.

Úrsula dispuso un duelo de puertas y ventanas cerradas,
sin entrada ni salida para nadie como no fuera para
asuntos indispensables; prohibió hablar en voz alta durante
un año, y puso el daguerrotipo de Remedios en el lugar en
que se veló el cadáver, con una cinta negra terciada y una
lámpara de aceite encendida para siempre. Las generaciones futuras, que nunca dejaron extinguir la lámpara,
habían de desconcertarse ante aquella niña de faldas
rizadas, botitas blancas y lazo de organdí en la cabeza, que
no lograban hacer coincidir con la imagen académica de
una bisabuela. Amaranta se hizo cargo de Aureliano José.
Lo adoptó como un hijo que había de compartir su soledad,
y aliviarla del láudano involuntario que echaron sus
súplicas desatinadas en el café de Remedios. Pietro Crespi
entraba en puntillas al anochecer, con una cinta negra en
el sombrero, y hacía una visita silenciosa a una Rebeca que
parecía desangrarse dentro del vestido negro con mangas
hasta los puños. Habría sido tan irreverente la sola idea de
pensar en una nueva fecha para la boda, que el noviazgo se
convirtió en una relación eterna, un amor de cansancio que
nadie volvió a cuidar, como si de los enamorados que en
otros días descomponían las lámparas para besarse
hubieran sido abandonados al albedrío de la muerte. Perdido el rumbo, completamente desmoralizada, Rebeca
volvió a comer tierra.

De pronto —cuando el duelo llevaba tanto tiempo que ya se habían reanudado las sesiones de punto de cruz— alguien empujó la puerta de la calle a las dos de la tarde, en el silencio mortal del calor, y los horcones se estremecieron con tal fuerza en los cimientos, que Amaranta y sus amigas bordando en el corredor, Rebeca chupándose el dedo en el dormitorio, Úrsula en la cocina, Aureliano en el taller y hasta José Arcadio Buendía bajo el castaño solitario, tuvieron la impresión de que un temblor de tierra estaba desquiciando la casa. Llegaba un hombre descomunal. Sus espaldas cuadradas apenas si cabían por las puertas. Tenía una medallita de la Virgen de los Remedios colgada en el cuello de bisonte, los brazos y el pecho completamente bordados de tatuajes crípticos, y en la muñeca derecha la apretada esclava de cobre de los *niños-en-cruz*. Tenía el cuero curtido por la sal de la intemperie, el pelo corto y parado como las crines de un mulo, las mandíbulas férreas y la mirada triste. Tenía un cinturón dos veces más grueso que la cincha de un caballo, botas con polainas y espuelas y con los tacones herrados, y su presencia daba la impresión trepidatoria de un sacudimiento sísmico. Atravesó la sala de visitas y la sala de estar, llevando en la mano unas alforjas medio desbaratadas, y apareció como un trueno en el corredor de las begonias, donde Amaranta y sus amigas estaban paralizadas con las agujas en el aire. «Buenas», les dijo él con la voz cansada, y tiró las alforjas en la mesa de labor y pasó de largo hacia el fondo de la casa. «Buenas», le dijo la asustada Rebeca que lo vio pasar por la puerta de su dormitorio. «Buenas», le dijo a Aureliano, que estaba con los cinco sentidos alertas en el mesón de orfebrería. No se entretuvo con nadie. Fue directamente a la cocina, y allí se paró por primera vez en el término de un viaje que había empezado al otro lado del mundo. «Buenas», dijo. Úrsula se quedó una fracción de segundo con la boca abierta, lo miró a los ojos, lanzó un grito y saltó a su cuello gritando y llorando de alegría. Era José Arcadio. Regresaba tan pobre como se fue, hasta el extremo de que Úrsula tuvo que darle dos pesos para pagar el alquiler del caballo. Hablaba el español cruzado con jerga de marineros. Le preguntaron dónde había estado, y contestó: «Por ahí.» Colgó la hamaca en el cuarto que le asignaron y durmió tres días. Cuando despertó, y después de tomarse dieciséis huevos crudos, salió directamente hacia la tienda de Catarino, donde su corpulencia monumental provocó un pánico de curiosidad entre las mujeres. Ordenó música y aguardiente para todos por su cuenta. Hizo apuestas de pulso con cinco hombres al mismo tiempo. «Es imposible», decían, al convencerse de que no lograban moverle el brazo. «Tiene niños-en-cruz.» Catarino, que no creía en artificios de fuerza, apostó doce pesos a que no movía el mostrador. José Arcadio lo arrancó de su sitio, lo levantó en vilo sobre la cabeza y lo puso en la calle. Se necesitaron once hombres para meterlo. En el calor de la fiesta exhibió sobre el mostrador su masculinidad inverosímil, enteramente tatuada con una maraña azul y roja de letreros en varios idiomas. A las mujeres que lo asediaron con su codicia les preguntó quién pagaba más. La que tenía más ofreció veinte pesos. Entonces él propuso rifarse entre todas a diez pesos el número. Era un precio desorbitado, porque la mujer más solicitada ganaba ocho pesos en una noche, pero todas aceptaron. Escribieron sus nombres en catorce papeletas que metieron en un sombrero, y cada mujer sacó una. Cuando sólo faltaban por sacar dos papeletas, se estableció a quiénes correspondían.

—Cinco pesos más cada una —propuso José Arcadio— y me reparto entre ambas.

De eso vivía. Le había dado sesenta y cinco veces la vuelta al mundo, enrolado en una tripulación de marineros apátridas. Las mujeres que se acostaron con él aquella noche en la tienda de Catarino lo llevaron desnudo a la sala de baile para que vieran que no tenía un milímetro del cuerpo sin tatuar, por el frente y por la espalda, y desde el cuello hasta los dedos de los pies. No lograba incorporarse a la familia. Dormía todo el día y pasaba la noche en el barrio de tolerancia haciendo suertes de fuerza. En las escasas ocasiones en que Úrsula logró sentarlo a la mesa, dio muestras de una simpatía radiante, sobre todo cuando contaba sus aventuras en países remotos. Había naufragado y permanecido dos semanas a la deriva en el mar del Japón, alimentándose con el cuerpo de un compañero que sucumbió a la insolación, cuya carne salada y vuelta a salar y cocinada al sol tenía un sabor granuloso y dulce. En un mediodía radiante del Golfo de Bengala su barco había vencido un dragón de mar en cuyo vientre encontraron el casco, las hebillas y las armas de un cruzado. Había visto en el Caribe el fantasma de la nave corsario de Víctor Hugues, con el velamen desgarrado por los vientos de la muerte, la arboladura carcomida por cucarachas de mar, y equivocado para siempre el rumbo de la Guadalupe. Úrsula lloraba en la mesa como si estuviera leyendo las cartas que nunca llegaron, en las cuales relataba José Arcadio sus hazañas y desventuras. «Y tanta casa aquí hijo mío —sollozaba—. ¡Y tanta comida tirada a los puercos!» Pero en el fondo no podía concebir que el muchacho que se llevaron los gitanos fuera el mismo atarván que se comía medio lechón en el almuerzo y cuyas ventosidades marchitaban las flores. Algo similar le ocurría al resto de la familia. Amaranta no podía disimular la repugnancia que le producían en la mesa sus eructos bestiales. Arcadio, que nunca conoció el secreto de su filiación, apenas si contestaba a las preguntas que él le hacía con el propósito evidente de conquistar sus afectos. Aureliano trató de revivir los tiempos en que dormían en el mismo cuarto, procuró restaurar la complicidad de la infancia, pero José Arcadio los había olvidado porque la vida del mar le saturó la memoria con demasiadas cosas que recordar. Sólo Rebeca sucumbió al primer impacto. La tarde en que lo vio pasar frente a su dormitorio pensó que Pietro Crespi era un currutaco de alfeñique junto a aquel protomacho cuya respiración volcánica se percibía en toda la casa. Buscaba su proximidad con cualquier pretexto. En cierta ocasión José Arcadio la miró el cuerpo con una atención descarada, y le dijo: «Eres muy mujer, hermanita.» Rebeca perdió el dominio de sí misma. Volvió a comer tierra y cal de las paredes con la avidez de otros días, y se chupó el dedo con tanta ansiedad que se le formó un callo en el pulgar. Vomitó un líquido verde con sanguijuelas muertas. Pasó noches en vela tiritando de fiebre, luchando contra el delirio, esperando, hasta que la casa trepidaba con el regreso de José Arcadio al amanecer. Una tarde, cuando todos dormían la siesta, no resistió más y fue a su dormitorio. Lo encontró en calzoncillos, despierto, tendido en la hamaca que había colgado de los horcones con cables de amarrar barcos. La impresionó tanto su enorme desnudez tarabiscoteada que sintió el impulso de retroceder. «Perdone —se excusó—. No sabía que estaba aquí.» Pero apagó la voz para no despertar a nadie. «Ven acá», dijo él. Rebeca obedeció. Se detuvo junto a la hamaca, sudando hielo, sintiendo que se le formaban nudos en las tripas, mientras José Arcadio le acariciaba los tobillos con la yema de los dedos, y luego las pantorrillas y luego los muslos, murmurando: «Ay, hermanita: ay, hermanita.» Ella tuvo que hacer un esfuerzo sobrenatural para no morirse cuando una potencia ciclónica asombrosamente regulada la levantó por la cintura y la despojó de su intimidad con tres zarpazos, y la descuartizó como a un pajarito. Alcanzó a dar gracias a Dios por haber nacido, antes de perder la conciencia en el placer inconcebible de aquel dolor insoportable, chapaleando en el pantano humeante de la hamaca que absorbió como un papel secante la explosión de su sangre.

Tres días después se casaron en la misa de cinco. José Arcadio había ido el día anterior a la tienda de Pietro Crespi. Lo había encontrado dictando una lección de cítara y no lo llevó aparte para hablarle. «Me caso con Rebeca», le dijo. Pietro Crespi se puso pálido, le entregó la cítara a uno de los discípulos, y dio la clase por terminada. Cuando quedaron solos en el salón atiborrado de instrumentos músicos y juguetes de cuerda, Pietro Crespi dijo:

—Es su hermana.

—No me importa —replicó José Arcadio.

Pietro Crespi se enjugó la frente con el pañuelo impregnado de espliego.

—Es contra natura —explicó— y, además, la ley lo prohíbe.

José Arcadio se impacientó no tanto con la argumentación como con la palidez de Pietro Crespi.

—Me cago dos veces en natura —dijo—. Y se lo vengo a decir para que no se tome la molestia de ir a preguntarle nada a Rebeca.

Pero su comportamiento brutal se quebrantó al ver que a Pietro Crespi se le humedecían los ojos.

—Ahora —le dijo en otro tono—, que si lo que le gusta es la familia, ahí le queda Amaranta.

El padre Nicanor reveló en el sermón del domingo que José Arcadio y Rebeca no eran hermanos. Úrsula no perdonó nunca lo que consideró como una inconcebible falta de respeto, y cuando regresaron de la iglesia prohibió a los recién casados que volvieran a pisar la casa. Para ella era como si hubieran muerto. Así que alquilaron una casita frente al cementerio y se instalaron en ella sin más muebles que la hamaca de José Arcadio. La noche de bodas a Rebeca le mordió el pie un alacrán que se había metido en su pantufla. Se le adormeció la lengua, pero eso no impidió que pasaran una luna de miel escandalosa. Los vecinos se asustaban con los gritos que despertaban a todo el barrio hasta ocho veces en una noche, y hasta tres veces en la siesta, y rogaban que una pasión tan desaforada no fuera a perturbar la paz de los muertos.

Aureliano fue el único que se preocupó por ellos. Les compró algunos muebles y les proporcionó dinero, hasta que José Arcadio recuperó el sentido de la realidad y empezó a trabajar las tierras de nadie que colindaban con el patio de la casa. Amaranta, en cambio, no logró superar jamás su rencor contra Rebeca, aunque la vida le ofreció una satisfacción con que no había soñado: por iniciativa de Úrsula, que no sabía cómo reparar la vergüenza, Pietro Crespi siguió almorzando los martes en la casa, sobrepuesto al fracaso con una serena dignidad. Conservó la cinta negra en el sombrero como una muestra de aprecio por la familia, y se complacía en demostrar su afecto a Úrsula llevándole regalos exóticos: sardinas portuguesas, mermelada de rosas turcas y, en cierta ocasión, un primoroso mantón de Manila. Amaranta lo atendía con una cariñosa diligencia. Adivinaba sus gustos, le arrancaba los hilos descosidos en los puños de la camisa, y bordó una docena de pañuelos con sus iniciales para el día de su cumpleaños. Los martes, después del almuerzo, mientras ella bordaba en el corredor, él le hacía una alegre compañía. Para Pietro Crespi, aquella mujer que siempre consideró y trató como una niña, fue una revelación. Aunque su tipo carecía de gracia, tenía una rara sensibilidad para apreciar las cosas del mundo, y una ternura secreta. Un martes, cuando nadie dudaba de que tarde o temprano tenía que ocurrir, Pietro Crespi le pidió que se casara con él. Ella no interrumpió su labor. Esperó a que pasara el caliente rubor de sus orejas e imprimió a su voz un sereno énfasis de madurez.

—Por supuesto, Crespi —dijo—, pero cuando uno se conozca mejor. Nunca es bueno precipitar las cosas.

Úrsula se ofuscó. A pesar del aprecio que le tenía a Pietro Crespi, no lograba establecer si su decisión era buena o mala desde el punto de vista moral, después del prolongado y ruidoso noviazgo con Rebeca. Pero terminó por aceptarlo como un hecho sin calificación, porque nadie compartió sus dudas. Aureliano, que era el hombre de la casa, la confundió más con su enigmática y terminante opinión:

—Éstas no son horas de andar pensando en matrimonios.

Aquella opinión que Úrsula sólo comprendió algunos meses después era la única sincera que podía expresar Aureliano en ese momento, no sólo con respecto al matrimonio, sino a cualquier asunto que no fuera la guerra. Él mismo, frente al pelotón de fusilamiento, no había de entender muy bien cómo se fue encadenando la serie de sutiles pero irrevocables casualidades que lo llevaron hasta ese punto. La muerte de Remedios no le produjo la conmoción que temía. Fue más bien un sordo sentimiento de rabia que paulatinamente se disolvió en una frustración solitaria y pasiva, semejante a la que experimentó en los tiempos en que estaba resignado a vivir sin mujer. Volvió a hundirse en el trabajo, pero conservó la costumbre de jugar dominó con su suegro. En una casa amordazada por el luto, las conversaciones nocturnas consolidaron la amistad de los dos hombres. «Vuelve a casarte, Aurelito —le decía el suegro—. Tengo seis hijas para escoger.» En cierta ocasión, en vísperas de las elecciones, don Apolinar Moscote regresó de uno de sus frecuentes viajes, preocupado por la situación política del país. Los liberales estaban decididos a lanzarse a la guerra. Como Aureliano tenía en esa época nociones muy confusas sobre las diferencias entre conservadores y liberales, su suegro le daba lecciones esquemáticas. Los liberales, le decía, eran masones; gente de mala índole, partidaria de ahorcar a los curas, de implantar el matrimonio civil y el divorcio, de reconocer iguales derechos a los hijos naturales que a los legítimos, y de despedazar al país en un sistema federal que despojara de poderes a la autoridad suprema. Los conservadores, en cambio, que habían recibido el poder directamente de Dios, propugnaban por la estabilidad del orden público y la moral familiar; eran los defensores de la fe de Cristo, del principio de autoridad, y no estaban dispuestos a permitir que el país fuera descuartizado en entidades autónomas. Por sentimientos humanitarios, Aureliano simpatizaba con la actitud liberal respecto de los derechos de los hijos naturales, pero de todos modos no entendía cómo se llegaba al extremo de hacer una guerra por cosas que no podían tocarse con las manos. Le pareció una exageración que su suegro se hiciera enviar para las elecciones seis soldados armados con fusiles, al mando de un sargento, en un pueblo sin pasiones políticas. No sólo llegaron, sino que fueron de casa en casa decomisando armas de cacería, machetes y hasta cuchillos de cocina, antes de repartir entre los hombres mayores de veintiún años las papeletas azules con los nombres de los candidatos conservadores, y las papeletas rojas con los nombres de los candidatos liberales. La víspera de las elecciones el propio don Apolinar Moscote leyó un bando que prohibía desde la medianoche del sábado, y por cuarenta y ocho horas, la venta de bebidas alcohólicas y la reunión de más de tres personas que no fueran de la misma familia. Las elecciones transcurrieron sin incidentes. Desde las ocho de la mañana del domingo se instaló en la plaza la urna de madera custodiada por los seis soldados. Se votó con entera libertad, como pudo comprobarlo el propio Aureliano, que estuvo casi todo el día con su suegro vigilando que nadie votara más de una vez. A las cuatro de la tarde, un repique de redoblante en la plaza anunció el término de la jornada, y don Apolinar Moscote selló la urna con una etiqueta cruzada con su firma. Esa noche, mientras jugaba dominó con Aureliano, le ordenó al sargento romper la etiqueta para contar los votos. Había casi tantas papeletas rojas como azules, pero el sargento sólo dejó diez rojas y completó la diferencia con azules. Luego volvieron a sellar la urna con una etiqueta nueva y al día siguiente a primera hora se la llevaron para la capital de la provincia. «Los liberales irán a la guerra», dijo Aureliano. Don Apolinar no desatendió sus fichas de dominó. «Si lo dices por los cambios de papeletas, no irán —dijo—. Se dejan algunas rojas para que no haya reclamos.» Aureliano comprendió las desventajas de la oposición. «Si yo fuera liberal —dijo— iría a la guerra por esto de las papeletas.» Su suegro lo miró por encima del marco de los anteojos.

—Ay, Aurelito —dijo—, si tú fueras liberal, aunque fueras mi yerno, no hubieras visto el cambio de las papeletas.

Lo que en realidad causó indignación en el pueblo no fue el resultado de las elecciones, sino el hecho de que los soldados no hubieran devuelto las armas. Un grupo de mujeres habló con Aureliano para que consiguiera con su suegro la restitución de los cuchillos de cocina. Don Apolinar Moscote le explicó, en estricta reserva, que los soldados se habían llevado las armas decomisadas como prueba de que los liberales se estaban preparando para la guerra. Lo alarmó el cinismo de la declaración. No hizo ningún comentario, pero cierta noche en que Gerineldo Márquez y Magnífico Visbal hablaban con otros amigos del incidente de los cuchillos, le preguntaron si era liberal o conservador. Aureliano no vaciló:

—Si hay que ser algo, sería liberal —dijo—, porque los conservadores son unos tramposos.

Al día siguiente, a instancias de sus amigos, fue a visitar al doctor Alirio Noguera para que le tratara un supuesto dolor en el hígado. Ni siquiera sabía cuál era el sentido de la patraña. El doctor Alirio Noguera había llegado a Macondo pocos años antes con un botiquín de globulitos sin sabor y una divisa médica que no convenció a nadie: *Un clavo saca otro clavo*. En realidad era un farsante. Detrás de su inocente fachada de médico sin prestigio se escondía un terrorista que tapaba con unas cáligas de media pierna las cicatrices que dejaron en sus tobillos cinco años de cepo. Capturado en la primera aventura federalista, logró escapar a Curazao disfrazado con el traje que más detestaba en este mundo: una sotana. Al cabo de un prolongado destierro, embullado por las exaltadas noticias que llevaban a Curazao los exiliados de todo el Caribe, se embarcó en una goleta de contrabandistas y apareció en Riohacha con los frasquitos de glóbulos que no eran más que de azúcar refinada, y un diploma de la Universidad de Leipzig falsificado por él mismo. Lloró de desencanto. El fervor federalista, que los exiliados definían como un polvorín a punto de estallar, se había disuelto en una vaga ilusión electoral. Amargado por el fracaso, ansioso de un lugar seguro donde esperar la vejez, el falso homeópata se refugió en Macondo. En el estrecho cuartito atiborrado de frascos vacíos que alquiló a un lado de la plaza, vivió varios años de los enfermos sin esperanzas que después de haber probado todo se consolaban con glóbulos de azúcar. Sus instintos de agitador permanecieron en reposo mientras don Apolinar Moscote fue una autoridad decorativa. El tiempo se le iba en recordar y en luchar contra el asma. La proximidad de las elecciones fue el hilo que le permitió encontrar de nuevo la madeja de la subversión. Estableció contacto con la gente joven del pueblo, que carecía de formación política, y se empeñó en una sigilosa campaña de instigación. Las numerosas papeletas rojas que aparecieron en la urna, y que fueron atribuidas por don Apolinar Moscote a la novelería propia de la juventud, eran parte de su plan: obligó a sus discípulos a votar para convencerlos de que las elecciones eran una farsa. «Lo único eficaz —decía— es la violencia.» La mayoría de los amigos de Aureliano andaban entusiasmados con la idea de liquidar el orden conservador, pero nadie se había atrevido a incluirlo en los planes, no sólo por sus vínculos con el corregidor, sino por su carácter solitario y evasivo. Se sabía, además, que había votado azul por indicación del suegro. Así que fue una simple casualidad que revelara sus sentimientos políticos, y fue un puro golpe de curiosidad el que lo metió en la ventolera de visitar al médico para tratarse un dolor que no tenía. En el cuchitril oloroso a telaraña alcanforada se encontró con una especie de iguana polvorienta cuyos pulmones silbaban al respirar. Antes de hacerle ninguna pregunta el doctor lo llevó a la ventana y le examinó por dentro el párpado inferior. «No es ahí», dijo Aureliano, según le habían indicado. Se hundió el hígado con la punta de los dedos, y agregó: «Es aquí donde tengo el dolor que no me deja dormir.» Entonces el doctor Noguera cerró la ventana con el pretexto de que había mucho sol, y le explicó en términos simples por qué era un deber patriótico asesinar a los conservadores. Durante varios días llevó Aureliano un frasquito en el bolsillo de la camisa. Lo sacaba cada dos horas, ponía tres globulitos en la palma de la mano y se los echaba de golpe en la boca para disolverlos lentamente en la lengua. Don Apolinar Moscote se burló de su fe en la homeopatía, pero quienes estaban en el complot reconocieron en él a uno más de los suyos. Casi todos los hijos de los fundadores estaban implicados, aunque ninguno sabía concretamente en qué consistía la acción que ellos mismos tramaban. Sin embargo, el día en que el médico le reveló el secreto a Aureliano, éste le sacó el cuerpo a la conspiración. Aunque entonces estaba convencido de la urgencia de liquidar al régimen conservador, el plan lo horrorizó. El doctor Noguera era un místico del atentado personal. Su sistema se reducía a coordinar una serie de acciones individuales que en un golpe maestro de alcance nacional liquidara a los funcionarios del régimen con sus respectivas familias, sobre todo a los niños, para exterminar el conservatismo en la semilla. Don Apolinar Moscote, su esposa y sus seis hijas, por supuesto, estaban en la lista.

—Usted no es liberal ni es nada —le dijo Aureliano sin alterarse—. Usted no es más que un matarife.

—En ese caso —replicó el doctor con igual calma— devuélveme el frasquito. Ya no te hace falta.

Sólo seis meses después supo Aureliano que el doctor lo había desahuciado como hombre de acción, por ser un sentimental sin porvenir, con un carácter pasivo y una definida vocación solitaria. Trataron de cercarlo temiendo que denunciara la conspiración. Aureliano los tranquilizó: no diría una palabra, pero la noche en que fueran a asesinar a la familia Moscote lo encontrarían a él defendiendo la puerta. Demostró una decisión tan convincente, que el plan se aplazó para una fecha indefinida. Fue por esos días que Úrsula consultó su opinión sobre el matrimonio de Pietro Crespi y Amaranta, y él contestó que los tiempos no estaban para pensar en eso. Desde hacía una semana llevaba bajo la camisa una pistola arcaica. Vigilaba a sus amigos. Iba por las tardes a tomar el café con José Arcadio y Rebeca, que empezaban a ordenar su casa, y desde las siete jugaba dominó con el suegro. A la hora del almuerzo conversaba con Arcadio, que era ya un adolescente monumental, y lo encontraba cada vez más exaltado con la inminencia de la guerra. En la escuela, donde Arcadio tenía alumnos mayores que él revueltos con niños que apenas empezaban a hablar, había prendido la fiebre liberal. Se hablaba de fusilar al padre Nicanor, de convertir el templo en escuela, de implantar el amor libre. Aureliano procuró atemperar sus ímpetus. Le recomendó discreción y prudencia. Sordo a su razonamiento sereno, a su sentido de la realidad, Arcadio le reprochó en público su debilidad de carácter. Aureliano esperó. Por fin, a principios de diciembre, Úrsula irrumpió trastornada en el taller.

—¡Estalló la guerra!

En efecto, había estallado desde hacía tres meses. La ley marcial imperaba en todo el país. El único que lo supo a tiempo fue don Apolinar Moscote, pero no le dio la noticia ni a su mujer, mientras llegaba el pelotón del ejército que había de ocupar el pueblo por sorpresa. Entraron sin ruido antes del amanecer, con dos piezas de artillería ligera tiradas por mulas, y establecieron el cuartel en la escuela. Se impuso el toque de queda a las seis de la tarde. Se hizo una requisa más drástica que la anterior, casa por casa, y esta vez se llevaron hasta las herramientas de labranza. Sacaron a rastras al doctor Noguera, lo amarraron a un árbol de la plaza y lo fusilaron sin fórmula de juicio. El padre Nicanor trató de impresionar a las autoridades militares con el milagro de la levitación, y un soldado lo descalabró de un culatazo. La exaltación liberal se apagó en un terror silencioso. Aureliano, pálido, hermético, siguió jugando dominó con su suegro. Comprendió que a pesar de su título actual de jefe civil y militar de la plaza, don Apolinar Moscote era otra vez una autoridad decorativa. Las decisiones las tomaba un capitán del ejército que todas las mañanas recaudaba una manlieva extraordinaria para la defensa del orden público. Cuatro soldados al mando suyo arrebataron a su familia una mujer que había sido mordida por un perro rabioso y la mataron a culatazos en plena calle. Un domingo, dos semanas después de la ocupación, Aureliano entró en la casa de Gerineldo Márquez y con su parsimonia habitual pidió un tazón de café sin azúcar. Cuando los dos quedaron solos en la cocina, Aureliano imprimió a su voz una autoridad que nunca se le había conocido. «Prepara los muchachos —dijo—. Nos vamos a la guerra.» Gerineldo Márquez no lo creyó.

—¿Con qué armas? —preguntó.

—Con las de ellos —contestó Aureliano.

El martes a medianoche, en una operación descabellada, veintiún hombres menores de treinta años al mando de Aureliano Buendía, armados con cuchillos de mesa y hierros afilados, tomaron por sorpresa la guarnición, se apoderaron de las armas y fusilaron en el patio al capitán y los cuatro soldados que habían asesinado a la mujer.

Esa misma noche, mientras se escuchaban las descargas del pelotón de fusilamiento, Arcadio fue nombrado jefe civil y militar de la plaza. Los rebeldes casados apenas tuvieron tiempo de despedirse de sus esposas, a quienes abandonaron a sus propios recursos. Se fueron al amanecer, aclamados por la población liberada del terror, para unirse a las fuerzas del general revolucionario Victorio Medina, que según las últimas noticias andaba por el rumbo de Manaure. Antes de irse, Aureliano sacó a don Apolinar Moscote de un armario. «Usted se queda tranquilo, suegro —le dijo—. El nuevo gobierno garantiza, bajo palabra de honor, su seguridad personal y la de su familia» Don Apolinar Moscote tuvo dificultades para identificar aquel conspirador de botas altas y fusil terciado a la espalda con quien había jugado dominó hasta las nueve de la noche.

—Esto es un disparate, Aurelito —exclamó.

—Ningún disparate —dijo Aureliano—. Es la guerra. Y no me vuelva a decir Aurelito, que ya soy el coronel Aureliano Buendía.

El coronel Aureliano Buendía promovió treinta y dos levantamientos armados y los perdió todos. Tuvo diecisiete hijos varones de diecisiete mujeres distintas, que fueron exterminados uno tras otro en una sola noche, antes de que el mayor cumpliera treinta y cinco años. Escapó a catorce atentados, a setenta y tres emboscadas y a un pelotón de fusilamiento. Sobrevivió a una carga de estricnina en el café que habría bastado para matar un caballo. Rechazó la Orden del Mérito que le otorgó el presidente de la república. Llegó a ser comandante general de las fuerzas revolucionarias, con jurisdicción y mando de una frontera a la otra, y el hombre más temido por el gobierno, pero nunca permitió que le tomaran una fotografía. Declinó la pensión vitalicia que le ofrecieron después de la guerra y vivió hasta la vejez de los pescaditos de oro que fabricaba en su taller de Macondo. Aunque peleó siempre al frente de sus hombres, la única herida que recibió se la produjo él mismo después de firmar la capitulación de Neerlandia que puso término a casi veinte años de guerras civiles. Se disparó un tiro de pistola en el pecho y el proyectil le salió por la espalda sin lastimar ningún centro vital. Lo único que quedó de todo eso fue una calle con su nombre en Macondo. Sin embargo, según declaró pocos años antes de morir de viejo, ni siquiera eso esperaba la madrugada en que se fue con sus veintiún hombres a reunirse con las fuerzas del general Victorio Medina.

—Ahí te dejamos a Macondo —fue todo cuanto le dijo a

Arcadio antes de irse—. Te lo dejamos bien, procura que lo encontremos mejor.

Arcadio le dio una interpretación muy personal a la recomendación. Se inventó un uniforme con galones y charreteras de mariscal, inspirado en las láminas de un libro de Melquíades, y se colgó al cinto el sable con borlas doradas del capitán fusilado. Emplazó las dos piezas de artillería a la entrada del pueblo, uniformó a sus antiguos alumnos, exacerbados por sus proclamas incendiarias, y los dejó vagar armados por las calles para dar a los forasteros una impresión de invulnerabilidad. Fue un truco de doble filo, porque el gobierno no se atrevió a atacar la plaza durante diez meses, pero cuando lo hizo descargó contra ella una fuerza tan desproporcionada que liquidó la resistencia en media hora. Desde el primer día de su mandato Arcadio reveló su afición por los bandos. Leyó hasta cuatro diarios para ordenar y disponer cuanto le pasaba por la cabeza. Implantó el servicio militar obligatorio desde los dieciocho años, declaró de utilidad pública los animales que transitaban por las calles después de las seis de la tarde e impuso a los hombres mayores de edad la obligación de usar un brazal rojo. Recluyó al padre Nicanor en la casa cural, bajo amenaza de fusilamiento, y le prohibió decir misa y tocar las campanas como no fuera para celebrar las victorias liberales. Para que nadie pusiera en duda la severidad de sus propósitos, mandó que un pelotón de fusilamiento se entrenara en la plaza pública disparando contra un espantapájaros. Al principio nadie lo tomó en serio. Eran, al fin de cuentas, los muchachos de la escuela jugando a gente mayor. Pero una noche, al entrar Arcadio en la tienda de Catarino, el trompetista de la banda lo saludó con un toque de fanfarria que provocó las risas de la clientela, y Arcadio lo hizo fusilar por irrespeto a la autoridad. A quienes protestaron, los puso a pan y agua con los tobillos en un cepo que instaló en un cuarto de la escuela. «¡Eres un asesino! —le gritaba Úrsula cada vez que se enteraba de alguna nueva arbitrariedad—. Cuando Aureliano lo sepa te va a fusilar a ti y yo seré la primera en alegrarme.» Pero todo fue inútil. Arcadio siguió apretando los torniquetes de un rigor innecesario, hasta convertirse en el más cruel de los gobernantes que hubo nunca en Macondo. «Ahora sufran la diferencia —dijo don Apolinar Moscote en cierta ocasión—. Esto es el paraíso liberal.» Arcadio lo supo. Al frente de una patrulla asaltó la casa, destrozó los muebles, vapuleó a las hijas y se llevó a rastras a don Apolinar Moscote. Cuando Úrsula irrumpió en el patio del cuartel, después de haber atravesado el pueblo clamando de vergüenza y blandiendo de rabia un rebenque alquitranado, el propio Arcadio se disponía a dar la orden de fuego al pelotón de fusilamiento.

—¡Atrévete, bastardo! —gritó Úrsula.

Antes de que Arcadio tuviera tiempo de reaccionar, le descargó el primer vergajazo. «Atrévete, asesino —gritaba—. Y mátame también a mí, hijo de mala madre. Así no tendré ojos para llorar la vergüenza de haber criado un fenómeno.» Azotándolo sin misericordia, lo persiguió hasta el fondo del patio, donde Arcadio se enrolló como un caracol. Don Apolinar Moscote estaba inconsciente, amarrado en el poste donde antes tenían al espantapájaros despedazado por los tiros de entrenamiento. Los muchachos del pelotón se dispersaron, temerosos de que Úrsula terminara desahogándose con ellos. Pero ni siquiera los miró. Dejó a Arcadio con el uniforme arrastrado, bramando de dolor y rabia, y desató a don Apolinar Moscote para llevarlo a su casa. Antes de abandonar el cuartel, soltó a los presos del cepo.

A partir de entonces fue ella quien mandó en el pueblo. Restableció la misa dominical, suspendió el uso de los brazales rojos y descalificó los bandos atrabiliarios. Pero a despecho de su fortaleza, siguió llorando la desdicha de su destino. Se sintió tan sola, que buscó la inútil compañía del marido olvidado bajo el castaño. «Mira en lo que hemos quedado —le decía, mientras las lluvias de junio amenazaban con derribar el cobertizo de palma—. Mira la casa vacía, nuestros hijos desperdigados por el mundo, y nosotros dos solos otra vez como al principio.» José Arcadio Buendía, hundido en un abismo de inconsciencia, era sordo a sus lamentos. Al comienzo de su locura anunciaba con latinajos apremiantes sus urgencias cotidianas. En fugaces escampadas de lucidez, cuando Amaranta le llevaba la comida, él le comunicaba sus pesares más molestos y se prestaba con docilidad a sus ventosas y sinapismos. Pero en la época en que Úrsula fue a lamentarse a su lado había perdido todo contacto con la realidad. Ella lo bañaba por partes sentado en el banquito, mientras le daba noticias de la familia. «Aureliano se ha ido a la guerra, hace ya más de cuatro meses, y no hemos vuelto a saber de él —le decía, restregándole la espalda con un estropajo enjabonado—. José Arcadio volvió, hecho un hombrazo más alto que tú y todo bordado en punto de cruz, pero sólo vino a traer la vergüenza a nuestra casa.» Creyó observar, sin embargo, que su marido entristecía con las malas noticias. Entonces optó por mentirle. «No me creas lo que te digo —decía, mientras echaba cenizas sobre sus excrementos para recogerlos con la pala—. Dios quiso que José Arcadio y Rebeca se casaran, y ahora son muy felices.» Llegó a ser tan sincera en el engaño que ella misma acabó consolándose con sus propias mentiras. «Arcadio ya es un hombre serio —decía—, y muy valiente, y muy buen mozo con su uniforme y su sable.» Era como hablarle a un muerto, porque José Arcadio Buendía estaba ya fuera del alcance de toda preocupación. Pero ella insistió. Lo veía tan manso, tan indiferente a todo, que decidió soltarlo. Él ni siquiera se movió del banquito. Siguió expuesto al sol y la lluvia, como si las sogas fueran innecesarias, porque un dominio superior a cualquier atadura visible lo mantenía amarrado al tronco del castaño. Hacia el mes de agosto, cuando el invierno empezaba a eternizarse, Úrsula pudo por fin darle una noticia que parecía verdad.

—Fíjate que nos sigue atosigando la buena suerte —le dijo—. Amaranta y el italiano de la pianola se van a casar.

Amaranta y Pietro Crespi, en efecto, habían profundizado en la amistad, amparados por la confianza de Úrsula, que esta vez no creyó necesario vigilar las visitas. Era un noviazgo crepuscular. El italiano llegaba al atardecer, con una gardenia en el ojal, y le traducía a Amaranta sonetos de Petrarca. Permanecían en el corredor sofocado por el orégano y las rosas, él leyendo y ella tejiendo encaje de bolillo, indiferentes a los sobresaltos y las malas noticias de la guerra, hasta que los mosquitos los obligaban a refugiarse en la sala. La sensibilidad de Amaranta, su discreta pero envolvente ternura habían ido urdiendo en torno al novio una telaraña invisible, que él tenía que apartar materialmente con sus dedos pálidos y sin anillos para abandonar la casa a las ocho. Habían hecho un precioso álbum con las tarjetas postales que Pietro Crespi recibía de Italia. Eran imágenes de enamorados en parques solitarios, con viñetas de corazones flechados y cintas doradas sostenidas por palomas. «Yo conozco este parque en Florencia —decía Pietro Crespi repasando las postales—. Uno extiende la mano y los pájaros bajan a comer.» A veces, ante una acuarela de Venecia, la nostalgia transformaba en tibios aromas de flores el olor de fango y mariscos podridos de los canales. Amaranta suspiraba, reía, soñaba con una segunda patria de hombres y mujeres hermosos que hablaban una lengua de niños, con ciudades antiguas de cuya pasada grandeza sólo quedaban los gatos entre los escombros. Después de atravesar el océano en su búsqueda, después de haberlo confundido con la pasión en los manoseos vehementes de Rebeca, Pietro Crespi había encontrado el amor. La dicha trajo consigo la prosperidad. Su almacén ocupaba entonces casi una cuadra, y era un invernadero de fantasía, con reproducciones del campanario de Florencia que daban la hora con un concierto de carillones, y cajas musicales de Sorrento, y polveras de China que cantaban al destaparlas tonadas de cinco notas, y todos los instrumentos músicos que se podían imaginar y todos los artificios de cuerda que se podían concebir. Bruno Crespi, su hermano menor, estaba al frente del almacén, porque él no se daba abasto para atender la escuela de música. Gracias a él, la calle de los Turcos, con su deslumbrante exposición de chucherías, se transformó en un remanso melódico para olvidar las arbitrariedades de Arcadio y la pesadilla remota de la guerra. Cuando Úrsula dispuso la reanudación de la misa dominical, Pietro Crespi le regaló al templo un armonio alemán, organizó un coro

infantil y preparó un repertorio gregoriano que puso una
nota espléndida en el ritual taciturno del padre Nicanor.
Nadie ponía en duda que haría de Amaranta una esposa
feliz. Sin apresurar los sentimientos, dejándose arrastrar
por la fluidez natural del corazón, llegaron a un punto en
que sólo hacía falta fijar la fecha de la boda. No encontrarían obstáculos. Úrsula se acusaba íntimamente de haber
torcido con aplazamientos reiterados el destino de Rebeca,
y no estaba dispuesta a acumular remordimientos. El rigor
del luto por la muerte de Remedios había sido relegado a
un lugar secundario por la mortificación de la guerra, la
ausencia de Aureliano, la brutalidad de Arcadio y la expul-
sión de José Arcadio y Rebeca. Ante la inminencia de la
boda, el propio Pietro Crespi había insinuado que Aureliano
José, en quien fomentó un cariño casi paternal, fuera considerado como su hijo mayor. Todo hacía pensar que Amaranta se orientaba hacia una felicidad sin tropiezos. Pero al
contrario de Rebeca, ella no revelaba la menor ansiedad.
Con la misma paciencia con que abigarraba manteles y
tejía primores de pasamanería y bordaba pavorreales en
punto de cruz, esperó a que Pietro Crespi no soportara más
las urgencias del corazón. Su hora llegó con las lluvias
aciagas de octubre. Pietro Crespi le quitó del regazo la
canastilla de bordar y le apretó la mano entre las suyas.
«No soporto más esta espera —le dijo—. Nos casamos el mes
entrante.» Amaranta no tembló al contacto de sus manos
de hielo. Retiró la suya, como un animalito escurridizo, y
volvió a su labor.

—No seas ingenuo, Crespi —sonrió—, ni muerta me casaré
contigo.

Pietro Crespi perdió el dominio de sí mismo. Lloró sin
pudor, casi rompiéndose los dedos de desesperación, pero
no logró quebrantarla. «No pierdas el tiempo —fue todo
cuanto dijo Amaranta—. Si en verdad me quieres tanto, no
vuelvas a pisar esta casa.» Úrsula creyó enloquecer de vergüenza. Pietro Crespi agotó los recursos de la súplica. Llegó
a increíbles extremos de humillación. Lloró toda una tarde
en el regazo de Úrsula, que hubiera vendido el alma por
consolarlo. En noches de lluvia se le vio merodear por la

casa con un paraguas de seda, tratando de sorprender una luz en el dormitorio de Amaranta. Nunca estuvo mejor vestido que en esa época. Su augusta cabeza de emperador atormentado adquirió un extraño aire de grandeza. Importunó a las amigas de Amaranta, las que iban a bordar en el corredor, para que trataran de persuadirla. Descuidó los negocios. Pasaba el día en la trastienda, escribiendo esquelas desatinadas, que hacía llegar a Amaranta con membranas de pétalos y mariposas disecadas, y que ella devolvía sin abrir. Se encerraba horas y horas a tocar la cítara. Una noche cantó. Macondo despertó en una especie de estupor, angelizado por una cítara que no merecía ser de este mundo y una voz como no podía concebirse que hubiera otra en la tierra con tanto amor. Pietro Crespi vio entonces la luz en todas las ventanas del pueblo, menos en la de Amaranta. El dos de noviembre, día de todos los muertos, su hermano abrió el almacén y encontró todas las lámparas encendidas y todas las cajas musicales destapadas y todos los relojes trabados en una hora interminable, y en medio de aquel concierto disparatado encontró a Pietro Crespi en el escritorio de la trastienda, con las muñecas cortadas a navaja y las dos manos metidas en una palangana de benjuí.

Úrsula dispuso que se le velara en la casa. El padre Nicanor se oponía a los oficios religiosos y a la sepultura en tierra sagrada. Úrsula se le enfrentó. «De algún modo que ni usted ni yo podemos entender, ese hombre era un santo —dijo—. Así que lo voy a enterrar, contra su voluntad, junto a la tumba de Melquíades.» Lo hizo, con el respaldo de todo el pueblo, en funerales magníficos. Amaranta no abandonó el dormitorio. Oyó desde su cama el llanto de Úrsula, los pasos y murmullos de la multitud que invadió la casa, los aullidos de las plañideras, y luego un hondo silencio oloroso a flores pisoteadas. Durante mucho tiempo siguió sintiendo el hálito de lavanda de Pietro Crespi al atardecer, pero tuvo fuerzas para no sucumbir al delirio. Úrsula la abandonó. Ni siquiera levantó los ojos para apiadarse de ella, la tarde en que Amaranta entró en la cocina y puso la mano en las brasas del fogón, hasta que le dolió tanto que no sintió más dolor, sino la pestilencia de su propia carne chamuscada. Fue una cura de burro para el remordimiento. Durante varios días anduvo por la casa con la mano metida en un tazón con claras de huevo, y cuando sanaron las quemaduras pareció como si las claras de huevo hubieran cicatrizado también las úlceras de su corazón. La única huella externa que le dejó la tragedia fue la venda de gasa negra que se puso en la mano quemada, y que había de llevar hasta la muerte.

Arcadio dio una rara muestra de generosidad, al proclamar mediante un bando el duelo oficial por la muerte de Pietro Crespi. Úrsula lo interpretó como el regreso del cordero extraviado. Pero se equivocó. Había perdido a Arcadio, no desde que vistió el uniforme militar, sino desde siempre. Creía haberlo criado como a un hijo, como crió a Rebeca, sin privilegios ni discriminaciones. Sin embargo, Arcadio era un niño solitario y asustado durante la peste del insomnio, en medio de la fiebre utilitaria de Úrsula, de los delirios de José Arcadio Buendía, del hermetismo de Aureliano, de la rivalidad mortal entre Amaranta y Rebeca. Aureliano le enseñó a leer y escribir, pensando en otra cosa, como lo hubiera hecho un extraño. Le regalaba su ropa, para que Visitación la redujera, cuando ya estaba de tirar. Arcadio sufría con sus zapatos demasiado grandes, con sus pantalones remendados, con sus nalgas de mujer. Nunca logró comunicarse con nadie mejor que lo hizo con Visitación y Cataure en su lengua. Melquíades fue el único que en realidad se ocupó de él, que le hacía escuchar sus textos incomprensibles y le daba intrucciones sobre el arte de la daguerrotipia. Nadie se imaginaba cuánto lloró su muerte en secreto, y con qué desesperación trató de revivirlo en el estudio inútil de sus papeles. La escuela, donde se le ponía atención y se le respetaba, y luego el poder, con sus bandos terminantes y su uniforme de gloria, lo liberaron del peso de una antigua amargura. Una noche, en la tienda de Catarino, alguien se atrevió a decirle: «No mereces el apellido que llevas.» Al contrario de lo que todos esperaban, Arcadio no lo hizo fusilar.

—A mucha honra —dijo—, no soy un Buendía.

Quienes conocían el secreto de su filiación, pensaron por aquella réplica que también él estaba al corriente, pero en realidad no lo estuvo nunca. Pilar Ternera, su madre, que le había hecho hervir la sangre en el cuarto de daguerrotipia, fue para él una obsesión tan irresistible como lo fue primero para José Arcadio y luego para Aureliano. A pesar de que había perdido sus encantos y el esplendor de su risa, él la buscaba y la encontraba en el rastro de su olor de humo. Poco antes de la guerra, un mediodía en que ella fue más tarde que de costumbre a buscar a su hijo menor a la escuela, Arcadio la estaba esperando en el cuarto donde solía hacer la siesta, y donde después instaló el cepo. Mientras el niño jugaba en el patio, él esperó en la hamaca, temblando de ansiedad, sabiendo que Pilar Ternera tenía que pasar por ahí. Llegó. Arcadio la agarró por la muñeca y trató de meterla en la hamaca. «No puedo, no puedo —dijo Pilar Ternera horrorizirada—. No te imaginas cómo quisiera complacerte, pero Dios es testigo que no puedo.» Arcadio la agarró por la cintura con su tremenda fuerza hereditaria, y sintió que el mundo se borraba al contacto de su piel. «No te hagas la santa —decía—. Al fin, todo el mundo sabe que eres una puta.» Pilar se sobrepuso al asco que le inspiraba su miserable destino.

—Los niños se van a dar cuenta —murmuró—. Es mejor que esta noche dejes la puerta sin tranca.

Arcadio la esperó aquella noche tiritando de fiebre en la hamaca. Esperó sin dormir, oyendo los grillos alborotados de la madrugada sin término y el horario implacable de los alcaravanes, cada vez más convencido de que lo habían engañado. De pronto, cuando la ansiedad se había descompuesto en rabia, la puerta se abrió. Pocos meses después, frente al pelotón de fusilamiento, Arcadio había de revivir los pasos perdidos en el salón de clases, los tropiezos contra los escaños, y por último la densidad de un cuerpo en las tinieblas del cuarto y los latidos del aire bombeado por un corazón que no era el suyo. Extendió la mano y encontró otra mano con dos sortijas en un mismo dedo, que estaba a punto de naufragar en la oscuridad. Sintió la nervadura de sus venas, el pulso de su infortunio, y sintió la palma

húmeda con la línea de la vida tronchada en la base del
pulgar por el zarpazo de la muerte. Entonces comprendió
que no era esa la mujer que esperaba, porque no olía a
humo sino a brillantina de florecitas, y tenía los senos
inflados y ciegos con pezones de hombre, y el sexo pétreo y
redondo como una nuez, y la ternura caótica de la inexpe-
riencia exaltada. Era virgen y tenía el nombre inverosímil
de Santa Sofía de la Piedad. Pilar Ternera le había pagado
cincuenta pesos, la mitad de sus ahorros de toda la vida,
para que hiciera lo que estaba haciendo. Arcadio la había
visto muchas veces, atendiendo la tiendecita de víveres de
sus padres, y nunca se había fijado en ella, porque tenía la
rara virtud de no existir por completo sino en el momento
oportuno. Pero desde aquel día se enroscó como un gato al
calor de su axila. Ella iba a la escuela a la hora de la siesta,
con el consentimiento de sus padres, a quienes Pilar Ternera había pagado la otra mitad de sus ahorros. Más tarde,
cuando las tropas del gobierno las desalojaron del local, se
amaban entre las latas de manteca y los sacos de maíz de
la trastienda. Por la época en que Arcadio fue nombrado
jefe civil y militar, tuvieron una hija.

Los únicos parientes que se enteraron, fueron José
Arcadio y Rebeca, con quienes Arcadio mantenía entonces
relaciones íntimas, fundadas no tanto en el parentesco
como en la complicidad. José Arcadio había doblegado la
cerviz al yugo matrimonial. El carácter firme de Rebeca, la
voracidad de su vientre, su tenaz ambición, absorbieron la
descomunal energía del marido, que de holgazán y muje-
riego se convirtió en un enorme animal de trabajo. Tenían
una casa limpia y ordenada. Rebeca la abría de par en par
al amanecer, y el viento de las tumbas entraba por las ventanas y salía por las puertas del patio, y dejaba las paredes
blanqueadas y los muebles curtidos por el salitre de los
muertos. El hambre de tierra, el cloc cloc de los huesos de
sus padres, la impaciencia de su sangre frente a la pasi-
vidad de Pietro Crespi, estaban relegados al desván de la
memoria. Todo el día bordaba junto a la ventana, ajena a
la zozobra de la guerra, hasta que los potes de cerámica
empezaban a vibrar en el aparador y ella se levantaba a

calentar la comida, mucho antes de que aparecieran los escuálidos perros rastreadores y luego el coloso de polainas y espuelas y con escopeta de dos cañones, que a veces llevaba un venado al hombro y casi siempre un sartal de conejos o de patos silvestres. Una tarde, al principio de su gobierno, Arcadio fue a visitarlos de un modo intempestivo. No lo veían desde que abandonaron la casa, pero se mostró tan cariñoso y familiar que lo invitaron a compartir el guisado.

Sólo cuando tomaban el café reveló Arcadio el motivo de su visita: había recibido una denuncia contra José Arcadio. Se decía que empezó arando su patio y había seguido derecho por las tierras contiguas, derribando cercas y arrasando ranchos con sus bueyes, hasta apoderarse por la fuerza de los mejores predios del contorno. A los campesinos que no había despojado, porque no le interesaban sus tierras, les impuso una contribución que cobraba cada sábado con los perros de presa y la escopeta de dos cañones. No lo negó. Fundaba su derecho en que las tierras usurpadas habían sido distribuidas por José Arcadio Buendía en los tiempos de la fundación, y creía posible demostrar que su padre estaba loco desde entonces, puesto que dispuso de un patrimonio que en realidad pertenecía a la familia. Era un alegato innecesario, porque Arcadio no había ido a hacer justicia. Ofreció simplemente crear una oficina de registro de la propiedad para que José Arcadio legalizara los títulos de la tierra usurpada, con la condición de que delegara en el gobierno local el derecho de cobrar las contribuciones. Se pusieron de acuerdo. Años después, cuando el coronel Aureliano Buendía examinó los títulos de propiedad, encontró que estaban registradas a nombre de su hermano todas las tierras que se divisaban desde la colina de su patio hasta el horizonte, inclusive el cementerio, y que en los once meses de su mandato Arcadio había cargado no sólo con el dinero de las contribuciones, sino también con el que cobraba al pueblo por el derecho de enterrar a los muertos en predios de José Arcadio.

Úrsula tardó varios meses en saber lo que ya era del dominio público, porque la gente se lo ocultaba para no aumentarle el sufrimiento. Empezó por sospecharlo. «Arcadio está construyendo una casa —le confió con fingido orgullo a su marido, mientras trataba de meterle en la boca una cucharada de jarabe de totumo. Sin embargo, suspiró involuntariamente—: No sé por qué todo esto me huele mal.» Más tarde cuando se enteró de que Arcadio no sólo había terminado la casa sino que se había encargado un mobiliario vienés, confirmó la sospecha de que estaba disponiendo de los fondos públicos. «Eres la vergüenza de nuestro apellido», le gritó un domingo después de misa, cuando lo vio en la casa nueva jugando barajas con sus oficiales. Arcadio no le prestó atención. Sólo entonces supo Úrsula que tenía una hija de seis meses, y que Santa Sofía de la Piedad, con quien vivía sin casarse, estaba otra vez encinta. Resolvió escribirle al coronel Aureliano Buendía, en cualquier lugar en que se encontrara, para ponerlo al corriente de la situación. Pero los acontecimientos que se precipitaron por aquellos días no sólo impidieron sus propósitos, sino que la hicieron arrepentirse de haberlos concebido. La guerra, que hasta entonces no había sido más que una palabra para designar una circunstancia vaga y remota, se concretó en una realidad dramática. A fines de febrero llegó a Macondo una anciana de aspecto ceniciento, montada en un burro cargado de escobas. Parecía tan inofensiva, que las patrullas de vigilancia la dejaron pasar sin preguntas, como uno más de los vendedores que a menudo llegaban de los pueblos de la ciénaga. Fue directamente al cuartel. Arcadio la recibió en el local donde antes estuvo el salón de clases, y que entonces estaba transformado en una especie de campamento de retaguardia, con hamacas enrolladas y colgadas en las argollas y petates amontonados en los rincones, y fusiles y carabinas y hasta escopetas de cacería dispersos por el suelo. La anciana se cuadró en un saludo militar antes de identificarse:

—Soy el coronel Gregorio Stevenson.

Llevaba malas noticias. Los últimos focos de resistencia liberal, según dijo, estaban siendo exterminados. El coronel Aureliano Buendía, a quien había dejado batiéndose en retirada por los lados de Riohacha, le encomendó la misión de hablar con Arcadio. Debía entregar la plaza sin resistencia, poniendo como condición que se respetaran bajo palabra de honor la vida y las propiedades de los liberales. Arcadio examinó con una mirada de conmiseración a aquel extraño mensajero que habría podido confundirse con una abuela fugitiva.

—Usted, por supuesto, trae algún papel escrito —dijo.

—Por supuesto —contestó el emisario—, no lo traigo. Es fácil comprender que en las actuales circunstancias no se lleve encima nada comprometedor.

Mientras hablaba, se sacó del corpiño y puso en la mesa un pescadito de oro. «Creo que con esto será suficiente», dijo. Arcadio comprobó que en efecto era uno de los pescaditos hechos por el coronel Aureliano Buendía. Pero alguien podía haberlo comprado antes de la guerra, o haberlo robado, y no tenía por tanto ningún mérito de salvoconducto. El mensajero llegó hasta el extremo de violar un secreto de guerra para acreditar su identidad. Reveló que iba en misión a Curazao, donde esperaba reclutar exiliados de todo el Caribe y adquirir armas y pertrechos suficientes para intentar un desembarco a fin de año. Confiando en ese plan, el coronel Aureliano Buendía no era partidario de que en aquel momento se hicieran sacrificios inútiles. Pero Arcadio fue inflexible. Hizo encarcelar al mensajero, mientras comprobaba su identidad, y resolvió defender la plaza hasta la muerte.

No tuvo que esperar mucho tiempo. Las noticias del fracaso liberal fueron cada vez más concretas. A fines de marzo, en una madrugada de lluvias prematuras, la calma tensa de las semanas anteriores se resolvió abruptamente con un desesperado toque de corneta, seguido de un cañonazo que desbarató la torre del templo. En realidad, la voluntad de resistencia de Arcadio era una locura. No disponía de más de cincuenta hombres mal armados, con una dotación máxima de veinte cartuchos cada uno. Pero entre ellos, sus antiguos alumnos, excitados con proclamas altisonantes, estaban decididos a sacrificar el pellejo por una causa perdida. En medio del tropel de botas, de órdenes contradictorias, de cañonazos que hacían temblar la tierra, de disparos atolondrados y de toques de corneta sin sentido, el supuesto coronel Stevenson consiguió hablar con Arcadio. «Evíteme la indignidad de morir en el cepo con estos trapos de mujer —le dijo—. Si he de morir, que sea peleando.» Logró convencerlo. Arcadio ordenó que le entregaran un arma con veinte cartuchos y lo dejaron con cinco hombres defendiendo el cuartel, mientras él iba con su estado mayor a ponerse al frente de la resistencia. No alcanzó a llegar al camino de la ciénaga. Las barricadas habían sido despedazadas y los defensores se batían al descubierto en las calles, primero hasta donde les alcanzaba la dotación de los fusiles, y luego con pistolas contra fusiles y por último cuerpo a cuerpo. Ante la inminencia de la derrota, algunas mujeres se echaron a la calle armadas de palos y cuchillos de cocina. En aquella confusión, Arcadio encontró a Amaranta que andaba buscándolo como una loca, en camisa de dormir, con dos viejas pistolas de José Arcadio Buendía. Le dio su fusil a un oficial que había sido desarmado en la refriega, y se evadió con Amaranta por una calle adyacente para llevarla a casa. Úrsula estaba en la puerta, esperando, indiferente a las descargas que habían abierto una tronera en la fachada de la casa vecina. La lluvia cedía, pero las calles estaban resbaladizas y blandas como jabón derretido, y había que adivinar las distancias en la oscuridad. Arcadio dejó a Amaranta con Úrsula y trató de enfrentarse a dos soldados que soltaron una andanada ciega desde la esquina. Las viejas pistolas guardadas muchos años en un ropero no funcionaron. Protegiendo a Arcadio con su cuerpo, Úrsula intentó arrastrarlo hasta la casa.

—Ven, por Dios —le gritaba—. ¡Ya basta de locuras!

Los soldados los apuntaron.

—¡Suelte a ese hombre, señora —gritó uno de ellos—, o no respondemos!

Arcadio empujó a Úrsula hacia la casa y se entregó. Poco después terminaron los disparos y empezaron a repicar las campanas. La resistencia había sido aniquilada en menos de media hora. Ni uno solo de los hombres de Arcadio sobrevivió al asalto, pero antes de morir se llevaron por delante a trescientos soldados. El último baluarte fue el cuartel. Antes de ser atacado, el supuesto coronel Gregorio Stevenson puso en libertad a los presos y ordenó a sus hombres que salieran a batirse en la calle. La extraordinaria movilidad y la puntería certera con que disparó sus veinte cartuchos por las diferentes ventanas, dieron la impresión de que el cuartel estaba bien resguardado, y los atacantes lo despedazaron a cañonazos. El capitán que dirigió la operación se asombró de encontrar los escombros desiertos, y un solo hombre en calzoncillos, muerto, con el fusil sin carga, todavía agarrado por un brazo que había sido arrancado de cuajo. Tenía una frondosa cabellera de mujer enrollada en la nuca con una peineta, y en el cuello un escapulario con un pescadito de oro. Al voltearlo con la puntera de la bota para alumbrarle la cara, el capitán se quedó perplejo. «Mierda», exclamó. Otros oficiales se acercaron.

—Miren dónde vino a aparecer este hombre —les dijo el capitán—. Es Gregorio Stevenson.

Al amanecer, después de un consejo de guerra sumario, Arcadio fue fusilado contra el muro del cementerio. En las dos últimas horas de su vida no logró entender por qué había desaparecido el miedo que lo atormentó desde la infancia. Impasible, sin preocuparse siquiera por demostrar su reciente valor, escuchó los interminables cargos de la acusación. Pensaba en Úrsula, que a esa hora debía estar bajo el castaño tomando el café con José Arcadio Buendía. Pensaba en su hija de ocho meses, que aún no tenía nombre, y en el que iba a nacer en agosto. Pensaba en Santa Sofía de la Piedad, a quien la noche anterior dejó salando un venado para el almuerzo del sábado, y añoró su cabello chorreado sobre los hombros y sus pestañas que parecían artificiales. Pensaba en su gente sin sentimentalismos, en un severo ajuste de cuentas con la vida, empezando a comprender cuánto quería en realidad a las personas que más había odiado. El presidente del consejo de guerra inició su discurso final, antes de que Arcadio cayera en la cuenta de que habían transcurrido dos horas. «Aunque los cargos comprobados no tuvieran sobrados méritos —decía el presidente—, la temeridad irresponsable y criminal con que el acusado empujó a sus subordinados a una muerte inútil, bastaría para merecerle la pena capital.» En la escuela desportillada donde experimentó por primera vez la seguridad del poder, a pocos metros del cuarto donde conoció la incertidumbre del amor, Arcadio encontró ridículo el formalismo de la muerte. En realidad no le importaba la muerte sino la vida, y por eso la sensación que experimentó cuando pronunciaron la sentencia no fue una sensación de miedo sino de nostalgia. No habló mientras no le preguntaron cuál era su última voluntad.

—Díganle a mi mujer —contestó con voz bien timbrada— que le ponga a la niña el nombre de Úrsula —hizo una pausa y confirmó—: Úrsula, como la abuela. Y díganle también que si el que va a nacer nace varón, que le pongan José Arcadio, pero no por el tío, sino por el abuelo.

Antes de que lo llevaran al paredón, el padre Nicanor trató de asistirlo. «No tengo nada de qué arrepentirme», dijo Arcadio, y se puso a las órdenes del pelotón después de tomarse una taza de café negro. El jefe del pelotón, especialista en ejecuciones sumarias, tenía un nombre que era mucho más que una casualidad: capitán Roque Carnicero. Camino del cementerio, bajo la llovizna persistente, Arcadio observó que en el horizonte despuntaba un miércoles radiante. La nostalgia se desvanecía con la niebla y dejaba en su lugar una inmensa curiosidad. Sólo cuando le ordenaron ponerse de espaldas al muro, Arcadio vio a Rebeca con el pelo mojado y un vestido de flores rosadas, abriendo la casa de par en par. Hizo un esfuerzo para que lo reconociera. En efecto, Rebeca miró casualmente hacia el muro y se quedó paralizada de estupor, y apenas pudo reaccionar para hacerle a Arcadio una señal de adiós con la mano. Arcadio le contestó en la misma forma. En ese instante lo apuntaron las bocas ahumadas de los fusiles, y oyó letra por letra las encíclicas cantadas de Melquíades, y sintió los pasos perdidos de Santa Sofía de la Piedad, virgen, en el salón de clases, y experimentó en la nariz la misma dureza de hielo que le había llamado la atención en las fosas nasales del cadáver de Remedios. «¡Ah, carajo! —alcanzó a pensar—, se me olvidó decir que si nacía mujer la pusieran Remedios.» Entonces, acumulado en un zarpazo desgarrador, volvió a sentir todo el terror que le atormentó en la vida. El capitán dio la orden de fuego. Arcadio apenas tuvo tiempo de sacar el pecho y levantar la cabeza, sin comprender de dónde fluía el líquido ardiente que le quemaba los muslos.

—¡Cabrones! —gritó—. ¡Viva el partido liberal!

En mayo terminó la guerra. Dos semanas antes de que el gobierno hiciera el anuncio oficial, en una proclama altisonante que prometía un despiadado castigo para los promotores de la rebelión, el coronel Aureliano Buendía cayó prisionero cuando estaba a punto de alcanzar la frontera occidental disfrazado de hechicero indígena. De los veintiún hombres que lo siguieron en la guerra, catorce murieron en combate, seis estaban heridos, y sólo uno lo acompañaba en el momento de la derrota final: el coronel Gerineldo Márquez. La noticia de la captura fue dada en Macondo con un bando extraordinario. «Está vivo —le informó Úrsula a su marido—. Roguemos a Dios para que sus enemigos tengan clemencia.» Después de tres días de llanto, una tarde en que batía un dulce de leche en la cocina, oyó claramente la voz de su hijo muy cerca del oído. «Era Aureliano —gritó, corriendo hacia el castaño para darle la noticia al esposo—. No sé cómo ha sido el milagro, pero está vivo y vamos a verlo muy pronto.» Lo dio por hecho. Hizo lavar los pisos de la casa y cambiar la posición de los muebles. Una semana después, un rumor sin origen que no sería respaldado por el bando, confirmó dramáticamente el presagio. El coronel Aureliano Buendía había sido condenado a muerte, y la sentencia sería ejecutada en Macondo, para escarmiento de la población. Un lunes, a las diez y veinte de la mañana, Amaranta estaba vistiendo a Aureliano José, cuando percibió un tropel remoto y un toque de corneta, un segundo antes de que Úrsula irrumpiera en el cuarto con un grito: «Ya lo traen.» La tropa pugnaba por someter a culatazos a la muchedumbre desbordada. Úrsula y Amaranta corrieron hasta la esquina, abriéndose paso a empellones, y entonces lo vieron. Parecía un pordiosero. Tenía la ropa desgarrada, el cabello y la barba enmarañados, y estaba descalzo. Caminaba sin sentir el polvo abrasante, con las manos amarradas a la espalda con una soga que sostenía en la cabeza de su montura un oficial de a caballo. Junto a él, también astroso y derrotado, llevaban al coronel Gerineldo Márquez. No estaban tristes. Parecían más bien turbados por la muchedumbre que gritaba a la tropa toda clase de improperios.

—¡Hijo mío! —gritó Úrsula en medio de la algazara, y le dio un manotazo al soldado que trató de detenerla. El caballo del oficial se encabritó. Entonces el coronel Aureliano Buendía se detuvo, trémulo, esquivó los brazos de su madre y fijó en sus ojos una mirada dura.

—Váyase a casa, mamá —dijo—. Pida permiso a las autoridades y venga a verme a la cárcel.

Miró a Amaranta, que permanecía indecisa a dos pasos detrás de Úrsula, y le sonrió al preguntarle: «¿Qué te pasó en la mano?» Amaranta levantó la mano con la venda negra. «Una quemadura», dijo, y apartó a Úrsula para que no la atropellaran los caballos. La tropa disparó. Una guardia especial rodeó a los prisioneros y los llevó al trote al cuartel.

Al atardecer, Úrsula visitó en la cárcel al coronel Aureliano Buendía. Había tratado de conseguir el permiso a través de don Apolinar Moscote, pero éste había perdido toda autoridad frente a la omnipotencia de los militares. El padre Nicanor estaba postrado por una calentura hepática. Los padres del coronel Gerineldo Márquez, que no estaba condenado a muerte, habían tratado de verlo y fueron rechazados a culatazos. Ante la imposibilidad de conseguir intermediarios, convencida de que su hijo sería fusilado al amanecer, Úrsula hizo un envoltorio con las cosas que quería llevarle y fue sola al cuartel.

—Soy la madre del coronel Aureliano Buendía —se anunció.

Los centinelas le cerraron el paso. «De todos modos voy a entrar —les advirtió Úrsula—. De manera que si tienen orden de disparar, empiecen de una vez.» Apartó a uno de un empellón y entró a la antigua sala de clases, donde un grupo de soldados desnudos engrasaban sus armas. Un oficial en uniforme de campaña, sonrosado, con lentes de cristales muy gruesos y ademanes ceremoniosos, hizo a los centinelas una señal para que se retiraran.

—Soy la madre del coronel Aureliano Buendía —repitió Úrsula.

—Usted querrá decir —corrigió el oficial con una sonrisa amable— que es la señora madre del *señor* Aureliano Buendía.

Úrsula reconoció en su modo de hablar rebuscado la cadencia lánguida de la gente del páramo, los cachacos.

—Como usted diga, *señor* —admitió—, siempre que me permita verlo.

Había órdenes superiores de no permitir visitas a los condenados a muerte, pero el oficial asumió la responsabilidad de concederle una entrevista de quince minutos. Úrsula le mostró lo que llevaba en el envoltorio: una muda de ropa limpia, los botines que se puso su hijo para la boda, y el dulce de leche que guardaba para él desde el día en que presintió su regreso. Encontró al coronel Aureliano Buendía en el cuarto del cepo, tendido en un catre y con los brazos abiertos, porque tenía las axilas empedradas de golondrinos. Le habían permitido afeitarse. El bigote denso de puntas retorcidas acentuaba la angulosidad de sus pómulos. A Úrsula le pareció que estaba más pálido que cuando se fue, un poco más alto y más solitario que nunca. Estaba enterado de los pormenores de la casa: el suicidio de Pietro Crespi, las arbitrariedades y el fusilamiento de Arcadio, la impavidez de José Arcadio Buendía bajo el castaño. Sabía que Amaranta había consagrado su viudez de virgen a la crianza de Aureliano José, y que éste empezaba a dar muestras de muy buen juicio y leía y escribía al mismo tiempo que aprendía a hablar. Desde el momento en que entró al cuarto, Úrsula se sintió cohibida por la madurez de su hijo, por su aura de dominio, por el resplandor de autoridad que irradiaba su piel. Se sorprendió que estuviera tan bien informado. «Ya sabe usted que soy adivino —bromeó él. Y agregó en serio—: Esta mañana, cuando me trajeron, tuve la impresión de que ya había pasado por todo esto.» En verdad, mientras la muchedumbre tronaba a su paso, él estaba concentrado en sus pensamientos, asombrado de la forma en que había envejecido el pueblo en un año. Los almendros tenían las hojas rotas. Las casas pintadas de azul, pintadas luego de rojo y luego vueltas a pintar de azul, habían terminado por adquirir una coloración indefinible.

—¿Qué esperabas? —suspiró Úrsula—. El tiempo pasa.

—Así es —admitió Aureliano—, pero no tanto.

De este modo, la visita tanto tiempo esperada, para la que ambos habían preparado las preguntas e inclusive previsto las respuestas, fue otra vez la conversación cotidiana de siempre. Cuando el centinela anunció el término de la entrevista, Aureliano sacó de debajo de la estera del catre un rollo de papeles sudados. Eran sus versos. Los inspirados por Remedios, que había llevado consigo cuando se fue, y los escritos después, en las azarosas pausas de la guerra. «Prométame que no los va a leer nadie —dijo—. Esta misma noche encienda el horno con ellos.» Úrsula lo prometió y se incorporó para darle un beso de despedida.

—Te traje un revólver —murmuró.

El coronel Aureliano Buendía comprobó que el centinela no estaba a la vista. «No me sirve de nada —replicó en voz baja—. «Pero démelo, no sea que la registren a la salida.» Úrsula sacó el revólver del corpiño y él lo puso debajo de la estera del catre. «Y ahora no se despida —concluyó con un énfasis calmado—. No suplique a nadie ni se rebaje ante nadie. Hágase el cargo que me fusilaron hace mucho tiempo.» Úrsula se mordió los labios para no llorar.

—Ponte piedras calientes en los golondrinos —dijo.

Dio media vuelta y salió del cuarto. El coronel Aureliano Buendía permaneció de pie, pensativo, hasta que se cerró la puerta. Entonces volvió a acostarse con los brazos abiertos. Desde el principio de la adolescencia, cuando empezó a ser consciente de sus presagios, pensó que la

muerte había de anunciarse con una señal definida, inequívoca, irrevocable, pero le faltaban pocas horas para morir,
y la señal no llegaba. En cierta ocasión una mujer muy
bella entró a su campamento de Tucurinca y pidió a los
centinelas que le permitieran verlo. La dejaron pasar,
porque conocían el fanatismo de algunas madres que
enviaban a sus hijas al dormitorio de los guerreros más
notables, según ellas mismas decían, para mejorar la raza.
El coronel Aureliano Buendía estaba aquella noche terminando el poema del hombre que se había extraviado en la
lluvia, cuando la muchacha entró al cuarto. Él le dio la
espalda para poner la hoja en la gaveta con llave donde
guardaba sus versos. Y entonces lo sintió. Agarró la pistola
en la gaveta sin volver la cara.

—No dispare, por favor —dijo.

Cuando se volvió con la pistola montada, la muchacha
había bajado la suya y no sabía qué hacer. Así había
logrado eludir cuatro de once emboscadas. En cambio,
alguien que nunca fue capturado entró una noche al
cuartel revolucionario de Manaure y asesinó a puñaladas a
su íntimo amigo, el coronel Magnífico Visbal, a quien había
cedido el catre para que sudara una calentura. A pocos
metros, durmiendo en una hamaca en el mismo cuarto, él
no se dio cuenta de nada. Eran inútiles sus esfuerzos por
sistematizar los presagios. Se presentaban de pronto, en
una ráfaga de lucidez sobrenatural, como una convicción
absoluta y momentánea, pero inasible. En ocasiones eran
tan naturales, que no las —dentificaba como presagios sino
cuando se cumplían. Otras veces eran terminantes y no se
cumplían. Con frecuencia no eran más que golpes vulgares
de superstición. Pero cuando lo condenaron a muerte y le
pidieron expresar su última voluntad, no tuvo la menor dificultad para identificar el presagio que le inspiró la respuesta:

—Pido que la sentencia se cumpla en Macondo —dijo.

El presidente del tribunal se disgustó.

—No sea vivo, Buendía —le dijo—. Es una estratagema
para ganar tiempo.

—Si no la cumplen, allá ustedes —dijo el coronel—, pero
esa es mi última voluntad.

Desde entonces lo habían abandonado los presagios. El día en que Úrsula lo visitó en la cárcel, después de mucho pensar, llegó a la conclusión de que quizá la muerte no se anunciaría aquella vez, porque no dependía del azar sino de la voluntad de sus verdugos. Pasó la noche en vela atormentado por el dolor de los golondrinos. Poco antes del alba oyó pasos en el corredor. «Ya vienen», se dijo, y pensó sin motivo en José Arcadio Buendía, que en aquel momento estaba pensando en él, bajo la madrugada lúgubre del castaño. No sintió miedo, ni nostalgia, sino una rabia intestinal ante la idea de que aquella muerte artificiosa no le permitiría conocer el final de tantas cosas que dejaba sin terminar. La puerta se abrió y entró el centinela con un tazón de café. Al día siguiente a la misma hora todavía estaba como entonces, rabiando con el dolor de las axilas, y ocurrió exactamente lo mismo. El jueves compartió el dulce de leche con los centinelas y se puso la ropa limpia, que le quedaba estrecha, y los botines de charol. Todavía el viernes no lo habían fusilado.

En realidad, no se atrevían a ejecutar la sentencia. La rebeldía del pueblo hizo pensar a los militares que el fusilamiento del coronel Aureliano Buendía tendría graves consecuencias políticas no sólo en Macondo sino en todo el ámbito de la ciénaga, así que consultaron a las autoridades de la capital provincial. La noche del sábado, mientras esperaban la respuesta, el capitán Roque Carnicero fue con otros oficiales a la tienda de Catarino. Sólo una mujer, casi presionada con amenazas, se atrevió a llevarlo al cuarto. «No se quieren acostar con un hombre que saben que se va a morir —le confesó ella—. Nadie sabe cómo será, pero todo el mundo anda diciendo que el oficial que fusile al coronel Aureliano Buendía, y todos los soldados del pelotón, uno por uno, serán asesinados sin remedio, tarde o temprano, así se escondan en el fin del mundo.» El capitán Roque Carnicero lo comentó con los otros oficiales, y éstos lo comentaron con sus superiores. El domingo, aunque nadie lo había revelado con franqueza, aunque ningún acto militar había turbado la calma tensa de aquellos días, todo el pueblo sabía que los oficiales estaban dispuestos a eludir con toda clase de pretextos la responsabilidad de la ejecución. En el correo del lunes llegó la orden oficial: la ejecución debía cumplirse en el término de veinticuatro horas. Esa noche los oficiales metieron en una gorra siete papeletas con sus nombres, y el inclemente destino del capitán Roque Carnicero lo señaló con la papeleta premiada. «La mala suerte no tiene resquicios —dijo él con profunda amargura—. Nací hijo de puta y muero hijo de puta.» A las cinco de la mañana eligió el pelotón por sorteo, lo formó en el patio, y despertó al condenado con una frase premonitoria:

—Vamos Buendía —le dijo—. Nos llegó la hora.

—Así que era esto —replicó el coronel—. Estaba soñando que se me habían reventado los golondrinos.

Rebeca Buendía se levantaba a las tres de la madrugada desde que supo que Aureliano sería fusilado. Se quedaba en el dormitorio a oscuras, vigilando por la ventana entreabierta el muro del cementerio, mientras la cama en que estaba sentada se estremecía con los ronquidos de José Arcadio. Esperó toda la semana con la misma obstinación recóndita con que en otra época esperaba las cartas de Pietro Crespi. «No lo fusilarán aquí —le decía José Arcadio—. Lo fusilarán a media noche en el cuartel para que nadie sepa quién formó el pelotón, y lo enterrarán allá mismo.» Rebeca siguió esperando. «Son tan brutos que lo fusilarán aquí» —decía—. Tan segura estaba, que había previsto la forma en que abriría la puerta para decirle adiós con la mano. «No lo van a treer por la calle —insistía José Arcadio—, con sólo seis soldados asustados, sabiendo que la gente está dispuesta a todo.» Indiferente a la lógica de su marido, Rebeca continuaba en la ventana.

—Ya verás que son así de brutos —decía.

El martes a las cinco de la mañana José Arcadio había tomado el café y soltado los perros, cuando Rebeca cerró la ventana y se agarró de la cabecera de la cama para no caer. «Ahí lo traen —suspiró. Qué hermoso está.» José Arcadio se asomó a la ventana, y lo vio, trémulo en la claridad del alba, con unos pantalones que habían sido suyos en la juventud. Estaba ya de espaldas al muro y tenía las

manos apoyadas en la cintura porque los nudos ardientes
de las axilas le impedían bajar los brazos. «Tanto joderse
uno —murmuraba el coronel Aureliano Buendía—. Tanto
joderse para que lo maten a uno seis maricas sin poder
hacer nada.» Lo repetía con tanta rabia, que casi parecía
fervor, y el capitan Roque Carnicero se conmovió porque
creyó que estaba rezando. Cuando el pelotón lo apuntó, la
rabia se había materializado en una sustancia viscosa y
amarga que le adormeció la lengua y lo obligó a cerrar los
ojos. Entonces desapareció el resplandor de aluminio del
amanecer, y volvió a verse a sí mismo, muy niño, con pantalones cortos y un lazo en el cuello, y vio a su padre en
una tarde espléndida conduciéndolo al interior de la carpa,
y vio el hielo. Cuando oyó el grito, creyó que era orden final
al pelotón. Abrió los ojos con una curiosidad de escalofrío,
esperando encontrarse con la trayectoria incandescente de
los proyectiles, pero sólo encontró al capitán Roque Carnicero con los brazos en alto, y a José Arcadio atravesando la
calle con su escopeta pavorosa lista para disparar.

—No haga fuego —le dijo el capitán a José Arcadio—.
Usted viene mandado por la Divina Providencia.

Allí empezó otra guerra. El capitán Roque Carnicero y
sus seis hombres se fueron con el coronel Aureliano
Buendía a liberar al general revolucionario Victorio
Medina, condenado a muerte en Riohacha. Pensaron ganar
tiempo atravesando la sierra por el camino que siguió José
Arcadio Buendía para fundar a Macondo, pero antes de
una semana se convencieron de que era una empresa imposible. De modo que tuvieron que hacer la peligrosa ruta de
las estribaciones, sin más municiones que las del pelotón de
fusilamiento. Acampaban cerca de los pueblos, y uno de
ellos, con un pescadito de oro en la mano, entraba disfrazado a pleno día y hacía contacto con los liberales en
reposo, que a la mañana siguiente salían a cazar y no
regresaban nunca. Cuando avistaron a Riohacha desde un
recodo de la sierra, el general Victorio Medina había sido
fusilado. Los hombres del coronel Aureliano Buendía lo
proclamaron jefe de las fuerzas revolucionarias del litoral
del Caribe, con el grado de general. Él asumió el cargo,

pero rechazó el ascenso, y se puso a sí mismo la condición
de no aceptarlo mientras no derribaran el régimen conservador. Al cabo de tres meses habían logrado armar a más
de mil hombres, pero fueron exterminados. Los sobrevivientes alcanzaron la frontera oriental. La próxima vez que
se supo de ellos habían desembarcado en el Cabo de la
Vela, procedentes del archipiélago de las Antillas, y un
parte, del gobierno divulgado por telégrafo y publicado en
bandos jubilosos por todo el país, anunció la muerte del
coronel Aureliano Buendía. Pero dos días después, un telegrama múltiple que casi le dio alcance al anterior, anunciaba otra rebelión en los llanos del sur. Así empezó la
leyenda de la ubicuidad del coronel Aureliano Buendía.
Informaciones simultáneas y contradictorias lo declaraban
victorioso en Villanueva, derrotado en Guacamayal, demo-
rado por los indios Motilones, muerto en una aldea de la
ciénaga y otra vez sublevado en Urumita. Los dirigentes
liberales que en aquel momento estaban negociando una
participación en el parlamento, lo señalaron como un aven-
turero sin representación de partido. El gobierno nacional
lo asimiló a la categoría de bandolero y puso a su cabeza
un precio de cinco mil pesos. Al cabo de dieciséis derrotas,
el coronel Aureliano Buendía salió de la Guajira con dos
mil indígenas bien armados, y la guarnición sorprendida
durante el sueño abandonó Riohacha. Allí estableció su
cuartel general, y proclamó la guerra total contra el
régimen. La primera notificación que recibió del gobierno
fue la amenaza de fusilar al coronel Gerineldo Márquez en
el término de cuarenta y ocho horas, si no se replegaba con
sus fuerzas hasta la frontera oriental. El coronel Roque
Carnicero, que entonces era jefe de su estado mayor, le
entregó el telegrama con un gesto de consternación, pero él
lo leyó con imprevisible alegría.

—¡Qué bueno! —exclamó—. Ya tenemos telégrafo en Macondo.

Su respuesta fue terminante. En tres meses esperaba
establecer su cuartel general en Macondo. Si entonces no
encontraba vivo al coronel Gerineldo Márquez, fusilaría sin
fórmula de juicio a toda la oficialidad que tuviera prisio-

nera en ese momento, empezando por los generales, e impartiría órdenes a sus subordinados para que procedieran en igual forma hasta el término de la guerra. Tres meses después, cuando entró victorioso a Macondo, el primer abrazo que recibió en el camino de la ciénaga fue el del coronel Gerineldo Márquez.

La casa estaba llena de niños. Úrsula había recogido a Santa Sofía de la Piedad, con la hija mayor y un par de gemelos que nacieron cinco meses después del fusilamiento de Arcadio. Contra la última voluntad del fusilado, bautizó a la niña con el nombre de Remedios. «Estoy segura que eso fue lo que Arcadio quiso decir —alegó—. No la pondremos Úrsula, porque se sufre mucho con ese nombre.» A los gemelos les puso José Arcadio Segundo y Aureliano Segundo. Amaranta se hizo cargo de todos. Colocó asientitos de madera en la sala, y estableció un parvulario con otros niños de familias vecinas. Cuando regresó el coronel Aureliano Buendía, entre estampidos de cohetes y repiques de campanas, un coro infantil le dio la bienvenida en la casa. Aureliano José, largo como su abuelo, vestido de oficial revolucionario, le rindió honores militares.

No todas las noticias eran buenas. Un año después de la fuga del coronel Aureliano Buendía, José Arcadio y Rebeca se fueron a vivir en la casa construida por Arcadio. Nadie se enteró de su intervención para impedir el fusilamiento. En la casa nueva, situada en el mejor rincón de la plaza, a la sombra de un almendro privilegiado con tres nidos de petirrojos, con una puerta grande para las visitas y cuatro ventanas para la luz, establecieron un hogar hospitalario. Las antiguas amigas de Rebeca, entre ellas cuatro hermanas Moscote que continuaban solteras, reanudaron las sesiones de bordado interrumpidas años antes en el corredor de las begonias. José Arcadio siguió disfrutando de las tierras usurpadas, cuyos títulos fueron reconocidos por el gobierno conservador. Todas las tardes se le veía regresar a caballo, con sus perros montunos y su escopeta de dos cañones, y un sartal de conejos colgados en la montura. Una tarde de septiembre, ante la amenaza de una tormenta, regresó a casa más temprano que de costumbre.

Saludó a Rebeca en el comedor, amarró los perros en el patio, colgó los conejos en la cocina para salarlos más tarde y fue al dormitorio a cambiarse de ropa. Rebeca declaró después que cuando su marido entró al dormitorio ella se encerró en el baño y no se dio cuenta de nada. Era una versión difícil de creer, pero no había otra más verosímil, y nadie pudo concebir un motivo para que Rebeca asesinara al hombre que la había hecho feliz. Ese fue tal vez el único misterio que nunca se esclareció en Macondo. Tan pronto como José Arcadio cerró la puerta del dormitorio, el estampido de un pistoletazo retumbó la casa. Un hilo de sangre salió por debajo de la puerta, atravesó la sala, salió a la calle, siguió en un curso directo por los andenes disparejos, descendió escalinatas y subió pretiles, pasó de largo por la calle de los Turcos, dobló una esquina a la derecha y otra a la izquierda, volteó en ángulo recto frente a la casa de los Buendía, pasó por debajo de la puerta cerrada, atravesó la sala de visitas pegado a las paredes para no manchar los tapices, siguió por la otra sala, eludió en una curva amplia la mesa del comedor, avanzó por el corredor de las begonias y pasó sin ser visto por debajo de la silla de Amaranta que daba una lección de aritmética a Aureliano José, y se metió por el granero y apareció en la cocina donde Úrsula se disponía a partir treinta y seis huevos para el pan.

—¡Ave María Purísima! —gritó Úrsula.

Siguió el hilo de sangre en sentido contrario, y en busca de su origen atravesó el granero, pasó por el corredor de las begonias donde Aureliano José cantaba que tres y tres son seis y seis y tres son nueve, y atravesó el comedor y las salas y siguió en línea recta por la calle, y dobló luego a la derecha y después a la izquierda hasta la calle de los Turcos, sin recordar que todavía llevaba puestos el delantal de hornear y las babuchas caseras, y salió a la plaza y se metió por la puerta de una casa donde no había estado nunca, y empujó la puerta del dormitorio y casi se ahogó con el olor a pólvora quemada, y encontró a José Arcadio tirado boca abajo en el suelo sobre las polainas que se acababa de quitar, y vio el cabo original del hilo de sangre que ya había dejado de fluir de su oído derecho. No

encontraron ninguna herida en su cuerpo ni pudieron loca-
lizar el arma. Tampoco fue posible quitar el penetrante olor
a pólvora del cadáver. Primero lo lavaron tres veces con
jabón y estropajo, después lo frotaron con sal y vinagre,
luego con ceniza y limón, y por último lo metieron en un
tonel de lejía y lo dejaron reposar seis horas. Tanto lo res-
tregaron que los arabescos del tatuaje empezaban a decolo-
rarse. Cuando concibieron el recurso desesperado de sazo-
narlo con pimienta y comino y hojas de laurel y hervirlo un
día entero a fuego lento, ya había empezado a descomponerse y tuvieron que enterrarlo a las volandas. Lo ence-
rraron herméticamente en un ataúd especial de dos metros
y treinta centímetros de largo y un metro y diez centímetros de ancho, reforzado por dentro con planchas de hierro
y atornillado con pernos de acero, y aun así se percibía el
olor en las calles por donde pasó el entierro. El padre
Nicanor, con el hígado hinchado y tenso como un tambor,
le echó la bendición desde la cama. Aunque en los meses
siguientes reforzaron la tumba con muros superpuestos y
echaron entre ellos ceniza apelmazada, aserrín y cal viva,
el cementerio siguió oliendo a pólvora hasta muchos años
después, cuando los ingenieros de la compañía bananera
recubrieron la sepultura con una coraza de hormigón. Tan
pronto como sacaron el cadáver, Rebeca cerró las puertas
de su casa y se enterró en vida, cubierta con una gruesa
costra de desdén que ninguna tentación terrenal consiguió
romper. Salió a la calle en una ocasión, ya muy vieja, con
unos zapatos color de plata antigua y un sombrero de flores
minúsculas, por la época en que pasó por el pueblo el Judío
Errante y provocó un calor tan intenso que los pájaros rompían las alambreras de las ventanas para morir en los dormitorios. La última vez que alguien la vio con vida fue
cuando mató de un tiro certero a un ladrón que trató de
forzar la puerta de su casa. Salvo Argénida, su criada y
confidente, nadie volvió a tener contacto con ella desde
entonces. En un tiempo se supo que escribía cartas al
Obispo, a quien consideraba como su primo hermano, pero
nunca se dijo que hubiera recibido respuesta. El pueblo la
olvidó.

A pesar de su regreso triunfal, el coronel Aureliano Buendía no se entusiasmaba con las apariencias. Las tropas del gobierno abandonaban las plazas sin resistencia, y eso suscitaba en la población liberal una ilusión de victoria que no convenía defraudar, pero los revolucionarios conocían la verdad, y más que nadie el coronel Aureliano Buendía. Aunque en ese momento mantenía más de cinco mil hombres bajo su mando y dominaba dos estados del litoral, tenía conciencia de estar acorralado contra el mar, y metido en una situación política tan confusa que cuando ordenó restaurar la torre de la iglesia desbaratada por un cañonazo del ejército, el padre Nicanor comentó en su lecho de enfermo: «Esto es un disparate: los defensores de la fe de Cristo destruyen el templo y los masones lo mandan componer.» Buscando una tronera de escape pasaba horas y horas en la oficina telegráfica, conferenciando con los jefes de otras plazas, y cada vez salía con la impresión más definida de que la guerra estaba estancada. Cuando se recibían noticias de nuevos triunfos liberales se proclamaban con bandos de júbilo, pero él medía en los mapas su verdadero alcance, y comprendía que sus huestes estaban penetrando en la selva, defendiéndose de la malaria y los mosquitos, avanzando en sentido contrario al de la realidad. «Estamos perdiendo el tiempo —se quejaba ante sus oficiales—. Estaremos perdiendo el tiempo mientras los cabrones del partido estén mendigando un asiento en el congreso.» En noches de vigilia, tendido boca arriba en la hamaca que colgaba en el mismo cuarto en que estuvo condenado a muerte, evocaba la imagen de los abogados vestidos de negro que abandonaban el palacio presidencial en el hielo de la madrugada con el cuello de los abrigos levantado hasta las orejas, frotándose las manos, cuchicheando, refugiándose en los cafetines lúgubres del amanecer, para especular sobre lo que quiso decir el presidente cuando dijo que sí, o lo que quiso decir cuando dijo que no, y para suponer inclusive lo que el presidente estaba pensando cuando dijo una cosa enteramente distinta, mientras él espantaba mosquitos a treinta y cinco grados de temperatura, sintiendo aproximarse al alba temible en que tendría que dar a sus hombres la orden de tirarse al mar.

Una noche de incertidumbre en que Pilar Ternera cantaba en el patio con la tropa, él pidió que le leyera el porvenir en las barajas. «Cuídate la boca —fue todo lo que sacó en claro Pilar Ternera después de extender y recoger los naipes tres veces—. No sé lo que quiere decir, pero la señal es muy clara: cuídate la boca.» Dos días después alguien le dio a un ordenanza un tazón de café sin azúcar, y el ordenanza se lo pasó a otro, y éste a otro, hasta que llegó de mano en mano al despacho del coronel Aureliano Buendía. No había pedido café, pero ya que estaba ahí, el coronel se lo tomó. Tenía una carga de nuez vómica suficiente para matar un caballo. Cuando lo llevaron a su casa estaba tieso y arqueado y tenía la lengua partida entre los dientes. Úrsula se lo disputó a la muerte. Después de limpiarle el estómago con vomitivos, lo envolvió en frazadas calientes y le dio claras de huevos durante dos días, hasta que el cuerpo estragado recobró la temperatura normal. Al cuarto día estaba fuera de peligro. Contra su voluntad, presionado por Úrsula y los oficiales, permaneció en la cama una semana más. Sólo entonces supo que no habían quemado sus versos. «No me quise precipitar —le explicó Úrsula—. Aquella noche, cuando iba a prender el horno, me dije que era mejor esperar que trajeran el cadáver.» En la neblina de la convalecencia, rodeado de las polvorientas muñecas de Remedios, el coronel Aureliano Buendía evocó en la lectura de sus versos los instantes decisivos de su existencia. Volvió a escribir. Durante muchas horas, al margen de los sobresaltos de una guerra sin futuro, resolvió en versos rimados sus experiencias a la orilla de la muerte. Entonces sus pensamientos se hicieron tan claros, que pudo examinarlos al derecho y al revés. Una noche le preguntó al coronel Gerineldo Márquez:

—Dime una cosa, compadre: ¿por qué estás peleando?

—Por qué ha de ser, compadre —contestó el coronel Gerineldo Márquez—: por el gran partido liberal.

Dichoso tú que lo sabes —contestó él—. Yo, por mi parte, apenas ahora me doy cuenta que estoy peleando por orgullo.

—Eso es malo· —dijo el coronel Gerineldo Márquez.

Al coronel Aureliano Buendía le divirtió su alarma. «Naturalmente —dijo—. Pero en todo caso, es mejor eso, que no saber por qué se pelea.» Lo miró a los ojos, y agregó sonriendo:

—O que pelear como tú por algo que no significa nada para nadie.

Su orgullo le había impedido hacer contactos con los grupos armados del interior del país, mientras los dirigentes del partido no rectificaran en público su declaración de que era un bandolero. Sabía, sin embargo, que tan pronto como pusiera de lado esos escrúpulos rompería el círculo vicioso de la guerra. La convalecencia le permitió reflexionar. Entonces consiguió que Úrsula le diera el resto de la herencia enterrada y sus cuantiosos ahorros; nombró al coronel Gerineldo Márquez jefe civil y militar de Macondo, y se fue a establecer contacto con los grupos rebeldes del interior.

El coronel Gerineldo Márquez no sólo era el hombre de más confianza del coronel Aureliano Buendía, sino que Úrsula lo recibía como un miembro de la familia. Frágil, tímido, de una buena educación natural, estaba, sin embargo, mejor constituido para la guerra que para el gobierno. Sus asesores políticos lo enredaban con facilidad en laberintos teóricos. Pero consiguió imponer en Macondo el ambiente de paz rural con que soñaba el coronel Aureliano Buendía para morirse de viejo fabricando pescaditos de oro. Aunque vivía en casa de sus padres, almorzaba donde Úrsula dos o tres veces por semana. Inició a Aureliano José en el manejo de las armas de fuego, le dio una instrucción militar prematura y durante varios meses lo llevó a vivir al cuartel, con el consentimiento de Úrsula, para que se fuera haciendo hombre. Muchos años antes, siendo casi un niño, Gerineldo Márquez había declarado su amor a Amaranta. Ella estaba entonces tan ilusionada con su pasión solitaria por Pietro Crespi, que se rio de él. Gerineldo Márquez esperó. En cierta ocasión le envió a Amaranta un papelito desde la cárcel, pidiéndole el favor de bordar una docena de pañuelos de batista con las iniciales de su padre. Le mandó el dinero. Al cabo de una semana, Amaranta le llevó a la cárcel la docena de pañuelos bordados, junto con el dinero, y se quedaron varias horas hablando del pasado. «Cuando salga de aquí me casaré contigo», le dijo Gerineldo Márquez al despedirse. Amaranta se rio, pero siguió pensando en él mientras enseñaba a leer a los niños, y deseó revivir para él su pasión juvenil por Pietro Crespi. Los sábados, día de visita a los presos, pasaba por casa de los padres de Gerineldo Márquez y los acompañaba a la cárcel. Uno de esos sábados, Úrsula se sorprendió al verla en la cocina, esperando a que salieran los bizcochos del horno para escoger los mejores y envolverlos en una servilleta que había bordado para la ocasión.

—Cásate con él —le dijo—. Difícilmente encontrarás otro hombre como ese.

Amaranta fingió una reacción de disgusto.

—No necesito andar cazando hombres —replicó—. Le llevo estos bizcochos a Gerineldo porque me da lástima que tarde o temprano lo van a fusilar.

Lo dijo sin pensarlo, pero fue por esa época que el gobierno hizo pública la amenaza de fusilar al coronel Gerineldo Márquez si las fuerzas rebeldes no entregaban a Riohacha. Las visitas se suspendieron. Amaranta se encerró a llorar, agobiada por un sentimiento de culpa semejante al que la atormentó cuando murió Remedios, como si otra vez hubieran sido sus palabras irreflexivas las responsables de una muerte. Su madre la consoló. Le aseguró que el coronel Aureliano Buendía haría algo por impedir el fusilamiento, y prometió que ella misma se encargaría de atraer a Gerineldo Márquez, cuando terminara la guerra. Cumplió la promesa antes del término previsto. Cuando Gerineldo Márquez volvió a la casa investido de su nueva dignidad de jefe civil y militar, lo recibió como a un hijo, concibió exquisitos halagos para retenerlo, y rogó con todo el ánimo de su corazón que recordara su propósito de casarse con Amaranta. Sus súplicas parecían certeras. Los días en que iba a almorzar a la casa, el coronel Gerineldo Márquez se quedaba la tarde en el corredor de las begonias jugando damas chinas con Amaranta. Úrsula les llevaba café con leche y bizcochos y se hacía cargo de los niños para que no los molestaran. Amaranta, en realidad, se esforzaba por encender en su corazón las cenizas olvidadas de su pasión juvenil. Con una ansiedad que llegó a ser intolerable esperó los días de almuerzos, las tardes de damas chinas, y el tiempo se le iba volando en compañía de aquel guerrero de nombre nostálgico cuyos dedos temblaban imperceptible-mente al mover las fichas. Pero el día en que el coronel Gerineldo Márquez le reiteró su voluntad de casarse, ella lo rechazó.

—No me casaré con nadie —le dijo—, pero menos contigo. Quieres tanto a Aureliano que te vas a casar conmigo porque no puedes casarte con él.

El coronel Gerineldo Márquez era un hombre paciente. «Volveré a insistir —dijo—. Tarde o temprano te convenceré.» Siguió visitando la casa. Encerrada en el dormitorio, mordiendo un llanto secreto, Amaranta se metía los dedos en los oídos para no escuchar la voz del pretendiente que le contaba a Úrsula las últimas noticias de la guerra, y a pesar de que se moría por verlo, tuvo fuerzas para no salir a su encuentro.

El coronel Aureliano Buendía disponía entonces de tiempo para enviar cada dos semanas un informe pormeno-rizado a Macondo. Pero sólo una vez, casi ocho meses después de haberse ido, le escribió Úrsula. Un emisario especial llevó a la casa un sobre lacrado, dentro del cual había un papel escrito con la caligrafía preciosista del coronel: *Cuiden mucho a papá porque se va a morir.* Úrsula se alarmó: «Si Aureliano lo dice, Aureliano lo sabe», dijo. Y pidió ayuda para llevar a José Arcadio Buendía a su dormi-torio. No sólo era tan pesado como siempre, sino que en su prolongada estancia bajo el castaño había desarrollado la facultad de aumentar de peso voluntariamente, hasta el punto de que siete hombres no pudieron con él y tuvieron que llevarlo a rastras a la cama. Un tufo de hongos tiernos, de flor de palo, de antigua y reconcentrada intemperie impregnó el aire del dormitorio cuando empezó a respirarlo el viejo colosal macerado por el sol y la lluvia. Al día siguiente no amaneció en la cama. Después de buscarlo por todos los cuartos, Úrsula lo encontró otra vez bajo el castaño. Entonces lo amarraron a la cama. A pesar de su fuerza intacta, José Arcadio Buendía no estaba en condiciones de luchar. Todo le daba lo mismo. Si volvió al castaño no fue por su voluntad sino por una costumbre del cuerpo. Úrsula lo atendía, le daba de comer, le llevaba noticias de Aureliano. Pero en realidad, la única persona con quien él podía tener contacto desde hacía mucho tiempo, era Prudencio Aguilar. Ya casi pulverizado por la profunda decrepitud de la muerte, Prudencio Aguilar iba dos veces al día a conversar con él. Hablaban de gallos. Se prometían establecer un criadero de animales magníficos, no tanto por disfrutar de unas victorias que entonces no les harían falta, sino por tener algo con qué distraerse en los tediosos domingos de la muerte. Era Prudencio Aguilar quien lo limpiaba, le daba de comer y le llevaba noticias espléndidas de un desconocido que se llamaba Aureliano y que era coronel en la guerra. Cuando estaba solo, José Arcadio Buendía se consolaba con el sueño de los cuartos infinitos. Soñaba que se levantaba de la cama, abría la puerta y pasaba a otro cuarto igual, con la misma cama de cabecera de hierro forjado, el mismo sillón de mimbre y el mismo cuadrito de la Virgen de los Remedios en la pared del fondo. De ese cuarto pasaba a otro exactamente igual, cuya puerta abría para pasar a otro exactamente igual, y luego a otro exactamente igual, hasta el infinito. Le gustaba irse de cuarto en cuarto, como en una galería de espejos paralelos, hasta que Prudencio Aguilar le tocaba el hombro. Entonces regresaba de cuarto en cuarto, despertando hacia atrás, recorriendo el camino inverso, y encontraba a Prudencio Aguilar en el cuarto de la realidad. Pero una noche, dos semanas después de que lo llevaron a la cama, Prudencio Aguilar le tocó el hombro en un cuarto intermedio, y él se quedó allí para siempre, creyendo que era el cuarto real. A la mañana siguiente Úrsula le llevaba el desayuno cuando vio acercarse un hombre por el corredor. Era pequeño y macizo, con un traje de paño negro y un sombrero también negro, enorme, hundido hasta los ojos taciturnos. «Dios mío —pensó Úrsula—. Hubiera jurado que era Melquíades.» Era

Cataure, el hermano de Visitación, que había abandonado la casa huyendo de la peste del insomnio, y de quien nunca se volvió a tener noticia. Visitación le preguntó por qué había vuelto, y él le contestó en su lengua solemne:

—He venido al sepelio del rey.

Entonces entraron al cuarto de José Arcadio Buendía, lo sacudieron con todas sus fuerzas, le gritaron al oído, le pusieron un espejo frente a las fosas nasales, pero no pudieron despertarlo. Poco después, cuando el carpintero le tomaba las medidas para el ataúd, vieron a través de la ventana que estaba cayendo una llovizna de minúsculas flores amarillas. Cayeron toda la noche sobre el pueblo en una tormenta silenciosa, y cubrieron los techos y atascaron las puertas, y sofocaron a los animales que durmieron a la intemperie. Tantas flores cayeron del cielo, que las calles amanecieron tapizadas de una colcha compacta, y tuvieron que despejarlas con palas y rastrillos para que pudiera pasar el entierro.

Sentada en el mecedor de mimbre, con la labor interrumpida en el regazo, Amaranta contemplaba a Aureliano José con el mentón embadurnado de espuma, afilando la navaja barbera en la penca para afeitarse por primera vez. Se sangró las espinillas, se cortó el labio superior tratando de modelarse un bigote de pelusas rubias, y después de todo quedó igual que antes, pero el laborioso proceso le dejó a Amaranta la impresión de que en aquel instante había empezado a envejecer.

—Estás idéntico a Aureliano cuando tenía tu edad —dijo—. Ya eres un hombre.

Lo era desde hacía mucho tiempo, desde el día ya lejano en que Amaranta creyó que aún era un niño y siguió desnudándose en el baño delante de él, como lo había hecho siempre, como se acostumbró a hacerlo desde que Pilar Ternera se lo entregó para que acabara de criarlo. La primera vez que él la vio, lo único que le llamó la atención fue la profunda depresión entre los senos. Era entonces tan inocente que preguntó qué le había pasado, y Amaranta fingió excavarse el pecho con la punta de los dedos y contestó: «Me sacaron tajadas y tajadas y tajadas.» Tiempo después, cuando ella se restableció del suicidio de Pietro Crespi y volvió a bañarse con Aureliano José, éste ya no se fijó en la depresión, sino que experimentó un estremecimiento desconocido ante la visión de los senos espléndidos de pezones morados. Siguió examinándola, descubriendo palmo a palmo el milagro de su intimidad, y sintió que su piel se erizaba en la contemplación, como se erizaba la piel de ella al contacto del agua. Desde muy niño tenía la costumbre de abandonar la hamaca para amanecer en la cama de Amaranta, cuyo contacto tenía la virtud de disipar el miedo a la oscuridad. Pero desde el día en que tuvo conciencia de su desnudez, no era el miedo a la oscuridad lo que lo impulsaba a meterse en su mosquitero, sino el anhelo de sentir la respiración tibia de Amaranta al amanecer. Una madrugada, por la época en que ella rechazó al coronel Gerineldo Márquez, Aureliano José despertó con la sensación de que le faltaba el aire. Sintió los dedos de Amaranta como unos gusanitos calientes y ansiosos que buscaban su vientre. Fingiendo dormir cambió de posición para eliminar toda dificultad, y entonces sintió la mano sin la venda negra buceando como un molusco ciego entre las algas de su ansiedad. Aunque aparentaron ignorar lo que ambos sabían, y lo que cada uno sabía que el otro sabía, desde aquella noche quedaron mancornados por una complicidad inviolable. Aureliano José no podía conciliar el sueño mientras no escuchaba el valse de las doce en el reloj de la sala, y la madura doncella cuya piel empezaba a entristecer no tenía un instante de sosiego mientras no sentía deslizarse en el mosquitero aquel sonámbulo que ella había criado, sin pensar que sería un paliativo para su soledad. Entonces no sólo durmieron juntos, desnudos, intercambiando caricias agotadoras, sino que se perseguían por los rincones de la casa y se encerraban en los dormitorios a cualquier hora, en un permanente estado de exaltación sin alivio. Estuvieron a punto de ser sorprendidos por Úrsula, una tarde en que entró al granero cuando ellos empezaban a besarse. «¿Quieres mucho a tu tía?», le preguntó ella de un modo inocente a Aureliano José. Él contestó que sí. «Haces bien», concluyó Úrsula, y acabó de medir la harina para el pan y regresó a la cocina. Aquel episodio sacó a Amaranta del delirio. Se dio cuenta de que había llegado demasiado lejos, de que ya no estaba jugando a los besitos con un niño, sino chapaleando en una pasión otoñal, peligrosa y sin porvenir, y la cortó de un tajo. Aureliano José, que entonces terminaba su adiestramiento militar, acabó por admitir la realidad y se fue a dormir al cuartel. Los sábados iba con los soldados a la tienda de Catarino. Se consolaba de su abrupta soledad, de su adolescencia prematura, con mujeres olorosas a flores muertas que él idealizaba en las tinieblas y las convertía en Amaranta mediante ansiosos esfuerzos de imaginación.

Poco después empezaron a recibirse noticias contradictorias de la guerra. Mientras el propio gobierno admitía los progresos de la rebelión, los oficiales de Macondo tenían informes confidenciales de la inminencia de una paz negociada. A principios de abril, un emisario especial se identificó ante el coronel Gerineldo Márquez. Le confirmó que, en efecto, los dirigentes del partido habían establecido contactos con jefes rebeldes del interior, y estaban en vísperas de concertar el armisticio a cambio de tres ministerios para los liberales, una representación minoritaria en el parlamento y la amnistía general para los rebeldes que depusieran las armas. El emisario llevaba una orden altamente confidencial del coronel Aureliano Buendía, que estaba en desacuerdo con los términos del armisticio. El coronel Gerineldo Márquez debía seleccionar a cinco de sus mejores hombres y prepararse para abandonar con ellos el país. La orden se cumplió dentro de la más estricta reserva. Una semana antes de que se anunciara el acuerdo, y en medio de una tormenta de rumores contradictorios, el coronel Aureliano Buendía y diez oficiales de confianza, entre ellos el coronel Roque Carnicero, llegaron sigilosamente a Macondo después de la medianoche, dispersaron la guarnición, enterraron las armas y destruyeron los archivos. Al amanecer habían abandonado el pueblo con el coronel Gerineldo Márquez y sus cinco oficiales. Fue una operación tan rápida y confidencial, que Úrsula no se enteró de ella sino a última hora, cuando alguien dio unos golpecitos en la ventana de su dormitorio y murmuró: «Si quiere ver al coronel Aureliano Buendía, asómese ahora mismo a la puerta.» Úrsula saltó de la cama y salió a la puerta en ropa de dormir, y apenas alcanzó a percibir el galope de la caballada que abandonaba el pueblo en medio de una muda polvareda. Sólo al día siguiente se enteró de que Aureliano José se había ido con su padre.

Diez días después de que un comunicado conjunto del gobierno y la oposición anunció el término de la guerra, se tuvieron noticias del primer levantamiento armado del coronel Aureliano Buendía en la frontera occidental. Sus fuerzas escasas y mal armadas fueron dispersadas en menos de una semana. Pero en el curso de ese año, mientras liberales y conservadores trataban de que el país creyera en la reconciliación, intentó otros siete alzamientos. Una noche cañoneó a Riohacha desde una goleta, y la guarnición sacó de sus camas y fusiló en represalia a los catorce liberales más conocidos de la población. Ocupó por más de quince días una aduana fronteriza, y desde allí dirigió a la nación un llamado a la guerra general. Otra de sus expediciones se perdió tres meses en la selva, en una disparatada tentativa de atravesar más de mil quinientos kilómetros de territorios vírgenes para proclamar la guerra en los suburbios de la capital. En cierta ocasión estuvo a menos de veinte kilómetros de Macondo, y fue obligado por las patrullas del gobierno a internarse en las montañas muy cerca de la región encantada donde su padre encontró muchos años antes el fósil de un galeón español.

Por esa época murió Visitación. Se dio el gusto de morirse de muerte natural, después de haber renunciado a un trono por temor al insomnio, y su última voluntad fue que desenterraran de debajo de su cama el sueldo ahorrado en más de veinte años, y se lo mandaran al coronel Aureliano Buendía para que siguiera la guerra. Pero Úrsula no se tomó el trabajo de sacar ese dinero, porque en aquellos días se rumoraba que el coronel Aureliano Buendía había sido muerto en un desembarco cerca de la capital provincial. El anuncio oficial —el cuarto en menos de dos años— fue tenido por cierto durante casi seis meses, pues nada volvió a saberse de él. De pronto, cuando ya Úrsula y Amaranta habían superpuesto un nuevo luto a los anteriores, llegó una noticia insólita. El coronel Aureliano Buendía estaba vivo, pero aparentemente había desistido de hostigar al gobierno de su país, y se había sumado al fede-

ralismo triunfante en otras repúblicas del Caribe. Aparecía
con nombres distintos cada vez más lejos de su tierra. Después había de saberse que la idea que entonces lo animaba
era la unificación de las fuerzas federalistas de la América
Central, para barrer con los regímenes conservadores
desde Alaska hasta la Patagonia. La primera noticia
directa que Úrsula recibió de él, varios años después de
haberse ido, fue una carta arrugada y borrosa que le llegó
de mano en mano desde Santiago de Cuba.

—Lo hemos perdido para siempre —exclamó Úrsula al
leerla—. Por ese camino pasará la Navidad en el fin del
mundo.

La persona a quien se lo dijo, que fue la primera a quien
mostró la carta, era el general conservador José Raquel
Moncada, alcalde de Macondo desde que terminó la
guerra. «Este Aureliano —comentó el general Moncada—,
lástima que no sea conservador.» Lo admiraba de veras.
Como muchos civiles conservadores, José Raquel Moncada
había hecho la guerra en defensa de su partido y había
alcanzado el título de general en el campo de batalla,
aunque carecía de vocación militar. Al contrario, también
como muchos de sus copartidarios, era antimilitarista.
Consideraba a la gente de armas como holgazanes sin principios, intrigantes y ambiciosos, expertos en enfrentar a los
civiles para medrar en el desorden. Inteligente, simpático,
sanguíneo, hombre de buen comer y fanático de las peleas
de gallos, había sido en cierto momento el adversario más
temible del coronel Aureliano Buendía. Logró imponer su
autoridad sobre los militares de carrera en un amplio
sector del litoral. Cierta vez en que se vio forzado por con-
veniencias estratégicas a abandonar una plaza a las
fuerzas del coronel Aureliano Buendía, le dejó a éste dos
cartas. En una de ellas, muy extensa, lo invitaba a una
campaña conjunta para humanizar la guerra. La otra carta
era para su esposa, que vivía en territorio liberal, y la dejó
con la súplica de hacerla llegar a su destino. Desde en
tonces, aun en los períodos más encarnizados de la guerra,
los dos comandantes concertaron treguas para intercam-
biar prisioneros. Eran pausas con un cierto ambiente fes-

tivo que el general Moncada aprovechaba para enseñar a jugar a ajedrez al coronel Aureliano Buendía. Se hicieron grandes amigos. Llegaron inclusive a pensar en la posibilidad de coordinar a los elementos populares de ambos partidos para liquidar la influencia de los militares y los políticos profesionales, e instaurar un régimen humanitario que aprovechara lo mejor de cada doctrina. Cuando terminó la guerra, mientras el coronel Aureliano Buendía se escabullía por los desfiladeros de la subversión permanente, el general Moncada fue nombrado corregidor de Macondo. Vistió su traje civil, sustituyó a los militares por agentes de la policía desarmados, hizo respetar las leyes de amnistía y auxilio a algunas familias de liberales muertos en campaña. Consiguió que Macondo fuera erigido en municipio y fue por tanto su primer alcalde, y creó un ambiente de confianza que hizo pensar en la guerra como en una absurda pesadilla del pasado. El padre Nicanor, consumido por las fiebres hepáticas, fue reemplazado por el padre Coronel, a quien llamaban *El Cachorro,* veterano de la primera guerra federalista. Bruno Crespi, casado con Amparo Moscote, y cuya tienda de juguetes e instrumentos musicales no se cansaba de prosperar, construyó un teatro, que las compañías españolas incluyeron en sus itinerarios. Era un vasto salón al aire libre, con escaños de madera, un telón de terciopelo con máscaras griegas, y tres taquillas en forma de cabezas de león por cuyas bocas abiertas se vendían los boletos. Fue también por esa época que se restauró el edificio de la escuela. Se hizo cargo de ella don Melchor Escalona, un maestro viejo mandado de la ciénaga, que hacía caminar de rodillas en el patio de caliche a los alumnos desaplicados y les hacía comer ají picante a los lenguaraces, con la complacencia de los padres. Aureliano Segundo y José Arcadio Segundo, los voluntariosos gemelos de Santa Sofía de la Piedad, fueron los primeros que se sentaron en el salón de clases con sus pizarras y sus gises y sus jarritos de aluminio marcados con sus nombres. Remedios, heredera de la belleza pura de su madre, empezaba a ser conocida como Remedios, la bella. A pesar del tiempo, de los lutos superpuestos y las aflicciones acumuladas,

Úrsula se resistía a envejecer. Ayudada por Santa Sofía de la Piedad había dado un nuevo impulso a su industria de repostería, y no sólo recuperó en pocos años la fortuna que su hijo se gastó en la guerra, sino que volvió a atiborrar de oro puro los calabazos enterrados en el dormitorio. «Mientras Dios me dé vida —solía decir— no faltará la plata en esta casa de locos.» Así estaban las cosas cuando Aureliano José desertó de las tropas federalistas de Nicaragua, se enroló en la tripulación de un buque alemán, y apareció en la cocina de la casa, macizo como un caballo, prieto y peludo como un indio, y con la secreta determinación de casarse con Amaranta.

Cuando Amaranta lo vio entrar, sin que él hubiera dicho nada, supo de inmediato por qué había vuelto. En la mesa no se atrevían a mirarse a la cara. Pero dos semanas después del regreso, estando Úrsula presente, él fijó sus ojos en los de ella y le dijo: «Siempre pensaba mucho en ti.» Amaranta le huía. Se prevenía contra los encuentros casuales. Procuraba no separarse de Remedios, la bella. Le indignó el rubor que doró sus mejillas el día en que el sobrino le preguntó hasta cuándo pensaba llevar la venda negra en la mano, porque interpretó la pregunta como una alusión a su virginidad. Cuando él llegó, ella pasó la aldaba en su dormitorio, pero durante tantas noches percibió sus ronquidos pacíficos en el cuarto contiguo, que descuidó esa precaución. Una madrugada, casi dos meses después del regreso, lo sintió entrar en el dormitorio. Entonces, en vez de huir, en vez de gritar como lo había previsto, se dejó saturar por una suave sensación de descanso. Lo sintió deslizarse en el mosquitero, como lo había hecho cuando era niño, como lo había hecho desde siempre, y no pudo reprimir el sudor helado y el crotaloteo de los dientes cuando se dio cuenta de que él estaba completamente desnudo. «Vete —murmuró, ahogándose de curiosidad—. Vete o me pongo a gritar.» Pero Aureliano José sabía entonces lo que tenía que hacer, porque ya no era un niño asustado por la oscuridad sino un animal de campamento. Desde aquella noche se reiniciaron las sordas batallas sin consecuencias que se prolongaban hasta el amanecer. «Soy tu tía —murmuraba

Amaranta, agotada—. Es casi como si fuera tu madre, no sólo por la edad, sino porque lo único que me faltó fue darte de mamar.» Aureliano escapaba al alba y regresaba a la madrugada siguiente, cada vez más excitado por la comprobación de que ella no pasaba la aldaba. No había dejado de desearla un solo instante. La encontraba en los oscuros dormitorios de los pueblos vencidos, sobre todo en los más adyectos, y la materializaba en el tufo de la sangre seca en las vendas de los heridos, en el pavor instantáneo del peligro de muerte, a toda hora y en todas partes. Había huido de ella tratando de aniquilar su recuerdo no sólo con la distancia, sino con un encarnizamiento aturdido que sus compañeros de armas calificaban de temeridad, pero mientras más revolcaba su imagen en el muladar de la guerra, más la guerra se parecía a Amaranta. Así padeció el exilio, buscando la manera de matarla con su propia muerte, hasta que le oyó contar a alguien el viejo cuento del hombre que se casó con una tía que además era su prima, y cuyo hijo terminó siendo abuelo de sí mismo.

—¿Es que uno se puede casar con una tía? —preguntó él, asombrado.

—No sólo se puede —le contestó un soldado— sino que estamos haciendo esta guerra contra los curas para que uno se pueda casar con su propia madre.

Quince días después desertó. Encontró a Amaranta más ajada que en el recuerdo, más melancólica y pudibunda, y ya doblando en realidad el último cabo de la madurez, pero más febril que nunca en las tinieblas del dormitorio y más desafiante que nunca en la agresividad de su resistencia. «Eres un bruto —le decía Amaranta, acosada por sus perros de presa—. No es cierto que se le pueda hacer esto a una pobre tía, como no sea con dispensa especial del Papa.» Aureliano José prometía ir a Roma, prometía recorrer a Europa de rodillas, y besar las sandalias del Sumo Pontífice sólo para que ella bajara sus puentes levadizos.

—No es sólo eso —rebatía Amaranta—. Es que nacen los hijos con cola de puerco.

Aureliano José era sordo a todo argumento.

—Aunque nazcan armadillos —suplicaba.

Una madrugada, vencido por el dolor insoportable de la virilidad reprimida, fue a la tienda de Catarino. Encontró una mujer de senos fláccidos, cariñosa y barata, que le apaciguó el vientre por algún tiempo. Trató de aplicarle a Amaranta el tratamiento del desprecio. La veía en el corredor, cosiendo en una máquina de manivela que había aprendido a manejar con habilidad admirable, y ni siquiera le dirigía la palabra. Amaranta se sintió liberada de un lastre, y ella misma no comprendió por qué volvió a pensar entonces en el coronel Gerineldo Márquez, por qué evocaba con tanta nostalgia las tardes de damas chinas, y por qué llegó inclusive a desearlo como hombre de dormitorio. Aureliano José no se imaginaba cuánto terreno había perdido, la noche en que no pudo resistir más la farsa de la indiferencia, y volvió al cuarto de Amaranta. Ella lo rechazó con una determinación inflexible, inequívoca, y echó para siempre la aldaba del dormitorio.

Pocos meses después del regreso de Aureliano José, se presentó en la casa una mujer exuberante, perfumada de jazmines, con un niño de unos cinco años. Afirmó que era hijo del coronel Aureliano Buendía y lo llevaba para que Úrsula lo bautizara. Nadie puso en duda el origen de aquel niño sin nombre: era igual al coronel, por los tiempos en que lo llevaron a conocer el hielo. La mujer contó que había nacido con los ojos abiertos mirando a la gente con criterio de persona mayor, y que le asustaba su manera de fijar la mirada en las cosas sin parpadear. «Es idéntico —dijo Úrsula—. Lo único que falta es que haga rodar las sillas con sólo mirarlas.» Lo bautizaron con el nombre de Aureliano, y con el apellido de su madre, porque la ley no le permitía llevar el apellido del padre mientras éste no lo reconociera. El general Moncada sirvió de padrino. Aunque Amaranta insistió en que se lo dejaran para acabar de criarlo, la madre se opuso.

Úrsula ignoraba entonces la costumbre de mandar doncellas a los dormitorios de los guerreros, como se les soltaba gallinas a los gallos finos, pero en el curso de ese año se enteró: nueve hijos más del coronel Aureliano Buendía fueron llevados a la casa para ser bautizados. El mayor, un

extraño moreno de ojos verdes que nada tenía que ver con
la familia paterna, había pasado de los diez años. Llevaron
niños de todas las edades, de todos los colores, pero todos
varones, y todos con un aire de soledad que no permitía
poner en duda el parentesco. Sólo dos se distinguieron del
montón. Uno, demasiado grande para su edad, que hizo
añicos los floreros y varias piezas de la vajilla, porque sus
manos parecían tener la propiedad de despedazar todo lo
que tocaban. El otro era un rubio con los mismos ojos
garzos de su madre, a quien habían dejado el cabello largo
y con bucles, como a una mujer. Entró a la casa con mucha
familiaridad, como si hubiera sido criado en ella, y fue
directamente a un arcón del dormitorio de Úrsula, y exigió:
«Quiero la bailarina de cuerda.» Úrsula se asustó. Abrió el
arcón, rebuscó entre los anticuados y polvorientos objetos
de los tiempos de Melquíades y encontró envuelta en un
par de medias la bailarina de cuerda que alguna vez llevó
Pietro Crespi a la casa, y de la cual nadie había vuelto a
acordarse. En menos de doce años bautizaron con el
nombre de Aureliano, y con el apellido de la madre, a todos
los hijos que diseminó el coronel a lo largo y a lo ancho de
sus territorios de guerra; diecisiete. Al principio, Úrsula les
llenaba los bolsillos de dinero y Amaranta intentaba quedarse con ellos. Pero terminaron por limitarse a hacerles
un regalo y a servirles de madrinas. «Cumplimos con bauti-
zarlos», —decía Úrsula—, anotando en una libreta el nombre
y la dirección de las madres y el lugar y fecha de nacimiento de los niños. «Aureliano ha de llevar bien sus
cuentas, así que será él quien tome las determinaciones
cuando regrese.» En el curso de un almuerzo, comentando
con el general Moncada aquella desconcertante proliferación, expresó el deseo de que el coronel Aureliano Buendía
volviera alguna vez para reunir a todos sus hijos en la casa.

—No se preocupe, comadre —dijo enigmáticamente el
general Moncada—. Vendrá más pronto de lo que usted se
imagina.

Lo que el general Moncada sabía, y que no quiso revelar
en el almuerzo, era que el coronel Aureliano Buendía
estaba ya en camino para ponerse al frente de la rebelión

más prolongada, radical y sangrienta de cuantas se habían intentado hasta entonces.

La situación volvió a ser tan tensa como en los meses que precedieron a la primera guerra. Las riñas de gallos, animadas por el propio alcalde, fueron suspendidas. El capitán Aquiles Ricardo, comandante de la guarnición, asumió en la práctica el poder municipal. Los liberales lo señalaron como un provocador. «Algo tremendo va a ocurrir —le decía Úrsula a Aureliano José—. No salgas a la calle después de las seis de la tarde.» Eran súplicas inútiles. Aureliano José, al igual que Arcadio en otra época, había dejado de pertenecerle. Era como si el regreso a la casa, la posibilidad de existir sin molestarse por las urgencias cotidianas, hubieran despertado en él la vocación concupiscente y desidiosa de su tío José Arcadio. Su pasión por Amaranta se extinguió sin dejar cicatrices. Andaba un poco al garete, jugando billar, sobrellevando su soledad con mujeres ocasionales, saqueando los resquicios donde Úrsula olvidaba el dinero traspuesto. Terminó por no volver a la casa sino para cambiarse de ropa. «Todos son iguales —se lamentaba Úrsula—. Al principio se crían muy bien, son obedientes y formales y parecen incapaces de matar una mosca, y apenas les sale la barba se tiran a la perdición.» Al contrario de Arcadio, que nunca conoció su verdadero origen, él se enteró de que era hijo de Pilar Ternera, quien le había colgado una hamaca para que hiciera la siesta en su casa. Eran, más que madre e hijo, cómplices en la soledad. Pilar Ternera había perdido el rastro de toda esperanza. Su risa había adquirido tonalidades de órgano, sus senos habían sucumbido al tedio de las caricias eventuales, su vientre y sus muslos habían sido víctimas de su irrevocable destino de mujer repartida, pero su corazón envejecía sin amargura. Gorda, lenguaraz, con ínsulas de matrona en desgracia, renunció a la ilusión estéril de las barajas y encontró un remanso de consolación en los amores ajenos. En la casa donde Aureliano José dormía la siesta, las muchachas del vecindario recibían a sus amantes casuales. «Me prestas el cuarto Pilar» —le decían simplemente, cuando ya estaban dentro—. «Por supuesto» —decía Pilar—. Y si alguien estaba presente, le explicaba:

—Soy feliz sabiendo que la gente es feliz en la cama.

Nunca cobraba el servicio. Nunca negaba el favor, como no se lo negó a los incontables hombres que la buscaron hasta en el crepúsculo de su madurez, sin proporcionarle dinero ni amor, y sólo algunas veces placer. Sus cinco hijas, herederas de una semilla ardiente, se perdieron por los vericuetos de la vida desde la adolescencia. De los dos varones que alcanzó a criar, uno murió peleando en las huestes del coronel Aureliano Buendía y otro fue herido y capturado a los catorce años, cuando intentaba robarse un huacal de gallinas en un pueblo de la ciénaga. En cierto modo, Aureliano José fue el hombre alto y moreno que durante medio siglo le anunció el rey de copas, y que como todos los enviados de las barajas llegó a su corazón cuando ya estaba marcado por el signo de la muerte. Ella lo vio en los naipes.

—No salgas esta noche —le dijo—. Quédate a dormir aquí, que Carmelita Montiel se ha cansado de rogarme que la meta en tu cuarto.

Aureliano José no captó el profundo sentido de súplica que tenía aquella oferta.

—Dile que me espere a la medianoche —dijo.

Se fue al teatro, donde una compañía española anunciaba *El puñal del Zorro,* que en realidad era la obra de Zorrilla con el nombre cambiado por orden del capitán Aquiles Ricardo, porque los liberales les llamaban *godos* a los conservadores. Sólo en el momento de entregar el boleto en la puerta, Aureliano José se dio cuenta de que el capitán Aquiles Ricardo, con dos soldados armados de fusiles, estaba cateando a la concurrencia. «Cuidado, capitán, —le advirtió Aureliano José—. Todavía no ha nacido el hombre que me ponga las manos encima.» El capitán intentó catearlo por la fuerza, y Aureliano José, que andaba desarmado, se echó a correr. Los soldados desobedecieron la orden de disparar. «Es un Buendía», explicó uno de ellos. Ciego de furia, el capitán le arrebató entonces el fusil, se abrió en el centro de la calle, y apuntó.

—¡Cabrones! —alcanzó a gritar—. Ojalá fuera el coronel Aureliano Buendía.

Carmelita Montiel, una virgen de veinte años, acababa de bañarse con agua de azahares y estaba regando hojas de romero en la cama de Pilar Ternera, cuando sonó el disparo. Aureliano José estaba destinado a conocer con ella la felicidad que le negó Amaranta, a tener siete hijos y a morirse de viejo en sus brazos, pero la bala de fusil que le entró por la espalda y le despedazó el pecho, estaba dirigida por una mala interpretación de las barajas. El capitán Aquiles Ricardo, que era en realidad quien estaba destinado a morir esa noche, murió en efecto cuatro horas antes que Aureliano José. Apenas sonó el disparo fue derribado por dos balazos simultáneos, cuyo origen no se estableció nunca, y un grito multitudinario estremeció la noche.

—¡Viva el partido liberal! ¡Viva el coronel Aureliano Buendía!

A las doce, cuando Aureliano José acabó de desangrarse y Carmelita Montiel encontró en blanco los naipes de su porvenir, más de cuatrocientos hombres habían desfilado frente al teatro y habían descargado sus revólveres contra el cadáver abandonado del capitán Aquiles Ricardo. Se necesitó una patrulla para poner en una carretilla el cuerpo apelmazado de plomo, que se desbarataba como un pan ensopado.

Contrariado por las impertinencias del ejército regular, el general José Raquel Moncada movilizó sus influencias políticas, volvió a vestir el uniforme y asumió la jefatura civil y militar de Macondo. No esperaba, sin embargo, que su actitud conciliatoria pudiera impedir lo inevitable. Las noticias de septiembre fueron contradictorias. Mientras el gobierno anunciaba que mantenía el control en todo el país, los liberales recibían informes secretos de levantamientos armados en el interior. El régimen no admitió el estado de guerra mientras no se proclamó en un bando que se le había seguido consejo de guerra en ausencia al coronel Aureliano Buendía, y había sido condenado a muerte. Se ordenaba cumplir la sentencia a la primera guarnición que lo capturara. «Esto quiere decir que ha vuelto», se alegró

Úrsula ante el general Moncada. Pero él mismo lo ignoraba.

En realidad, el coronel Aureliano Buendía estaba en el país desde hacía más de un mes. Precedido de rumores contradictorios, supuesto al mismo tiempo en los lugares más apartados, el propio general Moncada no creyó en su regreso sino cuando se anunció oficialmente que se había apoderado de dos estados del litoral. «La felicito, comadre —le dijo a Úrsula, mostrándole el telegrama—. Muy pronto lo tendrá aquí.» Úrsula se preocupó entonces por primera vez. «¿Y usted qué hará, compadre?», preguntó. El general Moncada se había hecho esa pregunta muchas veces.

—Lo mismo que él, comadre —contestó—: cumplir con mi deber.

El primero de octubre, al amanecer, el coronel Aureliano Buendía con mil hombres bien armados atacó a Macondo y la guarnición recibió la orden de resistir hasta el final. A mediodía, mientras el general Moncada almorzaba con Úrsula, un cañonazo rebelde que retumbó en todo el pueblo pulverizó la fachada de la tesorería municipal. «Están tan bien armados como nosotros —suspiró el general Moncada—, pero además pelean con más ganas.» A las dos de la tarde, mientras la tierra temblaba con los cañonazos de ambos lados, se despidió de Úrsula con la certidumbre de que estaba librando una batalla perdida.

—Ruego a Dios que esta noche no tenga a Aureliano en la casa —dijo—. Si es así, dele un abrazo de mi parte, porque yo no espero verlo más nunca.

Esa noche fue capturado cuando trataba de fugarse de Macondo, después de escribirle una extensa carta al coronel Aureliano Buendía, en la cual le recordaba los propósitos comunes de humanizar la guerra, y le deseaba una victoria definitiva contra la corrupción de los militares y las ambiciones de los políticos de ambos partidos. Al día siguiente el coronel Aureliano Buendía almorzó con él en casa de Úrsula, donde fue recluido hasta que un consejo de guerra revolucionario decidiera su destino. Fue una reunión familiar. Pero mientras los adversarios olvidaban la guerra para evocar recuerdos del pasado, Úrsula tuvo la sombría impresión de que su hijo era un intruso. La había tenido desde que lo vio entrar protegido por un ruidoso aparato militar que volteó los dormitorios al derecho y al revés hasta convencerse de que no había ningún riesgo. El coronel Aureliano Buendía no sólo lo aceptó, sino que impartió órdenes de una severidad terminante, y no permitió que nadie se le acercara a menos de tres metros, ni siquiera Úrsula, mientras los miembros de su escolta no terminaron de establecer las guardias alrededor de la casa. Vestía un uniforme de dril ordinario, sin insignias de ninguna clase, y unas botas altas con espuelas embadurnadas de barro y sangre seca. Llevaba al cinto una escuadra con la funda desabrochada, y la mano siempre apoyada en la culata revelaba la misma tensión vigilante y resuelta de la mirada. Su cabeza, ahora con entradas profundas, parecía horneada a fuego lento. Su rostro cuarteado por la sal del Caribe había adquirido una dureza metálica. Estaba preservado contra la vejez inminente por una vitalidad que tenía algo que ver con la frialdad de las entrañas. Era más alto que cuando se fue, más pálido y óseo, y manifestaba los primeros síntomas de resistencia a la nostalgia. «Dios mío —se dijo Úrsula, alarmada—. Ahora parece un hombre capaz de todo.» Lo era. El rebozo azteca que le llevó a Amaranta, las evocaciones que hizo en el almuerzo, las divertidas anécdotas que contó, eran simples rescoldos de su humor de otra época. No bien se cumplió la orden de enterrar a los muertos en la fosa común, asignó al coronel Roque Carnicero la misión de apresurar los juicios de guerra, y él se empeñó en la agotadora tarea de imponer las reformas radicales que no dejaran piedra sobre piedra en la revenida estructura del régimen conservador. «Tenemos que anticiparnos a los políticos del partido —decía a sus asesores—. Cuando abran los ojos a la realidad se encontrarán con los hechos consumados.» Fue entonces cuando decidió revisar los títulos de propiedad de la tierra, hasta cien años atrás, y descubrió las tropelías legalizadas de su hermano José Arcadio. Anuló los registros de una plumada. En un último gesto de cortesía, desatendió sus asuntos por una hora y visitó a Rebeca para ponerla al corriente de su determinación.

En la penumbra de la casa, la viuda solitaria que en un tiempo fue la confidente de sus amores reprimidos, y cuya obstinación le salvó la vida, era un espectro del pasado. Cerrada de negro hasta los puños, con el corazón convertido en cenizas, apenas si tenía noticias de la guerra. El coronel Aureliano Buendía tuvo la impresión de que la fosforescencia de sus huesos traspasaba la piel, y que ella se movía a través de una atmósfera de fuegos fatuos, en un aire estancado donde aún se percibía un recóndito olor a pólvora. Empezó por aconsejarle que moderara el rigor de su luto, que ventilara la casa, que le perdonara al mundo la muerte de José Arcadio. Pero ya Rebeca estaba a salvo de toda vanidad. Después de buscarla inútilmente en el sabor de la tierra, en las cartas perfumadas de Pietro Crespi, en la cama tempestuosa de su marido, había encontrado la paz en aquella casa donde los recuerdos se materializaron por la fuerza de la evocación implacable, y se paseaban como seres humanos por los cuartos clausurados. Estirada en su mecedor de mimbre, mirando al coronel Aureliano Buendía como si fuera él quien pareciera un espectro del pasado, Rebeca ni siquiera se conmovió con la noticia de que las tierras usurpadas por José Arcadio serían restituidas a sus dueños legítimos.

—Se hará lo que tú dispongas, Aureliano —suspiró—. Siempre creí, y lo confirmo ahora, que eres un descastado.

La revisión de los títulos de propiedad se consumó al mismo tiempo que los juicios sumarios, presididos por el coronel Gerineldo Márquez, y que concluyeron con el fusilamiento de toda la oficialidad del ejército regular prisionera de los revolucionarios. El último consejo de guerra fue el del general José Raquel Moncada. Úrsula intervino. «Es el mejor gobernante que hemos tenido en Macondo —le dijo al coronel Aureliano Buendía—. Ni siquiera tengo nada que decirte de su buen corazón, del afecto que nos tiene, porque tú lo conoces mejor que nadie.» El coronel Aureliano Buendía fijó en ella una mirada de reprobación:

—No puedo arrogarme la facultad de administrar justicia

—replicó—. Si usted tiene algo que decir, dígalo ante el consejo de guerra.

Úrsula no sólo lo hizo, sino que llevó a declarar a todas las madres de los oficiales revolucionarios que vivían en Macondo. Una por una, las viejas fundadoras del pueblo, varias de las cuales habían participado en la temeraria travesía de la sierra, exaltaron las virtudes del general Moncada. Úrsula fue la última en el desfile. Su dignidad luctuosa, el peso de su nombre, la convincente vehemencia de su declaración hicieron vacilar por un momento el equilibrio de la justicia. «Ustedes han tomado muy en serio este juego espantoso, y han hecho bien, porque están cumpliendo con su deber —dijo a los miembros del tribunal—. Pero no olviden que mientras Dios nos dé vida, nosotras seguiremos siendo madres, y por muy revolucionarios que sean tenemos derecho de bajarles los pantalones y darles una cueriza a la primera falta de respeto.» El jurado se retiró a deliberar cuando todavía resonaban estas palabras en el ámbito de la escuela convertida en cuartel. A la media noche, el general José Raquel Moncada fue sentenciado a muerte. El coronel Aureliano Buendía, a pesar de las violentas recriminaciones de Úrsula, se negó a conmutarle la pena. Poco antes del amanecer, visitó al sentenciado en el cuarto del cepo.

—Recuerda, compadre —le dijo—, que no te fusilo yo. Te fusila la revolución.

El general Moncada ni siquiera se levantó del catre al verlo entrar.

—Vete a la mierda, compadre —replicó.

Hasta ese momento, desde su regreso, el coronel Aureliano Buendía no se había concedido la oportunidad de verlo con el corazón. Se asombró de cuánto había envejecido, del temblor de sus manos, de la conformidad un poco rutinaria con que esperaba la muerte, y entonces experimentó un hondo desprecio por sí mismo que confundió con un principio de misericordia.

—Sabes mejor que yo —dijo— que todo consejo de guerra es una farsa, y que en verdad tienes que pagar los crímenes de otros, porque esta vez vamos a ganar la guerra a cualquier precio. Tú, en mi lugar, ¿no hubieras hecho lo mismo?

El general Moncada se incorporó para limpiar los gruesos anteojos de carey con el faldón de la camisa. «Probablemente —dijo—. Pero lo que me preocupa no es que me fusiles, porque al fin y al cabo, para la gente como nosotros esto es la muerte natural.» Puso los lentes en la cama y se quitó el reloj de leontina. «Lo que me preocupa —agregó— es que de tanto odiar a los militares, de tanto combatirlos, de tanto pensar en ellos, has terminado por ser igual a ellos. Y no hay un ideal en la vida que merezca tanta abyección.» Se quitó el anillo matrimonial y la medalla de la Virgen de los Remedios y los puso juntos con los lentes y el reloj.

—A este paso —concluyó— no sólo serás el dictador más despótico y sanguinario de nuestra historia, sino que fusilarás a mi comadre Úrsula tratando de apaciguar tu conciencia.

El coronel Aureliano Buendía permaneció impasible. El general Moncada le entregó entonces los lentes, la medalla, el reloj y el anillo, y cambió de tono.

—Pero no te hice venir para regañarte —dijo—. Quería suplicarte el favor de mandarle estas cosas a mi mujer.

El coronel Aureliano Buendía se las guardó en los bolsillos.

¿Sigue en Manaure?

—Sigue en Manaure —confirmó el general Moncada—, en la misma casa detrás de la iglesia donde mandaste aquella carta.

—Lo haré con mucho gusto, José Raquel —dijo el coronel Aureliano Buendía.

Cuando salió al aire azul de neblina, el rostro se le humedeció como en otro amanecer del pasado, y sólo entonces comprendió por qué había dispuesto que la sentencia se cumpliera en el patio, y no en el muro del cementerio. El pelotón, formado frente a la puerta, le rindió honores de jefe de estado.

—Ya pueden traerlo —ordenó.

El coronel Gerineldo Márquez fue el primero que percibió el vacío de la guerra. En su condición de jefe civil y militar de Macondo sostenía dos veces por semana conversaciones telegráficas con el coronel Aureliano Buendía. Al principio, aquellas entrevistas determinaban el curso de una guerra de carne y hueso cuyos contornos perfectamente definidos permitían establecer en cualquier momento el punto exacto en que se encontraba, y prever sus rumbos futuros. Aunque nunca se dejaba arrastrar al terreno de las confidencias, ni siquiera por sus amigos más próximos, el coronel Aureliano Buendía conservaba entonces el tono familiar que permitía identificarlo al otro extremo de la línea. Muchas veces prolongó las conversaciones más allá del término previsto y las dejó derivar hacia comentarios de carácter doméstico. Poco a poco, sin embargo, y a medida que la guerra se iba intensificando y extendiendo, su imagen se fue borrando en un universo de irrealidad. Los puntos y rayas de su voz eran cada vez más remotos e inciertos, y se unían y combinaban para formar palabras que paulatinamente fueron perdiendo todo sentido. El coronel Gerineldo Márquez se limitaba entonces a escuchar, abrumado por la impresión de estar en contacto telegráfico con un desconocido de otro mundo.

—Comprendido, Aureliano —concluía en el manipulador—. ¡Viva el partido liberal!

Terminó por perder todo contacto con la guerra. Lo que en otro tiempo fue una actividad real, una pasión irresis-

tible de su juventud, se convirtió para él en una referencia
remota: un vacío. Su único refugio era el costurero de
Amaranta. La visitaba tódas las tardes. Le gustaba contemplar sus manos mientras rizaba espumas de olán en la
máquina de manivela que hacía girar Remedios, la bella.
Pasaban muchas horas sin hablar, conformes con la compañía recíproca, pero mientras Amaranta se complacía
íntimamente en mantener vivo el fuego de su devoción, él
ignoraba cuáles eran los secretos designios de aquel
corazón indescifrable. Cuando se conoció la noticia de su
regreso, Amaranta se había ahogado de ansiedad. Pero
cuando lo vio entrar en la casa confundido con la ruidosa
escolta del coronel Aureliano Buendía, y lo vio maltratado
por el rigor del destierro, envejecido por la edad y el olvido,
sucio de sudor y polvo, oloroso a rebaño, feo, con el brazo
izquierdo en cabestrillo, se sintió desfallecer de desilusión.
«Dios mío —pensó—: no era éste el que esperaba.» Al día
siguiente, sin embargo, él volvió a la casa afeitado y limpio,
con el bigote perfumado de agua de alhucema y sin el
cabestrillo ensangrentado. Le llevaba un breviario de
pastas nacaradas.

—Qué raros son los hombres —dijo ella, porque no
encontró otra cosa que decir—. Se pasan la vida peleando
contra los curas y regalan libros de oraciones.

Desde entonces, aun en los días más críticos de la
guerra, la visitó todas las tardes. Muchas veces, cuando no
estaba presente Remedios, la bella, era él quien le daba
vueltas a la rueda de la máquina de coser. Amaranta se
sentía turbada por la perseverancia, la lealtad, la sumisión
de aquel hombre investido de tanta autoridad, que, sin
embargo, se despojaba de sus armas en la sala para entrar
indefenso al costurero. Pero durante cuatro años él le reiteró su amor, y ella encontró siempre la manera de recha-
zarlo sin herirlo, porque aunque no conseguía quererlo ya
no podía vivir sin él. Remedios, la bella, que parecía indiferente a todo, y de quien se pensaba que era retrasada
mental, no fue insensible a tanta devoción, e intervino en
favor del coronel Gerineldo Márquez. Amaranta descubrió
de pronto que aquella niña que había criado, que apenas

despuntaba a la adolescencia, era ya la criatura más bella que se había visto en Macondo. Sintió renacer en su corazón el rencor que en otro tiempo experimentó contra Rebeca, y rogándole a Dios que no la arrastrara hasta el extremo de desearle la muerte, la desterró del costurero. Fue por esa época que el coronel Gerineldo Márquez empezó a sentir el hastío de la guerra. Apeló a sus reservas de persuasión, a su inmensa y reprimida ternura, dispuesto a renunciar por Amaranta a una gloria que le había costado el sacrificio de sus mejores años. Pero no logró convencerla. Una tarde de agosto, agobiada por el peso insoportable de su propia obstinación, Amaranta se encerró en el dormitorio a llorar su soledad hasta la muerte, después de darle la respuesta definitiva a su pretendiente tenaz:

—Olvidémonos para siempre —le dijo—, ya somos demasiado viejos para estas cosas.

El coronel Gerineldo Márquez acudió aquella tarde a un llamado telegráfico del coronel Aureliano Buendía. Fue una conversación rutinaria que no había de abrir ninguna brecha en la guerra estancada. Al terminar, el coronel Gerineldo Márquez contempló las calles desoladas, el agua cristalizada en los almendros, y se encontró perdido en la soledad.

—Aureliano —dijo tristemente en el manipulador—, está lloviendo en Macondo.

Hubo un largo silencio en la línea. De pronto, los aparatos saltaron con los signos despiadados del coronel Aureliano Buendía.

—No seas pendejo, Gerineldo —dijeron los signos—. Es natural que esté lloviendo en agosto.

Tenían tanto tiempo de no verse, que el coronel Gerineldo Márquez se desconcertó con la agresividad de aquella reacción. Sin embargo, dos meses después, cuando el coronel Aureliano Buendía volvió a Macondo, el desconcierto se transformó en estupor. Hasta Úrsula se sorprendió de cuánto había cambiado. Llegó sin ruido, sin escolta, envuelto en una manta a pesar del calor, y con tres amantes que instaló en una misma casa, donde pasaba la mayor parte del tiempo tendido en una hamaca. Apenas si

leía los despachos telegráficos que informaban de operaciones rutinarias. En cierta ocasión el coronel Gerineldo
Márquez le pidió instrucciones para la evacuación de una
localidad fronteriza que amenazaba con convertirse en un
conflicto internacional.

—No me molestes por pequeñeces —le ordenó él—. Con-
súltalo con la Divina Providencia.

Era tal vez el momento más crítico de la guerra. Los
terratenientes liberales, que al principio apoyaban la revolución, habían suscrito alianzas secretas con los terratenientes conservadores para impedir la revisión de los
títulos de propiedad. Los políticos que capitalizaban la
guerra desde el exilio habían repudiado públicamente las
determinaciones drásticas del coronel Aureliano Buendía,
pero hasta esa desautorización parecía tenerlo sin cuidado.
No había vuelto a leer sus versos, que ocupaban más de
cinco tomos, y que permanecían olvidados en el fondo del
baúl. De noche, o a la hora de la siesta, llamaba a la
hamaca a una de sus mujeres y obtenía de ella una satisfacción rudimentaria, y luego dormía con un sueño de
piedra que no era perturbado por el más ligero indicio de
preocupación. Sólo él sabía entonces que su aturdido
corazón estaba condenado para siempre a la incertidumbre. Al principio, embriagado por la gloria del regreso,
por las victorias inverosímiles, se había asomado al abismo
de la grandeza. Se complacía en mantener a la diestra al
duque de Marlborough, su gran maestro en las artes de la
guerra, cuyo atuendo de pieles y uñas de tigre suscitaban el
respeto de los adultos y el asombro de los niños. Fue
entonces cuando decidió que ningún ser humano, ni
siquiera Úrsula, se le aproximara a menos de tres metros.
En el centro del círculo de tiza que sus edecanes trazaban
dondequiera que él llegara, y en el cual sólo él podía
entrar, decidía con órdenes breves e inapelables el destino
del mundo. La primera vez que estuvo en Manaure después
del fusilamiento del general Moncada se apresuró a cumplir la última voluntad de su víctima, y la viuda recibió los
lentes, la medalla, el reloj y el anillo, pero no le permitió
pasar de la puerta.

—No entre, coronel —le dijo—. Usted mandará en su guerra, pero yo mando en mi casa.

El coronel Aureliano Buendía no dio ninguna muestra de rencor, pero su espíritu sólo encontró el sosiego cuando su guardia personal saqueó y redujo a cenizas la casa de la viuda. «Cuídate el corazón, Aureliano —le decía entonces el coronel Gerineldo Márquez—. Te estás pudriendo vivo.» Por esa época convocó una segunda asamblea de los principales comandantes rebeldes. Encontró de todo: idealistas, ambiciosos, aventureros, resentidos sociales y hasta delincuentes comunes. Había, inclusive, un antiguo funcionario conservador refugiado en la revuelta para escapar a un juicio por malversación de fondos. Muchos no sabían ni siquiera por qué peleaban. En medio de aquella muchedumbre abigarrada, cuyas diferencias de criterio estuvieron a punto de provocar una explosión interna, se destacaba una autoridad tenebrosa: el general Teófilo Vargas. Era un indio puro, montaraz, analfabeto, dotado de una malicia taciturna y una vocación mesiánica que suscitaba en sus hombres un fanatismo demente. El coronel Aureliano Buendía promovió la reunión con el propósito de unificar el mando rebelde contra las maniobras de los políticos. El general Teófilo Vargas se adelantó a sus intenciones: en pocas horas desbarató la coalición de los comandantes mejor calificados y se apoderó del mando central. «Es una fiera de cuidado —les dijo el coronel Aureliano Buendía a sus oficiales—. Para nosotros, ese hombre es más peligroso que el ministro de la Guerra.» Entonces un capitán muy joven que siempre se había distinguido por su timidez levantó un índice cauteloso:

—Es muy simple, coronel —propuso—: hay que matarlo.

El coronel Aureliano Buendía no se alarmó por la frialdad de la proposición, sino por la forma en que se anticipó una fracción de segundo a su propio pensamiento.

—No esperen que yo dé esa orden —dijo.

No la dio, en efecto. Pero quince días después el general Teófilo Vargas fue despedazado a machetazos en una emboscada, y el coronel Aureliano Buendía asumió el mando central. La misma noche en que su autoridad fue

reconocida por todos los comandos rebeldes, despertó
sobresaltado, pidiendo a gritos una manta. Un frío interior
que le rayaba los huesos y lo mortificaba inclusive a pleno
sol le impidió dormir bien varios meses, hasta que se le
convirtió en una costumbre. La embriaguez del poder
empezó a descomponerse en ráfagas de desazón. Buscando
un remedio contra el frío, hizo fusilar al joven oficial que
propuso el asesinato del general Teófilo Vargas. Sus
órdenes se cumplían antes de ser impartidas, aun antes de
que él las concibiera, y siempre llegaban mucho más lejos
de donde él se hubiera atrevido a hacerlas llegar. Extraviado en la soledad de su inmenso poder, empezó a perder
el rumbo. Le molestaba la gente que lo aclamaba en los
pueblos vencidos, y que le parecía la misma que aclamaba
al enemigo. Por todas partes encontraba adolescentes que
lo miraban con sus propios ojos, que hablaban con su
propia voz, que lo saludaban con la misma desconfianza
con que él los saludaba a ellos, y que decían ser sus hijos.
Se sintió disperso, repetido, y más solitario que nunca.
Tuvo la convicción de que sus propios oficiales le mentían.
Se peleó con el duque de Marlborough. «El mejor amigo
—solía decir entonces— es el que acaba de morir.» Se cansó
de la incertidumbre, del círculo vicioso de aquella guerra
eterna que siempre lo encontraba a él en el mismo lugar,
sólo que cada vez más viejo, más acabado, más sin saber
por qué, ni cómo, ni hasta cuándo. Siempre había alguien
fuera del círculo de tiza. Alguien a quien le hacía falta
dinero, que tenía un hijo con tos ferina o que quería irse a
dormir para siempre porque ya no podía soportar en la
boca el sabor a mierda de la guerra y que, sin embargo, se
cuadraba con sus últimas reservas de energía para
informar: «Todo normal, mi coronel.» Y la normalidad era
precisamente lo más espantoso de aquella guerra infinita:
que no pasaba nada. Solo, abandonado por los presagios, huyendo del frío que había de acompañarlo hasta
la muerte, buscó un último refugio en Macondo, al calor
de sus recuerdos más antiguos. Era tan grave su desidia
que cuando le anunciaron la llegada de una comisión de
su partido autorizada para discutir la encrucijada de la

guerra, él se dio vuelta en la hamaca sin despertar por completo.

—Llévenlos donde las putas —dijo.

Eran seis abogados de levita y chistera que soportaban con un duro estoicismo el bravo sol de noviembre. Úrsula los hospedó en la casa. Se pasaban la mayor parte del día encerrados en el dormitorio, en conciliábulos herméticos, y al anochecer pedían una escolta y un conjunto de acordeones y tomaban por su cuenta la tienda de Catarino. «No los molesten —ordenaba el coronel Aureliano Buendía—. Al fin y al cabo, yo sé lo que quieren.» A principios de diciembre, la entrevista largamente esperada, que muchos habían previsto como una discusión interminable, se resolvió en menos de una hora.

En la calurosa sala de visitas, junto al espectro de la pianola amortajada con una sábana blanca, el coronel Aureliano Buendía no se sentó esta vez dentro del círculo de tiza que trazaron sus edecanes. Ocupó una silla entre sus asesores políticos, y envuelto en la manta de lana escuchó en silencio las breves propuestas de los emisarios. Pedían, en primer término, renunciar a la revisión de los títulos de propiedad de la tierra para recuperar el apoyo de los terratenientes liberales. Pedían, en segundo término, renunciar a la lucha contra la influencia clerical para obtener el respaldo del pueblo católico. Pedían, por último, renunciar a las aspiraciones de igualdad de derechos entre los hijos naturales y los legítimos para preservar la integridad de los hogares.

—Quiere decir —sonrió el coronel Aureliano Buendía cuando terminó la lectura— que sólo estamos luchando por el poder.

—Son reformas tácticas —replicó uno de los delegados—. Por ahora, lo esencial es ensanchar la base popular de la guerra. Después veremos.

Uno de los asesores políticos del coronel Aureliano Buendía se apresuró a intervenir.

—Es un contrasentido —dijo—. Si estas reformas son buenas, quiere decir que es bueno el régimen conservador. Si con ellas lograremos ensanchar la base popular de la guerra, como dicen ustedes, quiere decir que el régimen tiene una amplia base popular. Quiere decir, en síntesis, que durante casi veinte años hemos estado luchando contra los sentimientos de la nación.

Iba a seguir, pero el coronel Aureliano Buendía lo interrumpió con una señal. «No pierda el tiempo, doctor —dijo—. Lo importante es que desde este momento sólo luchamos por el poder.» Sin dejar de sonreír, tomó los pliegos que le entregaron los delegados y se dispuso a firmar.

—Puesto que es así —concluyó—, no tenemos ningún inconveniente en aceptar.

Sus hombres se miraron consternados.

—Me perdona, coronel —dijo suavemente el coronel Gerineldo Márquez—, pero esto es una traición.

El coronel Aureliano Buendía detuvo en el aire la pluma entintada, y descargó sobre él todo el peso de su autoridad.

—Entrégueme sus armas —ordenó.

El coronel Gerineldo Márquez se levantó y puso las armas en la mesa.

—Preséntese en el cuartel —le ordenó el coronel Aureliano Buendía—. Queda usted a disposición de los tribunales revolucionarios.

Luego firmó la declaración y entregó los pliegos a los emisarios, diciéndoles:

—Señores, ahí tienen sus papeles. Que les aprovechen.

Dos días después, el coronel Gerineldo Márquez, acusado de alta traición, fue condenado a muerte. Derrumbado en su hamaca, el coronel Aureliano Buendía fue insensible a las súplicas de clemencia. La víspera de la ejecución, desobedeciendo la orden de no molestarlo, Úrsula lo visitó en el dormitorio. Cerrada de negro, investida de una rara solemnidad, permaneció de pie los tres minutos de la entrevista. «Sé que fusilarás a Gerineldo —dijo serenamente—, y no puedo hacer nada por impedirlo. Pero una cosa te advierto: tan pronto como vea el cadáver, te lo juro por los huesos de mi padre y mi madre, por la memoria de José Arcadio Buendía, te lo juro ante Dios, que te he de sacar de donde te metas y te mataré con mis propias manos.» Antes de abandonar el cuarto, sin esperar ninguna réplica, concluyó:

—Es lo mismo que habría hecho si hubieras nacido con cola de puerco.

Aquella noche interminable, mientras el corobel Gerineldo Márquez evocaba sus tardes muertas en el costurero de Amaranta, el coronel Aureliano Buendía rasguñó durante muchas horas, tratando de romperla, la dura cáscara de su soledad. Sus únicos instantes felices, desde la tarde remota en que su padre lo llevó a conocer el hielo, habían transcurrido en el taller de platería, donde se le iba el tiempo armando pescaditos de oro. Había tenido que promover 32 guerras, y había tenido que violar todos sus pactos con la muerte y revolcarse como un cerdo en el muladar de la gloria, para descubrir con casi cuarenta años de retraso los privilegios de la simplicidad.

Al amanecer, estragado por la tormentosa vigilia, apareció en el cuarto del cepo una hora antes de la ejecución. «Terminó la farsa, compadre —le dijo al coronel Gerineldo Márquez—. Vámonos de aquí, antes de que acaben de fusilarte los mosquitos.» El coronel Gerineldo Márquez no pudo reprimir el desprecio que le inspiraba aquella actitud.

—No, Aureliano —replicó—. Vale más estar muerto que verte convertido en un chafarote.

—No me verás —dijo el coronel Aureliano Buendía—. Ponte los zapatos y ayúdame a terminar con esta guerra de mierda.

Al decirlo, no imaginaba que era más fácil empezar una guerra que terminarla. Necesitó casi un año de rigor sanguinario para forzar al gobierno a proponer condiciones de paz favorables a los rebeldes, y otro año para persuadir a sus partidarios de la conveniencia de aceptarlas. Llegó a inconcebibles extremos de crueldad para sofocar las rebeliones de sus propios oficiales, que se resistían a feriar la victoria, y terminó apoyándose en fuerzas enemigas para acabar de someterlos.

Nunca fue mejor guerrero que entonces. La certidumbre de que por fin peleaba por su propia liberación, y no por ideales abstractos, por consignas que los políticos podían voltear al derecho y al revés según las circunstancias, le infundió un entusiasmo enardecido. El coronel Gerineldo Márquez, que luchó por el fracaso con tanta convicción y tanta lealtad como antes había luchado por el triunfo, le reprochaba su temeridad inútil. «No te preocupes —sonreía él—. Morirse es mucho más difícil de lo que uno cree.» En su caso era verdad. La seguridad de que su día estaba señalado lo invistió de una inmunidad misteriosa, una inmortalidad a término fijo que lo hizo invulnerable a los riesgos de la guerra, y le permitió finalmente conquistar una derrota que era mucho más difícil, mucho más sangrienta y costosa que la victoria.

En casi veinte años de guerra, el coronel Aureliano Buendía había estado muchas veces en la casa, pero el estado de urgencia en que llegaba siempre, el aparato militar que lo acompañaba a todas partes, el aura de leyenda que doraba su presencia y a la cual no fue insensible ni la propia Úrsula, terminaron por convertirlo en un extraño. La última vez que estuvo en Macondo, y tomó una casa para sus tres concubinas, no se le vio en la suya sino dos o tres veces, cuando tuvo tiempo de aceptar invitaciones a comer. Remedios, la bella, y los gemelos nacidos en plena guerra, apenas si lo conocían. Amaranta no lograba conciliar la imagen del hermano que pasó la adolescencia fabricando pescaditos de oro, con la del guerrero mítico que había interpuesto entre él y el resto de la humanidad una distancia de tres metros. Pero cuando se conoció la proximidad del armisticio y se pensó que él regresaba otra vez convertido en un ser humano, rescatado por fin para el corazón de los suyos, los afectos familiares aletargados por tanto tiempo renacieron con más fuerza que nunca.

—Al fin —dijo Úrsula— tendremos otra vez un hombre en la casa.

Amaranta fue la primera en sospechar que lo habían perdido para siempre. Una semana antes del armisticio, cuando él entró en la casa sin escolta, precedido por dos ordenanzas descalzos que depositaron en el corredor los aperos de la mula y el baúl de los versos, único saldo de su antiguo equipaje imperial, ella lo vio pasar frente al costurero y lo llamó. El coronel Aureliano Buendía pareció tener dificultad para reconocerla.

—Soy Amaranta —dijo ella de buen humor, feliz de su regreso, y le mostró la mano con la venda negra—. Mira.

El coronel Aureliano Buendía le hizo la misma sonrisa de la primera vez en que la vio con la venda, la remota mañana en que volvió a Macondo sentenciado a muerte.

—¡Qué horror —dijo—, cómo se pasa el tiempo!

El ejército regular tuvo que proteger la casa. Llegó vejado, escupido, acusado de haber recrudecido la guerra sólo para venderla más cara. Temblaba de fiebre y de frío y tenía otra vez las axilas empedradas de golondrinos. Seis meses antes, cuando oyó hablar del armisticio, Úrsula había abierto y barrido la alcoba nupcial, y había quemado mirra en los rincones, pensando que él regresaría dispuesto a envejecer despacio entre las enmohecidas muñecas de Remedios. Pero en realidad, en los dos últimos años él le había pagado sus cuotas finales a la vida, inclusive la del envejecimiento. Al pasar frente al taller de platería, que Úrsula había preparado con especial diligencia, ni siquiera advirtió que las llaves estaban puestas en el candado. No percibió los minúsculos y desgarradores destrozos que el tiempo había hecho en la casa, y que después de una ausencia tan prolongada habrían parecido un desastre a cualquier hombre que conservara vivos sus recuerdos. No le dolieron las peladuras de cal en las paredes, ni los sucios algodones de telaraña en los rincones, ni el polvo de las begonias, ni las nervaduras del comején en las vigas, ni el musgo de los quicios, ni ninguna de las trampas insidiosas que le tendía la nostalgia. Se sentó en el corredor, envuelto en la manta y sin quitarse las botas, como esperando apenas que escampara, y permaneció toda la tarde viendo llover sobre las begonias. Úrsula comprendió entonces que no lo tendría en la casa por mucho tiempo. «Si no es la guerra —pensó— sólo puede ser la muerte.» Fue una suposición tan nítida, tan convincente, que la identificó como un presagio.

Esa noche, en la cena, el supuesto Aureliano Segundo desmigajó el pan con la mano derecha y tomó la sopa con la izquierda. Su hermano gemelo, el supuesto José Arcadio Segundo, desmigajó el pan con la mano izquierda y tomó la sopa con la derecha. Era tan precisa la coordinación de sus movimientos que no parecían dos hermanos sentados el uno frente al otro, sino un artificio de espejos. El espectáculo que los gemelos habían concebido desde que tuvieron conciencia de ser iguales fue repetido en honor del recién llegado. Pero el coronel Aureliano Buendía no lo advirtió. Parecía tan ajeno a todo que ni siquiera se fijó en Remedios, la bella, que pasó desnuda hacia el dormitorio. Úrsula fue la única que se atrevió a perturbar su abstracción.

—Si has de irte otra vez —le dijo a mitad de la cena—, por lo menos trata de recordar cómo éramos esta noche.

Entonces el coronel Aureliano Buendía se dio cuenta, sin asombro, que Úrsula era el único ser humano que había logrado desentrañar su miseria, y por primera vez en muchos años se atrevió a mirarla a la cara. Tenía la piel cuarteada, los dientes carcomidos, el cabello marchito y sin color, y la mirada atónita. La comparó con el recuerdo más antiguo que tenía de ella, la tarde en que él tuvo el presagio de que una olla de caldo hirviendo iba a caerse de la mesa, y la encontró despedazada. En un instante descubrió los arañazos, los verdugones, las mataduras, las úlceras y cicatrices que había dejado en ella más de medio siglo de vida cotidiana, y comprobó que esos estragos no suscitaban en él ni siquiera un sentimiento de piedad. Hizo entonces un último esfuerzo para buscar en su corazón el sitio donde se le habían podrido los afectos, y no pudo encontrarlo. En otra época, al menos, experimentaba un confuso sentimiento de vergüenza cuando sorprendía en su propia piel el olor de Úrsula, y en más de una ocasión sintió sus pensamientos interferidos por el pensamiento de ella. Pero todo eso había sido arrasado por la guerra. La propia Remedios, su esposa, era en aquel momento la imagen borrosa de alguien que pudo haber sido su hija. Las incontables mujeres que conoció en el desierto del amor, y que dispersaron su simiente en todo el litoral, no habían dejado rastro alguno en sus sentimientos. La mayoría de ellas entraba en el cuarto en la oscuridad y se iban antes del alba, y al día siguiente eran apenas un poco de tedio en la memoria corporal. El único afecto que prevalecía contra el tiempo y la guerra, fue el que sintió por su hermano José Arcadio, cuando ambos eran niños, y no estaba fundado en el amor, sino en la complicidad.

—Perdone —se excusó ante la petición de Úrsula—. Es que esta guerra ha acabado con todo.

En los días siguientes se ocupó de destruir todo rastro de su paso por el mundo. Simplificó el taller de platería hasta sólo dejar los objetos impersonales, regaló sus ropas a los ordenanzas y enterró sus armas en el patio con el mismo sentido de penitencia con que su padre enterró la lanza que dio muerte a Prudencio Aguilar. Sólo conservó una pistola, y con una sola bala. Úrsula no intervino. La única vez que lo disuadió fue cuando él estaba a punto de destruir el daguerrotipo de Remedios que se conservaba en la sala, alumbrado por una lámpara eterna. «Ese retrato dejó de pertenecerte hace mucho tiempo —le dijo—. Es una reliquia de familia.» La víspera del armisticio, cuando ya no quedaba en la casa un solo objeto que permitiera recordarlo, llevó a la panadería el baúl con los versos en el momento en que Santa Sofía de la Piedad se preparaba para encender el horno.

—Préndalo con esto —le dijo él, entregándole el primer rollo de papeles amarillento—. Arde mejor, porque son cosas muy viejas.

Santa Sofía de la Piedad, la silenciosa, la condescendiente, la que nunca contrarió ni a sus propios hijos, tuvo la impresión de que aquel era un acto prohibido.

—Son papeles importantes —dijo.

—Nada de eso —dijo el coronel—. Son cosas que se escriben para uno mismo.

—Entonces —dijo ella— quémelos usted mismo, coronel.

No sólo lo hizo, sino que despedazó el baúl con una hachuela y echó las astillas al fuego. Horas antes, Pilar Ternera había estado a visitarlo. Después de tantos años de no verla, el coronel Aureliano Buendía se asombró de cuánto había envejecido y engordado, y de cuánto había perdido el esplendor de su risa, pero se asombró también de la profundidad que había logrado en la lectura de las barajas. «Cuídate la boca», le dijo ella, y él se preguntó si la otra vez que se lo dijo, en el apogeo de la gloria, no había sido una visión sorprendentemente anticipada de su destino. Poco después, cuando su médico personal acabó de extirparle los golondrinos, él le preguntó sin demostrar un interés particular cuál era el sitio exacto del corazón. El médico lo auscultó y le pintó luego un círculo en el pecho con un algodón sucio de yodo.

El martes del armisticio amaneció tibio y lluvioso. El coronel Aureliano Buendía apareció en la cocina antes de las cinco y tomó su habitual café sin azúcar. «Un día como este viniste al mundo —le dijo Úrsula—. Todos se asustaron con tus ojos abiertos.» Él no le puso atención, porque estaba pendiente de los aprestos de tropa, los toques de corneta y las voces de mando que estropeaban el alba. Aunque después de tantos años de guerra debían parecerle familiares, esta vez experimentó el mismo desaliento en las rodillas, y el mismo cabrilleo de la piel que había experimentado en su juventud en presencia de una mujer desnuda. Pensó confusamente, al fin capturado en una trampa de la nostalgia, que tal vez si se hubiera casado con ella hubiera sido un hombre sin guerra y sin gloria, un artesano sin nombre, un animal feliz. Ese estremecimiento tardío, que no figuraba en sus previsiones, le amargó el desayuno. A las siete de la mañana, cuando el coronel Gerineldo Márquez fue a buscarlo en compañía de un grupo de oficiales rebeldes, lo encontró más taciturno que nunca, más pensativo y solitario. Úrsula trató de echarle sobre los hombros una manta nueva. «Qué va a pensar el gobierno —le dijo—. Se imaginarán que te has rendido porque ya no tenías ni con qué comprar una manta.» Pero él no la aceptó. Ya en la puerta, viendo que seguía la lluvia, se dejó poner un viejo sombrero de fieltro de José Arcadio Buendía.

—Aureliano —le dijo entonces Úrsula—, prométeme que si te encuentras por ahí con la mala hora, pensarás en tu madre.

Él le hizo una sonrisa distante, levantó la mano con todos los dedos extendidos, y sin decir una palabra abandonó la casa y se enfrentó a los gritos, vituperios y blasfemias que habían de perseguirlo hasta la salida del pueblo. Úrsula pasó la tranca en la puerta decidida a no quitarla en el resto de su vida. «Nos pudriremos aquí dentro —pensó—. Nos volveremos ceniza en esta casa sin hombres, pero no le daremos a este pueblo miserable el gusto de vernos llorar.» Estuvo toda la mañana buscando un recuerdo de su hijo en los más secretos rincones, y no pudo encontrarlo.

El acto se celebró a veinte kilómetros de Macondo, a la sombra de una ceiba gigantesca en torno a la cual había de fundarse más tarde el pueblo de Neerlandia. Los delegados del gobierno y los partidos, y la comisión rebelde que entregó las armas, fueron servidos por un bullicioso grupo de novicias de hábitos blancos, que parecían un revuelo de palomas asustadas por la lluvia. El coronel Aureliano Buendía llegó en una mula embarrada. Estaba sin afeitar, más atormentado por el dolor de los golondrinos que por el inmenso fracaso de sus sueños, pues había llegado al término de toda esperanza, más allá de la gloria y de la nostalgia de la gloria. De acuerdo con lo dispuesto por él mismo, no hubo música, ni cohetes, ni campanas de júbilo, ni vítores, ni ninguna otra manifestación que pudiera alterar el carácter luctuoso del armisticio. Un fotógrafo ambulante que tomó el único retrato suyo que hubiera podido conservarse, fue obligado a destruir las placas sin revelarlas.

El acto duró apenas el tiempo indispensable para que se estamparan las firmas. En torno de la rústica mesa colocada en el centro de una remendada carpa de circo, donde se sentaron los delegados, estaban los últimos oficiales que permanecieron fieles al coronel Aureliano Buendía. Antes de tomar las firmas, el delegado personal del presidente de la república trató de leer en voz alta el acta de la rendición, pero el coronel Aureliano Buendía se opuso. «No perdamos el tiempo en formalismos», dijo, y se dispuso a firmar los pliegos sin leerlos. Uno de sus oficiales rompió entonces el silencio soporífero de la carpa.

—Coronel —dijo—, háganos el favor de no ser el primero en firmar.

El coronel Aureliano Buendía accedió. Cuando el documento dio la vuelta completa a la mesa, en medio de un silencio tan nítido que habrían podido descifrarse las firmas por el garrapateo de la pluma en el papel, el primer lugar estaba todavía en blanco. El coronel Aureliano Buendía se dispuso a ocuparlo.

—Coronel —dijo entonces otro de sus oficiales—, todavía tiene tiempo de quedar bien.

Sin inmutarse, el coronel Aureliano Buendía firmó la primera copia. No había acabado de firmar la última cuando apareció en la puerta de la carpa un coronel rebelde llevando del cabestro una mula cargada con dos baúles. A pesar de su extremada juventud, tenía un aspecto árido y una expresión paciente. Era el tesorero de la revolución en la circunscripción de Macondo. Había hecho un penoso viaje de seis días, arrastrando la mula muerta de hambre, para llegar a tiempo al armisticio. Con una parsimonia exasperante descargó los baúles, los abrió, y fue poniendo en la mesa, uno por uno, setenta y dos ladrillos de oro. Nadie recordaba la existencia de aquella fortuna. En el desorden del último año, cuando el mando central saltó en pedazos y la revolución degeneró en una sangrienta rivalidad de caudillos, era imposible determinar ninguna responsabilidad. El oro de la rebelión, fundido en bloques que luego fueron recubiertos de barro cocido, quedó fuera de todo control. El coronel Aureliano Buendía hizo incluir los setenta y dos ladrillos de oro en el inventario de la rendición, y clausuró el acto sin permitir discursos. El escuálido adolescente permaneció frente a él, mirándolo a los ojos con sus serenos ojos color de almíbar.

—¿Algo más? —le preguntó el coronel Aureliano Buendía.

El joven coronel apretó los dientes.

—El recibo —dijo.

El coronel Aureliano Buendía se lo extendió de su puño y letra. Luego tomó un vaso de limonada y un pedazo de bizcocho que repartieron las novicias, y se retiró a una tienda de campaña que le habían preparado por si quería descansar. Allí se quitó la camisa, se sentó en el borde del catre, y a las tres y cuarto de la tarde se disparó un tiro de pistola en el círculo de yodo que su médico personal le había pintado en el pecho. A esa hora, en Macondo, Úrsula destapó la olla de la leche en el fogón, extrañada de que se demorara tanto para hervir, y la encontró llena de gusanos.

—¡Han matado a Aureliano! —exclamó.

Miró hacia el patio, obedeciendo a una costumbre de su soledad, y entonces vio a José Arcadio Buendía, empapado, triste de lluvia y mucho más viejo que cuando murió. «Lo han matado a traición —precisó Úrsula— y nadie le hizo la caridad de cerrarle los ojos.» Al anochecer vio a través de las lágrimas los raudos y luminosos discos anaranjados que cruzaron el cielo como una exhalación, y pensó que era una señal de la muerte. Estaba todavía bajo el castaño, sollozando en las rodillas de su esposo, cuando llevaron al coronel Aureliano Buendía envuelto en la manta acartonada de sangre seca y con los ojos abiertos de rabia.

Estaba fuera de peligro. El proyectil siguió una trayectoria tan limpia que el médico le metió por el pecho y le sacó por la espalda un cordón empapado de yodo. «Esta es mi obra maestra —le dijo satisfecho—. Era el único punto por donde podía pasar una bala sin lastimar ningún centro vital.» El coronel Aureliano Buendía se vio rodeado de novicias misericordiosas que entonaban salmos desesperados por el eterno descanso de su alma, y entonces se arrepintió de no haberse dado el tiro en el paladar como lo tenía previsto, sólo por burlar el pronóstico de Pilar Ternera.

—Si todavía me quedara autoridad —le dijo al doctor—, lo haría fusilar sin fórmula de juicio. No por salvarme la vida, sino por hacerme quedar en ridículo.

El fracaso de la muerte le devolvió en pocas horas el prestigio perdido. Los mismos que inventaron la patraña de que había vendido la guerra por un aposento cuyas paredes estaban construidas con ladrillos de oro, definieron la tentativa de suicidio como un acto de honor, y lo proclamaron mártir. Luego, cuando rechazó la Orden del Mérito que le otorgó el presidente de la república, hasta sus más encarnizados rivales desfilaron por su cuarto pidiéndole que desconociera los términos del armisticio y promoviera una nueva guerra. La casa se llenó de regalos de desagravio. Tardíamente impresionado por el respaldo masivo de sus antiguos compañeros de armas, el coronel Aureliano Buendía no descartó la posibilidad de complacerlos. Al contrario, en cierto momento pareció tan entusiasmado con la idea de una nueva guerra que el coronel Gerineldo Márquez pensó que sólo esperaba un pretexto para proclamarla. El pretexto se le ofreció, efectivamente, cuando el presidente de la república se negó a asignar las pensiones de guerra a los antiguos combatientes, liberales o conservadores, mientras cada expediente no fuera revisado por una comisión especial, y la ley de asignaciones aprobada por el congreso. «Esto es un atropello —tronó el coronel Aureliano Buendía—. Se morirán de viejos esperando el correo.» Abandonó por primera vez el mecedor que Úrsula le compró para la convalecencia, y dando vueltas en la alcoba dictó un mensaje terminante para el presidente de la república. En ese telegrama, que nunca fue publicado, denunciaba la primera violación del tratado de Neerlandia y amenazaba con proclamar la guerra a muerte si la asignación de las pensiones no era resuelta en el término de quince días. Era tan justa su actitud, que permitía esperar, inclusive, la adhesión de los antiguos combatientes conservadores. Pero la única respuesta del gobierno fue el refuerzo de la guardia militar que se había puesto en la puerta de la casa, con el pretexto de protegerla, y la prohibición de toda clase de visitas. Medidas similares se adoptaron en todo el país con otros caudillos de cuidado. Fue una operación tan oportuna, drástica y eficaz, que dos meses después del armisticio, cuando el coronel Aureliano Buendía fue dado de alta, sus instigadores más decididos estaban muertos o expatriados, o habían sido asimilados para siempre por la administración pública.

El coronel Aureliano Buendía abandonó el cuarto en diciembre, y le bastó con echar una mirada al corredor para no volver a pensar en la guerra. Con una vitalidad que parecía imposible a sus años, Úrsula había vuelto a rejuvenecer la casa. «Ahora van a ver quién soy yo —dijo cuando supo que su hijo viviría—. No habrá una casa mejor, ni más

abierta a todo el mundo, que esta casa de locos.» La hizo
lavar y pintar, cambió los muebles, restauró el jardín y
sembró flores nuevas, y abrió puertas y ventanas para que
entrara hasta los dormitorios la deslumbrante claridad del
verano. Decretó el término de los numerosos lutos superpuestos, y ella misma cambió los viejos trajes rigurosos por
ropas juveniles. La música de la pianola volvió a alegrar la
casa. Al oírla, Amaranta se acordó de Pietro Crespi, de su
gardenia crepuscular y su olor de lavanda, y en el fondo de
su marchito corazón floreció un rencor limpio, purificado
por el tiempo. Una tarde en que trataba de poner orden en
la sala, Úrsula pidió ayuda a los soldados que custodiaban
la casa. El joven comandante de la guardia les concedió el
permiso. Poco a poco, Úrsula les fue asignando nuevas
tareas. Los invitaba a comer, les regalaba ropas y zapatos y
les enseñaba a leer y escribir. Cuando el gobierno suspendió la vigilancia, uno de ellos se quedó viviendo en la
casa, y estuvo a su servicio por muchos años. El día de Año
Nuevo, enloquecido por los desaires de Remedios, la bella,
el joven comandante de la guardia amaneció muerto de
amor junto a su ventana.

Años después, en su lecho de agonía, Aureliano Segundo había de recordar la lluviosa tarde de junio en que entró en el dormitorio a conocer a su primer hijo. Aunque era lánguido y llorón, sin ningún rasgo de un Buendía, no tuvo que pensar dos veces para ponerle nombre.

—Se llamará José Arcadio —dijo.

Fernanda del Carpio, la hermosa mujer con quien se había casado el año anterior, estuvo de acuerdo. En cambio Úrsula no pudo ocultar un vago sentimiento de zozobra. En la larga historia de la familia, la tenaz repetición de los nombres le había permitido sacar conclusiones que le parecían terminantes. Mientras los Aurelianos eran retraídos, pero de mentalidad lúcida, los José Arcadio eran impulsivos y emprendedores, pero estaban marcados por un signo trágico. Los únicos casos de clasificación imposible eran los de José Arcadio Segundo y Aureliano Segundo. Fueron tan parecidos y traviesos durante la infancia que ni la propia Santa Sofía de la Piedad podía distinguirlos. El día del bautismo, Amaranta les puso esclavas con sus respectivos nombres y los vistió con ropas de colores distintos marcadas con las iniciales de cada uno, pero cuando empezaron a asistir a la escuela optaron por cambiarse la ropa y las esclavas y por llamarse ellos mismos con los nombres cruzados. El maestro Melchor Escalona, acostumbrado a conocer a José Arcadio Segundo por la camisa verde, perdió los estribos cuando descubrió que éste tenía la esclava de Aureliano Segundo, y que el otro decía llamarse, sin embargo, Aureliano Segundo a pesar de que tenía la camisa blanca y la esclava marcada con el nombre de José Arcadio Segundo. Desde entonces no se sabía con certeza quién era quién. Aun cuando crecieron y la vida los hizo diferentes, Úrsula seguía preguntándose si ellos mismos no habrían cometido un error en algún momento de su intrincado juego de confusiones, y habían quedado cambiados para siempre. Hasta el principio de la adolescencia fueron dos mecanismos sincrónicos. Despertaban al mismo tiempo, sentían deseos de ir al baño a la misma hora, sufrían los mismos trastornos de salud y hasta soñaban las mismas cosas. En la casa, donde se creía que coordinaban sus actos por el simple deseo de confundir, nadie se dio cuenta de la realidad hasta un día en que Santa Sofía de la Piedad le dio a uno un vaso de limonada, y más tardó en probarlo que el otro en decir que le faltaba azúcar. Santa Sofía de la Piedad, que en efecto había olvidado ponerle azúcar a la limonada, se lo contó a Úrsula. «Así son todos —dijo ella, sin sorpresa—. Locos de nacimiento.» El tiempo acabó de desordenar las cosas. El que en los juegos de confusión se quedó con el nombre de Aureliano Segundo se volvió monumental como el abuelo, y el que se quedó con el nombre de José Arcadio Segundo se volvió óseo como el coronel, y lo único que conservaron en común fue el aire solitario de la familia. Tal vez fue ese entrecruzamiento de estaturas, nombres y caracteres lo que le hizo sospechar a Úrsula que estaban barajados desde la infancia.

La diferencia decisiva se reveló en plena guerra cuando José Arcadio Segundo le pidió el coronel Gerineldo Márquez que lo llevara a ver los fusilamientos. Contra el parecer de Úrsula, sus deseos fueron satisfechos. Aureliano Segundo, en cambio, se estremeció ante la sola idea de presenciar una ejecución. Prefería la casa. A los doce años le preguntó a Úrsula qué había en el cuarto clausurado. «Papeles —le contestó ella—. Son los libros de Melquíades y las cosas raras que escribía en sus últimos años.» La respuesta, en vez de tranquilizarlo, aumentó su curiosidad. Insistió tanto, prometió con tanto ahínco no maltratar las cosas, que Úrsula le dio las llaves. Nadie había vuelto a entrar al cuarto desde que sacaron el cadáver de Melquíades y pusieron en la puerta el candado cuyas piezas se soldaron con la herrumbre. Pero cuando Aureliano Segundo abrió las ventanas entró una luz familiar que parecía acostumbrada a iluminar el cuarto todos los días, y no había el menor rastro de polvo o telaraña, sino que todo estaba barrido y limpio, mejor barrido y más limpio que el día del entierro, y la tinta no se había secado en el tintero ni el óxido había alterado el brillo de los metales, ni se había extinguido el rescoldo del atanor donde José Arcadio Buendía vaporizó el mercurio. En los anaqueles estaban los libros empastados en una materia acartonada y pálida como la piel humana curtida, y estaban los manuscritos intactos. A pesar del encierro de muchos años, el aire parecía más puro que en el resto de la casa. Todo era tan reciente, que varias semanas después, cuando Úrsula entró al cuarto con un cubo de agua y una escoba para lavar los pisos, no tuvo nada que hacer. Aureliano Segundo estaba abstraído en la lectura de un libro. Aunque carecía de pastas y el título no aparecía por ninguna parte, el niño gozaba con la historia de una mujer que se sentaba a la mesa y sólo comía granos de arroz que prendía con alfileres, y con la historia del pescador que le pidió prestado a su vecino un plomo para su red y el pescado con que lo recompensó más tarde tenía un diamante en el estómago, y con la lámpara que satisfacía los deseos y las alfombras que volaban. Asombrado, le preguntó a Úrsula si todo aquello era verdad, y ella le contentó que sí, que muchos años antes los gitanos llevaban a Macondo las lámparas maravillosas y las esteras voladoras.

—Lo que pasa —suspiró— es que el mundo se va acabando poco a poco y ya no vienen esas cosas.

Cuando terminó el libro, muchos de cuyos cuentos estaban inconclusos porque faltaban páginas, Aureliano Segundo se dio a la tarea de descifrar los manuscritos. Fue imposible. Las letras parecían ropa puesta a secar en un alambre, y se asemejaban más a la escritura musical que a la literaria. Un mediodía ardiente, mientras escrutaba los manuscritos, sintió que no estaba solo en el cuarto. Contra la reverberación de la ventana, sentado con las manos en las rodillas, estaba Melquíades. No tenía más de cuarenta años. Llevaba el mismo chaleco anacrónico y el sombrero de alas de cuervo, y por sus sienes pálidas chorreaba la grasa del cabello derretida por el calor, como lo vieron Aureliano y José Arcadio cuando eran niños. Aureliano Segundo lo reconoció de inmediato, porque aquel recuerdo hereditario se había transmitido de generación en generación, y había llegado a él desde la memoria de su abuelo.

—Salud —dijo Aureliano Segundo.

—Salud, joven —dijo Melquíades.

Desde entonces, durante varios años, se vieron casi todas las tardes. Melquíades le hablaba del mundo, trataba de infundirle su vieja sabiduría, pero se negó a traducir los manuscritos. «Nadie debe conocer su sentido mientras no hayan cumplido cien años», explicó. Aureliano Segundo guardó para siempre el secreto de aquellas entrevistas. En una ocasión sintió que su mundo privado se derrumbaba, porque Úrsula entró en el momento en que Melquíades estaba en el cuarto. Pero ella no lo vio.

—¿Con quién hablas? —le preguntó.

—Con nadie —dijo Aureliano Segundo.

—Así era tu bisabuelo —dijo Úrsula—. También él hablaba solo.

José Arcadio Segundo, mientras tanto, había satisfecho la ilusión de ver un fusilamiento. Por el resto de su vida recordaría el fogonazo lívido de los seis disparos simultáneos y el eco del estampido que se despedazó por los montes, y la sonrisa triste y los ojos perplejos del fusilado, que permaneció erguido mientras la camisa se le empapaba de sangre, y que seguía sonriendo aún cuando lo desataron del poste y lo metieron en un cajón lleno de cal. «Está vivo —pensó él—. Lo van a enterrar vivo.» Se impresionó tanto, que desde entonces detestó las prácticas militares y la guerra, no por las ejecuciones sino por la espantosa costumbre de enterrar vivos a los fusilados. Nadie supo entonces en qué momento empezó a tocar las campanas en la torre, y a ayudarle a misa al padre Antonio

Isabel, sucesor de *El Cachorro*, y a cuidar gallos de pelea en el patio de la casa cural. Cuando el coronel Gerineldo Márquez se enteró, lo reprendió duramente por estar aprendiendo oficios repudiados por los liberales. «La cuestión —contestó él— es que a mí me parece que he salido conservador.» Lo creía como si fuera una determinación de la fatalidad. El coronel Gerineldo Márquez, escandalizado, se lo contó a Úrsula.

—Mejor —aprobó ella—. Ojalá se meta de cura, para que Dios entre por fin a esta casa.

Muy pronto se supo que el padre Antonio Isabel lo estaba preparando para la primera comunión. Le enseñaba el catecismo mientras le afeitaba el pescuezo a los gallos. Le explicaba con ejemplos simples, mientras ponían en sus nidos a las gallinas cluecas, cómo se le ocurrió a Dios en el segundo día de la creación que los pollos se formaran dentro del huevo. Desde entonces manifestaba el párroco los primeros síntomas del delirio senil que lo llevó a decir, años más tarde, que probablemente el diablo había ganado la rebelión contra Dios, y que era aquél quien estaba sentado en el trono celeste, sin revelar su verdadera identidad para atrapar a los incautos. Fogueado por la intrepidez de su preceptor, José Arcadio Segundo llegó en pocos meses a ser tan ducho en martingalas teológicas para confundir al demonio, como diestro en las trampas de la gallera. Amaranta le hizo un traje de lino con cuello y corbata, le compró un par de zapatos blancos y grabó su nombre con letras doradas en el lazo del sirio. Dos noches antes de la primera comunión, el padre Antonio Isabel se encerró con él en la sacristía para confesarlo, con la ayuda de un diccionario de pecados. Fue una lista tan larga, que el anciano párroco, acostumbrado a acostarse a las seis, se quedó dormido en el sillón antes de terminar. El interrogatorio fue para José Arcadio Segundo una revelación. No le sorprendió que el padre le preguntara si había hecho cosas malas con mujer, y contestó honradamente que no, pero se desconcertó con la pregunta de si las había hecho con animales. El primer viernes de mayo comulgó torturado por la curiosidad. Más tarde le hizo la pregunta a Petronio, el enfermo sacristán que vivía en la torre y que según decían se alimentaba de murciélagos, y Petronio le contestó: «Es que hay cristianos corrompidos que hacen sus cosas con las burras.» José Arcadio Segundo siguió demostrando tanta curiosidad, pidió tantas explicaciones, que Petronio perdió la paciencia.

—Yo voy los martes en la noche —confesó—. Si prometes no decírselo a nadie, el otro martes te llevo.

El martes siguiente, en efecto, Petronio bajó de la torre con un banquito de madera que nadie supo hasta entonces para qué servía, y llevó a José Arcadio Segundo a una huerta cercana. El muchacho se aficionó tanto a aquellas incursiones nocturnas, que pasó mucho tiempo antes de que se le viera en la tienda de Catarino. Se hizo hombre de gallos. «Te llevas esos animales a otra parte —le ordenó Úrsula la primera vez que lo vio entrar con sus finos animales de pelea—. Ya los gallos han traído demasiadas amarguras a esta casa para que ahora vengas tú a traernos otras.» José Arcadio Segundo se los llevó sin discusión, pero siguió criándolos donde Pilar Ternera, su abuela, que puso a su disposición cuanto le hacía falta, a cambio de tenerlo en la casa. Pronto demostró en la gallera la sabiduría que le infundió el padre Antonio Isabel, y dispuso de suficiente dinero no sólo para enriquecer sus crías, sino para procurarse satisfacciones de hombre. Úrsula lo comparaba en aquel tiempo con su hermano y no podía entender cómo los dos gemelos que parecieron una sola persona en la infancia habían terminado por ser tan distintos. La perplejidad no le duró mucho tiempo, porque muy pronto empezó Aureliano Segundo a dar muestras de holgazanería y disipación. Mientras estuvo encerrado en el cuarto de Melquíades fue un hombre ensimismado, como lo fue el coronel Aureliano Buendía en su juventud. Pero poco antes del tratado de Neerlandia una casualidad lo sacó de su ensimismamiento y lo enfrentó a la realidad del mundo. Una mujer joven, que andaba vendiendo números para la rifa de un acordeón, lo saludó con mucha familiaridad. Aureliano Segundo no se sorprendió porque ocurría con frecuencia que lo confundieran con su hermano. Pero no aclaró el equívoco, ni siquiera cuando la muchacha trató de ablandarle el corazón con lloriqueos, y terminó por llevarlo a su cuarto. Le tomó tanto cariño desde aquel primer encuentro, que hizo trampas en la rifa para que él se ganara el acordeón. Al cabo de dos semanas, Aureliano Segundo se dio cuenta de que la mujer se había estado acostando alternativamente con él y con su hermano, creyendo que eran el mismo hombre, y en vez de aclarar la situación se las arregló para prolongarla. No volvió al cuarto de Melquíades. Pasaba las tardes en el patio, aprendiendo a tocar de oídas el acordeón, contra las protestas de Úrsula, que en aquel tiempo había prohibido la música en la casa a causa de los lutos, y que además menospreciaba el acordeón como un instrumento propio de los vagabundos herederos de Francisco el Hombre. Sin embargo, Aureliano Segundo llegó a ser un virtuoso del acordeón y siguió siéndolo después de que se casó y tuvo hijos y fue uno de los hombres más respetados de Macondo.

Durante casi dos meses compartió la mujer con su hermano. Lo vigilaba, le descomponía los planes, y cuando estaba seguro de que José Arcadio Segundo no visitaría esa noche la amante común, se iba a dormir con ella. Una mañana descubrió que estaba enfermo. Dos días después encontró a su hermano aferrado a una viga del baño, empapado en sudor y llorando a lágrima viva, y entonces comprendió. Su hermano le confesó que la mujer lo había repudiado por llevarle lo que ella llamaba una enfermedad de la mala vida. Le contó también cómo trataba de curarlo Pilar Ternera. Aureliano Segundo se sometió a escondidas a los ardientes lavados de permanganato y las aguas diuréticas, y ambos se curaron por separado después de tres meses de sufrimientos secretos. José Arcadio Segundo no volvió a ver a la mujer. Aureliano Segundo obtuvo su perdón y se quedó con ella hasta la muerte.

Se llamaba Petra Cotes. Había llegado a Macondo en plena guerra, con un marido ocasional que vivía de las rifas, y cuando el hombre murió, ella siguió con el negocio. Era una mulata limpia y joven, con unos ojos amarillos y almendrados que le daban a su rostro la ferocidad de una pantera, pero tenía un corazón generoso y una magnífica vocación para el amor. Cuando Úrsula se dio cuenta de que José Arcadio Segundo era gallero y Aureliano Segundo tocaba el acordeón en las fiestas ruidosas de su concubina, creyó enloquecer de confusión. Era como si en ambos se hubieran concentrado los defectos de la familia y ninguna de sus virtudes. Entonces decidió que nadie volviera a llamarse Aureliano y José Arcadio. Sin embargo, cuando Aureliano Segundo tuvo su primer hijo, no se atrevió a contrariarlo.

—De acuerdo —dijo Úrsula—, pero con una condición: yo me encargo de criarlo.

Aunque ya era centenaria y estaba a punto de quedarse ciega por las cataratas, conservaba intactos el dinamismo físico, la integridad del carácter y el equilibrio mental. Nadie mejor que ella para formar al hombre virtuoso que había de restaurar el prestigio de la familia, un hombre que nunca hubiera oído hablar de la guerra, los gallos de pelea, las mujeres de mala vida y las empresas delirantes, cuatro calamidades que, según pensaba Úrsula, habían determinado la decadencia de su estirpe. «Éste será cura —prometió solemnemente—. Y si Dios me da vida, ha de llegar a ser Papa.» Todos rieron al oírla, no sólo en el dormitorio, sino en toda la casa, donde estaban reunidos los bulliciosos amigotes de Aureliano Segundo. La guerra, relegada al desván de los malos recuerdos, fue momentáneamente evocada con los taponazos del champaña.

—A la salud del Papa —brindó Aureliano Segundo.

Los invitados brindaron a coro. Luego el dueño de casa tocó el acordeón, se reventaron cohetes y se ordenaron tambores de júbilo para el pueblo. En la madrugada, los invitados ensopados en champaña sacrificaron seis vacas y las pusieron en la calle a disposición de la muchedumbre. Nadie se escandalizó. Desde que Aureliano Segundo se hizo cargo de la casa, aquellas festividades eran cosa corriente, aunque no existiera un motivo tan justo como el nacimiento de un Papa. En pocos años, sin esfuerzos, a puros golpes de suerte, había acumulado una de las más grandes fortunas de la ciénaga, gracias a la proliferación sobrenatural de sus animales. Sus yeguas parían trillizos, las gallinas ponían dos veces al día, y los cerdos engordaban con tal desenfreno, que nadie podía explicarse tan desordenada fecundidad, como no fuera por artes de magia. «Economiza ahora —le decía Úrsula a su atolondrado bisnieto—. Esta suerte no te va a durar toda la vida.» Pero Aureliano Segundo no le ponía atención. Mientras más destapaba champaña para ensopar a sus amigos, más alocadamente parían sus animales, y más se convencía él de que su buena estrella no era cosa de su conducta sino influencia de Petra Cotes, su concubina, cuyo amor tenía la virtud de exasperar a la naturaleza. Tan persuadido estaba de que era ese el origen de su fortuna, que nunca tuvo a Petra Cotes lejos de sus crías, y aun cuando se casó y tuvo hijos, siguió viviendo con ella con el consentimiento de Fernanda. Sólido, monumental como sus abuelos, pero con un gozo vital y una simpatía irresistible que ellos no tuvieron, Aureliano Segundo apenas si tenía tiempo de vigilar sus ganados. Le bastaba con llevar a Petra Cotes a sus criaderos, y pasearla a caballo por sus tierras, para que todo animal marcado con su hierro sucumbiera a la peste irremediable de la proliferación.

Como todas las cosas buenas que les ocurrieron en su larga vida, aquella fortuna desmandada tuvo origen en la casualidad. Hasta el final de las guerras, Petra Cotes seguía sosteniéndose con el producto de sus rifas, y Aureliano Segundo se las arreglaba para saquear de vez en cuando las alcancías de Úrsula. Formaban una pareja frívola, sin más preocupaciones que la de acostarse todas las noches, aun en las fechas prohibidas, y retozar en la cama hasta el amanecer. «Esa mujer ha sido tu perdición —le gritaba Úrsula al bisnieto cuando lo veía entrar a la casa como un sonámbulo—. Te tiene tan embobado, que un día de estos te veré retorciéndote de cólicos, con un sapo metido en la barriga.» José Arcadio Segundo, que demoró mucho tiempo para descubrir la suplantación, no lograba entender la pasión de su hermano. Recordaba a Petra Cotes como una mujer convencional, más bien perezosa en la cama, y completamente desprovista de recursos para el amor. Sordo al clamor de Úrsula y a las burlas de su hermano, Aureliano Segundo sólo pensaba entonces en encontrar un oficio que le permitiera sostener una casa para Fernanda, y morirse con ella, sobre ella y debajo de ella, en una noche de desafuero febril. Cuando el coronel Aureliano Buendía volvió a abrir el taller, seducido al fin por los encantos pacíficos de la vejez, Aureliano Segundo pensó que sería un buen negocio dedicarse a la fabricación de pescaditos de oro. Pasó muchas horas en el cuartito caluroso viendo cómo las duras láminas de metal, trabajadas por el coronel con la paciencia inconcebible del desengaño, se iban convirtiendo poco a poco en escamas doradas. El oficio le pareció tan laborioso, y era tan persistente y apremiante el recuerdo de Petra Cotes, que al cabo de tres semanas desapareció del taller. Fue en esa época que le dio a Petra Cotes por rifar conejos. Se reproducían y se volvían adultos con tanta rapidez, que apenas daban tiempo para vender los números de la rifa. Al principio, Aureliano Segundo no advirtió las alarmantes proporciones de la proliferación. Pero una noche, cuando ya nadie en el pueblo quería oír hablar de las rifas de conejos, sintió un estruendo en la pared del patio. «No te asustes —dijo Petra Cotes—. Son los conejos.» No pudieron dormir más, atormentados por el tráfago de los animales. Al amanecer, Aureliano Segundo abrió la puerta y vio el patio empedrado de conejos, azules en el resplandor del alba. Petra Cotes, muerta de risa, no resistió la tentación de hacerle una broma.

—Estos son los que nacieron anoche —dijo.

—¡Qué horror! —dijo él—. ¿Por qué no pruebas con vacas?

Pocos días después, tratando de desahogar su patio, Petra Cotes cambió los conejos por una vaca, que dos meses más tarde parió trillizos. Así empezaron las cosas. De la noche a la mañana, Aureliano Segundo se hizo dueño de tierras y ganados, y apenas si tenía tiempo de ensanchar las caballerizas y pocilgas desbordadas. Era una prosperidad de delirio que a él mismo le causaba risa, y no podía menos que asumir actitudes extravagantes para descargar su buen humor. «Apártense, vacas, que la vida es corta», gritaba. Úrsula se preguntaba en qué enredos se había metido, si no estaría robando, si no había terminado por volverse cuatrero, y cada vez que lo veía destapando champaña por el puro placer de echarse la espuma en la cabeza, le reprochaba a gritos el desperdicio. Lo molestó tanto, que un día en que Aureliano Segundo amaneció con el humor rebosado, apareció con un cajón de dinero, una lata de engrudo y una brocha, y cantando a voz en cuello las viejas canciones de Francisco el Hombre, empapeló la casa por dentro y por fuera, y de arriba abajo, con billetes de a peso. La antigua mansión, pintada de blanco desde los tiempos en que llevaron la pianola, adquirió el aspecto equívoco de una mezquita. En medio del alboroto de la familia, del escándalo de Úrsula, del júbilo del pueblo que abarrotó la calle para presenciar la glorificación del despilfarro, Aureliano Segundo terminó por empapelar desde la fachada hasta la cocina, inclusive los baños y dormitorios, y arrojó los billetes sobrantes en el patio.

—Ahora —dijo finalmente— espero que nadie en esta casa me vuelva a hablar de plata.

Así fue. Úrsula hizo quitar los billetes adheridos a las grandes tortas de cal, y volvió a pintar la casa de blanco. «Dios mío —suplicaba—. Haznos tan pobres como éramos cuando fundamos este pueblo, no sea que en la otra vida nos vayas a cobrar esta dilapidación.» Sus súplicas fueron escuchadas en sentido contrario. En efecto, uno de los trabajadores que desprendía los billetes tropezó por descuido con un enorme San José de yeso que alguien había dejado en la casa en los últimos años de la guerra, y la imagen hueca se despedazó contra el suelo. Estaba atiborrada de monedas de oro. Nadie recordaba quién había llevado aquel santo de tamaño natural. «Lo trajeron tres hombres —explicó Amaranta—. Me pidieron que lo guardáramos mientras pasaba la lluvia, y yo les dije que lo pusieran ahí, en el rincón, donde nadie fuera a tropezar con él, y ahí lo pusieron con mucho cuidado, y ahí ha estado desde entonces, porque nunca volvieron a buscarlo.» En los últimos tiempos, Úrsula le había puesto velas y se había postrado ante él, sin sospechar que en lugar de un santo estaba adorando casi doscientos kilogramos de oro. La tardía comprobación de su involuntario paganismo agravó su desconsuelo. Escupió el espectacular montón de monedas, lo metió en tres sacos de lona, y lo enterró en un lugar secreto, en espera de que tarde o temprano los tres desconocidos fueran a reclamarla. Mucho después, en los años difíciles de su decrepitud, Úrsula solía intervenir en las conversaciones de los numerosos viajeros que entonces pasaban por la casa, y les preguntaba si durante la guerra no habían dejado allí un San José de yeso para que lo guardaran mientras pasaba la lluvia.

Estas cosas, que tanto consternaban a Úrsula, eran corrientes en aquel tiempo. Macondo naufragaba en una prosperidad de milagro. Las casas de barro y cañabrava de los fundadores habían sido reemplazadas por construcciones de ladrillo, con persianas de madera y pisos de cemento, que hacían más llevadero el calor sofocante de las dos de la tarde. De la antigua aldea de José Arcadio Buendía sólo quedaban entonces los almendros polvorientos, destinados a resistir a las circunstancias más arduas, y el río de aguas diáfanas cuyas piedras prehistóricas fueron pulverizadas por las enloquecidas almádenas de José Arcadio Segundo, cuando se empeñó en despejar el cauce para establecer un servicio de navegación. Fue un sueño delirante, comparable apenas a los de su bisabuelo, porque el lecho pedregoso y los numerosos tropiezos de la corriente impedían el tránsito desde Macondo hasta el mar. Pero José Arcadio Segundo, en un imprevisto arranque de temeridad, se empecinó en el proyecto. Hasta entonces no había dado ninguna muestra de imaginación. Salvo su precaria aventura con Petra Cotes, nunca se le había conocido mujer. Úrsula lo tenía como el ejemplar más apagado que había dado la familia en toda su historia, incapaz de destacarse ni siquiera como alborotador de galleras, cuando el coronel Aureliano Buendía le contó la historia del galeón español encallado a doce kilómetros del mar, cuyo costillar carbonizado vio él mismo durante la guerra. El relato, que a tanta gente durante tanto tiempo le pareció fantástico, fue una revelación para José Arcadio Segundo. Remató sus gallos al mejor postor, reclutó hom-

bres y compró herramientas, y se empeñó en la descomunal empresa de romper piedras, excavar canales, despejar escollos y hasta emparejar cataratas. «Ya esto me lo
sé de memoria —gritaba Úrsula—. Es como si el tiempo
diera vueltas en redondo y hubiéramos vuelto al principio.»
Cuando estimó que el río era navegable, José Arcadio
Segundo hizo a su hermano una exposición pormenorizada
de sus planes, y éste le dio el dinero que le hacía falta para
su empresa. Desapareció por mucho tiempo. Se había dicho
que su proyecto de comprar un barco no era más que una
triquiñuela para alzarse con el dinero del hermano, cuando
se divulgó la noticia de que una extraña nave se aproximaba al pueblo. Los habitantes de Macondo, que ya no
recordaban las empresas colosales de José Arcadio
Buendía, se precipitaron a la ribera y vieron con ojos pasmados de incredulidad la llegada del primer y último barco
que atracó jamás en el pueblo. No era más que una balsa
de troncos, arrastrada mediante gruesos cables por veinte
hombres que caminaban por la ribera. En la proa, con un
brillo de satisfacción en la mirada, José Arcadio Segundo
dirigía la dispendiosa maniobra. Junto con él llegaba un
grupo de matronas espléndidas que se protegían del sol
abrasante con vistosas sombrillas, y tenían en los hombros
preciosos pañolones de seda, y ungüentos de colores en el
rostro, y flores naturales en el cabello, y serpientes de oro
en los brazos y diamantes en los dientes. La balsa de
troncos fue el único vehículo que José Arcadio Segundo
pudo remontar hasta Macondo, y sólo por una vez, pero
nunca reconoció el fracaso de su empresa sino que proclamó su hazaña como una victoria de la voluntad. Rindió
cuentas escrupulosas a su hermano, y muy pronto volvió a
hundirse en la rutina de los gallos. Lo único que quedó de
aquella desventurada iniciativa fue el soplo de renovación
que llevaron las matronas de Francia, cuyas artes magníficas cambiaron los métodos tradicionales del amor, y cuyo
sentido del bienestar social arrasó con la anticuada tienda
de Catarino y transformó la calle en un bazar de farolitos
japoneses y organillos nostálgicos. Fueron ellas las promo-
toras del carnaval sangriento que durante tres días hundió,

a Macondo en el delirio, y cuya única consecuencia perdurable fue haberle dado a Aureliano Segundo la oportunidad de conocer a Fernanda del Carpio.

Remedios, la bella, fue proclamada reina. Úrsula, que se estremecía ante la belleza inquietante de la bisnieta, no pudo impedir la elección. Hasta entonces había conseguido que no saliera a la calle, como no fuera para ir a misa con Amaranta, pero la obligaba a cubrirse la cara con una mantilla negra. Los hombres menos piadosos, los que se disfrazaban de curas para decir misas sacrílegas en la tienda de Catarino, asistían a la iglesia con el único propósito de ver aunque fuera un instante el rostro de Remedios, la bella, de cuya hermosura legendaria se hablaba con un fervor sobrecogido en todo el ámbito de la ciénaga. Pasó mucho tiempo antes de que lo consiguieran, y más les hubiera valido que la ocasión no llegara nunca, porque la mayoría de ellos no pudo recuperar jamás la placidez del sueño. El hombre que lo hizo posible, un forastero, perdió para siempre la serenidad, se enredó en los tremedales de la abyección y la miseria, y años después fue despedazado por un tren nocturno cuando se quedó dormido sobre los rieles. Desde el momento en que se le vio en la iglesia, con un vestido de pana verde y un chaleco bordado, nadie puso en duda que iba desde muy lejos, tal vez de una remota ciudad del exterior, atraído por la fascinación mágica de Remedios, la bella. Era tan hermoso, tan gallardo y reposado, de una prestancia tan bien llevada, que Pietro Crespi junto a él habría parecido un sietemesino, y muchas mujeres murmuraron entre sonrisas de despecho que era él quien verdaderamente merecía la mantilla. No alternó con nadie en Macondo. Aparecía al amanecer del domingo, como un príncipe de cuento, en un caballo con estribos de plata y gualdrapas de terciopelo, y abandonaba el pueblo después de la misa.

Era tal el poder de su presencia, que desde la primera vez que se le vio en la iglesia todo el mundo dio por sentado que entre él y Remedios, la bella, se había establecido un duelo callado y tenso, un pacto secreto, un desafío irrevocable cuya culminación no podía ser solamente el amor sino también la muerte. El sexto domingo, el caballero apareció con una rosa amarilla en la mano. Oyó la misa de pie, como lo hacía siempre, y al final se interpuso al paso de Remedios, la bella, y le ofreció la rosa solitaria. Ella la recibió con un gesto natural, como si hubiera estado preparada para aquel homenaje, y entonces se descubrió el rostro por un instante y dio las gracias con una sonrisa. Fue todo cuanto hizo. Pero no sólo para el caballero, sino para todos los hombres que tuvieron el desdichado privilegio de vivirlo, aquel fue un instante eterno.

El caballero instalaba desde entonces la banda de música junto a la ventana de Remedios, la bella, y a veces hasta el amanecer. Aureliano Segundo fue el único que sintió por él una compasión cordial, y trató de quebrantar su perseverancia. «No pierda más el tiempo —le dijo una noche—. Las mujeres de esta casa son peores que las mulas.» Le ofreció su amistad, lo invitó a bañarse en champaña, trató de hacerle entender que las hembras de su familia tenían entrañas de pedernal, pero no consiguió vulnerar su obstinación. Exasperado por las interminables noches de música, el coronel Aureliano Buendía lo amenazó con curarle la aflicción a pistoletazos. Nada lo hizo desistir, salvo su propio y lamentable estado de desmoralización. De apuesto e impecable se hizo vil y harapiento. Se rumoraba que había abandonado poder y fortuna en su lejana nación, aunque en verdad no se conoció nunca su origen. Se volvió hombre de pleitos, pendenciero de cantina, y amaneció revolcado en sus propias excrecencias en la tienda de Catarino. Lo más triste de su drama era que Remedios, la bella, no se fijó en él ni siquiera cuando se presentaba a la iglesia vestido de príncipe. Recibió la rosa amarilla sin la menor malicia, más bien divertida por la extravagancia del gesto, y se levantó la mantilla para verle mejor la cara y no para mostrarle la suya.

En realidad, Remedios, la bella, no era un ser de este mundo. Hasta muy avanzada la pubertad, Santa Sofía de la Piedad tuvo que bañarla y ponerle la ropa, y aun cuando pudo valerse por sí misma había que vigilarla para que no pintara animalitos en las paredes con una varita embadurnada de su propia caca. Llegó a los veinte años sin aprender a leer y escribir, sin servirse de los cubiertos en la mesa, paseándose desnuda por la casa, porque su naturaleza se resistía a cualquier clase de convencionalismos. Cuando el joven comandante de la guardia le declaró su amor, lo rechazó sencillamente porque la asombró su frivolidad. «Fíjate qué simple es —le dijo a Amaranta—. Dice que se está muriendo por mí, como si yo fuera un cólico miserere.» Cuando en efecto lo encontraron muerto junto a su ventana, Remedios, la bella, confirmó su impresión inicial.

—Ya ven —comentó—. Era completamente simple.

Parecía como si una lucidez penetrante le permitiera ver la realidad de las cosas más allá de cualquier formalismo. Ese era al menos el punto de vista del coronel Aureliano Buendía, para quien Remedios, la bella , no era en modo alguno retrasada mental, como se creía, sino todo lo contrario. «Es como si viniera de regreso de veinte años de guerra», solía decir. Úrsula, por su parte, le agradecía a Dios que hubiera premiado a la familia con una criatura de una pureza excepcional, pero al mismo tiempo la conturbaba su hermosura, porque le parecía una virtud contradictoria, una trampa diabólica en el centro de la candidez. Fue por eso que decidió apartarla del mundo, preservarla de toda tentación terrenal, sin saber que Remedios, la bella, ya desde el vientre de su madre, estaba a salvo de cualquier contagio. Nunca le pasó por la cabeza la idea de que la eligieran reina de la belleza en el pandemónium de un carnaval. Pero Aureliano Segundo, embullado con la ventolera de disfrazarse de tigre, llevó al padre Antonio Isabel a la casa para que convenciera a Úrsula de que el carnaval no era una fiesta pagana, como ella decía, sino una tradición católica. Finalmente convencida, aunque a regañadientes, dio el consentimiento para la coronación.

La noticia de que Remedios Buendía iba a ser la soberana del festival, rebasó en pocas horas los límites de la ciénaga, llegó hasta lejanos territorios donde se ignoraba el inmenso prestigio de su belleza, y suscitó la inquietud de quienes todavía consideraban su apellido como un símbolo de la subversión. Era una inquietud infundada. Si alguien resultaba inofensivo en aquel tiempo, era el envejecido y desencantado coronel Aureliano Buendía, que poco a poco había ido perdiendo todo contacto con la realidad de la nación. Encerrado en su taller, su única relación con el resto del mundo era el comercio de pescaditos de oro. Uno de los antiguos soldados que vigilaron su casa en los primeros días de la paz, iba a venderlos a las poblaciones de la ciénaga, y regresaba cargado de monedas y de noticias. Que el gobierno conservador, decía, con el apoyo de los liberales, estaba reformando el calendario para que cada presidente estuviera cien años en el poder. Que por fin se había firmado el concordato con la Santa Sede, y que había venido desde Roma un cardenal con una corona de diamantes y en un trono de oro macizo, y que los ministros liberales se habían hecho retratar de rodillas en el acto de besarle el anillo. Que la corista principal de una compañía española, de paso por la capital, había sido secuestrada en su camerino por un grupo de enmascarados, y el domingo siguiente había bailado desnuda en la casa de verano del presidente de la república. «No me hables de política —le decía el coronel—. Nuestro asunto es vender pescaditos.» El rumor público de que no quería saber nada de la situación del país porque se estaba enriqueciendo con su taller, provocó las risas de Úrsula cuando llegó a sus oídos. Con su terrible sentido práctico, ella no podía entender el negocio del coronel, que cambiaba los pescaditos por monedas de oro, y luego convertía las monedas de oro en pescaditos, y así sucesivamente, de modo que tenía que trabajar cada vez más a medida que más vendía, para satisfacer un círculo vicioso exasperante. En verdad, lo que le interesaba a él no era el negocio sino el trabajo. Le hacía falta tanta concentración para engarzar escamas, incrustar minúsculos rubíes en los ojos, laminar agallas y montar timones, que no le quedaba un solo vacío para llenarlo con la desilusión de la guerra. Tan absorbente era la atención que le exigía el preciosismo de su artesanía, que en poco tiempo envejeció más que en todos los años de guerra, y la posición le torció la espina dorsal y la milimetría le desgastó la vista, pero la concentración implacable lo premió con la paz del espíritu. La última vez que se le vio atender algún asunto relacionado con la guerra, fue cuando un grupo de veteranos de ambos partidos solicitó su apoyo para la aprobación de las pensiones vitalicias, siempre prometidas y siempre en el punto de partida. «Olvídense de eso —le dijo él—. Ya ven que yo rechacé mi pensión para quitarme la tortura de estarla esperando hasta la muerte.» Al principio, el coronel Gerineldo Márquez lo visitaba al atardecer, y ambos se sentaban en la puerta de la calle a evocar el pasado. Pero Amaranta no pudo soportar los recuerdos que le suscitaba aquel hombre cansado cuya calvicie lo precipitaba al abismo de una ancianidad prematura, y lo atormentó con desaires injustos, hasta que no volvió sino en ocasiones especiales, y desapareció finalmente anulado por la parálisis. Taciturno, silencioso, insensible al nuevo soplo de vitalidad que estremecía la casa, el coronel Aureliano Buendía apenas si comprendió que el secreto de una buena vejez no es otra cosa que un pacto honrado con la soledad. Se levantaba a las cinco después de un sueño superficial, tomaba en la cocina su eterno tazón de café amargo, se encerraba todo el día en el taller, y a las cuatro de la tarde pasaba por el corredor arrastrando un taburete, sin fijarse siquiera en el incendio de los rosales, ni en el brillo de la hora, ni en la impavidez de Amaranta, cuya melancolía hacía un ruido de marmita perfectamente perceptible al atardecer, y se sentaba en la puerta de la calle hasta que se lo permitían los mosquitos. Alguien se atrevió alguna vez a perturbar su soledad.

—¿Cómo está, coronel? —le dijo al pasar.

—Aquí —contestó él—. Esperando que pase mi entierro.

De modo que la inquietud causada por la reaparición pública de su apellido, a propósito del reinado de Remedios, la bella, carecía de fundamento real. Muchos, sin embargo, no lo creyeron así. Inocente de la tragedia que lo amenazaba, el pueblo se desbordó en la plaza pública, en una bulliciosa explosión de alegría. El carnaval había alcanzado su más alto nivel de locura, Aureliano Segundo había satisfecho por fin su sueño de disfrazarse de tigre y

andaba feliz entre la muchedumbre desaforada, ronco de
tanto roncar, cuando apareció por el camino de la ciénaga
una comparsa multitudinaria llevando en andas doradas a
la mujer más fascinante que hubiera podido concebir la
imaginación. Por un momento, los pacíficos habitantes de
Macondo se quitaron las máscaras para ver mejor la deslumbrante criatura con corona de esmeraldas y capa de
armiño, que parecía investida de una autoridad legítima, y
no simplemente de una soberanía de lentejuelas y papel
crespón. No faltó quien tuviera la suficiente clarividencia
para sospechar que se trataba de una provocación. Pero
Aureliano Segundo se sobrepuso de inmediato a la perplejidad, declaró huéspedes de honor a los recién llegados, y
sentó salomónicamente a Remedios, la bella, y a la reina
intrusa en el mismo pedestal. Hasta la medianoche, los
forasteros disfrazados de beduinos participaron del delirio
y hasta lo enriquecieron con una pirotecnia suntuosa y
unas virtudes acrobáticas que hicieron pensar en las artes
de los gitanos. De pronto, en el paroxismo de la fiesta,
alguien rompió el delicado equilibrio.

—¡Viva el partido liberal! —gritó—. ¡Viva el coronel Aureliano Buendía!

Las descargas de fusilería ahogaron el esplendor de los
fuegos artificiales, y los gritos de terror anularon la
música, y el júbilo fue aniquilado por el pánico. Muchos
años después seguiría afirmándose que la guardia real de
la soberana intrusa era un escuadrón del ejército regular
que debajo de sus ricas chilabas escondían fusiles de reglamento. El gobierno rechazó el cargo en un bando extraordinario y prometió una investigación terminante del episodio
sangriento. Pero la verdad no se esclareció nunca, y prevaleció para siempre la versión de que la guardia real, sin
provocación de ninguna índole, tomó posiciones de combate a una seña de su comandante y disparó sin piedad
contra la muchedumbre. Cuando se restableció la calma,
no quedaba en el pueblo uno solo de los falsos beduinos, y
quedaron tendidos en la plaza, entre muertos y heridos,
nueve payasos, cuatro colombinas, diecisiete reyes de
baraja, un diablo, tres músicos, dos Pares de Francia y tres

emperatrices japonesas. En la confusión del pánico, José Arcadio Segundo logró poner a salvo a Remedios, la bella, y Aureliano Segundo llevó en brazos a la casa a la soberana intrusa, con el traje desgarrado y la capa de armiño embarrada de sangre. Se llamaba Fernanda del Carpio. La habían seleccionado como la más hermosa entre las cinco mil mujeres más hermosas del país, y la habían llevado a Macondo con la promesa de nombrarla reina de Madagascar. Úrsula se ocupó de ella como si fuera una hija. El pueblo, en lugar de poner en duda su inocencia, se compadeció de su candidez. Seis meses después de la masacre, cuando se restablecieron los heridos y se marchitaron las últimas flores en la fosa común, Aureliano Segundo fue a buscarla a la distante ciudad donde vivía con su padre, y se casó con ella en Macondo, en una fragorosa parranda de veinte días.

El matrimonio estuvo a punto de acabarse a los dos meses porque Aureliano Segundo, tratando de desagraviar a Petra Cotes, le hizo tomar un retrato vestida de reina de Madagascar. Cuando Fernanda lo supo volvió a hacer sus baúles de recién casada y se marchó de Macondo sin despedirse. Aureliano Segundo la alcanzó en el camino de la ciénaga. Al cabo de muchas súplicas y propósitos de enmienda logró llevarla de regreso a la casa, y abandonó a la concubina.

Petra Cotes, consciente de su fuerza, no dio muestras de preocupación. Ella lo había hecho hombre. Siendo todavía un niño lo sacó del cuarto de Melquíades, con la cabeza llena de ideas fantásticas y sin ningún contacto con la realidad, y le dio un lugar en el mundo. La naturaleza lo había hecho reservado y esquivo, con tendencias a la meditación solitaria, y ella le había moldeado el carácter opuesto, vital, expansivo, desabrochado, y le había infundido el júbilo de vivir y el placer de la parranda y el despilfarro, hasta convertirlo, por dentro y por fuera, en el hombre con que había soñado para ella desde la adolescencia. Se había casado, pues, como tarde o temprano se casan los hijos. Él no se atrevió a anticiparle la noticia. Asumió una actitud tan infantil frente a la situación que fingía falsos rencores y resentimientos imaginarios, buscando el modo de que fuera Petra Cotes quien provocara la ruptura. Un día en que Aureliano Segundo le hizo un reproche injusto, ella eludió la trampa y puso las cosas en su puesto.

—Lo que pasa —dijo— es que te quieres casar con la reina.

Aureliano Segundo, avergonzado, fingió un colapso de cólera, se declaró incomprendido y ultrajado, y no volvió a visitarla. Petra Cotes, sin perder un solo instante su magnífico dominio de fiera en reposo, oyó la música y los cohetes de la boda, el alocado bullicio de la parranda pública, como si todo eso no fuera más que una nueva travesura de Aureliano Segundo. A quienes se compadecieron de su suerte, los tranquilizó con una sonrisa. «No se preocupen —les dijo—. A mí las reinas me hacen los mandados.» A una vecina que le llevó velas compuestas para que alumbrara con ellas el retrato del amante perdido, le dijo con una seguridad enigmática:

—La única vela que lo hará venir está siempre encendida.

Tal como ella lo había previsto, Aureliano Segundo volvió a su casa tan pronto como pasó la luna de miel. Llevó a sus amigotes de siempre, un fotógrafo ambulante y el traje y la capa de armiño sucia de sangre que Fernanda había usado en el carnaval. Al calor de la parranda que se prendió esa tarde, hizo vestir de reina a Petra Cotes, la coronó soberana absoluta y vitalicia de Madagascar, y repartió copias del retrato entre sus amigos. Ella no sólo se prestó al juego, sino que se compadeció íntimamente de él, pensando que debía estar muy asustado cuando concibió aquel extravagante recurso de reconciliación. A las siete de la noche, todavía vestida de reina, lo recibió en la cama. Tenía apenas dos meses de casado, pero ella se dio cuenta en seguida de que las cosas no andaban bien en el lecho nupcial, y experimentó el delicioso placer de la venganza consumada. Dos días después, sin embargo, cuando él no se atrevió a volver, sino que mandó un intermediario para que arreglara los términos de la separación, ella comprendió que iba a necesitar más paciencia de la prevista, porque él parecía dispuesto a sacrificarse por las apariencias. Tampoco entonces se alteró. Volvió a facilitar las cosas con una sumisión que confirmó la creencia generalizada de que era una pobre mujer, y el único recuerdo que conservó de Aureliano Segundo fue un par de botines de charol que, según él mismo había dicho, eran los que quería llevar puestos en el ataúd. Los guardó envueltos en trapos en el fondo de un baúl, y se preparó para apacentar una espera sin desesperación.

—Tarde o temprano tiene que venir — se dijo—, aunque sólo sea a ponerse estos botines.

No tuvo que esperar tanto como suponía. En realidad, Aureliano Segundo comprendió desde la noche de bodas que volvería a casa de Petra Cotes mucho antes de que tuviera necesidad de ponerse los botines de charol: Fernanda era una mujer perdida para el mundo. Había nacido y crecido a mil kilómetros del mar, en una ciudad lúgubre por cuyas callejuelas de piedra traqueteaban todavía, en noches de espantos, las carrozas de los virreyes. Treinta y dos campanarios tocaban a muerto a las seis de la tarde. En la casa señorial embaldosada de losas sepulcrales jamás se conoció el sol. El aire había muerto en los cipreses del patio, en las pálidas colgaduras de los dormitorios, en las arcadas rezumantes del jardín de los nardos. Fernanda no tuvo hasta la pubertad otra noticia del mundo que los melancólicos ejercicios de piano ejecutados en alguna casa vecina por alguien que durante años y años se permitió el albedrío de no hacer la siesta. En el cuarto de su madre enferma, verde y amarilla bajo la polvorienta luz de los vitrales, escuchaba las escalas metódicas, tenaces, descorazonadas, y pensaba que esa música estaba en el mundo, mientras ella se consumía tejiendo coronas de palmas fúnebres. Su madre, sudando la calentura de las cinco, le hablaba del esplendor del pasado. Siendo muy niña, una noche de luna, Fernanda vio una hermosa mujer vestida de blanco que atravesó el jardín hacia el oratorio. Lo que más le inquietó de aquella visión fugaz fue que la sintió exactamente igual a ella, como si se hubiera visto a sí misma con veinte años de anticipación. «Es tu bisabuela, la reina —le dijo su madre en las treguas de la tos—. Se murió de un mal aire que le dio al cortar una vara de nardos.» Muchos años después, cuando empezó a sentirse igual a su bisabuela, Fernanda puso en duda la visión de la infancia, pero la madre la reprochó su incredulidad.

—Somos inmensamente ricos y poderosos —le dijo—. Un día serás reina.

Ella lo creyó, aunque sólo ocupaban la larga mesa con manteles de lino y servicios de plata, para tomar una taza de chocolate con agua y un pan de dulce. Hasta el día de la boda soñó con un reinado de leyenda, a pesar de que su padre, don Fernando, tuvo que hipotecar la casa para comprarle el ajuar. No era ingenuidad ni delirio de grandeza. Así la educaron. Desde que tuvo uso de razón recordaba haber hecho sus necesidades en una bacinilla de oro con el escudo de armas de la familia. Salió de la casa por primera vez a los doce años, en un coche de caballos que sólo tuvo que recorrer dos cuadras para llevarla al convento. Sus compañeras de clases se sorprendieron de que la tuvieran apartada, en una silla de espaldar muy alto, y de que ni siquiera se mezclara con ellas durante el recreo. «Ella es distinta —explicaban las monjas—. Va a ser reina.» Sus compañeras lo creyeron, porque ya entonces era la doncella más hermosa, distinguida y discreta que habían visto jamás. Al cabo de ocho años, habiendo aprendido a versificar en latín, a tocar el clavicordio, a conversar de cetrería con los caballeros y de apologética con los arzobispos, a dilucidar asuntos de estado con los gobernantes extranjeros y asuntos de Dios con el Papa, volvió a casa de sus padres a tejer palmas fúnebres. La encontró saqueada. Quedaban apenas los muebles indispensables, los candelabros y el servicio de plata, porque los útiles domésticos habían sido vendidos, uno a uno, para sufragar los gastos de su educación. Su madre había sucumbido a la calentura de las cinco. Su padre, don Fernando, vestido de negro, con el cuello laminado y una leontina de oro atravesada en el pecho, le daba los lunes una moneda de plata para los gastos domésticos, y se llevaba las coronas fúnebres terminadas la semana anterior. Pasaba la mayor parte del día encerrado en el despacho, y en las pocas ocasiones en que salía a la calle regresaba antes de las seis, para acompañarla a rezar el rosario. Nunca llevó amistad íntima con nadie. Nunca oyó hablar de las guerras que desangraron el país. Nunca dejó de oír los ejercicios de piano a las tres de la tarde. Empezaba inclusive a perder la ilusión de ser reina, cuando sonaron dos aldabonazos perentorios en el portón, y le abrió a un militar apuesto, de ademanes ceremoniosos, que tenía una cicatriz en la mejilla y una medalla de oro en el pecho. Se encerró con su padre en el despacho. Dos horas después, su padre fue a buscarla al costurero. «Prepare sus cosas —le dijo—. Tiene que hacer un largo viaje.» Fue así como la llevaron a Macondo. En un solo día, con un zarpazo brutal, la vida le echó encima todo el peso de una realidad que durante años le habían escamoteado sus padres. De regreso a casa se encerró en el cuarto a llorar, indiferente a las súplicas y explicaciones de don Fernando, tratando de borrar la quemadura de aquella burla inaudita. Se había prometido no abandonar el dormitorio hasta la muerte, cuando Aureliano Segundo llegó a buscarla. Fue un golpe de suerte inconcebible, porque en el aturdimiento de la indignación, en la furia de la vergüenza, ella le había mentido para que nunca conociera su verdadera identidad. Las únicas pistas reales de que disponía Aureliano Segundo cuando salió a buscarla eran su inconfundible dicción del páramo y su oficio de tejedora de palmas fúnebres. La buscó sin piedad. Con la temeridad atroz con que José Arcadio Buendía atravesó la sierra para fundar a Macondo, con el orgullo ciego con que el coronel Aureliano Buendía promovió sus guerras inútiles, con la tenacidad insensata con que Úrsula aseguró la supervivencia de la estirpe, así buscó Aureliano Segundo a Fernanda, sin un solo instante de desaliento. Cuando preguntó dónde vendían palmas fúnebres, lo llevaron de casa en casa para que escogiera las mejores. Cuando preguntó dónde estaba la mujer más bella que se había dado sobre la tierra, todas las madres le llevaron a sus hijas. Se extravió por desfiladeros de niebla, por tiempos reservados al olvido, por laberintos de desilusión. Atravesó un páramo amarillo donde el eco repetía los pensamientos y la ansiedad provocaba espejismos premonitorios. Al cabo de semanas estériles, llegó a una ciudad desconocida donde todas las campanas tocaban a muerto. Aunque nunca los había visto, ni nadie se los había descrito, reconoció de inmediato los muros carcomidos por la sal de los huesos, los decrépitos balcones de maderas destripadas por los hongos, y clavado en el portón y casi borrado por la lluvia el cartoncito más triste del mundo: *Se venden palmas fúnebres.* Desde entonces hasta la mañana helada en que Fernanda abandonó la casa al cuidado de la Madre Superiora apenas si hubo tiempo para que las monjas cosieran el ajuar, y metieran en seis baúles los candelabros, el servicio de plata y la bacinilla de oro, y los incontables e inservibles destrozos de una catástrofe familiar que había tardado dos siglos en consumarse. Don Fernando declinó la invitación de acompañarlos. Prometió ir más tarde, cuando acabara de liquidar sus compromisos, y desde el momento en que le echó la bendición a su hija volvió a encerrarse en el despacho, a escribirle las esquelas con viñetas luctuosas y el escudo de armas de la familia que habían de ser el primer contacto humano que Fernanda y su padre tuvieran en toda la vida. Para ella, esa fue la fecha real de su nacimiento. Para Aureliano Segundo fue casi al mismo tiempo el principio y el fin de la felicidad.

Fernanda llevaba un precioso calendario con llavecitas doradas en el que su director espiritual había marcado con tinta morada las fechas de abstinencia venérea. Descontando la Semana Santa, los domingos, las fiestas de guardar, los primeros viernes, los retiros, los sacrificios y los impedimentos cíclicos, su anuario útil quedaba reducido a 42 días desperdigados en una maraña de cruces moradas. Aureliano Segundo, convencido de que el tiempo echaría por tierra aquella alambrada hostil, prolongó la fiesta de la boda más allá del término previsto. Agotada de tanto mandar al basurero botellas vacías de brandy y champaña para que no congestionaran la casa, y al mismo tiempo intrigada de que los recién casados durmieran a horas distintas y en habitaciones separadas mientras continuaban los cohetes y la música y los sacrificios de reses, Úrsula recordó su propia experiencia y se preguntó si Fernanda no tendría también un cinturón de castidad que tarde o temprano provocara las burlas del pueblo y diera origen a una tragedia. Pero Fernanda le confesó que simplemente estaba dejando pasar dos semanas antes de permitir el primer contacto con su esposo. Transcurrido el término, en efecto, abrió la puerta de su dormitorio con la resignación al sacrificio con que lo hubiera hecho una víctima expiatoria, y Aureliano Segundo vio a la mujer más bella de la tierra, con sus gloriosos ojos de animal asustado y los largos cabellos color de cobre extendidos en la almohada. Tan fascinado estaba con la visión, que tardó un instante en darse cuenta de que Fernanda se había puesto un camisón blanco, largo hasta los tobillos y con mangas hasta los puños, y con un ojal grande y redondo primorosamente ribeteado a la altura del vientre. Aureliano Segundo no pudo reprimir una explosión de risa.

—Esto es lo más obsceno que he visto en mi vida —gritó, con una carcajada que resonó en toda la casa—. Me casé con una hermanita de la caridad.

Un mes después, no habiendo conseguido que la esposa se quitara el camisón, se fue a hacer el retrato de Petra Cotes vestida de reina. Más tarde, cuando logró que Fernanda regresara a casa, ella cedió a sus apremios en la fiebre de la reconciliación, pero no supo proporcionarle el reposo con que él soñaba cuando fue a buscarla a la ciudad de los treinta y dos campanarios. Aureliano Segundo sólo encontró en ella un hondo sentimiento de desolación. Una noche, poco antes de que naciera el primer hijo, Fernanda se dio cuenta de que su marido había vuelto en secreto al lecho de Petra Cotes.

—Así es —admitió él. Y explicó en un tono de postrada resignación—: tuve que hacerlo, para que siguieran pariendo los animales.

Le hizo falta un poco de tiempo para convencerla de tan peregrino expediente, pero cuando por fin lo consiguió, mediante pruebas que parecieron irrefutables, la única promesa que le impuso Fernanda fue que no se dejara sorprender por la muerte en la cama de su concubina. Así continuaron viviendo los tres, sin estorbarse, Aureliano Segundo puntual y cariñoso con ambas, Petra Cotes pavoneándose de la reconciliación, y Fernanda fingiendo que ignoraba la verdad.

El pacto no logró, sin embargo, que Fernanda se incorporara a la familia. En vano insistió Úrsula para que tirara la golilla de lana con que se levantaba cuando había hecho el amor, y que provocaba los cuchicheos de los vecinos. No logró convencerla de que utilizara el baño, o el beque nocturno, y de que le vendiera la bacinilla de oro al coronel Aureliano Buendía para que la convirtiera en pescaditos. Amaranta se sintió tan incómoda con su dicción viciosa, y con su hábito de usar un eufemismo para designar cada cosa, que siempre hablaba delante de ella en jerigonza.

—*Esfetafa* —decía— *esfe defe lasfa quefe lesfe tifiefenenfe asfacofo afa sufu profopifiafa mifierfedafa.*

Un día, irritada con la burla, Fernanda quiso saber qué era lo que decía Amaranta, y ella no usó eufemismos para contestarle.

—Digo —dijo— que tú eres de las que confunden el culo con las témporas.

Desde aquel día no volvieron a dirigirse la palabra. Cuando las obligaban las circunstancias, se mandaban recados, o se decían las cosas indirectamente. A pesar de la visible hostilidad de la familia, Fernanda no renunció a la voluntad de imponer los hábitos de sus mayores. Terminó con la costumbre de comer en la cocina, y cuando cada quien tenía hambre, e impuso la obligación de hacerlo a horas exactas en la mesa grande del comedor arreglada con manteles de lino, y con los candelabros y el servicio de plata. La solemnidad de un acto que Úrsula había considerado siempre como el más sencillo de la vida cotidiana creó un ambiente de estiramiento contra el cual se rebeló primero que nadie el callado José Arcadio Segundo. Pero la costumbre se impuso, así como la de rezar el rosario antes de la cena, y llamó tanto la atención de los vecinos, que muy pronto circuló el rumor de que los Buendía no se sentaban a la mesa como los otros mortales, sino que habían convertido el acto de comer en una misa mayor. Hasta las supersticiones de Úrsula, surgidas más bien de la inspiración momentánea que de la tradición, entraron en conflicto con las que Fernanda heredó de sus padres, y que estaban perfectamente definidas y catalogadas para cada ocasión. Mientras Úrsula disfrutó del dominio pleno de sus facultades, subsistieron algunos de los antiguos hábitos y la vida de la familia conservó una cierta influencia de sus corazonadas, pero cuando perdió la vista y el peso de los años la relegó a un rincón, el círculo de rigidez iniciado por Fernanda desde el momento en que llegó, terminó por cerrarse completamente, y nadie más que ella determinó el destino de la familia. El negocio de repostería y animalitos de caramelo, que Santa Sofía de la Piedad mantenía por voluntad de Úrsula, era considerado por Fernanda como una actividad indigna, y no tardó en liquidarlo. Las puertas de la casa, abiertas de par en par desde el amanecer hasta la hora de acostarse, fueron cerradas durante la siesta, con el pretexto de que el sol recalentaba los dormitorios, y finalmente se cerraron para siempre. El ramo de sábila y el pan que estaban colgados en el dintel desde los tiempos de la fundación fueron reemplazados por un nicho del Corazón de Jesús. El coronel Aureliano Buendía alcanzó a darse cuenta de aquellos cambios y previó sus consecuencias. «Nos estamos volviendo gente fina —protestaba—. A este paso, terminaremos peleando otra vez contra el régimen conservador, pero ahora para poner un rey en su lugar.» Fernanda, con muy buen tacto, se cuidó de no tropezar con él. Le molestaba íntimamente su espíritu independiente, su resistencia a toda forma de rigidez social. La exasperaban sus tazones de café a las cinco, el desorden de su taller, su manta deshilachada y su costumbre de sentarse en la puerta de la calle al atardecer. Pero tuvo que permitir esa pieza suelta del mecanismo familiar, porque tenía la certidumbre de que el viejo coronel era un animal apaciguado por los años y la desilusión, que en un arranque de rebeldía senil podría desarraigar los cimientos de la casa. Cuando su esposo decidió ponerle al primer hijo el nombre del bisabuelo, ella no se atrevió a oponerse, porque sólo tenía un año de haber llegado. Pero cuando nació la primera hija expresó sin reservas su determinación de que se llamara Renata, como su madre. Úrsula había resuelto que se llamara Remedios. Al cabo de una tensa controversia, en la que Aureliano Segundo actuó como mediador divertido, la bautizaron con el nombre de Renata Remedios, pero Fernanda la siguió llamando Renata a secas, mientras la familia de su marido y todo el pueblo siguieron llamándola Meme, diminutivo de Remedios.

Al principio, Fernanda no hablaba de su familia, pero con el tiempo empezó a idealizar a su padre. Hablaba de él en la mesa como un ser excepcional que había renunciado a toda forma de vanidad, y se estaba convirtiendo en santo. Aureliano Segundo, asombrado de la intempestiva magnificación del suegro, no resistía a la tentación de hacer pequeñas burlas a espaldas de su esposa. El resto de la familia siguió el ejemplo. La propia Úrsula, que era en extremo celosa de la armonía familiar y que sufría en secreto con las fricciones domésticas, se permitió decir alguna vez que el pequeño tataranieto tenía asegurado su porvenir pontifical, porque era «nieto de santo e hijo de reina y de cuatrero». A pesar de aquella sonriente conspiración, los niños se acostumbraron a pensar en el abuelo como en un ser legendario, que les transcribía versos piadosos en las cartas y les mandaba en cada Navidad un cajón de regalos que apenas si cabía por la puerta de la calle. Eran, en realidad, los últimos desperdicios del patrimonio señorial. Con ellos se construyó en el dormitorio de los niños un altar con santos de tamaño natural, cuyos ojos de vidrio les imprimían una inquietante apariencia de vida y cuyas ropas de paño artísticamente bordadas eran mejores que las usadas jamás por ningún habitante de Macondo. Poco a poco, el esplendor funerario de la antigua y helada mansión se fue trasladando a la luminosa casa de los Buendía. «Ya nos han mandado todo el cementerio familiar —comentó Aureliano Segundo en cierta ocasión—. Sólo faltan los sauces y las losas sepulcrales.» Aunque en los cajones no llegó nunca nada que sirviera a los niños para jugar, éstos pasaban el año esperando a diciembre, porque al fin y al cabo los anticuados y siempre imprevisibles regalos constituían una novedad en la casa. En la décima Navidad, cuando ya el pequeño José Arcadio se preparaba para viajar al seminario, llegó con más anticipación que en los años anteriores el enorme cajón del abuelo, muy bien clavado e impermeabilizado con brea, y dirigido con el habitual letrero de caracteres góticos a la muy distinguida señora doña Fernanda del Carpio de Buendía. Mientras ella leía la carta en el dormitorio, los niños se apresuraron a abrir la caja. Ayudados como de costumbre por Aureliano Segundo, rasparon los sellos de brea, desclavaron la tapa, sacaron el aserrín protector, y encontraron dentro un largo cofre de plomo cerrado con pernos de cobre. Aureliano Segundo quitó los ocho pernos, ante la impaciencia de los niños, y apenas tuvo tiempo de lanzar un grito y hacerlos a un lado, cuando levantó la plataforma de plomo y vio a don Fernando vestido de negro y con un crucifijo en el pecho, con la piel reventada en eructos pestilentes y cocinándose a fuego lento en un espumoso y borboritante caldo de perlas vivas.

Poco después del nacimiento de la niña, se anunció el inesperado jubileo del coronel Aureliano Buendía, ordenado por el gobierno para celebrar un nuevo aniversario del tratado de Neerlandia. Fue una determinación tan inconsecuente con la política oficial, que el coronel se pronunció violentamente contra ella y rechazó el homenaje. «Es la primera vez que oigo la palabra jubileo —decía—. Pero cualquier cosa que quiera decir, no puede ser sino una burla.» El estrecho taller de orfebrería se llenó de emisarios. Volvieron, mucho más viejos y mucho más solemnes, los abogados de trajes oscuros que en otro tiempo revolotearon como cuervos en torno al coronel. Cuando éste los vio aparecer, como en otro tiempo llegaban a empantanar la guerra, no pudo soportar el cinismo de sus panegíricos. Les ordenó que lo dejaran en paz, insistió que él no era un prócer de la nación como ellos decían, sino un artesano sin recuerdos, cuyo único sueño era morirse de cansancio en el olvido y la miseria de sus pescaditos de oro. Lo que más le indignó fue la noticia de que el propio presidente de la república pensaba asistir a los actos de Macondo para imponerle la Orden del Mérito. El coronel Aureliano Buendía le mandó a decir, palabra por palabra, que esperaba con verdadera ansiedad aquella tardía pero merecida ocasión de darle un tiro, no para cobrarle las arbitrarie- dades y anacronismos de su régimen, sino por faltarle el respeto a un viejo que no le hacía mal a nadie. Fue tal la vehemencia con que pronunció la amenaza, que el presi- dente de la república canceló el viaje a última hora y le mandó la condecoración con un representante personal. El coronel Gerineldo Márquez, asediado por presiones de toda índole, abandonó su lecho de paralítico para persuadir a su antiguo compañero de armas. Cuando éste vio aparecer el mecedor cargado por cuatro hombres y vio sentado en él, entre grandes almohadas, al amigo que compartió sus vic- torias e infortunios desde la juventud, no dudó un solo ins- tante de que hacía aquel esfuerzo para expresarle su soli- daridad. Pero cuando conoció el verdadero propósito de su visita, lo hizo sacar del taller.

—Demasiado tarde me convenzo —le dijo— que te habría hecho un gran favor si te hubiera dejado fusilar.

De modo que el jubileo se llevó a cabo sin asistencia de ninguno de los miembros de la familia. Fue una casualidad que coincidiera con la semana de carnaval, pero nadie logró quitarle al coronel Aureliano Buendía la empecinada idea de que también aquella coincidencia había sido pre- vista por el gobierno para recalcar la crueldad de la burla. Desde el taller solitario oyó las músicas marciales, la arti- llería de aparato, las campanas del Te Deum, y algunas frases de los discursos pronunciados frente a la casa cuando bautizaron la calle con su nombre. Los ojos se le humedecieron de indignación, de rabiosa impotencia, y por primera vez desde la derrota se dolió de no tener los arrestos de la juventud para promover una guerra san- grienta que borrara hasta el último vestigio del régimen conservador. No se habían extinguido los ecos del home- naje, cuando Úrsula llamó a la puerta del taller.

—No me molesten —dijo él—. Estoy ocupado.

—Abre —insistió Úrsula con voz cotidiana—. Esto no tiene nada que ver con la fiesta.

Entonces el coronel Aureliano Buendía quitó la tranca, y vio en la puerta diecisiete hombres de los más variados aspectos, de todos los tipos y colores, pero todos con un aire solitario que habría bastado para identificarlos en cualquier lugar de la tierra. Eran sus hijos. Sin ponerse de acuerdo, sin conocerse entre sí, habían llegado desde los más apartados rincones del litoral cautivados por el ruido del jubileo. Todos llevaban con orgullo el nombre de Aureliano, y el apellido de su madre. Durante los tres días que permanecieron en la casa, para satisfacción de Úrsula y escándalo de Fernanda, ocasionaron trastornos de guerra. Amaranta buscó entre antiguos papeles la libreta de cuentas donde Úrsula había apuntado los nombres y las fechas de nacimiento y bautismo de todos, y agregó frente al espacio correspondiente a cada uno el domicilio actual. Aquella lista habría permitido hacer una recapitulación de veinte años de guerra. Habrían podido reconstruirse con ella los itinerarios nocturnos del coronel, desde la madrugada en que salió de Macondo al frente de veintiún hombres hacia una rebelión quimérica, hasta que regresó por última vez envuelto en la manta acartonada de sangre. Aureliano Segundo no desperdició la ocasión de festejar a los primos con una estruendosa parranda de champaña y acordeón, que se interpretó como un atrasado ajuste de cuentas con el carnaval malogrado por el jubileo. Hicieron añicos media vajilla, destrozaron los rosales persiguiendo un toro para mantearlo, mataron las gallinas a tiros, obligaron a bailar a Amaranta los valses tristes de Pietro Crespi, consiguieron que Remedios, la bella, se pusiera unos pantalones de hombre para subirse a la cucaña, y soltaron en el comedor un cerdo embadurnado de sebo que revolcó a Fernanda, pero nadie lamentó los percances, porque la casa se estremeció con un terremoto de buena salud. El coronel Aureliano Buendía, que al principio los recibió con desconfianza y hasta puso en duda la filiación de algunos, se divirtió con sus locuras, y antes de que se fueran le regaló a cada uno un pescadito de oro. Hasta el esquivo José Arcadio Segundo les ofreció una tarde de gallos, que estuvo a punto de terminar en tragedia, porque varios de los Aurelianos eran tan duchos en componendas de galleras que descubrieron al primer golpe de vista las triquiñuelas del padre Antonio Isabel. Aureliano Segundo, que vio las ilimitadas perspectivas de parranda que ofrecía aquella desaforada parentela, decidió que todos se quedaran a trabajar con él. El único que aceptó fue Aureliano Triste, un mulato grande con los ímpetus y el espíritu explorador del abuelo, que ya había probado fortuna en medio mundo, y le daba lo mismo quedarse en cualquier parte. Los otros, aunque todavía estaban solteros, consideraban resuelto su destino. Todos eran artesanos hábiles, hombres de su casa, gente de paz. El miércoles de ceniza, antes de que volvieran a dispersarse en el litoral, Amaranta consiguió que se pusieran ropas dominicales y la acompañaran a la iglesia. Más divertidos que piadosos, se dejaron conducir hasta el comulgatorio, donde el padre Antonio Isabel les puso en la frente la cruz de ceniza. De regreso a casa, cuando el menor quiso limpiarse la frente, descubrió que la mancha era indeleble, y que lo eran también las de sus hermanos. Probaron con agua y jabón, con tierra y estropajo, y por último con piedra pómez y lejía, y no consiguieron borrarse la cruz. En cambio, Amaranta y los demás que fueron a misa se la quitaron sin dificultad. «Así van mejor —los despidió Úrsula—. De ahora en adelante nadie podrá confundirlos.» Se fueron en tropel, precedios por la banda de músicos y reventando cohetes, y dejaron en el pueblo la impresión de que la estirpe de los Buendía tenía semillas para muchos siglos. Aureliano Triste, con su cruz de ceniza en la frente, instaló en las afueras del pueblo la fábrica de hielo con que soñó José Arcadio Buendía en sus delirios de inventor.

Meses después de su llegada, cuando ya era conocido y apreciado, Aureliano Triste andaba buscando una casa para llevar a su madre y a una hermana soltera (que no era hija del coronel) y se interesó por el caserón decrépito que parecía abandonado en una esquina de la plaza. Preguntó quién era el dueño. Alguien le dijo que era una casa de nadie, donde en otro tiempo vivió una viuda solitaria que se alimentaba de tierra y cal de las paredes, y que en sus últimos años sólo se le vio dos veces en la calle con un sombrero de minúsculas flores artificiales y unos zapatos color de plata antigua, cuando atravesó la plaza hasta la oficina de correos para mandarle cartas al obispo. Le dijeron que su única compañera fue una sirvienta desalmada que mataba perros y gatos y cuanto animal penetraba a la casa, y echaba los cadáveres en mitad de la calle para fregar al pueblo con la hedentina de la putrefacción. Había pasado tanto tiempo desde que el sol momificó el pellejo vacío del último animal, que todo el mundo daba por sentado que la dueña de casa y la sirvienta habían muerto mucho antes de que terminaran las guerras, y que si todavía la casa estaba en pie era porque no habían tenido en años recientes un invierno riguroso o un viento demoledor. Los goznes desmigajados por el óxido, las puertas apenas sostenidas por cúmulos de telaraña, las ventanas soldadas por la humedad y el piso roto por la hierba y las flores silvestres, en cuyas grietas anidaban los lagartos y toda clase de sabandijas, parecían confirmar la versión de que allí no había estado un ser humano por lo menos en medio siglo. Al impulsivo Aureliano Triste no le hacían falta tantas pruebas para proceder. Empujó con el hombro la puerta principal, y la carcomida armazón de madera se derrumbó sin estrépito, en un callado cataclismo de polvo y tierra de nidos de comején. Aureliano Triste permaneció en el umbral, esperando que se desvaneciera la niebla, y entonces vio en el centro de la sala a la escuálida mujer vestida todavía con ropas del siglo anterior, con unas pocas hebras amarillas en el cráneo pelado, y con unos ojos grandes, aún hermosos, en los cuales se habían apagado las últimas estrellas de la esperanza, y el pellejo del rostro agrietado por la aridez de la soledad. Estremecido por la visión de otro mundo, Aureliano Triste apenas se dio cuenta de que la mujer lo estaba apuntando con una anticuada pistola de militar.

—Perdone —murmuró.

Ella permaneció inmóvil en el centro de la sala atiborrada de cachivaches, examinando palmo a palmo al gigante de espaldas cuadradas con un tatuaje de ceniza en la frente, y a través de la neblina del polvo lo vio en la neblina de otro tiempo, con una escopeta de dos cañones terciada a la espalda y un sartal de conejos en la mano.

—¡Por el amor de Dios —exclamó en voz baja—, no es justo que ahora me vengan con este recuerdo!

—Quiero alquilar la casa —dijo Aureliano Triste.

La mujer levantó entonces la pistola, apuntando con pulso firme la cruz de ceniza, y montó el gatillo con una determinación inapelable.

—Váyase —ordenó.

Aquella noche, durante la cena, Aureliano Triste le contó el episodio a la familia, y Úrsula lloró de consternación. «Dios santo —exclamó apretándose la cabeza con las manos—. ¡Todavía está viva!» El tiempo, las guerras, los incontables desastres cotidianos la habían hecho olvidarse de Rebeca. La única que no había perdido un solo instante la conciencia de que estaba viva, pudriéndose en su sopa de larvas, era la implacable y envejecida Amaranta. Pensaba en ella al amanecer, cuando el hielo del corazón la despertaba en la cama solitaria, y pensaba en ella cuando se jabonaba los senos marchitos y el vientre maciliento, y cuando se ponía los blancos pollerines y corpiños de olán de la vejez, y cuando se cambiaba en la mano la venda negra de la terrible expiación. Siempre, a toda hora, dormida y despierta, en los instantes más sublimes y en los más abyectos, Amaranta pensaba en Rebeca, porque la soledad le había seleccionado los recuerdos, y había incinerado los entorpecedores montones de basura nostálgica que la vida había acumulado en su corazón, y había purificado, magnificado y eternizado los otros, los más amargos. Por ella sabía Remedios, la bella, de la existencia de Rebeca. Cada vez que pasaban por la casa decrépita le contaba un incidente ingrato, una fábula de oprobio, tratando en esa forma de que su extenuante rencor fuera compartido por la sobrina, y por consiguiente prolongado más allá de la muerte, pero no consiguió sus propósitos porque Remedios era inmune a toda clase de sentimientos apasionados, y mucho más a los ajenos. Úrsula, en cambio, que había sufrido un proceso contrario al de Amaranta, evocó a Rebeca con un recuerdo limpio de impurezas, pues la imagen de la criatura de lástima que llevaron a la casa con el talego de huesos de sus padres prevaleció sobre la ofensa que la hizo indigna de continuar vinculada al tronco familiar. Aureliano Segundo resolvió que había que llevarla a la casa y protegerla, pero su buen propósito fue frustrado por la inquebrantable intransigencia de Rebeca, que había necesitado muchos años de sufrimiento y miseria para conquistar los privilegios de la soledad, y no estaba dispuesta a renunciar a ellos a cambio de una vejez perturbada por los falsos encantos de la misericordia.

En febrero, cuando volvieron los dieciséis hijos del coronel Aureliano Buendía, todavía marcados con la cruz de ceniza, Aureliano Triste les habló de Rebeca en el fragor de la parranda, y en medio día restauraron la apariencia de la casa, cambiaron puertas y ventanas, pintaron la fachada de colores alegres, apuntalaron las paredes y vaciaron cemento nuevo en el piso, pero no obtuvieron autorización para continuar las reformas en el interior. Rebeca ni siquiera se asomó a la puerta. Dejó que terminaran la atolondrada restauración, y luego hizo un cálculo de los costos y les mandó con Argénida, la vieja sirvienta que seguía acompañándola, un puñado de monedas retiradas de la circulación desde la última guerra, y que Rebeca seguía creyendo útiles. Fue entonces cuando se supo hasta qué punto inconcebible había llegado su desvinculación con el mundo, y se comprendió que sería imposible rescatarla de su empecinado encierro mientras le quedara un aliento de vida.

En la segunda visita que hicieron a Macondo los hijos del coronel Aureliano Buendía, otro de ellos, Aureliano Centeno, se quedó trabajando con Aureliano Triste. Era uno de los primeros que habían llegado a la casa para el bautismo, y Úrsula y Amaranta lo recordaban muy bien porque había destrozado en pocas horas cuanto objeto quebradizo pasó por sus manos. El tiempo había moderado su primitivo impulso de crecimiento, y era un hombre de estatura mediana marcado con cicatrices de viruela, pero su asombroso poder de destrucción manual continuaba intacto. Tantos platos rompió, inclusive sin tocarlos, que Fernanda

optó por comprarle un servicio de peltre antes de que liquidara las últimas piezas de su costosa vajilla, y aun los
resistentes platos metálicos estaban al poco tiempo desconchados y torcidos. Pero a cambio de aquel poder irremediable, exasperante inclusive para él mismo, tenía una cor-
dialidad que suscitaba la confianza inmediata, y una estu-
penda capacidad de trabajo. En poco tiempo incrementó de
tal modo la producción de hielo, que rebasó el mercado
local, y Aureliano Triste tuvo que pensar en la posibilidad
de extender el negocio a otras poblaciones de la ciénaga.
Fue entonces cuando concibió el paso decisivo no sólo para
la modernización de su industria, sino para vincular la
población con el resto del mundo.

—Hay que traer el ferrocarril —dijo.

Fue la primera vez que se oyó esa palabra en Macondo.
Ante el dibujo que trazó Aureliano Triste en la mesa, y que
era un descendiente directo de los esquemas con que José
Arcadio Buendía ilustró el proyecto de la guerra solar,
Úrsula confirmó su impresión de que el tiempo estaba
dando vueltas en redondo. Pero al contrario de su abuelo,
Aureliano Triste no perdía el sueño ni el apetito, ni atormentaba a nadie con crisis de mal humor, sino que concebía los proyectos más desatinados como posibilidades
inmediatas, elaboraba cálculos racionales sobre costos y
plazos y los llevaba a término sin intermedios de exasperación. Aureliano Segundo, que si algo tenía del bisabuelo y
algo le faltaba del coronel Aureliano Buendía era una absoluta impermeabilidad para el escarmiento, soltó el dinero
para llevar el ferrocarril con la misma frivolidad con que lo
soltó para la absurda compañía de navegación del hermano. Aureliano Triste consultó el calendario y se fue el
miércoles siguiente para estar de vuelta cuando pasaran
las lluvias. No se tuvieron más noticias. Aureliano Centeno,
desbordado por las abundancias de la fábrica, había empezado ya a experimentar la elaboración de hielo con base de
jugos de frutas en lugar de agua, y sin saberlo ni proponérselo concibió los fundamentos esenciales de la invención de
los helados, pensando en esa forma diversificar la producción de una empresa que suponía suya, porque el hermano

no daba señales de regreso después de que pasaron las lluvias y transcurrió todo un verano sin noticias. A principios
del otro invierno, sin embargo, una mujer que lavaba ropa
en el río a la hora de más calor, atravesó la calle central
lanzando alaridos en un alarmante estado de conmoción.

—Ahí viene —alcanzó a explicar— un asunto espantoso
como una cocina arrastrando un pueblo.

En ese momento la población fue estremecida por un sil-
bato de resonancias pavorosas y una descomunal respiración acezante. Las semanas precedentes se había visto a las
cuadrillas que tendieron durmientes y rieles, y nadie les
prestó atención porque pensaron que era un nuevo artificio
de los gitanos que volvían con su centenario y desprestigiado dale que dale de pitos y sonajas pregonando las exce-
lencias de quién iba a saber qué pendejo menjunje de jara-
pellinosos genios jerosolimitanos. Pero cuando se restablecieron del desconcierto de los silbatazos y resoplidos, todos
los habitantes se echaron a la calle y vieron a Aureliano
Triste saludando con la mano desde la locomotora, y
vieron hechizados el tren adornado de flores que por primera vez llegaba con ocho meses de retraso. El inocente
tren amarillo que tantas incertidumbres y evidencias, y
tantos halagos y desventuras, y tantos cambios, calamidades y nostalgias había de llevar a Macondo.

Deslumbrada por tantas y tan maravillosas invenciones, la gente de Macondo no sabía por dónde empezar a asombrarse. Se trasnochaban contemplando las pálidas bombillas eléctricas alimentadas por la planta que llevó Aureliano Triste en el segundo viaje del tren, y a cuyo obsesionante tumtum costó tiempo y trabajo acostumbrarse. Se indignaron con las imágenes vivas que el próspero comerciante don Bruno Crespi proyectaba en el teatro con taquillas de bocas de león, porque un personaje muerto y sepultado en una película, y por cuya desgracia se derramaron lágrimas de aflicción, reapareció vivo y convertido en árabe en la película siguiente. El público que pagaba dos centavos para compartir las vicisitudes de los personajes, no pudo soportar aquella burla inaudita y rompió la sillería. El alcalde, a instancias de don Bruno Crespi, explicó mediante un bando que el cine era una máquina de ilusión que no merecía los desbordamientos pasionales del público. Ante la desalentadora explicación, muchos estimaron que habían sido víctimas de un nuevo y aparatoso asunto de gitanos, de modo que optaron por no volver al cine, considerando que ya tenían bastante con sus propias penas para llorar por fingidas desventuras de seres imaginarios. Algo semejante ocurrió con los gramófonos de cilindros que llevaron las alegres matronas de Francia en sustitución de los anticuados organillos, y que tan hondamente afectaron por un tiempo los intereses de la banda de músicos. Al principio, la curiosidad multiplicó la clientela de la calle prohibida, y hasta se supo de señoras respetables que se disfrazaron de villanos para observar de cerca la novedad del gramófono, pero tanto y de tan cerca lo observaron, que muy pronto llegaron a la conclusión de que no era un molino de sortilegio, como todos pensaban y como las matronas decían, sino un truco mecánico que no podía compararse con algo tan conmovedor, tan humano y tan lleno de verdad cotidiana como una banda de músicos. Fue una desilusión tan grave, que cuando los gramófonos se popularizaron hasta el punto de que hubo uno en cada casa, todavía no se les tuvo como objetos para entretenimiento de adultos, sino como una cosa buena para que la destriparan los niños. En cambio, cuando alguien del pueblo tuvo oportunidad de comprobar la cruda realidad del teléfono instalado en la estación del ferrocarril, que a causa de la manivela se consideraba como una versión rudimentaria del gramófono, hasta los más incrédulos se desconcertaron. Era como si Dios hubiera resuelto poner a prueba toda capacidad de asombro, y mantuviera a los habitantes de Macondo en un permanente vaivén entre el alborozo y el desencanto, la duda y la revelación, hasta el extremo de que ya nadie podía saber a ciencia cierta dónde estaban los límites de la realidad. Era un intrincado frangollo de verdades y espejismos, que convulsionó de impaciencia al espectro de José Arcadio Buendía bajo el castaño y lo obligó a caminar por toda la casa aun a pleno día. Desde que el ferrocarril fue inaugurado oficialmente y empezó a llegar con regularidad los miércoles a las once, y se construyó la primitiva estación de madera con un escritorio, el teléfono, y una ventanilla para vender los pasajes, se vieron por las calles de Macondo hombres y mujeres que fingían actitudes comunes y corrientes, pero que en realidad parecían gente de circo. En un pueblo escaldado por el escarmiento de los gitanos no había un buen porvenir para aquellos equilibristas del comercio ambulante que con igual desparpajo ofrecían una olla pitadora que un régimen de vida para la salvación del alma al séptimo día; pero entre los que se dejaban convencer por cansancio y los incautos de siempre, obtenían estupendos beneficios. Entre esas criaturas de farándula, con pantalones de montar y polainas, sombrero de corcho, espejuelos con armaduras de acero, ojos de topacio y pellejo de gallo fino, uno de tantos miércoles llegó a Macondo y almorzó en la casa el rechoncho y sonriente míster Herbert.

Nadie lo distinguió en la mesa mientras no se comió el primer racimo de bananos. Aureliano Segundo lo había encontrado por casualidad, protestando en español trabajoso porque no había un cuarto libre en el Hotel de Jacob, y como lo hacía con frecuencia con muchos forasteros se lo llevó a la casa. Tenía un negocio de globos cautivos, que había llevado por medio mundo con excelentes ganancias, pero no había conseguido elevar a nadie en Macondo porque consideraban ese invento como un retroceso, después de haber visto y probado las esteras voladoras de los gitanos. Se iba, pues, en el próximo tren. Cuando llevaron a la mesa el atigrado racimo de banano que solían colgar en el comedor durante el almuerzo, arrancó la primera fruta sin mucho entusiasmo. Pero siguió comiendo mientras hablaba, saboreando, masticando, más bien con distracción de sabio que con deleite de buen comedor, y al terminar el primer racimo suplicó que le llevaran otro. Entonces sacó de la caja de herramientas que siempre llevaba consigo un pequeño estuche de aparatos ópticos. Con la incrédula atención de un comprador de diamantes examinó meticulosamente un banano seccionando sus partes con un estilete especial, pesándolas en un granatorio de farmacéutico y calculando su envergadura con un calibrador de armero. Luego sacó de la caja una serie de instrumentos con los cuales midió la temperatura, el grado de humedad de la atmósfera y la intensidad de la luz. Fue una ceremonia tan intrigante, que nadie comió tranquilo esperando que míster Herbert emitiera por fin un juicio revelador, pero no dijo nada que permitiera vislumbrar sus intenciones.

En los días siguientes se le vio con una malla y una canastilla cazando mariposas en los alrededores del pueblo. El miércoles llegó un grupo de ingenieros, agrónomos, hidrólogos, topógrafos y agrimensores que durante varias semanas exploraron los mismos lugares donde míster Herbert cazaba mariposas. Más tarde llegó el señor Jack Brown en un vagón suplementario que engancharon en la cola del tren amarillo, y que era todo laminado de plata, con poltronas de terciopelo episcopal y techo de vidrios azules. En el vagón especial llegaron también, revoloteando en torno al señor Brown, los solemnes abogados vestidos de negro que en otra época siguieron por todas partes al coronel Aureliano Buendía, y esto hizo pensar a la gente que los agrónomos, hidrólogos, topógrafos y agrimensores, así como míster Herbert con sus globos cautivos y sus mariposas de colores, y el señor Brown con su mausoleo rodante y sus feroces perros alemanes, tenían algo que ver con la guerra. No hubo, sin embargo, mucho tiempo para pensarlo, porque los suspicaces habitantes de Macondo apenas empezaban a preguntarse qué cuernos era lo que estaba pasando, cuando ya el pueblo se había transformado en un campamento de casas de madera con techos de cinc, poblado por forasteros que llegaban de medio mundo en el tren, no sólo en los asientos y plataformas, sino hasta en el techo de los vagones. Los gringos, que después llegaron mujeres lánguidas con trajes de muselina y grandes sombreros de gasa, hicieron un pueblo aparte al otro lado de la línea del tren, con calles bordeadas de palmeras, casas con ventanas de redes metálicas, mesitas blancas en las terrazas y ventiladores de aspas colgados en el cielorraso, y extensos prados azules con pavorreales y codornices. El sector estaba cercado por una malla metálica, como un gigantesco gallinero electrificado que en los frescos meses del verano amanecía negro de golondrinas achicharradas. Nadie sabía aún qué era lo que buscaban, o si en verdad no eran más que filántropos, y ya habían ocasionado un trastorno colosal, mucho más perturbador que el de los antiguos gitanos, pero menos transitorio y comprensible. Dotados de recursos que en otra época estuvieron reservados a la Divina Providencia, modificaron el régimen de lluvias, apresuraron el ciclo de las cosechas, y quitaron el río de donde estuvo siempre y lo pusieron con sus piedras blancas y sus corrientes heladas en el otro extremo de la población, detrás del cementerio. Fue en esa ocasión cuando construyeron una fortaleza de hormigón sobre la descolorida tumba de José Arcadio, para que el olor a pólvora del cadáver no contaminara las aguas. Para los forasteros que llegaban sin amor, convirtieron la calle de las cariñosas matronas de Francia en un pueblo más extenso que el otro, y un miércoles de gloria llevaron un tren cargado de putas inversosímiles, hembras babilónicas adiestradas en recursos inmemoriales, y provistas de toda clase de ungüentos y dispositivos para estimular a los inermes, despabilar a los tímidos, saciar a los voraces, exaltar a los modestos, escarmentar a los múltiples y corregir a los solitarios. La Calle de los Turcos, enriquecida con luminosos almacenes de ultramarinos que desplazaron los viejos bazares de colorines, bordoneaba la noche del sábado con las muchedumbres de aventureros que se atropellaban entre las mesas de suerte y azar, los mostradores de tiro al blanco, el callejón donde se adivinaba el porvenir y se interpretaban los sueños, y las mesas de fritangas y bebidas, que amanecían el domingo desparramadas por el suelo, entre cuerpos que a veces eran de borrachos felices y casi siempre de curiosos abatidos por los disparos, trompadas, navajinas y botellazos de la pelotera. Fue una invasión tan tumultuosa e intempestiva, que en los primeros tiempos fue imposible caminar por la calle con el estorbo de los muebles y los baúles, y el trajín de carpintería de quienes paraban sus casas en cualquier terreno pelado sin permiso de nadie, y el escándalo de las parejas que colgaban sus hamacas entre los almendros y hacían el amor bajo los toldos, a pleno día y a la vista de todo el mundo. El único rincón de serenidad fue establecido por los pacíficos negros antillanos que construyeron una calle marginal, con casas de madera sobre pilotes, en cuyos pórticos se sentaban al atardecer cantando himnos melancólicos en su farragoso papiamento. Tantos cambios ocurrieron en tan poco tiempo, que ocho meses después de la visita de míster Herbert los antiguos habitantes de Macondo se levantaban temprano a conocer su propio pueblo.

—Miren la vaina que nos hemos buscado —solía decir entonces el coronel Aureliano Buendía—, no más por invitar un gringo a comer guineo.

Aureliano Segundo, en cambio, no cabía de contento con la avalancha de forasteros. La casa se llenó de pronto de huéspedes desconocidos, de invencibles parranderos mundiales, y fue preciso agregar dormitorios en el patio, ensanchar el comedor y cambiar la antigua mesa por una de dieciséis puestos, con nuevas vajillas y servicios, y aun así hubo que establecer turnos para almorzar. Fernanda tuvo que atragantarse sus escrúpulos y atender como a reyes a invitados de la más perversa condición, que embarraban con sus botas el corredor, se orinaban en el jardín, extendían sus petates en cualquier parte para hacer la siesta, y hablaban sin fijarse en susceptibilidades de damas ni remilgos de caballeros. Amaranta se escandalizó de tal modo con la invasión de la plebe, que volvió a comer en la cocina como en los viejos tiempos. El coronel Aureliano Buendía, persuadido de que la mayoría de quienes entraban a saludarlo en el taller no lo hacían por simpatía o estimación, sino por la curiosidad de conocer una reliquia histórica, un fósil de museo, optó por encerrarse con tranca y no se le volvió a ver sino en muy escasas ocasiones sentado en la puerta de la calle. Úrsula, en cambio, aun en los tiempos en que ya arrastraba los pies y caminaba tanteando en las paredes, experimentaba un alborozo pueril cuando se aproximaba la llegada del tren. «Hay que hacer carne y pescado», ordenaba a las cuatro cocineras, que se afanaban por estar a tiempo bajo la imperturbable dirección de Santa Sofía de la Piedad. «Hay que hacer de todo —insistía— porque nunca se sabe qué quieren comer los forasteros.» El tren llegaba a la hora de más calor. Al almuerzo, la casa trepidaba con un alboroto de mercado, y los sudorosos comensales, que ni siquiera sabían quiénes eran sus anfitriones, irrumpían en tropel para ocupar los mejores puestos en la mesa, mientras las cocineras tropezaban entre sí con las enormes ollas de sopa, los calderos de carnes, las bangañas de legumbres, las bateas de arroz, y repartían con cucharones inagotables los toneles de limonada. Era tal el desorden, que Fernanda se exasperaba con la idea de que muchos comían dos veces, y en más de una ocasión quiso desahogarse en improperios de verdulera porque algún comensal confundido le pedía la cuenta. Había pasado más de un año desde la visita de míster Herbert, y lo único que se sabía era que los gringos pensaban sembrar banano en la región encantada que José Arcadio Buendía y sus hombres habían atravesado buscando la ruta de los grandes inventos. Otros dos hijos del coronel Aureliano Buendía, con su cruz de ceniza en la frente, llegaron arrastrados por aquel eructo volcánico, y justificaron su determinación con una frase que tal vez explicaba las razones de todos.

—Nosotros venimos —dijeron— porque todo el mundo viene.

Remedios, la bella, fue la única que permaneció inmune a la peste del banano. Se estancó en una adolescencia magnífica, cada vez más impermeable a los formalismos, más indiferente a la malicia y la suspicacia, feliz en un mundo propio de realidades simples. No entendía por qué las mujeres se complicaban la vida con corpiños y pollerines, de modo que se cosió un balandrán de cañamazo que sencillamente se metía por la cabeza y resolvía sin más trámites el problema del vestir, sin quitarle la impresión de estar desnuda, que según ella entendía las cosas era la única forma decente de estar en casa. La molestaron tanto para que se cortara el cabello de lluvia que ya le daba a las pantorrillas, y para que se hiciera moños con peinetas y trenzas con lazos colorados, que simplemente se rapó la cabeza y les hizo pelucas a los santos. Lo asombroso de su instinto simplificador, era que mientras más se desembarazaba de la moda buscando la comodidad, y mientras más pasaba por encima de los convencionalismos en obediencia a la espontaneidad, más perturbadora resultaba su belleza increíble y más provocador su comportamiento con los hombres. Cuando los hijos del coronel Aureliano Buendía estuvieron por primera vez en Macondo, Úrsula recordó que llevaban en las venas la misma sangre de la bisnieta, y se estremeció con un espanto olvidado. «Abre bien los ojos

—la previno—. Con cualquiera de ellos, los hijos te saldrán con cola de puerco.» Ella hizo tan poco caso de la advertencia, que se vistió de hombre y se revolcó en arena para subirse en la cucaña, y estuvo a punto de ocasionar una tragedia entre los diecisiete primos trastornados por el insoportable espectáculo. Era por eso que ninguno de ellos dormía en la casa cuando visitaban el pueblo, y los cuatro que se habían quedado vivían por disposición de Úrsula en cuartos de alquiler. Sin embargo, Remedios, la bella, se había muerto de risa si hubiera conocido aquella precaución. Hasta el último instante en que estuvo en la tierra ignoró que su irreparable destino de hembra perturbadora era un desastre cotidiano. Cada vez que aparecía en el comedor, contrariando las órdenes de Úrsula, ocasionaba un pánico de exasperación entre los forasteros. Era demasiado evidente que estaba desnuda por completo bajo el burdo camisón, y nadie podía entender que su cráneo pelado y perfecto no era un desafío, y que no era una criminal provocación el descaro con que se descubría los muslos para quitarse el calor, y el gusto con que se chupaba los dedos después de comer con las manos. Lo que ningún miembro de la familia supo nunca, fue que los forasteros no tardaron en darse cuenta de que Remedios, la bella, soltaba un hálito de perturbación, una ráfaga de tormento, que seguía siendo perceptible varias horas después de que ella había pasado. Hombres expertos en trastornos de amor, probados en el mundo entero, afirmaban no haber padecido jamás una ansiedad semejante a la que producía el olor natural de Remedios, la bella. En el corredor de las begonias, en la sala de visitas, en cualquier lugar de la casa, podía señalarse el lugar exacto en que estuvo y el tiempo transcurrido desde que dejó de estar. Era un rastro definido, inconfundible, que nadie de la casa podía distinguir porque estaba incorporado desde hacía mucho tiempo a los olores cotidianos, pero que los forasteros identificaban de inmediato. Por eso eran ellos los únicos que entendían que el joven comandante de la guardia se hubiera muerto de amor, y que un caballero venido de otras tierras se hubiera echado a la desesperación. Inconsciente del ámbito inquietante en que se movía, del insoportable estado de íntima calamidad que provocaba a su paso, Remedios, la bella, trataba a los hombres sin la menor malicia y acababa de trastornarlos con sus inocentes complacencias. Cuando Úrsula logró imponer la orden de que comiera con Amaranta en la cocina para que no la vieran los forasteros, ella se sintió más cómoda porque al fin y al cabo quedaba a salvo de toda disciplina. En realidad, le daba lo mismo comer en cualquier parte, y no a horas fijas sino de acuerdo con las alternativas de su apetito. A veces se levantaba a almorzar a las tres de la madrugada, dormía todo el día, y pasaba varios meses con los horarios trastrocados, hasta que algún incidente casual volvía a ponerla en orden. Cuando las cosas andaban mejor, se levantaba a las once de la mañana, y se encerraba hasta dos horas completamente desnuda en el baño, matando alacranes mientras se despejaba del denso y prolongado sueño. Luego se echaba agua de la alberca con una totuma. Era un acto tan prolongado, tan meticuloso, tan rico en situaciones ceremoniales, que quien no la conociera bien habría podido pensar que estaba entregada a una merecida adoración de su propio cuerpo. Para ella, sin embargo, aquel rito solitario carecía de toda sensualidad, y era simplemente una manera de perder el tiempo mientras le daba hambre. Un día, cuando empezaba a bañarse, un forastero levantó una teja del techo y se quedó sin aliento ante el tremendo espectáculo de su desnudez. Ella vio los ojos desolados a través de las tejas rotas y no tuvo una reacción de vergüenza, sino de alarma.

—Cuidado —exclamó—. Se va a caer.

—Nada más quiero verla —murmuró el forastero.

—Ah, bueno —dijo ella—. Pero tenga cuidado, que esas tejas están podridas.

El rostro del forastero tenía una dolorosa expresión de estupor, y parecía batallar sordamente contra sus impulsos primarios para no disipar el espejismo. Remedios, la bella, pensó que estaba sufriendo con el temor de que se rompieran las tejas, y se bañó más de prisa que de costumbre para que el hombre no siguiera en peligro. Mientras se echaba agua de la alberca, le dijo que era un problema que el techo estuviera en ese estado, pues ella creía que la cama de hojas podridas por la lluvia era lo que llenaba el baño de alacranes. El forastero confundió aquella cháchara con una forma de disimular la complacencia, de modo que cuando ella empezó a jabonarse cedió a la tentación de dar un paso adelante.

—Déjeme jabonarla —murmuró.

—Le agradezco la buena intención —dijo ella—, pero me basto con mis dos manos.

—Aunque sea la espalda —suplicó el forastero.

—Sería una ociosidad —dijo ella—. Nunca se ha visto que la gente se jabone la espalda.

Después, mientras se secaba, el forastero le suplicó con los ojos llenos de lágrimas que se casara con él. Ella le contestó sinceramente que nunca se casaría con un hombre tan simple que perdía casi una hora, y hasta se quedaba sin almorzar, sólo por ver bañarse a una mujer. Al final, cuando se puso el balandrán, el hombre no pudo soportar la comprobación de que en efecto no se ponía nada debajo, como todo el mundo sospechaba, y se sintió marcado para siempre con el hierro ardiente de aquel secreto. Entonces quitó dos tejas más para descolgarse en el interior del baño.

—Está muy alto —lo previno ella, asustada—. ¡Se va a matar!

Las tejas podridas se despedazaron en un estrépito de desastre, y el hombre apenas alcanzó a lanzar un grito de terror, y se rompió el cráneo y murió sin agonía en el piso de cemento. Los forasteros que oyeron el estropicio en el comedor, y se apresuraron a llevarse el cadáver, percibieron en su piel el sofocante olor de Remedios, la bella. Estaba tan compenetrado con el cuerpo, que las grietas del cráneo no manaban sangre sino un aceite ambarino impregnado de aquel perfume secreto, y entonces comprendieron que el olor de Remedios, la bella, seguía torturando a los hombres más allá de la muerte, hasta el polvo de sus huesos. Sin embargo, no relacionaron aquel accidente de horror con los otros dos hombres que habían muerto por Remedios, la bella. Faltaba todavía una víctima para que los forasteros, y muchos de los antiguos habitantes de Macondo, dieran crédito a la leyenda de que Remedios Buendía no exhalaba un aliento de amor, sino un flujo mortal. La ocasión de comprobarlo se presentó meses después, una tarde en que Remedios, la bella, fue con un grupo de amigas a conocer las nuevas plantaciones. Para la gente de Macondo era una distracción reciente recorrer las húmedas e interminables avenidas bordeadas de bananos, donde el silencio parecía llevado de otra parte, todavía sin usar, y era por eso tan torpe para transmístir la voz. A veces no se entendía muy bien lo dicho a medio metro de distancia, y, sin embargo, resultaba perfectamente comprensible al otro extremo de la plantación. Para las muchachas de Macondo aquel juego novedoso era motivo de risas y sobresaltos, de sustos y burlas, y por las noches se hablaba del paseo como de una experiencia de sueño. Era tal el prestigio de aquel silencio, que Úrsula no tuvo corazón para privar de la diversión a Remedios, la bella, y le permitió ir una tarde, siempre que se pusiera un sombrero y un tráje adecuado. Desde que el grupo de amigas entró a la plantación, el aire se impregnó de una fragancia mortal. Los hombres que trabajaban en las zanjas se sintieron poseídos por una rara fascinación, amenazados por un peligro invisible, y muchos sucumbieron a los terribles deseos de llorar. Remedios, la bella, y sus espantadas amigas, lograron refugiarse en una casa próxima cuando estaban a punto de ser asaltadas por un tropel de machos feroces. Poco después fueron rescatadas por los cuatro Aurelianos, cuyas cruces de ceniza infundían un respeto sagrado, como si fueran una marca de casta, un sello de invulnerabilidad. Remedios, la bella, no le contó a nadie que uno de los hombres, aprovechando el tumulto, le alcanzó a agredir el vientre con una mano que más bien parecía una garra de águila aferrándose al borde de un precipicio. Ella se enfrentó al agresor en una especie de deslumbramiento instantáneo, y vio los ojos desconsolados que quedaron impresos en su corazón como una brasa de lástima. Esa noche, el hombre se jactó de su audacia y pre-

sumió de su suerte en la Calle de los Turcos, minutos antes
de que la patada de un caballo le destrozara el pecho, y
una muchedumbre de forasteros lo viera agonizar en mitad
de la calle, ahogándose en vómitos de sangre.

La suposición de que Remedios, la bella, poseía poderes
de muerte, estaba entonces sustentada por cuatro hechos
irrebatibles. Aunque algunos hombres ligeros de palabra se
complacían en decir que bien valía sacrificar la vida por
una noche de amor con tan conturbadora mujer, la verdad
fue que ninguno hizo esfuerzos por conseguirlo. Tal vez, no
sólo para rendirla sino también para conjurar sus peligros,
habría bastado con un sentimiento tan primitivo y simple
como el amor, pero eso fue lo único que no se le ocurrió a
nadie. Úrsula no volvió o ocuparse de ella. En otra época,
cuando todavía no renunciaba al propósito de salvarla
para el mundo, procuró que se interesara por los asuntos
elementales de la casa. «Los hombres piden más de lo que
tú crees —le decía enigmáticamente—. Hay mucho que
cocinar, mucho que barrer, mucho que sufrir por pequeñeces, además de lo que crees.» En el fondo se engañaba a
sí misma tratando de adiestrarla para la felicidad doméstica, porque estaba convencida de que una vez satisfecha la
pasión, no ha había un hombre sobre la tierra capaz de
soportar así fuera por un día una negligencia que estaba
más allá de toda comprensión. El nacimiento del último
José Arcadio, y su inquebrantable voluntad de educarlo
para Papa, terminaron por hacerla desistir de sus preocupaciones por la bisnieta. La abandonó a su suerte, confiando que tarde o temprano ocurriera un milagro, y que en
este mundo donde había de todo hubiera también un
hombre con suficiente cachaza para cargar con ella. Ya
desde mucho antes, Amaranta había renunciado a toda
tentativa de convertirla en una mujer útil. Desde las tardes
olvidadas del costurero, cuando la sobrina apenas se interesaba por darle vuelta a la manivela de la máquina de
coser, llegó a la conclusión simple de que era boba. «Vamos
a tener que rifarte», le decía, perpleja ante su impermeabilidad a la palabra de los hombres. Más tarde, cuando
Úrsula se empeñó en que Remedios, la bella, asistiera a

misa con la cara cubierta con una mantilla, Amaranta
pensó que aquel recurso misterioso resultaría tan provocador, que muy pronto habría un hombre lo bastante intrigado como para buscar con paciencia el punto débil de su
corazón. Pero cuando vio la forma insensata en que des-
preció a un pretendiente que por muchos motivos era más
apetecible que un príncipe, renunció a toda esperanza. Fernanda no hizo siquiera la tentativa de comprenderla.
Cuando vio a Remedios, la bella, vestida de reina en el carnaval sangriento, pensó que era una criatura extraordinaria. Pero cuando la vio comiendo con las manos, incapaz
de dar una respuesta que no fuera un prodigio de simplicidad, lo único que lamentó fue que los bobos de familia
tuvieran una vida tan larga. A pesar de que el coronel
Aureliano Buendía seguía creyendo y repitiendo que Remedios, la bella, era en realidad el ser más lúcido que había
conocido jamás, y que lo demostraba a cada momento con
su asombrosa habilidad para burlarse de todos, la abandonaron a la buena de Dios. Remedios, la bella, se quedó
vagando por el desierto de la soledad, sin cruces a cuestas,
madurándose en sus sueños sin pesadillas, en sus baños
interminables, en sus comidas sin horarios, en sus hondos y
prolongados silencios sin recuerdos, hasta una tarde de
marzo en que Fernanda quiso doblar en el jardín sus
sábanas de bramante, y pidió ayuda a las mujeres de la
casa. Apenas habían empezado, cuando Amaranta advirtió
que Remedios, la bella, estaba transparentada por una
palidez intensa.

—¿Te sientes mal? —le preguntó.

Remedios, la bella, que tenía agarrada la sábana por el
otro extremo, hizo una sonrisa de lástima.

—Al contrario —dijo—, nunca me he sentido mejor.

Acabó de decirlo, cuando Fernanda sintió que un delicado viento de luz le arrancó las sábanas de las manos y
las desplegó en toda su amplitud. Amaranta sintió un temblor misterioso en los encajes de sus pollerinas y trató de
agarrarse de la sábana para no caer, en el instante en que
Remedios, la bella, empezaba a elevarse. Úrsula, ya casi
ciega, fue la única que tuvo serenidad para identificar la

naturaleza de aquel viento irreparable, y dejó las sábanas a merced de la luz, viendo a Remedios, la bella, que le decía adiós con la mano, entre el deslumbrante aleteo de las sábanas que subían con ella, que abandonaban con ella el aire de los escarabajos y las dalias, y pasaban con ella a travé del aire donde terminaban las cuatro de la tarde, y se perdieron con ella para siempre en los altos aires donde no podían alcanzarla ni los más altos pájaros de la memoria.

Los forasteros, por supuesto, pensaron que Remedios, la bella, había sucumbido por fin a su irrevocable destino de abeja reina, y que su familia trataba de salvar la honra con la patraña de la levitación. Fernanda, mordida por la envidia, terminó por aceptar el prodigio, y durante mucho tiempo siguió rogando a Dios que le devolviera las sábanas. La mayoría creyó en el milagro, y hasta se encendieron velas y se rezaron novenarios. Tal vez no se hubiera vuelto a hablar de otra cosa en mucho tiempo, si el bárbaro exterminio de los Aurelianos no hubiera sustituido el asombro por el espanto. Aunque nunca lo identificó como un presagio, el coronel Aureliano Buendía había previsto en cierto modo el trágico final de sus hijos. Cuando Aureliano Serrador y Aureliano Arcaya, los dos que llegaron en el tumulto, manifestaron la voluntad de quedarse en Macondo, su padre trató de disuadirlos. No entendía qué iban a hacer en un pueblo que de la noche a la mañana se había convertido en un lugar de peligro. Pero Aureliano Centeno y Aureliano Triste, apoyados por Aureliano Segundo, les dieron trabajo en sus empresas. El coronel Aureliano Buendía tenía motivos todavía muy confusos para no patrocinar aquella determinación. Desde que vio al señor Brown en el primer automóvil que llegó a Macondo —un convertible anaranjado con una corneta que espantaba a los perros con sus ladridos—, el viejo guerrero se indignó con los serviles aspavientos de la gente, y se dio cuenta de que algo había cambiado en la índole de los hombres desde los tiempos en que abandonaban mujeres e hijos y se echaban una escopeta al hombro para irse a la guerra. Las autoridades locales, después del armisticio de Neerlandia, eran alcaldes sin iniciativa, jueces decorativos, escogidos entre los pacíficos y cansados conservadores de Macondo. «Este es un régimen de pobres diablos —comentaba el coronel Aureliano Buendía cuando veía pasar a los polícias descalzos armados de bolillos de palo—. Hicimos tantas guerras, y todo para que no nos pintaran la casa de azul.» Cuando llegó la compañía bananera, sin embargo, los funcionarios locales fueron sustituidos por forasteros autoritarios, que el señor Brown se llevó a vivir en el gallinero electrificado, para que gozaran, según explicó, de la dignidad que correspondía a su investidura, y no padecieran el calor y los mosquitos y las incontables incomodidades y privaciones del pueblo. Los antiguos polícias fueron reemplazados por sicarios de machetes. Encerrado en el taller, el coronel Aureliano Buendía pensaba en estos cambios, y por primera vez en sus callados años de soledad lo atormentó la definida certidumbre de que había sido un error no proseguir la guerra hasta sus últimas consecuencias. Por esos días, un hermano del olvidado coronel Magnífico Visbal llevó su nieto de siete años a tomar un refresco en los carritos de la plaza, y porque el niño tropezó por accidente con un cabo de la policía y le derramó el refresco en el uniforme, el bárbaro lo hizo picadillo a machetazos y decapitó de un tajo al abuelo que trató de impedirlo. Todo el pueblo vio pasar al decapitado cuando un grupo de hombres lo llevaban a su casa, y la cabeza arrastrada que una mujer llevaba cogida por el pelo, y el talego ensangrentado donde habían metido los pedazos de niño.

Para el coronel Aureliano Buendía fue el límite de la expiación. Se encontró de pronto padeciendo la misma indignación que sintió en la juventud, frente al cadáver de la mujer que fue muerta a palos porque la mordió un perro con mal de rabia. Miró a los grupos de curiosos que estaban frente a la casa y con su antigua voz estentórea, restaurada por un hondo desprecio contra sí mismo, les echó encima la carga de odio que ya no podía soportar en el corazón.

—¡Un día de estos —gritó— voy a armar a mis muchachos para que acaben con estos gringos de mierda!

En el curso de esa semana, por distintos lugares del litoral, sus diecisiete hijos fueron cazados como conejos por criminales invisibles que apuntaron al centro de sus cruces de ceniza. Aureliano Triste salía de la casa de su madre, a las siete de la noche, cuando un disparo de fusil surgido de la oscuridad le perforó la frente. Aureliano Centeno fue encontrado en la hamaca que solía colgar en la fábrica, con un punzón de picar hielo clavado hasta la empuñadura entre las cejas. Aureliano Serrador había dejado a su novia en casa de sus padres después de llevarla al cine, y regresaba por la iluminada calle de los Turcos cuando alguien que nunca fue identificado entre la muchedumbre disparó un tiro de revólver que lo derribó dentro de un caldero de manteca hirviendo. Pocos minutos después, alguien llamó a la puerta del cuarto donde Aureliano Arcaya estaba encerrado con una mujer, y le gritó: «Apúrate, que están matando a tus hermanos.» La mujer que estaba con él contó después que Aureliano Arcaya saltó de la cama y abrió la puerta, y fue esperado con una descarga de máuser que le desbarató el cráneo. Aquella noche de muerte, mientras la casa se preparaba para velar los cuatro cadáveres, Fernanda recorrió el pueblo como una loca buscando a Aureliano Segundo, a quien Petra Cotes encerró en un ropero creyendo que la consigna de exterminio incluía a todo el que llevara el nombre del coronel. No le dejó salir hasta el cuarto día, cuando los telegramas recibidos de distintos lugares del litoral permitieron comprender que la saña del enemigo invisible estaba dirigida solamente contra los hermanos marcados con cruces de ceniza. Amaranta buscó la libreta de cuentas donde había anotado los datos de los sobrinos, y a medida que llegaban los telegramas iba tachando nombres, hasta que sólo quedó el del mayor. Lo recordaban muy bien por el contraste de su piel oscura con los grandes ojos verdes. Se llamaba Aureliano Amador, era carpintero, y vivía en un pueblo perdido en las estribaciones de la sierra. Después de esperar dos semanas el telegrama de su muerte, Aureliano Segundo le mandó un emisario para prevenirlo, pensando que ignoraba la amenaza que pesaba sobre él. El emisario regresó con la noticia de que Aureliano Amador estaba a salvo. La noche del exterminio habían ido a buscarlo dos hombres a su casa, y habían descargado sus revólveres contra él, pero no le habían acertado a la cruz de ceniza. Aureliano Amador logró saltar la cerca del patio, y se perdió en los laberintos de la sierra que conocía palmo a palmo gracias a la amistad de los indios con quienes comerciaba en maderas. No había vuelto a saberse de él.

Fueron días negros para el coronel Aureliano Buendía. El presidente de la república le dirigió un telegrama de pésame, en el que prometía una investigación exhaustiva, y rendía homenaje a los muertos. Por orden suya, el alcalde se presentó al entierro con cuatro coronas fúnebres que pretendió colocar sobre los ataúdes, pero el coronel lo puso en la calle. Después del entierro, redactó y llevó personalmente un telegrama violento para el presidente de la república, que el telegrafista se negó a tramitar. Entonces lo enriqueció con términos de singular agresividad, lo metió en un sobre y lo puso al correo. Como le había ocurrido con la muerte de su esposa, como tantas veces le ocurrió durante la guerra con la muerte de sus mejores amigos, no experimentaba un sentimiento de pesar, sino una rabia ciega y sin dirección, una extenuante impotencia. Llegó hasta denunciar la complicidad del padre Antonio Isabel, por haber marcado a sus hijos con ceniza indeleble para que fueran identificados por sus enemigos. El decrépito sacerdote que ya no hilvanaba muy bien las ideas y empezaba a espantar a los feligreses con las disparatadas interpretaciones que intentaba en el púlpito, apareció una tarde en la casa con el tazón donde preparaba las cenizas del miércoles, y trató de ungir con ellas a toda la familia para demostrar que se quitaban con agua. Pero el espanto de la desgracia había calado tan hondo, que ni la misma Fernanda se prestó al experimento, y nunca más se vio un Buendía arrodillado en el comulgatorio el miércoles de ceniza.

El coronel Aureliano Buendía no logró recobrar la serenidad en mucho tiempo. Abandonó la fabricación de pescaditos, comía a duras penas, y andaba como un sonámbulo por toda la casa, arrastrando la manta y masticando una cólera sorda. Al cabo de tres meses tenía el pelo ceniciento, el antiguo bigote de puntas engomadas chorreando sobre los labios sin color, pero en cambio sus ojos eran otra vez las dos brasas que asustaron a quienes lo vieron nacer y que en otro tiempo hacían rodar las sillas con sólo mirarlas. En la furia de su tormento trataba inútilmente de provocar los presagios que guiaron su juventud por senderos de peligro hasta el desolado yermo de la gloria. Estaba perdido, extraviado en una casa ajena donde ya nada ni nadie le suscitaba el menor vestigio de afecto. Una vez abrió el cuarto de Melquíades, buscando los rastros de un pasado anterior a la guerra, y sólo encontró los escombros, la basura, los montones de porquería acumulados por tantos años de abandono. En las pastas de los libros que nadie había vuelto a leer, en los viejos pergaminos macerados por la humedad había prosperado una flora lívida, y en el aire que había sido el más puro y luminoso de la casa flotaba un insoportable olor de recuerdos podridos. Una mañana encontró a Úrsula llorando bajo el castaño, en las rodillas de su esposo muerto. El coronel Aureliano Buendía era el único habitante de la casa que no seguía viendo al potente anciano agobiado por medio siglo de intemperie. «Saluda a tu padre», le dijo Úrsula. Él se detuvo un instante frente al castaño, y una vez más comprobó que tampoco aquel espacio vacío le suscitaba ningún afecto.

—¿Qué dice? —preguntó.

—Está muy triste —contestó Úrsula— porque cree que te vas a morir.

—Dígale —sonrió el coronel— que uno no se muere cuando debe, sino cuando puede.

El presagio del padre muerto removió el último rescoldo de soberbia que le quedaba en el corazón, pero él lo confundió con un repentino soplo de fuerza. Fue por eso que asedió a Úrsula para que le revelara en qué lugar del patio estaban enterradas las monedas de oro que encontraron dentro del San José de yeso. «Nunca lo sabrás —le dijo ella, con una firmeza inspirada en un viejo escarmiento—. Un día —agregó— ha de aparecer el dueño de esa fortuna, y sólo él podrá desenterrarla.» Nadie sabía por qué un hombre que siempre fue tan desprendido había empezado a codiciar el dinero con semejante ansiedad, y no las modestas cantidades que la habrían bastado para resolver una emergencia, sino una fortuna de magnitudes desatinadas cuya sola mención dejó sumido en un mar de asombro a Aureliano Segundo. Los viejos copartidarios a quienes acudió en demanda de ayuda, se escondieron para no recibirlo. Fue por esa época que se le oyó decir: «La única diferencia actual entre liberales y conservadores, es que los liberales van a misa de cinco y los conservadores van a misa de ocho.» Sin embargo, insistió con tanto ahínco, suplicó de tal modo, quebrantó a tal punto sus principios de dignidad, que con un poco de aquí y otro poco de allá, deslizándose por todas partes con una diligencia sigilosa y una perseverancia despiadada, consiguió reunir en ocho meses más dinero del que Úrsula tenía enterrado. Entonces visitó al enfermo coronel Gerineldo Márquez para que lo ayudara a promover la guerra total.

En un cierto momento, el coronel Gerineldo Márquez era en verdad el único que habría podido mover, aun desde su mecedor de paralítico, los enmohecidos hilos de la rebelión. Después del armisticio de Neerlandia, mientras el coronel Aureliano Buendía se refugiaba en el exilio de sus pescaditos de oro, él se mantuvo en contacto con los oficiales rebeldes que le fueron fieles hasta la derrota. Hizo con ellos la guerra triste de la humillación cotidiana, de las súplicas y los memoriales, del vuelva mañana, del ya casi, del estamos estudiando su caso con la debida atención; la guerra perdida sin remedio contra los muy atentos y seguros servidores que debían asignar y no asignaron nunca las pensiones vitalicias. La otra guerra, la sangrienta de veinte años, no les causó tantos estragos como la guerra corrosiva del eterno aplazamiento. El propio coronel Gerineldo Márquez, que escapó a tres atentados, sobrevivió a cinco heridas y salió ileso de incontables batallas, sucumbió al asedio atroz de la espera y se hundió en la derrota miserable de la vejez, pensando en Amaranta entre los rombos de luz de una casa prestada. Los últimos veteranos de quienes se tuvo noticia aparecieron retratados en un periódico, con la cara levantada de indignidad, junto a un anónimo presidente de la república que les regaló unos botones con su efigie para que los usaran en la solapa, y les restituyó una bandera sucia de sangre y de pólvora para que la pusieran sobre sus ataúdes. Los otros, los más dignos, todavía esperaban una carta en la penumbra de la caridad pública, muriéndose de hambre, sobreviviendo de rabia, pudriéndose de viejos en la exquisita mierda de la gloria. De modo que cuando el coronel Aureliano Buendía lo invitó a promover una conflagración mortal que arrasara con todo vestigio de un régimen de corrupción y de escándalo sostenido por el invasor extranjero, el coronel Gerineldo Márquez no pudo reprimir un estremecimiento de compasión.

—Ay, Aureliano —suspiró—, ya sabía que estabas viejo, pero ahora me doy cuenta que estás mucho más viejo de lo que pareces.

En el aturdimiento de los últimos años, Úrsula había dispuesto de muy escasas treguas para atender a la formación papal de José Arcadio, cuando éste tuvo que ser preparado a las volandas para irse al seminario. Meme, su hermana, repartida entre la rigidez de Fernanda y las amarguras de Amaranta, llegó casi al mismo tiempo a la edad prevista para mandarla al colegio de las monjas donde harían de ella una virtuosa del clavicordio. Úrsula se sentía atormentada por graves dudas acerca de la eficacia de los métodos con que había templado el espíritu del lánguido aprendiz de Sumo Pontífice, pero no le echaba la culpa a su trastabillante vejez ni a los nubarrones que apenas le permitían vislumbrar el contorno de las cosas, sino a algo que ella misma no lograba definir pero que concebía confusamente como un progresivo desgaste del tiempo. «Los años de ahora ya no vienen como los de antes», solía decir, sintiendo que la realidad cotidiana se le escapaba de las manos. Antes, pensaba, los niños tardaban mucho para crecer. No había sino que recordar todo el tiempo que se necesitó para que José Arcadio, el mayor, se fuera con los gitanos, y todo lo que ocurrió antes de que volviera pintado como una culebra y hablando como un astrónomo, y las cosas que ocurrieron en la casa antes de que Amaranta y Arcadio olvidaran la lengua de los indios y aprendieran el castellano. Había que ver las de sol y sereno que soportó el pobre José Arcadio Buendía bajo el castaño, y todo lo que hubo que llorar su muerte antes de que llevaran moribundo

a un coronel Aureliano Buendía que después de tanta
guerra y después de tanto sufrir por él, aún no cumplía cincuenta años. En otra época, después de pasar todo el día
haciendo animalitos de caramelo, todavía le sobraba
tiempo para ocuparse de los niños, para verles en el blanco
del ojo que estaban necesitando una pócima de aceite de
ricino. En cambio, ahora, cuando no tenía nada que hacer
y andaba con José Arcadio acaballado en la cadera desde
el amanecer hasta la noche, la mala clase del tiempo le
había obligado a dejar las cosas a medias. La verdad era
que Úrsula se resistía a envejecer aun cuando ya había perdido la cuenta de su edad, y estorbaba por todos lados, y
trataba de meterse en todo, y fastidiaba a los forasteros
con la preguntadera de si no habían dejado en la casa, por
los tiempos de la guerra, un San José de yeso para que lo
guardara mientras pasaba la lluvia. Nadie supo a ciencia
cierta cuándo empezó a perder la vista. Todavía en sus
últimos años, cuando ya no podía levantarse de la cama,
parecía simplemente que estaba vencida por la decrepitud,
pero nadie descubrió que estuviera ciega. Ella lo había
notado desde antes del nacimiento de José Arcadio. Al
principio creyó que se trataba de una debilidad transitoria,
y tomaba a escondidas jarabe de tuétano y se echaba miel
de abeja en los ojos, pero muy pronto se fue convenciendo
de que se hundía sin remedio en las tinieblas, hasta el
punto de que nunca tuvo una noción muy clara del invento
de la luz eléctrica, porque cuando instalaron los primeros
focos sólo alcanzó a percibir el resplandor. No se lo dijo a
nadie, pues habría sido un reconocimiento público de su
inutilidad. Se empeñó en un callado aprendizaje de las distancias de las cosas, y de las voces de la gente, para seguir
viendo con la memoria cuando ya no se lo permitieran las
sombras de las cataratas. Más tarde había de descubrir el
auxilio imprevisto de los olores, que se definieron en las
tinieblas con una fuerza mucho más convincente que los
volúmenes y el color, y la salvaron definitivamente de la
vergüenza de una renuncia. En la oscuridad del cuarto
podía ensartar la aguja y tejer un ojal, y sabía cuándo
estaba la leche a punto de hervir. Conoció con tanta segu-

ridad el lugar en que se encontraba cada cosa, que ella misma se olvidaba a veces de que estaba ciega. En cierta ocasión, Fernanda alborotó la casa porque había perdido su anillo matrimonial, y Úrsula lo encontró en una repisa del dormitorio de los niños. Sencillamente, mientras los otros andaban descuidadamente por todos lados, ella los vigilaba con sus cuatro sentidos para que nunca la tomaran por sorpresa, y al cabo de algún tiempo descubrió que cada miembro de la familia repetía todos los días, sin darse cuenta, los mismos recorridos, los mismos actos, y que casi repetía las mismas palabras a la misma hora. Sólo cuando se salían de esa meticulosa rutina corrían el riesgo de perder algo. De modo que cuando oyó a Fernanda consternada porque había perdido el anillo, Úrsula recordó que lo único distinto que había hecho aquel día era asolear las esteras de los niños porque Meme había descubierto una chinche la noche anterior. Como los niños asistieron a la limpieza, Úrsula pensó que Fernanda había puesto el anillo en el único lugar en que ellos no podían alcanzarlo: la repisa. Fernanda, en cambio, lo buscó únicamente en los trayectos de su itinerario cotidiano, sin saber que la búsqueda de las cosas perdidas está entorpecida por los hábitos rutinarios, y es por eso que cuesta tanto trabajo encontrarlas.

La crianza de José Arcadio ayudó a Úrsula en la tarea agotadora de mantenerse al corriente de los mínimos cambios de la casa. Cuando se daba cuenta de que Amaranta estaba vistiendo a los santos del dormitorio, fingía que le enseñaba al niño las diferencias de los colores.

—Vamos a ver —le decía—, cuéntame de qué color está vestido San Rafael Arcángel.

En esa forma, el niño le daba la información que le negaban sus ojos, y mucho antes de que él se fuera al seminario ya podía Úrsula distinguir por la textura los distintos colores de la ropa de los santos. A veces ocurrían accidentes imprevistos. Una tarde estaba Amaranta bordando en el corredor de las begonias, y Úrsula tropezó con ella.

—Por el amor de Dios —protestó Amaranta—, fíjese por donde camina.

—Eres tú —dijo Úrsula—, la que estás sentada donde no debe ser.

Para ella era cierto. Pero aquel día empezó a darse cuenta de algo que nadie había descubierto, y era que en el transcurso del año el sol iba cambiando imperceptible-mente de posición, y quienes se sentaban en el corredor tenían que ir cambiando de lugar poco a poco y sin adver-tirlo. A partir de entonces, Úrsula no tenía sino que recordar la fecha para conocer el lugar exacto en que estaba sentada Amaranta. Aunque el temblor de las manos era cada vez más perceptible y no podía con el peso de los pies, nunca se vio su menudita figura en tantos lugares al mismo tiempo. Era casi tan diligente como cuando llevaba encima todo el peso de la casa. Sin embargo, en la impene-trable soledad de la decrepitud dispuso de tal clarividencia para examinar hasta los más insignificantes aconteci-mientos de la familia, que por primera vez vio con claridad las verdades que sus ocupaciones de otro tiempo le habían impedido ver. Por la época en que preparaban a José Arcadio para el seminario, ya había hecho una recapitula-ción infinitesimal de la vida de la casa desde la fundación de Macondo, y había cambiado por completo la opinión que siempre tuvo de sus descendientes. Se dio cuenta de que el coronel Aureliano Buendía no le había perdido el cariño a la familia a causa del endurecimiento de la guerra, como ella creía antes, sino que nunca había querido a nadie, ni siquiera a su esposa Remedios o a las incontables mujeres de una noche que pasaron por su vida, y mucho menos a sus hijos. Vislumbró que no había hecho tantas guerras por idealismo, como todo el mundo creía, ni había renunciado por cansancio a la victoria inminente, como todo el mundo creía, sino que había ganado y perdido por el mismo motivo, por pura y pecaminosa soberbia. Llegó a la conclu-sión de que aquel hijo por quien ella habría dado la vida, era simplemente un hombre incapacitado para el amor. Una noche, cuando lo tenía en el vientre, lo oyó llorar. Fue un lamento tan definido, que José Arcadio Buendía des-pertó a su lado y se alegró con la idea de que el niño iba a ser ventrílocuo. Otras personas pronosticaron que sería adivino. Ella, en cambio, se estremeció con la certidumbre de que aquel bramido profundo era un primer indicio de la temible cola de cerdo, y rogó a Dios que le dejara morir la criatura en el vientre. Pero la lucidez de la decrepitud le permitió ver, y así lo repitió muchas veces, que el llanto de los niños en el vientre de la madre no es un anuncio de ventriloquía ni de facultad adivinatoria, sino una señal inequívoca de incapacidad para el amor. Aquella desvalorización de la imagen del hijo, le suscitó de un golpe toda la compasión que le estaba debiendo. Amaranta, en cambio, cuya dureza de corazón la espantaba, cuya concentrada amargura la amargaba, se le esclareció en el último examen como la mujer más tierna que había existido jamás, y comprendió con una lastimosa clarividencia que las injustas torturas a que había sometido a Pietro Crespi no eran dictadas por una voluntad de venganza, como todo el mundo creía, ni el lento martirio con que frustró la vida del coronel Gerineldo Márquez había sido determinado por la mala hiel de su amargura, como todo el mundo creía, sino que ambas acciones habían sido una lucha a muerte entre un amor sin medidas y una cobardía invencible, y había triunfado finalmente el miedo irracional que Amaranta le tuvo siempre a su propio y atormentado corazón. Fue por esa época que Úrsula empezó a nombrar a Rebeca, a evocarla con un viejo cariño exaltado por el arrepentimiento tardío y la admiración repentina, habiendo comprendido que solamente ella, Rebeca, la que nunca se alimentó de su leche sino de la tierra de la tierra y la cal de las paredes, la que no llevó en las venas sangre de sus venas sino la sangre desconocida de los desconocidos cuyos huesos seguían cloqueando en la tumba, Rebeca, la del corazón impaciente, la del vientre desaforado, era la única que tuvo la valentía sin frenos que Úrsula había deseado para su estirpe.

—Rebeca —decía, tanteando las paredes—, ¡qué injustos hemos sido contigo!

En la casa, sencillamente, creían que desvariaba, sobre todo desde que le dio por andar con el brazo derecho levantado, como el arcángel Gabriel. Fernanda se dio cuenta, sin embargo, de que había un sol de clarividencia en las sombras de ese desvarío, pues Úrsula podía decir sin titubeos cuánto dinero se había gastado en la casa durante el último año. Amaranta tuvo una idea semejante cierto día en que su madre meneaba en la cocina una olla de sopa, y dijo de pronto, sin saber que la estaban oyendo, que el molino de maíz que le compraron a los primeros gitanos, y que había desaparecido desde antes de que José Arcadio le diera sesenta y cinco veces la vuelta al mundo, estaba todavía en casa de Pilar Ternera. También casi centenaria, pero entera y ágil a pesar de la inconcebible gordura que espantaba a los niños como en otro tiempo su risa espantaba a las palomas, Pilar Ternera no se sorprendió del acierto de Úrsula, porque su propia experiencia empezaba a indicarle que una vejez alerta puede ser más atinada que las averiguaciones de barajas.

Sin embargo, cuando Úrsula se dio cuenta de que no le había alcanzado el tiempo para consolidar la vocación de José Arcadio, se dejó aturdir por la consternación. Empezó a cometer errores, tratando de ver con los ojos las cosas que la intuición le permitía ver con mayor claridad. Una mañana le echó al niño en la cabeza el contenido de un tintero creyendo que era agua florida. Ocasionó tantos tropiezos con la terquedad de intervenir en todo, que se sintió trastornada por ráfagas de mal humor, y trataba de quitarse las tinieblas que por fin la estaban enredando como un camisón de telaraña. Fue entonces cuando se le ocurrió que su torpeza no era la primera victoria de la decrepitud y la oscuridad, sino una falla del tiempo. Pensaba que antes, cuando Dios no hacía con los meses y los años las mismas trampas que hacían los turcos al medir una yarda de percal, las cosas eran diferentes. Ahora no sólo crecían los niños más de prisa, sino que hasta los sentimientos evolucionaban de otro modo. No bien Remedios, la bella, había subido al cielo en cuerpo y alma, y ya la desconsiderada Fernanda andaba refunfuñando en los rincones porque se había llevado las sábanas. No bien se habían enfriado los cuerpos de los Aurelianos en sus tumbas, y ya Aureliano Segundo tenía otra vez la casa prendida, llena de borrachos que tocaban el acordeón y se ensopaban en champaña, como si no hubieran muerto cristianos sino perros, y como si aquella casa de locos que tantos dolores de cabeza y tantos animalitos de caramelo había costado, estuviera predestinada a convertirse en un basurero de perdición. Recordando estas cosas mientras alistaban el baúl de José Arcadio, Úrsula se preguntaba si no era preferible acostarse de una vez en la sepultura y que le echaran la tierra encima, y le preguntaba a Dios, sin miedo, si de verdad creía que la gente estaba hecha de fierro para soportar tantas penas y mortificaciones; y preguntando y preguntando iba atizando su propia ofuscación, y sentía unos irreprimibles deseos de soltarse a despotricar como un forastero, y de permitirse por fin un instante de rebeldía, el instante tantas veces anhelado y tantas veces aplazado de meterse la resignación por el fundamento, y cagarse de una vez en todo, y sacarse del corazón los infinitos montones de malas palabras que había tenido que atragantarse en todo un siglo de conformidad.

—¡Carajo! —gritó.

Amaranta, que empezaba a meter la ropa en el baúl, creyó que la había picado un alacrán.

—¡Dónde está! —preguntó alarmada.

—¿Qué?

—¡El animal! —aclaró Amaranta.

Úrsula se puso un dedo en el corazón.

—Aquí —dijo.

Un jueves a las dos de la tarde, José Arcadio se fue al seminario. Úrsula había de evocarlo siempre como lo imaginó al despedirlo, lánguido y serio y sin derramar una lágrima, como ella le había enseñado, ahogándose de calor dentro del vestido de pana verde con botones de cobre y un lazo almidonado en el cuello. Dejó el comedor impregnado de la penetrante fragancia de agua de florida que ella le echaba en la cabeza para poder seguir su rastro en la casa. Mientras duró el almuerzo de despedida, la familia disimuló el nerviosismo con expresiones de júbilo, y celebró con exagerado entusiasmo las ocurrencias del padre Antonio Isabel. Pero cuando se llevaron el baúl forrado de terciopelo con esquinas de plata, fue como si hubieran

sacado de la casa un ataúd. El único que se negó a parti-
cipar en la despedida fue el coronel Aureliano Buendía.

—Esta era la última vaina que nos faltaba —refunfuñó—:
¡un Papa!

Tres meses después, Aureliano Segundo y Fernanda llevaron a Meme al colegio, y regresaron con un clavicordio
que ocupó el lugar de la pianola. Fue por esa época que
Amaranta empezó a tejer su propia mortaja. La fiebre del
banano se había apaciguado. Los antiguos habitantes de
Macondo se encontraban arrinconados por los advenedizos, trabajosamente asidos a sus precarios recursos de
antaño, pero reconfortados en todo caso por la impresión
de haber sobrevivido a un naufragio. En la casa siguieron
recibiendo invitados a almorzar, y en realidad no se restableció la antigua rutina mientras no se fue, años después,
la compañía bananera. Sin embargo, hubo cambios radicales en el tradicional sentido de hospitalidad, porque
entonces era Fernanda quien imponía sus leyes. Con Úrsula
relegada a las tinieblas, y con Amaranta abstraída en la
labor del sudario, la antigua aprendiza de reina tuvo
libertad para seleccionar a los comensales e imponerles las
rígidas normas que le inculcaran sus padres. Su severidad
hizo de la casa un reducto de costumbres revenidas, en un
pueblo convulsionado por la vulgaridad con que los forasteros despilfarraban sus fáciles fortunas. Para ella, sin más
vueltas, la gente de bien era la que no tenía nada que ver
con la compañía bananera. Hasta José Arcadio Segundo, su
cuñado, fue víctima de su celo discriminatorio, porque en
el embullamiento de la primera hora volvió a rematar sus
estupendos gallos de pelea y se empleó de capataz en la
compañía bananera.

—Que no vuelva a pisar este hogar —dijo Fernanda—,
mientras tenga la sarna de los forasteros.

Fue tal la estrechez impuesta en la casa, que Aureliano
Segundo se sintió definitivamente más cómodo donde Petra
Cotes. Primero, con el pretexto de aliviarle la carga a la
esposa, trasladó las parrandas. Luego, con el pretexto de
que los animales estaban perdiendo fecundidad, trasladó
los establos y caballerizas. Por último, con el pretexto de

que en casa de la concubina hacía menos calor, trasladó la pequeña oficina donde atendía sus negocios. Cuando Fernanda se dio cuenta de que era una viuda a quien todavía no se le había muerto el marido, ya era demasiado tarde para que las cosas volvieran a su estado anterior. Aureliano Segundo apenas si comía en la casa, y las únicas apariencias que seguía guardando, como las de dormir con la esposa, no bastaban para convencer a nadie. Una noche, por descuido, lo sorprendió la mañana en la cama de Petra Cotes. Fernanda, al contrario de lo que él esperaba, no le hizo el menor reproche ni soltó el más leve suspiro de resentimiento, pero ese mismo día le mandó a casa de la concubina sus dos baúles de ropa. Los mandó a pleno sol y con instrucciones de llevarlos por la mitad de la calle, para que todo el mundo los viera, creyendo que el marido descarriado no podría soportar la vergüenza y volvería al redil con la cabeza humillada. Pero aquel gesto heroico fue apenas una prueba más de lo mal que conocía Fernanda no sólo el carácter de su marido, sino la índole de una comunidad que nada tenía que ver con la de sus padres, porque todo el que vio pasar los baúles se dijo que al fin y al cabo esa era la culminación natural de una historia cuyas intimidades no ignoraba nadie, y Aureliano Segundo celebró la libertad regalada con una parranda de tres días. Para mayor desventaja de la esposa, mientras ella empezaba a hacer una mala madurez con sus sombrías vestiduras talares, sus medallones anacrónicos y su orgullo fuera de lugar, la concubina parecía reventar en una segunda juventud, embutida en vistosos trajes de seda natural y con los ojos atigrados por la candela de la reivindicación. Aureliano Segundo volvió a entregarse a ella con la fogosidad de la adolescencia, como antes, cuando Petra Cotes no lo quería por ser él sino porque lo confundía con su hermano gemelo, y acostándose con ambos al mismo tiempo pensaba que Dios le había deparado la fortuna de tener un hombre que hacía el amor como si fueran dos. Era tan apremiante la pasión restaurada, que en más de una ocasión se miraron a los ojos cuando se disponían a comer, y sin decirse nada taparon los platos y se fueron a morirse de hambre y de amor en el dormitorio. Inspirado en las cosas que había visto en sus furtivas visitas a las matronas francesas, Aureliano Segundo le compró a Petra Cotes una cama con baldaquín arzobispal, y puso cortinas de terciopelo en las ventanas y cubrió el cielorraso y las paredes del dormitorio con grandes espejos de cristal de roca. Se le vio entonces más parrandero y botarate que nunca. En el tren, que llegaba todos los días a las once, recibía cajas y más cajas de champaña y de brandy. Al regreso de la estación arrastraba a la cumbiamba improvisada a cuanto ser humano encontraba a su paso, nativo o forastero, conocido o por conocer, sin distinciones de ninguna clase. Hasta el escurridizo señor Brown, que sólo alternaba en lengua extraña, se dejó seducir por las tentadoras señas que le hacía Aureliano Segundo, y varias veces se emborrachó a muerte en casa de Petra Cotes y hasta hizo que los feroces perros alemanes que lo acompañaban a todas partes bailaran canciones texanas que él mismo masticaba de cualquier modo al compás del acordeón.

—Apártense vacas —gritaba Aureliano Segundo en el paroxismo de la fiesta—. Apártense que la vida es corta.

Nunca tuvo mejor semblante, ni lo quisieron más, ni fue más desaforado el paritorio de sus animales. Se sacrificaban tantas reses, tantos cerdos y gallinas en las interminables parrandas, que la tierra del patio se volvió negra y lodosa de tanta sangre. Aquello era un eterno tiradero de huesos y tripas, un muladar de sobras, y había que estar quemando recámaras de dinamita a todas horas para que los gallinazos no les sacaran los ojos a los invitados. Aureliano Segundo se volvió gordo, violáceo, atortugado, a consecuencia de un apetito apenas comparable al de José Arcadio cuando regresó de la vuelta al mundo. El prestigio de su desmandada voracidad, de su inmensa capacidad de despilfarro, de su hospitalidad sin precedente, rebasó los límites de la ciénaga y atrajo a los glotones mejor calificados del litoral. De todas partes llegaban tragaldabas fabulosos para tomar parte en los irracionales torneos de capacidad y resistencia que se organizaban en casa de Petra Cotes. Aureliano Segundo fue el comedor invicto, hasta el sábado de infortunio en que apareció Camila Sagastume, una hembra totémica conocida en el país entero con el buen nombre de La Elefanta. El duelo se prolongó hasta el amanecer del martes. En las primeras veinticuatro horas, habiendo despachado una ternera con yuca, ñame y plátanos asados, y además una caja y media de champaña, Aureliano Segundo tenía la seguridad de la victoria. Se veía más entusiasta, más vital que la imperturbable adversaria, poseedora de un estilo evidentemente más profesional, pero por lo mismo menos emocionante para el abigarrado público que desbordó la casa. Mientras Aureliano Segundo comía a dentelladas, desbocado por la ansiedad del triunfo, La Elefanta seccionaba la carne con las artes de un cirujano, y la comía sin prisa y hasta con un cierto placer. Era gigantesca y maciza, pero contra la corpulencia colosal prevalecía la ternura de la femineidad, y tenía un rostro tan hermoso, unas manos tan finas y bien cuidadas y un encanto personal tan irresistible, que cuando Aureliano Segundo la vio entrar a la casa comentó en voz baja que hubiera preferido no hacer el torneo en la mesa sino en la cama. Más tarde, cuando la vio consumir el cuadril de la ternera sin violar una sola regla de la mejor urbanidad, comentó seriamente que aquel delicado, fascinante e insaciable proboscidio era en cierto modo la mujer ideal. No estaba equivocado. La fama de quebrantahuesos que precedió a La Elefanta carecía de fundamento. No era trituradora de bueyes, ni mujer barbada en un circo griego, como se decía, sino directora de una academia de canto. Había aprendido a comer siendo ya una respetable madre de familia, buscando un método para que sus hijos se alimentaran mejor y no mediante estímulos artificiales del apetito sino mediante la absoluta tranquilidad del espíritu. Su teoría, demostrada en la práctica, se fundaba en el principio de que una persona que tuviera perfectamente arreglados todos los asuntos de su conciencia, podía comer sin tregua hasta que la venciera el cansancio. De modo que fue por razones morales, y no por interés deportivo, que desatendió la academia y el hogar para competir con un hombre cuya fama de gran comedor sin principios le había dado la vuelta al país. Desde la primera vez que lo vio, se dio cuenta de que a Aureliano Segundo no lo perdería el estómago sino el carácter. Al término de la primera noche, mientras La Elefanta continuaba impávida, Aureliano Segundo se estaba agotando de tanto hablar y reír. Durmieron cuatro horas. Al despertar, se bebió cada uno el jugo de cincuenta naranjas, ocho litros de café y treinta huevos crudos. Al segundo amanecer, después de muchas horas sin dormir y habiendo despachado dos cerdos, un racimo de plátanos y cuatro cajas de champaña, La Elefanta sospechó que Aureliano Segundo, sin saberlo, había descubierto el mismo método que ella, pero por el camino absurdo de la irresponsabilidad total. Era, pues, más peligroso de lo que ella pensaba. Sin embargo, cuando Petra Cotes llevó a la mesa dos pavos asados, Aureliano Segundo estaba a un paso de la congestión.

—Si no puede, no coma más —dijo La Elefanta—. Quedamos empatados.

Lo dijo de corazón, comprendiendo que tampoco ella podía comer un bocado más por el remordimiento de estar propiciando la muerte del adversario. Pero Aureliano Segundo lo interpretó como un nuevo desafío, y se atragantó de pavo hasta más allá de su increíble capacidad. Perdió el conocimiento. Cayó de bruces en el plato de huesos, echando espumarajos de perro por la boca, y ahogándose en ronquidos de agonía. Sintió, en medio de las tinieblas, que lo arrojaban desde lo más alto de una torre hacia un precipicio sin fondo, y en un último fogonazo de lucidez se dio cuenta de que al término de aquella inacabable caída lo estaba esperando la muerte.

—Llévenme con Fernanda —alcanzó a decir.

Los amigos que lo dejaron en la casa creyeron que le había cumplido a la esposa la promesa de no morir en la cama de la concubina. Petra Cotes había embetunado los botines de charol que él quería tener puestos en el ataúd, y ya andaba buscando a alguien que los llevara, cuando fueron a decirle que Aureliano Segundo estaba fuera de peligro. Se restableció, en efecto, en menos de una semana, y quince días después estaba celebrando con una parranda

sin precedentes el acontecimiento de la supervivencia.
Siguió viviendo en casa de Petra Cotes, pero visitaba a Fernanda todos los días y a veces se quedaba a comer en familia, como si el destino hubiera invertido la situación, y lo hubiera dejado de esposo de la concubina y de amante de la esposa.

Fue un descanso para Fernanda. En los tedios del abandono, sus únicas distracciones eran los ejercicios de clavicordio a la hora de la siesta, y las cartas de sus hijos. En las detalladas esquelas que les mandaba cada quince días, no había una sola línea de verdad. Les ocultaba sus penas. Les escamoteaba la tristeza de una casa que a pesar de la luz sobre las begonias, a pesar de la sofocación de las dos de la tarde, a pesar de las frecuentes ráfagas de fiesta que llegaban de la calle, era cada vez más parecida a la mansión colonial de sus padres. Fernanda vagaba sola entre tres fantasmas vivos y el fantasma muerto de José Arcadio Buendía, que a veces iba a sentarse con una atención inquisitiva en la penumbra de la sala, mientras ella tocaba el clavicordio. El coronel Aureliano Buendía era una sombra. Desde la última vez que salió a la calle a proponerle una guerra sin porvenir al coronel Gerineldo Márquez, apenas si abandonaba el taller para orinar bajo el castaño. No recibía más visitas que las del peluquero cada tres semanas. Se alimentaba de cualquier cosa que le llevaba Úrsula una vez al día, y aunque seguía fabricando pescaditos de oro con la misma pasión de antes, dejó de venderlos cuando se enteró de que la gente no los compraba como joyas sino como reliquias históricas. Había hecho en el patio una hoguera con las muñecas de Remedios, que decoraban su dormitorio desde el día de su matrimonio. La vigilante Úrsula se dio cuenta de lo que estaba haciendo su hijo, pero no pudo impedirlo.

—Tienes un corazón de piedra —le dijo.

—Esto no es asunto del corazón —dijo él—. El cuarto se está llenando de polillas.

Amaranta tejía su mortaja. Fernanda no entendía por qué le escribía cartas ocasionales a Meme, y hasta le mandaba regalos, y en cambio ni siquiera quería hablar de José

Arcadio. «Se morirán sin saber por qué», contestó Amaranta cuando ella le hizo la pregunta a través de Úrsula, y aquella respuesta sembró en su corazón un enigma que nunca pudo esclarecer. Alta, espadada, altiva, siempre vestida con abundantes pollerines de espuma y con un aire de distinción que resistía a los años y a los malos recuerdos, Amaranta parecía llevar en la frente la cruz de ceniza de la virginidad. En realidad la llevaba en la mano, en la venda negra que no se quitaba ni para dormir, y que ella misma lavaba y planchaba. La vida se le iba en bordar el sudario. Se hubiera dicho que bordaba durante el día y desbordaba en la noche, y no con la esperanza de derrotar en esa forma la soledad, sino todo lo contrario, para sustentarla.

La mayor preocupación que tenía Fernanda en sus años de abandono, era que Meme fuera a pasar las primeras vacaciones y no encontrar a Aureliano Segundo en la casa. La congestión puso término a aquel temor. Cuando Meme volvió, sus padres se habían puesto de acuerdo no sólo para que la niña creyera que Aureliano Segundo seguía siendo un esposo domesticado, sino también para que no notara la tristeza de la casa. Todos los años, durante dos meses, Aureliano Segundo representaba su papel de marido ejemplar, y promovía fiestas con helados y galletitas, que la alegre y vivaz estudiante amenizaba con el clavicordio. Era evidente desde entonces que había heredado muy poco del carácter de la madre. Parecía más bien una segunda versión de Amaranta, cuando ésta no conocía a la amargura y andaba alborotando la casa con sus pasos de baile, a los doce, a los catorce años, antes de que la pasión secreta por Pietro Crespi torciera definitivamente el rumbo de su corazón. Pero al contrario de Amaranta, al contrario de todos, Meme no revelaba todavía el sino solitario de la familia, y parecía enteramente conforme con el mundo, aun cuando se encerraba en la sala a las dos de la tarde a practicar el clavicordio con una disciplina inflexible. Era evidente que le gustaba la casa, que pasaba todo el año soñando con el alboroto de adolescentes que provocaba su llegada, y que no andaba muy lejos de la vocación festiva y los desafueros hospitalarios de su padre. El primer signo de esa herencia calamitosa se reveló en las terceras vacaciones, cuando Meme apareció en la casa con cuatro monjas y sesenta y ocho compañeras de clase, a quienes invitó a pasar una semana en familia, por propia iniciativa y sin ningún anuncio.

—¡Qué desgracia! —se lamentó Fernanda—. ¡Esta criatura es tan bárbara como su padre!

Fue preciso pedir camas y hamacas a los vecinos, establecer nueve turnos en la mesa, fijar horarios para el baño y conseguir cuarenta taburetes prestados para que las niñas de uniformes azules y botines de hombre no anduvieran todo el día revoloteando de un lado a otro. La invitación fue un fracaso, porque las ruidosas colegialas apenas acababan de desayunar cuando ya tenían que empezar los turnos para el almuerzo, y luego para la cena, y en toda la semana sólo pudieron hacer un paseo a las plantaciones. Al anochecer, las monjas estaban agotadas, incapacitadas para moverse, para impartir una orden más, y todavía el tropel de adolescentes incansables estaba en el patio cantando desabridos himnos escolares. Un día estuvieron a punto de atropellar a Úrsula, que se empeñaba en ser útil precisamente donde más estorbaba. Otro día, las monjas armaron un alboroto porque el coronel Aureliano Buendía orinó bajo el castaño sin preocuparse de que las colegialas estuvieran en el patio. Amaranta estuvo a punto de sembrar el pánico, porque una de las monjas entró a la cocina cuando ella estaba salando la sopa, y lo único que se le ocurrió fue preguntar qué eran aquellos puñados de polvo blanco.

—Arsénico —dijo Amaranta.

La noche de su llegada, las estudiantes se embrollaron de tal modo tratando de ir al excusado antes de acostarse, que a la una de la madrugada todavía estaban entrando las últimas. Fernanda compró entonces setenta y dos bacinillas, pero sólo consiguió convertir en un problema matinal el problema nocturno, porque desde el amanecer había frente al excusado una larga fila de muchachas, cada una con su bacinilla en la mano, esperando turno para lavarla. Aunque algunas sufrieron calenturas y a varias se les infec-

taron las picaduras de los mosquitos, la mayoría demostró
una resistencia inquebrantable frente a las dificultades
más penosas, y aun a la hora de más calor correteaban en
el jardín. Cuando por fin se fueron, las flores estaban des-
trozadas, los muebles partidos y las paredes cubiertas de
dibujos y letreros, pero Fernanda les perdonó los estragos
en el alivio de la partida. Devolvió las camas y taburetes
prestados y guardó las setenta y dos bacinillas en el cuarto
de Melquíades. La clausurada habitación, en torno a la
cual giró en otro tiempo la vida espiritual de la casa, fue
conocida desde entonces como *el cuarto de las bacinillas*.
Para el coronel Aureliano Buendía, ese era el nombre más
apropiado, porque mientras el resto de la familia seguía
asombrándose de que la pieza de Melquíades fuera inmune
al polvo y la destrucción, él la veía convertida en un
muladar. De todos modos, no parecía importarle quién
tenía la razón, y si se enteró del destino del cuarto fue
porque Fernanda estuvo pasando y perturbando su trabajo
una tarde entera para guardar las bacinillas.

Por esos días reapareció José Arcadio Segundo en la
casa. Pasaba de largo por el corredor, sin saludar a nadie,
y se encerraba en el taller a conversar con el coronel. A
pesar de que no podía verlo, Úrsula analizaba el taconeo de
sus botas de capataz, y se sorprendía de la distancia insalvable que lo separaba de la familia, inclusive del hermano
gemelo con quien jugaba en la infancia ingeniosos juegos
de confusión, y con el cual no tenía ya ningún rasgo
común. Era lineal, solemne, y tenía un estar pensativo, y
una tristeza de sarraceno, y un resplandor lúgubre en el
rostro color de otoño. Era el que más se parecía a su
madre, Santa Sofía de la Piedad. Úrsula se reprochaba la
tendencia a olvidarse de él al hablar de la familia, pero
cuando lo sintió de nuevo en la casa, y advirtió que el
coronel lo admitía en el taller durante las horas de trabajo,
volvió a examinar sus viejos recuerdos, y confirmó la
creencia de que en algún momento de la infancia se había
cambiado con su hermano gemelo, porque era él y no el
otro quien debía llamarse Aureliano. Nadie conocía los pormenores de su vida. En un tiempo se supo que no tenía una

residencia fija, que criaba gallos en casa de Pilar Ternera, y que a veces se quedaba a dormir allí, pero que casi siempre pasaba la noche en los cuartos de las matronas francesas. Andaba al garete, sin afectos, sin ambiciones, como una estrella errante en el sistema planetario de Úrsula.

En realidad, José Arcadio Segundo no era miembro de la familia, ni lo sería jamás de otra, desde la madrugada distante en que el coronel Gerineldo Márquez lo llevó al cuartel, no para que viera un fusilamiento, sino para que no olvidara en el resto de su vida la sonrisa triste y un poco burlona del fusilado. Aquél no era sólo su recuerdo más antiguo, sino el único de su niñez. El otro, el de un anciano con un chaleco anacrónico y un sombrero de alas de cuervo que contaba maravillas frente a una ventana deslumbrante, no lograba situarlo en ninguna época. Era un recuerdo incierto, enteramente desprovisto de enseñanzas o nostalgia, al contrario del recuerdo del fusilado, que en realidad había definido el rumbo de su vida, y regresaba a su memoria cada vez más nítido a medida que envejecía, como si el transcurso del tiempo lo hubiera ido aproximando. Úrsula trató de aprovechar a José Arcadio Segundo para que el coronel Aureliano Buendía abandonara su encierro. «Convéncelo de que vaya al cine —le decía—. Aunque no le gusten las películas tendrá por lo menos una ocasión de respirar aire puro.» Pero no tardó en darse cuenta de que él era tan insensible a sus súplicas como hubiera podido serlo el coronel, y que estaban acorazados por la misma impermeabilidad a los afectos. Aunque nunca supo, ni lo supo nadie, de qué hablaban en los prolongados encierros del taller, entendió que fueran ellos los únicos miembros de la familia que parecían vinculados por las afinidades.

La verdad es que ni José Arcadio Segundo hubiera podido sacar al coronel de su encierro. La invasión escolar había rebasado los límites de su paciencia. Con el pretexto de que el dormitorio nupcial estaba a merced de las polillas a pesar de la destrucción de las apetitosas muñecas de Remedios, colgó una hamaca en el taller, y entonces lo

abandonó solamente para ir al patio a hacer sus necesidades. Úrsula no conseguía hilvanar con él una conversación trivial. Sabía que no miraba los platos de comida, sino
que los ponía en un extremo del mesón mientras terminaba
el pescadito, y no le importaba si la sopa se llenaba de nata
y se enfriaba la carne. Se endureció cada vez más desde
que el coronel Gerineldo Márquez se negó a secundarlo en
una guerra senil. Se encerró con tranca dentro de sí mismo,
y la familia terminó por pensar en él como si hubiera
muerto. No se le volvió a ver una reacción humana, hasta
un once de octubre en que salió a la puerta de la calle para
ver el desfile de un circo. Aquella había sido para el coronel
Aureliano Buendía una jornada igual a todas las de sus
últimos años. A las cinco de la madrugada lo despertó el
alboroto de los sapos y los grillos en el exterior del muro.
La llovizna persistía desde el sábado, y él no hubiera tenido
necesidad de oír su minucioso cuchicheo en las hojas del
jardín, porque de todos modos lo hubiera sentido en el frío
de los huesos. Estaba, como siempre, arropado con la
manta de lana, y con los largos calzoncillos de algodón
crudo que seguía usando por comodidad, aunque a causa
de su polvoriento anacronismo él mismo los llamaba «calzoncillos de godo». Se puso los pantalones estrechos, pero
no se cerró las presillas ni se puso en el cuello de la camisa
el botón de oro que usaba siempre, porque tenía el propósito de darse un baño. Luego se puso la manta en la cabeza,
como un capirote, se peinó con los dedos el bigote chorreado, y fue a orinar en el patio. Faltaba tanto para que
saliera el sol que José Arcadio Buendía dormitaba todavía
bajo el cobertizo de palmas podridas por la llovizna. Él no
lo vio, como no lo había visto nunca, ni oyó la frase incomprensible que le dirigió el espectro de su padre cuando despertó sobresaltado por el chorro de orín caliente que le sal-
picaba los zapatos. Dejó el baño para más tarde, no por el
frío y la humedad, sino por la niebla opresiva de octubre.
De regreso al taller percibió el olor de pabilo de los fogones
que estaba encendiendo Santa Sofía de la Piedad, y esperó
en la cocina a que hirviera el café para llevarse su tazón
sin azúcar. Santa Sofía de la Piedad le preguntó, como

todas las mañanas, en qué día de la semana estaban, y él contestó que era martes, once de octubre. Viendo a la impávida mujer dorada por el resplandor del fuego, que ni en ese ni en ningún otro instante de su vida parecía existir por completo, recordó de pronto que un once de octubre, en plena guerra, lo despertó la certidumbre brutal de que la mujer con quien había dormido estaba muerta. Lo estaba, en realidad, y no olvidaba la fecha porque también ella le había preguntado una hora antes en qué día estaban. A pesar de la evocación, tampoco esta vez tuvo conciencia de hasta qué punto lo habían abandonado los presagios, y mientras hervía el café siguió pensando por pura curiosidad, pero sin el más insignificante riesgo de nostalgia, en la mujer cuyo nombre no conoció nunca, y cuyo rostro no vio con vida porque había llegado hasta su hamaca tropezando en la oscuridad. Sin embargo, en el vacío de tantas mujeres como llegaron a su vida en igual forma, no recordó que fue ella la que en el delirio del primer encuentro estaba a punto de naufragar en sus propias lágrimas, y apenas una hora antes de morir había jurado amarlo hasta la muerte. No volvió a pensar en ella, ni en ninguna otra, después de que entró al taller con la taza humeante, y encendió la luz para contar los pescaditos de oro que guardaba en un tarro de lata. Había diecisiete. Desde que decidió no venderlos, seguía fabricando dos pescaditos al día, y cuando completaba veinticinco volvía a fundirlos en el crisol para empezar a hacerlos de nuevo. Trabajó toda la mañana, absorto, sin pensar en nada, sin darse cuenta de que a las diez arreció la lluvia y alguien pasó frente al taller gritando que cerraran las puertas para que no se inundara la casa, y sin darse cuenta ni siquiera de sí mismo hasta que Úrsula entró con el almuerzo y apagó la luz.

—¡Qué lluvia! —dijo Úrsula.

—Octubre —dijo él.

Al decirlo, no levantó la vista del primer pescadito del día, porque estaba engastando los rubíes de los ojos. Sólo cuando lo terminó y lo puso con los otros en el tarro, empezó a tomar la sopa. Luego se comió, muy despacio, el pedazo de carne guisada con cebolla, el arroz blanco y las tajadas de plátano fritas, todo junto en el mismo plato. Su apetito no se alteraba ni en las mejores ni en las más duras circunstancias. Al término del almuerzo experimentó la zozobra de la ociosidad. Por una especie de superstición científica, nunca trabajaba, ni leía, ni se bañaba, ni hacía el amor antes de que transcurrieran dos horas de digestión, y era una creencia tan arraigada que varias veces retrasó operaciones de guerra para no someter la tropa a los riesgos de una congestión. De modo que se acostó en la hamaca, sacándose la cera de los oídos con un corta-plumas, y a los pocos minutos se quedó dormido. Soñó que entraba en una casa vacía, de paredes blancas, y que lo inquietaba la pesadumbre de ser el primer ser humano que entraba en ella. En el sueño recordó que había soñado lo mismo la noche anterior y en muchas noches de los últimos años, y supo que la imagen se habría borrado de su memoria al despertar, porque aquel sueño recurrente tenía la virtud de no ser recordado sino dentro del mismo sueño. Un momento después, en efecto, cuando el peluquero llamó a la puerta del taller, el coronel Aureliano Buendía des-pertó con la impresión de que involuntariamente se había quedado dormido por breves segundos, y que no había tenido tiempo de soñar nada.

—Hoy no —le dijo al peluquero—. Nos vemos el viernes.

Tenía una barba de tres días, moteada de pelusas blancas, pero no creía necesario afeitarse si el viernes se iba a cortar el pelo y podía hacerlo todo al mismo tiempo. El sudor pegajoso de la siesta indeseable revivió en sus axilas las cicatrices de los golondrinos. Había escampado, pero aún no salía el sol. El coronel Aureliano Buendía emitió un eructo sonoro que le devolvió al paladar la acidez de la sopa, y que fue como una orden del organismo para que se echara la manta en los hombros y fuera al excusado. Allí permaneció más del tiempo necesario, acuclillado sobre la densa fermentación que subía del cajón de madera, hasta que la costumbre le indicó que era hora de reanudar el trabajo. Durante el tiempo que duró la espera volvió a recordar que era martes, y que José Arcadio

Segundo no había estado en el taller porque era día de pago en las fincas de la compañía bananera. Ese recuerdo, como todos los de los últimos años, lo llevó sin que viniera a cuento a pensar en la guerra. Recordó que el coronel Gerineldo Márquez le había prometido alguna vez conseguirle un caballo con una estrella blanca en la frente, y que nunca se había vuelto a hablar de eso. Luego derivó hacia episodios dispersos, pero los evocó sin calificarlos, porque a fuerza de no poder pensar en otra cosa había aprendido a pensar en frío, para que los recuerdos ineludibles no le lastimaran ningún sentimiento. De regreso al taller, viendo que el aire empezaba a secar, decidió que era un buen momento para bañarse, pero Amaranta se le había anticipado. Así que empezó el segundo pescadito del día. Estaba engarzando la cola cuando el sol salió con tanta fuerza que la claridad crujió como un balandro. El aire lavado por la llovizna de tres días se llenó de hormigas voladoras. Entonces cayó en la cuenta de que tenía deseos de orinar, y los estaba aplazando hasta que acabara de armar el pescadito. Iba para el patio, a las cuatro y diez, cuando oyó los cobres lejanos, los retumbos del bombo y el júbilo de los niños, y por primera vez desde su juventud pisó conscientemente una trampa de la nostalgia, y revivió la prodigiosa tarde de gitanos en que su padre lo llevó a conocer el hielo. Santa Sofía de la Piedad abandonó lo que estaba haciendo en la cocina y corrió hacia la puerta.

—Es el circo —gritó.

En vez de ir al castaño, el coronel Aureliano Buendía fue también a la puerta de la calle y se mezcló con los curiosos que contemplaban el desfile. Vio una mujer vestida de oro en el cogote de un elefante. Vio un dromedario triste. Vio un oso vestido de holandesa que marcaba el compás de la música con un cucharón y una cacerola. Vio los payasos haciendo maromas en la cola del desfile, y le vio otra vez la cara a su soledad miserable cuando todo acabó de pasar, y no quedó sino el luminoso espacio en la calle, y el aire lleno de hormigas voladoras, y unos cuantos curiosos asomados al precipicio de la incertidumbre. Entonces fue al castaño, pensando en el circo, y mientras orinaba trató de seguir pensando en el circo, pero ya no encontró el recuerdo. Metió la cabeza entre los hombros, como un pollito, y se quedó inmóvil con la frente apoyada en el tronco del castaño. La familia no se enteró hasta el día siguiente, a las once de la mañana, cuando Santa Sofía de la Piedad fue a tirar la basura en el traspatio y le llamó la atención que estuvieran bajando los gallinazos.

Las últimas vacaciones de Meme coincidieron con el luto por la muerte del coronel Aureliano Buendía. En la casa cerrada no había lugar para fiestas. Se hablaba en susurros, se comía en silencio, se rezaba el rosario tres veces al día, y hasta los ejercicios de clavicordio en el calor de la siesta tenían una resonancia fúnebre. A pesar de su secreta hostilidad contra el coronel, fue Fernanda quien impuso el rigor de aquel duelo, impresionada por la solemnidad con que el gobierno exaltó la memoria del enemigo muerto. Aureliano Segundo volvió como de costumbre a dormir en la casa mientras pasaban las vacaciones de su hija, y algo debió hacer Fernanda para recuperar sus privilegios de esposa legítima, porque el año siguiente encontró Meme una hermanita recién nacida, a quien bautizaron contra la voluntad de la madre con el nombre de Amaranta Úrsula.

Meme había terminado sus estudios. El diploma que la acreditaba como concertista de clavicordio, fue ratificado por el virtuosismo con que ejecutó temas populares del siglo XVII en la fiesta organizada para celebrar la culminación de sus estudios, y con la cual se puso término al duelo. Los invitados admiraron, más que su arte, su rara dualidad. Su carácter frívolo y hasta un poco infantil no parecía adecuado para ninguna actividad seria, pero cuando se sentaba al clavicordio se transformaba en una muchacha diferente, cuya madurez imprevista le daba un aire de adulto. Así fue siempre. En verdad no tenía una vocación definida, pero había logrado las más altas calificaciones mediante una disciplina inflexible, para no contrariar a su madre. Habrían podido imponerle el aprendizaje de cualquier otro oficio y los resultados hubieran sido los mismos. Desde muy niña le molestaba el rigor de Fernanda, su costumbre de decidir por los demás, y habría sido capaz de un sacrificio mucho más duro que las lecciones de clavicordio, sólo por no tropezar con su intransigencia. En el acto de clausura, tuvo la impresión de que el pergamino con letras góticas y mayúsculas historiadas la liberaba de un compromiso que había aceptado no tanto por obediencia como por comodidad, y creyó que a partir de entonces ni la porfiada Fernanda volvería a preocuparse por un instrumento que hasta las monjas consideraban como un fósil de museo. En los primeros años creyó que sus cálculos eran errados, porque después de haber dormido a media ciudad no sólo en la sala de visitas, sino en cuantas veladas benéficas, sesiones escolares y conmemoraciones patrióticas se celebraban en Macondo, su madre siguió invitando a todo recién llegado que suponía capaz de apreciar las virtudes de la hija. Sólo después de la muerte de Amaranta, cuando la familia volvió a encerrarse por un tiempo en el luto, pudo Meme clausurar el clavicordio y olvidar la llave en cualquier ropero, sin que Fernanda se molestara en averiguar en qué momento ni por culpa de quién se había extraviado. Meme resistió las exhibiciones con el mismo estoicismo con que se consagró al aprendizaje. Era el precio de su libertad. Fernanda estaba tan complacida con su docilidad y tan orgullosa de la admiración que despertaba su arte, que nunca se opuso a que tuviera la casa llena de amigas, y pasara la tarde en las plantaciones y fuera al cine con Aureliano Segundo o con señoras de confianza, siempre que la película hubiera sido autorizada en el púlpito por el padre Antonio Isabel. En aquellos ratos de esparcimiento se revelaban los verdaderos gustos de Meme. Su felicidad estaba en el otro extremo de la disciplina, en las fiestas ruidosas, en los comadreos de enamorados, en los prolongados encierros con sus amigas, donde aprendían a fumar y conversaban de asuntos de hombres, y donde una vez se les pasó la mano con tres botellas de

ron de caña y terminaron desnudas midiéndose y compa-
rando las partes de sus cuerpos. Meme no olvidaría jamás
la noche en que entró en la casa masticando rizomas de
regaliz, y sin que advirtieran su trastorno se sentó a la
mesa en que Fernanda y Amaranta cenaban sin dirigirse la
palabra. Había pasado dos horas tremendas en el dormitorio de una amiga, llorando de risa y de miedo, y en el
otro lado de la crisis había encontrado el raro sentimiento
de valentía que le hizo falta para fugarse del colegio y
decirle a su madre con esas o con otras palabras que bien
podía ponerse una lavativa de clavicordio. Sentada en la
cabecera de la mesa, tomando un caldo de pollo que le caía
en el estómago como un elixir de resurrección, Meme vio
entonces a Fernanda y Amaranta envueltas en el halo acu-
sador de la realidad. Tuvo que hacer un grande esfuerzo
para no echarles en cara sus remilgos, su pobreza de espíritu, sus delirios de grandeza. Desde las segundas vacaciones se había enterado de que su padre sólo vivía en la
casa por guardar las apariencias, y conociendo a Fernanda
como la conocía y habiéndoselas arreglado más tarde para
conocer a Petra Cotes, le concedió la razón a su padre.
También ella hubiera preferido ser la hija de la concubina.
En el embotamiento del alcohol, Meme pensaba con deleite
en el escándalo que se habría suscitado si en aquel
momento hubiera expresado sus pensamientos, y fue tan
intensa la íntima satisfacción de la picardía, que Fernanda
la advirtió.

—¿Qué te pasa? —preguntó.

—Nada —contestó Meme—. Que apenas ahora descubro
cuánto las quiero.

Amaranta se asustó con la evidente carga de odio que
llevaba la declaración. Pero Fernanda se sintió tan conmovida que creyó volverse loca cuando Meme despertó a
medianoche con la cabeza cuarteada por el dolor, y ahogándose en vómitos de hiel. Le dio un frasco de aceite de
castor, le puso cataplasmas en el vientre y bolsas de hielo
en la cabeza, y la obligó a cumplir la dieta y el encierro de
cinco días ordenados por el nuevo extravagante médico
francés que, después de examinarla más de dos horas, llegó

a la conclusión nebulosa de que tenía un trastorno propio de mujer. Abandonada por la valentía, en un miserable estado de desmoralización, a Meme no le quedó otro recurso que aguantar. Úrsula, ya completamente ciega, pero todavía activa y lúcida, fue la única que intuyó el diagnóstico exacto. «Para mí —pensó—, estas son las mismas cosas que les dan a los borrachos.» Pero no sólo rechazó la idea, sino que se reprochó la ligereza de pensamiento. Aureliano Segundo sintió un retortijón de conciencia cuando vio el estado de postración de Meme, y se prometió ocuparse más de ella en el futuro. Fue así como nació la relación de alegre camaradería entre el padre y la hija, que lo liberó a él por un tiempo de la amarga soledad de las parrandas, y la liberó a ella de la tutela de Fernanda sin tener que provocar la crisis doméstica que ya parecía inevitable. Aureliano Segundo aplazaba entonces cualquier compromiso para estar con Meme, por llevarla al cine o al circo, y le dedicaba la mayor parte de su ocio. En los últimos tiempos, el estorbo de la obesidad absurda que ya no le permitía amarrarse los cordones de los zapatos, y la satisfacción abusiva de toda clase de apetitos, habían empezado a agriarle el carácter. El descubrimiento de la hija le restituyó la antigua jovialidad, y el gusto de estar con ella lo iba apartando poco a poco de la disipación. Meme despuntaba en una edad frutal. No era bella, como nunca lo fue Amaranta, pero en cambio era simpática, descomplicada, y tenía la virtud de caer bien desde el primer momento. Tenía un espíritu moderno que lastimaba la anticuada sobriedad y el mal disimulado corazón cicatero de Fernanda, y que en cambio Aureliano Segundo se complacía en patrocinar. Fue él quien resolvió sacarla del dormitorio que ocupaba desde niña, y donde los pávidos ojos de los santos seguían alimentando sus terrores de adolescente, y le amuebló un cuarto con una cama tronal, un tocador amplio y cortinas de terciopelo, sin caer en la cuenta de que estaba haciendo una segunda versión del aposento de Petra Cotes. Era tan pródigo con Meme que ni siquiera sabía cuánto dinero le proporcionaba, porque ella misma se lo sacaba de los bolsillos, y la mantenía al tanto

de cuanta novedad embellecedora llegaba a los comisariatos de la compañía bananera. El cuarto de Meme se
llenó de almohadillas de piedra pómez para pulirse las
uñas, rizadores de cabellos, brilladores de dientes, colirios
para languidecer la mirada, y tantos y tan novedosos cos-
méticos y artefactos de belleza que cada vez que Fernanda
entraba en el dormitorio se escandalizaba con la idea de
que el tocador de la hija debía ser igual al de las matronas
francesas. Sin embargo, Fernanda andaba en esa época
con el tiempo dividido entre la pequeña Amaranta Úrsula,
que era caprichosa y enfermiza, y una emocionante correspondencia con los médicos invisibles. De modo que cuando
advirtió la complicidad del padre con la hija, la única promesa que le arrancó a Aureliano Segundo fue que nunca
llevaría a Meme a casa de Petra Cotes. Era una advertencia sin sentido, porque la concubina estaba tan molesta
con la camaradería de su amante con la hija que no quería
saber nada de ella. La atormentaba un temor desconocido,
como si el instinto le indicara que Meme, con sólo desearlo,
podría conseguir lo que no pudo conseguir Fernanda: pri-
varla de un amor que ya consideraba asegurado hasta la
muerte. Por primera vez tuvo que soportar Aureliano
Segundo las caras duras y las virulentas cantaletas de la
concubina, y hasta temió que sus traídos y llevados baúles
hicieran el camino de regreso a casa de la esposa. Esto no
ocurrió. Nadie conocía mejor a un hombre que Petra Cotes
a su amante, y sabía que los baúles se quedarían donde los
mandaran, porque si algo detestaba Aureliano Segundo era
complicarse la vida con rectificaciones y mudanzas. De
modo que los baúles se quedaron donde estaban, y Petra
Cotes se empeñó en reconquistar al marido afilando las
únicas armas con que no podía disputárselo la hija. Fue
también un esfuerzo innecesario, porque Meme no tuvo
nunca el propósito de intervenir en los asuntos de su padre,
y seguramente si lo hubiera hecho habría sido en favor de
la concubina. No le sobraba tiempo para molestar a nadie.
Ella misma barría el dormitorio y arreglaba la cama, como
le enseñaron las monjas. En la mañana se ocupaba de su
ropa, bordando en el corredor o cosiendo en la vieja

máquina de manivela de Amaranta. Mientras los otros hacían la siesta, practicaba dos horas el clavicordio, sabiendo que el sacrificio diario mantendría calmada a Fernanda. Por el mismo motivo seguía ofreciendo conciertos en bazares eclesiásticos y veladas escolares, aunque las solicitudes eran cada vez menos frecuentes. Al atardecer se arreglaba, se ponía sus trajes sencillos y sus duros borceguíes, y si no tenía algo que hacer con su padre iba a casas de amigas, donde permanecía hasta la hora de la cena. Era excepcional que Aureliano Segundo no fuera a buscarla entonces para llevarla al cine.

Entre las amigas de Meme había tres jóvenes norteamericanas que rompieron el cerco del gallinero electrificado y establecieron amistad con muchachas de Macondo. Una de ellas era Patricia Brown. Agradecido con la hospitalidad de Aureliano Segundo, el señor Brown le abrió a Meme las puertas de su casa y la invitó a los bailes de los sábados, que eran los únicos en que los gringos alternaban con los nativos. Cuando Fernanda lo supo, se olvidó por un momento de Amaranta Úrsula y los médicos invisibles, y armó todo un melodrama. «Imagínate —le dijo a Meme— lo que va a pensar el coronel en su tumba.» Estaba buscando, por supuesto, el apoyo de Úrsula. Pero la anciana ciega, al contrario de lo que todos esperaban, consideró que no había nada reprochable en que Meme asistiera a los bailes y cultivara amistad con las norteamericanas de su edad, siempre que conservara su firmeza de criterio y no se dejara convertir a la religión protestante. Meme captó muy bien el pensamiento de la tatarabuela, y al día siguiente de los bailes se levantaba más temprano que de costumbre para ir a misa. La oposición de Fernanda resistió hasta el día en que Meme la desarmó con la noticia de que los norteamericanos querían oírla tocar el clavicordio. El instrumento fue sacado una vez más de la casa y llevado a la del señor Brown, donde, en efecto, la joven concertista recibió los aplausos más sinceros y las felicitaciones más entusiastas. Desde entonces no sólo la invitaron a los bailes, sino también a los baños dominicales en la piscina, y a almorzar una vez por semana. Meme aprendió a nadar como una profesional, a jugar al tenis y a comer jamón de Virginia con rebanadas de piña. Entre bailes, piscina y tenis, se encontró de pronto desenredándose en inglés. Aureliano Segundo se entusiasmó tanto con los progresos de la hija que le compró a un vendedor viajero una enciclopedia inglesa en seis volúmenes y con numerosas láminas de colores, que Meme leía en sus horas libres. La lectura ocupó la atención que antes destinaba a los comadreos de enamorados o a los encierros experimentales con sus amigas, no porque se lo hubiera impuesto como disciplina, sino porque ya había perdido todo interés en comentar misterios que eran del dominio público. Recordaba la borrachera como una aventura infantil, y le parecía tan divertida que se la contó a Aureliano Segundo, y a éste le pareció más divertida que a ella. «Si tu madre lo supiera», le dijo, ahogándose de risa, como le decía siempre que ella le hacía una confidencia. Él le había hecho prometer que con la misma confianza lo pondría al corriente de su primer noviazgo, y Meme le había contado que simpatizaba con un pelirrojo norteamericano que fue a pasar vacaciones con sus padres. «Qué barbaridad —rio Aureliano Segundo—. Si tu madre lo supiera.» Pero Meme le contó también que el muchacho había regresado a su país y no había vuelto a dar señales de vida. Su madurez de criterio afianzó la paz doméstica. Aureliano Segundo dedicaba entonces más horas a Petra Cotes, y aunque ya el cuerpo y el alma no le daban para parrandas como las de antes, no perdía ocasión de promoverlas y de desenfundar el acordeón, que ya tenía algunas teclas amarradas con cordones de zapatos. En la casa, Amaranta bordaba su interminable mortaja, y Úrsula se dejaba arrastrar por la decrepitud hacia el fondo de las tinieblas, donde lo único que seguía siendo visible era el espectro de José Arcadio Buendía bajo el castaño. Fernanda consolidó su autoridad. Las cartas mensuales a su hijo José Arcadio no llevaban entonces una línea de mentira, y solamente le ocultaba su correspondencia con los médicos invisibles, que le habían diagnosticado un tumor benigno en el intestino grueso y estaban preparándola para practicarle una intervención telepática.

Se hubiera dicho que en la cansada mansión de los Buendía había paz y felicidad rutinaria para mucho tiempo si la intempestiva muerte de Amaranta no hubiera promovido un nuevo escándalo. Fue un acontecimiento inesperado. Aunque estaba vieja y apartada de todos, todavía se notaba firme y recta, y con la salud de piedra que tuvo siempre. Nadie conoció su pensamiento desde la tarde en que rechazó definitivamente al coronel Gerineldo Márquez y se encerró a llorar. Cuando salió, había agotado todas sus lágrimas. No se le vio llorar con la subida al cielo de Remedios, la bella, ni con el exterminio de los Aurelianos, ni con la muerte del coronel Aureliano Buendía, que era la persona que más quiso en este mundo, aunque sólo pudo demostrárselo cuando encontraron su cadáver bajo el castaño. Ella ayudó a levantar el cuerpo. Lo vistió con sus arreos de guerrero, lo afeitó, lo peinó, y le engomó el bigote mejor que él mismo no lo hacía en sus años de gloria. Nadie pensó que hubiera amor en aquel acto, porque estaban acostumbrados a la familiaridad de Amaranta con los ritos de la muerte. Fernanda se escandalizaba de que no entendiera las relaciones del catolicismo con la vida, sino únicamente sus relaciones con la muerte, como si no fuera una religión, sino un prospecto de convencionalismos funerarios. Amaranta estaba demasiado enredada en el berenjenal de sus recuerdos para entender aquellas sutilezas apologéticas. Había llegado a la vejez con todas sus nostalgias vivas. Cuando escuchaba los valses de Pietro Crespi sentía los mismos deseos de llorar que tuvo en la adolescencia, como si el tiempo y los escarmientos no sirvieran de nada. Los rollos de música que ella misma había echado a la basura con el pretexto de que se estaban pudriendo con la humedad, seguían girando y golpeando martinetes en su memoria. Había tratado de hundirlos en la pasión pantanosa que se permitió con su sobrino Aureliano José, y había tratado de refugiarse en la protección serena y viril del coronel Gerineldo Márquez, pero no había conseguido derrotarlos ni con el acto más desesperado de su vejez, cuando bañaba al pequeño José Arcadio tres años antes de que lo mandaran al seminario, y lo acariciaba no como podía hacerlo una abuela con un nieto, sino como lo hubiera hecho una mujer con un hombre, como se contaba que lo hacían las matronas francesas, y como ella quiso hacerlo con Pietro Crespi, a los doce, los catorce años, cuando lo vio con sus pantalones de baile y la varita mágica con que llevaba el compás del metrónomo. A veces le dolía haber dejado a su paso aquel reguero de miseria, y a veces le daba tanta rabia que se pinchaba los dedos con las agujas, pero más le dolía y más rabia le daba y más la amargaba el fragante y agusanado guayabal de amor que iba arrastrando hacia la muerte. Como el coronel Aureliano Buendía pensaba en la guerra, sin poder evitarlo, Amaranta pensaba en Rebeca. Pero mientras su hermano había conseguido esterilizar los recuerdos, ella sólo había conseguido escaldarlos. Lo único que le rogó a Dios durante muchos años fue que no le mandara el castigo de morir antes que Rebeca. Cada vez que pasaba por su casa y advertía los progresos de la destrucción se complacía con la idea de que Dios la estaba oyendo. Una tarde, cuando cosía en el corredor, la asaltó la certidumbre de que ella estaría sentada en ese lugar, en esa misma posición y bajo esa misma luz, cuando le llevaran la noticia de la muerte de Rebeca. Se sentó a esperarla, como quien espera una carta, y era cierto que en una época arrancaba botones para volver a pegarlos, de modo que la ociosidad no hiciera más larga y angustiosa la espera. Nadie se dio cuenta en la casa de que Amaranta tejió entonces una preciosa mortaja para Rebeca. Más tarde, cuando Aureliano Triste contó que la había visto convertida en una imagen de aparición, con la piel cuarteada y unas pocas hebras amarillentas en el cráneo, Amaranta no se sorprendió, porque el espectro descrito era igual al que ella imaginaba desde hacía mucho tiempo. Había decidido restaurar el cadáver de Rebeca, disimular con parafina los estragos del rostro y hacerle una peluca con el cabello de los santos. Fabricaría un cadáver hermoso, con la mortaja de lino y un ataúd forrado de peluche con vueltas de púrpura, y lo pondría a disposición de los gusanos en unos funerales espléndidos. Elaboró el plan con tanto odio que la estremeció la idea de que lo

habría hecho de igual modo si hubiera sido con amor, pero
no se dejó aturdir por la confusión, sino que siguió perfec-
cionando los detalles tan minuciosamente que llegó a ser
más que una especialista, una virtuosa en los ritos de la
muerte. Lo único que no tuvo en cuenta en su plan treme-
dista fue que, a pesar de sus súplicas a Dios, ella podía
morirse primero que Rebeca. Así ocurrió, en efecto. Pero en
el instante final Amaranta no se sintió frustrada, sino por el
contrario liberada de toda amargura, porque la muerte le
deparó el privilegio de anunciarse con varios años de anticipación. La vio un mediodía ardiente, cosiendo con ella en
el corredor, poco después de que Meme se fue al colegio. La
reconoció en el acto, y no había nada pavoroso en la
muerte, porque era una mujer vestida de azul con el
cabello largo, de aspecto un poco anticuado, y con un cierto
parecido a Pilar Ternera en la época en que las ayudaba en
los oficios de cocina. Varias veces Fernanda estuvo presente y no la vio, a pesar de que era tan real, tan humana,
que en alguna ocasión le pidió a Amaranta el favor de que
le ensartara una aguja. La muerte no le dijo cuándo se iba
a morir ni si su hora estaba señalada antes que la de
Rebeca, sino que le ordenó empezar a tejer su propia mortaja el próximo seis de abril. La autorizó para que la hiciera
tan complicada y primorosa como ella quisiera, pero tan
honradamente como hizo la de Rebeca, y le advirtió que
había de morir sin dolor, ni miedo, ni amargura, al anochecer del día en que la terminara. Tratando de perder la
mayor cantidad posible de tiempo, Amaranta encargó las
hilazas de lino bayal y ella misma fabricó el lienzo. Lo hizo
con tanto cuidado que solamente esa labor le llevó cuatro
años. Luego inició el bordado. A medida que se aproximaba
el término ineludible, iba comprendiendo que sólo un
milagro le permitiría prolongar el trabajo más allá de la
muerte de Rebeca, pero la misma concentración le proporcionó la calma que le hacía falta para aceptar la idea de
una frustración. Fue entonces cuando entendió el círculo
vicioso de los pescaditos de oro del coronel Aureliano
Buendía. El mundo se redujo a la superficie de su piel, y el
interior quedó a salvo de toda amargura. Le dolió no haber

tenido aquella revelación muchos años antes, cuando aún
fuera posible purificar los recuerdos y reconstruir el universo bajo una luz nueva, y evocar sin estremecerse el olor
de espliego de Pietro Crespi al atardecer, y rescatar a
Rebeca de su salsa de miseria, no por odio ni por amor,
sino por la comprensión sin medidas de la soledad. El odio
que advirtió una noche en las palabras de Meme no la conmovió porque la afectara, sino porque se sintió repetida en
otra adolescencia que parecía tan limpia como debió
parecer la suya y que, sin embargo, estaba ya viciada por
el rencor. Pero entonces era tan honda la conformidad con
su destino que ni siquiera la inquietó la certidumbre de que
estaban cerradas todas las posibilidades de rectificación.
Su único objetivo fue terminar la mortaja. En vez de retar-
darla con preciosismos inútiles, como lo hizo al principio,
apresuró la labor. Una semana antes calculó que daría la
última puntada en la noche del cuatro de febrero, y sin
revelarle el motivo le sugirió a Meme que anticipara un
concierto de clavicordio que tenía previsto para el día
siguiente, pero ella no le hizo caso. Amaranta buscó
entonces la manera de retrasarse cuarenta y ocho horas, y
hasta pensó que la muerte la estaba complaciendo, porque
en la noche del cuatro de febrero una tempestad descom-
puso la planta eléctrica. Pero al día siguiente, a las ocho de
la mañana, dio la última puntada en la labor más primorosa que mujer alguna había terminado jamás, y anunció
sin el menor dramatismo que moriría al atardecer. No sólo
previno a la familia, sino a toda la población, porque Amaranta se había hecho a la idea de que se podía reparar una
vida de mezquindad con un último favor al mundo, y pensó
que ninguno era mejor que llevarles cartas a los muertos.

La noticia de que Amaranta Buendía zarpaba al crepúsculo llevando el correo de la muerte se divulgó en Macondo
antes del mediodía, y a las tres de la tarde había en la sala
un cajón lleno de cartas. Quienes no quisieron escribir le
dieron a Amaranta recados verbales que ella anotó en una
libreta con el nombre y la fecha de muerte del destinatario.
«No se preocupe —tranquilizaba a los remitentes—. Lo primero que haré al llegar será preguntar por él, y le daré su

recado.» Parecía una farsa. Amaranta no revelaba trastorno alguno, ni el más leve signo de dolor, y hasta se
notaba un poco rejuvenecida por el deber cumplido. Estaba
tan derecha y esbelta como siempre. De no haber sido por
los pómulos endurecidos y la falta de algunos dientes,
habría parecido mucho menos vieja de lo que era en realidad. Ella misma dispuso que se metieran las cartas en
una caja embreada, e indicó la manera como debía
colocarse en la tumba para preservarla mejor de la
humedad. En la mañana había llamado a un carpintero
que le tomó las medidas para el ataúd, de pie, en la sala,
como si fueran para un vestido. Se le despertó tal dinamismo en las últimas horas que Fernanda creyó que se
estaba burlando de todos. Úrsula, con la experiencia de que
los Buendía se morían sin enfermedad, no puso en duda que
Amaranta había tenido el presagio de la muerte, pero en
todo caso la atormentó el temor de que en el trajín de las
cartas y la ansiedad de que llegaran pronto los ofuscados
remitentes la fueran a enterrar viva. Así que se empeñó en
despejar la casa, disputándose a gritos con los intrusos, y a
las cuatro de la tarde lo había conseguido. A esa hora,
Amaranta acababa de repartir sus cosas entre los pobres, y
sólo había dejado sobre el severo ataúd de tablas sin pulir
la muda de ropa y las sencillas babuchas de pana que
había de llevar en la muerte. No pasó por alto esa precaución, al recordar que cuando murió el coronel Aureliano
Buendía hubo que comprarle un par de zapatos nuevos,
porque ya sólo le quedaban las pantuflas que usaba en el
taller. Poco antes de las cinco, Aureliano Segundo fue a
buscar a Meme para el concierto, y se sorprendió de que la
casa estuviera preparada para el funeral. Si alguien
parecía vivo a esa hora era la serena Amaranta, a quien el
tiempo le había alcanzado hasta para rebanarse los callos.
Aureliano Segundo y Meme se despidieron de ella con
adioses de burla, y le prometieron que el sábado siguiente
harían la parranda de la resurrección. Atraído por las
voces públicas de que Amaranta Buendía estaba recibiendo
cartas para los muertos, el padre Antonio Isabel llegó a las
cinco con el viático, y tuvo que esperar más de quince

minutos a que la moribunda saliera del baño. Cuando la vio
aparecer con un camisón de madapolán y el cabello suelto
en la espalda, el decrépito párroco creyó que era una burla,
y despachó al monaguillo. Pensó, sin embargo, aprovechar
la ocasión para confesar a Amaranta después de casi veinte
años de reticencia. Amaranta replicó, sencillamente, que
no necesitaba asistencia espiritual de ninguna clase porque
tenía la conciencia limpia. Fernanda se escandalizó. Sin
cuidarse de que no la oyeran, se preguntó en voz alta qué
espantoso pecado habría cometido Amaranta cuando prefería una muerte sacrílega a la vergüenza de una confe-
sión. Entonces Amaranta se acostó, y obligó a Úrsula a dar
testimonio público de su virginidad.

—Que nadie se haga ilusiones —gritó, para que la oyera Fernanda—. Amaranta Buendía se va de este mundo como vino.

No se volvió a levantar. Recostada en almohadones,
como si de veras estuviera enferma, tejió sus largas trenzas
y se las enrolló sobre las orejas, como la muerte le había
dicho que debía estar en el ataúd. Luego le pidió a Úrsula
un espejo, y por primera vez en más de cuarenta años vio
su rostro devastado por la edad y el martirio, y se sorprendió de cuánto se parecía a la imagen mental que tenía
de sí misma. Úrsula comprendió por el silencio de la alcoba
que había empezado a oscurecer.

—Despídete de Fernanda —le suplicó—. Un minuto de
reconciliación tiene más mérito que toda una vida de
amistad.

—Ya no vale la pena —replicó Amaranta.

Meme no pudo no pensar en ella cuando encendieron las
luces del improvisado escenario y empezó la segunda parte
del programa. A mitad de la pieza alguien le dio la noticia
al oído, y el acto se suspendió. Cuando llegó a la casa,
Aureliano Segundo tuvo que abrirse paso a empujones por
entre la muchedumbre, para ver el cadáver de la anciana
doncella, fea y de mal color, con la venda negra en la mano
y envuelta en la mortaja primorosa. Estaba expuesto en la
sala junto al cajón del correo.

Úrsula no volvió a levantarse después de las nueve
noches de Amaranta. Santa Sofía de la Piedad se hizo cargo

de ella. Le llevaba al dormitorio la comida, y el agua de bija para que se lavara, y la mantenía al corriente de cuanto pasaba en Macondo. Aureliano Segundo la visitaba con frecuencia, y le llevaba ropas que ella ponía cerca de la cama, junto con las cosas más indispensables para el vivir diario, de modo que en poco tiempo se había construido un mundo al alcance de la mano. Logró despertar un gran afecto en la pequeña Amaranta Úrsula, que era idéntica a ella, y a quien enseñó a leer. Su lucidez, la habilidad para bastarse de sí misma, hacían pensar que estaba naturalmente vencida por el peso de los cien años, pero aunque era evidente que andaba mal de la vista nadie sospechó que estaba completamente ciega. Disponía entonces de tanto tiempo y de tanto silencio interior para vigilar la vida de la casa, que fue ella la primera en darse cuenta de la callada tribulación de Meme.

—Ven acá —le dijo—. Ahora que estamos solas, confiésale a esta pobre vieja lo que te pasa.

Meme eludió la conversación con una risa entrecortada. Úrsula no insistió, pero acabó de confirmar sus sospechas cuando Meme no volvió a visitarla. Sabía que se arreglaba más temprano que de costumbre, que no tenía un instante de sosiego mientras esperaba la hora de salir a la calle, que pasaba noches enteras dando vueltas en la cama en el dormitorio contiguo, y que la atormentaba el revoloteo de una mariposa. En cierta ocasión le oyó decir que iba a verse con Aureliano Segundo, y Úrsula se sorprendió de que Fernanda fuera tan corta de imaginación que no sospechó nada cuando su marido fue a la casa a preguntar por la hija. Era demasiado evidente que Meme andaba en asuntos sigilosos, en compromisos urgentes, en ansiedades reprimidas, desde mucho antes de la noche en que Fernanda alborotó la casa porque la encontró besándose con un hombre en el cine.

La propia Meme andaba entonces tan ensimismada que acusó a Úrsula de haberla denunciado. En realidad se denunció a sí misma. Desde hacía tiempo dejaba a su paso un reguero de pistas que habrían despertado al más dormido, y si Fernanda tardó tanto en descubrirlas fue porque también ella estaba obnubilada por sus relaciones secretas con los médicos invisibles. Aun así terminó por advertir los hondos silencios, los sobresaltos intempestivos, las alternativas del humor y las contradicciones de la hija. Se empeñó en una vigilancia disimulada pero implacable. La dejó ir con sus amigas de siempre, la ayudó a vestirse para las fiestas del sábado, y jamás le hizo una pregunta impertinente que pudiera alertarla. Tenía ya muchas pruebas de que Meme hacía cosas distintas de las que anunciaba, y todavía no dejó vislumbrar sus sospechas, en espera de la ocasión decisiva. Una noche, Meme le anunció que iba al cine con su padre. Poco después, Fernanda oyó los cohetes de la parranda y el inconfundible acordeón de Aureliano Segundo por el rumbo de Petra Cotes. Entonces se vistió, entró al cine, y en la penumbra de las lunetas reconoció a su hija. La aturdidora emoción del acierto le impidió ver al hombre con quien se estaba besando, pero alcanzó a percibir su voz trémula en medio de la rechifla y las risotadas ensordecedoras del público. «Lo siento, amor», le oyó decir, y sacó a Meme del salón sin decirle una palabra, y le sometió a la vergüenza de llevarla por la bulliciosa calle de los Turcos, y la encerró con llave en el dormitorio.

Al día siguiente, a las seis de la tarde, Fernanda reconoció la voz del hombre que fue a visitarla. Era joven, cetrino, con unos ojos oscuros y melancólicos que no le habrían sorprendido tanto si hubiera conocido a los gitanos, y un aire de ensueño que a cualquier mujer de corazón menos rígido le habría bastado para entender los motivos de su hija. Vestía de lino muy usado, con zapatos defendidos desesperadamente con cortezas superpuestas de blanco de cinc, y llevaba en la mano un canotier comprado el último sábado. En su vida no estuvo ni estaría más asustado que en aquel momento, pero tenía una dignidad y un dominio que lo ponía a salvo de la humillación, y una prestancia legítima que sólo fracasaba en las manos percudidas y las uñas astilladas por el trabajo rudo. A Fernanda, sin embargo, le bastó el verlo una vez para intuir su condición de menestral. Se dio cuenta de que llevaba puesta su única muda de los domingos, y que debajo de la camisa tenía la piel carcomida por la sarna de la compañía bananera. No le permitió hablar. No le permitió siquiera pasar de la puerta que un momento después tuvo que cerrar porque la casa estaba llena de mariposas amarillas.

—Lárguese —le dijo—. Nada tiene que venir a buscar entre la gente decente.

Se llamaba Mauricio Babilonia. Había nacido y crecido en Macondo, y era aprendiz de mecánico en los talleres de la compañía bananera. Meme lo había conocido por casualidad, una tarde en que fue con Patricia Brown a buscar el automóvil para dar un paseo por las plantaciones. Como el chófer estaba enfermo, lo encargaron a él de conducirlas, y Meme pudo al fin satisfacer su deseo de sentarse junto al volante para observar de cerca el sistema de manejo. Al contrario del chófer titular, Mauricio Babilonia le hizo una demostración práctica. Eso fue por la época en que Meme empezó a frecuentar la casa del señor Brown, y todavía se consideraba indigno de damas el conducir un automóvil. Así que se conformó con la información teórica y no volvió a ver a Mauricio Babilonia en varios meses. Más tarde había de recordar que durante el paseo le llamó la atención su belleza varonil, salvo la brutalidad de las manos, pero que después había comentado con Patricia Brown la molestia que le produjo su seguridad un poco altanera. El primer sábado en que fue al cine con su padre, volvió a ver a Mauricio Babilonia con su muda de lino, sentado a poca distancia de ellos, y advirtió que él se desinteresaba de la película por volverse a mirarla, no tanto por verla como para que ella notara que la estaba mirando. A Meme le molestó la vulgaridad de aquel sistema. Al final, Mauricio Babilonia se acercó a saludar a Aureliano Segundo, y sólo entonces se enteró Meme de que se conocían, porque él había trabajado en la primitiva planta eléctrica de Aureliano Triste, y trataba a su padre con una actitud de subalterno. Esa comprobación la alivió del disgusto que le causaba su altanería. No se habían visto a solas, ni se habían cruzado una palabra distinta del saludo, la noche en que soñó que él la salvaba de un naufragio y ella no experimentaba un sentimiento de gratitud sino de rabia. Era como haberle dado una oportunidad que él deseaba, siendo que Meme anhelaba lo contrario, no sólo con Mauricio Babilonia, sino con cualquier otro hombre que se interesara en ella. Por eso le indignó tanto que después del sueño, en vez de detestarlo, hubiera experimentado una urgencia irresistible de verlo. La ansiedad se hizo más intensa en el curso de la semana, y el sábado era tan apremiante que tuvo que hacer un grande esfuerzo para que Mauricio Babilonia no notara al saludarla en el cine que se le estaba saliendo el corazón por la boca. Ofuscada por una confusa sensación de placer y rabia, le tendió la mano por primera vez, y sólo entonces Mauricio Babilonia se permitió estrechársela. Meme alcanzó en una fracción de segundo a arrepentirse de su impulso, pero el arrepentimiento se transformó de inmediato en una satisfacción cruel, al comprobar que también la mano de él estaba sudorosa y helada. Esa noche comprendió que no tendría un instante de sosiego mientras no le demostrara a Mauricio Babilonia la vanidad de su aspiración, y pasó la semana revoloteando en torno de esa ansiedad. Recurrió a toda clase de artimañas inútiles para que Patricia Brown la llevara a buscar el automóvil. Por último, se valió del pelirrojo norteamericano que por esa época fue a pasar vacaciones en Macondo, y con el pretexto de conocer los nuevos modelos de automóviles se hizo llevar a los talleres. Desde el momento en que lo vio, Meme dejó de engañarse a sí misma, y comprendió que lo que pasaba en realidad era que no podía soportar los deseos de estar a solas con Mauricio Babilonia, y la indignó la certidumbre de que éste lo había comprendido al verla llegar.

—Vine a ver los nuevos modelos —dijo Meme.

—Es un buen pretexto —dijo él.

Meme se dio cuenta de que se estaba achicharrando en la lumbre de su altivez, y buscó desesperadamente una manera de humillarlo. Pero él no le dio tiempo. «No se asuste —le dijo en voz baja—. No es la primera vez que una mujer se vuelve loca por un hombre.» Se sintió tan desamparada que abandonó el taller sin ver los nuevos modelos, y pasó la noche de extremo a extremo dando vueltas en la cama y llorando de indignación. El pelirrojo norteameri-

cano, que en realidad empezaba a interesarle, le pareció
una criatura en pañales. Fue entonces cuando cayó en la
cuenta de las mariposas amarillas que precedían las apari-
ciones de Mauricio Babilonia. Las había visto antes, sobre
todo en el taller de mecánica, y había pensado que estaban
fascinadas por el olor de la pintura. Alguna vez las había
sentido revoloteando sobre su cabeza en la penumbra del
cine. Pero cuando Mauricio Babilonia empezó a perseguirla, como un espectro que sólo ella identificaba en la
multitud, comprendió que las mariposas amarillas tenían
algo que ver con él. Mauricio Babilonia estaba siempre en
el público de los conciertos, en el cine, en la misa mayor, y
ella no necesitaba verlo para descubrirlo, porque se lo indi-
caban las mariposas. Una vez Aureliano Segundo se impacientó tanto con el sofocante aleteo, que ella sintió el
impulso de confiarle su secreto, como se lo había prometido, pero el instinto le indicó que esta vez él no iba a reír
como de costumbre: «Qué diría tu madre si lo supiera.» Una
mañana, mientras podaban las rosas, Fernanda lanzó un
grito de espanto e hizo quitar a Meme del lugar en que
estaba, y que era el mismo del jardín donde subió a los
cielos Remedios, la bella. Había tenido por un instante la
impresión de que el milagro iba a repetirse en su hija,
porque la había perturbado un repentino aleteo. Eran las
mariposas. Meme las vio, como si hubieran nacido de
pronto en la luz, y el corazón le dio un vuelco. En ese
momento entraba Mauricio Babilonia con un paquete que,
según dijo, era un regalo de Patricia Brown. Meme se atragantó el rubor, asimiló la tribulación, y hasta consiguió una
sonrisa natural para pedirle el favor de que lo pusiera en el
pasamanos porque tenía los dedos sucios de tierra. Lo
único que notó Fernanda en el hombre que pocos meses
después había de expulsar de la casa sin recordar que lo
hubiera visto alguna vez, fue la textura biliosa de su piel.

—Es un hombre muy raro —dijo Fernanda—. Se le ve en
la cara que se va a morir.

Meme pensó que su madre había quedado impresionada
por las mariposas. Cuando acabaron de podar el rosal, se
lavó las manos y llevó el paquete al dormitorio para

abrirlo. Era una especie de juguete chino, compuesto por cinco cajas concéntricas, y en la última una tarjeta laboriosamente dibujada por alguien que apenas sabía escribir: *Nos vemos el sábado en el cine.* Meme sintió el estupor tardío de que la caja hubiera estado tanto tiempo en el pasamanos al alcance de la curiosidad de Fernanda, y aunque la halagaba la audacia y el ingenio de Mauricio Babilonia, la conmovió su ingenuidad de esperar que ella le cumpliera la cita. Meme sabía desde entonces que Aureliano Segundo tenía un compromiso el sábado en la noche. Sin embargo, el fuego de la ansiedad la abrasó de tal modo en el curso de la semana, que el sábado convenció a su padre de que la dejara sola en el teatro y volviera por ella al terminar la función. Una mariposa nocturna revoloteó sobre su cabeza mientras las luces estuvieron encendidas. Y entonces ocurrió. Cuando las luces se apagaron, Mauricio Babilonia se sentó a su lado. Meme se sintió chapaleando en un tremedal de zozobra, del cual sólo podía rescatarla, como había ocurrido en el sueño, aquel hombre oloroso a aceite de motor que apenas distinguía en la penumbra.

—Si no hubiera venido —dijo él—, no me hubiera visto más nunca.

Meme sintió el peso de su mano en la rodilla, y supo que ambos llegaban en aquel instante al otro lado del desamparo.

—Lo que me choca de ti —sonrió— es que siempre dices precisamente lo que no se debe.

Se volvió loca por él. Perdió el sueño y el apetito, y se hundió tan profundamente en la soledad, que hasta su padre se le convirtió en un estorbo. Elaboró un intrincado enredo de compromisos falsos para desorientar a Fernanda, perdió de vista a sus amigas, saltó por encima de los convencionalismos para verse con Mauricio Babilonia a cualquier hora y en cualquier parte. Al principio le molestaba su rudeza. La primera vez que se vieron a solas, en los prados desiertos detrás del taller de mecánica, él la arrastró sin misericordia a un estado animal que la dejó extenuada. Tardó algún tiempo en darse cuenta de que también aquella era una forma de la ternura, y fue entonces cuando perdió el sosiego, y no vivía sino para él, trastornada por la ansiedad de hundirse en su entorpecedor aliento de aceite refregado con lejía. Poco antes de la muerte de Amaranta tropezó de pronto con un espacio de lucidez dentro de la locura, y tembló ante la incertidumbre del porvenir. Entonces oyó hablar de una mujer que hacía pronósticos de barajas, y fue a visitarla en secreto. Era Pilar Ternera. Desde que ésta la vio entrar, conoció los recónditos motivos de Meme. «Siéntate, —le dijo—. No necesito de barajas para averiguar el porvenir de un Buendía.» Meme ignoraba, y lo ignoró siempre, que aquella pitonisa centenaria era su bisabuela. Tampoco lo hubiera creído después del agresivo realismo con que ella le reveló que la ansiedad del enamoramiento no encontraba reposo sino en la cama. Era el mismo punto de vista de Mauricio Babilonia, pero Meme se resistía a darle crédito, pues en el fondo suponía que estaba inspirado en un mal criterio de menestral. Ella pensaba entonces que el amor de un modo derrotaba al amor de otro modo, porque estaba en la índole de los hombres repudiar el hambre una vez satisfecho el apetito. Pilar Ternera no sólo disipó el error, sino que le ofreció la vieja cama de lienzo donde ella concibió a Arcadio, el abuelo de Meme, y donde concibió después a Aureliano José. Le enseñó además cómo prevenir la concepción indeseable mediante la vaporización de cataplasmas de mostaza, y le dio recetas de bebedizos que en casos de percances hacían expulsar «hasta los remordimientos de conciencia». Aquella entrevista le infundió a Meme el mismo sentimiento de valentía que experimentó la tarde de la borrachera. La muerte de Amaranta, sin embargo, la obligó a aplazar la decisión. Mientras duraron las nueve noches, ella no se apartó un instante de Mauricio Babilonia, que andaba confundido con la muchedumbre que invadió la casa. Vinieron luego el luto prolongado y el encierro obligatorio, y se separaron por un tiempo. Fueron días de tanta agitación interior, de tanta ansiedad irreprimible y tantos anhelos reprimidos, que la primera tarde en que Meme logró salir fue directamente a la casa de Pilar Ternera. Se entregó a Mauricio Babilonia sin resistencia, sin pudor, sin formalismos, y con una vocación tan fluida y una intuición tan sabia, que un hombre más suspicaz que el suyo hubiera podido confundirlas con una acendrada experiencia. Se amaron dos veces por semana durante más de tres meses, protegidos por la complicidad inocente de Aureliano Segundo, que acreditaba sin malicia las coartadas de la hija, sólo por verla liberada de la rigidez de su madre.

La noche en que Fernanda los sorprendió en el cine, Aureliano Segundo se sintió agobiado por el peso de la conciencia, y visitó a Meme en el dormitorio donde la encerró Fernanda, confiando en que ella se desahogaría con él de las confidencias que le estaba debiendo. Pero Meme lo negó todo. Estaba tan segura de sí misma, tan aferrada a su soledad, que Aureliano Segundo tuvo la impresión de que ya no existía ningún vínculo entre ellos, que la camaradería y la complicidad no eran más que una ilusión del pasado. Pensó hablar con Mauricio Babilonia, creyendo que su autoridad de antiguo patrón lo haría desistir de sus propósitos, pero Petra Cotes lo convenció de que aquellos eran asuntos de mujeres, así que quedó flotando en un limbo de indecisión, y apenas sostenido por la esperanza de que el encierro terminara con las tribulaciones de la hija.

Meme no dio muestra alguna de aflicción. Al contrario, desde el dormitorio contiguo percibió Úrsula el ritmo sosegado de su sueño, la serenidad de sus quehaceres, el orden de sus comidas y la buena salud de su digestión. Lo único que intrigó a Úrsula después de casi dos meses de castigo, fue que Meme no se bañara en la mañana, como lo hacían todos, sino a las siete de la noche. Alguna vez pensó prevenirla contra los alacranes, pero Meme era tan esquiva con ella por la convicción de que la había denunciado, que prefirió no perturbarla con impertinencias de tatarabuela. Las mariposas amarillas invadían la casa desde el atardecer. Todas las noches, al regresar del baño, Meme encontraba a Fernanda desesperada, matando mariposas con la bomba de insecticida. «Esto es una desgracia —decía—. Toda la vida me contaron que las mariposas nocturnas llaman la mala suerte.» Una noche, mientras Meme estaba en el baño, Fernanda entró en su dormitorio por casualidad, y

había tantas mariposas que apenas se podía respirar.
Agarró cualquier trapo para espantarlas, y el corazón se le
heló de pavor al relacionar los baños nocturnos de su hija
con las cataplasmas de mostaza que rodaron por el suelo.
No esperó un momento oportuno, como lo hizo la primera
vez. Al día siguiente invitó a almorzar al nuevo alcalde, que
como ella había bajado de los páramos, y le pidió que esta-
bleciera una guardia nocturna en el traspatio, porque tenía
la impresión de que se estaban robando las gallinas. Esa
noche, la guardia derribó a Mauricio Babilonia cuando
levantaba las tejas para entrar en el baño donde Meme lo
esperaba, desnuda y temblando de amor entre los alacranes y las mariposas, como lo había hecho casi todas las
noches de los últimos meses. Un proyectil incrustado en la
columna vertebral lo redujo a cama por el resto de su vida.
Murió de viejo en la soledad, sin un quejido, sin una protesta, sin una sola tentativa de infidencia, atormentado por
los recuerdos y por las mariposas amarillas que no le con-
cedieron un instante de paz, y públicamente repudiado
como ladrón de gallinas.

Los acontecimientos que habían de darle el golpe mortal a Macondo empezaban a vislumbrarse cuando llevaron a la casa al hijo de Meme Buendía. La situación pública era entonces tan incierta, que nadie tenía el espíritu dispuesto para ocuparse de escándalos privados, de modo que Fernanda contó con un ambiente propicio para mantener al niño escondido como si no hubiera existido nunca. Tuvo que recibirlo, porque las circunstancias en que se lo llevaron no hacían posible el rechazo. Tuvo que soportarlo contra su voluntad por el resto de su vida, porque a la hora de la verdad le faltó valor para cumplir la íntima determinación de ahogarlo en la alberca del baño. Lo encerró en el antiguo taller del coronel Aureliano Buendía. A Santa Sofía de la Piedad logró convencerla de que lo había encontrado flotando en una canastilla. Úrsula había de morir sin conocer su origen. La pequeña Amaranta Úrsula, que entró una vez al taller cuando Fernanda estaba alimentando al niño, también creyó en la versión de la canastilla flotante. Aureliano Segundo, definitivamente distanciado de la esposa por la forma irracional en que ésta manejó la tragedia de Meme, no supo de la existencia del nieto sino tres años después de que lo llevaron a la casa, cuando el niño escapó al cautiverio por un descuido de Fernanda, y se asomó al corredor por una fracción de segundo, desnudo y con los pelos enmarañados y con un impresionante sexo de moco de pavo, como si no fuera una criatura humana sino la definición enciclopédica de un antropófago.

Fernanda no contaba con aquella trastada de su incorregible destino. El niño fue como el regreso de una vergüenza que ella creía haber desterrado para siempre de la casa. Apenas se habían llevado a Mauricio Babilonia con la espina dorsal fracturada, y ya había concebido Fernanda hasta el detalle más ínfimo de un plan destinado a eliminar todo vestigio del oprobio. Sin consultarlo con su marido, hizo al día siguiente su equipaje, metió en una maletita las tres mudas que su hija podía necesitar, y fue a buscarla al dormitorio media hora antes de la llegada del tren.

—Vamos, Renata —le dijo.

No le dio ninguna explicación. Meme, por su parte, no la esperaba ni la quería. No sólo ignoraba para dónde iban, sino que le habría dado igual si la hubieran llevado al matadero. No había vuelto a hablar, ni lo haría en el resto de su vida, desde que oyó el disparo en el traspatio y el simultáneo aullido de dolor de Mauricio Babilonia. Cuando su madre le ordenó salir del dormitorio, no se peinó ni se lavó la cara, y subió al tren como un sonámbulo sin advertir siquiera las mariposas amarillas que seguían acompañándola. Fernanda no supo nunca, ni se tomó el trabajo de averiguarlo, si su silencio pétreo era una determinación de su voluntad, o si se había quedado muda por el impacto de la tragedia. Meme apenas se dio cuenta del viaje a través de la antigua región encantada. No vio las umbrosas e interminables plantaciones de banano a ambos lados de las líneas. No vio las casas blancas de los gringos, ni sus jardines aridecidos por el polvo y el calor, ni las mujeres con pantalones cortos y camisas de rayas azules que jugaban barajas en los pórticos. No vio las carretas de bueyes cargadas de racimos en los caminos polvorientos. No vio las doncellas que saltaban como sábalos en los ríos transparentes para dejarles a los pasajeros del tren la amargura de sus senos espléndidos, ni las barracas abigarradas y miserables de los trabajadores donde revoloteaban las mariposas amarillas de Mauricio Babilonia, y en cuyos portales había niños verdes y escuálidos sentados en sus bacinillas, y mujeres embarazadas que gritaban improperios al paso del tren. Aquella visión fugaz, que para ella era una fiesta cuando regresaba del colegio, pasó por el corazón de Meme sin despabilarlo. No miró a través de la ventanilla ni siquiera cuando se acabó la humedad ardiente de las plantaciones, y el tren pasó por la llanura de amapolas donde estaba todavía el costillar carbonizado del galeón español, y salió luego al mismo aire diáfano y al mismo mar espumoso y sucio donde casi un siglo antes fracasaron las ilusiones de José Arcadio Buendía.

A las cinco de la tarde, cuando llegaron a la estación final de la ciénaga, descendió del tren porque Fernanda lo hizo. Subieron a un cochecito que parecía un murciélago enorme, tirado por un caballo asmático, y atravesaron la ciudad desolada, en cuyas calles interminables y cuarteadas por el salitre, resonaba un ejercicio de piano igual al que escuchó Fernanda en las siestas de su adolescencia. Se embarcaron en un buque fluvial, cuya rueda de madera hacía un ruido de conflagración, y cuyas láminas de hierro carcomidas por el óxido reverberaban como la boca de un horno. Meme se encerró en el camarote. Dos veces al día dejaba Fernanda un plato de comida junto a la cama, y dos veces al día se lo llevaba intacto, no porque Meme hubiera resuelto morirse de hambre, sino porque le repugnaba el solo olor de los alimentos y su estómago expulsaba hasta el agua. Ni ella misma sabía entonces que su fertilidad había burlado a los vapores de mostaza, así como Fernanda no lo supo hasta casi un año después, cuando le llevaron al niño. En el camarote sofocante, trastornada por la vibración de las paredes de hierro y por el tufo insoportable del cieno removido por la rueda del buque, Meme perdió la cuenta de los días. Había pasado mucho tiempo, cuando vio la última mariposa amarilla destrozándose en las aspas del ventilador y admitió como una verdad irremediable que Mauricio Babilonia había muerto. Sin embargo, no se dejó vencer por la resignación. Seguía pensando en él durante la penosa travesía a lomo de mula por el páramo alucinante donde se perdió Aureliano Segundo cuando buscaba a la mujer más hermosa que se había dado sobre la tierra, y cuando remontaron la cordillera por caminos de indios, y entraron a la ciudad lúgubre en cuyos vericuetos de piedra resonaban los bronces funerarios de treinta y dos iglesias. Esa noche durmieron en la abandonada mansión colonial, sobre los tablones que Fernanda puso en el suelo de un aposento invadido por la maleza, y arropadas con piltrafas de cortinas que arrancaron de las ventanas y que se desmigaban a cada vuelta del cuerpo. Meme supo dónde estaban, porque en el espanto del insomnio vio pasar al caballero vestido de negro que en una distante víspera de Navidad llevaron a la casa dentro de un cofre de plomo. Al día siguiente, después de misa, Fernanda la condujo a un edificio sombrío que Meme reconoció de inmediato por las evocaciones que su madre solía hacer del convento donde la educaron para reina, y entonces comprendió que había llegado al término del viaje. Mientras Fernanda hablaba con alguien en el despacho contiguo, ella se quedó en un salón ajedrezado con grandes óleos de arzobispos coloniales, temblando de frío, porque llevaba todavía un traje de etamina con florecitas negras y los duros borceguíes hinchados por el hielo del páramo. Estaba de pie en el centro del salón, pensando en Mauricio Babilonia bajo el chorro amarillo de los vitrales, cuando salió del despacho una novicia muy bella que llevaba su maletita con las tres mudas de ropa. Al pasar junto a Meme le tendió la mano sin detenerse.

—Vamos, Renata —le dijo.

Meme le tomó la mano y se dejó llevar. La última vez que Fernanda la vio, tratando de igualar su paso con el de la novicia, acababa de cerrarse detrás de ella el rastrillo de hierro de la clausura. Todavía pensaba en Mauricio Babilonia, en su olor de aceite y su ámbito de mariposas, y seguiría pensando en él todos los días de su vida, hasta la remota madrugada de otoño en que muriera de vejez, con sus nombres cambiados y sin haber dicho nunca una palabra, en un tenebroso hospital de Cracovia.

Fernanda regresó a Macondo en un tren protegido por policías armados. Durante el viaje advirtió la tensión de los pasajeros, los aprestos militares en los pueblos de la línea y el aire enrarecido por la certidumbre de que algo grave iba a suceder, pero careció de información mientras no llegó a

Macondo y le contaron que José Arcadio Segundo estaba incitando a la huelga a los trabajadores de la compañía bananera. «Esto es lo último que nos faltaba —se dijo Fernanda—. Un anarquista en la familia.» La huelga estalló dos semanas después y no tuvo las consecuencias dramáticas que se temían. Los obreros aspiraban a que no se les obligara a cortar y embarcar banano los domingos, y la petición pareció tan justa que hasta el padre Antonio Isabel intercedió en favor de ella porque la encontró de acuerdo con la ley de Dios. El triunfo de la acción, así como de otras que se promovieron en los meses siguientes, sacó del anonimato al descolorido José Arcadio Segundo, de quien solía decirse que sólo había servido para llenar el pueblo de putas francesas. Con la misma decisión impulsiva con que remató sus gallos de pelea para establecer una empresa de navegación desatinada, había renunciado al cargo de capataz de cuadrilla de la compañía bananera y tomó el partido de los trabajadores. Muy pronto se le señaló como agente de una conspiración internacional contra el orden público. Una noche, en el curso de una semana oscurecida por rumores sombríos, escapó de milagro a cuatro tiros de revólver que le hizo un desconocido cuando salía de una reunión secreta. Fue tan tensa la atmósfera de los meses siguientes, que hasta Úrsula la percibió en su rincón de tinieblas, y tuvo la impresión de estar viviendo de nuevo los tiempos azarosos en que su hijo Aureliano cargaba en el bolsillo los glóbulos homeopáticos de la subversión. Trató de hablar con José Arcadio Segundo para enterarlo de ese precedente, pero Aureliano Segundo le informó que desde la noche del atentado se ignoraba su paradero.

—Lo mismo que Aureliano —exclamó Úrsula—. Es como si el mundo estuviera dando vueltas.

Fernanda permaneció inmune a la incertidumbre de esos días. Carecía de contactos con el mundo exterior, desde el violento altercado que tuvo con su marido por haber determinado la suerte de Meme sin su consentimiento. Aureliano Segundo estaba dispuesto a rescatar a su hija, con la policía si era necesario, pero Fernanda le hizo ver papeles en los que se demostraba que había ingresado a la clausura por propia voluntad. En efecto, Meme los había firmado cuando ya estaba del otro lado del rastrillo de hierro, y lo hizo con el mismo desdén con que se dejó conducir. En el fondo, Aureliano Segundo no creyó en la legitimidad de las pruebas, como no creyó nunca que Mauricio Babilonia se hubiera metido al patio para robar gallinas, pero ambos expedientes le sirvieron para tranquilizar la conciencia, y pudo entonces volver sin remordimientos a la sombra de Petra Cotes, donde reanudó las parrandas ruidosas y las comilonas desaforadas. Ajena a la inquietud del pueblo, sorda a los tremendos pronósticos de Úrsula, Fernanda le dio la última vuelta a las tuercas de su plan consumado. Le escribió una extensa carta a su hijo José Arcadio, que ya iba a recibir las órdenes menores, y en ella le comunicó que su hermana Renata había expirado en la paz del Señor a consecuencia del vómito negro. Luego puso a Amaranta Úrsula al cuidado de Santa Sofía de la Piedad, y se dedicó a organizar su correspondencia con los médicos invisibles, trastornada por el percance de Meme. Lo primero que hizo fue fijar fecha definitiva para la aplazada intervención telepática. Pero los médicos invisibles le contestaron que no era prudente mientras persistiera el estado de agitación social en Macondo. Ella estaba tan urgida y tan mal informada, que les explicó en otra carta que no había tal estado de agitación, y que todo era fruto de las locuras de un cuñado suyo, que andaba por esos días con la ventolera sindical, como padeció en otro tiempo las de la gallera y la navegación. Aún no estaban de acuerdo el caluroso miércoles en que llamó a la puerta de la casa una monja anciana que llevaba una canastilla colgada del brazo. Al abrirle, Santa Sofía de la Piedad pensó que era un regalo y trató de quitarle la canastilla cubierta con un primoroso tapete de encaje. Pero la monja lo impidió, porque tenía instrucciones de entregársela personalmente, y bajo la reserva más estricta, a doña Fernanda del Carpio de Buendía. Era el hijo de Meme. El antiguo director espiritual de Fernanda le explicaba en una carta que había nacido dos meses antes, y que se habían permitido bautizarlo con el nombre de Aureliano, como su abuelo, porque la madre no despegó los labios para expresar su voluntad. Fernanda se sublevó íntimamente contra aquella burla del destino, pero tuvo fuerzas para disimularlo delante de la monja.

—Diremos que lo encontramos flotando en la canastilla —sonrió.

—No se lo creerá nadie —dijo la monja.

—Si se lo creyeron a las Sagradas Escrituras —replicó Fernanda—, no veo por qué no han de creérmelo a mí.

La monja almorzó en casa, mientras pasaba el tren de regreso, y de acuerdo con la discreción que le habían exigido no volvió a mencionar al niño, pero Fernanda la señaló como un testigo indeseable de su vergüenza, y lamentó que se hubiera desechado la costumbre medieval de ahorcar al mensajero de malas noticias. Fue entonces cuando decidió ahogar a la criatura en la alberca tan pronto como se fuera la monja, pero el corazón no le dio para tanto y prefirió esperar con paciencia a que la infinita bondad de Dios la liberara del estorbo.

El nuevo Aureliano había cumplido un año cuando la tensión pública estalló sin ningún anuncio. José Arcadio Segundo y otros dirigentes sindicales que habían permanecido hasta entonces en la clandestinidad, aparecieron intempestivamente un fin de semana y promovieron manifestaciones en los pueblos de la zona bananera. La policía se conformó con vigilar el orden. Pero en la noche del lunes los dirigentes fueron sacados de sus casas y mandados, con grillos de cinco kilos en los pies, a la cárcel de la capital provincial. Entre ellos se llevaron a José Arcadio Segundo y a Lorenzo Gavilán, un coronel de la revolución mexicana, exiliado en Macondo, que decía haber sido testigo del heroísmo de su compadre Artemio Cruz. Sin embargo, antes de tres meses estaban en libertad, porque el gobierno y la compañía bananera no pudieron ponerse de acuerdo sobre quién debía alimentarlos en la cárcel. La inconformidad de los trabajadotes se fundaba esta vez en la insalubridad de las viviendas, el engaño de los servicios médicos y la iniquidad de las condiciones de trabajo. Afirmaban, además, que no se les pagaba con dinero efectivo, sino con vales que sólo servían para comprar jamón de Virginia en

los comisariatos de la compañía. José Arcadio Segundo fue
encarcelado porque reveló que el sistema de los vales era
un recurso de la compañía para financiar sus barcos fruteros, que de no haber sido por la mercancía de los comisariatos hubieran tenido que regresar vacíos desde Nueva
Orleáns hasta los puertos de embarque del banano. Los
otros cargos eran del dominio público. Los médicos de la
compañía no examinaban a los enfermos, sino que los
hacían pararse en fila india frente a los dispensarios, y una
enfermera les ponía en la lengua una píldora del color del
piedralipe, así tuvieran paludismo, blenorragia o estreñi-
miento. Era una terapéutica tan generalizada, que los niños
se ponían en la fila varias veces, y en vez de tragarse las
píldoras se las llevaban a sus casas para señalar con ellas
lo números cantados en el juego de lotería. Los obreros de
la compañía estaban hacinados en tambos miserables. Los
ingenieros, en vez de construir letrinas, llevaban a los cam-
pamentos, por Navidad, un excusado portátil para cada
cincuenta personas, y hacían demostraciones públicas de
cómo utilizarlos para que duraran más. Los decrépitos abogados vestidos de negro que en otro tiempo asediaron al
coronel Aureliano Buendía, y que entonces eran apode-
rados de la compañía bananera, desvirtuaban estos cargos
con arbitrios que parecían cosa de magia. Cuando los trabajadores redactaron un pliego de peticiones unánime,
pasó mucho tiempo sin que pudieran notificar oficialmente
a la compañía bananera. Tan pronto como conoció el
acuerdo, el señor Brown enganchó en el tren su suntuoso
vagón de vidrio, y desapareció de Macondo junto con los
representantes más conocidos de su empresa. Sin embargo,
varios obreros encontraron a uno de ellos el sábado
siguiente en un burdel, y le hicieron firmar una copia del
pliego de peticiones cuando estaba desnudo con la mujer
que se prestó para llevarlo a la trampa. Los luctuosos abogados demostraron en el juzgado que aquel hombre no
tenía nada que ver con la compañía, y para que nadie
pusiera en duda sus argumentos lo hicieron encarcelar por
usurpador. Más tarde, el señor Brown fue sorprendido via-
jando de incógnito en un vagón de tercera clase, y le

hicieron firmar otra copia del pliego de peticiones. Al día siguiente compareció ante los jueces con el pelo pintado de negro y hablando un castellano sin tropiezos. Los abogados demostraron que no era el señor Jack Brown, superintendente de la compañía bananera y nacido en Prattville, Alabama, sino un inofensivo vendedor de plantas medicinales, nacido en Macondo y allí mismo bautizado con el nombre de Dagoberto Fonseca. Poco después, frente a una nueva tentativa de los trabajadores, los abogados exhibieron en lugares públicos el certificado de defunción del señor Brown, autenticado por cónsules y cancilleres, y en el cual se daba fe de que el pasado nueve de junio había sido atropellado en Chicago por un carro de bomberos. Cansados de aquel delirio hermenéutico, los trabajadores repudiaron a las autoridades de Macondo y subieron con sus quejas a los tribunales supremos. Fue allí donde los ilusionistas del derecho demostraron que las reclamaciones carecían de toda validez, simplemente porque la compañía bananera no tenía, ni había tenido nunca ni tendría jamás trabajadores a su servicio, sino que los reclutaba ocasionalmente y con carácter temporal. De modo que se desbarató la patraña del jamón de Virginia, las píldoras milagrosas y los excusados pascuales, y se estableció por fallo de tribunal y se proclamó en bandos solemnes la inexistencia de los trabajadores.

La huelga grande estalló. Los cultivos se quedaron a medias, la fruta se pasó en las cepas y los trenes de ciento veinte vagones se pararon en los ramales. Los obreros ociosos desbordaron los pueblos. La calle de los Turcos reverberó en un sábado de muchos días, y en el salón de billares del Hotel de Jacob hubo que establecer turnos de veinticuatro horas. Allí estaba José Arcadio Segundo, el día en que se anunció que el ejército había sido encargado de restablecer el orden público. Aunque no era hombre de presagios, la noticia fue para él como un anuncio de la muerte, que había esperado desde la mañana distante en que el coronel Gerineldo Márquez le permitió ver un fusilamiento. Sin embargo, el mal augurio no alteró su solemnidad. Hizo la jugada que tenía prevista y no erró la carambola. Poco después, las descargas de redoblante, los ladridos del clarín, los gritos y el tropel de la gente, le indicaron que no sólo la partida de billar sino la callada y solitaria partida que jugaba consigo mismo desde la madrugada de la ejecución, habían por fin terminado. Entonces se asomó a la calle, y los vio. Eran tres regimientos cuya marcha pautada por tambor de galeotes hacía trepidar la tierra. Su resuello de dragón multicéfalo impregnó de un vapor pestilente la claridad del mediodía. Eran pequeños, macizos, brutos. Sudaban con sudor de caballo, y tenían un olor de carnaza macerada por el sol, y la impavidez taciturna e impenetrable de los hombres del páramo. Aunque tardaron más de una hora en pasar, hubiera podido pensarse que eran unas pocas escuadras girando en rendondo, porque todos eran idénticos, hijos de la misma madre, y todos soportaban con igual estolidez el peso de los morrales y las cantimploras, y la vergüenza de los fusiles con las bayonetas caladas, y el incordio de la obediencia ciega y el sentido del honor. Úrsula los oyó pasar desde su lecho de tinieblas y levantó la mano con los dedos en cruz. Santa Sofía de la Piedad existió por un instante, inclinada sobre el mantel bordado que acababa de planchar, y pensó en su hijo, José Arcadio Segundo, que vio pasar sin inmutarse los últimos soldados por la puerta del Hotel de Jacob.

La ley marcial facultaba al ejército para asumir funciones de árbitro de la controversia, pero no se hizo ninguna tentativa de conciliación. Tan pronto como se exhibieron en Maconco, los soldados pusieron a un lado los fusiles, cortaron y embarcaron el banano y movilizaron los trenes. Los trabajadores, que hasta entonces se habían conformado con esperar, se echaron al monte sin más armas que sus machetes de labor, y empezaron a sabotear el sabotaje. Incendiaron fincas y comisariatos, destruyeron los rieles para impedir el tránsito de los trenes que empezaban a abrirse paso con fuego de ametralladoras, y cortaron los alambres del telégrafo y el teléfono. Las acequias se tiñeron de sangre. El señor Brown, que estaba vivo en el gallinero electrificado, fue sacado de Macondo con su familia y las de otros compatriotas suyos, y conducidos a territorio

seguro bajo la protección del ejército. La situación amenazaba con evolucionar hacia una guerra civil desigual y sangrienta, cuando las autoridades hicieron un llamado a los
trabajadores para que se concentraran en Macondo. El llamado anunciaba que el Jefe Civil y Militar de la provincia
llegaría el viernes siguiente, dispuesto a interceder en el
conflicto.

José Arcadio Segundo estaba entre la muchedumbre que
se concentró en la estación desde la mañana del viernes.
Había participado en una reunión de los dirigentes sindicales y había sido comisionado junto con el coronel Gavilán
para confundirse con la multitud y orientarla según las circunstancias. No se sentía bien, y amasaba una pasta sali-
trosa en el paladar, desde que advirtió que el ejército había
emplazado nidos de ametralladoras alrededor de la plazoleta, y que la ciudad alambrada de la compañía bananera
estaba protegida con piezas de artillería. Hacia las doce,
esperando un tren que no llegaba, más de tres mil personas, entre trabajadores, mujeres y niños, habían desbordado el espacio descubierto frente a la estación y se apretu-
jaban en las calles adyacentes que el ejército cerró con filas
de ametralladoras. Aquello parecía entonces, más que una
recepción, una feria jubilosa. Habían trasladado los
puestos de fritangas y las tiendas de bebidas de la calle de
los Turcos, y la gente soportaba con muy buen ánimo el
fastidio de la espera y el sol abrasante. Un poco antes de
las tres corrió el rumor de que el tren oficial no llegaría
hasta el día siguiente. La muchedumbre cansada exhaló un
suspiro de desaliento. Un teniente del ejército se subió
entonces en el techo de la estación, donde había cuatro
nidos de ametralladoras enfiladas hacia la multitud, y se
dio un toque de silencio. Al lado de José Arcadio Segundo
estaba una mujer descalza, muy gorda, con dos niños de
unos cuatro y siete años. Cargó al menor, y le pidió a José
Arcadio Segundo, sin conocerlo, que levantara al otro para
que oyera mejor lo que iban a decir. José Arcadio Segundo
se acaballó al niño en la nuca. Muchos años después, ese
niño había de seguir contando, sin que nadie se lo creyera,
que había visto al teniente leyendo con una bocina de gra-

mófono el Decreto Número 4 del Jefe Civil y Militar de la provincia. Estaba firmado por el general Carlos Cortés Vargas, y por su secretario, el mayor Enrique García Isaza, y en tres artículos de ochenta palabras declaraba a los huelguistas *cuadrilla de malhechores* y facultaba al ejército para matarlos a bala.

Leído el decreto, en medio de una ensordecedora rechifla de protesta, un capitán sustituyó al teniente en el techo de la estación, y con la bocina de gramófono hizo señas de que quería hablar. La muchedumbre volvió a guardar silencio.

—Señoras y señores —dijo el capitán con una voz baja, lenta, un poco cansada—, tienen cinco minutos para retirarse.

La rechifla y los gritos redoblados ahogaron el toque de clarín que anunció el principio del plazo. Nadie se movió.

—Han pasado cinco minutos —dijo el capitán en el mismo tono—. Un minuto más y se hará fuego.

José Arcadio Segundo, sudando hielo, se bajó al niño de los hombros y se lo entregó a la mujer. «Estos cabrones son capaces de disparar», murmuró ella. José Arcadio Segundo no tuvo tiempo de hablar, porque al instante reconoció la voz ronca del coronel Gavilán haciéndoles eco con un grito a las palabras de la mujer. Embriagado por la tensión, por la maravillosa profundidad del silencio y, además, convencido de que nada haría mover a aquella muchedumbre pasmada por la fascinación de la muerte, José Arcadio Segundo se empinó por encima de las cabezas que tenía enfrente, y por primera vez en su vida levantó la voz.

—¡Cabrones! —gritó—. Les regalamos el minuto que falta.

Al final de su grito ocurrió algo que no le produjo espanto, sino una especie de alucinación. El capitán dio la orden de fuego y catorce nidos de ametralladoras le respondieron en el acto. Pero todo parecía una farsa. Era como si las ametralladoras hubieran estado cargadas con engañifas de pirotecnia, porque se escuchaba su anhelante tableteo, y se veían sus escupitajos incandescentes, pero no se percibía la más leve reacción, ni una voz, ni siquiera un suspiro, entre la muchedumbre compacta que parecía petrificada por una invulnerabilidad instantánea. De pronto, a un lado de la estación, un grito de muerte desgarró el encantamiento: «Aaaay, mi madre.» Una fuerza sísmica, un aliento volcánico, un rugido de cataclismo, estallaron en el centro de la muchedumbre con una descomunal potencia expansiva. José Arcadio Segundo apenas tuvo tiempo de levantar al niño, mientras la madre con el otro era absorbida por la muchedumbre centrifugada por el pánico.

Muchos años después, el niño había de contar todavía, a pesar de que los vecinos seguían creyéndolo un viejo chiflado, que José Arcadio Segundo lo levantó por encima de su cabeza, y se dejó arrastrar, casi en el aire, como flotando en el terror de la muchedumbre, hacia una calle adyacente. La posición privilegiada del niño le permitió ver que en ese momento la masa desbocada empezaba a llegar a la esquina y la fila de ametralladoras abrió fuego. Varias voces gritaron al mismo tiempo:

—¡Tírense al suelo! ¡Tírense al suelo!

Ya los de las primeras líneas lo habían hecho, barridos por las ráfagas de metralla. Los sobrevivientes, en vez de tirarse al suelo, trataron de volver a la plazoleta, y el pánico dio entonces un coletazo de dragón, y los mandó en una oleada compacta contra la otra oleada compacta que se movía en sentido contrario, despedida por el otro coletazo de dragón de la calle opuesta, donde también las ametralladoras disparaban sin tregua. Estaban acorralados, girando en un torbellino gigantesco que poco a poco se reducía a su epicentro porque sus bordes iban siendo sistemáticamente recortados en redondo, como pelando una cebolla, por las tijeras insaciables y metódicas de la metralla. El niño vio una mujer arrodillada, con los brazos en cruz, en un espacio limpio, misteriosamente vedado a la estampida. Allí lo puso José Arcadio Segundo, en el instante de derrumbarse con la cara bañada en sangre, antes de que el tropel colosal arrasara con el espacio vacío, con la mujer arrodillada, con la luz del alto cielo de sequía, y con el puto mundo donde Úrsula Iguarán había vendido tantos animalitos de caramelo.

Cuando José Arcadio Segundo despertó estaba boca arriba en las tinieblas. Se dio cuenta de que iba en un tren interminable y silencioso, y de que tenía el cabello apelmazado por la sangre seca y le dolían todos los huesos. Sintió un sueño insoportable. Dispuesto a dormir muchas horas, a salvo del terror y el horror, se acomodó del lado que menos le dolía, y sólo entonces descubrió que estaba acostado sobre los muertos. No había un espacio libre en el vagón, salvo el corredor central. Debían de haber pasado varias horas después de la masacre, porque los cadáveres tenían la misma temperatura del yeso en otoño, y su misma consistencia de espuma petrificada, y quienes los habían puesto en el vagón tuvieron tiempo de arrumarlos en el orden y el sentido en que se transportaban los racimos de banano. Tratando de fugarse de la pesadilla, José Arcadio Segundo se arrastró de un vagón a otro, en la dirección en que avanzaba el tren, y en los relámpagos que estallaban por entre los listones de madera al pasar por los pueblos dormidos veía los muertos hombres, los muertos mujeres, los muertos niños, que iban a ser arrojados al mar como el banano de rechazo. Solamente reconoció a una mujer que vendía refrescos en la plaza y al coronel Gavilán, que todavía llevaba enrollado en la mano el cinturón con la hebilla de plata moreliana con que trató de abrirse camino a través del pánico. Cuando llegó al primer vagón dio un salto en la oscuridad, y se quedó tendido en la zanja hasta que el tren acabó de pasar. Era el más largo que había visto nunca, con casi doscientos vagones de carga, y una locomotora en cada extremo y una tercera en el centro. No llevaba ninguna luz, ni siquiera las rojas y verdes lámparas de posición, y se deslizaba a una velocidad nocturna y sigilosa. Encima de los vagones se veían los bultos oscuros de los soldados con las ametralladoras emplazadas.

Después de medianoche se precipitó un aguacero torrencial. José Arcadio Segundo ignoraba dónde había saltado, pero sabía que caminando en sentido contrario al del tren llegaría a Macondo. Al cabo de más de tres horas de marcha, empapado hasta los huesos, con un dolor de cabeza terrible, divisó las primeras casas a la luz del amanecer.

Atraído por el olor del café, entró en una cocina donde una mujer con un niño en brazos estaba inclinada sobre el fogón.

—Buenos —dijo exhausto—. Soy José Arcadio Segundo Buendía.

Pronunció el nombre completo, letra por letra, para convencerse de que estaba vivo. Hizo bien, porque la mujer había pensado que era una aparición al ver en la puerta la figura escuálida, sombría, con la cabeza y la ropa sucias de sangre, y tocada por la solemnidad de la muerte. Lo conocía. Llevó una manta para que se arropara mientras se secaba la ropa en el fogón, le calentó agua para que se lavara la herida, que era sólo un desgarramiento de la piel, y le dio un pañal limpio para que se vendara la cabeza. Luego le sirvió un pocillo de café, sin azúcar, como le habían dicho que lo tomaban los Buendía, y abrió la ropa cerca del fuego.

José Arcadio Segundo no habló mientras no terminó de tomar el café.

—Debían ser como tres mil —murmuró.

—¿Qué?

—Los muertos —aclaró él—. Debían ser todos los que estaban en la estación.

La mujer lo midió con una mirada de lástima. «Aquí no ha habido muertos —dijo—. Desde los tiempos de tu tío, el coronel, no ha pasado nada en Macondo.» En tres cocinas donde se detuvo José Arcadio Segundo antes de llegar a la casa le dijeron lo mismo: «No hubo muertos.» Pasó por la plazoleta de la estación, y vio las mesas de fritangas amontonadas una encima de otra, y tampoco allí encontró rastro alguno de la masacre. Las calles estaban desiertas bajo la lluvia tenaz y las casas cerradas, sin vestigios de vida interior. La única noticia humana era el primer toque para misa. Llamó en la puerta de la casa del coronel Gavilán. Una mujer encinta, a quien había visto muchas veces, le cerró la puerta en la cara. «Se fue —dijo asustada—. Volvió a su tierra.» La entrada principal del gallinero alambrado estaba custodiada, como siempre, por dos policías locales que parecían de piedra bajo la lluvia, con impermeables y

cascos de hule. En su callecita marginal, los negros antillanos cantaban a coro los salmos del sábado. José Arcadio
Segundo saltó la cerca del patio y entró en la casa por la
cocina. Santa Sofía de la Piedad apenas levantó la voz.
«Que no te vea Fernanda —dijo—. Hace un rato se estaba
levantando.» Como si cumpliera un pacto implícito, llevó al
hijo al *cuarto de las bacinillas*, le arregló el desvencijado
catre de Melquíades, y a las dos de la tarde, mientras Fernanda hacía la siesta, le pasó por la ventana un plato de comida.

Aureliano Segundo había dormido en casa porque allí lo
sorprendió la lluvia, y a las tres de la tarde todavía seguía
esperando que escampara. Informado en secreto por Santa
Sofía de la Piedad, a esa hora visitó a su hermano en el
cuarto de Melquíades. Tampoco él creyó la versión de la
masacre ni la pesadilla del tren cargado de muertos que
viajaba hacia el mar. La noche anterior habían leído un
bando nacional extraordinario, para informar que los
obreros habían obedecido la orden de evacuar la estación,
y se dirigían a sus casas en caravanas pacíficas. El bando
informaba también que los dirigentes sindicales, con un
elevado espíritu patriótico, habían reducido sus peticiones
a dos puntos: reforma de los servicios médicos y construcción de letrinas en las viviendas. Se informó más tarde que
cuando las autoridades militares obtuvieron el acuerdo de
los trabajadores, se apresuraron a comunicárselo al señor
Brown, y que éste no sólo había aceptado las nuevas condiciones, sino que ofreció pagar tres días de jolgorios públicos
para celebrar el término del conflicto. Sólo que cuando los
militares le preguntaron para qué fecha podía anunciarse
la firma del acuerdo, él miró a través de la ventana del
cielo rayado de relámpagos, e hizo un profundo gesto de incertidumbre.

—Será cuando escampe —dijo—. Mientras dure la lluvia,
suspendemos toda clase de actividades.

No llovía desde hacía tres meses y era tiempo de sequía.
Pero cuando el señor Brown anunció su decisión se precipitó en toda la zona bananera el aguacero torrencial que
sorprendió a José Arcadio Segundo en el camino de
Macondo. Una semana después seguía lloviendo. La ver-

sión oficial, mil veces repetida y machacada en todo el país por cuanto medio de divulgación encontró el gobierno a su alcance, terminó por imponerse: no hubo muertos, los trabajadores satisfechos habían vuelto con sus familias, y la compañía bananera suspendía actividades mientras pasaba la lluvia. La ley marcial continuaba, en previsión de que fuera necesario aplicar medidas de emergencia para la calamidad pública del aguacero interminable, pero la tropa estaba acuartelada. Durante el día los militares andaban por los torrentes de las calles, con los pantalones enrollados a media pierna, jugando a los naufragios con los niños. En la noche, después del toque de queda, derribaban puertas a culatazos, sacaban a los sospechosos de sus camas y se los llevaban a un viaje sin regreso. Era todavía la búsqueda y el exterminio de los malhechores, asesinos, incendiarios y revoltosos del Decreto Número Cuatro, pero los militares lo negaban a los propios parientes de sus víctimas, que desbordaban la oficina de los comandantes en busca de noticias. «Seguro que fue un sueño —insistían los oficiales—. En Macondo no ha pasado nada, ni está pasando ni pasará nunca. Este es un pueblo feliz.» Así consumaron el exterminio de los jefes sindicales.

El único sobreviviente fue José Arcadio Segundo. Una noche de febrero se oyeron en la puerta los golpes inconfundibles de las culatas. Aureliano Segundo, que seguía esperando que escampara para salir, les abrió a seis soldados al mando de un oficial. Empapados de lluvia, sin pronunciar una palabra, registraron la casa cuarto por cuarto, armario por armario, desde las salas hasta el granero. Úrsula despertó cuando encendieron la luz del aposento, y no exhaló un suspiro mientras duró la requisa, pero mantuvo los dedos en cruz, moviéndolos hacia donde los soldados se movían. Santa Sofía de la Piedad alcanzó a prevenir a José Arcadio Segundo que dormía en el cuarto de Melquíades, pero él comprendió que era demasiado tarde para intentar la fuga. De modo que Santa Sofía de la Piedad volvió a cerrar la puerta, y él se puso la camisa y los zapatos, y se sentó en el catre a esperar que llegaran. En ese momento estaban requisando el taller de orfebrería.

El oficial había hecho abrir el candado, y con una rápida barrida de la linterna había visto el mesón de trabajo y la vidriera con los frascos de ácidos y los instrumentos que seguían en el mismo lugar en que los dejó su dueño, y pareció comprender que en aquel cuarto no vivía nadie. Sin embargo, le preguntó astutamente a Aureliano Segundo si era platero, y él le explicó que aquel había sido el taller del coronel Aureliano Buendía «Ajá», hizo el oficial, y encendió la luz y ordenó una requisa tan minuciosa, que no se les escaparon los dieciocho pescaditos de oro que se habían quedado sin fundir y que estaban escondidos detrás de los frascos en el tarro de lata. El oficial los examinó uno por uno en el mesón de trabajo y entonces se humanizó por completo. «Quisiera llevarme uno, si usted me lo permite —dijo—. En un tiempo fueron una clave de subversión, pero ahora son una reliquia.» Era joven, casi un adolescente, sin ningún signo de timidez, y con una simpatía natural que no se le había notado hasta entonces. Aureliano Segundo le regaló el pescadito. El oficial se lo guardó en el bolsillo de la camisa, con un brillo infantil en los ojos, y echó los otros en el tarro para ponerlos donde estaban.

—Es un recuerdo invaluable —dijo—. El coronel Aureliano Buendía fue uno de nuestros más grandes hombres.

Sin embargo, el golpe de humanización no modificó su conducta profesional. Frente al cuarto de Melquíades, que estaba otra vez con candado, Santa Sofía de la Piedad acudió a una última esperanza. «Hace como un siglo que no vive nadie en ese aposento», dijo. El oficial lo hizo abrir, lo recorrió con el haz de la linterna, y Aureliano Segundo y Santa Sofía de la Piedad vieron los ojos árabes de José Arcadio Segundo en el momento en que pasó por su cara la ráfaga de luz, y comprendieron que aquel era el fin de una ansiedad y el principio de otra que sólo encontraría un alivio en la resignación. Pero el oficial siguió examinando la habitación con la linterna, y no dio ninguna señal de interés mientras no descubrió las setenta y dos bacinillas apelotonadas en los armarios. Entonces encendió la luz. José Arcadio Segundo estaba sentado en el borde del catre, listo para salir, más solemne y pensativo que nunca. Al fondo estaban los anaqueles con los libros descosidos, los rollos de pergaminos, y la mesa de trabajo limpia y ordenada, y todavía fresca la tinta en los tinteros. Había la misma pureza en el aire, la misma diafanidad, el mismo privilegio contra el polvo y la destrucción que conoció Aureliano Segundo en la infancia, y que sólo el coronel Aureliano Buendía no pudo percibir. Pero el oficial no se interesó sino en las bacinillas.

—¿Cuántas personas viven en esta casa? —preguntó.

—Cinco.

El oficial, evidentemente, no entendió. Detuvo la mirada en el espacio donde Aureliano Segundo y Santa Sofía de la Piedad seguían viendo a José Arcadio Segundo, y también éste se dio cuenta de que el militar lo estaba mirando sin verlo. Luego apagó la luz y ajustó la puerta. Cuando les habló a los soldados, entendió Aureliano Segundo que el joven militar había visto el cuarto con los mismos ojos con que lo vio el coronel Aureliano Buendía.

—Es verdad que nadie ha estado en ese cuarto por lo menos en un siglo —dijo el oficial a los soldados—. Ahí debe haber hasta culebras.

Al cerrarse la puerta, José Arcadio Segundo tuvo la certidumbre de que su guerra había terminado. Años antes, el coronel Aureliano Buendía le había hablado de la fascinación de la guerra y había tratado de demostrarla con ejemplos incontables sacados de su propia experiencia. Él le había creído. Pero la noche en que los militares lo miraron sin verlo, mientras pensaba en la tensión de los últimos meses, en la miseria de la cárcel, en el pánico de la estación y en el tren cargado de muertos, José Arcadio Segundo llegó a la conclusión de que el coronel Aureliano Buendía no fue más que un farsante o un imbécil. No entendía que hubiera necesitado tantas palabras para explicar lo que se sentía en la guerra, si con una sola bastaba: miedo. En el cuarto de Melquíades, en cambio, protegido por la luz sobrenatural, por el ruido de la lluvia, por la sensación de ser invisible, encontró el reposo que no tuvo un solo instante de su vida anterior, y el único miedo que persistía era el de que lo enterraran vivo. Se lo contó a Santa Sofía de la

Piedad, que le llevaba las comidas diarias, y ella le prometió luchar por estar viva hasta más allá de sus fuerzas, para asegurarse de que lo enterraran muerto. A salvo de todo temor, José Arcadio Segundo se dedicó entonces a repasar muchas veces los pergaminos de Melquíades, y tanto más a gusto cuanto menos los entendía. Acostumbrado al ruido de la lluvia, que a los dos meses se convirtió en una forma nueva del silencio, lo único que perturbaba su soledad eran las entradas y salidas de Santa Sofía de la Piedad. Por eso le suplicó que le dejara la comida en el alféizar de la ventana, y le echara candado a la puerta. El resto de la familia lo olvidó, inclusive Fernanda, que no tuvo inconveniente en dejarlo allí, cuando supo que los militares lo habían visto sin conocerlo. A los seis meses de encierro, en vista de que los militares se habían ido de Macondo, Aureliano Segundo quitó el candado buscando alguien con quien conversar mientras pasaba la lluvia. Desde que abrió la puerta se sintió agredido por la pestilencia de las bacinillas que estaban puestas en el suelo, y todas muchas veces ocupadas. José Arcadio Segundo, devorado por la pelambre, indiferente al aire enrarecido por los vapores nauseabundos, seguía leyendo y releyendo los pergaminos ininteligibles. Estaba iluminado por un resplandor seráfico. Apenas levantó la vista cuando sintió abrirse la puerta, pero a su hermano le bastó aquella mirada para ver repetido en ella el destino irreparable del bisabuelo.

—Eran más de tres mil —fue todo cuanto dijo José Arcadio Segundo—. Ahora estoy seguro que eran todos los que estaban en la estación.

Llovió cuatro años, once meses y dos días. Hubo épocas de llovizna en que todo el mundo se puso sus ropas de pontifical y se compuso una cara de convaleciente para celebrar la escampada, pero pronto se acostumbraron a interpretar las pausas como anuncios de recrudecimiento. Se desempedraba el cielo en unas tempestades de estropicio, y el norte mandaba unos huracanes que desportillaron techos y derribaron paredes, y desenterraron de raíz las últimas cepas de las plantaciones. Como ocurrió durante la peste del insomnio, que Úrsula se dio a recordar por aquellos días, la propia calamidad iba inspirando defensas contra el tedio. Aureliano Segundo fue uno de los que más hicieron para no dejarse vencer por la ociosidad. Había ido a la casa por algún asunto casual la noche en que el señor Brown convocó la tormenta, y Fernanda trató de auxiliarlo con un paraguas medio desvarillado que encontró en un armario. «No hace falta —dijo él—. Me quedo aquí hasta que escampe.» No era, por supuesto, un compromiso ineludible, pero estuvo a punto de cumplirlo al pie de la letra. Como su ropa estaba en casa de Petra Cotes, se quitaba cada tres días la que llevaba puesta, y esperaba en calzoncillos mientras la lavaban. Para no aburrirse, se entregó a la tarea de componer los numerosos desperfectos de la casa. Ajustó bisagras, aceitó cerraduras, atornilló aldabas y niveló fallebas. Durante varios meses se le vio vagar con una caja de herramientas que debieron olvidar los gitanos en los tiempos de José Arcadio Buendía, y nadie supo si fue por la

gimnasia involuntaria, por el tedio invernal o por la abstinencia obligada, que la panza se le fue desinflando poco a
poco como un pellejo, y la cara de tortuga beatífica se le
hizo menos sanguínea y menos protuberante la papada,
hasta que todo él terminó por ser menos paquidérmico y
pudo amarrarse otra vez los cordones de los zapatos. Viéndolo montar picaportes y desconectar relojes, Fernanda se
preguntó si no estaría incurriendo también en el vicio de
hacer para deshacer, como el coronel Aureliano Buendía
con los pescaditos de oro, Amaranta con los botones y la
mortaja, José Arcadio Segundo con los pergaminos y
Úrsula con los recuerdos. Pero no era cierto. Lo malo era
que la lluvia lo trastornaba todo, y las máquinas más
áridas echaban flores por entre los engranajes si no se les
aceitaba cada tres días, y se oxidaban los hilos de los bro-
cados y le nacían algas de azafrán a la ropa mojada. La
atmósfera era tan húmeda que los peces hubieran podido
entrar por las puertas y salir por las ventanas, navegando
en el aire de los aposentos. Una mañana despertó Úrsula
sintiendo que se acababa en un soponcio de placidez, y ya
había pedido que le llevaran al padre Antonio Isabel,
aunque fuera en andas, cuando Santa Sofía de la Piedad
descubrió que tenía la espalda adoquinada de sanguijuelas.
Se las desprendieron una por una, achicharrándolas con
tizones, antes de que terminaran de desangrarla. Fue necesario excavar canales para desaguar la casa, y desembarazarla de sapos y caracoles, de modo que pudieran secarse
los pisos, quitar los ladrillos de las patas de las camas y
caminar otra vez con zapatos. Entretenido con las múltiples
ples minucias que reclamaban su atención, Aureliano
Segundo no se dio cuenta de que se estaba volviendo viejo,
hasta una tarde en que se encontró contemplando el atardecer prematuro desde un mecedor, y pensando en Petra
Cotes sin estremecerse. No habría tenido ningún inconveniente en regresar al amor insípido de Fernanda, cuya
belleza se había reposado con la madurez, pero la lluvia lo
había puesto a salvo de toda emergencia pasional, y le
había infundido la serenidad esponjosa de la inapetencia.
Se divirtió pensando en las cosas que hubiera podido hacer

en otro tiempo con aquella lluvia que ya iba para un año. Había sido uno de los primeros que llevaron láminas de cinc a Macondo, mucho antes de que la compañía bananera las pusiera de moda, sólo por techar con ellas el dormitorio de Petra Cotes y solazarse con la impresión de intimidad profunda que en aquella época le producía la crepitación de la lluvia. Pero hasta esos recuerdos locos de su juventud estrafalaria lo dejaban impávido, como si en la última parranda hubiera agotado sus cuotas de salacidad, y sólo le hubiera quedado el premio maravilloso de poder evocarlas sin amargura ni arrepentimientos. Hubiera podido pensarse que el diluvio le había dado la oportunidad de sentarse a reflexionar, y que el trajín de los alicates y las alcuzas le había despertado la añoranza tardía de tantos oficios útiles como hubiera podido hacer y no hizo en la vida, pero ni lo uno ni lo otro era cierto, porque la tentación de sedentarismo y domesticidad que lo andaba rondando no era fruto de la recapacitación ni el escarmiento. Le llegaba de mucho más lejos, desenterrada por el trinche de la lluvia, de los tiempos en que leía en el cuarto de Melquíades las prodigiosas fábulas de los tapices volantes y las ballenas que se alimentaban de barcos con tripulaciones. Fue por esos días que en un descuido de Fernanda apareció en el corredor el pequeño Aureliano, y su abuelo conoció el secreto de su identidad. Le cortó el pelo, lo vistió, le enseñó a perderle el miedo a la gente, y muy pronto se vio que era un legítimo Aureliano Buendía, con sus pómulos, altos, su mirada de asombro y su aire solitario. Para Fernanda fue un descanso. Hacía tiempo que había medido la magnitud de su soberbia, pero no encontraba cómo remediarla, porque mientras más pensaba en las soluciones, menos racionales le parecían. De haber sabido que Aureliano Segundo iba a tomar las cosas como las tomó, con una buena complacencia de abuelo, no le habría dado tantas vueltas ni tantos plazos, sino que desde el año anterior se hubiera liberado de la mortificación. Para Amaranta Úrsula, que ya había mudado los dientes, el sobrino fue como un juguete escurridizo que la consoló del tedio de la lluvia. Aureliano Segundo se acordó entonces de la enciclopedia inglesa que nadie había vuelto a tocar en el antiguo dormitorio de Meme. Empezó por mostrarles las láminas a los niños, en especial las de animales, y más tarde los mapas y las fotografías de países remotos y personajes célebres. Como no sabía inglés, y como apenas podía distinguir las ciudades más conocidas y las personalidades más corrientes, se dio a inventar nombres y leyendas para satisfacer la curiosidad insaciable de los niños.

Fernanda creía de veras que su esposo estaba esperando a que escampara para volver con la concubina. En los primeros meses de la lluvia temió que él intentara deslizarse hasta su dormitorio, y que ella iba a pasar por la vergüenza de revelarle que estaba incapacitada para la reconciliación desde el nacimiento de Amaranta Úrsula. Esa era la causa de su ansiosa correspondencia con los médicos invisibles, interrumpida por los frecuentes desastres del correo. Durante los primeros meses, cuando se supo que los trenes se descarrilaban en la tormenta, una carta de los médicos invisibles le indicó que se estaban perdiendo las suyas. Más tarde, cuando se interrumpieron los contactos con sus corresponsales ignotos, había pensado seriamente en ponerse la máscara de tigre que usó su marido en el carnaval sangriento, para hacerse examinar con un nombre ficticio por los médicos de la compañía bananera. Pero una de las tantas personas que pasaban a menudo por la casa llevando las noticias ingratas del diluvio le había dicho que la compañía estaba desmantelando sus dispensarios para llevárselos a tierras de escampada. Entonces perdió la esperanza. Se resignó a aguardar que pasara la lluvia y se normalizara el correo y, mientras tanto, se aliviaba de sus dolencias secretas con recursos de inspiración, porque hubiera preferido morirse a ponerse en manos del único médico que quedaba en Macondo, el francés extravagante que se alimentaba con hierba para burros. Se había aproximado a Úrsula, confiando en que ella conociera algún paliativo para sus quebrantos. Pero la tortuosa costumbre de no llamar las cosas por su nombre la llevó a poner lo anterior en lo posterior, y a sustituir lo parido por lo expulsado, y a cambiar flujos por ardores para que todo fuera menos vergonzoso, de manera que Úrsula concluyó razonablemente que los trastornos no eran uterinos, sino intestinales, y le aconsejó que tomara en ayunas una papeleta de calomel. De no haber sido por ese padecimiento que nada hubiera tenido de pudendo para alguien que no estuviera también enfermo de pudibundez, y de no haber sido por la pérdida de las cartas, a Fernanda no le habría importado la lluvia, porque al fin de cuentas toda la vida había sido para ella como si estuviera lloviendo. No modificó los horarios ni perdonó los ritos. Cuando todavía estaba la mesa alzada sobre ladrillos y puestas las sillas sobre tablones para que los comensales no se mojaran los pies, ella seguía sirviendo con manteles de lino y vajillas chinas, y prendiendo los candelabros en la cena, porque consideraba que las calamidades no podían tomarse de pretexto para el relajamiento de las costumbres. Nadie había vuelto a asomarse a la calle. Si de Fernanda hubiera dependido no habrían vuelto a hacerlo jamás, no sólo desde que empezó a llover, sino desde mucho antes, puesto que ella consideraba que las puertas se habían inventado para cerrarlas, y que la curiosidad por lo que ocurría en la calle era cosa de rameras. Sin embargo, ella fue la primera en asomarse cuando avisaron que estaba pasando el entierro del coronel Gerineldo Márquez, aunque lo que vio entonces por la ventana entreabierta la dejó en tal estado de aflicción que durante mucho tiempo estuvo arrepintiéndose de su debilidad.

No habría podido concebirse un cortejo más desolado. Habían puesto el ataúd en una carreta de bueyes sobre la cual construyeron un cobertizo de hojas de banano, pero la presión de la lluvia era tan intensa y las calles estaban tan empantanadas que a cada paso se atollaban las ruedas y el cobertizo estaba a punto de desbaratarse. Los chorros de agua triste que caían sobre el ataúd iban ensopando la bandera que le habían puesto encima, y que era en realidad la bandera sucia de sangre y de pólvora, repudiada por los veteranos más dignos. Sobre el ataúd habían puesto también el sable con borlas de cobre y seda, el mismo que el coronel Gerineldo Márquez colgaba en la percha de la sala para entrar inerme al costurero de Amaranta. Detrás de la carreta, algunos descalzos y todos con los pantalones a media pierna, chapaleaban en el fango los últimos sobrevivientes de la capitulación de Neerlandia, llevando en una mano el bastón de carreto y en la otra una corona de flores de papel descoloridas por la lluvia. Aparecieron como una visión irreal en la calle que todavía llevaba el nombre del coronel Aureliano Buendía, y todos miraron la casa al pasar, y doblaron por la esquina de la plaza, donde tuvieron que pedir ayuda para sacar la carreta atascada. Úrsula se había hecho llevar a la puerta por Santa Sofía de la Piedad. Siguió con tanta atención las peripecias del entierro que nadie dudó de que lo estaba viendo, sobre todo porque su alzada mano de arcángel anunciador se movía con los cabeceos de la carreta.

—Adiós, Gerineldo, hijo mío —gritó—. Salúdame a mi gente y dile que nos vemos cuando escampe.

Aureliano Segundo la ayudó a volver a la cama, y con la misma informalidad con que la trataba siempre le preguntó el significado de su despedida.

—Es verdad —dijo ella—. Nada más estoy esperando que pase la lluvia para morirme.

El estado de las calles alarmó a Aureliano Segundo. Tardíamente preocupado por la suerte de sus animales, se echó encima un lienzo encerado y fue a casa de Petra Cotes. La encontró en el patio, con el agua a la cintura, tratando de desencallar el cadáver de un caballo. Aureliano Segundo la ayudó con una tranca, y el enorme cuerpo tumefactos dio una vuelta de campana y fue arrastrado por el torrente de barro líquido. Desde que empezó la lluvia, Petra Cotes no había hecho más que desembarazar su patio de animales muertos. En las primeras semanas le mandó recados a Aureliano Segundo para que tomara providencias urgentes, y él había contestado que no había prisa, que la situación no era alarmante, que ya se pensaría en algo cuando escampara. Le mandó a decir que los potreros se estaban inundando, que el ganado se fugaba hacia las tierras altas donde no había qué comer, y que estaban a merced del tigre y la peste. «No hay nada que hacer —le contestó Aureliano Segundo—. Ya nacerán otros cuando escampe.» Petra Cotes los había visto morir a racimadas, y apenas si se daba abasto para destazar a los que se quedaban atollados. Vio con una impotencia sorda cómo el diluvio fue exterminando sin misericordia una fortuna que en un tiempo se tuvo como la más grande y sólida de Macondo, y de la cual no quedaba sino la pestilencia. Cuando Aureliano Segundo decidió ir a ver lo que pasaba, sólo encontró el cadáver del caballo, y una mula escuálida entre los escombros de la caballeriza. Petra Cotes lo vio llegar sin sorpresa, sin alegría ni resentimiento, y apenas se permitió una sonrisa irónica.

—¡A buena hora! —dijo.

Estaba envejecida, en los puros huesos, y sus lanceolados ojos de animal carnívoro se habían vuelto tristes y mansos de tanto mirar la lluvia. Aureliano Segundo se quedó más de tres meses en su casa, no porque entonces se sintiera mejor allí que en la de su familia, sino porque necesitó todo ese tiempo para tomar la decisión de echarse otra vez encima el pedazo de lienzo encerado. «No hay prisa —dijo, como había dicho en la otra casa—. Esperemos que escampe en las próximas horas.» En el curso de la primera semana se fue acostumbrando a los desgastes que habían hecho el tiempo y la lluvia en la salud de su concubina, y poco a poco fue viéndola como era antes, acordándose de sus desafueros jubilosos y de la fecundidad de delirio que su amor provocaba en los animales, y en parte por amor y en parte por interés, una noche de la segunda semana la despertó con caricias apremiantes. Petra Cotes no reaccionó. «Duerme tranquilo —murmuró—. Ya los tiempos no están para estas cosas.» Aureliano Segundo se vio a sí mismo en los espejos del techo, vio la espina dorsal de Petra Cotes como una hilera de carretes ensartados en un mazo ne nervios marchitos, y comprendió que ella tenía razón, no por los tiempos, sino por ellos mismos, que ya no estaban para esas cosas.

Aureliano Segundo regresó a la casa con sus baúles, convencido de que no sólo Úrsula, sino todos los habitantes de Macondo, estaban esperando que escampara para morirse. Los había visto al pasar, sentados en las salas con la mirada absorta y los brazos cruzados, sintiendo transcurrir un tiempo entero, un tiempo sin desbravar, porque era inútil dividirlo en meses y años, y los días en horas, cuando no podía hacerse nada más que contemplar la lluvia. Los niños recibieron alborozados a Aureliano Segundo, quien volvió a tocar para ellos el acordeón asmático. Pero el concierto no les llamó tanto la atención como las sesiones enciclopédicas, de modo que otra vez volvieron a reunirse en el dormitorio de Meme, donde la imaginación de Aureliano Segundo convirtió el dirigible en un elefante volador que buscaba un sitio para dormir entre las nubes. En cierta ocasión encontró un hombre de a caballo que a pesar de su atuendo exótico conservaba un aire familiar, y después de mucho examinarlo llegó a la conclusión de que era un retrato del coronel Aureliano Buendía. Se lo mostró a Fernanda, y también ella admitió el parecido del jinete no sólo con el coronel, sino con todos los miembros de la familia, aunque en verdad era un guerrero tártaro. Así se le fue pasando el tiempo, entre el coloso de Rodas y los encantadores de serpientes, hasta que su esposa le anunció que no quedaban más de seis kilos de carne salada y un saco de arroz en el granero.

—¿Y ahora qué quieres que haga? —preguntó él.

—Yo no sé —contestó Fernanda—. Eso es asunto de hombres.

—Bueno —dijo Aureliano Segundo—, algo se hará cuando escampe.

Siguió más interesado en la enciclopedia que en el problema doméstico, aun cuando tuvo que conformarse con una piltrafa y un poco de arroz en el almuerzo. «Ahora es imposible hacer nada —decía—. No puede llover toda la vida.» Y mientras más largas le daba a las urgencias del granero, más intensa se iba haciendo la indignación de Fernanda, hasta que sus protestas eventuales, sus desahogos poco frecuentes, se desbordaron en un torrente incontenible, desatado, que empezó una mañana como el monótono bordón de una guitarra, y que a medida que avanzaba el día fue subiendo de tono, cada vez más rico, más espléndido. Aureliano Segundo no tuvo conciencia de la cantaleta hasta el día siguiente, después del desayuno, cuando se sintió aturdido por un abejorreo que era entonces más fluido y alto que el rumor de la lluvia, y era Fernanda que se paseaba por toda la casa doliéndose de que la hubieran educado como una reina para terminar de sirvienta en una casa de locos, con un marido holgazán, idólatra, libertino, que se acostaba boca arriba a esperar que le llovieran panes del cielo, mientras ella se destroncaba los riñones tratando de mantener a flote un hogar emparapetado con alfileres, donde había tanto que hacer, tanto que soportar y corregir desde que amanecía Dios hasta la hora de acostarse, que llegaba a la cama con los ojos llenos de polvo de vidrio y, sin embargo, nadie le había dicho nunca buenos días, Fernanda, qué tal noche pasaste, Fernanda, ni le habían preguntado aunque fuera por cortesía por qué estaba tan pálida ni por qué despertaba con esas ojeras de violeta, a pesar de que ella no esperaba, por supuesto, que aquello saliera del resto de una familia que al fin y al cabo la había tenido siempre como un estorbo, como el trapito de bajar la olla, como un monigote pintado en la pared, y que siempre andaban desbarrando contra ella por los rincones, llamándola santurrona, llamándola farisea, llamándola lagarta, y hasta Amaranta, que en paz descanse, había dicho de viva voz que ella era de las que confundían el recto con las témporas, bendito sea Dios, qué palabras, y ella había aguantado todo con resignación por las intenciones del Santo Padre, pero no había podido soportar más cuando el malvado de José Arcadio Segundo dijo que la perdición de la familia había sido abrirle las puertas a una cachaca, imagínese, una cachaca mandona, válgame Dios, una cachaca hija de la mala saliva, de la misma índole de los cachacos que mandó el gobierno a matar trabajadores, dígame usted, y se refería a nadie menos que a ella, la ahijada del duque de Alba, una dama con tanta alcurnia que le revolvía el hígado a las esposas de los presidentes, una fijodalga de sangre como ella que tenía derecho a firmar con once apellidos peninsulares, y que era el único mortal en ese pueblo de bastardos que no se sentía emberenjenado frente a dieciséis cubiertos, para que luego el adúltero de

su marido dijera muerto de risa que tantas cucharas y
tenedores, y tantos cuchillos y cucharitas no era cosa de
cristianos, sino de ciempiés, y la única que podía determinar a ojos cerrados cuándo se servía el vino blanco, y de
qué lado y en qué copa, y cuándo se servía el vino rojo, y
de qué lado y en qué copa, y no como la montuna de Amaranta, que en paz descanse, que creía que el vino blanco se
servía de día y el vino rojo de noche, y la única en todo el
litoral que podía vanagloriarse de no haber hecho del
cuerpo sino en bacinillas de oro, para que luego el coronel
Aureliano Buendía, que en paz descanse, tuviera el atrevi-
miento de preguntar con su mala bilis de masón de dónde
había merecido ese privilegio, si era que ella no cagaba
mierda, sino astromelias, imagínense, con esas palabras, y
para que Renata, su propia hija, que por indiscreción había
visto sus aguas mayores en el dormitorio, contestara que
de verdad la bacinilla era de mucho oro y de mucha heráldica, pero que lo que tenía dentro era pura mierda, mierda
física, y peor todavía que las otras porque era mierda de
cachaca, imagínese, su propia hija, de modo que nunca se
había hecho ilusiones con el resto de la familia, pero de
todos modos tenía derecho a esperar un poco de más consideración de parte de su esposo, puesto que bien o mal era
su cónyuge de sacramento, su autor, su legítimo perjudi-
cador, que se echó encima por voluntad libre y soberana la
grave responsabilidad de sacarla del solar paterno, donde
nunca se privó ni se dolió de nada, donde tejía palmas
fúnebres por gusto de entretenimiento, puesto que su
padrino había mandado una carta con su firma y el sello de
su anillo impreso en el lacre, sólo para decir que las manos
de su ahijada no estaban hechas para menesteres de este
mundo, como no fuera tocar el clavicordio y, sin embargo,
el insensato de su marido la había sacado de su casa con
todas las admoniciones y advertencias y la había llevado a
aquella paila de infierno donde no se podía respirar de
calor, y antes de que ella acabara de guardar sus dietas de
Pentecostés ya se había ido con sus baúles trashumantes y
su acordeón de perdulario a holgar en adulterio con una
desdichada a quien bastaba con verle las nalgas, bueno, ya

estaba dicho, a quien bastaba con verle menear las nalgas
de potranca para adivinar que era una, que era una, todo
lo contrario de ella, que era una dama en el palacio o en la
pocilga, en la mesa o en la cama, una dama de nación,
temerosa de Dios, obediente de sus leyes y sumisa a su
designio, y con quien no podía hacer, por supuesto, las
maromas y vagabundinas que hacía con la otra, que por
supuesto se prestaba a todo, como las matronas francesas,
y peor aún, pensándolo bien, porque éstas al menos tenían
la honradez de poner un foco colorado en la puerta, semejantes porquerías, imagínese, ni más faltaba, con la hija
única y bienamada de doña Renata Argote y don Fernando
del Carpio, y sobre todo de éste, por supuesto, un santo
varón, un cristiano de los grandes, Caballero de la Orden
del Santo Sepulcro, de esos que reciben directamente de
Dios el privilegio de conservarse intactos en la tumba, con
la piel tersa como raso de novia y los ojos vivos y diáfanos
como las esmeraldas.

—Eso sí no es cierto —la interrumpió Aureliano
Segundo—, cuando lo trajeron ya apestaba.

Había tenido la paciencia de escucharla un día entero,
hasta sorprenderla en una falta. Fernanda no le hizo caso,
pero bajó la voz. Esa noche, durante la cena, el exasperante zumbido de la cantaleta había derrotado al rumor de
la lluvia. Aureliano Segundo comió muy poco, con la
cabeza baja, y se retiró temprano al dormitorio. En el
desayuno del día siguiente Fernanda estaba trémula, con
aspecto de haber dormido mal, y parecía desahogada por
completo de sus rencores. Sin embargo, cuando su marido
preguntó si no sería posible comerse un huevo tibio, ella no
contestó simplemente que desde la semana anterior se
habían acabado los huevos, sino que elaboró una virulenta
diatriba contra los hombres que se pasaban el tiempo ado-
rándose el ombligo y luego tenían la cachaza de pedir
hígados de alondra en la mesa. Aureliano Segundo llevó a
los niños a ver la enciclopedia, como siempre, y Fernanda
fingió poner orden en el dormitorio de Meme, sólo para que
él la oyera murmurar que, por supuesto, se necesitaba
tener la cara dura para decirles a los pobres inocentes que

el coronel Aureliano Buendía estaba retratado en la enciclopedia. En la tarde, mientras los niños hacían la siesta,
Aureliano Segundo se sentó en el corredor, y hasta allá lo
persiguió Fernanda, provocándolo, atormentándolo,
girando en torno de él con su implacable zumbido de mos-
cardón, diciendo que, por supuesto, mientras ya no quedaban más que piedras para comer, su marido se sentaba
como un sultán de Persia a contemplar la lluvia, porque no
era más que eso, un mampolón, un mantenido, un bueno
para nada, más flojo que el algodón de borla, acostumbrado a vivir de las mujeres, y convencido de que se había
casado con la esposa de Jonás, que se quedó tan tranquila
con el cuento de la ballena. Aureliano Segundo la oyó más
de dos horas, impasible, como si fuera sordo. No la interrumpió hasta muy avanzada la tarde cuando no pudo
soportar más la resonancia de bombo que le atormentaba
la cabeza.

—Cállate ya, por favor —suplicó.

Fernanda, por el contrario, levantó el tono. «No tengo
por qué callarme —dijo—. El que no quiera oírme que se
vaya.» Entonces Aureliano Segundo perdió el dominio. Se
incorporó sin prisa, como si sólo pensara estirar los huesos,
y con una furia perfectamente regulada y metódica fue
agarrando uno tras otro los tiestos de begonias, las macetas
de helechos, los potes de orégano, y uno tras otro los fue
despedazando contra el suelo. Fernanda se asustó, pues en
realidad no había tenido hasta entonces una conciencia
clara de la tremenda fuerza interior de la cantaleta, pero
ya era tarde para cualquier tentativa de rectificación.
Embriagado por el torrente incontenible del desahogo,
Aureliano Segundo rompió el cristal de la vidriera, y una
por una, sin apresurarse, fue sacando las piezas de la
vajilla y las hizo polvo contra el piso. Sistemático, sereno,
con la misma parsimonia con que había empapelado la
casa de billetes, fue rompiendo luego contra las paredes la
cristalería de Bohemia, los floreros pintados a mano, los
cuadros de las doncellas en barcas cargadas de rosas, los
espejos de marcos dorados, y todo cuanto era rompible
desde la sala hasta el granero, y terminó con la tinaja de la

cocina que se reventó en el centro del patio con una explosión profunda. Luego se lavó las manos, se echó encima el lienzo encerado, y antes de medianoche volvió con unos tiesos colgajos de carne salada, varios sacos de arroz y maíz con gorgojo, y unos desmirriados racimos de plátanos. Desde entonces no volvieron a faltar las cosas de comer.

Amaranta Úrsula y el pequeño Aureliano habían de recordar el diluvio como una época feliz. A pesar del rigor de Fernanda, chapaleaban en los pantanos del patio, cazaban lagartos para descuartizarlos y jugaban a envenenar la sopa echándole polvo de alas de mariposas en los descuidos de Santa Sofía de la Piedad. Úrsula era su juguete más entretenido. La tuvieron por una gran muñeca decrépita que llevaban y traían por los rincones, disfrazada con trapos de colores y la cara pintada con hollín y achiote, y una vez estuvieron a punto de destriparle los ojos como le hacían a los sapos con las tijeras de podar. Nada les causaba tanto alborozo como sus desvaríos. En efecto, algo debió ocurrir en su cerebro en el tercer año de la lluvia, porque poco a poco fue perdiendo el sentido de la realidad, y confundía el tiempo actual con épocas remotas de su vida, hasta el punto de que en una ocasión pasó tres días llorando sin consuelo por la muerte de Petronila Iguarán, su bisabuela, enterrada desde hacía más de un siglo. Se hundió en un estado de confusión tan disparatado, que creía que el pequeño Aureliano era su hijo el coronel por los tiempos en que lo llevaron a conocer el hielo, y que el José Arcadio que estaba entonces en el seminario era el primogénito que se fue con los gitanos. Tanto habló de la familia, que los niños aprendieron a organizarle visitas imaginarias con seres que no sólo habían muerto desde hacía mucho tiempo, sino que habían existido en épocas distintas. Sentada en la cama con el pelo cubierto de ceniza y la cara tapada con un pañuelo rojo, Úrsula era feliz en medio de la parentela irreal que los niños describían sin omisión de detalles, como si de verdad la hubieran conocido. Úrsula conversaba con sus antepasados sobre acontecimientos anteriores a su propia existencia, gozaba con las noticias

que le daban y lloraba con ellos por muertos mucho más
recientes que los mismos contertulios. Los niños no tardaron en advertir que en el curso de esas visitas fantas-
males Úrsula planteaba siempre una pregunta destinada a
establecer quién era el que había llevado a la casa durante
la guerra un San José de yeso de tamaño natural para que
lo guardaran mientras pasaba la lluvia. Fue así como Aureliano Segundo se acordó de la fortuna enterrada en algún
lugar que sólo Úrsula conocía, pero fueron inútiles las preguntas y las maniobras astutas que se le ocurrieron, porque
en los laberintos de su desvarío ella parecía conservar un
margen de lucidez para defender aquel secreto, que sólo
había de revelar a quien demostrara ser el verdadero
dueño del oro sepultado. Era tan hábil y tan estricta, que
cuando Aureliano Segundo instruyó a uno de sus compañeros de parranda para que se hiciera pasar por el propietario de la fortuna, ella lo enredó en un interrogatorio
minucioso y sembrado de trampas sutiles.

Convencido de que Úrsula se llevaría el secreto a la
tumba, Aureliano Segundo contrató una cuadrilla de excavadores con el pretexto de que construyeran canales de
desagüe en el patio y en el traspatio, y él mismo sondeó el
suelo con barretas de hierro y con toda clase de detectores
de metales, sin encontrar nada que se pareciera al oro en
tres meses de exploraciones exhaustivas. Más tarde recurrió a Pilar Ternera con la esperanza de que las barajas
vieran más que los cavadores, pero ella empezó por expli-
carle que era inútil cualquier tentativa mientras no fuera
Úrsula quien cortara el naipe. Confirmó en cambio la existencia del tesoro, con la precisión de que eran siete mil dos-
cientas catorce monedas enterradas en tres sacos de lona
con jaretas de alambre de cobre, dentro de un círculo con
un radio de ciento veintidós metros, tomando como centro
la cama de Úrsula, pero advirtió que no sería encontrado
antes de que acabara de llover y los soles de tres junios
consecutivos convirtieran en polvo los barrizales. La profusión y la meticulosa vaguedad de los datos le parecieron a
Aureliano Segundo tan semejantes a las fábulas espiri-
tistas, que insistió en su empresa a pesar de que estaban en

agosto y habría sido necesario esperar por lo menos tres años para satisfacer las condiciones del pronóstico. Lo primero que le causó asombro, aunque al mismo tiempo aumentó su confusión, fue el comprobar que había exactamente ciento veintidós metros de la cama de Úrsula a la cerca del traspatio. Fernanda temió que estuviera tan loco como su hermano gemelo cuando lo vio haciendo las mediciones, y peor aun cuando ordenó a las cuadrillas de excavadores profundizar un metro más en las zanjas. Presa de un delirio exploratorio comparable apenas al del bisabuelo cuando buscaba la ruta de los inventos, Aureliano Segundo perdió las últimas bolsas de grasa que le quedaban, y la antigua semejanza con el hermano gemelo se fue otra vez acentuando, no sólo por el escurrimiento de la figura, sino por el aire distante y la actitud ensimismada. No volvió a ocuparse de los niños. Comía a cualquier hora, embarrado de pies a cabeza, y lo hacía en un rincón de la cocina, contestando apenas a las preguntas ocasionales de Santa Sofía de la Piedad. Viéndolo trabajar en aquella forma, como nunca soñó que pudiera hacerlo, Fernanda creyó que su temeridad era diligencia, y que su codicia era abnegación y que su tozudez era perseverancia, y le remordieron las entrañas por la virulencia con que había despotricado contra su desidia. Pero Aureliano Segundo no estaba entonces para reconciliaciones misericordiosas. Hundido hasta el cuello en una ciénaga de ramazones muertas y flores podridas, volteó al derecho y al revés el suelo del jardín después de haber terminado con el patio y el traspatio, y barrenó tan profundamente los cimientos de la galería oriental de la casa, que una noche despertaron aterrorizados por lo que parecía ser un cataclismo, tanto por las trepidaciones como por el pavoroso crujido subterráneo, y era que tres aposentos se estaban desbarrancando y se había abierto una grieta de escalofrío desde el corredor hasta el dormitorio de Fernanda. Aureliano Segundo no renunció por eso a la exploración. Aun cuando ya se habían extinguido las últimas esperanzas y lo único que parecía tener algún sentido eran las predicciones de las barajas, reforzó los cimientos mellados, resanó la grieta

con argamasa, y continuó excavando en el costado occidental. Allí estaba todavía la segunda semana del junio
siguiente, cuando la lluvia empezó a apaciguarse y las
nubes se fueron alzando, y se vio que de un momento a otro
iba a escampar. Así fue. Un viernes a las dos de la tarde se
alumbró el mundo con un sol bobo, bermejo y áspero como
polvo de ladrillo, y casi tan fresco como el agua, y no volvió
a llover en diez años.

Macondo estaba en ruinas. En los pantanos de las calles
quedaban muebles despedazados, esqueletos de animales
cubiertos de lirios colorados, últimos recuerdos de las
hordas de advenedizos que se fugaron de Macondo tan ato-
londradamente como habían llegado. Las casas paradas
con tanta urgencia durante la fiebre del banano, habían
sido abandonadas. La compañía bananera desmanteló sus
instalaciones. De la antigua ciudad alambrada sólo quedaban los escombros. Las casas de madera, las frescas
terrazas donde transcurrían las serenas tardes de naipes,
parecían arrasadas por una anticipación del viento profé-
tico que años después había de borrrar a Macondo de la faz
de la tierra. El único rastro humano que dejó aquel soplo
voraz, fue un guante de Patricia Brown en el automóvil
sofocado por las trinitarias. La región encantada que
exploró José Arcadio Buendía en los tiempos de la fundación, y donde luego prosperaron las plantaciones de
banano, era un tremedal de cepas putrefactas, en cuyo
horizonte remoto se alcanzó a ver por varios años la
espuma silenciosa del del mar. Aureliano Segundo padeció
una crisis de aflicción el primer domingo que vistió ropas
secas y salió a reconocer el pueblo. Los sobrevivientes de la
catástrofe, los mismos que ya vivían en Macondo antes de
que fuera sacudido por el huracán de la compañía bananera, estaban sentados en mitad de la calle gozando de los
primeros soles. Todavía conservaban en la piel el verde de
alga y el olor de rincón que les imprimió la lluvia, pero en
el fondo de sus corazones parecían satisfechos de haber
recuperado el pueblo en que nacieron. La calle de los
Turcos era otra vez la de antes, la de los tiempos en que los
árabes de pantuflas y argollas en las orejas que recorrían el

mundo cambiando guacamayas por chucherías, hallaron en Macondo un buen recodo para descansar de su milenaria condición de gente trashumante. Al otro lado de la lluvia, la mercancía de los bazares estaba cayéndose a pedazos, los géneros abiertos en la puerta estaban veteados de musgo, los mostradores socavados por el comején y las paredes carcomidas por la humedad, pero los árabes de la tercera generación estaban sentados en el mismo lugar y en la misma actitud de sus padres y sus abuelos, taciturnos, impávidos, invulnerables al tiempo y al desastre, tan vivos o tan muertos como estuvieron después de la peste del insomnio y de las treinta y dos guerras del coronel Aureliano Buendía. Era tan asombrosa su fortaleza de ánimo frente a los escombros de las mesas de juego, los puestos de fritangas, las casetas de tiro al blanco y el callejón donde se interpretaban los sueños y se adivinaba el porvenir, que Aureliano Segundo les preguntó con su informalidad habitual de qué recursos misteriosos se habían valido para no naufragar en la tormenta, cómo diablos habían hecho para no ahogarse, y uno tras otro, de puerta en puerta, le devolvieron una sonrisa ladina y una mirada de ensueño, y todos le dieron sin ponerse de acuerdo la misma respuesta:

—Nadando.

Petra Cotes era tal vez el único nativo que tenía corazón de árabe. Había visto los últimos destrozos de sus establos y caballerizas arrastrados por la tormenta, pero había logrado mantener la casa en pie. En el último año, le había mandado recados apremiantes a Aureliano Segundo, y éste le había contestado que ignoraba cuándo volvería a su casa, pero que en todo caso llevaría un cajón de monedas de oro para empedrar el dormitorio. Entonces ella había escarbado en su corazón, buscando la fuerza que le permitiera sobrevivir a la desgracia, y había encontrado una rabia reflexiva y justa, con la cual había jurado restaurar la fortuna despilfarrada por el amante y acabada de exterminar por el diluvio. Fue una decisión tan inquebrantable, que Aureliano Segundo volvió a su casa ocho meses después del último recado, y la encontró verde, desgreñada, con los párpados hundidos y la piel escarchada por la sarna, pero estaba escribiendo números en pedacitos de papel, para hacer una rifa. Aureliano Segundo se quedó atónito, y estaba tan escuálido y tan solemne, que Petra Cotes no creyó que quien había vuelto a buscarla fuera el amante de toda la vida, sino el hermano gemelo.

—Estás loca —dijo él—. A menos que pienses rifar los huesos.

Entonces ella le dijo que se asomara al dormitorio, y Aureliano Segundo vio la mula. Estaba con el pellejo pegado a los huesos, como la dueña, pero tan viva y resuelta como ella. Petra Cotes la había alimentado con su rabia, y cuando no tuvo más hierbas, ni maíz, ni raíces, la albergó en su propio dormitorio y le dio a comer las sábanas de percal, los tapices persas, los sobrecamas de peluche, las cortinas de terciopelo y el palio bordado con hilos de oro y borlones de seda de la cama episcopal.

Úrsula tuvo que hacer un grande esfuerzo para cumplir su promesa de morirse cuando escampara. Las ráfagas de lucidez que eran tan escasas durante la lluvia, se hicieron más frecuentes a partir de agosto, cuando empezó a soplar el viento árido que sofocaba los rosales y petrificaba los pantanos, y que acabó por esparcir sobre Macondo el polvo abrasante que cubrió para siempre los oxidados techos de cinc y los almendros centenarios. Úrsula lloró de lástima al descubrir que por más de tres años había quedado para juguete de los niños. Se lavó la cara pintorreteada, se quitó de encima las tiras de colorines, las lagartijas y los sapos resecos y las camándulas y antiguos collares de árabes que le habían colgado por todo el cuerpo, y por primera vez desde la muerte de Amaranta abandonó la cama sin auxilio de nadie para incorporarse de nuevo a la vida familiar. El ánimo de su corazón invencible la orientaba en las tinieblas. Quienes repararon en sus trastabilleos y tropezaron con su brazo arcangélico siempre alzado a la altura de la cabeza, pensaron que a duras penas podía con su cuerpo, pero todavía no creyeron que estaba ciega. Ella no necesitaba ver para darse cuenta de que los canteros de flores, cultivados con tanto esmero desde la primera reconstrucción, habían sido destruidos por la lluvia y arrasados por las excavaciones de Aureliano Segundo, y que las paredes y el cemento de los pisos estaban cuarteados, los muebles flojos y descoloridos, las puertas desquiciadas, y la familia amenazada por un espíritu de resignación y pesadumbre que no hubiera sido concebible en sus tiempos. Moviéndose a tientas por los dormitorios vacíos percibía el trueno continuo del comején taladrando las maderas, y el tijereteo de la polilla en los roperos, y el estrépito devastador de las enormes hormigas coloradas que habían prosperado en el diluvio y estaban socavando los cimientos de la casa. Un día abrió el baúl de los santos, y tuvo que pedir auxilio a Santa Sofía de la Piedad para quitarse de encima las cucarachas que saltaron del interior, y que ya habían pulverizado la ropa. «No es posible vivir en esta negligencia —decía—. A este paso terminaremos devorados por las bestias.» Desde entonces no tuvo un instante de reposo. Levantada desde antes del amanecer, recurría a quien estuviera disponible, inclusive a los niños. Puso al sol las escasas ropas que todavía estaban en condiciones de ser usadas, ahuyentó las cucarachas con sorpresivos asaltos de insecticida, raspó las venas del comején en puertas y ventanas y asfixió con cal viva a las hormigas en sus madrigueras. La fiebre de restauración acabó por llevarla a los cuartos olvidados. Hizo desembarazar de escombros y telarañas la habitación donde a José Arcadio Buendía se le secó la mollera buscando la piedra filosofal, puso en orden el taller de platería que había sido revuelto por los soldados, y por último pidió las llaves del cuarto de Melquíades para ver en qué estado se encontraba. Fiel a la voluntad de José Arcadio Segundo, que había prohibido toda intromisión mientras no hubiera un indicio real de que había muerto, Santa Sofía de la Piedad recurrió a toda clase de subterfugios para desorientar a Úrsula. Pero era tan inflexible su determinación de no abandonar a los insectos ni el más recóndito e inservible rincón de la casa, que desbarató cuanto obstáculo le atravesaron, y al cabo de tres días de insistencia consiguió que le abrieran el cuarto. Tuvo que agarrarse del quicio para que no la derribara la pestilencia, pero no le hicieron falta más de dos segundos para recordar que ahí estaban guardadas las setenta y dos bacinillas de las colegialas, y que en una de las primeras noches de lluvia una patrulla de soldados había registrado la casa buscando a José Arcadio Segundo y no habían podido encontrarlo.

—¡Bendito sea Dios! —exclamó, como si lo hubiera visto todo—. Tanto tratar de inculcarte las buenas costumbres, para que terminaras viviendo como un puerco.

José Arcadio Segundo seguía releyendo los pergaminos. Lo único visible en la intrincada maraña de pelos, eran los dientes rayados de lama verde y los ojos inmóviles. Al reconocer la voz de la bisabuela, movió la cabeza hacia la puerta, trató de sonreír, y sin saberlo repitió una antigua frase de Úrsula.

—Qué quería —murmuró—, el tiempo pasa.

—Así es —dijo Úrsula—, pero no tanto.

Al decirlo, tuvo conciencia de estar dando la misma réplica que recibió del coronel Aureliano Buendía en su celda de sentenciado, y una vez más se estremeció con la comprobación de que el tiempo no pasaba, como ella lo acababa de admitir, sino que daba vueltas en redondo. Pero tampoco entonces le dio una oportunidad a la resignación. Regañó a José Arcadio Segundo como si fuera un niño, y se empeñó en que se bañara y se afeitara y le prestara su fuerza para acabar de restaurar la casa. La simple idea de abandonar el cuarto que le había proporcionado la paz, aterrorizó a José Arcadio Segundo. Gritó que no había poder humano capaz de hacerlo salir, porque no quería ver el tren de doscientos vagones cargados de muertos que cada atardecer partía de Macondo hacia el mar. «Son todos los que estaban en la estación —gritaba—. Tres mil cuatrocientos ocho.» Sólo entonces comprendió Úrsula que él estaba en un mundo de tinieblas más impenetrable que el suyo, tan infranqueable y solitario como el del bisabuelo. Lo dejó en el cuarto, pero consiguió que no volvieran a poner el candado, que hicieran la limpieza todos los días, que tiraran las bacinillas a la basura y sólo dejaran una, y que mantuvieran a José Arcadio Segundo tan limpio y presentable como estuvo el bisabuelo en su largo cautiverio bajo el castaño. Al principio, Fernanda interpretaba aquel ajetreo como un acceso de locura senil, y a duras penas reprimía la exasperación. Pero José Arcadio le anunció por esa época desde Roma que pensaba ir a Macondo antes de hacer los votos perpetuos, y la buena noticia le infundió tal entusiasmo, que de la noche a la mañana se encontró regando las flores cuatro veces al día para que su hijo no fuera a formarse una mala impresión de la casa. Fue ese mismo incentivo el que la indujo a apresurar su correspondencia con los médicos invisibles, y a reponer en el corredor las macetas de helechos y orégano, y los tiestos de begonias, mucho antes de que Úrsula se enterara de que habían sido destruidos por la furia exterminadora de Aureliano Segundo. Más tarde vendió el servicio de plata, y compró vajillas de cerámica, soperas y cucharones de peltre y cubiertos de alpaca, y empobreció con ellos las alacenas acostumbradas a la loza de la Compañía de Indias y la cristalería de Bohemia. Úrsula trataba de ir siempre más lejos. «Que abran puertas y ventanas —gritaba—. Que hagan carne y pescado, que compren las tortugas más grandes, que vengan los forasteros a tender sus petates en los rincones y a orinarse en los rosales, que se sienten a la mesa a comer cuantas veces quieran, y que eructen y despotriquen y lo embarren todo con sus botas, y que hagan con nosotros lo que les dé la gana, porque esa es la única manera de espantar la ruina.» Pero era una ilusión vana. Estaba ya demasiado vieja y viviendo de sobra para repetir el milagro de los animalitos de caramelo, y ninguno de sus descendientes había heredado su fortaleza. La casa continuó cerrada por orden de Fernanda.

Aureliano Segundo, que había vuelto a llevarse sus baúles a casa de Petra Cotes, disponía apenas de los medios para que la familia no se muriera de hambre. Con la rifa de la mula, Petra Cotes y él habían comprado otros animales, con los cuales consiguieron enderezar un rudimentario negocio de lotería. Aureliano Segundo andaba de casa en casa, ofreciendo los billetitos que él mismo pintaba con tintas de colores para hacerlos más atractivos y convincentes, y acaso no se daba cuenta de que muchos se los compraban por gratitud, y la mayoría por compasión. Sin embargo, aun los más piadosos compradores adquirían la oportunidad de ganarse un cerdo por veinte centavos o una novilla por treinta y dos, y se entusiasmaban tanto con la esperanza, que la noche del martes desbordaban el patio de

Petra Cotes esperando el momento en que un niño escogido al azar sacara de la bolsa el número premiado. Aquello no tardó en convertirse en una feria semanal, pues desde el atardecer se instalaban en el patio mesas de fritangas y puestos de bebidas, y muchos de los favorecidos sacrificaban allí mismo el animal ganado con la condición de que otros pusieran la música y el aguardiente, de modo que sin haberlo deseado Aureliano Segundo se encontró de pronto tocando otra vez el acordeón y participando en modestos torneos de voracidad. Estas humildes réplicas de las parrandas de otros días, sirvieron para que el propio Aureliano Segundo descubriera cuánto habían decaído sus ánimos y hasta qué punto se había secado su ingenio de cumbiambero magistral. Era un hombre cambiado. Los ciento veinte kilos que llegó a tener en la época en que lo desafió La Elefanta se habían reducido a setenta y ocho; la candorosa y abotagada cara de tortuga se le había vuelto de iguana, y siempre andaba cerca del aburrimiento y el cansancio. Para Petra Cotes, sin embargo, nunca fue mejor hombre que entonces, tal vez porque confundía con el amor la compasión que él le inspiraba, y el sentimiento de solidaridad que en ambos había despertado la miseria. La cama desmantelada dejó de ser lugar de desafueros y se convirtió en refugio de confidencias. Liberados de los espejos repetidores que habían rematado para comprar animales de rifa, y de los damascos y terciopelos concupiscentes que se había comido la mula, se quedaban despiertos hasta muy tarde con la inocencia de dos abuelos desvelados, aprovechando para sacar cuentas y trasponer centavos el tiempo que antes malgastaban en malgastarse. A veces los sorprendían los primeros gallos haciendo y deshaciendo montoncitos de monedas, quitando un poco de aquí para ponerlo allá, de modo que esto alcanzara para contentar a Fernanda, y aquello para los zapatos de Amaranta Úrsula, y esto otro para Santa Sofía de la Piedad que no estrenaba un traje desde los tiempos del ruido, y esto para mandar hacer el cajón si se moría Úrsula, y esto para el café que subía un centavo por libra cada tres meses, y esto para el azúcar que cada vez endulzaba menos, y esto para la leña que todavía estaba mojada por el diluvio, y esto otro para el papel y la tinta de colores de los billetes, y aquello que sobraba para ir amortizando el valor de la ternera de abril, de la cual milagrosamente salvaron el cuero, porque le dio carbunco sintomático cuando estaban vendidos casi todos los números de la rifa. Eran tan puras aquellas misas de pobreza, que siempre destinaban la mejor parte para Fernanda, y no lo hicieron nunca por remordimiento ni por caridad, sino porque su bienestar les importaba más que el de ellos mismos. Lo que en verdad les ocurría, aunque ninguno de los dos se daba cuenta, era que ambos pensaban en Fernanda como en la hija que hubieran querido tener y no tuvieron, hasta el punto de que en cierta ocasión se resignaron a comer mazamorra por tres días para que ella pudiera comprar un mantel holandés. Sin embargo, por más que se mataban trabajando, por mucho dinero que escamotearan y muchas triquiñuelas que concibieran, los ángeles de la guarda se les dormían de cansancio mientras ellos ponían y quitaban monedas tratando de que siquiera les alcanzaran para vivir. En el insomnio que les dejaban las malas cuentas, se preguntaban qué había pasado en el mundo para que los animales no parieran con el mismo desconcierto de antes, por qué el dinero se desbarataba en las manos, y por qué la gente que hacía poco tiempo quemaba mazos de billetes en la cumbiamba, consideraba que era un asalto en despoblado cobrar doce centavos por la rifa de seis gallinas. Aureliano Segundo pensaba sin decirlo que el mal no estaba en el mundo, sino en algún lugar recóndito del misterioso corazón de Petra Cotes, donde algo había ocurrido durante el diluvio que volvió estériles a los animales y escurridizo el dinero. Intrigado con ese enigma, escarbó tan profundamente en los sentimientos de ella, que buscando el interés encontró el amor, porque tratando de que ella lo quisiera terminó por quererla. Petra Cotes, por su parte, lo iba queriendo más a medida que sentía aumentar su cariño, y fue así como en la plenitud del otoño volvió a creer en la superstición juvenil de que la pobreza era una servidumbre del amor. Ambos evocaban entonces como un estorbo las parrandas desatinadas, la riqueza aparatosa y la fornicación sin frenos, y se lamentaban de cuánta vida les había costado encontrar el paraíso de la soledad compartida. Locamente enamorados al cabo de tantos años de complicidad estéril, gozaban con el milagro de quererse tanto en la mesa como en la cama, y llegaron a ser tan felices, que todavía cuando eran dos ancianos agotados seguían retozando como conejitos y peleándose como perros.

Las rifas no dieron nunca para más. Al principio, Aureliano Segundo ocupaba tres días de la semana encerrado en su antigua oficina de ganadero, dibujando billete por billete, pintando con un cierto primor una vaquita roja, un cochinito verde o un grupo de gallinitas azules, según fuera el animal rifado, y modelaba con una buena imitación de las letras de imprenta el nombre que le pareció bueno a Petra Cotes para bautizar el negocio: *Rifas de la Divina Providencia.* Pero con el tiempo se sintió tan cansado después de dibujar hasta dos mil billetes a la semana, que mandó a hacer los animales, el nombre y los números en sellos de caucho, y entonces el trabajo se redujo a humedecerlos en almohadillas de distintos colores. En sus últimos años se les ocurrió sustituir los números por adivinanzas, de modo que el premio se repartiera entre todos los que acertaran, pero el sistema resultó ser tan complicado y se prestaba a tantas suspicacias, que desistieron a la segunda tentativa.

Aureliano Segundo andaba tan ocupado tratando de consolidar el prestigio de sus rifas, que apenas le quedaba tiempo para ver a los niños. Fernanda puso a Amaranta Úrsula en una escuelita privada donde no se recibían más de seis alumnas, pero se negó a permitir que Aureliano asistiera a la escuela pública. Consideraba que ya se había cedido demasiado al aceptar que abandonara el cuarto. Además, en las escuelas de esa época sólo se recibían hijos legítimos de matrimonios católicos, y en el certificado de nacimiento que habían prendido con una nodriza en la batita de Aureliano cuando lo mandaron a la casa, estaba registrado como expósito. De modo que se quedó encerrado, a merced de la vigilancia caritativa de Santa Sofía

de la Piedad y de las alternativas mentales de Úrsula, descubriendo el estrecho mundo de la casa según se lo explicaban las abuelas. Era fino, estirado, de una curiosidad
que sacaba de quicio a los adultos, pero al contrario de la
mirada inquisitiva y a veces clarividente que tuvo el
coronel a su edad, la suya era parpadeante y un poco dis-
traída. Mientras Amaranta Úrsula estaba en el parvulario,
él cazaba lombrices y torturaba insectos en el jardín. Pero
una vez en que Fernanda lo sorprendió metiendo alacranes
en una caja para ponerlos en la estera de Úrsula, lo recluyó
en el antiguo dormitorio de Meme, donde se distrajo de sus
horas solitarias repasando las láminas de la enciclopedia.
Allí lo encontró Úrsula una tarde en que andaba asper-
jando la casa con agua serenada y un ramo de ortigas, y a
pesar de que había estado con él muchas veces, le preguntó
quién era.

—Soy Aureliano Buendía —dijo él.

—Es verdad —replicó ella—. Ya es hora de que empieces a
aprender la platería.

Lo volvió a confundir con su hijo, porque el viento cálido
que sucedió al diluvio e infundió en el cerebro de Úrsula
ráfagas eventuales de lucidez, había acabado de pasar. No
volvió a recobrar la razón. Cuando entraba al dormitorio,
encontraba allí a Petronila Iguarán, con el estorboso miri-
ñaque y el saquito de mostacilla que se ponía para las
visitas de compromiso, y encontraba a Tranquilina María
Miniata Alacoque Buendía, su abuela, abanicándose con
una pluma de pavorreal en su mecedor de tullida, y a su
bisabuelo Aureliano Arcadio Buendía con su falso dormán
de las guardias virreinales, y a Aureliano Iguarán, su
padre, que había inventado una oración para que se achi-
charraran y se cayeran los gusanos de las vacas, y a la
timorata de su madre, y al primo con la cola de cerdo, y a
José Arcadio Buendía y a sus hijos muertos, todos sentados
en sillas que habían sido recostadas contra la pared como
si no estuvieran en una visita, sino en un velorio. Ella hilvanaba una cháchara colorida, comentando asuntos de
lugares apartados y tiempos sin coincidencia, de modo que
cuando Amaranta Úrsula regresaba de la escuela y Aure-

liano se cansaba de la enciclopedia, la encontraban sentada en la cama, hablando sola, y perdida en un laberinto de muertos. «¡Fuego!», gritó una vez aterrorizada, y por un instante sembró el pánico en la casa, pero lo que estaba anunciando era el incendio de una caballeriza que había presenciado a los cuatro años. Llegó a revolver de tal modo el pasado con la actualidad, que en las dos o tres ráfagas de lucidez que tuvo antes de morir, nadie supo a ciencia cierta si hablaba de lo que sentía o de lo que recordaba. Poco a poco se fue reduciendo, fetizándose, momificándose en vida, hasta el punto de que en sus últimos meses era una ciruela pasa perdida dentro del camisón, y el brazo siempre alzado terminó por parecer la pata de una marimonda. Se quedaba inmóvil varios días, y Santa Sofía de la Piedad tenía que sacudirla para convencerse de que estaba viva, y se la sentaba en las piernas para alimentarla con cucharaditas de agua de azúcar. Parecía una anciana recién nacida. Amaranta Úrsula y Aureliano la llevaban y la traían por el dormitorio, la acostaban en el altar para ver que era apenas más grande que el Niño Dios, y una tarde la escondieron en un armario del granero donde hubieran podido comérsela las ratas. Un domingo de ramos entraron al dormitorio mientras Fernanda estaba en misa, y cargaron a Úrsula por la nuca y los tobillos.

—Pobre la tatarabuelita —dijo Amaranta Úrsula—, se nos murió de vieja.

Úrsula se sobresaltó.

—¡Estoy viva! —dijo.

—Ya ves —dijo Amaranta Úrsula, reprimiendo la risa—, ni siquiera respira.

—¡Estoy hablando! —gritó Úrsula.

—Ni siquiera habla —dijo Aureliano—. Se murió como un grillito.

Entonces Úrsula se rindió a la evidencia. «Dios mío —exclamó en voz baja—. De modo que esto es la muerte.» Inició una oración interminable, atropellada, profunda, que se prolongó por más de dos días, y que el martes había degenerado en un revoltijo de súplica a Dios y de consejos prácticos para que las hormigas coloradas no tumbaran la casa, para que nunca dejaran apagar la lámpara frente al daguerrotipo de Remedios, y para que cuidaran de que ningún Buendía fuera a casarse con alguien de su misma sangre, porque nacían los hijos con cola de puerco. Aureliano Segundo trató de aprovechar el delirio para que le confesara dónde estaba el oro enterrado, pero otra vez fueron inútiles las súplicas. «Cuando aparezca el dueño —dijo Úrsula— Dios ha de iluminarlo para que lo encuentre.» Santa Sofía de la Piedad tuvo la certeza de que la encontraría muerta de un momento a otro, porque observaba por esos días un cierto aturdimiento de la naturaleza: que las rosas olían a quenopodio, que se le cayó una totuma de garbanzos y los granos quedaron en el suelo en un orden geométrico perfecto y en forma de estrella de mar, y que una noche vio pasar por el cielo una fila de luminosos discos anaranjados.

Amaneció muerta el jueves santo. La última vez que la habían ayudado a sacar la cuenta de su edad, por los tiempos de la compañía bananera, la había calculado entre los ciento quince y los ciento veintidós años. La enterraron en una cajita que era apenas más grande que la canastilla en que fue llevado Aureliano, y muy poca gente asistió al entierro, en parte porque no eran muchos quienes se acordaban de ella, y en parte porque ese mediodía hubo tanto calor que los pájaros desorientados se estrellaban como perdigones contra las paredes y rompían las mallas metálicas de las ventanas para morirse en los dormitorios.

Al principio se creyó que era una peste. Las amas de casa se agotaban de tanto barrer pájaros muertos, sobre todo a la hora de la siesta, y los hombres los echaban al río por carretadas. El domingo de resurrección, el centenario padre Antonio Isabel afirmó en el púlpito que la muerte de los pájaros obedecía a la mala influencia del Judío Errante, que él mismo había visto la noche anterior. Lo describió como un híbrido de macho cabrío cruzado con hembra hereje, una bestia infernal cuyo aliento calcinaba el aire y cuya visita determinaría la concepción de engendros por las recién casadas. No fueron muchos quienes prestaron atención a su plática apocalíptica, porque el pueblo estaba convencido de que el párroco desvariaba a causa de la edad. Pero una mujer despertó a todos al amanecer del miércoles, porque encontró unas huellas de bípedo de pezuña hendida. Eran tan ciertas e inconfundibles, que quienes fueron a verlas no pusieron en duda la existencia de una criatura espantosa semejante a la descrita por el párroco, y se asociaron para montar trampas en sus patios. Fue así como lograron la captura. Dos semanas después de la muerte de Úrsula, Petra Cotes y Aureliano Segundo despertaron sobresaltados por un llanto de becerro descomunal que les llegaba del vecindario. Cuando se levantaron, ya un grupo de hombres estaba desensartando al monstruo de las afiladas varas que habían parado en el fondo de una fosa cubierta con hojas secas, y había dejado de berrear. Pesaba como un buey, a pesar de que su estatura no era mayor que la de un adolescente, y de sus heridas manaba una sangre verde y untuosa. Tenía el cuerpo cubierto de una pelambre áspera, plagada de garrapatas menudas, y el pellejo petrificado por una costra de rémora, pero al contrario de la descripción del párroco, sus partes humanas eran más de ángel valetudinario que de hombre, porque las manos eran tersas y hábiles, los ojos grandes y crepusculares, y tenía en los omoplatos los muñones cicatrizados y callosos de unas alas potentes, que debieron ser desbastadas con hachas de labrador. Lo colgaron por los tobillos en un almendro de la plaza, para que nadie se quedara sin verlo y cuando empezó a pudrirse lo incineraron en una hoguera, porque no se pudo determinar si su naturaleza bastarda era de animal para echar en el río o de cristiano para sepultar. Nunca se estableció si en realidad fue por él que se murieron los pájaros, pero las recién casadas no concibieron los engendros anunciados, ni disminuyó la intensidad del calor.

Rebeca murió a fines de ese año. Argénida, su criada de toda la vida, pidió ayuda a las autoridades para derribar la puerta del dormitorio donde su patrona estaba encerrada desde hacía tres días, y la encontraron en la cama solitaria, enroscada como un camarón, con la cabeza pelada por la tiña y el pulgar metido en la boca. Aureliano

Segundo se hizo cargo del entierro, y trató de restaurar la casa para venderla, pero la destrucción estaba tan encarnizada en ella que las paredes se desconchaban acabadas de pintar, y no hubo argamasa bastante gruesa para impedir que la cizaña triturara los pisos y la hiedra pudriera los horcones.

Todo andaba así desde el diluvio. La desidia de la gente contrastaba con la voracidad del olvido, que poco a poco iba carcomiento sin piedad los recuerdos, hasta el extremo de que por esos tiempos, en un nuevo aniversario del tratado de Neerlandia, llegaron a Macondo unos emisarios del presidente de la república para entregar por fin la condecoración varias veces rechazada por el coronel Aureliano Buendía, y perdieron toda una tarde buscando a alguien que les indicara dónde podían encontrar a algunos de sus descendientes. Aureliano Segundo estuvo tentado de recibirla, creyendo que era una medalla de oro macizo, pero Petra Cotes lo persuadió de la indignidad cuando ya los emisarios aprestaban bandos y discursos para la ceremonia. También por esa época volvieron los gitanos, los últimos herederos de la ciencia de Melquíades, y encontraron el pueblo tan acabado y a sus habitantes tan apartados del resto del mundo, que volvieron a meterse en las casas arrastrando fierros imantados como si de veras fueran el último descubrimiento de los sabios babilonios, y volvieron a concentrar los rayos solares con la lupa gigantesca, y no faltó quien se quedara con la boca abierta viendo caer peroles y rodar calderos, y quienes pagaran cincuenta centavos para asombrarse con una gitana que se quitaba y se ponía la dentadura postiza. Un desvencijado tren amarillo que no traía ni se llevaba a nadie, y que apenas se detenía en la estación desierta, era lo único que quedaba del tren multitudinario en el cual enganchaba el señor Brown su vagón con techo de vidrio y poltronas de obispo, y de los trenes fruteros de ciento veinte vagones que demoraban pasando toda una tarde. Los delegados curiales que habían ido a investigar el informe sobre la extraña mortandad de los pájaros y el sacrificio del Judío Errante, encontraron al padre Antonio Isabel jugando con los niños a la gallina ciega, y creyendo que su informe era producto de una alucinación senil, se lo llevaron a un asilo. Poco después mandaron al padre Augusto Ángel, un cruzado de las nuevas hornadas, intransigente, audaz, temerario, que tocaba personalmente las campanas varias veces al día para que no se aletargaran los espíritus, y que andaba de casa en casa despertando a los dormilones para que fueran a misa, pero antes de un año estaba también vencido por la negligencia que se respiraba en el aire, por el polvo ardiente que todo lo envejecía y atascaba, y por el sopor que le causaban las albóndigas del almuerzo en el calor insoportable de la siesta.

A la muerte de Úrsula, la casa volvió a caer en un abandono del cual no la podría rescatar ni siquiera una voluntad tan resuelta y vigorosa como la de Amaranta Úrsula, que muchos años después, siendo una mujer sin prejuicios, alegre y moderna, con los pies bien asentados en el mundo, abrió puertas y ventanas para espantar la ruina, restauró el jardín, exterminó las hormigas coloradas que ya andaban a pleno día por el corredor, y trató inútilmente de despertar el olvidado espíritu de hospitalidad. La pasión claustral de Fernanda puso un dique infranqueable a los cien años torrenciales de Úrsula. No sólo se negó a abrir las puertas cuando pasó el viento árido, sino que hizo clausurar las ventanas con crucetas de madera, obedeciendo a la consigna paterna de enterrarse en vida. La dispendiosa correspondencia con los médicos invisibles terminó en un fracaso. Después de numerosos aplazamientos, se encerró en su domitorio en la fecha y la hora acordadas, cubierta solamente por una sábana blanca y con la cabeza hacia el norte, y a la una de la madrugada sintió que le taparon la cara con un pañuelo embebido en un líquido glacial. Cuando despertó, el sol brillaba en la ventana y ella tenía una costura bárbara en forma de arco que empezaba en la ingle y terminaba en el esternón. Pero antes de que cumpliera el reposo previsto recibió una carta desconcertada de los médicos invisibles, quienes decían haberla registrado durante seis horas sin encontrar nada que correspondiera a los síntomas tantas veces y tan escrupulosamente descritos por ella. En realidad, su hábito pernicioso de no llamar las cosas por su nombre había dado origen a una nueva confusión, pues lo único que encontraron los cirujanos telepáticos fue un descendimiento del útero que podía corregirse con el uso de un pesario. La desilusionada Fernanda trató de obtener una información más precisa, pero los corresponsales ignotos no volvieron a contestar sus cartas. Se sintió tan agobiada por el peso de una palabra desconocida, que decidió amordazar la vergüenza para preguntar qué era un pesario, y sólo entonces supo que el médico francés se había colgado de una viga tres meses antes, y había sido enterrado contra la voluntad del pueblo por un antiguo compañero de armas del coronel Aureliano Buendía. Entonces se confió a su hijo José Arcadio, y éste le mandó los pesarios desde Roma, con un folletito explicativo que ella echó al excusado después de aprendérselo de memoria, para que nadie fuera a conocer la naturaleza de sus quebrantos. Era una precaución inútil, porque las únicas personas que vivían en la casa apenas si la tomaban en cuenta. Santa Sofía de la Piedad vagaba en una vejez solitaria, cocinando lo poco que se comían, y casi por completo dedicada al cuidado de José Arcadio Segundo. Amaranta Úrsula, heredera de ciertos encantos de Remedios, la bella, ocupaba en hacer sus tareas escolares el tiempo que antes perdía en atormentar a Úrsula, y empezaba a manifestar un buen juicio y una consagración a los estudios que hicieron renacer en Aureliano Segundo la buena esperanza que le inspiraba Meme. Le había prometido mandarla a terminar sus estudios en Bruselas, de acuerdo con una costumbre establecida en los tiempos de la compañía bananera, y esa ilusión lo había llevado a tratar de revivir las tierras devastadas por el diluvio. Las pocas veces que entonces se le veía en la casa, era por Amaranta Úrsula, pues con el tiempo se había convertido en un extraño para Fernanda, y el pequeño Aureliano se iba volviendo esquivo y ensimismado a medida que se acercaba a la pubertad. Aureliano Segundo confiaba en que la vejez ablandara el corazón de Fernanda, para que el niño pudiera incorporarse a la vida de un pueblo donde seguramente nadie se

hubiera tomado el trabajo de hacer especulaciones suspicaces sobre su origen. Pero el propio Aureliano parecía pre-
ferir el encierro y la soledad, y no revelaba la menor
malicia por conocer el mundo que empezaba en la puerta
de la calle. Cuando Úrsula hizo abrir el cuarto de Melquíades, él se dio a rondarlo, a curiosear por la puerta
entornada, y nadie supo en qué momento terminó vinculado a José Arcadio Segundo por un afecto recíproco. Aureliano Segundo descubrió esa amistad mucho tiempo después de iniciada, cuando oyó al niño hablando de la
matanza de la estación. Ocurrió un día en que alguien se
lamentó en la mesa de la ruina en que se hundió el pueblo
cuando lo abandonó la compañía bananera, y Aureliano lo
contradijo con una madurez y una versación de persona
mayor. Su punto de vista, contrario a la interpretación
general, era que Macondo fue un lugar próspero y bien
encaminado hasta que lo desordenó y lo corrompió y lo
exprimió la compañía bananera, cuyos ingenieros provo-
caron el diluvio como un pretexto para eludir compromisos
con los trabajadores. Hablando con tan buen criterio que a
Fernanda le pareció una parodia sacrílega de Jesús entre
los doctores, el niño describió con detalles precisos y convincentes cómo el ejército ametralló a más de tres mil trabajadores acorralados en la estación, y cómo cargaron los
cadáveres en un tren de doscientos vagones y los arrojaron
al mar. Convencida como la mayoría de la gente de la
verdad oficial de que no había pasado nada, Fernanda se
escandalizó con la idea de que el niño había heredado los
instintos anarquistas del coronel Aureliano Buendía, y le
ordenó callarse. Aureliano Segundo, en cambio, reconoció
la versión de su hermano gemelo. En realidad, a pesar de
que todo el mundo lo tenía por loco, José Arcadio Segundo
era en aquel tiempo el habitante más lúcido de la casa.
Enseñó al pequeño Aureliano a leer y a escribir, lo inició en
el estudio de los pergaminos, y le inculcó una interpretación tan personal de lo que significó para Macondo la compañía bananera, que muchos años después, cuando Aureliano se incorporara al mundo, había de pensarse que contaba una versión alucinada, porque era radicalmente con-

traria a la falsa que los historiadores habían admitido, y consagrado en los textos escolares. En el cuartito apartado, adonde nunca llegó el viento árido, ni el polvo ni el calor, ambos recordaban la visión atávica de un anciano con sombrero de alas de cuervo que hablaba del mundo a espaldas de la ventana, muchos años antes de que ellos nacieran. Ambos descubrieron al mismo tiempo que allí siempre era marzo y siempre era lunes, y entonces comprendieron que José Arcadio Buendía no estaba tan loco como contaba la familia, sino que era el único que había dispuesto de bastante lucidez para vislumbrar la verdad de que también el tiempo sufría tropiezos y accidentes, y podía por tanto astillarse y dejar en un cuarto una fracción eternizada. José Arcadio Segundo había logrado además clasificar las letras crípticas de los pergaminos. Estaba seguro de que correspodían a un alfabeto de cuarenta y siete a cincuenta y tres caracteres, que separados parecían arañitas y garrapatas, y que en la primorosa caligrafía de Melquíades parecían piezas de ropa puesta a secar en un alambre. Aureliano recordaba haber visto una tabla semejante en la enciclopedia inglesa, así que la llevó al cuarto para compararla con la de José Arcadio Segundo. Eran iguales, en efecto.

Por la época en que se le ocurrió la lotería de adivinanzas, Aureliano Segundo despertaba con un nudo en la garganta, como si estuviera reprimiendo las ganas de llorar. Petra Cotes lo interpretó como uno de los tantos trastornos provocados por la mala situación, y todas las mañanas, durante más de un año, le tocaba el paladar con un hisopo de miel de abejas y le daba jarabe de rábano. Cuando el nudo de la garganta se le hizo tan opresivo que le costaba trabajo respirar, Aureliano Segundo visitó a Pilar Ternera por si ella conocía alguna hierba de alivio. La inquebrantable abuela, que había llegado a los cien años al frente de un burdelito clandestino, no confió en supersticiones terapéuticas, sino que consultó el asunto con las barajas. Vio el caballo de oro con la garganta herida por el acero de la sota de espadas, y dedujo que Fernanda estaba tratando de que el marido volviera a la casa mediante el desprestigiado sistema de hincar alfileres en su retrato, pero que le había provocado un tumor interno por un conocimiento torpe de sus malas artes. Como Aureliano Segundo no tenía más retratos que los de la boda, y las copias estaban completas en el álbum familiar, siguió buscando por toda la casa en los descuidos de la esposa, y por fin encontró en el fondo del ropero media docena de pesarios en sus cajitas originales. Creyendo que las rojas llantitas de caucho eran objetos de hechicería, se metió una en el bolsillo para que la viera Pilar Ternera. Ella no pudo determinar su naturaleza, pero le pareció tan sospechosa, que de todos modos se hizo llevar la media docena y la quemó en una hoguera que prendió en el patio. Para conjurar el supuesto maleficio de Fernanda, le indicó a Aureliano Segundo que mojara una gallina clueca y la enterrara viva bajo el castaño, y él lo hizo de tan buena fe, que cuando acabó de disimular con hojas secas la tierra removida, ya sentía que respiraba mejor. Por su parte, Fernanda interpretó la desaparición como una represalia de los médicos invisibles, y se cosió en la parte interior de la camisola una faltriquera de jareta, donde guardó los pesarios nuevos que le mandó su hijo.

Seis meses después del enterramiento de la gallina, Aureliano Segundo despertó a medianoche con un acceso de tos, y sintiendo que lo estrangulaban por dentro con tenazas de cangrejo. Fue entonces cuando comprendió que por muchos pesarios mágicos que destruyera y muchas gallinas de conjuro que remojara, la única y triste verdad era que se estaba muriendo. No se lo dijo a nadie. Atormentado por el temor de morirse sin mandar a Bruselas a Amaranta Úrsula, trabajó como nunca lo había hecho, y en vez de una hizo tres rifas semanales. Desde muy temprano se le veía recorrer el pueblo, aun en los barrios más apartados y miserables, tratando de vender los billetitos con una ansiedad que sólo era concebible en un moribundo. «Aquí está la Divina Providencia —pregonaba—. No la dejen ir, que sólo llega una vez cada cien años.» Hacía conmovedores esfuerzos por parecer alegre, simpático, locuaz, pero bastaba verle el sudor y la palidez para saber que no podía con su alma. A veces se desviaba por predios baldíos, donde nadie lo viera, y se sentaba un momento a descansar de las tenazas que lo despedazaban por dentro. Todavía a la medianoche estaba en el barrio de tolerancia, tratando de consolar con prédicas de buena suerte a las mujeres solitarias que sollozaban junto a las victrolas. «Este número no sale hace cuatro meses —les decía, mostrándoles los billetitos—. No lo dejes ir, que la vida es más corta de los que uno cree.» Acabaron por perderle el respeto, por burlarse de él, y en sus últimos meses ya no le decían don Aureliano, como lo habían hecho siempre, sino que lo llamaban en su propia cara don Divina Providencia. La voz se le iba llenando de notas falsas, se le fue destemplando y terminó por apagársele en un ronquido de perro, pero todavía tuvo voluntad para no dejar que decayera la expectativa por los premios en el patio de Petra Cotes. Sin embargo, a medida que se quedaba sin voz y se daba cuenta de que en poco tiempo ya no podría soportar el dolor, iba comprendiendo que no era con cerdos y chivos rifados como su hija llegaría a Bruselas, de modo que concibió la idea de hacer la fabulosa rifa de las tierras destruidas por el diluvio, que bien podían ser restauradas por quien dispusiera de capital. Fue una iniciativa tan espectacular, que el propio alcalde se prestó para anunciarla con un bando, y se formaron sociedades para comprar billetes a cien pesos cada uno, que se agotaron en menos de una semana. La noche de la rifa, los ganadores hicieron una fiesta aparatosa, comparable apenas a las de los buenos tiempos de la compañía bananera, y Aureliano Segundo tocó en el acordeón por última vez las canciones olvidadas de Francisco el Hombre, pero ya no pudo cantarlas.

Dos meses después, Amaranta Úrsula se fue a Bruselas. Aureliano Segundo le entregó no sólo el dinero de la rifa extraordinaria, sino el que había logrado economizar en los meses anteriores, y el muy escaso que obtuvo por la venta de la pianola, el clavicordio y otros corotos caídos en desgracia. Según sus cálculos, ese fondo le alcanzaba para los estudios, así que sólo quedaba pendiente el valor del pasaje de regreso. Fernanda se opuso al viaje hasta el último momento, escandalizada con la idea de que Bruselas estuviera tan cerca de la perdición de París, pero se tranquilizó con una carta que le dio el padre Ángel para una pensión de jóvenes católicas atendida por religiosas, donde Amaranta Úrsula prometió vivir hasta el término de sus estudios. Además, el párroco consiguió que viajara al cuidado de un grupo de franciscanas que iban para Toledo, donde esperaban encontrar gente de confianza para mandarla a Bélgica. Mientras se adelantaba la apresurada correspondencia que hizo posible esta coordinación, Aureliano Segundo, ayudado por Petra Cotes, se ocupó del equipaje de Amaranta Úrsula. La noche en que prepararon uno de los baúles nupciales de Fernanda, las cosas estaban tan bien dispuestas que la estudiante sabía de memoria cuáles eran los trajes y las babuchas de pana con que debía hacer la travesía del Atlántico, y el abrigo de paño azul con botones de cobre, y los zapatos de cordobán con que debía desembarcar. Sabía también cómo debía caminar para no caer al agua cuando subiera a bordo por la plataforma, que en ningún momento debía separarse de las monjas ni salir del camarote como no fuera para comer, y que por ningún motivo debía contestar a las preguntas que los desconocidos de cualquier sexo le hicieran en alta mar. Llevaba un frasquito con gotas para el mareo y un cuaderno escrito de su puño y letra por el padre Ángel, con seis oraciones para conjurar la tempestad. Fernanda le fabricó un cinturón de lona para que guardara el dinero, y le indicó la forma de usarlo ajustado al cuerpo, de modo que no tuviera que quitárselo ni siquiera para dormir. Trató de regalarle la bacinilla de oro lavada con lejía y desinfectada con alcohol, pero Amaranta Úrsula la rechazó por miedo de que se burlaran de ella sus compañeras de colegio. Pocos meses después, a la hora de la muerte, Aureliano Segundo había de recordarla como la vio la última vez, tratando de bajar sin conseguirlo el cristal polvoriento del vagón de segunda clase, para escuchar las últimas recomendaciones de Fernanda. Llevaba un traje de seda rosada con un ramito de pensamientos artificiales en el broche del hombro izquierdo; los zapatos de cordobán con trabilla y tacón

bajo, y las medias satinadas con ligas elásticas en las pantorrillas. Tenía el cuerpo menudo, el cabello suelto y largo
y los ojos vivaces que tuvo Úrsula a su edad, y la forma en
que se despedía sin llorar pero sin sonreír, revelaba la
misma fortaleza de carácter. Caminando junto al vagón a
medida que aceleraba, y llevando a Fernanda del brazo
para que no fuera a tropezar, Aureliano Segundo apenas
pudo corresponderle con un saludo de la mano, cuando la
hija le mandó un beso con la punta de los dedos. Los
esposos permanecieron inmóviles bajo el sol abrasante,
mirando cómo el tren se iba confundiendo con el punto
negro del horizonte, y tomados del brazo por primera vez
desde el día de la boda.

El nueve de agosto, antes de que se recibiera la primera
carta de Bruselas, José Arcadio Segundo conversaba con
Aureliano en el cuarto de Melquíades, y sin que viniera a
cuento dijo:

—Acuérdate siempre de que eran más de tres mil y que
los echaron al mar.

Luego se fue de bruces sobre los pergaminos, y murió
con los ojos abiertos. En ese mismo instante, en la cama de
Fernanda, su hermano gemelo llegó al final del prolongado
y terrible martirio de los cangrejos de hierro que le carco-
mieron la garganta. Una semana antes había vuelto a la
casa, sin voz, sin aliento y casi en los puros huesos, con sus
baúles trashumantes y su acordeón de perdulario, para
cumplir la promesa de morir junto a la esposa. Petra Cotes
lo ayudó a recoger sus ropas y lo despidió sin derramar
una lágrima, pero olvidó darle los zapatos de charol
que él quería llevar en el ataúd. De modo que cuando
supo que había muerto, se vistió de negro, envolvió los
botines en un periódico, y le pidió permiso a Fernanda
para ver al cadáver. Fernanda no la dejó pasar de la
puerta.

—Póngase en mi lugar —suplicó Petra Cotes—. Imagínese
cuánto lo habré querido para soportar esta humillación.

—No hay humillación que no la merezca una concubina
—replicó Fernanda—. Así que espere a que se muera otro de
los tantos para ponerle esos botines.

En cumplimiento de su promesa, Santa Sofía de la Piedad degolló con un cuchillo de cocina el cadáver de José Arcadio Segundo para asegurarse de que no lo enterraran vivo. Los cuerpos fueron puestos en ataúdes iguales, y allí se vio que volvían a ser idénticos en la muerte, como lo fueron hasta la adolescencia. Los viejos compañeros de parranda de Aureliano Segundo pusieron sobre su caja una corona que tenía una cinta morada con un letrero: *Apártense vacas que la vida es corta.* Fernanda se indignó tanto con la irreverencia que mandó tirar la corona en la basura. En el tumulto de última hora, los borrachitos tristes que los sacaron de la casa confundieron los ataúdes y los enterraron en tumbas equivocadas.

Aureliano no abandonó en mucho tiempo el cuarto de Melquíades. Se aprendió de memoria las leyendas fantásticas del libro desencuadernado, la síntesis de los estudios de Hermann, el tullido; los apuntes sobre la ciencia demonológica, las claves de la piedra filosofal, las centurias de Nostradamus y sus investigaciones sobre la peste, de modo que llegó a la adolescencia sin saber nada de su tiempo, pero con los conocimientos básicos del hombre medieval. A cualquier hora que entrara en el cuarto, Santa Sofía de la Piedad lo encontraba absorto en la lectura. Le llevaba al amanecer un tazón de café sin azúcar, y al mediodía un plato de arroz con tajadas de plátano fritas, que era lo único que se comía en la casa después de la muerte de Aureliano Segundo. Se preocupaba por cortarle el pelo, por sacarle las liendres, por adaptarle la ropa vieja que encontraba en baúles olvidados, y cuando empezó a despuntarle el bigote le llevó la navaja barbera y la totumita para la espuma del coronel Aureliano Buendía. Ninguno de los hijos de éste se le pareció tanto, ni siquiera Aureliano José, sobre todo por los pómulos pronunciados, y la línea resuelta y un poco despiadada de los labios. Como le ocurrió a Úrsula con Aureliano Segundo cuando éste estudiaba en el cuarto, Santa Sofía de la Piedad creía que Aureliano hablaba solo. En realidad, conversaba con Melquíades. Un mediodía ardiente, poco después de la muerte de los gemelos, vio contra la reverberación de la ventana al anciano lúgubre con el sombrero de alas de cuervo, como la materialización de un recuerdo que estaba en su memoria desde mucho antes de nacer. Aureliano había terminado de clasificar el alfabeto de los pergaminos. Así que cuando Melquíades le preguntó si había descubierto en qué lengua estaban escritos, él no vaciló para contestar.

—En sánscrito —dijo.

Melquíades le reveló que sus oportunidades de volver al cuarto estaban contadas. Pero se iba tranquilo a las praderas de la muerte definitiva, porque Aureliano tenía tiempo de aprender el sánscrito en los años que faltaban para que los pergaminos cumplieran un siglo y pudieran ser descifrados. Fue él quien le indicó que en el callejón que terminaba en el río, y donde en los tiempos de la compañía bananera se adivinaba el porvenir y se interpretaban los sueños, un sabio catalán tenía una tienda de libros donde había un *Sanskrit Primer* que sería devorado por las polillas seis años después si él no se apresuraba a comprarlo. Por primera vez en su larga vida Santa Sofía de la Piedad dejó traslucir un sentimiento, y era un sentimiento de estupor, cuando Aureliano le pidió que le llevara el libro que había de encontrar entre la *Jerusalén Libertada* y los poemas de Milton, en el extremo derecho del segundo renglón de los anaqueles. Como no sabía leer, se aprendió de memoria la parrafada, y consiguió el dinero con la venta de uno de los diecisiete pescaditos de oro que quedaban en el taller, y que sólo ella y Aureliano sabían dónde los habían puesto la noche en que los soldados registraron la casa.

Aureliano avanzaba en los estudios del sánscrito, mientras Melquíades iba haciéndose cada vez menos asiduo y más lejano, esfumándose en la claridad radiante del mediodía. La última vez que Aureliano lo sintió era apenas una presencia invisible que murmuraba: «He muerto de fiebre en los médanos de Singapur.» El cuarto se hizo entonces vulnerable al polvo, al calor, al comején, a las hormigas coloradas, a las polillas que habían de convertir en aserrín la sabiduría de los libros y los pergaminos.

En la casa no faltaba qué comer. Al día siguiente de la muerte de Aureliano Segundo, uno de los amigos que habían llevado la corona con la inscripción irreverente le ofreció pagarle a Fernanda un dinero que le había quedado debiendo a su esposo. A partir de entonces, un mandadero llevaba todos los miércoles un canasto con cosas de comer, que alcanzaban bien para una semana. Nadie supo nunca que aquellas vituallas las mandaba Petra Cotes, con la idea de que la caridad continuada era una forma de humillar a quien la había humillado. Sin embargo, el rencor se le disipó mucho más pronto de lo que ella misma esperaba, y entonces siguió mandando la comida por orgullo y finalmente por compasión. Varias veces, cuando le faltaron ánimos para vender billetitos y la gente perdió el interés por las rifas, se quedó ella sin comer para que comiera Fernanda, y no dejó de cumplir el compromiso mientras no vio pasar su entierro.

Para Santa Sofía de la Piedad la reducción de los habitantes de la casa debía haber sido el descanso a que tenía derecho después de más de medio siglo de trabajo. Nunca se le había oído un lamento a aquella mujer sigilosa, impenetrable, que sembró en la familia los gérmenes angélicos de Remedios, la bella, y la misteriosa solemnidad de José Arcadio Segundo; que consagró toda una vida de soledad y silencio a la crianza de unos niños que apenas si recordaban que eran sus hijos y sus nietos, y que se ocupó de Aureliano como si hubiera salido de sus entrañas, sin saber ella misma que era su bisabuela. Sólo en una casa como aquélla era concebible que hubiera dormido siempre en un petate que tendía en el piso del granero, entre el estrépito nocturno de las ratas, y sin haberle contado a nadie que una noche la despertó la pavorosa sensación de que alguien la estaba mirando en la oscuridad, y era que una víbora se deslizaba por su vientre. Ella sabía que si se lo hubiera contado a Úrsula la hubiera puesto a dormir en su propia cama, pero eran los tiempos en que nadie se daba cuenta de nada mientras no se gritara en el corredor, porque los afanes de la panadería, los sobresaltos de la guerra, el cuidado de los niños, no dejaban tiempo para pensar en la felicidad ajena. Petra Cotes, a quien nunca vio, era la única que se acordaba de ella. Estaba pendiente de que tuviera

un buen par de zapatos para salir, de que nunca le faltara
un traje, aun en los tiempos en que hacían milagros con el
dinero de las rifas. Cuando Fernanda llegó a la casa tuvo
motivos para creer que era una sirvienta eternizada, y
aunque varias veces oyó decir que era la madre de su
esposo, aquello le resultaba tan increíble que más tardaba
en saberlo que en olvidarlo. Santa Sofía de la Piedad no
pareció molestarse nunca por aquella condición subal-
terna. Al contrario, se tenía la impresión de que le gustaba
andar por los rincones, sin una tregua, sin un quejido,
manteniendo ordenada y limpia la inmensa casa donde
vivió desde la adolescencia, y que particularmente en los
tiempos de la compañía bananera parecía más un cuartel
que un hogar. Pero cuando murió Úrsula, la diligencia
inhumana de Santa Sofía de la Piedad, su tremenda capacidad de trabajo, empezaron a quebrantarse. No era solamente que estuviera vieja y agotada, sino que la casa se
precipitó de la noche a la mañana en una crisis de seni-
lidad. Un musgo tierno se trepó por las paredes. Cuando ya
no hubo un lugar pelado en los patios, la maleza rompió por
debajo el cemento del corredor, lo resquebrajó como un
cristal, y salieron por las grietas las mismas florecitas amarillas que casi un siglo antes había encontrado Úrsula en el
vaso donde estaba la dentadura postiza de Melquíades. Sin
tiempo ni recursos para impedir los desafueros de la naturaleza, Santa Sofía de la Piedad se pasaba el día en los dormitorios, espantando los lagartos que volverían a meterse
por la noche. Una mañana vio que las hormigas coloradas
abandonaron los cimientos socavados, atravesaron el
jardín, subieron por el pasamanos donde las begonias
habían adquirido un color de tierra, y entraron hasta el
fondo de la casa. Trató primero de matarlas con una
escoba, luego con insecticida y por último con cal, pero al
otro día estaban otra vez en el mismo lugar, pasando
siempre, tenaces e invencibles. Fernanda, escribiendo
cartas a sus hijos, no se daba cuenta de la arremetida
incontenible de la destrucción. Santa Sofía de la Piedad
siguió luchando sola, peleando con la maleza para que no
entrara en la cocina, arrancando de las paredes los bor-

lones de telaraña que se reproducían en pocas horas, raspando el comején. Pero cuando vio que también el cuarto de Melquíades estaba telarañado y polvoriento, así lo barriera y sacudiera tres veces al día, y que a pesar de su furia limpiadora estaba amenazado por los escombros y el aire de miseria que sólo el coronel Aureliano Buendía y el joven militar habían previsto, comprendió que estaba vencida. Entonces se puso el gastado traje dominical, unos viejos zapatos de Úrsula y un par de medias de algodón que le había regalado Amaranta Úrsula, e hizo un atadito con las dos o tres mudas que le quedaban.

—Me rindo —le dijo a Aureliano—. Esta es mucha casa para mis pobres huesos.

Aureliano le preguntó para dónde iba, y ella hizo un gesto de vaguedad, como si no tuviera la menor idea de su destino. Trató de precisar, sin embargo, que iba a pasar sus últimos años con una prima hermana que vivía en Riohacha. No era una explicación verosímil. Desde la muerte de sus padres, no había tenido contacto con nadie en el pueblo, ni recibió cartas ni recados, ni se le oyó hablar de pariente alguno. Aureliano le dio catorce pescaditos de oro, porque ella estaba dispuesta a irse con lo único que tenía: un peso y veinticinco centavos. Desde la ventana del cuarto, él la vio atravesar el patio con su atadito de ropa, arrastrando los pies y arqueada por los años, y la vio meter la mano por un hueco del portón para poner la aldaba después de haber salido. Jamás se volvió a saber de ella.

Cuando se enteró de la fuga, Fernanda despotricó un día entero, mientras revisaba baúles, cómodas y armarios, cosa por cosa, para convencerse de que Santa Sofía de la Piedad no se había alzado con nada. Se quemó los dedos tratando de prender un fogón por primera vez en la vida, y tuvo que pedirle a Aureliano el favor de enseñarle a preparar el café. Con el tiempo, fue él quien hizo los oficios de cocina. Al levantarse, Fernanda encontraba el desayuno servido, y sólo volvía a abandonar el dormitorio para coger la comida que Aureliano le dejaba tapada en rescoldo, y que ella llevaba a la mesa para comérsela en manteles de lino y entre candelabros, sentada en una cabecera solitaria al extremo de quince sillas vacías. Aun en esas circunstancias, Aurelíano y Fernanda no compartieron la soledad, sino que siguieron viviendo cada uno en la suya, haciendo la limpieza del cuarto respectivo, mientras la telaraña iba nevando los rosales, tapizando las vigas, acolchonando las paredes. Fue por esa época que Fernanda tuvo la impresión de que la casa se estaba llenando de duendes. Era como si los objetos, sobre todo los de uso diario, hubieran desarrollado la facultad de cambiar de lugar por sus propios medios. A Fernanda se le iba el tiempo en buscar las tijeras que estaba segura de haber puesto en la cama y, después de revolverlo todo, las encontraba en una repisa de la cocina, donde creía no haber estado en cuatro días. De pronto no había un tenedor en la gaveta de los cubiertos, y encontraba seis en el altar y tres en el lavadero. Aquella caminadera de las cosas era más desesperante cuando se sentaba a escribir. El tintero que ponía a la derecha aparecía a la izquierda, la almohadilla del papel secante se le perdía, y la encontraba dos días después debajo de la almohada, y las páginas escritas a José Arcadio se le confundían con las de Amaranta Úrsula, y siempre andaba con la mortificación de haber metido las cartas en sobres cambiados, como en efecto le ocurrió varias veces. En cierta ocasión perdió la pluma. Quince días después se la devolvió el cartero que había encontrado en su bolsa, y andaba buscando al dueño de casa en casa. Al principio, ella creyó que eran cosas de los médicos invisibles, como la desaparición de los pesarios, y hasta empezó a escribirles una carta para suplicarles que la dejaran en paz, pero había tenido que interrumpirla para hacer algo, y cuando volvió al cuarto no sólo no encontró la carta empezada, sino que se olvidó del propósito de escribirla. Por un tiempo pensó que era Aureliano. Se dio a vigilarlo, a poner objetos a su paso tratando de sorprenderlo en el momento en que los cambiara de lugar, pero muy pronto se convenció de que Aureliano no abandonaba el cuarto de Melquíades sino para ir a la cocina o al excusado, y que no era hombre de burlas. De modo que terminó por creer que eran travesuras de duendes, y optó por asegurar cada cosa en el sitio donde tenía que usarla. Amarró las tijeras con una larga pita en la cabecera de la cama. Amarró el plumero y la almohadilla del papel secante en la pata de la mesa, y pegó con goma el tintero en la tabla, a la derecha del lugar en que solía escribir. Los problemas no se resolvieron de un día para otro, pues a las pocas horas de costura ya la pita de las tijeras no alcanzaba para cortar, como si los duendes la fueran disminuyendo. Le ocurría lo mismo con la pita de la pluma, y hasta con su propio brazo, que al poco tiempo de estar escribiendo no alcanzaba el tintero. Ni Amaranta Úrsula, en Bruselas, ni José Arcadio, en Roma, se enteraron jamás de esos insignificantes infortunios. Fernanda les contaba que era feliz, y en realidad lo era, justamente porque se sentía liberada de todo compromiso, como si la vida la hubiera arrastrado otra vez hasta el mundo de sus padres, donde no se sufría con los problemas diarios porque estaban resueltos de antemano en la imaginación. Aquella correspondencia interminable le hizo perder el sentido del tiempo, sobre todo después de que se fue Santa Sofía de la Piedad. Se había acostumbrado a llevar la cuenta de los días, los meses y los años, tomando como puntos de referencia las fechas previstas para el retorno de los hijos. Pero cuando éstos modificaron los plazos una y otra vez, las fechas se le confundieron, los términos se le traspapelaron, y las jornadas se parecieron tanto las unas a las otras, que no se sentían transcurrir. En lugar de impacientarse, experimentaba una honda complacencia con la demora. No la inquietaba que muchos años después de anunciarle las vísperas de sus votos perpetuos, José Arcadio siguiera diciendo que esperaba terminar los estudios de alta teología para emprender los de diplomacia, porque ella comprendía que era muy alta y empedrada de obstáculos de escalera de caracol que conducía a la silla de San Pedro. En cambio, el espíritu se le exaltaba con noticias que para otros hubieran sido insignificantes, como aquella de que su hijo había visto al Papa. Experimentó un gozo similar cuando Amaranta Úrsula le mandó decir que sus estudios se prolongaban más del tiempo previsto, porque sus excelentes calificaciones le habían merecido privilegios que su padre no tomó en consideración al hacer las cuentas.

Habían transcurrido más de tres años desde que Santa Sofía de la Piedad le llevó la gramática, cuando Aureliano consiguió traslucir el primer pliego. No fue una labor inútil, pero constituía apenas un primer paso en un camino cuya longitud era imposible prever, porque el texto en castellano no significaba nada: eran versos cifrados. Aureliano carecía de elementos para establecer las claves que le permitieran desentrañarlos, pero como Melquíades le había dicho que en la tienda del sabio catalán estaban los libros que le harían falta para llegar al fondo de los pergaminos, decidió hablar con Fernanda para que le permitiera ir a buscarlos. En el cuarto devorado por los escombros, cuya proliferación incontenible había terminado por derrotarlo, pensaba en la forma más adecuada de formular la solicitud, se anticipaba a las circunstancias, calculaba la ocasión más adecuada, pero cuando encontraba a Fernanda retirando la comida del rescoldo, que era la única oportunidad para hablarle, la solicitud laboriosamente premeditada se le atragantaba, y se le perdía la voz. Fue aquella la única vez en que la espió. Estaba pendiente de sus pasos en el dormitorio. La oía ir hasta la puerta para recibir las cartas de sus hijos y entregarle las suyas al cartero, y escuchaba hasta muy altas horas de la noche el trazo duro y apasionado de la pluma en el papel, antes de oír el ruido del interruptor y el murmullo de las oraciones en la oscuridad. Sólo entonces se dormía, confiando en que el día siguiente le daría la oportunidad esperada. Se ilusionó tanto con la idea de que el permiso no le sería negado que una mañana se cortó el cabello que ya le daba a los hombros, se afeitó la barba enmarañada, se puso unos pantalones estrechos y una camisa de cuello postizo que no sabía de quién había heredado, y esperó en la cocina a que Fernanda fuera a desayunar. No llegó la mujer de todos los días, la de la cabeza alzada y la andadura pétrea, sino una anciana de una hermosura sobrenatural, con una amarillenta capa de armiño, una corona de cartón dorado, y la conducta lánguida de quien ha llorado en secreto. En realidad, desde que lo encontro en los baúles de Aureliano Segundo, Fernanda se había puesto muchas veces el apolillado vestido de reina. Cualquiera que la hubiera visto frente al espejo, extasiada en sus propios ademanes monárquicos, habría podido pensar que estaba loca. Pero no lo estaba. Simplemente, había convertido los atuendos reales en una máquina de recordar. La primera vez que se los puso no pudo evitar que se le formara un nudo en el corazón y que los ojos se le llenaran de lágrimas, porque en aquel instante volvió a percibir el olor de betún de las botas del militar que fue a buscarla a su casa para hacerla reina, y el alma se le cristalizó con la nostalgia de los sueños perdidos. Se sintió tan vieja, tan acabada, tan distante de las mejores horas de su vida, que inclusive añoró las que recordaba como las peores, y sólo entonces descubrió cuánta falta hacían las ráfagas de orégano en el corredor, y el vapor de los rosales al atardecer, y hasta la naturaleza bestial de los advenedizos. Su corazón de ceniza apelmazada, que había resistido sin quebrantos a los golpes más certeros de la realidad cotidiana, se desmoronó a los primeros embates de la nostalgia. La necesidad de sentirse triste se le iba convirtiendo en un vicio a medida que la devastaban los años. Se humanizó en la soledad. Sin embargo, la mañana en que entró en la cocina y se encontró con una taza de café que le ofrecía un adolescente óseo y pálido, con un resplandor alucinado en los ojos, la desgarró el zarpazo del ridículo. No sólo le negó el permiso, sino que desde entonces cargó las llaves de la casa en la bolsa donde guardaba los pesarios sin usar. Era una precaución inútil, porque de haberlo querido Aureliano hubiera podido escapar y hasta volver a casa sin ser visto. Pero el prolongado cautiverio, la incertidumbre del mundo, el hábito de obedecer, habían resecado en su corazón las semillas de la rebeldía. De modo que volvió a su clausura, pasando y repasando los pergaminos, y oyendo hasta muy avanzada la noche los sollozos de Fernanda en el dormitorio. Una mañana fue como de costumbre a prender el fogón, y encontró en las cenizas apagadas la comida que había dejado para ella el día anterior. Entonces se asomó al dormitorio, y la vio tendida en la cama, tapada con la capa de armiño, más bella que nunca, y con la piel convertida en una cáscara de marfil. Cuatro meses después, cuando llegó José Arcadio, la encontró intacta.

Era imposible concebir un hombre más parecido a su madre. Llevaba un traje de tafetán luctuoso, una camisa de cuello redondo y duro, y una delgada cinta de seda con un lazo, en lugar de la corbata. Era lívido, lánguido, de mirada atónita y labios débiles. El cabello negro, lustrado y liso, partido en el centro del cráneo por una línea recta y exangüe, tenía la misma apariencia postiza del pelo de los santos. La sombra de la barba bien destroncada en el rostro de parafina parecía un asunto de la conciencia. Tenía las manos pálidas, con nervaduras verdes y dedos parasitarios, y un anillo de oro macizo con un ópalo girasol, redondo, en el índice izquierdo. Cuando le abrió la puerta de la calle, Aureliano no hubiera tenido necesidad de suponer quién era para darse cuenta de que venía de muy lejos. La casa se impregnó a su paso de la fragancia de agua florida que Úrsula le echaba en la cabeza cuando era niño, para poder encontrarlo en las tinieblas. De algún modo imposible de precisar, después de tantos años de ausencia José Arcadio seguía siendo un niño otoñal, terriblemente triste y solitario. Fue directamente al dormitorio de su madre, donde Aureliano había vaporizado mercurio durante cuatro meses en el atanor del abuelo de su abuelo, para conservar el cuerpo según la fórmula de Melquíades. José Arcadio no hizo ninguna pregunta. Le dio un beso en la frente al cadáver, le sacó de debajo de la falda la faltriquera de jareta donde había tres pesarios todavía sin usar, y la llave del ropero. Hacía todo con ademanes directos y decididos, en contraste con su languidez. Sacó del ropero un cofrecito damasquinado con el escudo familiar, y encontró en el interior perfumado de sándalo la carta voluminosa en que Fernanda desahogó el corazón de las incontables verdades que le había ocultado. la leyó de pie, con avidez pero sin ansiedad, y en la tercera página se detuvo, y examinó a Aureliano con una mirada de segundo reconocimiento.

—Entonces —dijo con una voz que tenía algo de navaja de afeitar—, tú eres el bastardo.

—Soy Aureliano Buendía.

—Vete a tu cuarto —dijo José Arcadio.

Aureliano se fue, y no volvió a salir ni siquiera por curiosidad cuando oyó el rumor de los funerales solitarios. A veces, desde la cocina, veía a José Arcadio deambulando por la casa, ahogándose en su respiración anhelante, y seguía escuchando sus pasos por los dormitorios en ruinas después de la medianoche. No oyó su voz en muchos meses, no sólo porque José Arcadio no le dirigía la palabra, sino porque él no tenía deseos de que ocurriera, ni tiempo de pensar en nada distinto de los pergaminos. A la muerte de Fernanda, había sacado el penúltimo pescadito y había ido a la librería del sabio catalán, en busca de los libros que le hacían falta. No le interesó nada de lo que vio en el trayecto, acaso porque carecía de recuerdos para comparar, y las calles desiertas y las casas desoladas eran iguales a como las había imaginado en un tiempo en que hubiera dado el alma por conocerlas. Se había concedido a sí mismo el permiso que le negó Fernanda, y sólo por una vez, con un objetivo único y por el tiempo mínimo indispensable, así que recorrió sin pausa las once cuadras que separaban la casa del callejón donde antes se interpretaban los sueños, y entró acezando en el abigarrado y sombrío local donde apenas había espacio para moverse. Más que una librería, aquélla parecía un basurero de libros usados, puestos en desorden en los estantes mellados por el comején, en los rincones amelazados de telaraña, y aun en los espacios que debieron destinarse a los pasadizos. En una larga mesa, también agobiada de mamotretos, el propietario escribía una prosa incansable, con una caligrafía morada, un poco delirante, y en hojas sueltas de cuaderno escolar. Tenía una hermosa cabellera plateada que se le adelantaba en la frente como el penacho de una cacatúa, y sus ojos azules, vivos y estrechos, revelaban la mansedumbre del hombre que ha leído todos los libros. Estaba en calzoncillos, empapado en sudor y no desentendió la escritura para ver quién había llegado. Aureliano no tuvo dificultad para rescatar de entre aquel desorden de fábula los cinco libros que buscaba, pues estaban en el lugar exacto que le indicó Melquíades. Sin decir una palabra, se los entregó junto con el pescadito de oro al sabio catalán, y éste los examinó, y sus párpados se contrajeron como dos almejas. «Debes estar loco» —dijo en su lengua, alzándose de hombros, y le devolvió a Aureliano los cinco libros y el pescadito.

—Llévateio —dijo en castellano—. El último hombre que leyó esos libros debió ser Isaac el Ciego, así que piensa bien lo que haces.

José Arcadio restauró el domitorio de Meme, mandó limpiar y remendar las cortinas de terciopelo y el damasco del baldaquín de la cama virreinal, y puso otra vez en servicio el baño abandonado, cuya alberca de cemento estaba renegrida por una nata fibrosa y áspera. A esos dos lugares se redujo su imperio de pacotilla, de gastados géneros exóticos, de perfumes falsos y pedrería barata. Lo único que pareció estorbarle en el resto de la casa fueron los santos del altar doméstico, que una tarde quemó hasta convertirlos en ceniza, en una hoguera que prendió en el patio. Dormía hasta después de las once. Iba al baño con una deshilachada túnica de dragones dorados y unas chinelas de borlas amarillas, y allí oficiaba un rito que por su parsimonia y duración recordaba al de Remedios, la bella. Antes de bañarse, aromaba la alberca con las sales que llevaba en tres pomos alabastrados. No se hacía abluciones con la totuma, sino que se zambullía en las aguas fragantes, y permanecía hasta dos horas flotando boca arriba, adormecido por la frescura y por el recuerdo de Amaranta. A los pocos días de haber llegado abandonó el vestido de tafetán, que además de ser demasiado caliente para el pueblo era el único que tenía, y lo cambió por unos pantalones ajustados, muy parecidos a los que usaba Pietro Crespi en las clases de baile, y una camisa de seda tejida con el gusano vivo, y con sus iniciales bordadas en el corazón. Dos veces por semana lavaba la muda completa en la alberca, y se quedaba con la túnica hasta que se secaba, pues no tenía nada más que ponerse. Nunca comía en la casa. Salía a la calle cuando aflojaba el calor de la siesta, y no regresaba hasta muy entrada la noche. Entonces continuaba su deambular angustioso, respirando como un gato, y pensando en Amaranta. Ella, y la mirada espantosa de los santos en el fulgor de la lámpara nocturna, eran los dos recuerdos que conservaba de la casa. Muchas veces, en el alucinante agosto romano, había abierto los ojos en mitad del sueño, y había visto a Amaranta surgiendo de un estanque de mármol brocatel, con su pollerines de encaje y su venda en la mano, idealizada por la ansiedad del exilio. Al contrario de Aureliano José, que trató de sofocar aquella imagen en el pantano sangriento de la guerra, él trataba de mantenerla viva en un cenegal de concupiscencia, mientras entretenía a su madre con la patraña sin término de la vocación pontificia. Ni a él ni a Fernanda se les ocurrió pensar nunca que su correspondencia era un intercambio de fantasías. José Arcadio, que abandonó el seminario tan pronto como llegó a Roma, siguió alimentando la leyenda de la teología y el derecho canónico, para no poner en peligro la herencia fabulosa de que le hablaba las cartas delirantes de su madre, y que había de rescatarlo de la miseria y la sordidez que compartía con dos amigos en una buhardilla del Trastevere. Cuando recibió la última carta de Fernanda, dictada por el presentimiento de la muerte inminente, metió en una maleta los últimos desperdicios de su falso esplendor, y atravesó el océano en una bodega donde los emigrantes se apelotaban como reses de matadero, comiendo macarrones fríos y queso agusanado. Antes de leer el testamento de Fernanda, que no era más que una minuciosa y tardía recapitulación de infortunios, ya los muebles desvencijados y la maleza del corredor le habían indicado que estaba metido en una trampa de la cual no saldría jamás, para siempre exiliado de la luz de diamante y el aire inmemorial de la primavera romana. En los insomnios agotadores del asma, medía y volvía a medir la profundidad de su desventura, mientras repasaba la casa tenebrosa donde los aspavientos seniles de Úrsula le infundieron el miedo del mundo. Para estar segura de no perderlo en las tinieblas, ella le había asignado un rincón del dormitorio, el único donde podría estar a salvo de los muertos que deambulaban por la casa desde el atardecer. «Cualquier cosa mala que hagas —le decía Úrsula— me la dirán los santos.» Las noches pávidas de su infancia se redujeron a ese rincón, donde permanecía inmóvil hasta la hora de acostarse, sudando de miedo en un taburete, bajo la mirada vigilante y glacial de los santos acusetas. Era una tortura inútil, porque ya para esa época él tenía terror de todo lo que lo rodeaba, y estaba preparado para asustarse de todo lo que encontrara en la vida: las mujeres de la calle, que echaban a perder la sangre; las mujeres de la casa, que parían hijos con cola de puerco; los gallos de pelea, que provocaban muertes de hombres y remordimientos de conciencia para el resto de la vida; las armas de fuego, que con sólo tocarlas condenaban a veinte años de guerra; las empresas desacertadas, que sólo conducían al desencanto y la locura, y todo, en fin, todo cuanto Dios había creado con su infinita bondad, y que el diablo había pervertido. Al despertar, molido por el torno de las pesadillas, la claridad de la ventana y las caricias de Amaranta en la alberca, y el deleite con que lo empolvaba entre las piernas con una bellota de seda, lo liberaban del terror. Hasta Úrsula era distinta bajo la luz radiante del jardín, porque allí no le hablaba de cosas de pavor, sino que le frotaba los dientes con polvo de carbón para que tuviera la sonrisa radiante de un Papa, y le cortaba y le pulía las uñas para que los peregrinos que llegaban a Roma de todo el ámbito de la tierra se asombraran de la pulcritud de las manos del Papa cuando les echara la bendición, y lo peinaba como un Papa, y lo ensopaba con agua florida para que su cuerpo y sus ropas tuvieran la fragancia de un Papa. En el patio de Castelgandolfo él había visto al Papa en un balcón, pronunciando el mismo discurso en siete idiomas para una muchedumbre de peregrinos, y lo único que en efecto le había llamado la atención era la blancura de sus manos, que parecían maceradas en lejía, el resplandor deslumbrante de sus ropas de verano, y su recóndito hálito de agua de colonia.

Casi un año después del regreso a la casa, habiendo vendido para comer los candelabros de plata y la bacinilla heráldica que a la hora de la verdad sólo tuvo de oro las incrustaciones del escudo, la única distracción de José Arcadio era recoger niños en el pueblo para que jugaran en la casa. Aparecía con ellos a la hora de la siesta, y los hacía saltar la cuerda en el jardín, cantar en el corredor y hacer maromas en los muebles de la sala, mientras él iba por entre los grupos impartiendo lecciones de buen comportamiento. Para esa época había acabado con los pantalones estrechos y la camisa de seda, y usaba una muda ordinaria comprada en los almacenes de los árabes, pero seguía manteniendo su dignidad lánguida y sus ademanes papales. Los niños se tomaron la casa como lo hicieron en el pasado las compañeras de Meme. Hasta muy entrada la noche se les oía cotorrear y cantar y bailar zapateados, de modo que la casa parecía un internado sin disciplina. Aureliano no se preocupó de la invasión mientras no fueron a molestarlo en el cuarto de Malquíades. Una mañana, dos niños empujaron la puerta, y se espantaron ante la visión del hombre cochambroso y peludo que seguía descifrando los pergaminos en la mesa de trabajo. No se atrevieron a entrar, pero siguieron rondando la habitación. Se asomaban cuchicheando por las hendijas, arrojaban animales vivos por las claraboyas, y en una ocasión clavetearon por fuera la puerta y la ventana, y Aureliano necesitó medio día para forzarlas. Divertidos por la impunidad de sus travesuras, cuatro niños entraron otra mañana en el cuarto, mientras Aureliano estaba en la cocina, dispuestos a destruir los pergaminos. Pero tan pronto como se apoderaron de los pliegos amarillentos, una fuerza angélica los levantó del suelo, y los mantuvo suspendidos en el aire, hasta que regresó Aureliano y les arrebató los pergaminos. Desde entonces no volvieron a molestarlo.

Los cuatro niños mayores, que usaban pantalones cortos a pesar de que ya se asomaban a la adolescencia, se ocupaban de la apariencia personal de José Arcadio. Llegaban más temprano que los otros, y dedicaban la mañana a afeitarlo, a darle masajes con toallas calientes, a cortarle y pulirle las uñas de las manos y los pies, a perfumarlo con agua florida. En varias ocasiones se metieron en la alberca, para jabonarlo de pies a cabeza, mientras él flotaba boca arriba, pensando en Amaranta. Luego lo secaban, le empolvaban el cuerpo, y lo vestían. Uno de los niños, que tenía el cabello rubio y crespo, y los ojos de vidrios rosados como los conejos, solía dormir en la casa. Eran tan firmes los vínculos que lo unían a José Arcadio que lo acompañaba en sus insomnios de asmático, sin hablar, deambulando con él por la casa en tinieblas. Una noche vieron en la alcoba donde dormía Úrsula un resplandor amarillo a través del cemento cristalizado, como si un sol subterráneo hubiera convertido en vitral el piso del dormitorio. No tuvieron que encender el foco. Les bastó con levantar las placas quebradas del rincón donde siempre estuvo la cama de Úrsula, y donde el resplandor era más intenso, para encontrar la cripta secreta que Aureliano Segundo se cansó de buscar en el delirio de las excavaciones. Allí estaban los tres sacos de lona cerrados con alambre de cobre y, dentro de ellos, los siete mil doscientos catorce doblones de a cuatro, que seguían relumbrando como brasas en la oscuridad.

El hallazgo del tesoro fue como una deflagración. En vez de regresar a Roma con la intempestiva fortuna, que era el sueño madurado en la miseria, José Arcadio convirtió la casa en un paraíso decadente. Cambió por terciopelo nuevo las cortinas y el baldaquín del dormitorio, y les hizo poner baldosas al piso del baño y azulejos a las paredes. La alacena del comedor se llenó de frutas azucaradas, jamones y encurtidos, y el granero en desuso volvió a abrirse para almacenar vinos y licores que el propio José Arcadio retiraba en la estación del ferrocarril, en cajas marcadas con su nombre. Una noche, él y los cuatro niños mayores hicieron una fiesta que se prolongó hasta el amanecer. A las seis de la mañana salieron desnudos del dormitorio, vaciaron la alberca y la llenaron de champaña. Se zambulleron en bandada, nadando como pájaros que volaran en un cielo dorado de burbujas fragantes, mientras José Arcadio flotaba boca arriba, al margen de la fiesta, evocando a Amaranta con los ojos abiertos. Permaneció así, ensimismado, rumiando la amargura de sus placeres equívocos, hasta después de que los niños se cansaron y se fueron en tropel al dormitorio, donde arrancaron las cortinas de terciopelo para secarse, y cuartearon en el desorden la luna del cristal de roca, y desbarataron el baldaquín de la cama tratando de acostarse en tumulto. Cuando José Arcadio volvió del baño, los encontró durmiendo apelotonados, desnudos, en una alcoba de naufragio. Enardecido no tanto por los estragos como por el asco y la lástima que sentía contra sí mismo en el desolado vacío de la saturnal, se armó con unas disciplinas de perrero eclesiástico que guardaba en el fondo del baúl, junto con un cilicio y otros fierros de mortificación y penitencia, y expulsó a los niños de la casa, aullando como un loco, y azotándolos sin misericordia, como no lo hubiera hecho con una jauría de coyotes. Quedó demolido, con una crisis de asma que se prolongó por varios días, y que le dio el aspecto de un agonizante. A la tercera noche de tortura, vencido por la asfixia, fue al cuarto de Aureliano a pedirle el favor de que le comprara en una botica cercana unos polvos para inhalar. Fue así como hizo Aureliano su segunda salida a la calle. Sólo tuvo que recorrer dos cuadras para llegar hasta la estrecha botica de polvorientas vidrieras con pomos de loza marcados en latín, donde una muchacha con la sigilosa belleza de una serpiente del Nilo le despachó el medicamento que José Arcadio le había escrito en un papel. La segunda visión del pueblo desierto, alumbrado apenas por las amarillentas bombillas de las calles, no despertó en Aureliano más curiosidad que la primera vez. José Arcadio había alcanzado a pensar que había huido, cuando lo vio aparecer de nuevo, un poco anhelante a causa de la prisa, arrastrando las piernas que el encierro y la falta de movilidad habían vuelto débiles y torpes. Era tan cierta su indiferencia por el mundo que pocos días después José Arcadio violó la promesa que había hecho a su madre, y lo dejó en libertad para salir cuando quisiera.

—No tengo nada que hacer en la calle —le contestó Aureliano.

Siguió encerrado, absorto en los pergaminos que poco a poco iba desentrañando, y cuyo sentido, sin embargo, no lograba interpretar. José Arcadio le llevaba al cuarto rebanadas de jamón, flores azucaradas que dejaban en la boca un regusto primaveral, y en dos ocasiones un vaso de buen vino. No se interesó en los pergaminos, que consideraba más bien como un entretenimiento esotérico, pero le llamó la atención la rara sabiduría y el inexplicable conocimiento del mundo que tenía aquel pariente desolado. Supo entonces que era capaz de comprender el inglés escrito, y que entre pergamino y pergamino había leído de la primera página a la última, como si fuera una novela, los seis tomos de la enciclopedia. A eso atribuyó al principio el que Aureliano pudiera hablar de Roma como si hubiera vivido allí muchos años, pero muy pronto se dio cuenta de que tenía conocimientos que no eran enciclopédicos, como los precios de las cosas. «Todo se sabe», fue la única respuesta que recibió de Aureliano, cuando le preguntó cómo había obtenido aquellas informaciones. Aureliano, por su parte, se sorprendió de que José Arcadio visto de cerca fuera tan distinto de la imagen que se había formado de él cuando lo veía deambular por la casa. Era capaz de reír, de permitirse de vez en cuando una nostalgia del pasado de la casa, y de preocuparse por el ambiente de miseria en que se encontraba el cuarto de Melquíades. Aquel acercamiento entre dos solitarios de la misma sangre estaba muy lejos de la amistad, pero les permitió a ambos sobrellevar mejor la insondable soledad que al mismo tiempo los separaba y los unía. José Arcadio pudo entonces acudir a Aureliano para desenredar ciertos problemas domésticos que lo exasperaban. Aureliano, a su vez, podía sentarse a leer en el corredor, recibir las cartas de Amaranta Úrsula que seguían llegando con la puntualidad de siempre, y usar el baño de donde lo había desterrado José Arcadio desde su llegada.

Una calurosa madrugada ambos despertaron alarmados por unos golpes apremiantes en la puerta de la calle. Era un anciano oscuro, con unos ojos grandes y verdes que le daban a su rostro una fosforescencia espectral, y con una cruz de ceniza en la frente. Las ropas en piltrafas, los zapatos rotos, la vieja mochila que llevaba en el hombro como único equipaje, le daban el aspecto de un pordiosero, pero su conducta tenía una dignidad que estaba en franca contradicción con su apariencia. Bastaba con verlo una vez, aun en la penumbra de la sala, para darse cuenta de que la fuerza secreta que le permitía vivir no era el instinto de conservación, sino la costumbre del miedo. Era Aureliano Amador, el único sobreviviente de los diecisiete hijos del coronel Aureliano Buendía, que iba buscando una tregua en su larga y azarosa existencia de fugitivo. Se identificó, suplicó que le dieran refugio en aquella casa que en sus noches de paria había evocado como el último reducto de seguridad que le quedaba en la vida. Pero José Arcadio y Aureliano no lo recordaban. Creyendo que era un vagabundo, lo echaron a la calle a empellones. Ambos vieron entonces desde la puerta el final de un drama que había empezado desde antes de que José Arcadio tuviera uso de razón. Dos agentes de la policía que habían perseguido a Aureliano Amador durante años, que lo habían rastreado como perros por medio mundo, surgieron de entre los almendros de la acera opuesta y le hicieron dos tiros de máuser que le penetraron limpiamente por la cruz de ceniza.

En realidad, desde que expulsó a los niños de la casa, José Arcadio esperaba noticias de un trasatlántico que saliera para Nápoles antes de Navidad. Se lo había dicho a Aureliano, e inclusive había hecho planes para dejarle montado un negocio que le permitiera vivir, porque la canastilla de víveres no volvió a llegar desde el entierro de Fernanda. Sin embargo, tampoco aquel sueño final había de cumplirse. Una mañana de septiembre, después de tomar el café con Aureliano en la cocina, José Arcadio estaba terminando su baño diario cuando irrumpieron por entre los portillos de las tejas los cuatro niños que había expulsado de la casa. Sin darle tiempo de defenderse, se metieron vestidos en la alberca, lo agarraron por el pelo y le mantuvieron la cabeza hundida, hasta que cesó en la superficie la borboritación de la agonía, y el silencioso y pálido cuerpo de delfín se deslizó hasta el fondo de las aguas fragantes. Después se llevaron los tres sacos de oro que sólo ellos y su víctima sabían dónde estaban escondidos. Fue una acción tan rápida, metódica y brutal, que pareció un asalto de militares. Aureliano, encerrado en su cuarto, no se dio cuenta de nada. Esa tarde, habiéndolo echado de menos en la cocina, buscó a José Arcadio por toda la casa, y lo encontró flotando en los espejos perfumados de la alberca, enorme y tumefacto, y todavía pensando en Amaranta. Sólo entonces comprendió cuánto había empezado a quererlo.

Amaranta Úrsula regresó con los primeros ángeles de diciembre, empujada por brisas de velero, llevando al esposo amarrado por el cuello con un cordel de seda. Apareció sin ningún anuncio, con un vestido color de marfil, un hilo de perlas que le daba casi a las rodillas, sortijas de esmeraldas y topacios, y el cabello redondo y liso rematado en las orejas con puntas de golondrinas. El hombre con quien se había casado seis meses antes era un flamenco maduro, esbelto, con aires de navegante. No tuvo sino que empujar la puerta de la sala para comprender que su ausencia había sido más prolongada y demoledora de lo que ella suponía.

—Dios mío —gritó, más alegre que alarmada—, ¡cómo se ve que no hay una mujer en esta casa!

El equipaje no cabía en el corredor. Además del antiguo baúl de Fernanda con que la mandaron al colegio, llevaba dos roperos verticales, cuatro maletas grandes, un talego para las sombrillas, ocho cajas de sombreros, una jaula gigantesca con medio centenar de canarios, y el velocípedo del marido, desarmado dentro de un estuche especial que permitía llevarlo como un violoncelo. Ni siquiera se permitió un día de descanso al cabo del largo viaje. Se puso un gastado overol de lienzo que había llevado el esposo con otras prendas de motorista, y emprendió una nueva restauración de la casa. Desbandó las hormigas coloradas que ya se habían apoderado del corredor, resucitó los rosales, arrancó la maleza de raíz, y volvió a sembrar helechos, oréganos y begonias en los tiestos del pasamanos. Se puso al frente de una cuadrilla de carpinteros, cerrajeros y albañiles que resanaron las grietas de los pisos, enquiciaron puertas y ventanas, renovaron los muebles y blanquearon las paredes por dentro y por fuera, de modo que tres meses después de su llegada se respiraba otra vez el aire de juventud y de fiesta que hubo en los tiempos de la pianola. Nunca se vio en la casa a nadie con mejor humor a toda hora y en cualquier circunstancia, ni a nadie más dispuesto a cantar y bailar, y a tirar en la basura las cosas y las costumbres revenidas. De un escobazo acabó con los recuerdos funerarios y los montones de cherembecos inútiles y aparatos de superstición que se apelotonaban en los rincones, y lo único que conservó, por gratitud a Úrsula, fue el daguerrotipo de Remedios en la sala. «Miren qué lujo —gritaba muerta de risa—. ¡Una bisabuela de catorce años!» Cuando uno de los albañiles le contó que la casa estaba poblada de aparecidos, y que el único modo de espantarlos era buscando los tesoros que habían dejado enterrados, ella replicó entre carcajadas que no creía en supersticiones de hombres. Era tan espontánea, tan emancipada, con un espíritu tan moderno y libre, que Aureliano no supo qué hacer con el cuerpo cuando la vio llegar. «¡Qué bárbaro! —gritó ella, feliz, con los brazos abiertos—. ¡Miren cómo ha crecido mi adorado antropófago!» Antes de que él tuviera tiempo de reaccionar, ya ella había puesto un disco en el gramófono portátil que llevó consigo, y estaba tratando de enseñarle los bailes de moda. Lo obligó a cambiarse los escuálidos pantalones que heredó del coronel Aureliano Buendía, le regaló camisas juveniles y zapatos de dos colores, y lo empujaba a la calle cuando pasaba mucho tiempo en el cuarto de Melquíades.

Activa, menuda, indomable, como Úrsula, y casi tan bella y provocativa como Remedios, la bella, estaba dotada de un raro instinto para anticiparse a la moda. Cuando recibía por correo los figurines más recientes, apenas le servían para comprobar que no se había equivocado en los modelos que inventaba, y que cosía en la rudimentaria máquina de manivela de Amaranta. Estaba suscrita a cuanta revista de modas, información artística y música popular se publicaba en Europa, y apenas les echaba una ojeada para darse cuenta de que las cosas iban en el mundo como ella las imaginaba. No era comprensible que una mujer con aquel espíritu hubiera regresado a un pueblo muerto, deprimido por el polvo y el calor, y menos con un marido que tenía dinero de sobra para vivir bien en cualquier parte del mundo, y que la amaba tanto que se había sometido a ser llevado y traído por ella con el dogal de seda. Sin embargo, a medida que el tiempo pasaba era más evidente su intención de quedarse, pues no concebía planes que no fueran a largo plazo, ni tomaba determinaciones que no estuvieran orientadas a procurarse una vida cómoda y una vejez tranquila en Macondo. La jaula de canarios demostraba que esos propósitos no eran improvisados. Recordando que su madre le había contado en una carta el exterminio de los pájaros, había retrasado el viaje varios meses hasta encontrar un barco que hiciera escala en las islas Afortunadas, y allí seleccionó las veinticinco parejas de canarios más finos para repoblar el cielo de Macondo. Esa fue la más lamentable de sus numerosas iniciativas frustradas. A medida que los pájaros se reproducían, Amaranta Úrsula los iba soltando por parejas, y más tardaban en sentirse libres que en fugarse del pueblo. En vano procuró encariñarlos con la pajarera que construyó Úrsula en la primera restauración. En vano les falsificó nidos de esparto en los almendros, y regó alpiste en los techos y alborotó a los cautivos para que sus cantos disuadieran a los desertores, porque éstos se remontaban a la primera tentativa y daban una vuelta en el cielo, apenas el tiempo indispensable para encontrar el rumbo de regreso a las islas Afortunadas. •

Un año después del retorno, aunque no hubiera conseguido entablar una amistad ni promover una fiesta, Amaranta Úrsula seguía creyendo que era posible rescatar aquella comunidad elegida por el infortunio. Gastón, su marido, se cuidaba de no contrariarla, aunque desde el mediodía mortal en que descendió del tren comprendió que la determinación de su mujer había sido provocada por un

espejismo de la nostalgia. Seguro de que sería derrotada
por la realidad, no se tomó siquiera el trabajo de armar el
velocípedo, sino que se dio a perseguir los huevos más
lúcidos entre las telarañas que desprendían los albañiles, y
los abría con las uñas y se gastaba las horas contemplando
con una lupa las arañitas minúsculas que salían del interior. Más tarde, creyendo que Amaranta Úrsula continuaba
con las reformas por no dar su brazo a torcer, resolvió
armar el aparatoso velocípedo cuya rueda anterior era
mucho más grande que la posterior, y se dedicó a capturar
y disecar cuanto insecto aborigen encontraba en los contornos, que remitía en frascos de mermelada a su antiguo
profesor de historia natural de la Universidad de Lieja,
donde había hecho estudios avanzados en entomología,
aunque su vocación dominante era la de aeronauta.
Cuando andaba en el velocípedo usaba pantalones de acró-
bata, medias de gaitero y cachucha de detective, pero
cuando andaba de a pie vestía de lino crudo, intachable,
con zapatos blancos, corbatín de seda, sombrero canotier y
una vara de mimbre en la mano. Tenía unas pupilas
pálidas que acentuaban su aire de navegante, y un bigotito
de pelos de ardilla. Aunque era por lo menos quince años
mayor que su mujer, sus gustos juveniles, su vigilante
determinación de hacerla feliz, y sus virtudes de buen
amante, compensaban la diferencia. En realidad, quienes
veían aquel cuarentón de hábitos cautelosos, con su sedal
al cuello y su bicicleta de circo, no hubieran podido pensar
que tenía con su joven esposa un pacto de amor desenfre-
nado, y que ambos cedían al apremio recíproco en los
lugares menos adecuados y donde los sorprendiera la inspiración, como lo hicieron desde que empezaron a verse, y
con una pasión que el transcurso del tiempo y las circunstancias cada vez más insólitas iban profundizando y enriqueciendo. Gastón no sólo era un amante feroz, de una
sabiduría y una imaginación inagotables, sino que era tal
vez el primer hombre en la historia de la especie que hizo
un aterrizaje de emergencia y estuvo a punto de matarse
con su novia sólo por hacer el amor en un campo de vio-
letas.

Se habían conocido tres años antes de casarse, cuando el biplano deportivo en que él hacía piruetas sobre el colegio en que estudiaba Amaranta Úrsula intentó una maniobra intrépida para eludir el asta de la bandera, y la primitiva armazón de lona y papel de aluminio quedó colgada por la cola en los cables de la energía eléctrica. Desde entonces, sin hacer caso de su pierna entablillada, él iba los fines de semana a recoger a Amaranta Úrsula en la pensión de religiosas donde vivió siempre, cuyo reglamento no era tan severo como deseaba Fernanda, y la llevaba a su club deportivo. Empezaron a amarse a 500 metros de altura, en el aire dominical de las landas, y más se sentían compenetrados mientras más minúsculos iban haciéndose los seres de la tierra. Ella le hablaba de Macondo como del pueblo más luminoso y plácido del mundo, y de una casa enorme, perfumada de orégano, donde quería vivir hasta la vejez con un marido leal y dos hijos indómitos que se llamaran Rodrigo y Gonzalo, y en ningún caso Aureliano Y José Arcadio, y una hija que se llamara Virginia, y en ningún caso Remedios. Había evocado con una tenacidad tan anhelante el pueblo idealizado por la nostalgia, que Gastón comprendió que ella no quisiera casarse si no la llevaba a vivir en Macondo. Él estuvo de acuerdo, como lo estuvo más tarde con el sedal, porque creyó que era un capricho transitorio que más valía defraudar a tiempo. Pero cuando transcurrieron dos años en Macondo y Amaranta Úrsula seguía tan contenta como el primer día, él comenzó a dar señales de alarma. Ya para entonces había disecado cuanto insecto era disecable en la región, hablaba el castellano como un nativo, y había descifrado todos los crucigramas de las revistas que recibían por correo. No tenía el pretexto del clima para apresurar el regreso, porque la naturaleza lo había dotado de un hígado colonial, que resistía sin quebrantos el bochorno de la siesta y el agua con gusarapos. Le gustaba tanto la comida criolla, que una vez se comió un sartal de ochenta y dos huevos de iguana. Amaranta Úrsula, en cambio, se hacía llevar en el tren pescados y mariscos en cajas de hielo, carnes en latas y frutas almibaradas, que era lo único que podía comer, y seguía vistiéndose a la moda europea y recibiendo figurines por correo, a pesar de que no tenía dónde ir ni a quién visitar, y de que a esas alturas su marido carecía de humor para apreciar sus vestidos cortos, sus fieltros ladeados y sus collares de siete vueltas. Su secreto parecía consistir en que siempre encontraba el modo de estar ocupada, resolviendo problemas domésticos que ella misma creaba y haciendo mal ciertas cosas que corregía al día siguiente, con una diligencia perniciosa que habría hecho pensar a Fernanda en el vicio hereditario de hacer para deshacer. Su genio festivo continuaba entonces tan despierto, que cuando recibía discos nuevos invitaba a Gastón a quedarse en la sala hasta muy tarde para ensayar los bailes que sus compañeras de colegio le describían con dibujos, y terminaban generalmente haciendo el amor en los mecedores vieneses o en el suelo pelado. Lo único que le faltaba para ser completamente feliz era el nacimiento de los hijos, pero respetaba el pacto que había hecho con su marido de no tenerlos antes de cumplir cinco años de casados.

Buscando algo con que llenar sus horas muertas, Gastón solía pasar la mañana en el cuarto de Melquíades, con el esquivo Aureliano. Se complacía en evocar con él los rincones más íntimos de su tierra, que Aureliano conocía como si hubiera estado en ella mucho tiempo. Cuando Gastón le preguntó cómo había hecho para obtener informaciones que no estaban en la enciclopedia, recibió la misma respuesta que José Arcadio: «Todo se sabe.» Además del sánscrito, Aureliano había aprendido el inglés y el francés, y algo del latín y del griego. Como entonces salía todas las tardes, y Amaranta Úrsula le había asignado una suma semanal para sus gastos personales, su cuarto parecía una sección de la librería del sabio catalán. Leía con avidez hasta muy altas horas de la noche, aunque por la forma en que se refería a sus lecturas, Gastón pensaba que no compraba los libros para informarse sino para verificar la exactitud de sus conocimientos, y que ninguno le interesaba más que los pergaminos, a los cuales dedicaba las mejores horas de la mañana. Tanto a Gastón como a su esposa les habría gustado incorporarlo a la vida familiar, pero Aureliano era hombre hermético, con una nube de misterio que el tiempo iba haciendo más densa. Era una condición tan infranqueable, que Gastón fracasó en sus esfuerzos por intimar con él, y tuvo que buscarse otro entretenimiento para llenar sus horas muertas. Fue por esa época que concibió la idea de establecer un servicio de correo aéreo.

No era un proyecto nuevo. En realidad lo tenía bastante avanzado cuando conoció a Amaranta Úrsula, sólo que no era para Macondo sino para el Congo Belga, donde su familia tenía inversiones en aceite de palma. El matrimonio, la decisión de pasar unos meses en Macondo para complacer a la esposa, lo habían obligado a aplazarlo. Pero cuando vio que Amaranta Úrsula estaba empeñada en organizar una junta de mejoras públicas, y hasta se reía de él por insinuar la posibilidad del regreso, comprendió que las cosas iban para largo, y volvió a establecer contacto con sus olvidados socios de Bruselas, pensando que para ser pionero daba lo mismo el Caribe que el África. Mientras progresaban las gestiones, preparó un campo de aterrizaje en la antigua región encantada que entonces parecía una llanura de pedernal resquebrajado, y estudió la dirección de los vientos, la geografía del litoral y las rutas más adecuadas para la navegación aérea, sin saber que su diligencia, tan parecida a la de míster Herbert, estaba infundiendo en el pueblo la peligrosa sospecha de que su propósito no era planear itinerarios sino sembrar banano. Entusiasmado con una ocurrencia que después de todo podía justificar su establecimiento definitivo en Macondo, hizo varios viajes a la capital de la provincia, se entrevistó con las autoridades, y obtuvo licencias y suscribió contratos de exclusividad. Mientras tanto, mantenía con los socios de Bruselas una correspondencia parecida a la de Fernanda con los médicos invisibles, y acabó de convencerlos de que embarcaran el primer aeroplano al cuidado de un mecánico experto, que lo armara en el puerto más próximo y lo llevara volando a Macondo. Un año después de las primeras mediciones y cálculos meteorológicos, confiando en las promesas reiteradas de sus corresponsales, había

adquirido la costumbre de pasearse por las calles, mirando
el cielo, pendiente de los rumores de la brisa, en espera de
que apareciera el aeroplano.

Aunque ella no lo había notado, el regreso de Amaranta
Úrsula determinó un cambio radical en la vida de Aureliano. Después de la muerte de José Arcadio, se había
vuelto un cliente asiduo de la librería del sabio catalán.
Además, la libertad de que entonces disfrutaba, y el tiempo
de que disponía, le despertaron una cierta curiosidad por el
pueblo, que conoció sin asombro. Recorrió las calles polvorientas y solitarias, examinando con un interés más científico que humano el interior de las casas en ruinas, las redes
metálicas de las ventanas, rotas por el óxido y los pájaros
moribundos, y los habitantes abatidos por los recuerdos.
Trató de reconstruir con la imaginación el arrasado
esplendor de la antigua ciudad de la compañía bananera,
cuya piscina seca estaba llena hasta los bordes de podridos
zapatos de hombre y zapatillas de mujer, y en cuyas casas
desbaratadas por la cizaña encontró el esqueleto de un
perro alemán todavía atado a una argolla con una cadena
de acero, y un teléfono que repicaba, repicaba, repicaba,
hasta que él lo descolgó, entendió lo que una mujer angus-
tiada y remota preguntaba en inglés, y le contestó que sí,
que la huelga había terminado, que los tres mil muertos
habían sido echados al mar, que la compañía bananera se
había ido, y que Macondo estaba por fin en paz desde hacía
muchos años. Aquellas correrías lo llevaron al postrado
barrio de tolerancia, donde en otros tiempos se quemaban
mazos de billetes para animar la cumbiamba, y que
entonces era un vericueto de calles más afligidas y miserables que las otras, con algunos focos rojos todavía encen-
didos, y con yermos salones de baile adornados con piltrafas de guirnaldas, donde las macilentas y gordas viudas
de nadie, las bisabuelas francesas y las matriarcas babilónicas, continuaban esperando junto a las victrolas. Aureliano no encontró quien recordara a su familia, ni siquiera
al coronel Aureliano Buendía, salvo el más antiguo de los
negros antillanos, un anciano cuya cabeza algodonada le
daba el aspecto de un negativo de fotografía, que seguía

cantando en el pórtico de la casa los salmos lúgubres del
atardecer. Aureliano conversaba con él en el enrevesado
papiamento que aprendió en pocas semanas, y a veces
compartía el caldo de cabezas de gallo que preparaba la
bisnieta, una negra grande, de huesos sólidos, caderas de
yegua y tetas de melones vivos, y una cabeza redonda, per-
fecta, acorazada por un duro capacete de pelos de alambre,
que parecía el almófar de un guerrero medieval. Se llamaba Nigromanta. Por esa época, Aureliano vivía de
vender cubiertos, palmatorias y otros chécheres de la casa.
Cuando andaba sin un céntimo, que era lo más frecuente,
conseguía que en las fondas del mercado le regalaran las
cabezas de gallo que iban a tirar en la basura, y se las llevaba a Nigromanta para que le hiciera sus sopas aumen-
tadas con verdolaga y perfumadas con hierbabuena. Al
morir el bisabuelo, Aureliano dejó de frecuentar la casa,
pero se encontraba a Nigromanta bajo los oscuros almendros de la plaza, cautivando con sus silbos de animal mon-
tuno a los escasos trasnochadores. Muchas veces la acompañó, hablando en papiamento de las sopas de cabezas de
gallo y otras exquisiteces de la miseria, y hubiera seguido
haciéndolo si ella no lo hubiera hecho caer en la cuenta de
que su compañía le ahuyentaba la clientela. Aunque
algunas veces sintió la tentación, y aunque a la propia
Nigromanta le hubiera parecido una culminación natural
de la nostalgia compartida, no se acostaba con ella. De
modo que Aureliano seguía siendo virgen cuando Amaranta Úrsula regresó a Macondo y le dio un abrazo fraternal que lo dejó sin aliento. Cada vez que la veía, y peor
aún cuando ella le enseñaba los bailes de moda, él sentía el
mismo desamparo de esponjas en los huesos que turbó a su
tatarabuelo cuando Pilar Ternera le puso pretextos de
barajas en el granero. Tratando de soforcar el tormento, se
sumergió más a fondo en los pergaminos y eludió los
halagos inocentes de aquella tía que emponzoñaba sus
noches con efluvios de tribulación, pero mientras más la evi-
taba, con más ansiedad esperaba su risa pedregosa, sus
aullidos de gata feliz y sus canciones de gratitud, agonizando de amor a cualquier hora y en los lugares menos

pensados de la casa. Una noche, a diez metros de su cama, en el mesón de platería, los esposos del vientre desquiciado desbarataron la vidriera y terminaron amándose en un charco de ácido muriático. Aureliano no sólo no pudo dormir un minuto, sino que pasó el día siguiente con calentura, sollozando de rabia. Se le hizo eterna la llegada de la primera noche en que esperó a Nigromanta a la sombra de los almendros, atravesado por las agujas de hielo de la incertidumbre, y apretando en el puño el peso con cincuenta centavos que le había pedido a Amaranta Úrsula, no tanto porque los necesitara, como para complicarla, envilecerla y prostituirla de algún modo con su aventura. Nigromanta lo llevó a su cuarto alumbrado con veladoras de superchería, a su cama de tijeras con el lienzo percudido de malos amores, y su cuerpo de perra brava, empedernida, desalmada, que se preparó para despacharlo como si fuera un niño asustado, y se encontró de pronto con un hombre cuyo poder tremendo exigió a sus entrañas un movimiento de reacomodación sísmica.

Se hicieron amantes. Aureliano ocupaba la mañana en descifrar pergaminos, y a la hora de la siesta iba al dormitorio soporífero donde Nigromanta lo esperaba para enseñarlo a hacer primero como las lombrices, luego como los caracoles y por último como los cangrejos, hasta que tenía que abandonarlo para acechar amores extraviados. Pasaron varias semanas antes de que Aureliano descubriera que ella tenía alrededor de la cintura un cintillo que parecía hecho con una cuerda de violoncelo, pero que era duro como el acero y carecía de remate, porque había nacido y crecido con ella. Casi siempre, entre amor y amor, comían desnudos en la cama, en el calor alucinante y bajo las estrellas diurnas que el óxido iba haciendo despuntar en el techo de cinc. Era la primera vez que Nigromanta tenía un hombre fijo, un machucante de planta, como ella misma decía muerta de risa, y hasta empezaba a hacerse ilusiones de corazón cuando Aureliano le confió su pasión reprimida por Amaranta Úrsula, que no había conseguido remediar con la sustitución, sino que le iba torciendo cada vez más las entrañas a medida que la experiencia ensan-

chaba el horizonte del amor. Entonces Nigromanta siguió
recibiéndolo con el mismo calor de siempre, pero se hizo
pagar los servicios con tanto rigor, que cuando Aureliano
no tenía dinero se los cargaba en la cuenta que no llevaba
con números sino con rayitas que iba trazando con la uña
del pulgar detrás de la puerta. Al anochecer, mientras ella
se quedaba barloventeando en las sombras de la plaza,
Aureliano pasaba por el corredor como un extraño, saludando apenas a Amaranta Úrsula y a Gastón que de ordinario cenaban a esa hora, y volvía a encerrarse en el
cuarto, sin poder leer ni escribir, ni siquiera pensar, por la
ansiedad que le provocaban las risas, los cuchicheos, los
retozos preliminares, y luego las explosiones de felicidad
agónica que colmaban las noches de la casa. Ésa era su
vida dos años antes de que Gastón empezara a esperar el
aeroplano, y seguía siendo igual la tarde en que fue a la
librería del sabio catalán y encontró a cuatro muchachos
despotricadores, encarnizados en una discusión sobre los
métodos de matar cucarachas en la Edad Media. El viejo
librero, conociendo la afición de Aureliano por libros que
sólo había leído Beda el Venerable, lo instó con una cierta
malignidad paternal a que terciara en la controversia, y él
ni siquiera tomó aliento para explicar que las cucarachas,
el insecto alado más antiguo sobre la tierra, era ya la víctima favorita de los chancletazos en el Antiguo Testamento,
pero que como especie era definitivamente refractaria a
cualquier método de exterminio, desde las rebanadas de
tomate con bórax hasta la harina con azúcar, pues sus mil
seiscientas tres variedades habían resistido a la más
remota, tenaz y despiadada persecución que el hombre
había desatado desde sus orígenes contra ser viviente
alguno, inclusive el propio hombre, hasta el extremo de que
así como se atribuía al género humano un instinto de reproducción, debía atribuírsele otro más definido y apremiante,
que era el instinto de matar cucarachas, y que si éstas
habían logrado escapar a la ferocidad humana era porque
se habían refugiado en las tinieblas, donde se hicieron
invulnerables por el miedo congénito del hombre a la oscuridad, pero en cambio se volvieron susceptibles al

esplendor del mediodía, de modo que ya en la Edad Media, en la actualidad y por los siglos de los siglos, el único método eficaz para matar cucarachas era el deslumbramiento solar.

Aquel fatalismo enciclopédico fue el principio de una gran amistad. Aureliano siguió reuniéndose todas las tardes con los cuatro discutidores, que se llamaban Álvaro, Germán, Alfonso y Gabriel, los primeros y últimos amigos que tuvo en la vida. Para un hombre como él, encastillado en la realidad escrita, aquellas sesiones tormentosas que empezaban en la librería a las seis de la tarde y terminaban en los burdeles al amanecer, fueron una revelación. No se le había ocurrido pensar hasta entonces que la literatura fuera el mejor juguete que se había inventado para burlarse de la gente, como lo demostró Álvaro en una noche de parranda. Había de transcurrir algún tiempo antes de que Aureliano se diera cuenta de que tanta arbitrariedad tenía origen en el ejemplo del sabio catalán, para quien la sabiduría no valía la pena si no era posible servirse de ella para inventar una manera nueva de preparar los garbanzos.

La tarde en que Aureliano sentó cátedra sobre las cucarachas, la discusión terminó en la casa de las muchachitas que se acostaban por hambre, un burdel de mentiras en los arrabales de Macondo. La propietaria era una mamasanta sonriente, atormentada por la manía de abrir y cerrar puertas. Su eterna sonrisa parecía provocada por la credulidad de los clientes, que admitían como algo cierto un establecimiento que no existía sino en la imaginación, porque allí hasta las cosas tangibles eran irreales: los muebles que se desarmaban al sentarse, la victrola destripada en cuyo interior había una gallina incubando, el jardín de flores de papel, los almanaques de años anteriores a la llegada de la compañía bananera, los cuadros con litografías recortadas de revistas que nunca se editaron. Hasta las putitas tímidas que acudían del vecindario cuando la propietaria les avisaba que habían llegado clientes, eran una pura invención. Aparecían sin saludar, con los trajecitos floreados de cuando tenían cinco años menos, y se los qui-

taban con la misma inocencia con que se los habían puesto,
y en el paroxismo del amor exclamaban asombradas qué
barbaridad, mira cómo se está cayendo ese techo, y tan
pronto como recibían su peso con cincuenta centavos se lo
gastaban en un pan y un pedazo de queso que les vendía la
propietaria, más risueña que nunca, porque solamente ella
sabía que tampoco esa comida era verdad. Aureliano, cuyo
mundo de entonces empezaba en los pergaminos de Melquíades y terminaba en la cama de Nigromanta, encontró
en el burdelito imaginario una cura de burro para la
timidez. Al principio no lograba llegar a ninguna parte, en
unos cuartos donde la dueña entraba en los mejores
momentos del amor y hacía toda clase de comentarios
sobre los encantos íntimos de los protagonistas. Pero con el
tiempo llegó a familiarizarse tanto con aquellos percances
del mundo, que una noche más desquiciada que las otras se
desnudó en la salita de recibo y recorrió la casa llevando
en equilibrio una botella de cerveza sobre su masculinidad
inconcebible. Fue él quien puso de moda las extravagancias
que la propietaria celebraba con su sonrisa eterna, sin pro-
testar, sin creer en ellas, lo mismo cuando Germán trató de
incendiar la casa para demostrar que no existía, que
cuando Alfonso le torció el pescuezo al loro y lo echó en la
olla donde empezaba a hervir el sancocho de gallina.

Aunque Aureliano se sentía vinculado a los cuatro
amigos por un mismo cariño y una misma solidaridad,
hasta el punto de que pensaba en ellos como si fueran uno
solo, estaba más cerca de Gabriel que de los otros. El vínculo nació la noche en que él habló casualmente del coronel
Aureliano Buendía, y Gabriel fue el único que no creyó que
se estuviera burlando de alguien. Hasta la dueña, que no
solía intervenir en las conversaciones, discutió con una
rabiosa pasión de comadrona que el coronel Aureliano
Buendía, de quien en efecto había oído hablar alguna vez,
era un personaje inventado por el gobierno como un pretexto para matar liberales. Gabriel, en cambio, no ponía en
duda la realidad del coronel Aureliano Buendía, porque
había sido compañero de armas y amigo inseparable de su
bisabuelo, el coronel Gerineldo Márquez. Aquellas velei-

dades de la memoria eran todavía más críticas cuando se hablaba de la matanza de los trabajadores. Cada vez que Aureliano tocaba el punto, no sólo la propietaria, sino algunas personas mayores que ella, repudiaban la patraña de los trabajadores acorralados en la estación, y del tren de doscientos vagones cargados de muertos, e inclusive se obstinaban en lo que después de todo había quedado establecido en expedientes judiciales y en los textos de la escuela primaria: que la compañía bananera no había existido nunca. De modo que Aureliano y Gabriel estaban vinculados por una especie de complicidad, fundada en hechos reales en los que nadie creía, y que habían afectado sus vidas hasta el punto de que ambos se encontraban a la deriva en la resaca de un mundo acabado, del cual sólo quedaba la nostalgia. Gabriel dormía donde lo sorprendiera la hora. Aureliano lo acomodó varias veces en el taller de platería, pero se pasaba las noches en vela, perturbado por el trasiego de los muertos que andaban hasta el amanecer por los dormitorios. Más tarde se lo encomendó a Nigromanta, quien lo llevaba a su cuartito multitudinario cuando estaba libre, y le anotaba las cuentas con rayitas verticales detrás de la puerta, en los pocos espacios disponibles que habían dejado las deudas de Aureliano.

A pesar de su vida desordenada, todo el grupo trataba de hacer algo perdurable, a instancias del sabio catalán. Era él, con su experiencia de antiguo profesor de letras clásicas y su depósito de libros raros, quien los había puesto en condiciones de pasar una noche entera buscando la trigésimo séptima situación dramática, en un pueblo donde ya nadie tenía interés ni posibilidades de ir más allá de la escuela primaria. Fascinado por el descubrimiento de la amistad, aturdido por los hechizos de un mundo que le había sido vedado por la mezquindad de Fernanda, Aureliano abandonó el escrutinio de los pergaminos, precisamente cuando empezaban a revelársele como predicciones en versos cifrados. Pero la comprobación posterior de que el tiempo alcanzaba para todo sin que fuera necesario renunciar a los burdeles, le dio ánimos para volver al cuarto de Melquíades, decidido a no flaquear en su empeño hasta descubrir las últimas claves. Eso fue por los días en que Gastón empezaba a esperar el aeroplano, y Amaranta Úrsula se encontraba tan sola, que una mañana apareció en el cuarto.

—Hola, antropófago —le dijo—. Otra vez en la cueva.

Era irresistible, con su vestido inventado, y uno de los largos collares de vértebras de sábalo, que ella misma fabricaba. Había desistido del sedal, convencida de la fidelidad del marido, y por primera vez desde el regreso parecía disponer de un rato de ocio. Aureliano no hubiera tenido necesidad de verla para saber que había llegado. Ella se acodó en la mesa de trabajo, tan cercana e inerme que Aureliano percibió el hondo rumor de sus huesos, y se interesó en los pergaminos. Tratando de sobreponerse a la turbación, él atrapó la voz que se le fugaba, la vida que se le iba, la memoria que se le convertía en un pólipo petrificado, y le habló del destino levítico del sánscrito, de la posibilidad científica de ver el futuro transparentado en el tiempo como se ve a contraluz lo escrito en el reverso de un papel, de la necesidad de cifrar las predicciones para que no se derrotaran a sí mismas, y de las *Centurias* de Nostradamus y de la destrucción de Cantabria anunciada por San Millán. De pronto, sin interrumpir la plática, movido por un impulso que dormía en él desde sus orígenes, Aureliano puso su mano sobre la de ella, creyendo que aquella decisión final ponía término a la zozobra. Sin embargo, ella le agarró el índice con la inocencia cariñosa con que lo hizo muchas veces en la infancia, y lo tuvo agarrado mientras él seguía contestando sus preguntas. Permanecieron así, vinculados por un índice de hielo que no transmitía nada en ningún sentido, hasta que ella despertó de su sueño momentáneo y se dio una palmada en la frente. «¡Las hormigas!», exclamó. Y entonces se olvidó de los manuscritos, llegó hasta la puerta con un paso de baile, y desde allí le mandó a Aureliano con la punta de los dedos el mismo beso con que se despidió de su padre la tarde en que la mandaron a Bruselas.

—Después me explicas —dijo—. Se me había olvidado que hoy es día de echar cal en los huecos de las hormigas.

Siguió yendo al cuarto ocasionalmente, cuando tenía algo que hacer por esos lados, y permanecía allí breves minutos, mientras su marido continuaba escrutando el cielo. Ilusionado con aquel cambio, Aureliano se quedaba entonces a comer en familia, como no lo hacía desde los primeros meses del regreso de Amaranta Úrsula. A Gastón le agradó. En las conversaciones de sobremesa, que solían prolongarse por más de una hora, se dolía de que sus socios lo estuvieran engañando. Le habían anunciado el embarque del aeroplano en un buque que no llegaba, y aunque sus agentes marítimos insistían en que no llegaría nunca porque no figuraba en las listas de los barcos del Caribe, sus socios se obstinaban en que el despacho era correcto, y hasta insinuaban la posibilidad de que Gastón les mintiera en sus cartas. La correspondencia alcanzó tal grado de suspicacia recíproca, que Gastón optó por no volver a escribir, y empezó a sugerir la posibilidad de un viaje rápido a Bruselas, para aclarar las cosas, y regresar con el aeroplano. Sin embargo, el proyecto se desvaneció tan pronto como Amaranta Úrsula reiteró su decisión de no moverse de Macondo aunque se quedara sin marido. En los primeros tiempos, Aureliano compartió la idea generalizada de que Gastón era un tonto en velocípedo, y eso le suscitó un vago sentimiento de piedad. Más tarde, cuando obtuvo en los burdeles una información más profunda sobre la naturaleza de los hombres, pensó que la mansedumbre de Gastón tenía origen en la pasión desmandada. Pero cuando lo conoció mejor, y se dio cuenta de que su verdadero carácter estaba en contradicción con su conducta sumisa, concibió la maliciosa sospecha de que hasta la espera del aeroplano era una farsa. Entonces pensó que Gastón no era tan tonto como lo aparentaba, sino al contrario, un hombre de una constancia, una habilidad y una paciencia infinitas, que se había propuesto vencer a la esposa por el cansancio de la eterna complacencia, del nunca decirle que no, del simular una conformidad sin límites, dejándola enredarse en su propia telaraña, hasta el día en que no pudiera soportar más el tedio de las ilusiones al alcance de la mano, y ella misma hiciera las maletas para volver a Europa. La antigua piedad de Aureliano se transformó en una animadversión virulenta. Le pareció tan perverso el sistema de Gastón, pero al mismo tiempo tan eficaz, que se atrevió a prevenir a Amaranta Úrsula. Sin embargo, ella se burló de su suspicacia, sin vislumbrar siquiera la desgarradora carga de amor, de incertidumbre y de celos que llevaba dentro. No se le había ocurrido pensar que suscitaba en Aureliano algo más que un afecto fraternal, hasta que se pinchó un dedo tratando de destapar una lata de melocotones, y él se precipitó a chuparle la sangre con una avidez y una devoción que le erizaron la piel.

—¡Aureliano! —rió ella, inquieta—. Eres demasiado malicioso para ser un buen murciélago.

Entonces Aureliano se desbordó. Dándole besitos huérfanos en el cuenco de la mano herida, abrió los pasadizos más recónditos de su corazón, y se sacó una tripa interminable y macerada, el terrible animal parasitario que había incubado en el martirio. Le contó cómo se levantaba a medianoche para llorar de desamparo y de rabia en la ropa íntima que ella dejaba secando en el baño. Le contó con cuánta ansiedad le pedía a Nigromanta que chillara como una gata, y sollozara en su oído gastón gastón gastón, y con cuánta astucia saqueaba sus frascos de perfume para encontrarlos en el cuello de las muchachitas que se acostaban por hambre. Espantada con la pasión de aquel desahogo, Amaranta Úrsula fue cerrando los dedos, contrayéndolos como un molusco, hasta que su mano herida, liberada de todo dolor y todo vestigio de misericordia, se convirtió en un nudo de esmeraldas y topacios, y huesos pétreos e insensibles.

—¡Bruto! —dijo, como si estuviera escupiendo—. Me voy a Bélgica en el primer barco que salga.

Álvaro había llegado una de esas tardes a la librería del sabio catalán, pregonando a voz en cuello su último hallazgo: un burdel zoológico. Se llamaba El Niño de Oro, y era un inmenso salón al aire libre, por donde se paseaban a voluntad no menos de doscientos alcaravanes que daban la hora con un cacareo ensordecedor. En los corrales de alambre que rodeaban la pista de baile, y entre grandes camelias amazónicas, había garzas de colores, caimanes cebados como cerdos, serpientes de doce cascabeles, y una tortuga de concha dorada que se zambullía en un minúsculo océano artificial. Había un perrazo blanco, manso y pederasta, que sin embargo prestaba servicios de padrote para que le dieran de comer. El aire tenía una densidad ingenua, como si lo acabaran de inventar, y las bellas mulatas que esperaban sin esperanza entre pétalos sangrientos y discos pasados de moda, conocían oficios de amor que el hombre había dejado olvidados en el paraíso terrenal. La primera noche en que el grupo visitó aquel invernadero de ilusiones, la espléndida y taciturna anciana que vigilaba el ingreso en un mecedor de bejuco, sintió que el tiempo regresaba a sus manantiales primarios, cuando entre los cinco que llegaban descubrió un hombre óseo, cetrino, de pómulos tártaros, marcado para siempre y desde el principio del mundo por la viruela de la soledad.

—¡Ay —suspiró—, Aureliano!

Estaba viendo otra vez al coronel Aureliano Buendía, como lo vio a la luz de una lámpara mucho antes de las guerras, mucho antes de la desolación de la gloria y el exilio del desencanto, la remota madrugada en que él fue a su dormitorio para impartir la primera orden de su vida; la orden de que le dieran amor. Era Pilar Ternera. Años antes, cuando cumplió los ciento cuarenta y cinco, había renunciado a la perniciosa costumbre de llevar las cuentas de su edad, y continuaba viviendo en el tiempo estático y marginal de los recuerdos, en un futuro perfectamente revelado y establecido, más allá de los futuros perturbados por las acechanzas y las suposiciones insidiosas de las barajas.

Desde aquella noche, Aureliano se había refugiado en la ternura y la comprensión compasiva de la tatarabuela ignorada. Sentada en el mecedor de bejuco, ella evocaba el pasado, reconstruía la grandeza y el infortunio de la familia y el arrasado esplendor de Macondo, mientras Álvaro asustaba a los caimanes con sus carcajadas de estrépito, y Alfonso inventaba la historia truculenta de los alcaravanes que les sacaron los ojos a picotazos a cuatro clientes que se portaron mal la semana anterior, y Gabriel estaba en el cuarto de la mulata pensativa que no cobraba el amor con dinero, sino con cartas para un novio contrabandista que estaba preso al otro lado del Orinoco, porque los guardias fronterizos lo habían purgado y lo habían sentado luego en una bacinilla que quedó llena de mierda con diamantes. Aquel burdel verdadero, con aquella dueña maternal, era el mundo con que Aureliano había soñado en su prolongado cautiverio. Se sentía tan bien, tan próximo al acompañamiento perfecto, que no pensó en otro refugio la tarde en que Amaranta Úrsula le desmigajó las ilusiones. Fue dispuesto a desahogarse con palabras, a que alguien le zafara los nudos que le oprimían el pecho, pero sólo consiguió soltarse en un llanto fluido y cálido y reparador, en el regazo de Pilar Ternera. Ella lo dejó terminar, rascándole la cabeza con la yema de los dedos, y sin que él le hubiera revelado que estaba llorando de amor, ella reconoció de inmediato el llanto más antiguo de la historia del hombre.

—Bueno, niñito —lo consoló—: ahora dime quién es.

Cuando Aureliano se lo dijo, Pilar Ternera emitió una risa profunda, la antigua risa expansiva que había terminado por parecer un cucurrucuteo de palomas. No había ningún misterio en el corazón de un Buendía, que fuera impenetrable para ella, porque un siglo de naipes y de experiencia le había enseñado que la historia de la familia era un engranaje de repeticiones irreparables, una rueda giratoria que hubiera seguido dando vueltas hasta la eternidad, de no haber sido por el desgaste progresivo e irremediable del eje.

—No te preocupes —sonrió—. En cualquier lugar en que esté ahora, ella te está esperando.

Eran las cuatro y media de la tarde, cuando Amaranta Úrsula salió del baño. Aureliano la vio pasar frente a su cuarto, con una bata de pliegues tenues y una toalla enrollada en la cabeza como un turbante. La siguió casi en puntillas, tambaleándose de la borrachera, y entró al dormitorio nupcial en el momento en que ella se abrió la bata y se la volvió a cerrar espantada. Hizo una señal silenciosa hacia el cuarto contiguo, cuya puerta estaba entreabierta, y donde Aureliano sabía que Gastón empezaba a escribir una carta.

—Vete —dijo sin voz.

Aureliano sonrió, la levantó por la cintura con las dos manos, como una maceta de begonias, y la tiró boca arriba en la cama. De un tirón brutal, la despojó de la túnica de baño antes de que ella tuviera tiempo de impedirlo, y se asomó al abismo de una desnudez recién lavada que no tenía un matiz de la piel, ni una veta de vellos, ni un lunar recóndito que él no hubiera imaginado en las tinieblas de otros cuartos. Amaranta Úrsula se defendía sinceramente, con astucias de hembra sabia, comadrejeando el escurridizo y flexible y fragante cuerpo de comadreja, mientras trataba de destroncarle los riñones con las rodillas y le alacraneaba la cara con las uñas, pero sin que él ni ella emitieran un suspiro que no pudiera confundirse con la respiración de alguien que contemplara el parsimonioso crepúsculo de abril por la ventana abierta. Era una lucha feroz, una batalla a muerte, que, sin embargo, parecía desprovista de toda violencia, porque estaba hecha de agresiones distorsionadas y evasivas espectrales, lentas, cautelosas, solemnes, de modo que entre una y otra había tiempo para que volvieran a florecer las petunias y Gastón olvidara sus sueños de aeronauta en el cuarto vecino, como si fueran dos amantes enemigos tratando de reconciliarse en el fondo de un estanque diáfano. En el fragor del encarnizado y ceremonioso forcejeo, Amaranta Úrsula comprendió que la meticulosidad de su silencio era tan irracional, que habría podido despertar las sospechas del marido contiguo, mucho más que los estrépitos de guerra que trataban de evitar. Entonces empezó a reír con los labios apretados, sin renunciar a la lucha, pero defendiéndose con mordiscos falsos y descomadrejeando el cuerpo poco a poco, hasta que ambos tuvieron conciencia de ser al mismo tiempo adversarios y cómplices, y la brega degeneró en un retozo convencional y las agresiones se volvieron caricias. De pronto, casi jugando, como una travesura más, Amaranta Úrsula descuidó la defensa, y cuando trató de reaccionar, asustada de lo que ella misma había hecho posible, ya era demasiado tarde. Una conmoción descomunal la inmovilizó en su centro de gravedad, la sembró en su sitio, y su voluntad defensiva fue demolida por la ansiedad irresistible de descubrir qué eran los silbos anaranjados y los globos invisibles que la esperaban al otro lado de la muerte. Apenas tuvo tiempo de estirar la mano y buscar a ciegas la toalla, y meterse una mordaza entre los dientes, para que no se le salieran los chillidos de gata que ya le estaban desgarrando las entrañas.

Pilar Ternera murió en el mecedor de bejuco, una noche de fiesta, vigilando la entrada de su paraíso. De acuerdo con su última voluntad, la enterraron sin ataúd, sentada en el mecedor que ocho hombres bajaron con cabuyas en un hueco enorme, excavado en el centro de la pista de baile. Las mulatas vestidas de negro, pálidas de llanto, improvisaban oficios de tinieblas mientras se quitaban los aretes, los prendedores y las sortijas, y los iban echando en la fosa, antes de que la sellaran con una lápida sin nombre ni fechas y le pusieran encima un promontorio de camelias amazónicas. Después de envenenar a los animales, clausuraron puertas y ventanas con ladrilllos y argamasa, y se dispersaron por el mundo con sus baúles de madera, tapizados por dentro con estampas de santos, cromos de revistas y retratos de novios efímeros, remotos y fantásticos, que cagaban diamantes, o se comían a los caníbales, o eran coronados reyes de barajas en altamar.

Era el final. En la tumba de Pilar Ternera, entre salmos y avalorios de putas, se pudrían los escombros del pasado, los pocos que quedaban después de que el sabio catalán remató la librería y regresó a la aldea mediterránea donde había nacido, derrotado por la nostalgia de una primavera tenaz. Nadie hubiera podido presentir su decisión. Había llegado a Macondo en el esplendor de la compañía bananera, huyendo de una de tantas guerras, y no se le había ocurrido nada más práctico que instalar aquella librería de incunables y ediciones originales en varios idiomas, que los clientes casuales hojeaban con recelo, como si fueran libros de muladar, mientras esperaban el turno para que les interpretaran los sueños en la casa de enfrente. Estuvo media vida en la calurosa trastienda, garrapateando su escritura preciosista en tinta violeta y en hojas que arrancaba de cuadernos escolares, sin que nadie supiera a ciencia cierta qué era lo que escribía. Cuando Aureliano lo conoció tenía dos cajones llenos de aquellas páginas abigarradas que de algún modo hacían pensar en los pergaminos de Melquíades, y desde entonces hasta cuando se fue había llenado un tercero, así que era razonable pensar que no había hecho nada más durante su permanencia en Macondo. Las únicas personas con quienes se relacionó fueron los cuatro amigos, a quienes les cambió por libros los trompos y las cometas, y los puso a leer a Séneca y a Ovidio cuando todavía estaban en la escuela primaria. Trataba a los clásicos con una familiaridad casera, como si todos hubieran sido en alguna época sus compañeros de cuarto, y sabía muchas cosas que simplemente no se debían saber, como que San Agustín usaba debajo del hábito un jubón de lana que no se quitó en catorce años, y que Arnaldo de Vilanova, el nigromante, se volvió impotente desde niño por una mordedura de alacrán. Su fervor por la palabra escrita era una urdimbre de respeto solemne e irreverencia comadrera. Ni sus propios manuscritos estaban a salvo de esa dualidad. Habiendo aprendido el catalán para traducirlos, Alfonso se metió un rollo de páginas en los bolsillos, que siempre tenía llenos de recortes de periódicos y manuales de oficios raros, y una noche los perdió en la casa de las muchachitas que se acostaban por hambre. Cuando el abuelo sabio se enteró, en vez de hacerle el escándalo temido comentó muerto de risa que aquel era el destino natural de la literatura. En cambio, no hubo poder humano capaz de persuadirlo de que no se llevara los tres cajones cuando regresó a su aldea natal, y se soltó en improperios cartagineses contra los inspectores del ferrocarril que trataban de mandarlos como carga, hasta que consiguió quedarse con ellos en el vagón de pasajeros. «El mundo habrá acabado de joderse —dijo entonces— el día en que los hombres viajen en primera clase y la literatura en el vagón de carga.» Eso fue lo último que se le oyó decir. Había pasado una semana negra con los preparativos finales del viaje, porque a medida que se aproximaba la hora se le iba descomponiendo el humor, y se le traspapelaban las intenciones, y las cosas que ponían en un lugar aparecían en otro, asediado por los mismos duendes que atormentaban a Fernanda.

—*Collons* —maldecía—. Me cago en el canon 27 del sínodo de Londres.

Germán y Aureliano se hicieron cargo de él. Lo auxiliaron como a un niño, le prendieron los pasajes y los documentos migratorios en los bolsillos con alfileres de nodriza, le hicieron una lista pormenorizada de lo que debía hacer desde que saliera de Macondo hasta que desembarcara en Barcelona, pero de todos modos echó a la basura sin darse cuenta un pantalón con la mitad de su dinero. La víspera del viaje, después de clavetear los cajones y meter la ropa en la misma maleta con que había llegado, frunció sus párpados de almejas, señaló con una especie de bendición procaz los montones de libros con los que había sobrellevado el exilio, y dijo a sus amigos:

—¡Ahí les dejo esa mierda!

Tres meses después se recibieron en un sobre grande veintinueve cartas y más de cincuenta retratos, que se le habían acumulado en los ocios de altamar. Aunque no ponía fechas, era evidente el orden en que había escrito las cartas. En las primeras contaba con su humor habitual las peripecias de la travesía, las ganas que le dieron de echar por la borda al sobrecargo que no le permitió meter los tres cajones en el camarote, la imbecilidad lúcida de una señora que se aterraba con el número 13, no por superstición sino porque le parecía un número que se había quedado sin terminar, y la apuesta que se ganó en la primera cena porque reconoció en el agua de a bordo el sabor a remolachas nocturnas de los manantiales de Lérida. Con el transcurso de los días, sin embargo, la realidad de a bordo le importaba cada vez menos, y hasta los acontecimientos más recientes y triviales le parecían dignos de añoranza, porque a medida que el barco se alejaba, la memoria se le iba volviendo triste. Aquel proceso de nostalgización progresiva era también evidente en los retratos. En los primeros parecía feliz, con su camisa de inválido y su mechón nevado, en el cabrilleante octubre del Caribe. En los últimos se le veía con un abrigo oscuro y una bufanda de seda, pálido de sí mismo y taciturnado por la ausencia, en la cubierta de un barco de pesadumbre que empezaba a sonambular por océanos otoñales. Germán y Aureliano le contestaban las cartas. Escribió tantas en los primeros meses, que se sentían entonces más cerca de él que cuando estaba en Macondo, y casi se aliviaban de la rabia de que se hubiera ido. Al principio mandaba a decir que todo seguía igual, que en la casa donde nació estaba todavía el caracol rosado, que los arenques secos tenían el mismo sabor en la yesca de pan, que las cascadas de la aldea continuaban perfumándose al atardecer. Eran otra vez las hojas de cuaderno rezurcidas con garrapatitas moradas, en las cuales dedicaba un párrafo especial a cada uno. Sin embargo, y aunque él mismo no parecía advertirlo, aquellas cartas de recuperación y estímulo se iban transformando poco a poco en pastorales de desengaño. En las noches de invierno, mientras hervía la sopa en la chimenea, añoraba el calor de su trastienda, el zumbido del sol en los almendros polvorientos, el pito del tren en el sopor de la siesta, lo mismo que añoraba en Macondo la sopa de invierno en la chimenea, los pregones del vendedor de café y las alondras fugaces de la primavera. Aturdido por dos nostalgias enfrentadas como dos espejos, perdió su maravilloso sentido de la irrealidad, hasta que terminó por recomendarles a todos que se fueran de Macondo, que olvidaran cuanto él les había enseñado del mundo y del corazón humano, que se cagaran en Horacio, y que en cualquier lugar en que estuvieran recordaran siempre que el pasado era mentira, que la memoria no tenía caminos de regreso, que toda la primavera antigua era irrecuperable, y que el amor más desatinado y tenaz era de todos modos una verdad efímera.

Álvaro fue el primero que atendió el consejo de abandonar a Macondo. Lo vendió todo, hasta el tigre cautivo que se burlaba de los transeúntes en el patio de su casa, y compró un pasaje eterno en un tren que nunca acababa de viajar. En las tarjetas postales que mandaba desde las estaciones intermedias, describía a gritos las imágenes instantáneas que había visto por la ventanilla del vagón, y era como ir haciendo trizas y tirando al olvido el largo poema de la fugacidad: los negros quiméricos en los algodonales de la Luisiana, los caballos alados en la hierba azul de Kentucky, los amantes griegos en el crepúsculo infernal de Arizona, la muchacha de suéter rojo que pintaba acuarelas en los lagos de Michigan, y que le hizo con los pinceles un adiós que no era de despedida sino de esperanza, porque ignoraba que estaba viendo pasar un tren sin regreso. Luego se fueron Alfonso y Germán, un sábado, con la idea de regresar el lunes, y nunca se volvió a saber de ellos. Un año después de la partida del sabio catalán, el único que quedaba en Macondo era Gabriel, todavía al garete, a merced de la azarosa caridad de Nigromanta, y contestando los cuestionarios del concurso de una revista francesa, cuyo premio mayor era un viaje a París. Aureliano, que era quien recibía la suscripción, lo ayudaba a llenar los formularios, a veces en su casa, y casi siempre entre los pomos de loza y el aire de valeriana de la única botica que quedaba en Macondo, donde vivía Mercedes, la sigilosa novia de Gabriel. Era lo último que iba quedando de un pasado cuyo aniquilamiento no se consumaba, porque seguía aniquilándose indefinidamente, consumiéndose dentro de sí mismo, acabándose a cada minuto pero sin acabar de acabarse jamás. El pueblo había llegado a tales extremos de inactividad, que cuando Gabriel ganó el concurso y se fue a París con dos mudas de ropa, un par de zapatos y las obras completas de Rabelais, tuvo que hacer señas al maquinista para que el tren se detuviera a recogerlo. La antigua calle de los Turcos era entonces un rincón de abandono, donde los últimos árabes se dejaban llevar hacia la muerte por la costumbre milenaria de sentarse en la puerta, aunque hacía muchos años que habían vendido la última yarda de diagonal, y en las vitrinas sombrías solamente quedaban los maniquíes decapitados. La ciudad de la compañía bananera, que tal vez Patricia Brown trataba de evocar para sus nietos en las noches de intolerancia y pepinos en vinagre de Prattville, Alabama, era una llanura de hierba silvestre. El cura anciano que había sustituido al padre Ángel, y cuyo nombre nadie se tomó el trabajo de averiguar, esperaba la piedad de Dios tendido a la bartola en una hamaca, atormentado por la artritis y el insomnio de la duda, mientras los lagartos y las ratas se disputaban la herencia del templo vecino. En aquel Macondo olvidado hasta por los pájaros, donde el polvo y el calor se habían hecho tan tenaces que costaba trabajo respirar, recluidos por la soledad y el amor y por la soledad del amor en una casa donde era casi imposible dormir por el estruendo de las hormigas coloradas, Aureliano y Amaranta Úrsula eran los únicos seres felices, y los más felices sobre la tierra.

Gastón había vuelto a Bruselas. Cansado de esperar el aeroplano, un día metió en una maletita las cosas indispensables y su archivo de correspondencia y se fue con el propósito de regresar por el aire, antes de que sus privilegios fueran cedidos a un grupo de aviadores alemanes que habían presentado a las autoridades provinciales un proyecto más ambicioso que el suyo. Desde la tarde del primer amor, Aureliano y Amaranta Úrsula habían seguido aprovechando los escasos descuidos del esposo, amándose con ardores amordazados en encuentros azarosos y casi siempre interrumpidos por regresos imprevistos. Pero cuando se vieron solos en la casa sucumbieron en el delirio de los amores atrasados. Era una pasión insensata, desquiciante, que hacía temblar de pavor en su tumba a los huesos de Fernanda, y los mantenía en un estado de exaltación perpetua. Los chillidos de Amaranta Úrsula, sus canciones agónicas, estallaban lo mismo a las dos de la tarde en la mesa del comedor, que a las dos de la madrugada en el granero. «Lo que más me duele —reía— es tanto tiempo que perdimos.» En el aturdimiento de la pasión, vio las hormigas devastando el jardín, saciando su hambre prehistórica en las maderas de la casa, y vio el torrente de lava viva apoderándose otra vez del corredor, pero solamente se

preocupó de combatirlo cuando lo encontró en su dormitorio. Aureliano abandonó los pergaminos, no volvió a salir
de la casa, y contestaba de cualquier modo las cartas del
sabio catalán. Perdieron el sentido de la realidad, la noción
del tiempo, el ritmo de los hábitos cotidianos. Volvieron a
cerrar puertas y ventanas para no demorarse en trámites
de desnudamientos, y andaban por la casa como siempre
quiso estar Remedios, la bella, y se revolcaban en cueros
en los barrizales del patio, y una tarde estuvieron a punto
de ahogarse cuando se amaban en la alberca. En poco
tiempo hicieron más estragos que las hormigas coloradas:
destrozaron los muebles de la sala, rasgaron con sus
locuras la hamaca que había resistido a los tristes amores
de campamento del coronel Aureliano Buendía, y destri-
paron los colchones y los vaciaron en los pisos para sofo-
carse en tempestades de algodón. Aunque Aureliano era un
amante tan feroz como su rival, era Amaranta Úrsula
quien comandaba con su ingenio disparatado y su voracidad lírica aquel paraíso de desastres, como si hubiera
concentrado en el amor la indómita energía que la tatarabuela consagró a la fabricación de animalitos de caramelo.
Además, mientras ella cantaba de placer y se moría de risa
de sus propias invenciones, Aureliano se iba haciendo más
absorto y callado, porque su pasión era ensimismada y cal-
cinante. Sin embargo, ambos llegaron a tales extremos de
virtuosismo, que cuando se agotaban en la exaltación le
sacaban mejor partido al cansancio. Se entregaron a la ido-
latría de sus cuerpos, al descubrir que los tedios del amor
tenían posibilidades inexploradas, mucho más ricas que las
del deseo. Mientras él amasaba con claras de huevo los
senos eréctiles de Amaranta Úrsula, o suavizaba con manteca de coco sus muslos elásticos y su vientre aduraznado,
ella jugaba a las muñecas con la portentosa criatura de
Aureliano, y le pintaba ojos de payaso con carmín de labios
y bigotes de turco con carboncillo de las cejas, y le ponía
corbatines de organza y sombreritos de papel plateado.
Una noche se embadurnaron de pies a cabeza con melocotones en almíbar, se lamieron como perros y se amaron
como locos en el piso del corredor, y fueron despertados

por un torrente de hormigas carniceras que se disponían a devorarlos vivos.

En las pausas del delirio Amaranta Úrsula contestaba las cartas de Gastón. Lo sentía tan distante y ocupado, que su regreso le parecía imposible. En una de las primeras cartas él contó que en realidad sus socios habían mandado el aeroplano, pero que una agencia marítima de Bruselas lo había embarcado por error con destino a Tanganyika, donde se lo entregaron a la dispersa comunidad de los Makondos. Aquella confusión ocasionó tantos contratiempos que solamente la recuperación del aeroplano podía tardar dos años. Así que Amaranta Úrsula descartó la posibilidad de un regreso inoportuno. Aureliano, por su parte, no tenía más contacto con el mundo que las cartas del sabio catalán, y las noticias que recibía de Gabriel a través de Mercedes, la boticaria silenciosa. Al principio eran contactos reales. Gabriel se había hecho reembolsar el pasaje de regreso para quedarse en París, vendiendo los periódicos atrasados y las botellas vacías que las camareras sacaban de un hotel lúgubre de la calle Dauphine. Aureliano podía imaginarlo entonces con un suéter de cuello alto que sólo se quitaba cuando las terrazas de Montparnasse se llenaban de enamorados primaverales, y durmiendo de día y escribiendo de noche para confundir el hambre, en el cuarto oloroso a espuma de coliflores hervidas donde había de morir Rocamadour. Sin embargo, sus noticias se fueron haciendo poco a poco tan inciertas, y tan esporádicas y melancólicas las cartas del sabio, que Aureliano se acostumbró a pensar en ellos como Amaranta Úrsula pensaba en su marido, y ambos quedaron flotando en un universo vacío, donde la única realidad cotidiana y eterna era el amor.

De pronto, como un estampido en aquel mundo de inconciencia feliz, llegó la noticia del regreso de Gastón. Aureliano y Amaranta Úrsula abrieron lo ojos, sondearon sus almas, se miraron a la cara con la mano en el corazón, y comprendieron que estaban tan identificados que preferían la muerte a la separación. Entonces ella le escribió al marido una carta de verdades contradictorias, en la que le reiteraba su amor y sus ansias de volver a verlo, al mismo tiempo que admitía como un designio fatal la imposibilidad de vivir sin Aureliano. Al contrario de lo que ambos esperaban, Gastón les mandó una respuesta tranquila, casi paternal, con dos hojas enteras consagradas a prevenirlos contra las veleidades de la pasión, y un párrafo final con votos inequívocos por que fueran tan felices como él lo fue en su breve experiencia conyugal. Era una actitud tan improvista, que Amaranta Úrsula se sintió humillada con la idea de haber proporcionado al marido el pretexto que él deseaba para abandonarla a su suerte. El rencor se le agravó seis meses después, cuando Gastón volvió a escribirle desde Leopoldville, donde por fin había recibido el aeroplano, sólo para pedir que le mandaran el velocípedo, que de todo lo que había dejado en Macondo era lo único que tenía para él un valor sentimental. Aureliano sobrellevó con paciencia el despecho de Amaranta Úrsula, se esforzó por demostrarle que podía ser tan buen marido en la bonanza como en la adversidad, y las urgencias cotidianas que los asediaban cuando se les acabaron los últimos dineros de Gastón crearon entre ellos un vínculo de solidaridad que no era tan deslumbrante y capitoso como la pasión, pero que les sirvió para amarse tanto y ser tan felices como en los tiempos alborotados de la salacidad. Cuando murió Pilar Ternera estaban esperando un hijo.

En el sopor del embarazo, Amaranta Úrsula trató de establecer una industria de collares de vértebras de pescados. Pero a excepción de Mercedes, que le compró una docena, no encontró a quién vendérselos. Aureliano tuvo conciencia por primera vez de que su don de lenguas, su sabiduría enciclopédica, su rara facultad de recordar sin conocerlos los pormenores de hechos y lugares remotos, eran tan inútiles como el cofre de pedrería legítima de su mujer, que entonces debía valer tanto como todo el dinero de que hubieran podido disponer, juntos, los últimos habitantes de Macondo. Sobrevivían de milagro. Aunque Amaranta Úrsula no perdía el buen humor, ni su ingenio para las travesuras eróticas, adquirió la costumbre de sentarse en el corredor después del almuerzo, en una especie de siesta insomne y pensativa. Aureliano la acompañaba. A veces permanecían en silencio hasta el anochecer, el uno frente a la otra, mirándose a los ojos, amándose en el sosiego con tanto amor como antes se amaron en el escándalo. La incertidumbre del futuro les hizo volver el corazón hacia el pasado. Se vieron a sí mismos en el paraíso perdido del diluvio, chapaleando en los pantanos del patio, matando lagartijas para colgárselas a Úrsula, jugando a enterrarla viva, y aquellas evocaciones les revelaron la verdad de que habían sido felices juntos desde que tenían memoria. Profundizando en el pasado, Amaranta Úrsula recordó la tarde en que entró al taller de platería y su madre le contó que el pequeño Aureliano no era hijo de nadie porque había sido encontrado flotando en una canastilla. Aunque la versión les pareció inverosímil, carecían de información para sustituirla por la verdadera. De lo único que estaban seguros, después de examinar todas las posibilidades, era de que Fernanda no fue la madre de Aureliano. Amaranta Úrsula se inclinó a creer que era hijo de Petra Cotes, de quien sólo recordaba fábulas de infamia, y aquella suposición les produjo en el alma una torcedura de horror.

Atormentado por la certidumbre de que era hermano de su mujer, Aureliano se dio una escapada a la casa cural para buscar en los archivos rezumantes y apolillados alguna pista cierta de su filiación. La partida de bautismo más antigua que encontró fue la de Amaranta Buendía, bautizada en la adolescencia por el padre Nicanor Reyna, por la época en que éste andaba tratando de probar la existencia de Dios mediante artificios de chocolate. Llegó a ilusionarse con la posibilidad de ser uno de los diecisiete Aurelianos, cuyas partidas de nacimiento rastreó a través de cuatro tomos, pero las fechas de bautismo eran demasiado remotas para su edad. Viéndolo extraviado en laberintos de sangre, trémulo de incertidumbre, el párroco artrítico que lo observaba desde la hamaca le preguntó compasivamente cuál era su nombre.

—Aureliano Buendía —dijo él.

—Entonces no te mates buscando —exclamó el párroco con una convicción terminante—. Hace muchos años hubo aquí una calle que se llamaba así, y por esos entonces la gente tenía la costumbre de ponerles a los hijos los nombres de las calles.

Aureliano tembló de rabia.

—¡Ah! —dijo—, entonces usted tampoco cree.

—¿En qué?

—Que el coronel Aureliano Buendía hizo treinta y dos guerras civiles y las perdió todas —contestó Aureliano—. Que el ejército acorraló y ametralló a tres mil trabajadores, y que se llevaron los cadáveres para echarlos al mar en un tren de doscientos vagones.

El párroco lo midió con una mirada de lástima.

—Ay, hijo —suspiró—. A mí me bastaría con estar seguro de que tú y yo existimos en este momento.

De modo que Aureliano y Amaranta Úrsula aceptaron la versión de la canastilla, no porque la creyeran, sino porque los ponía a salvo de sus terrores. A medida que avanzaba el embarazo se iban convirtiendo en un ser único, se integraban cada ves más en la soledad de una casa a la que sólo le hacía falta un último soplo para derrumbarse. Se habían reducido a un espacio esencial, desde el dormitorio de Fernanda, donde vislumbraron los encantos del amor sedentario, hasta el principio del corredor, donde Amaranta Úrsula se sentaba a tejer botitas y sombreritos de recién nacido, y Aureliano a contestar las cartas ocasionales del sabio catalán. El resto de la casa se rindió al asedio tenaz de la destrucción. El taller de platería, el cuarto de Melquíades, los reinos primitivos y silenciosos de Santa Sofía de la Piedad quedaron en el fondo de una selva doméstica que nadie hubiera tenido la temeridad de desentrañar. Cercados por la voracidad de la naturaleza, Aureliano y Amaranta Úrsula seguían cultivando el orégano y las begonias y defendían su mundo con demarcaciones de cal, construyendo las últimas trincheras de la guerra inmemorial entre el hombre y las hormigas. El cabello largo y descuidado, los moretones que le amanecían en la cara, la hinchazón de las piernas, la deformación del antiguo y amoroso cuerpo de comadreja, le habían cambiado a Amaranta Úrsula la apariencia juvenil de cuando llegó a la casa con la jaula de canarios desafortunados y el esposo cautivo, pero no le alteraron la vivacidad del espíritu. «Mierda —solía reír—. ¡Quién hubiera pensado que de veras íbamos a terminar viviendo como antropófagos!» El último hilo que los vinculaba con el mundo se rompió en el sexto mes del embarazo, cuando recibieron una carta que evidentemente no era del sabio catalán. Había sido franqueada en Barcelona, pero la cubierta estaba escrita con tinta azul convencional por una caligrafía administrativa, y tenía el aspecto inocente e impersonal de los recados enemigos. Aureliano se la arrebató de las manos a Amaranta Úrsula cuando se disponía a abrirla.

—Ésta no —le dijo—. No quiero saber lo que dice.

Tal como él lo presentía, el sabio catalán no volvió a escribir. La carta ajena, que nadie leyó, quedó a merced de las polillas en la repisa donde Fernanda olvidó alguna vez su anillo matrimonial, y allí siguió consumiéndose en el fuego interior de su mala noticia, mientras los amantes solitarios navegaban contra la corriente de aquellos tiempos de postrimerías, tiempos impenitentes y aciagos, que se desgastaban en el empeño inútil de hacerlos derivar hacia el desierto del desencanto y el olvido. Conscientes de aquella amenaza, Aureliano y Amaranta Úrsula pasaron los últimos meses tomados de la mano, terminando con amores de lealtad el hijo empezado con desafueros de fornicación. De noche, abrazados en la cama, no los amedrentaban las explosiones sublunares de las hormigas, ni el fragor de las polillas, ni el silbido constante y nítido del crecimiento de la maleza en los cuartos vecinos. Muchas veces fueron despertados por el tráfago de los muertos. Oyeron a Úrsula peleando con las leyes de la creación para preservar la estirpe, y a José Arcadio Buendía buscando la verdad quimérica de los grandes inventos, y a Fernanda rezando, y al coronel Aureliano Buendía embruteciéndose con engaños de guerras y pescaditos de oro, y a Aureliano Segundo agonizando de soledad en el aturdimiento de las parrandas, y entonces aprendieron que las obsesiones dominantes prevalecen contra la muerte, y volvieron a ser felices con la certidumbre de que ellos seguirían amándose con sus naturalezas de aparecidos, mucho después de que otras especies de animales futuros les arrebataran a los insectos el paraíso de miseria que los insectos estaban acabando de arrebatarles a los hombres.

Un domingo, a las seis de la tarde, Amaranta Úrsula sintió los apremios del parto. La sonriente comadrona de las muchachitas que se acostaban por hambre la hizo subir en la mesa del comedor, se la acaballó en el vientre, y la maltrató con galopes cerriles hasta que sus gritos fueron acallados por los berridos de un varón formidable. A través de las lágrimas, Amaranta Úrsula vio que era un Buendía de los grandes, macizo y voluntarioso como los José Arcadios, con los ojos abiertos y clarividentes de los Aurelianos, y predispuesto para empezar la estirpe otra vez por el principio y purificarla de sus vicios perniciosos y su vocación solitaria, porque era el único en un siglo que había sido engendrado con amor.

—Es todo un antropófago —dijo—. Se llamará Rodrigo.

—No —la contradijo su marido—. Se llamará Aureliano y ganará treinta y dos guerras.

Después de cortarle el ombligo, la comadrona se puso a quitarle con un trapo el ungüento azul que le cubría el cuerpo, alumbrada por Aureliano con una lámpara. Sólo cuando lo voltearon boca abajo se dieron cuenta de que tenía algo más que el resto de los hombres, y se inclinaron para examinarlo. Era una cola de cerdo.

No se alarmaron. Aureliano y Amaranta Úrsula no conocían el precedente familiar, ni recordaban las pavorosas admoniciones de Úrsula, y la comadrona acabó de tranquilizarlos con la suposición de que aquella cola inútil podía cortarse cuando el niño mudara los dientes. Luego no tuvieron ocasión de volver a pensar en eso, porque Amaranta Úrsula se desangraba en un manantial incontenible. Trataron de socorrerla con apósitos de telaraña y apelmazamientos de ceniza, pero era como querer cegar un surtidor con las manos. En las primeras horas, ella hacía esfuerzos por conservar el buen humor. Le tomaba la mano al asustado Aureliano, y le suplicaba que no se preocupara, que la gente como ella no estaba hecha para morirse contra

la voluntad, y se reventaba de risa con los recursos trucu-
lentos de la comadrona. Pero a medida que a Aureliano lo
abandonaban las esperanzas, ella se iba haciendo menos
visible, como si la estuvieran borrando de la luz, hasta que
se hundió en el sopor. Al amanecer del lunes llevaron una
mujer que rezó junto a su cama oraciones de cauterio, infa-
libles en hombres y animales, pero la sangre apasionada de
Amaranta Úrsula era insensible a todo artificio distinto del
amor. En la tarde, después de veinticuatro horas de desesperación, supieron que estaba muerta porque el caudal se
agotó sin auxilios, y se le afiló el perfil, y los verdugones de
la cara se le desvanecieron en una aurora de alabastro, y
volvió a sonreír.

Aureliano no comprendió hasta entonces cuánto quería a
sus amigos, cuánta falta le hacían, y cuánto hubiera dado
por estar con ellos en aquel momento. Puso al niño en la
canastilla que su madre le había preparado, le tapó la cara
al cadáver con una manta, y vagó sin rumbo por el pueblo
desierto, buscando un desfiladero de regreso al pasado.
Llamó a la puerta de la botica, donde no había estado en
los últimos tiempos, y lo que encontró fue un taller de carpintería. La anciana que le abrió la puerta con una lámpara en la mano se compadeció de su desvarío, e insistió en
que no, que allí no había habido nunca una botica, ni había
conocido jamás una mujer de cuello esbelto y ojos adorme-
cidos que se llamara Mercedes. Lloró con la frente apoyada
en la puerta de la antigua librería del sabio catalán, consciente de que estaba pagando los llantos atrasados de una
muerte que no quiso llorar a tiempo para no romper los
hechizos del amor. Se rompió los puños contra los muros de
argamasa de *El Niño de Oro,* clamando por Pilar Ternera,
indiferente a los luminosos discos anaranjados que cru-
zaban por el cielo, y que tantas veces había contemplado
con una fascinación pueril, en noches de fiesta, desde el
patio de los alcaravanes. En el último salón abierto del desmantelado barrio de tolerancia un conjunto de acordeones
tocaba los cantos de Rafael Escalona, el sobrino del obispo,
heredero de los secretos de Francisco el Hombre. El cantinero, que tenía un brazo seco y como achicharrado por

haberlo levantado contra su madre, invitó a Aureliano a tomarse una botella de aguardiente, y Aureliano lo invitó a otra. El cantinero le habló de la desgracia de su brazo. Aureliano le habló de la desgracia de su corazón, seco y como achicharrado por haberlo levantado contra su hermana. Terminaron llorando juntos y Aureliano sintió por un momento que el dolor había terminado. Pero cuando volvió a quedar solo en la última madrugada de Macondo, se abrió de brazos en la mitad de la plaza, dispuesto a despertar al mundo entero, y gritó con toda su alma:

—¡Los amigos son unos hijos de puta!

Nigromanta lo rescató de un charco de vómito y de lágrimas. Lo llevó a su cuarto, lo limpió, le hizo tomar una taza de caldo. Creyendo que eso lo consolaba, tachó con una raya de carbón los incontables amores que él seguía debiéndole, y evocó voluntariamente sus tristezas más solitarias para no dejarlo solo en el llanto. Al Amanecer, después de un sueño torpe y breve, Aureliano recobró la conciencia de su dolor de cabeza. Abrió los ojos y se acordó del niño.

No lo encontró en la canastilla. Al primer impacto experimentó una deflagración de alegría, creyendo que Amaranta Úrsula había despertado de la muerte para ocuparse del niño. Pero el cadáver era un promontorio de piedras bajo la manta. Consciente de que al llegar había encontrado abierta la puerta del dormitorio, Aureliano atravesó el corredor saturado por los suspiros matinales del orégano, y se asomó al comedor, donde estaban todavía los escombros del parto: la olla grande, las sábanas ensangrentadas, los tiestos de ceniza, y el retorcido ombligo del niño en un pañal abierto sobre la mesa, junto a las tijeras y el sedal. La idea de que la comadrona había vuelto por el niño en el curso de la noche le proporcionó una pausa de sosiego para pensar. Se derrumbó en el mecedor, el mismo en que se sentó Rebeca en los tiempos originales de la casa para dictar lecciones de bordado, y en el que Amaranta jugaba damas chinas con el coronel Gerineldo Márquez, y en el que Amaranta Úrsula cosía la ropita del niño, y en aquel relámpago de lucidez tuvo conciencia de que era incapaz de resistir sobre su alma el peso abrumador de tanto pasado. Herido por las lanzas mortales de las nostalgias propias y ajenas, admiró la impavidez de la telaraña en los rosales muertos, la perseverancia de la cizaña, la paciencia del aire en el radiante amanecer de febrero. Y entonces vio al niño. Era un pellejo hinchado y reseco, que todas las hormigas del mundo iban arrastrando trabajosamente hacia sus madrigueras por el sendero de piedras del jardín. Aureliano no pudo moverse. No porque lo hubiera paralizado el estupor, sino porque en aquel instante prodigioso se le revelaron las claves definitivas de Melquíades, y vio el epígrafe de los pergaminos perfectamente ordenado en el tiempo y el espacio de los hombres: *El primero de la estirpe está amarrado en un árbol y al último se lo están comiendo las hormigas.*

Aureliano no había sido más lúcido en ningún acto de su vida que cuando olvidó sus muertos y el dolor de sus muertos, y volvió a clavar las puertas y las ventanas con las crucetas de Fernanda para no dejarse perturbar por ninguna tentación del mundo, porque entonces sabía que en los pergaminos de Melquíades estaba escrito su destino. Los encontró intactos, entre las plantas prehistóricas y los charcos humeantes y los insectos luminosos que habían desterrado del cuarto todo vestigio del paso de los hombres por la tierra, y no tuvo serenidad para sacarlos a la luz, sino que allí mismo, de pie, sin la menor dificultad, como si hubieran estado escritos en castellano bajo el resplandor deslumbrante del mediodía, empezó a descifrarlos en voz alta. Era la historia de la familia escrita por Melquíades hasta en sus detalles más triviales, con cien años de anticipación. La había redactado en sánscrito, que era su lengua materna, y había cifrado los versos pares con la clave privada del emperador Augusto, y los impares con claves militares lacedemonias. La protección final, que Aureliano empezaba a vislumbrar cuando se dejó confundir por el amor de Amaranta Úrsula, radicaba en que Melquíades no había ordenado los hechos en el tiempo convencional de los hombres, sino que concentró un siglo de episodios cotidianos, de modo que todos coexistieran en un instante. Fascinado por el hallazgo, Aureliano leyó en voz alta, sin saltos, las encíclicas cantadas que el propio Melquíades le hizo escuchar a Arcadio, y que eran en realidad las predicciones de su ejecución, y encontró anunciado el nacimiento de la mujer más bella del mundo que estaba subiendo al cielo en cuerpo y alma, y conoció el origen de dos gemelos póstumos que renunciaban a descifrar los pergaminos, no sólo por incapacidad e inconstancia, sino porque sus tentativas eran prematuras. En este punto, impaciente por conocer su propio origen, Aureliano dio un salto. Entonces empezó el viento, tibio, incipiente, lleno de voces del pasado, de murmullos de geranios antiguos, de suspiros de desengaños anteriores a las nostalgias más tenaces. No lo advirtió porque en aquel momento estaba descubriendo los primeros indicios de su ser, en un abuelo concupiscente que se dejaba arrastrar por la frivolidad a través de un páramo alucinado, en busca de una mujer hermosa a quien no haría feliz. Aureliano lo reconoció, persiguió los caminos ocultos de su descendencia, y encontró el instante de su propia concepción entre los alacranes y las mariposas amarillas de un baño crepuscular, donde un menestral saciaba su lujuria con una mujer que se le entregaba por rebeldía. Estaba tan absorto, que no sintió tampoco la segunda arremetida del viento, cuya potencia ciclónica arrancó de los quicios las puertas y las ventanas, descuajó el techo de la galería oriental y desarraigó los cimientos. Sólo entonces descubrió que Amaranta Úrsula no era su hermana, sino su tía, y que Francis Drake había asaltado a Riohacha solamente para que ellos pudieran buscarse por los laberintos más intrincados de la sangre, hasta engendrar el animal mitológico que había de poner término a la estirpe. Macondo era ya un pavoroso remolino de polvo y escombros centrifugado por la cólera del huracán bíblico, cuando Aureliano saltó once páginas para no perder el tiempo en hechos demasiado conocidos, y empezó a descifrar el instante que estaba viviendo, descifrándolo a medida que lo vivía, profetizándose a sí mismo en el acto de descifrar la última página de los pergaminos, como si se estuviera viendo en un espejo hablado. Entonces dio otro salto para anticiparse a las predicciones y averiguar la fecha y las circunstancias de su muerte. Sin embargo, antes de llegar al verso final ya había comprendido que no saldría jamás de ese cuarto, pues estaba previsto que la ciudad de los espejos (o los espejismos) sería arrasada por el viento y desterrada de la memoria de los hombres en el instante en que Aureliano Babilonia acabara de descifrar los pergaminos, y que todo lo escrito en ellos era irrepetible desde siempre y para siempre porque las estirpes condenadas a cien años de soledad no tenían una segunda oportunidad sobre la tierra.

SELECCIONES AUSTRAL

TÍTULOS PUBLICADOS